헤이게 이야기 2

平家物語

**속표지 그림**
도사 사스케(土佐佐助), '서울을 뒤로하고 도주하는 다이라 일문,' 「다이라 일문의 도주」, 『平家物語繪券』, (林原美術官 소장), 근세 전기.

대산세계문학총서 055

헤이케 이야기 2

오찬욱 옮김

문학과지성사
2006

대산세계문학총서 055_소설

헤이케 이야기 2

옮긴이  오찬욱
펴낸이  이광호
펴낸곳  ㈜문학과지성사
등록번호  제1993-000090호
주소  04034 서울 마포구 잔다리로7길 18(서교동 377-20)
전화  02) 338-7224
팩스  02) 323-4180(편집) 02) 338-7221(영업)
전자우편  moonji@moonji.com
홈페이지  www.moonji.com

제1판 제1쇄 2006년 12월 15일
제1판 제4쇄 2025년 7월 21일

ISBN  89-320-1746-8
ISBN  89-320-1744-1(전 2권)
ISBN  89-320-1246-6(세트)

한국어판 ⓒ 오찬욱

이 책의 판권은 옮긴이와 ㈜문학과지성사에 있습니다.
양측의 서면 동의 없는 무단 전재 및 복제를 금합니다.

이 책은 대산문화재단의 외국문학 번역지원사업을 통해 발간되었습니다.
대산문화재단은 大山 愼鏞虎 선생의 뜻에 따라 교보생명의 출연으로 창립되어
우리 문학의 창달과 세계화를 위해 다양한 공익문화사업을 펼치고 있습니다.

**헤이케 이야기(平家物語) 2 | 차례**

**제 7 권**
볼모 · 15
북녘 땅 · 17
지쿠부(竹生) 섬 · 19
히우치(火打) 전투 · 22
기원문(祈願文) · 25
구리카라(俱梨迦羅) 전투 · 30
시노하라(篠原) 전투 · 34
사네모리(實盛) · 38
겐보(玄肪) · 42
요시나카의 서찰 · 45
승도들의 답서 · 49
주상의 몽진 · 56
고레모리(維盛) · 61
폐허 · 64
다다노리(忠度) · 67
쓰네마사(經正) · 70
명기 세이잔(名器靑山) · 73
다이라 일문의 도주 · 75
후쿠하라(福原) · 81

**제 8 권**
태상왕의 잠적 · 87

나토라(名虎) · 92
실꾸리 · 98
다자이후(大宰府) · 103
정이대장군(征夷大將軍) · 108
네코마(猫間) · 112
미즈시마(水島) 전투 · 115
세노오(瀨尾)의 최후 · 117
무로야마(室山) 전투 · 123
장구 판관(判官) · 125
법주사 전투 · 131

**제 9 권**
명마 이케즈키 · 139
선봉 · 143
강변의 전투 · 147
요시나카의 최후 · 151
히구치의 최후 · 156
여섯 번의 전투 · 160
양군의 집결 · 164
미쿠사(三草) 전투 · 169
노마(老馬) · 171
선두 다툼 · 176
두 차례의 적진 돌파 · 182

절벽 강하 · 186
모리토시(盛俊)의 최후 · 189
다다노리(忠度)의 최후 · 192
생포당한 시게히라(重衡) · 195
아쓰모리(敦盛)의 최후 · 197
도모아키라(知章)의 최후 · 200
패주(敗走) · 203
미치모리 부인의 투신 · 206

## 제10권

효시(梟示) · 215
시게히라의 연인(戀人) · 220
야시마에 보낸 교지 · 226
회답 · 228
계문(戒文) · 233
관동 가는 길 · 237
센주(千手) · 242
요코부에(橫笛) · 248
고야 산(高野山) · 253
고레모리의 출가 · 256
구마노(熊野) 신사 · 261
고레모리의 투신 · 264
삼일천하 · 268
후지토(藤戶) · 275
새 임금의 즉위 · 280

## 제11권

노(櫓) 다툼 · 285
가쓰우라(勝浦) · 290
쓰기노부(嗣信)의 최후 · 295

나스 노 요이치(那須與一) · 300
요시쓰네의 활 · 303
시도(志度) 전투 · 307
단노우라(壇浦) 해전 · 310
활 겨루기 · 315
주상의 투신 · 319
노리쓰네(教經)의 최후 · 322
신경(神鏡)의 입경 · 326
보검 · 330
포로들의 입경 · 335
신경(神鏡) · 339
편지 사건 · 342
후쿠쇼(副將) · 344
고시고에(腰越) · 348
무네모리의 최후 · 353
시게히라의 최후 · 358

## 제12권

대지진 · 367
염색공 · 370
귀양 가는 도키타다(時忠) · 372
도사보(土佐房) · 375
도주하는 요시쓰네 · 379
대납언 요시다 · 383
로쿠다이(六代) · 385
로쿠다이의 구명(救命) · 396
로쿠다이의 최후 · 404

## 후 일 담

대비의 출가 · 417

오하라(大原) · 421
오하라 행행(大原行幸) · 424
대비의 육도(六道) 체험 · 430
대비의 입적(入寂) · 436

옮긴이 해설_중세 이래 일본인이 가장
사랑해온 고전 중의 고전 · 439

부록
　계보도 · 460
　헤이케 이야기 연표 · 463
　헤이안쿄(平安京) 주변 지도 · 469
　헤이안쿄 도로 구획도 · 470
　헤이안 궁(平安宮) 부서 배치도 및 각
　부서 관장 업무 · 472
　고대 일본 지방 행정 구분 지도(오기칠
　도〔五畿七道〕) · 474
　주요 전투 지도 · 476

기획의 말 · 477

헤이케 이야기(平家物語) 1 | 차례

**제 1 권**
기원정사(祇園精舍) · 15
암살 모의 · 18
농어 · 23
단발동자 · 27
일문의 영화(榮華) · 29
기오(祇王) · 33
두 임금을 모신 왕비 · 44
현판 싸움 · 49
청수사(淸水寺)의 소실 · 52
세자 책봉 · 55
섭정 습격 사건 · 57
시시노타니(鹿谷) · 62
슌칸(俊寬) · 67
발원(發願) · 71
가마 시위 · 77
대궐의 소실 · 81

**제 2 권**
귀양 가는 주지 · 87
일행(一行) 아사리(阿闍梨) · 92
사이코 법사의 최후 · 97
훈시 · 104

구명(求命) · 111
간언 · 116
봉화(烽火) · 122
귀양 가는 나리치카 · 127
아코야(阿古屋)의 소나무 · 131
나리치카의 죽음 · 135
사네사다(實定) 경의 묘책 · 139
연력사의 내분 · 143
연력사의 몰락 · 146
선광사(善光寺)의 소실 · 149
야스요리의 축문 · 151
솔도파(卒堵婆) · 155
소무(蘇武) · 159

**제 3 권**
사면장(赦免狀) · 165
절규 · 169
출산 · 173
공경들의 집결 · 177
다보탑 · 180
라이고(賴豪) · 183
귀경 · 186
아리오(有王) · 192

슌칸의 죽음 · 197
회오리바람 · 201
시게모리의 죽음 · 202
장례용 패도(佩刀) · 207
초롱대신 · 210
금 시주 · 211
문답 · 213
유배 · 218
유키타카(行隆) · 222
유폐 · 225
도바 별궁 · 229

## 제 4 권

이쓰쿠시마 행행(嚴島行幸) · 235
환궁 · 241
미나모토 일문 · 246
두더지 소동 · 251
노부쓰라(信連) · 253
기오오(競) · 258
연력사의 서찰 · 265
나라에 보낸 서찰 · 267
지루한 논의 · 272
승병들의 집결 · 274
우지(宇治) 대교 전투 · 278
왕자의 최후 · 283
왕손의 출가 · 288
관상 · 291
괴조(怪鳥) · 293
원정사의 소실 · 298

## 제 5 권

천도(遷都) · 303
달맞이 · 311
요괴 소동 · 315
파발마(擺撥馬) · 319
역적의 계보 · 321
함양궁(咸陽宮) · 323
몬가쿠(文覺) · 328
권화장(勸化帳) · 331
귀양 가는 몬가쿠 · 334
교지 · 339
후지(富士) 강 전투 · 343
오절무(五節舞) · 352
환도(還都) · 357
불타는 나라(奈良) · 359

## 제 6 권

상왕의 승하 · 367
단풍 · 371
아오이(葵) · 374
고고(小督) · 376
회문(回文) · 384
줄지은 파발마 · 386
기요모리 공의 서거 · 389
교노시마(經島) · 393
지신보(慈心房) · 395
기온(祇園) 부인 · 400
하늘의 소리 · 409
요코타(橫田) 둔치 전투 · 411

**일러두기**

1. 이 『헤이케 이야기』는 일본 류코쿠(龍谷) 대학 도서관이 소장한 가쿠이치본(覺一本)을 저본으로 하고 이에 기타 선본을 교합하여 번각한 이와나미쇼텐(岩波書店)의 '일본고전문학대계본『平家物語』'를 번역한 것이다.

2. 일본고전문학대계본 본문의 표기나 읽기 등에 문제가 있는 경우에는 가쿠이치본을 번각한 여타 본문과 비교, 참조하여 현행의 표기나 읽기로 바로잡았다.

3. 제목 중의 '平家'는 관용적으로 '헤이케'로 읽으나, 이는 다이라(平) 씨 일문에 대한 일본 내에서의 통칭인 데다가, 본문 안에서 지칭 대상이 1) 다이라 일문의 수장인 기요모리 개인, 2) 기요모리를 포함한 일문 전체, 3) 다이라 군 전체 등으로, 다양하게 사용되고 있어, 이 『헤이케 이야기』에서는 혼란이 없도록 '다이라 일문,' 또는 '다이라 씨' 등과 같이 고쳐 번역하였다. 아울러 다이라 일문의 경합 상대였던 '源氏(겐지)' 역시 '미나모토 일문' 등으로 바꾸어 번역하였다.

4. 인명이나 지명의 표기는 모두 외래어표기법에 따랐다.

5. 인명과 지명은 일본어 발음 표기를 원칙으로 하였고, 인명과 지명 중,『헤이케 이야기』가 만들어진 중세 시대와 현재의 발음이 다를 경우, 모두 현재의 발음으로 통일하였다 (예: 全眞: 센신→젠신, 大宰府: 다사이후→다자이후).

6. 제도나 호칭 등은 위화감을 줄이기 위해 가능한 한 우리의 옛 제도나 호칭으로 바꿔 표기하였다(예: 天皇→임금, 法皇→상왕).

7. 사원, 궁전의 전각이나 문루의 이름, 관직이나 직책명, 문학작품명 등은 가능한 한 우리 한자음으로 표기하였다(예: 延曆寺→연력사, 紫宸殿→자신전, 內大臣→내대신,『金葉集』→『금엽집』).

8. 일본에서는 고대 및 중세 시대에 우리의 도(道)에 해당하는 행정구역을 '구니(國)'라 부르고, 이 '구니'를 다스리는 행정관을 '국수(國守)'라 호칭하였으나, '구니'는 고을로, '국수'는 태수로 번역하였다.
9. 당시 무인의 이름에는 신분이나 출신 지역을 나타내는 씨(氏)와 이름 사이에 집안의 몇째 아들인가를 나타내는 집안 서열(太郎〔타로: 첫째 아들〕나 次郎〔지로: 둘째 아들〕등)을 표기하였으나, 본 『헤이케 이야기』에서는 이름이 너무 길어지는 것을 피하기 위해 중간의 집안 서열은 생략해 번역하지 않았다. 또한, 일본의 중고, 중세 시대에는 귀족의 경우, 씨와 이름 사이에 우리말의 '의'에 해당하는 'の(노)'를 넣어 씨에 붙여 읽는 것이 일반적이었으나, 우리말로 번역했을 경우 성의 일부로 오인될 가능성이 있어 성과 이름 사이에 띄어 표기하였다.
10. 이와나미쇼텐(岩波書店)의 일본고전문학대계본 『헤이케 이야기』 제10권 말미에는 저본인 류코쿠 대학 도서관 소장본(龍谷大學圖書館所藏本)에 없는 이야기 「高野御幸」를 류몬문고본(龍門文庫本)에서 옮겨와 수록하고 있는데, 이는 가쿠이치본(覺一本) 계통에는 원래 없는 이야기이고, 내용 또한 전체적인 줄거리의 흐름과 무관하여 생략하였다.
11. 제1권부터 후일담까지의 각 권은 독립된 복수의 이야기로 구성되어 있는데, 몇몇 이야기의 경우 모두 부분을 앞 이야기에 연결시켜야 이야기의 제목과 부합하는 경우가 있어, 이러한 부분은 본문의 내용과 제목이 배치되지 않도록 이동시켜 바로잡았다.
12. 본문 중의 각주는 모두 옮긴이 주이다.
13. 각 권 첫머리에 들어가는 그림 설명은 다음과 같은 순서로 정리하였다.
    ① 화가명 ② 그림의 내용 ③ 『헤이케 이야기』의 각 권 내 이야기 제목 ④ 출처
    ⑤ 제작 연대

도사 사스케(土佐佐助), '자녀들 때문에 말머리를 돌리지 못하는 고레모리,' 「고레모리」, 『平家物語繪卷』(林原美術館 소장), 근세 전기.

## 제 7 권

# 볼모

　주에이(壽永) 2년(1183) 3월 상순, 요리토모와 요시나카 사이에 불화¹가 생겨 요리토모는 요시나카를 치기 위해 10만여 기의 병력을 이끌고 시나노(信濃)로 향했다. 요다(依田) 성에 머물고 있던 요시나카는 이 소식을 듣고 성을 나와 시나노와 에치고(越後)의 경계에 있는 구마사카(熊坂) 산에 진을 쳤고, 요리토모는 시나노의 선광사(善光寺)에 도착했다. 요시나카는 유모의 아들인 이마이 노 가네히라(今井兼平)를 요리토모 진영에 사자로 보내 "어인 일로 소장을 치려 하신다는 말이오. 귀하는 관동 팔주을 평정하고 도카이도(東海道) 방면에서 서울로 치고 올라가 다이라 일가를 서울에서 몰아내려 하신다고 들었소. 소장도 도산도(東山道)와 호쿠리쿠도(北陸道) 일대를 평정하고 하루빨리 그들을 타도하려 하고 있소이다. 도대체 무슨 일로 귀하와 소장이 서로 다투어 그들의 비웃음을 사야 한다는 말입니까. 유키이에(行家) 어른께서 귀하에게 원한이 있다

---

1　요리토모에게 고을 하나를 영지로 달라고 했다가 거절당한 유키이에가 요시나카에게 투항한 데다가, 요시나카가 요리토모를 칠 것이라고 중상하는 사람이 있자 요리토모는 요시나카를 불신하게 되었다.

며 소장을 찾아와 소장마저 냉담하게 대해서는 도리가 아니다 싶어 옆에 두고는 있소이다만 소장이 귀하에 대해 다른 생각을 한 적은 결코 없소이다"라고 전하도록 했다. 그러자 요리토모는 "이제 와서 말은 그리 해도 나를 치려고 모사를 꾸미고 있다고 일러준 자가 있으니 지금 그 말은 믿을 수가 없구나"라고 하며 도이(土肥)와 가지와라(梶原)를 선봉 삼아 금방이라도 토벌군을 내보내려 한다는 소문이 돌자 요시나카는 정말로 다른 뜻이 없다는 것을 보이기 위해 열한 살 난 장남 요시시게(義重)에게 운노(海野), 모치즈키(望月), 스와(諏訪), 후지사와(藤澤)와 같은 이름난 무사 몇 명을 딸려 요리토모에게 인질로 보냈다. 그러자 요리토모는 "이리하는 것을 보니 다른 뜻이 있었던 것은 아니었던 모양이지. 내게 성장한 아들이 없으니 어디 그럼 이 아이를 내 아들로 삼아볼까" 하며 요시시게를 데리고 가마쿠라로 돌아갔다.

## 북녘 땅

　도산도와 호쿠리쿠도 일대를 장악한 요시나카가 5만여 기를 이끌고 곧 서울로 쳐들어올 것이란 소문이 들려오자 다이라 진영에서는 이미 지난해부터 "말에게 새 풀을 먹일 명년 사월경에 싸움이 있을 것이다"라는 말을 들어온 터라 산인도(山陰道)[2], 산요도(山陽道)[3], 난카이도(南海道)[4], 사이카이도(西海道)[5] 지역의 병력이 구름처럼 몰려 상경했다. 도산도 지방은 오미(近江), 미노(美濃), 히다(飛驒) 지역의 군세가 올라오고, 도카이도 지방에서는 도오토미(遠江)의 동부 지역 군세는 오지 않았으나 서부 지역 병력은 모두 집결하였다. 한편 호쿠리쿠도 지방의 경우

---

2　본토 남부의 동해에 면한 지역. 단고(丹後), 단바(丹波), 다지마(但馬), 이나바(因幡), 호키(伯耆), 이즈모(出雲), 이와미(石見), 오키(隱岐) 등 8개 고을.
3　본토 남부의 태평양에 면한 지역. 하리마(播磨), 미마사카(美作), 비젠(備前), 빗추(備中), 빈고(備後), 아키(安藝), 스오(周防), 나가토(長門) 등 8개 고을.
4　현재의 관서 지방 남부와 시코쿠(四國) 전역. 기이(紀伊), 아와지(淡路), 아와(阿波), 사누키(讚岐), 이요(伊予), 도사(土佐) 등 6개 고을.
5　규슈(九州) 지방의 지쿠젠(筑前), 지쿠고(筑後), 부젠(豊前), 분고(豊後), 히젠(肥前), 히고(肥後), 휴가(日向), 오스미(大隅), 사쓰마(薩摩) 등 9개 고을과 이키(壹岐), 쓰시마(對馬) 등 2개 도서.

와카사(若狹) 이북에서는 단 한 명도 올라오지 않았다.

다이라 측은 우선 요시나카를 친 다음에 요리토모를 토벌할 작정으로 호쿠리쿠도에 진압군을 내려 보냈다. 대장군에는 고레모리(維盛), 미치모리(通盛), 다지마(但馬) 태수 쓰네마사(經正), 사쓰마(薩摩) 태수 다다노리(忠度), 미카와(三河) 태수 도모노리(知度), 아와지(淡路) 태수 기요후사(淸房) 등이 임명되었고, 각 부대의 장에는 전임 엣추(越中) 태수 모리토시(盛俊), 다다쓰나(忠綱), 가게타카(景高), 나가쓰나(長綱), 히데쿠니(秀國), 아리쿠니(有國), 모리쓰기(盛嗣), 다다미쓰(忠光), 가게키요(景淸) 등이 임명되어, 대장군 여섯에 내로라하는 무장 340여 명 등, 도합 10만여 기의 군세가 주에이 2년 4월 17일 진시(辰時)[6], 서울을 떠나 북쪽으로 향했다. 내려가는 데 필요한 전비(戰費)를 징발할 수 있는 윤허를 받아 오사카(逢坂) 관문을 지난 후부터는 권문세가가 조정에 바치는 조세는 물론 지방에서 바치는 공물도 가리지 않고 남김없이 빼앗기 시작했는데, 시가(志賀), 가라사키(辛崎), 미쓰카와지리(三河尻), 마노(眞野), 다카시마(高島), 시오쓰(鹽津), 가이즈(貝津) 연도(沿道)를 차례로 약탈하자 견디지 못한 백성들은 모두 산이나 들로 숨거나 도망을 치고 말았다.

---

6  오전 7시~9시.

# 지쿠부(竹生) 섬[7]

　대장군 고레모리와 미치모리는 진군을 계속하고 있었으나 부장군인 쓰네마사, 다다노리, 도모노리, 기요후사 등은 여태 오미의 시오쓰, 가이즈 등에 머물고 있었다. 그중 쓰네마사는 특히 시가(詩歌)와 관현(管絃)에 능한 사람이었는데, 이런 전란 중에도 유유히 비와(琵琶) 호반을 거닐다가 물가에서 멀리 떨어진 곳에 있는 섬을 보더니 옆에 있는 아리노리(有敎)를 불러 "저기 있는 섬은 뭐라는 섬인가" 하고 물었다. 아리노리가 "저게 그 유명한 지쿠부 섬입니다"라고 답하자 "그래, 그래, 들은 기억이 나는구먼. 그럼 어디 한번 건너가볼까" 하며 아리노리, 모리노리 등의 측근 외에 대여섯 명의 무사를 대동하고 쪽배에 올라 지쿠부 섬으로 건너갔다.
　때는 4월 18일(음력)로 녹음 우거진 가지에는 아직 봄기운이 서린 가운데 산골짜기에서 우는 꾀꼬리는 이미 소리가 쉬기 시작하였으나 울음소리가 기다려지던 소쩍새가 때를 아는 듯 울어대고 있었다. 소나무 등걸

---

[7] 시가(滋賀) 현 북부의 비와 호 안에 있는 섬.

에 등꽃이 매달려 피어 있는 모습이 너무도 아름다워 서둘러 하선한 후 뭍에 올라 섬의 경관을 둘러보니 그 아름다움은 필설로 다할 수가 없었다. 진시황과 한무제가 동남동녀와 방사(方士)를 시켜 불로장생의 약을 구해오도록 하자 "봉래(蓬萊)⁸를 보지 못하면 절대로 돌아오지 않겠다"며 떠나 망망대해의 배 안에서 부질없이 나이만 먹다가 결국 약을 구하지 못했다고 하는데 바로 그 봉래동(蓬萊洞)도 이에는 미치지 못할 듯싶었다. 어느 불경에 이르기를 '염부제(閻浮提)⁹' 안에 호수가 있고 그 안에 금륜제(金輪際)¹⁰에서 솟아난 수정산이 있으니 선녀가 사는 곳'이라 했는데 바로 이 섬을 두고 한 말 같았다.

쓰네마사는 섬 안에 있는 신령을 모시는 사당 앞에 무릎을 꿇으면서, "변재천(辯才天)¹¹께서는 본디 석가여래로서 법성(法性)을 보여주는 보살이신데, 변재천과 묘음천(妙音天)이란 두 이름을 가지고 계시나 그 본체는 하나로서 중생을 제도하고 계십니다. 단 한 번이라도 이곳을 찾아 치성을 올리면 소원이 성취된다고 들었으니 참으로 든든하고 믿음직한 일이 아닐 수 없습니다" 하고 오래오래 공양을 드리고 있노라니 날이 점차 저물면서 달이 뜨자 호면(湖面) 전체가 달빛을 받아 일렁이면서 사당도 더욱 빛을 발해 정취가 무르익었다. 섬 안에 살고 있는 스님들이 "비파를 잘하신다는 소문은 전부터 들어온 터라"라고 하며 그 옛날 선동(仙童)이 이곳에 봉납했다는 전래의 비파를 내오자 쓰네마사는 이를 타기 시작했다. 곡이 「상현(上玄)」과 「석상(石上)」¹²에 이르자 당내가 쥐 죽은 듯이

---

8 동쪽 해상에 있는 신선이 산다는 섬.
9 인간 세계.
10 세상을 떠받치고 있는 바다.
11 불경을 수호하는 천녀. 변설에 재능이 있고, 수명을 보호하고 재산을 지켜준다 하여 민간의 신앙이 깊었다.

조용해지더니 신령도 감흥에 이기지 못한 듯 쓰네마사의 소매 위에 백룡으로 화하여 모습을 드러내는 기서(奇瑞)가 일어났다. 황감한 일이라 여긴 쓰네마사는 너무도 기쁜 나머지 눈물을 흘리면서 다음과 같이 노래를 지어 마음을 표하였다.

    신령들께서 들으신 게로구나 이 몸의 소원
    너무나도 또렷이 영검을 보이시니

그렇다면 적군을 금세 물리치고 역도들을 이내 진압할 수 있을 것임에 틀림없다고 기뻐하며 쓰네마사는 다시 배에 올라 섬을 떠났다.

---

12 둘 다 비전의 비파 명곡.

## 히우치(火打) 전투

요시나카는 다이라 군의 진격에 대비해 자신은 시나노에 머문 채 에치젠(越前)의 히우치 성[13]에 방어진을 쳤다. 이곳을 지키는 병력은 평천사(平泉寺) 주지 사이메이(齋明), 이나즈 노 사네즈미(稻津實澄), 사이토다(齊藤太), 하야시 노 미쓰아키라(林光明), 도가시(富樫), 쓰치다(土田), 다케베(武部), 미야자키(宮崎), 이시구로(石黑), 뉴젠(入善), 사미(佐美) 등을 비롯한 6천여 기의 군세였다. 히우치 성은 원래 난공불락의 성으로 치솟아 오른 앞서이 주변을 두르고 높은 봉우리가 사방을 에워싸고 있었다. 산세가 앞뒤를 가로막은 가운데 노미(能美)와 신도(新道) 두 강이 성 앞에 흐르고 있었는데 이 두 강이 합류하는 지점에 목책(木柵)을 세워 강물을 막아 놓았기 때문에 동서편의 산기슭까지 물이 차서 성은 마치 호수를 면하고 있는 것 같았다. 옛 시에 '남산이 그림자 드리우니 강물은 퍼렇게 가엾고 석양이 파도를 물들이자 붉게 일렁인다'[14]고 했는데 마치 그대로였다. 천축(天竺)의 무열지(無熱池) 바닥에는 금은

---

13 현재의 후쿠이(福井) 현 난조(南條) 군에 있었다.
14 백거이의 『백씨문집(白氏文集)』.

의 모래를 깔고, 중국의 곤명지(昆明池) 물가에는 덕정(德政)의 배를 띄웠다고 하는데, 이 히우치 성의 인공호는 둑을 쌓고 물을 탁하게 만들어 적군의 눈을 속이려고 했던 것이다. 배 없이는 쉽게 건널 수가 없어 다이라의 대군은 맞은편 산에 야영하며 하릴없이 날만 보내고 있었다.

성안에 있는 평천사의 주지 사이메이는 다이라 일가와 친분이 두터웠기 때문에 산기슭을 따라 뒤로 돌아가서는 편지를 써서 효시 안에 넣고 다이라 군의 진영을 향해 몰래 쏴 보냈다. 편지를 펴 보니 "이 호수는 예전부터 있던 것이 아니라 산속의 시내를 막아 물을 저장한 것입니다. 밤이 되거든 군사를 보내 목책을 베어 넘어뜨리도록 하십시오. 그러면 물은 금세 쫙 빠질 것입니다. 그 일대는 말 다니기가 좋은 곳이니 지체 없이 건너오십시오. 요시나카 군에 대한 공격은 제 쪽에서 먼저 하도록 하겠습니다. 이 편지는 평천사의 사이메이가 썼습니다"라고 적혀 있었다. 대장군은 크게 기뻐하며 바로 병사들을 보내 목책을 베어 넘어뜨리게 하였다. 수량이 엄청난 것 같았으나 편지에 적힌 대로 산속을 흐르는 시내에 지나지 않아 물은 금세 빠져버렸다. 다이라의 대군은 지체 없이 순식간에 건넜다. 성안의 병사들은 한동안 맞아 싸웠으나 적은 대군이요 아군은 소수라 버틸 재간이 없었다. 결국 평천사 주지 사이메이는 다이라 쪽에 붙어 길잡이 역을 하게 되었다. 다이라 일가를 따르지 않은 이나즈, 사이토다, 하야시, 도가시 등은 성을 빠져나와 가가(加賀)로 퇴각해 시라야마(白山)의 가와치(河內)에서 농성했다. 다이라 군은 숨 쉴 틈을 주지 않고 뒤를 쫓아 가가로 쳐들어가 하야시와 도가시의 성채 두 곳을 불태웠는데 이때의 다이라 군의 기세는 등등하여 맞설 사람이 있을 것 같지 않았다. 지나는 곳 가까이에 있는 역참에서 파발을 띄워 승리를 알리자 무네모리 내대신 이하 장안에 남아 있는 다이라 일가는 모두가 떨 듯이 기뻐했다.

같은 해 5월 8일, 다이라의 대군은 가가(加賀)의 시노하라(篠原)[15]에 총집결했다. 10만여 기의 군세를 둘로 나눠 적의 정면과 배후로 향했다. 주 전력은 대장군 고마쓰 삼위중장(三位中將) 고레모리, 에치젠의 삼위 미치모리와 부대장(部隊長)인 전임 에치젠 태수 무네토시를 비롯해 도합 7만여 기의 병력이었는데, 가가와 엣추(越中)의 경계에 있는 도나미(砥波) 산으로 향했다. 배후 공격대는 대장군 사쓰마 태수 다다노리, 미카와 태수 도모모리와 부대장 무사시 노 아리쿠니(武藏有國)를 비롯해 도합 3만여 기로, 노토(能登)와 엣추의 경계에 있는 시호(志保) 산을 향해 진군했다. 요시나카는 이때 에치고(越後)의 관아에 있다가 이 소식을 듣자 5만여 기를 거느리고 급히 가가로 향했다. 요시나카는 전투 시의 길례라며 전 군을 일곱으로 나눴는데, 우선 백부 유키이에(行家)로 하여금 만여 기를 이끌고 시호 산에 있는 적을 맞도록 했다. 니시나(仁科), 다카나시(高梨), 야마다지로(山田次郎)에게는 7천여 기를 주어 기타구로사카(北黑坂)로 가서 다이라 군 주 전력의 배후를 공략토록 하고, 히구치 가네미쓰(樋口兼光)와 오치아이 가네유키(落合兼行)에게 7천여 기를 주어 미나미구로사카(南黑坂)로 보냈다. 또 만여 기를 도이시 산의 입구, 구로사카의 기슭, 마쓰나가(松永)의 야나기하라(柳原), 구미의 기바야시(木林) 등지에 매복토록 했다. 그리고 이마이 가네히라(兼平)로 하여금 6천여 기를 이끌고 와시노세(鷲瀬)를 건너 히노미야바야시(日宮林)에 진을 치게 했다. 그리고 요시나카 자신은 만여 기를 거느리고 오야베(小野邊) 나루를 건너 도나미 산의 북쪽 끝에 있는 하뉴(羽丹生)에 진을 쳤다.

---

15 지금의 이시카와(石川) 현 가가(加賀) 시.

# 기원문(祈願文)

요시나카는 작전 회의를 열어 "다이라 군은 필시 군세를 믿고 도나미 산을 넘어 넓은 곳으로 나와 정면 승부를 하려 들 것이다. 정면 승부란 병력의 다소에 의해 승패가 갈리는 것이니 대군이 병력의 우세를 믿고 날 뛰도록 했다가는 승산이 없을 것이다. 우선 기수를 내보내 우리의 백기(白旗)[16]를 내세우면 다이라 군은 이를 보고 '어럽쇼, 미나모토 군의 선봉이 나타났네. 필시 대군이겠지. 무턱대고 넓은 곳으로 나갔다가 적은 지리에 밝고 우리는 어두우니 포위라도 당했다가는 큰일이지. 다행히 이 산은 사방이 암석으로 되어 있어 설마 우리 뒤쪽으로 돌아오지는 못할 테니 여기서 잠시 말에서 내려 말을 쉬게 하자'며 산속에서 말을 내려 쉬려 할 것이다. 그러면 내가 싸움을 거는 척 상대하다가 해가 지면 다이라의 대군을 구리카라(俱利迦羅) 계곡[17]으로 몰아 밀어뜨릴 생각이다"라며 우선 백기 30기를 내보내 구로사카 위에 세웠다. 다이라 군은 이를 보고 "어, 미나모토 군의 선봉이 나타났네. 필시 대군이겠지. 무턱대고 넓은

---
16 미나모토 군의 깃발은 흰색이었다.
17 도나미 산속에 구리카라라는 고개가 있는데, 그 남쪽 사면의 깊은 계곡을 말한다.

곳으로 나갔다가 적은 지리에 밝고 우리는 어두우니 포위라도 당했다가는 큰일이지. 다행히 이 산은 사방이 암석으로 되어 있어 설마 우리 뒤쪽으로 돌아오지는 못할 테니 여기서 잠시 말에서 내려 말을 쉬게 하자"며 도이시 산중의 사루노바바(猿の馬場)라는 곳에서 말을 내렸다.

한편 요시나카는 하뉴에 진을 치고 사방을 쓰윽 휘둘러보니 산봉우리의 녹음 사이로 붉은빛 담장이 눈에 들어왔다. 가 보니 사당이 있는데 앞에는 도리이(鳥居)가 세워져 있었다. 이곳 지리에 밝은 사람을 불러 "저건 무슨 사당인가? 어떤 신령님을 모시는가?" 하고 물으니 "하치만(八幡) 신령을 모십니다. 이곳은 다름 아닌 하치만 신사의 영지입니다"라고 하는 것이었다. 요시나카는 크게 기뻐하며 서기로 데리고 있는 가쿠메이(覺明)를 불러 "내가 운이 있는지 하치만 신령을 뵈옵고 싸움을 하게 되었으니 이번 싸움은 승리가 틀림없을 것 같소. 그런 만큼 후세를 위하고 또 현재의 기도를 위해 기원문을 한 통 적어 봉납코자 하는데 어떻겠소?" 하니 가쿠메이는 "지당하신 말씀입니다" 하며 말에서 내려 쓸 채비를 하였다. 가쿠메이는 진남색 내갑의 위에 검정 가죽 미늘을 단 갑옷을 걸치고, 검정 옻칠을 한 대도는 허리에 차고, 스물네 대의 검정 깃 화살을 꽂은 화살집은 등에 메고서, 등나무 줄기를 감은 활을 옆구리에 끼고 투구는 벗어 갑옷 어깨 끈에 매달고 있었는데, 활집에서 작은 벼루와 종이를 꺼내 요시나카 앞에 정좌한 채 기원문을 쓰고 있는 모습을 보니 문무양도의 달인으로 보였다.

이 가쿠메이는 본디 유학자 집안 출신이었다. 속명은 미치히로(道廣)로서 권학원(勸學院)에 있었는데 출가하여 신규(信救)라 하였다. 늘 나라(奈良)를 드나들었는데 몇 해 전 모치히토 왕자가 원성사(園城寺)에 피신해 히에이(比叡) 산과 나라의 홍복사(興福寺)에 첩장(牒狀)을 보냈을 때 홍복사의 승도들은 이 신규로 하여금 답을 쓰게 하였다. 그 글 중에 '기요모리는 다이라 일가의 망나니요 무문의 쓰레기'라는 구절이 있는 것을 본 기요모리 공이 대로하여 "아니, 그 신규란 놈은 어째서 나를 우리 문중의 망나니요 무문의 쓰레기라 했단 말이냐? 그 중놈을 잡아들여 사형에 처하라"고 해 북국으로 도망쳐 이름을 가쿠메이라고 바꾸고 요시나카의 서기로 일하고 있었다. 가쿠메이가 쓴 기원문은 다음과 같다.

　　　귀명정례(歸命頂禮)[18]하옵고, 하치만 신령께서는 조정의 본주이시며 누세명군(累世名君)의 선조이온즉, 보위를 수호하고 창생을 이롭게 하기 위해 삼존(三尊)께서 하치만의 삼신(三神)으로 환신해 이 세상에 모습을 드러내셨습니다. 하온데 수년 전부터 기요모리라는 자가 있어 천하를 장악하고 만민을 괴롭히고 있는바, 이는 이미 불법의 원수요 왕법의 적이라 아니할 수 없습니다. 소인은 비록 보잘것없는 몸이긴 하오나 무문에 태어나 미미하나마 가업을 이어오고 있습니다. 기요모리의 포악함을 보자니 근심만 하고 있을 수 없어 운을 하늘에 맡기고 나라를 위해 몸을 바치기로 마음먹고 의병을 일으켜 흉도들을 물리치고자 하고 있습니다. 그러나 무문의 두 집안이 대진하여 싸우고 있음에도 불구하고 사졸들이 아직도 일치단결하지 못하고 제각각인 것을 우려하고 있던 중, 이제 막 싸움이 벌어지려 하는 전쟁터에서 뜻밖에 신령님을 뵙게 되었으니 이는 신령께서 뜻을 이루어주실 징조가 분명합니다. 흉도를 주륙할 수 있음이 틀림없으니 환희의 눈물이 흐르고 황감함에 가슴이 저려옵니다. 특히 저의 증조부이신

---

18 예불 시 최초로 읊조리는 말로, '땅에 이마를 대고 절하나이다'라는 뜻.

무쓰(陸奧) 태수 요시이에(義家) 어른께서 자신의 몸을 신령님께 바치고 스스로를 하치만의 아들(하치만타로[八幡太郎])이라고 부르신 이후 지금까지 일가에 속한 자로 신령님께 귀의치 않은 이가 없었으며 소인도 그 후손의 한 사람으로서 오랫동안 믿음을 바쳐왔나이다.

    소인이 지금 일으킨 대사는 비유하자면 어린아이가 조개껍질로 대해(大海)를 재고 버마재비가 낫칼을 휘두르며 대차(大車)에 달려드는 모양과 같다고도 할 수 있을 것입니다. 그러나 이는 나라를 위하고 임금을 위해 일으킨 일이지 집안을 위하고 자신을 위해 일으킨 게 아닙니다. 소인의 뜻이 하늘에 계신 신령님께 전해졌으니 어찌 아니 믿음직하고 기쁘지 않을 수 있겠습니까. 신령님 앞에 머리 숙여 바라건대 명현(冥顯)의 위광과 신령의 힘을 더하시어 승리를 일거에 결정지어 원수를 사방에서 내쫓게 해주소서. 그리고 소인의 정성을 다한 기원이 신령님의 마음에 들어 가호를 내려주실 것 같으면 우선 그 조짐을 하나 나타내 보여주소서.

                                      주에이 2년 5월 11일
                              미나모토 노 요시나카(源義仲) 경백

    이렇게 적은 다음 자신을 비롯한 열세 사람 모두의 효시의 촉을 뽑아 기원문에 곁들여 하치만 신령의 사당에 헌납했다. 그랬더니 신령께서 저 멀리서 요시나카의 정성을 지켜보고 계셨던지 산비둘기 세 마리가 구름 속에서 날아오더니 미나모토 씨의 군기인 백기 위를 춤추듯이 훨훨 나는 것이었다.

    태곳적에 진구(神功) 왕비가 신라를 침공했을 때 아군의 군세는 약한데 신라군의 세력은 강해 죽음을 각오하고 왕비가 하늘을 향해 기도를 올리자 상서로운 비둘기 세 마리가 날아와 방패 앞에 모습을 드러내 신라군이 패한 일이 있었다.

또 미나모토 일족의 선조인 요리요시(賴義) 장군이 아베 노 사다토(安倍貞任)와 무네토(宗任) 토벌에 나섰을 때도 아군의 세력에 비해 역도의 세력이 강한 것을 보고 적진을 향해 "이는 내가 일으키는 것이 아니라 신령께서 내리는 불이다" 하고 불을 놓자 갑자기 바람이 역도들 쪽으로 불어 사다토의 거성인 구리야가와 성(廚川城)이 눈 깜박할 사이에 타 버리고 말았는데, 싸움에 패한 사다토와 무네토는 결국 패망하였다. 요시나카는 이런 선례를 잘 알고 있었던지라 말에서 내려 갑옷을 벗고 손을 씻고 입 안을 헹군 다음 이 비둘기에게 절을 올렸는데 참으로 가상한 행동이 아닐 수 없었다.

## 구리카라(俱梨迦羅) 전투

한편 미나모토와 다이라 양 진영은 마주 보며 진을 치고 있었는데 진 사이가 겨우 3정(町)[19]도 되지 않을 만큼 서로 근접해 있었으나 서로 진군은 하지 않고 있었다. 미나모토 측이 활에 능한 병사 15기를 방패 진 앞에 내보내 다이라 쪽 진을 향해 효시를 쏘게 하자 다이라 군은 이것이 계략인 줄도 모르고 자기들도 15기를 내보내 15대의 효시를 쏘게 했다. 미나모토 군이 30기를 내보내 쏘게 하자 다이라 군도 30기를 내보내 30대의 효시를 쏘아 보냈다. 50기를 내보내면 50기를 내보내고, 100기를 내보내자 역시 100기를 내보내 양군이 모두 100기씩 진 앞으로 나아갔다. 서로 승부를 가리고자 기세를 올렸으나 미나모토 군은 병사들을 자제시켜 싸우지 못하게 했다. 미나모토 군은 이러면서 날이 저물기를 기다렸다가 다이라의 대군을 구리카라 계곡 아래로 밀어 떨어뜨리려 획책하고 있었건만 그런 줄은 꿈에도 모르고 미나모토 측이 하는 대로만 따라 하며 하루해를 보내니 딱한 일이 아닐 수 없었다.

---

19 약 330m. 1정은 약 109m.

날이 점차 어두워지자 남과 북으로 돌아온 배후 공격대 만여 기가 구리카라의 부동명왕당(不動明王堂) 근처에서 합류해 화살집을 두드리며 일시에 함성을 올렸다. 다이라 군이 뒤를 돌아보니 미나모토의 흰 깃발이 계곡 위에 구름처럼 늘어서 있었다. "이 산은 사방이 암석이어서 설마 뒤로 돌아오지는 못할 것이라 생각했는데 이게 웬일이란 말인가" 하며 너나 할 것 없이 술렁댔다. 그러자 요시나카가 정면에서 배후 공격대의 소리에 맞춰 함성을 지르니 마쓰나가의 버드나무 숲과 산수유 수풀 속에서 대기하고 있던 만여 기의 군세와 이마이가 거느리고 있던 히노미야바야시(日宮林)의 6천여 기도 이에 가세하여 4만여 기가 앞뒤에서 질러대는 함성에 산천이 단번에 무너질 것 같았다. 그러자 다이라 군은 아니나 다를까 날은 어두워지는 데다가 적이 앞뒤로 쳐들어오자 일시에 무너져 그중에는 "비겁하다, 돌아서라" 하고 외쳐대는 사람도 많았지만 한 번 무너져 버린 대군의 대열이란 바로잡기 어려운 법이어서 서로가 약속이나 한 듯이 구리카라 계곡을 향해 말을 달려 내려갔다. 맨 먼저 들어간 자의 모습이 보이지 않자 "이 계곡 밑으로 빠져나가는 길이 있음에 틀림없다"라고 생각하고 아비가 말을 몰아 내려가면 아들이 뒤를 따르고 형이 달려가면 아우 역시 그리했으며 주군이 달리면 가솔이나 부하들도 달려, 말 위에는 사람이, 사람 위에는 말이 떨어지고 또 떨어져 그리도 깊은 계곡 전체를 다이라의 군세 7만여 기가 가득 메우니 바위 새의 샘에는 피가 흐르고 주검은 쌓여 언덕을 이루었다. 그 때문에 그 계곡 일대에는 화살 구멍이나 칼자국이 지금도 남아 있다 한다.

다이라 진영에서 가장 신뢰를 받고 있던 가즈사(上總)의 대부 다다쓰나, 히다의 대부 가게타카, 가와치의 판관 히데쿠니 등도 이 계곡에 묻혀 어이없게 세상을 떴고. 빗추(備中) 출신의 세노오 노 가네야스(瀨尾

兼康)라는 소문난 장사도 이곳에서 가가 사람 구라미쓰 노 나리즈미(倉光成澄)의 손에 생포되고 말았다. 지난번 에치젠의 히우치 성 전투 때 배반한 평천사의 사이메이도 사로잡히고 말았는데, 이를 들은 요시나카가 "너무도 얄미우니 그 중놈 목을 맨 먼저 처라" 하여 목을 베고 말았다. 다이라 군의 대장인 고레모리와 미치모리는 겨우 목숨만 건져 가가 지방으로 퇴각하였는데 7만여 기 중 살아남은 자는 불과 2천여 기에 지나지 않았다.

이튿날인 12일, 오슈(奧州)[20]의 후지와라 노 히데히라(藤原秀衡)[21]가 요시나카 앞으로 준마 두 필을 보내왔다. 한 필은 회색이고 다른 한 필은 회색의 돈점박이였는데, 요시나카는 이 말에다 금은으로 장식한 안장을 얹어 가가의 하쿠산(白山) 신사에 헌납했다. 그러고는 "이제 걱정할 게 없으나 다만 유키이에 어른이 맡으신 시호가 걱정되니 그쪽으로 가보도록 하자"며 4만여 기의 군마 중에서 2만여 기를 골라 서둘러 그쪽으로 향했다. 히미(氷見)의 물목을 건너는데 마침 밀물 때라 물이 얕은지 깊은지 알 수 없었다. 그래서 안장 얹은 말 열 필가량을 물속에 놓아 보냈더니 안장 머리가 물에 잠길 정도로 무사히 건너편에 닿은 것을 보고 요시나카가 "물은 깊지 않다. 건너가자"라고 외치니 2만여 기의 군세는 모두 물속으로 들어가 그곳을 건넜다.

아니나 다를까 유키이에는 적에게 호되게 내쫓기다가 퇴각해 말을 쉬게 하고 있던 참이었다. 요시나카는 "그러면 그렇지" 하며 자기가 데려온 2만여 기를 몰아 요란한 함성과 함께 쳐들어가 3만여 다이라 군과 불

---

20 현재의 후쿠시마(福島), 미야기(宮城), 이와테(岩手), 아오모리(青森) 현과 아키타(秋田) 현의 일부에 해당하는 일본 본토의 북부 지역.
21 진수부장군(鎭守府將軍)으로, 오슈(奧州) 일대를 장악하고 있는 거대 세력이었다.

을 뿜듯 격전을 벌였다. 다이라 군은 한동안은 버텼으나 끝내 견뎌내지 못하고 그곳도 결국 무너지고 말았다. 대장군 미카와 태수 도모노리(知 度)가 전사했는데 이 사람은 다름 아닌 기요모리 공의 막내아들이었고 장졸들도 다수 사망했다. 요시나카는 시호 산을 넘어 노토의 오다나카 (小田中)에 있는 능 앞에 진을 쳤다.

# 시노하라(篠原) 전투

요시나카는 이곳에서 수많은 신사에 토지를 기부했다. 하쿠산 신사에는 요코에(橫江)와 미야마루(宮丸)를, 스고(菅生) 신사에는 노미(能美)를, 다다하치만(多田八幡) 신사에는 조야(蝶屋)를, 게히(氣比) 신궁에는 한바라(飯原) 땅을 각각 기부하고, 평천사에는 후지와라(藤原)의 일곱 고을을 기부했다.

몇 해 전에 있었던 이시바시(石橋) 전투 때 요리토모를 배반했던 자들은 서울로 달아나 다이라 일가 밑에서 벼슬을 살고 있었다. 이 중 마타노 노 가게히사(俣野景久), 사이토 사네모리(齊藤實盛), 이토 노 스케우지(伊東祐氏), 우키스 노 시게치카(浮巢重親), 마시모 노 시게나오(眞下重直) 등이 주된 인물이었는데, 이들은 싸움이 시작될 때까지는 편히 지내자 하며 날마다 번갈아가며 주연을 마련해 서로 달래고 있었다. 맨 처음 사네모리네 집에 모였을 때 사네모리가 "세상 돌아가는 것을 가만히 보니 미나모토 군은 점점 강해지고 다이라 군은 패색이 짙구려. 그러니 우리 모두 요시나카에게 투항하는 게 어떻겠소?" 하니 모두들 "그게 좋겠소" 하고 찬동했다. 이튿날 다시 우키스네 집에서 회동했을 때 사이토가 다시 "소장이 어제 말씀드린 일은 어떻소이까, 여러분" 하고 물었다. 그러자 좌중에서 가게히사가 나서 "우린 좌우지간 이 일대에선 모르는 사람이 없는 유명한 사람들이오. 그러한 우리가 형세를 쫓아 이리 갔다 저리 갔다 하는 것은 꼴사나운 일이 아닐 수 없소. 다른 분들의 생각이 어떤지는 몰라도 이 가게히사만은 무슨 일이 있건 간에 다이라 집안을 돕도록 하겠소" 하고 말하자 사이토는 껄껄 웃으며 "실은 여러분의 마음을 떠보려고 그래본 것이오. 소장은 이번 전투에서 싸우다 죽을 각오로 있소이다. 그래서 다이라 집안사람들에게 도성에는 다시 돌아오지 않을 것이라 말해두었고 무네모리 공께도 그 뜻을 이미 말씀을 드렸소이다" 하니 일동은 모두 이에 동의했다. 이 약속을 어기지 않으려 했음인지 주연에 참석했던 사람들은 하나도 빠짐없이 모두 북녘 땅에서 전사하고 말았으니 참으로 애석한 일이었다.

    한편 다이라 군은 인마를 쉬게 한 다음 가가의 시노하라에 진을 쳤다. 그해 5월 21일 오전 8시경, 요시나카의 군세는 시노하라로 몰려와 하늘이 무너질 듯 함성을 올려댔다. 다이라 진영에서는 지쇼(治承) 연간 이래 서울에 억류시켜 놓았던 하타케야마 노 시게요시(畠山重能)와 오야마다 노 아리시게(小山田有重)를 불러 "너희들은 싸움에 능한 노장들이니 전투를 지휘하라"며 이곳으로 내려 보냈다. 요시나카 진영에서는 이마이 노 가네히라가 300기를 이끌고 이에 맞섰다. 하타케야마와 이마이는 처음에는 5기, 10기씩 서로 내보내 싸우게 하다가 이윽고 서로 뒤엉켜 혈전을 벌였다. 정오 무렵이 되자 바람은 멎어 풀도 꼼짝 않고 햇볕만 내리쬐는 가운데 서로 지지 않으려고 혼신의 힘을 다해 싸우는 병사들의 몸에서는 땀이 비 오듯 흘러내렸다. 이마이의 병사도 수없이 많이 죽었으나 하타케야마 쪽은 일족의 부하들이 대부분 전사하자 힘에 부쳐 퇴각했다.

그 다음으로 다이라 진영에서 다카하시 노 나가쓰나(高橋長綱)가 500여 기를 이끌고 나오자 요시나카 쪽에서는 히구치 노 가네미쓰(樋口兼光)와 오치아이 노 가네유키(落合兼行)가 300기로 이에 맞섰다. 다카하시의 군세는 처음에는 기세를 올리는 듯싶더니만 원래 여러 지방에서 긁어모은 병력이었던지라 단 1기도 싸움판에 나서지 못하고 앞을 다투어 도망치고 말았다. 다카하시는 마음은 하늘을 찌를 듯했으나 뒤따르는 병력이 거의 없자 도리가 없어 말머리를 돌리고 말았다. 혼자 도망을 가고 있는데 엣추 출신인 뉴젠 유키시게(入善行重)가 좋은 적수라 점찍고 말을 채찍질하여 달려와 나란히 달리다가 왈칵 덮쳐왔다. 다카하시가 뉴젠을 잡아채 안장 앞에 밀어붙이고는 "웬 놈이냐? 이름을 밝혀라. 어디 한번 들어보자"고 하니 "엣추 사람 뉴젠 유키시게로 나이는 열여덟이오"라고 하는 것이었다. "애처로운 일이로다. 지난해 세상을 뜬 내 아들이 살아 있다면 금년 열여덟일 텐데. 네 목을 베어 내던질 일이로되 살려주도록 하마" 하며 그냥 놓아주었다. 그러고는 말에서 내려 "여기서 잠시 아군을 기다리기로 하자"며 쉬고 있었다. 뉴젠은 마음속으로 '적이지만 훌륭한 인물이다. 목숨을 살려주긴 했지만 어떻게든 목을 베어 가져가야겠다'고 생각하고 그 자리에 앉으니 다카하시는 마음을 놓고 이런저런 이야기를 늘어놓았다. 뉴젠은 동작이 몹시 빠른 사내로 칼을 뽑아 덮치면서 다카하시의 얼굴을 두 차례 찔렀다. 바로 그때 뉴젠의 수하 세 기가 서로 뒤질세라 말을 달려 다가와 가세했다. 다카하시는 마음은 패기가 넘쳤으나 운이 다했는지 중과부적에 깊은 상처를 입어 마침내 그곳에서 전사하고 말았다.

다이라 진영에서 다시 무사시 노 아리쿠니(武藏有國)가 300여 기를 거느리고 함성을 지르며 내닫자 미나모토 진영에서는 니시나, 다카나시,

야마다 등이 500여 기를 거느리고 이에 맞섰다. 아리쿠니의 군세는 한동안 잘 싸웠으나 많은 전사자를 내고 말았다. 대장인 아리쿠니는 단신으로 적진 깊숙이 들어가 싸우던 중 화살은 다 떨어지고 타고 있던 말마저 적의 살을 맞아 쓰러지자 칼을 뽑아 들고 맞서 적군을 수없이 죽였으나 몸에 예닐곱 대의 살을 맞고 선 채로 전사하고 말았다. 장수가 이리되고 보니 부하들은 모두 도망치고 말았다.

# 사네모리(實盛)

　무사시(武藏) 고을 출신인 사이토 사네모리는 우군이 모두 퇴각하는데도 말을 돌려 싸우기를 거듭하면서 홀로 적을 막았다. 생각하는 바 있어 붉은 비단 내갑의[22] 위에 연둣빛 갑옷[23]을 걸치고 뿔 장식이 우뚝한 투구에 금장 패도와 매 깃 화살을 차고 등나무를 댄 큰 활을 들고서 금으로 장식한 안장을 얹은 잿빛 점박이 말에 타고 있었다.
　이를 본 미나모토 진영의 데즈카 노 미쓰모리(手塚光盛)가 좋은 맞수라 보고 달려와 "실로 탄복할 일이오. 아군이 모두 도망을 가는데 혼자 남아 계시다니 가상하구려. 도대체 뉘신지 이름이나 압시다"하고 말을 걸어왔다. "그렇게 말하는 귀장이야말로 뉘시오?" 하고 사네모리가 되물으니 "시나노 사람 데즈카 노 미쓰모리라 하오"라고 신분을 밝혔다. "그렇다면 서로 좋은 상대로군. 허나 귀장을 얕잡아봐서가 아니라 사연이 있어 이름은 밝히지 않겠소. 이리 오시오, 어디 한번 겨뤄봅시다" 하며 말

---

22　붉은 비단 내갑의는 원래 대장군만이 입을 수 있었다.
23　연둣빛 갑옷은 젊은 사람들이 입는 갑옷으로, 사네모리는 이 전투에서 신분과 나이를 감추고 출전하였다.

머리를 옆에 붙이려 하자 데즈카의 수하 하나가 뒤에서 급히 달려와 행여 주군이 다칠까 봐 두 사람 사이로 끼어들면서 사네모리에게 덤벼들었다. 그러자 사네모리는 "허허, 네놈이 감히 이 나라에서 가장 용맹한 장수와 싸우려 한단 말이냐" 하며 한 손으로 잡아채 안장 앞가리개에 밀어붙이고는 단칼에 머리를 베어 내던졌다. 수하가 당하는 것을 본 데즈카는 재빨리 왼편으로 돌아 사네모리의 갑옷 자락을 들춰 올려 그 틈새로 두 차례 찌르고는 그 틈을 타 붙들고 말 아래로 굴러 떨어졌다. 사네모리는 의기는 충천했으나 계속된 전투에 기력이 쇠진한 데다가 나이가 나이인지라 데즈카의 밑에 깔리고 말았다.

데즈카는 뒤따라 달려온 수하에게 사네모리의 목을 베도록 한 다음 그 목을 들고 요시나카의 군영으로 달려가 "저는 방금 이상한 사람과 싸워 목을 베어 왔습니다. 사졸인 줄 알았는데 비단 내갑의를 입고 있어 대장군인가 했더니 뒤따르는 군세도 없고 아무리 이름을 밝히라고 해도 끝내 이름을 대지 않았는데 말씨는 이곳 말투였습니다"라고 보고했다. 그러자 요시나카는 "아, 그렇다면 그 사람은 틀림없이 사네모리일 것이다. 내가 소싯적 고즈케(上野)에 갔을 때 어린 눈에 본 바로는 흰머리가 섞여 있었으니 지금은 분명 백발이 다 되어 있을 텐데 살쩍이나 수염이 검으니 알 수 없는 일이로구나. 사네모리는 예전에 히구치와 친했으니 알아볼 수 있겠지. 히구치를 들라 하라" 하고 시켰다. 부름을 받고 달려온 히구치는 바로 알아보고 "아아, 이런 무참한 일이…… 사네모리가 틀림없습니다" 하고 아뢰었다. 요시나카가 "그렇다면 지금은 일흔이 넘어 백발이 다 됐을 텐데 살쩍이나 수염이 검으니 어찌된 일인가?"라고 묻자 히구치는 눈물을 뚝뚝 흘리면서 "그래서 그 까닭을 말씀드리려 했는데 너무도 무참한 모습에 저도 모르게 눈물이 나오고 말았습니다. 창검을 다루는 사람은 그러기에 평소에 기억에 남을 말을 미리미리 해두어야 하는가 봅니다. 사네모리는 언젠가 '예순이 넘어서도 싸움터에 나설 일이 있을 때는 살쩍이나 수염에 물을 들여 젊게 하고 나갈 셈이네. 이유인즉 이 나이에 젊은 사람들에게 지지 않으려고 앞장을 서는 것도 꼴사나운 일이지만 그렇다고 노장이라 업심을 받으면 분할 테니까 말이네'라고 한 적이 있는데 정말로 물을 들였습니다그려. 물로 씻고 한번 보십시오" 하고 아뢰자 "그랬었구나" 하며 물로 씻게 하니 원래의 백발로 돌아왔다.

사네모리가 비단 내갑의를 입고 있었던 것은 마지막 하직 인사를 하러 무네모리 공을 찾아갔을 때 "소인 혼자만의 일은 아니옵니다만 지난해 관동 출병 시 물새들의 깃 소리에 놀라 화살 하나 쏘아보지 못하고 스루가(駿河)의 간바라(蒲原)에서 도성까지 도망쳐 온 일이야말로 노후의 가장 큰 치욕이옵니다. 이번 싸움에 나아가면 틀림없이 전사하겠지요. 소인은 본디 북녘 땅 에치젠 출신이지만 지금은 대감 일가의 영지에 배속돼 무사시(武藏)의 나가이(長井)에 살고 있습니다. 옛말에 금의환향(錦衣還鄕)한다는 말이 있는데 이번 출정지는 고향 땅이오니 비단 내갑의 착용을 허락하여주십시오"라고 간청하자 "뜻이 참 장하시오" 하며 비단 내갑의 착용을 허용하였던 것이다.

그 옛적 한(漢)나라의 주매신(朱買臣)은 비단 옷소매를 회계산(會稽山)에 휘날리며 고향 땅에 태수로 부임하였다는데, 이제 사네모리는 그 이름을 북녘 땅에 날렸다고 해야 할까. 육신과는 달리 썩지 않는다고는 하나 결국은 부질없는 이름만을 이 세상에 남기고 머나먼 에치젠 땅의 흙먼지가 되고 말았으니 가슴 아픈 일이 아닐 수 없었다.

지난 4월 17일 10만여 기가 도성을 출발했을 때는 아무도 당하지 못할 것 같았는데, 5월 하순 겨우 2만여 기만이 도성에 되돌아오자 이를 놓고 사람들은 "옛 사람이 말하기를 '흘러 내려가는 물고기를 죄다 훑어 올리면 많이 잡을 수는 있지만 이듬해에 잡을 고기가 없고 숲을 태워 사냥을 하면 많은 짐승을 잡을 수는 있지만 이듬해에 잡을 것이 없다'[24]라고 하였는데 다이라 일가도 뒷일을 고려하여 이번 북녘 출병 시 도성에 약간의 병력을 남겨두었어야 했다"라고 수군거렸다고 한다.

---

24 『여씨춘추(呂氏春秋)』 의상(義賞)편.

## 겐보(玄肪)

　가즈사 태수 다다키요(忠淸)와 히다 태수 가게이에(景家)는 재작년 기요모리 공이 세상을 뜬 후 나란히 출가했었는데 북녘 땅에서 자식들이 모두 전사했다는 소식에 북받치는 슬픔을 이기지 못하고 비탄 속에 세상을 뜨고 말았다. 온 세상에 자식이 부모를 앞서거나 부인 홀로 남게 된 집이 허다하여 이 일을 계기로 도성 안에서는 집집마다 문을 걸어 잠그고 염불을 외거나 통곡하는 일이 많았다.
　6월 1일, 승지 사다나가(定長)는 신기관(神祇官) 지카토시(親俊)를 불러 전란이 가라앉으면 태상왕께서 이세 신궁(伊勢神宮)에 행차하실 것임을 전했다. 이세의 신령은 천상 세계에서 이 땅에 내려오신 분으로, 스진(崇神) 임금 25년 3월에 야마토(大和)의 가사누이(笠縫)에서 이세의 와타라이(度會)로 옮겨 이스즈(五十鈴) 강가의 암석 위에 사당을 짓고 모시기 시작한 이래, 일본 땅 60여 고을에서 모시는 3,750여 대소 신명 중 으뜸의 위치를 누려온 신령이었다. 그러나 역대 군왕 중 이세를 찾은 이가 없었는데, 쇼무(聖武) 임금이 처음으로 납신 일이 있었다. 좌대신을 지냈던 후지와라 노 후히토(藤原不比等)의 손자요, 식부경(式部卿)

우마카이(宇合)의 아들이었던 히로쓰구(廣嗣)란 자가 덴표(天平) 15년 10월, 비젠(備前)의 마쓰우라(松浦)에서 수만의 흉도와 한패가 되어 난을 일으켜 나라를 위태롭게 하자 오노 노 아즈마히도(大野東人)를 대장군으로 삼아 히로쓰구를 토벌토록 하고 이때 처음으로 이세에 행차하였는데, 이번 행차는 그 전례에 따른 것이었다. 이 히로쓰구란 자는 비젠에서 도성까지 하루면 왕복할 수 있는 말을 가지고 있었다고 하는데 토벌군의 공격을 받아 흉도들이 도망치고 모두 죽자 그 말을 타고 바다 속으로 뛰어들었다고 전한다. 사후 그의 망령이 나와 무서운 일이 많았는데, 이듬해 6월 18일에는 다음과 같은 일이 있었다. 지쿠젠(筑前) 고을 다자이후(太宰府)의 관세음사(觀世音寺)에서 공양 법회가 열려 그 인도 역을 겐보 승정이 맡게 되었다. 승정이 단상에서 계백(啓白)[25]의 종을 울리자마자 하늘이 갑자기 껌껌해지고 번개가 치더니 그중 하나가 승정에게 떨어져 목을 잘라 들고는 구름 속으로 사라지고 말았다. 사람들은 이런 일이 일어난 것은 승정이 히로쓰구를 기도의 힘으로 죽였기 때문이라고 수군거렸다. 이 승정은 기비(吉備) 대감이 당나라에 갔을 때 함께 건너가 법상종(法相宗)을 배워 일본에 전한 사람인데, 당나라 사람이 "겐보(玄肪)는 돌아가 죽는다는 '환망(還亡)'과 음이 같으니 틀림없이 자기 나라에 돌아간 후 사고를 당할 사람이다"라고 점을 쳤다는 이야기가 전한다. 그로부터 3년 후 6월 18일, 겐보라는 이름이 적힌 해골이 흥복사의 뜰에 떨어졌는데 허공에서 사람으로 치면 천 명쯤은 되는 듯한 큰 목소리로 와 하고 웃어댄 기이한 일이 있었다. 승정의 제자들이 이 해골을 주워다가 무덤을 만들어 안치하고 머리무덤이라 하였는데 지금도 남아 있다.

---

25 법회 때 취지나 소원을 부처께 아뢰는 일.

사가(嵯峨) 임금 때 상왕이 애첩의 사주를 받아 난을 일으키자, 진압을 위한 기도를 올리기 위해 셋째 딸인 유치(有智) 공주를 가모(賀茂) 신사의 무녀로 내보낸 적이 있었다. 이것이 왕실에서 무녀를 세우게 된 시초이다. 또 스자쿠(朱雀) 임금 대에는 다이라 노 마사카도(平將門)와 후지와라 노 스미토모(藤原純友)가 난을 일으켜 이와시미즈하치만(石淸水八幡) 신사에서 진압을 위한 제를 올린 일이 있었는데, 이번에도 이와 같은 전례에 따라 병란의 진압을 기원하는 제가 여기저기서 시작되었다.

## 요시나카의 서찰

　에치젠의 관아에 도착한 요시나카는 일족 및 심복들을 불러 모아 앞으로의 일을 논의했다. 요시나카가 "나는 오미 지역을 경유해 서울로 들어갈 생각인데 히에이(比叡山) 산의 승도들이 혹시 우리의 진군을 가로막고 나설지도 모르겠다는 생각이 드는구나. 격파하고 지나가기는 쉬운 일이지만 다이라 일가가 불법(佛法)을 무시하여 사찰을 파괴하고 승려를 살해하는 등의 악행을 자행하여 이를 수호하기 위해 가는 내가 히에이 산이 다이라 일가와 한통속이라 하여 이곳 승려들과 싸움을 벌인다면 이야말로 다이라 일가의 전철을 밟는 것과 다름없을 것이다. 가볍게 생각할 일이 아닌즉, 무슨 방도가 없을까?" 하고 말문을 열자 서기(書記) 역으로 데리고 있는 가쿠메이가 나서서 다음과 같이 진언했다.
　"히에이 산의 승도들은 수가 삼천이나 되니 모두가 다 다이라 쪽을 편들지는 않을 것입니다. 생각들이 제각각 달라 저희 쪽에 붙으려는 이도 있을 게고 다이라 편을 들려고 하는 이도 있을 것입니다. 그러니 서찰을 한번 보내보시지요. 답서를 보면 어찌 돌아가고 있는지 알 수 있을 겁니다." 그랬더니 요시나카는 "맞는 말이오. 그러면 어디 그래보구려" 하며

가쿠메이에게 서찰을 쓰게 해 히에이 산으로 보냈다. 그 서찰에는,

　　　소장이 다이라 일가가 저지르고 있는 악행을 두고 보건대 호겐(保元), 헤이지(平治) 사태 이후 오랫동안 신하의 예를 결하고 있음에도 귀천(貴賤) 모두 수수방관만 하고 있고, 승속(僧俗) 할 것 없이 그 발아래 엎드려 두려워 떨고 있을 따름이오. 다이라 일가는 멋대로 임금을 교체하고 국토를 유린하고 있을 뿐 아니라, 수단과 방법을 가리지 않고 권문세가의 재산을 약탈하는가 하면, 죄가 있건 없건 간에 공경대부부터 미관말직에 이르기까지 유배를 보내고 목을 베고 있소. 게다가 그 재물을 빼앗아 남김없이 부하들에게 나눠주고, 장원을 몰수하여 자기 맘대로 자손에게 분배하고 있소. 특히 지적해야 할 것은, 지난 지쇼(治承) 3년 11월, 고시라카와(後白河) 태상왕을 별궁에 가두고, 관백을 머나먼 서해의 다자이후로 유배 보낸 일이오. 그러나 사람들은 두려워 입을 다물고 그저 길에서 만나면 눈만 끔벅이며 불평의 뜻을 주고받을 따름이었소. 뿐만 아니라 같은 해 5월, 고시라카와 태상왕의 둘째 아들인 모치히토(以仁) 왕자의 거소를 포위해 조정을 술렁이게 만들었소. 이 때문에 모치히토 왕자께서는 억울한 처분을 피하고자 몰래 원성사(園城寺)로 몸을 피하셨는데, 소장은 왕자로부터 다이라 일가를 토벌하라는 영지를 받고 말을 채찍질하여 급히 달려 올라가려 하였으나 도성 안에 적병들이 넘쳐 갈 수가 없었소. 가까이 있는 아군도 가지 못했으니 멀리 있는 우리가 어찌할 수 있었겠소. 그러나 원성사는 왕자를 보호할 힘이 없어 나라(奈良)로 모시고 가다가 도중의 우지(宇治) 대교 위에서 다이라 군과 교전하였는데, 의리를 중시한 미나모토 노 요리마사(源賴政) 대장 부자

는 죽음을 두려워하지 않고 힘껏 싸웠으나 중과부적으로 인해 마침내 이끼 무성한 강기슭에 주검을 남기고 헛되이 이름만을 물에 떠워 보내게 되었으니 영지의 말씀 이 뼈에 사무치고, 대장의 최후를 생각하면 비통한 마음에 금방이라도 스러질 것 같소. 이에 동북 지역에 있는 미나모토 군은 힘을 합쳐 서울로 진군해 다이라 일가를 멸망시키려 하고 있소.

지난해 가을 오랜 숙원을 풀기 위해 소장이 군사를 거느리고 시나노를 나서던 날, 다이라 일가의 에치고 사람 조 노 나가모치(城長茂)가 수만의 군사를 이끌고 맞서 요코타(橫田) 강변에서 싸우게 되었는데, 이쪽은 불과 삼천여 기로 이를 격파하였소. 이 소식이 전해지자 다이라 군의 대장이 십만의 군사를 거느리고 북녘을 향해 진군해와 에치젠, 엣추, 가가, 도나미, 구로사카, 시오자카(志保坂), 시노하라 등지의 성곽에서 수차례 겨루게 됐는데, 소장은 진중(陣中)에 앉아 계책을 세워 쉽게 승리를 거두었소. 이렇듯 싸우면 적은 반드시 무릎을 꿇고 나아가면 어김없이 항복하는 것이 마치 가을바람이 파초 잎을 갈라놓고, 겨울 서리가 온 풀잎을 말리는 것 같았소. 이는 모두가 천지신명과 부처의 도움에 의한 것이지 소장의 무략에 의한 것이 전혀 아니오.

이제 다이라 일가가 패배했으니 나는 서울로 올라갈 생각이오. 곧 히에이 산의 기슭을 지나 도성으로 들어갈 터인데 이 시점에서 은근히 염려되는 일이 있소. 귀승들은 다이라 일가 편을 들 것이오 아니면 우리를 도울 것이오? 만일 다이라 편을 든다면 귀승들과 일전을 불사할 것이오. 만약 싸우게 되면 히에이 산은 순식간에 파괴되고 말 것이니 아아, 슬픈 일이오. 다이라 일가가 왕실을 핍박하고 불법을 파괴하기에 그 악행을 진압하기 위해 의병을 일으켰더니 예기치 않게 삼천 승도와 싸움을 하게 될 줄 뉘 알았겠소. 그렇다고 히에이산의 본존인 약사여래(藥師如來)와 토지신인 히요시(日吉) 신령에 대한 배려 때문에 진군을 늦춘다면 조정에 대해 태만한 신하가 되어 무문에 흠을 냈다는 비방을 오랫동안 면치 못하게 될지니 이 또한 가슴 아픈 일이 아닐 수 없소. 어찌해야 좋을지 몰라 이쪽 사정을 알리는 바이니 바라건대 삼천 승도께서는 신불을 위하고 나라와 임금을 위해 우리를 도와 역적들을 무찔러 왕은에 보답하고 그 덕화를 받도록 하시오. 이에 성의를 다해 부탁드리는 바이오.

　요시나카가 삼가 몇 자 적어 올립니다.

주에이(壽永) 2년 6월 10일
미나모토 노 요시나카

　　혜광방(惠光坊) 율사(律師)께 드리오.

라고 적혀 있었다.

## 승도들의 답서

　이 서찰을 펼쳐본 히에이 산의 승도들은 예견했던 대로 의견이 분분해, 미나모토 씨를 지지하자는 사람들도 있었으나 다이라 일문의 편을 들자는 이들도 있었다. 생각이 서로 달라 상반된 의견이 많았는데 노승들이 나서 "우리는 뭐니 뭐니 해도 군왕의 치세가 천지와 같이 유구토록 비는 일을 하는 사람들 아니겠소. 다이라 씨는 주상의 외척이고 특히 우리에게 깊이 귀의해 이제껏 우리는 다이라 씨가 잘 되도록 기도해왔소. 그러나 이제 그들의 악행은 국법을 넘어서 모든 백성들이 따르지 않게 되었소. 다이라 씨는 여기저기 토벌군을 보냈으나 오히려 반군에게 패하고 있소. 반면에 미나모토 군은 최근 수차례의 싸움에 승리를 거두면서 운이 열리려 하고 있소. 어찌 우리들만 운이 다한 다이라 일가를 밀려다가 운이 열리는 미나모토 씨에게 등을 돌릴 수 있겠소. 이제까지 유지해온 다이라 일가와의 우의를 깨고 미나모토 편을 들도록 해야 할 것이오"라는 의견을 내놓고 전원이 참가한 평의에서도 똑같은 의견이 모아지자 요시나카에게 다음과 같이 답서를 써서 보냈다.

6월 10일에 보내신 서신, 16일에 받아 보았소. 펼쳐 보고 평소의 답답하던 심사가 단번에 풀리는 것 같소이다. 무릇 다이라 일가의 악행은 오랜 세월에 걸쳐 행해져 조정에서 소동이 끊일 날이 없었소. 이는 사람이면 모두 말하는 일이니 장황하게 늘어놓을 필요도 없을 것이오. 당사(當寺)는 본디 도성의 귀문(鬼門)에 해당하는 동북쪽에 위치한 사찰로서 오로지 국가의 안녕만을 기원해왔소. 그러나 주상께서는 오랫동안 다이라 일가의 전횡에 시달려왔고 국내는 이제껏 안정을 되찾지 못하고 있소. 그리하여 현밀(顯密)의 법륜(法輪)은 있으나 마나이고 이를 수호하는 지신(地神)의 신위(神威)도 빛을 잃은 지 오래됐소.

이러할 제 귀장은 누대(累代)의 무문(武門)의 집에 태어난 당대 보기 드문 무장으로서 일찍이 기략을 발휘해 의병을 일으킨 후 목숨을 아끼지 않고 싸워서 전공을 세우셨소. 그 공로를 세운 지 두 해도 채 지나지 않았는데 이름이 이미 사해(四海)에 넘쳐 이곳 승도들은 벌써부터 기뻐하고 있었소. 국가를 위하고 누대의 무문인 미나모토씨를 위해 귀장의 무공이 뛰어나고 무략이 출중한 데 탄복하고 있소. 이곳에서 우리가 드려온 기도가 헛되지 않았음에 마음이 뿌듯하고 국가 진호를 소홀히 하지 않았음을 알게 되었소. 우리를 비롯한 여타 사찰에서 모시는 부처들께서는 물론, 대소 사당에서 모시는 여러 지신(地神)들께서도 불법이 다시 일어나게 될 것을 틀림없이 기뻐하고 신심이 예전과 같이 되돌아올 것을 반기실 것이니 우리의 뜻을 잘 헤아리시기 바라오. 저승에서는 열두 신장(神將)이 여래의 사자로서 흉도 토벌의 용사로 가세할 것이요, 이승에서는 우리 삼천 승도들이 잠시 수도를 멈추고 역도를 퇴치하는 관군을 도울 것이오. 지관십승

(止觀十乘)의 불풍(佛風)[26]은 간악한 무리들을 나라 밖으로 몰아내고, 유가삼밀(瑜伽三密)의 법우(法雨)[27]는 세속을 요순의 시대로 되돌려놓을 것인즉, 우리의 뜻은 이와 같으니 삼가 헤아리시기 바라오.

주에이 2년 7월 2일
승도 일동 연서(連署)

다이라 일문은 이런 줄은 꿈에도 모르고 "홍복사와 원정사는 아직도 우리 집안에 원한을 품고 있을 테니 설득을 한다 해도 우리 편이 되지는 않을 것이다. 허나 연력사에 대해서는 아직 원한 살 일을 하지 않았고 연력사 또한 우리 집안에 대해 불충한 마음을 품고 있지 않을 것이니 히요시 신령에게 빌어 그곳 삼천 승도들을 우리 편으로 만들었으면 좋겠다"며 집안의 공경 열 사람이 한마음으로 연서한 기원문을 써서 연력사로 보냈다. 기원문에는 다음과 같이 씌어 있었다.

삼가 아뢰옵나이다.

연력사를 집안 절이나 다름없이 여기고, 히요시 신사를 일문의 신사처럼 모시며, 일편단심 천태종의 불법을 받들기로 결의할 것.

우리 일문은 위 사항을 준수할 것을 서약하는바 그 이유는 간무

---

26 진리에 통달하는 열 가지 방법.
27 삼밀은 몸[身], 입[口], 뜻[意]의 삼업(三業)으로, 법우란 부처의 삼밀과 수행자의 삼밀이 상응함을 말한다.

(桓武) 임금 때 덴교(傳敎) 대사께서 당에 건너갔다가 귀국한 후 천태종의 불법을 이곳에 펴고, 밀교의 가르침을 전한 이래, 불법 융성한 영산(靈山)으로서 오랫동안 진호국가의 도량의 역할을 맡아왔기 때문입니다.

그런데 지금 이즈에 귀양 가 있는 요리토모는 그 죄를 뉘우치기는커녕 나라의 법을 우습게 알고 무시하고 있습니다. 뿐만 아니라 이 흉악한 역모에 동조하는 미나모토 일문 중 요시나카, 유키이에 이하 수많은 자들이 무리 지어 원근의 고을을 노략질하고 온갖 토산물과 공물을 약탈하고 있습니다. 이 때문에 저희는 한편으로 누대에 걸친 공훈의 자취를 이어받고, 또 한편으로는 속히 역적들을 물리치고 흉도들을 항복시키라는 어명을 삼가 받들어, 병력을 동원하여 줄곧 토벌작업을 벌여왔는데, 어린(魚鱗)과 학익진(鶴翼陣)을 펼쳤음에도 불구하고 관군이 불리하고, 성모전극(星旄電戟)[28]의 위력으로 대했는데도 역도들이 우세하여, 천지신명과 불타의 가호 없이는 도저히 역도들의 반란을 진압할 수 없는 지경에 이르고 말았습니다. 이제 귀사의 불법에 귀의하고 히요시 신령의 영검에 매달리는 외에 달리 방도가 없어, 저희 집안의 선조가 다름 아닌 귀사의 건립을 발원한 간무 임금이라는 사실에 의지해 귀사를 받들어 모실 결심을 하게 된 것입니다.

이제부터는 연력사에 기쁜 일이 있으면 저희 집안의 기쁨으로 여길 것이요, 히요시 신사가 분노할 일이 있으면 그 또한 저희 집안의 분노로 간주할 것인즉, 이는 자자손손 지켜질 것입니다. 후지와라 씨

---

28 별처럼 늘어선 군기와 번개처럼 빛나는 창.

는 가스가(春日) 신사와 홍복사를 자기 집안의 신사와 사찰로 삼아 대대로 법상종에 귀의해왔는데, 저희 다이라 일문은 히요시 신사와 연력사를 집안의 신사와 사찰로 삼아 천태종의 가르침을 받을 것입니다. 후지와라 씨야 옛날부터 계속해온 관습인 데다가 자기 집안의 영화를 위해서 그래왔지만, 저희는 현재의 절박하기 그지없는 심경에서 왕실을 위하고 역적의 추방과 처벌을 위해 그러는 것이니 바라건대 히요시의 일곱 신사 및 그 말사, 또 연력사의 동탑과 서탑, 그리고 온 산의 불법을 보호하는 불보살, 일광(日光)보살, 월광(月光)보살, 약사여래께서는 저희들의 둘도 없는 정성을 굽어 살피시어 감응을 내려주소서. 그리하면 역적 무리들도 손을 모아 우리 군문 아래 투항해 올 것이요, 저희들은 잔악한 역도들의 목을 가지고 왕도로 돌아가게 될 것입니다. 이에 우리 집안의 공경들이 입을 모아 예배드리며 위와 같이 기원하고 서약드리는 바입니다.

    종삼위 행(行)[29] 겸 에치젠(越前) 태수
       다이라 노 미치모리(平通盛)
    종삼위 행 겸 우근위 중장
       다이라 노 스케모리(平資盛)
    정삼위 행 좌근위 권[30]중장 겸 이요(伊豫) 태수
       다이라 노 고레모리(平維盛)
    정삼위 행 좌근위 중장 겸 하리마(播磨) 태수
       다이라 노 시게히라(平重衡)

---

29 관계가 관직보다 높을 때 붙이는 말.
30 정원 외에 임시로 보임했을 경우 붙이는 말.

정삼위 행 우위문 차장 겸 오미(近江)·도오토미(遠江) 태수
　　다이라 노 기요무네(平淸宗)
　참의 정삼위 중전궁 대부 겸 수리대부, 가가(加賀)·엣추(越中) 태수
　　다이라 노 쓰네모리(平經盛)
　종이위 행 중납언 겸 좌병위 차장 정이대장군
　　다이라 노 도모모리(平知盛)
　종이위 행 권중납언 겸 비젠(肥前) 태수
　　다이라 노 노리모리(平敎盛)
　정이위 행 권대납언 겸 데와(出羽)·무쓰(陸奧) 안찰사
　　다이라 노 요리모리(平賴盛)
　종일위
　　다이라 노 무네모리(平宗盛)

주에이 2년 7월 5일

이와 같이 아뢰나이다.

　다이라 일문의 처지를 딱하게 여긴 연력사의 주지는 기원문의 내용을 바로 승도들에게 공개하지 않고 우선 히요시의 일곱 신사 중 하나인 주젠지(十禪師) 신사의 사당에 봉헌하고 3일 동안 기도를 한 후에 비로소 공개를 했다. 그랬더니 처음에는 보이지 않았던 노래 한 수가 기원서 상권의 표지에 적혀 있었다.

태평성세를 구가하던 집안도 세월이 가니
서산 너머로 기운 달과 다름없구나

　이 기원문은 히요시 신령이 굽어 살펴주고 3천 승도들이 협력해주기를 바라는 내용이었지만 오랫동안 자행되어온 다이라 일문의 만행이 신령의 뜻을 거슬러왔을 뿐 아니라 인심 또한 얻지 못했기 때문에 이제 와 빈다고 해서 효과가 있을 리 없었고, 승도들을 자기편으로 끌어들이려 해도 말을 들을 리 없었다. 기원문을 읽은 승도들은 다이라 일문의 처지에 대해서는 동정을 하면서도 "이미 미나모토 쪽에 협력하겠다는 답장을 보낸 이상 경박하게 그 결의를 번복할 수는 없다"며 아무도 다이라 측의 요구를 받아들이지 않았다.

## 주상의 몽진

　7월 14일, 히고(肥後) 태수 사다요시(貞能)는 규슈(九州) 지역의 반란을 진압하고 기쿠치(菊池), 하라다(原田), 마쓰우라(松浦)의 군세를 포함한 3천여 기의 병력을 이끌고 서울로 올라왔다. 규슈 지역은 겨우 잠잠해졌으나, 동북 지역은 전혀 진정의 기미를 보이지 않았다.
　그달 22일, 한밤중에 로쿠하라(六波羅) 일대에 큰 소동이 벌어졌다. 다이라 일문의 병사들이 말에 안장을 얹어 뱃대를 조이고 사방에 물건을 날라 숨기는데 마치 적이라도 쳐들어온 듯 소란을 떨었다. 이튿날이 되어서야 알게 된 일이지만, 미노의 미나모토 일족인 시게사다(重貞) 때문이었다. 이자는 호겐 정변 시, 도주하던 미나모토 노 다메토모(源爲朝)를 붙잡아온 공으로 위문부(衛門府)의 삼등관으로 승진한 인물로, 이 때문에 미나모토 씨의 미움을 사서 다이라 일문에 빌붙어 살고 있었는데, 그날 밤 로쿠하라로 말을 타고 달려와 "요시나카가 이미 북국에서 오만여 기로 밀고 내려와 히에이 산의 동쪽 기슭에는 그 군사들로 가득합니다. 가신(家臣) 다테 노 지카타다(楯親忠)와 서기(書記) 가쿠메이가 육천여 기를 거느리고 연력사로 갔는데, 삼천 승도들이 이에 합세해 지금 당장에라도 도성으로 쳐들어올 기세입니다"라고 알려온 것이었다.

　이 소식을 접한 다이라 일문은 어찌해야 좋을지를 모르고 허둥대며 사방으로 진압군을 내려 보냈다. 신임 중납언(中納言) 도모모리 경과 삼위중장 시게히라 경을 대장군에 명해 총세 3천여 기로 서울을 떠나 일단 야마시나(山階)에서 숙영케 하였고, 에치젠의 삼위 미치모리와 노토 태수 노리쓰네에게 2천여 기를 주어 우지 대교를 수비토록 하였으며, 유키모리(行盛)와 사쓰마 태수 다다노리로 하여금 천여 기로 요도(淀) 가도를 지키게 하였다.

　그러나 풍문에 의하면 미나모토 군의 유키이에(行家)가 수천 기를 이끌고 우지 대교를 건너 도성으로 밀고 들어올 것이라 하고, 또 야타 노 요시키요(矢田義淸)가 오에(大江) 산을 넘어 쳐들어올 것이라는 말이 있는가 하면, 한편으로 셋쓰(攝津)와 가와치 지방의 미나모토 군이 한꺼번에 구름처럼 도성으로 난입할 것이라는 말도 있어, 다이라 일문은 이렇게 된 바에야 전군을 한데 모아 최후의 일전에 대비하는 게 낫겠다 싶어 곳곳에 내보냈던 진압군을 모두 도성 안으로 다시 불러들였다.

　옛말에 이르기를 '도성이란 본디 명리에만 급급한 곳이어서 아침에 닭이 울고부터 마음 편할 때가 없다'[31]라고 하였는데 평시도 그럴진대 하물며 난세이니만큼 두말할 필요조차 없었다. 다이라 일문은 선인들이 '세상 어지러울 때 숨을 수 있으련만'[32]이라고 노래했던 요시노(吉野)의 심산에라도 들어가 숨고 싶은 생각이 간절했으나 전국이 이미 모두 자기네에 등을 돌린 터라, 이제 그 어느 항구도 그들을 안식의 땅으로 데려다

---

31　『백씨문집(白氏文集)』.
32　작자 미상으로 '요시노 산속 깊은 곳에 살 집이 하나 있으면 세상 어지러울 때 숨을 수 있으련만'이라는 노래의 1절(『고금화가집(古今和歌集)』).

줄 수 있는 곳은 없었다. 법화경(法華經)에 '삼계(三界)는 마음 편한 날 없어 화택(火宅)과 같다'라는 석가여래의 말씀이 보이는데 정말이지 조금도 틀림없는 말이 아닐 수 없었다.

24일 심야, 무네모리 공은 대비 겐레이몬인(建禮門院)이 있는 로쿠하라의 별궁을 찾았다. "세상의 형국이 어떻게든 잘 풀리리라 믿었는데 이제 올 데까지 온 것 같습니다. 어차피 이리된 바에야 여기서 함께 죽자고들 하고 있사오나 어전에서 참상이 벌어지는 것을 보게 하는 것은 바람직하지 않을 것 같아 태상왕과 주상을 모시고 잠시 서쪽 지방으로 몸을 피할까 하옵니다"라고 아뢰니 대비께서는 "이제 모든 일은 오라버니께서 알아서 하세요" 하며 슬피 우는데 쏟아지는 눈물을 소매로도 다 막지 못할 지경이었고, 무네모리 또한 소매를 짜야 할 만큼 슬피 울었다.

한편 그날 밤 고시라카와 태상왕은 다이라 일문이 비밀리에 자신을 대동하고 서울을 빠져나가 도망할 것이라는 소문을 어디서 들었는지 대납언 스케카타(資賢) 경의 아들 스케토키(資時)만을 데리고 몰래 궁을 빠져나와 구라마(鞍馬)로 향했는데 아무도 눈치 채지 못했다. 기치나이 스에야스(橘內季康)라는 다이라 집안사람이 있었는데 재치 있고 눈치가 빨라 태상왕궁에서 부리고 있었다. 바로 그날 밤 그가 숙직을 서고 있는데 태상왕의 침소를 맡은 사람들이 몹시 허둥대고 수군거리며 나인들이 소리죽여 흐느끼고 있어서 무슨 일인가 하고 귀 기울여 들어보니 "마마께서 갑자기 보이지 않으신데 어디로 가신 것일까?"라는 소리가 들리는지라 "이거 큰일 났구나" 싶어 곧장 로쿠하라로 달려가 무네모리 공에게 이 일을 알렸다. "뭔가 잘못 안 거겠지"라고 하면서도 무네모리 공이 바로 태상왕궁으로 달려가 보니 정말로 태상왕은 보이지 않고 옆에서 모시던 나인들이나 비빈들은 넋을 잃고 꼼짝도 안하고 있었다. "도대체 어찌된 일이냐" 하고 물어도 어디로 갔는지 알고 있는 사람은 아무도 없고 모두 망연자실한 모습들이었다.

태상왕이 궁에 계시지 않는다는 말이 전해지자 온 장안이 물 끓듯 소란스러워졌는데 특히 다이라 쪽 사람들이 허둥대는 모양은 집집마다 도둑이 들었다 해도 그럴 수 없을 만큼 요란했다. 태상왕과 주상을 모시고 서쪽으로 몽진할 채비를 한참 해왔는데 태상왕이 자신들을 저버리고 자취를 감추고 말았기 때문에 믿는 도끼에 발등을 찍힌 기분이 들었기 때문이었다. 이미 어쩔 수 없는지라 "그럼 주상만이라도 모시고 가도록 하자"며 새벽 6시에 모실 가마를 침소에 대니 이제 겨우 여섯 살인 주상은 너무 어려서인지 아무 말 없이 가마에 오르는 것이었다. 모후(母后) 겐레이몬인과 임금을 상징하는 거울, 구슬, 보검 등 세 보물을 한 가마에 모셨다. 대납언 도키타다(時忠) 경이 "옥새와 열쇠, 시찰(時札)[33], 주상의 비파(琵琶)와 금(琴)도 잊지 말고 지참하라" 하고 분부했으나 다들 너무 허둥댄 나머지 미처 챙기지 못한 것이 많았는데, 편전의 옥좌에 비치한 어검도 잊고 그냥 떠났다. 도키타다 경과 아들인 도키자네(時實), 그리고 노부모토(信基) 등 세 사람이 당직 차림으로 뒤를 따르고 근위부의 무관들이 갑주에 활을 메고 호종하며 시치조(七條) 대로를 서쪽으로 돌아 스자쿠(朱雀) 대로를 남하했다.

날이 밝으니 25일이었다. 은하수 또렷하던 하늘은 어느덧 환해져 아침 구름이 히가시야마(東山)의 봉우리에 낮게 걸리고, 새벽달 맑게 빛나는데 닭 우는 소리가 요란스레 들려왔다. 일이 이렇게 되리라고는 꿈에도 생각지 못했으니 몇 해 전 후쿠하라(福原)로 천도할 때 황황히 서울을

---

33 편전 앞에 세워 시각을 알리는 팻말.

떠난 것도 이제 와 돌이켜보니 다 이리될 전조였던 모양이었다.

섭정도 주상을 따라 피난길에 나섰는데 행렬이 시치조 대로로 접어들자 예스럽게 머리를 묶은 동자 하나가 불쑥 어가 앞을 가로질러 달려가기에 눈을 들어 유심히 보니 왼쪽 소매에 '춘일(春日)'이라는 글이 씌어 있었다. 춘일은 '가스가'라고도 읽으니 이는 법상종(法相宗)을 수호하는 가스가 신령께서 후지와라 일문을 지키기 위해 현신한 것이라는 생각이 들어 황감해 하고 있는데 바로 그 동자의 목소리인 듯,

후지와라가 기울어가는 것은 도리 없으나
지금은 나를 믿고 장안에 머물러라

라는 노래가 들려왔다. 이를 들은 섭정은 수행하던 신도 노 다카나오(進藤高直)를 가까이 불러 "사태의 추이를 살피건대 주상은 떠나시지만 태상왕이 납시지 않으셨다. 다이라 일가의 앞날이 밝지 않다고 보는데 그대의 생각은 어떠한가?" 하고 물으니 금방 심중을 헤아린 다카나오는 몰이꾼에게 눈짓을 했다. 이내 그 뜻을 알아차린 몰이꾼은 수레를 돌려 오미야(大宮) 대로를 가로질러 날듯이 기타야마(北山)의 저택으로 되돌아가고 말았다. 다이라 일문의 엣추 노 모리쓰기(越中盛嗣)가 섭정이 되돌아갔다는 말을 듣고 몇 차례고 뒤따라가서 이를 말리려고 하였으나 주위 사람들이 제지해 그만두고 말았다.

## 고레모리(維盛)

　삼위중장 고레모리³⁴는 오래전부터 머잖아 서울을 떠나 처자와 헤어져야 할 날이 올 것임을 알고 있었지만 막상 그날이 닥치고 보니 슬픔을 금할 길 없었다. 중장의 부인은 이미 고인이 된 대납언 나리치카(成親) 경의 딸로 이슬에 젖은 복사꽃이 갓 피어난 듯한 얼굴에, 곱게 화장한 매혹적인 눈빛과 바람에 날리는 버들 같은 머릿결은 세상에 이보다 더 아름다운 사람이 있을까 싶은 절세의 가인이었다. 슬하에 로쿠다이(六代)라는 올해 열 살 난 아들과 여덟 살 난 딸이 있었는데 둘 다 함께 가겠다고 졸라, 중장은 "이전부터 말했듯이 나는 집안사람들과 함께 서울을 떠나 서쪽으로 내려가오. 어디라도 함께 가야겠지만 중도에 적들이 대기하고 있는 모양이라 쉬이 지나갈 수 있을 것 같지 않구려. 그러니 설사 내가 전사했다는 말을 듣더라도 출가할 생각일랑 절대 하지 마시오. 누구에게든 간에 몸을 의지해 당신도 살고 이 아이들도 키워가길 바라오. 당신을 보살펴줄 사람이 반드시 있을 것이오" 하며 백방으로 달래봤지만 부인은

---

34　시게모리의 장남으로 다이라 일문의 적자(嫡子).

아무런 대답 없이 옷을 뒤집어쓰고 엎드려서 울 따름이었다. 그러다 중장이 집을 나서려 하자 소매를 부여잡고 매달리면서 "저의 두 분 부모님도 이미 다 세상을 뜨셨으니 당신이 설사 날 버릴지라도 다른 사람 따윈 생각도 없는데 아무에게나 몸을 의지해 살라니 너무하십니다. 다 전생의 인연이 있었기에 당신의 사랑을 받은 것인데 어느 누군들 당신 같겠습니까? 어디든 간에 함께 가 한 들판에서 목숨을 버리고 한 물속에 가라앉자고 하신 것은 모두 잠자리에서의 약속에 지나지 않으셨다는 말씀입니까? 소첩 한 몸이라면 어찌하겠습니까, 버림받은 슬픔을 참고서 이곳에 머물러야겠지요. 그러나 어린아이들을 누구한테 맡기고 어떻게 하라는 것입니까? 이곳에 남으라니 너무하십니다" 하며 원망도 했다가 애원도 했다 하는지라 중장은 "당신이 열세 살 나고 내가 열다섯일 때 함께 돼 물속이건 불속이건 함께 뛰어들고 같이 들어가 죽을 때도 먼저 가거나 혼자 남는 일이 없도록 하자고 약속했었지만 이렇게 한심한 모양으로 전장에 나서 당신을 데리고 정처 없이 떠돌다가 참혹한 꼴을 겪게는 할 수 없구려. 게다가 이번엔 같이 갈 준비도 돼 있지 않으니 어느 항구건 간에 안심할 수 있는 곳에 도착하거든 데리러 올 사람을 보내도록 하겠소" 하고 마음을 모질게 먹고 일어섰다.

중문의 낭하로 나와 갑옷을 입고 말을 끌고 오게 해 막 올라타려 하는데 아들과 딸이 달려와 갑옷 자락을 꼭 부여잡고서 "도대체 어딜 가십니까? 소자도 따라가겠습니다" "소녀도 같이 가겠습니다" 하며 둘이 함께 매달리며 울어대자 중장은 자식이야말로 이 덧없는 세상에서 가장 끊기 힘든 인연이란 생각이 들어 어찌할 줄 모르고 난감해 하였다.

그러고 있는데 중장의 동생들인 신삼위중장(新三位中將) 스케모리(資盛), 좌중장(左中將) 기요쓰네(淸經), 좌소장(左小將) 아리쓰네(有

經) 그리고 다다후사(忠房), 모로모리(師盛) 등이 말을 탄 채로 문 안까지 들어와 뜰에 말을 세우고 "주상의 어가가 벌써 멀리까지 갔을 텐데 여태껏 뭐하시는 겁니까?" 하며 하나같이 재촉을 하는지라 중장은 어쩔 수 없이 말에 올라 몇 걸음 가는 듯싶더니 이내 되돌아와 툇마루에 말을 바짝 붙이고 활고자로 주렴을 주욱 걷어 올리더니 "이를 좀 보게나, 아우님들. 어린것들이 너무 안 떨어지려 하기에 이리저리 달래다보니 그만 늦고 말았네그려" 하며 말을 마치자마자 엉엉 우니 뜰에 있던 사람들 또한 모두 눈물로 갑옷 소매가 흠뻑 젖고 말았다.

이 자리에 각각 열아홉 살과 열일곱 살 난 사이토 고(五)와 로쿠(六)라는 형제 무사가 있었는데 중장이 타고 있는 말의 양쪽 고삐를 나란히 부여잡고 어디까지고 함께 따라가겠다고 애원을 했다. 그러자 중장은 "너희 부친인 사이토 사네모리(實盛)가 북녘으로 떠날 때 너희가 함께 가겠다고 졸랐으나 '다 생각이 있다'며 너희를 서울에 떼어놓은 채 북방으로 가 전사한 것은 산전수전을 다 겪은 사람이었기에 다 이리될 것을 알고 있었기 때문일 것이다. 내 아들 로쿠다이를 남기고 가는데 안심하고 맡길 사람이 없구나. 무리한 부탁이지만 여기 남아 로쿠다이를 보살펴줄 수 없겠느냐?" 하니 두 형제는 어쩔 수 없어 눈물을 삼키며 뒤에 남았다. 이를 본 마님이 "이제껏 이리도 무정한 양반일 줄은 미처 몰랐다"며 몸부림치면서 울자 두 자녀와 하녀들이 주렴 밖에까지 뛰쳐나와 남의 이목도 아랑곳 않고 목 놓아 울어댔다. 이 소리가 그만 귀에 박혀 중장은 서해 바다 위에서 바람 부는 소리를 들을 때마다 이들의 울음소리가 떠올라 슬퍼했다.

## 폐허

다이라 일가는 서울을 버리고 떠나면서 로쿠하라, 이케도노(池殿), 고마쓰도노(小松殿), 하치조(八條), 니시하치조(西八條)를 비롯한 일가의 공경대부 저택 20여 곳과 종자들의 숙소, 그리고 서울과 시라카와(白河)의 4~5만 채에 이르는 민가에 한꺼번에 불을 질러 모두 태워 없앴다.

이들 저택 중에는 임금이 납신 곳도 있었건만 화려하던 전각은 이제 덧없이 초석만 남았고, 보련(寶輦)을 대던 곳도 단지 흔적만을 알아볼 수 있을 뿐이었다. 또 어떤 곳에서는 중전께서 늘 화려한 연회를 열었으나 그 자리에는 이제 바람 소리만 요란하고 뜨락에는 이슬만 가득해 시름을 더할 따름이었다. 곱게 칠한 문에 자수 장막을 드리운 수많은 방과, 숲에서는 새를 잡고 못에서는 고기를 낚던 광대한 궁전, 그리고 공경들의 저택과 정신들의 주거는 모두 오랜 세월에 걸쳐 조영된 것이었으나 순식간에 잿더미로 화하고 말았다. 하물며 가신들의 간소한 집이나 하인들이 사는 곳은 말할 필요조차 없어 불길이 미친 곳이 수십 정에 달했다. 강대하던 오나라가 삽시간에 무너지자 궁궐터 고소대(姑蘇臺)에는 가시나무만 자라 이슬에 젖었고, 포악하던 진나라가 망하자 대궐 함양궁(咸陽宮)

을 태우는 연기가 성벽을 가렸다는 고사가 바로 이런 정경을 가리킨 것인가 싶어 비통할 따름이었다. 평소 대륙의 함곡(函谷)이나 이효(二殽)에 비견되던 험준한 관문을 믿고 지켜왔건만 북에서 내려온 요시나카 군에 패하고 말았고, 역시 홍하(洪河), 경위(涇渭)와 같은 깊은 강을 끼고 수비해왔으나 이제는 관동 세력에게 점령당하고 말았으니, 갑자기 예의의 땅에서 쫓겨나 눈물 속에 무지몽매한 변경에 몸을 의탁하게 될 줄은 짐작도 못했던 일이었다. 바로 어제까지는 구름 위에서 비를 뿌리는 신룡(神龍)과 같았으나, 오늘은 가게 앞에 늘어선 건어 같은 신세가 되고 말았으니, 화와 복은 한길에서 나오고 성쇠는 손바닥을 뒤집는 것과 같다는 세상의 이치를 바로 눈앞에 보는 것 같아 슬퍼하지 않는 이가 없었다. 정권을 잡았던 호겐 연간에는 봄날의 벚꽃처럼 피어올랐건만 이제 주에이에 이르러 가을 단풍처럼 지고 만 것이다.

지난 지쇼 4년 7월, 대궐 경호를 위해 상경[35]한 하타케야마 노 시게요시(畠山重能), 오야마다 노 아리시게(小山田有重), 우쓰노미야 노 도모쓰나(宇都宮朝綱)[36] 등은 이때까지 서울에 붙들려 있었는데 다이라 일문이 서울을 뒤로 하면서 참수했어야 하는 것을 도모모리 경이 나서 "우리의 운이 이미 다했다면 이들과 같은 사람 백 명, 천 명의 목을 벤다 한들 천하를 차지할 수는 없을 것입니다. 지금 이들의 고향에선 처자와 부하들이 얼마나 걱정하고 있겠습니까? 만에 하나 운이 다시 열려 서울로 되돌아올 수가 있다면 그땐 목숨을 살려준 게 더 없는 인연이 되지 않겠습니까?" 하고 건의하자 무네모리 공은 "맞는 말이다"라며 세 사람을 풀어주었다. 그러자 이들은 머리를 조아리고 눈물을 흘리며 "지난 지쇼 때부터

---

35 당시 조정에서는 지방의 무사들을 교대로 상경시켜 대궐의 경호를 담당토록 하였다.
36 이들은 모두 관동 출신의 무사들이었다.

지금까지 쓸모없는 몸을 거두어 주셨으니 어디라도 수행해 주상께서 행행(行幸)하신 곳까지 따라가겠습니다" 하며 거듭 애원했으나 무네모리 공이 "그대들의 마음은 이미 관동에 있을 텐데 빈껍데기만 서쪽으로 데려갈 수는 없다. 서둘러 고향으로 내려가도록 하라"고 하여 어쩔 수 없이 눈물을 삼키며 고향으로 향했다. 다이라 씨를 20년 이상 주인으로 섬겨온지라 이별의 눈물을 억누르기 힘들었던 것이다.

# 다다노리(忠度)

사쓰마 태수 다다노리는 어디쯤에서 말머리를 돌렸는지는 모르나 호위 무사 다섯에 시동(侍童) 하나뿐인 단 7기만으로 다시 도성으로 돌아와 고조(五條)에 있는 후지와라 슌제이(藤原俊成)[37] 대감 집을 찾았으나 집 앞에 당도해 보니 문이 굳게 잠겨 밀어도 열리지 않았다. 다다노리가 왔다고 전하게 했더니 안에 있는 사람들이 도주한 무인들이 되돌아왔다며 부산을 떠는 소리가 들려왔다. 다다노리가 말에서 내려 몸소 큰소리로 "특별한 일이 있어 온 것은 아니오. 단지 대감께 드릴 말씀이 있어 왔으니 문은 안 열더라도 이곳까지 가까이 오셨으면 하오" 하고 외치자 그 말을 전해 들은 슌제이 대감은 "사연이 있어 그러는 거겠지. 그 사람이라면 별일 없을 테니 들어오게 하라"며 문을 열어 들어오게 했으나 때가 때인지라 그 자리엔 뭐라고 형용키 힘든 처연한 분위기가 감돌았다.

다다노리는 찾아온 연유를 다음과 같이 밝혔다. "지난 기간 대감께 시가(詩歌)의 지도를 받은 이래 한시도 소홀히 모신 적은 없었습니다만

---

[37] 당대 제일의 가인(歌人)으로, 70세가 되던 주에이 2년(1183)에 왕명을 받들어 『천재집(千載集)』이라는 노래집을 편찬하였다.

최근 이삼 년은 도성의 소요와 지방의 반란이 모두 저희 집안일이었기 때문에 시작(詩作)을 게을리 한 것은 아니었으나 자주 찾아뵙지를 못했습니다. 주상께서는 이미 도성을 뜨셨고 저희 집안도 이제 운이 다한 모양입니다. 이렇게 찾아뵌 것은 다름이 아닙니다. 얼마 전 대감에게 당대의 뛰어난 노래를 모아 편찬하라는 어명이 내렸다는 말을 듣고 제 작품을 단 한 수만이라도 채택해주시는 은혜를 베풀어주신다면 일생의 영예가 될 것이라 기대했었는데 곧바로 난리가 일어나는 바람에 그 어명이 취소되고 말아 소장도 참 안타깝게 생각하고 있었습니다. 세상이 조용해지면 다시 어명이 내릴 터인즉 이 두루마리 속에 쓸 만한 것이 있거든 한 수만이라도 넣어주시기를 부탁드립니다. 그러한 은혜를 입게 된다면 풀숲 그늘에 묻혀서도 기뻐할 것이고 저 멀리 저승에서나마 대감을 오래오래 지켜드릴 것입니다"라고 하면서 오랜 세월에 걸쳐 읊어온 수많은 노래 가운데 가작으로 생각되는 100여 수를 모아 적은 두루마리를 갑옷 이음새 틈에서 꺼내 슌제이 대감께 건넸다. 이를 펼쳐본 대감이 "유품이 될지도 모르는 물건을 받아 든 이상 내 결코 소홀히 하는 일은 없을 테니 그 점은 염려 마시오. 그보다도 이런 상황인데도 이리 오시다니 시가를 사랑하는 장군의 깊은 마음과 뜻에 눈물을 금할 길이 없구려" 하고 답하자 다다노리는 기쁜 얼굴을 하고 "이제 몸이 서해 바다 밑에 가라앉고 산야에 뼈를 드러낸다 해도 무상한 이 세상에 여한이 없습니다. 그럼 이만 물러가겠습니다" 하며 말에 올라 투구 끈을 질끈 매고 서쪽을 향해 내처 갔다. 슌제이는 다다노리의 뒷모습이 아득해질 때까지 배웅하며 서 있었는데, 멀리서 '앞 길이 멀기도 하구나, 마음은 벌써 안산(雁山)의 저녁 구름 위를 달리는데' 하고 다다노리가 목청 높여 읊조리는 소리가 들려오자 더욱 작별이 아쉬워 눈물을 삼키며 집 안으로 들어갔다.

난리가 가라앉은 후, 슌제이는 『천재집(千載集)』이라는 노래집의 편찬을 맡게 되었는데, 다다노리의 얼굴하며 남긴 말들이 새삼스레 생각나 감회를 억누를 수 없었다. 맡기고 간 두루마리 안에는 실을 만한 노래가 얼마든지 있었으나 이미 역적(逆賊)의 몸이었기 때문에 이름을 밝힐 수 없어, 「고도(古都)의 꽃」이라는 제목으로 읊은 노래 한 수를 '무명씨'의 작품으로 하여 채택하였다.

    사자나미[38]의 시가(志賀)의 옛 도읍은 지금 없어도
    예와 다름없구나, 먼 산에 핀 벚꽃은

이미 역적이 되고 말았으니 어쩔 수 없는 일이라고는 하나 안타까운 일이 아닐 수 없었다.

---

38 오미 고을의 시가 일대를 가리키는 지명.

# 쓰네마사(經正)

　수리대부(修理大夫) 쓰네모리(經盛)의 아들로, 왕비궁 차석으로 있던 쓰네마사는 어렸을 때 인화사(仁和寺)에서 동자승(童子僧) 생활을 한 적이 있었다. 이런 와중에도 전에 모시던 대군[39]께 하직 인사를 올리고 가야 한다는 생각에 호위 무사 대여섯 기만 거느리고 인화사로 말을 몰았다. 문전에서 말에서 내려 "저희 집안의 운이 다해 이제 왕도를 떠나옵는데 이 세상에 미련이 있다면 대군을 그리는 일편단심뿐이옵니다. 여덟 살 나던 해 이곳에 처음 와 열셋에 관례(冠禮)를 올릴 때까지 아플 때 외엔 한시도 곁을 떠난 적이 없었는데, 이제 천 리 밖 서해의 파도 위로 나서게 되면 언제 다시 되돌아올 수 있을 지 알 수 없어 착잡하옵니다. 다시 안에 올라 마마를 뵙고 싶사오나 이미 몸에 갑주를 두르고 병기를 지닌 볼썽사나운 몰골을 하고 있어 삼가겠나이다" 하고 아뢰니 대군께서는 측은히 여기시고 "그냥 그 차림으로 들어오너라" 하고 허락하였다.
　쓰네마사의 무장한 모습을 볼 것 같으면, 보랏빛 비단 내갑의 위에

---

39 태상왕의 넷째 왕자로, 당시 주지를 맡고 있었다.

연둣빛 실로 꾸민 갑옷을 걸치고 허리에는 금장 대도에 등에는 매 깃 화살, 옆구리에는 등나무를 감은 활을 끼고서 투구는 벗어 어깨 고리에 걸쳐 멘 차림이었는데, 본당 앞뜰에 나아가 정좌하니 대군께서는 바로 나와 주렴을 높이 걷어 올리게 하고 "이리 가까이 오라"하고 권했다. 쓰네마사가 마루에 올라 함께 온 아리노리(有敎)를 부르자 붉은 비단 주머니에 싼 비파를 가지고 왔다. 이를 받아 든 쓰네마사는 대군 앞에 내려놓고서 다음과 같이 아뢰었다. "전에 저에게 맡기신 비파 세이잔(靑山)을 가져왔사옵니다. 한없이 애착이 가는 물건이오나 이와 같은 명기를 벽지에서 묵히는 건 아까운 일입니다. 혹 저희 집안의 운이 다시 트여 되돌아올 수 있게 되면 그때 다시 맡겨주옵소서"하고 울며 아뢰니 애처롭게 여긴 대군은 노래를 한 수 읊었다

아쉬운 정만 남기고 떠나가는 그대 마음을
먼 훗날 기약하며 정성껏 싸 두리다

그러자 쓰네마사는 벼루를 청해,

물이 흐르듯 세상은 바뀌어도 임을 그리는
소생의 마음만은 변하지 않을 게요

하고 노래를 지어 바치고 하직 인사를 올리고 나서려는데 수많은 동자승과 승려는 물론 승병들에 이르기까지 소매를 부여잡고 옷깃을 끌며 작별이 아쉬워 눈물을 흘리지 않는 사람이 없었다. 그중에서도 하무로(葉室) 대납언 미쓰요리(光賴)의 아들로, 어렸을 때 쓰네마사와 함께 동자승으

로 있던 교케이(行慶)는 너무도 작별이 아쉬워 가쓰라(桂) 강 부근까지 따라오며 배웅을 하였다. 언제까지고 그럴 수만도 없어 그곳에서 작별을 하고 울면서 이별의 정을 다음과 같이 노래했다.

　　　　안타깝구려, 노목도 새 나무도 벚꽃 송이가
　　　　서로들 앞 다투어 질 일을 생각하면

이에 쓰네마사는,

　　　　허구한 밤을 혼자서 지새우고 괴로워하며
　　　　이곳을 떠나가면 먼 길을 가야겠지

하고 답한 후, 말아놓도록 한 다이라 군의 붉은 깃발을 받아 활짝 펴 쳐들어 올리니 여기저기서 대기하고 있던 부하들이 와 하고 외치며 몰려드는데 그 수 100여 기로, 무리를 이루며 말을 채찍질해 달려 이내 어가 행렬에 합류했다.

# 명기 세이잔(名器靑山)

쓰네마사는 열일곱 살 때 우사하치만(宇佐八幡) 신사에 봉헌사로 임명되어 내려간 적이 있었다. 그때 대군으로부터 세이잔을 하사받아 가지고 가 하치만 신령을 모시는 신전 앞에서 비파의 비곡(秘曲)을 연주하자 평소 음악 같은 것은 들어본 적이 없는 수행 관원들이 모두 감동해 하나같이 관복의 소매를 흠뻑 적신 일이 있었다. 음악을 들어도 아무런 감흥을 느끼지 못할 것처럼 보이던 미천한 사람들조차 소나기 소리와 구분할 수 있었다니 참으로 놀랍고 경이로운 일이었다.

이 세이잔이란 비파는 닌묘(仁明) 임금 치세인 가쇼(嘉祥) 3년(850) 봄, 후지와라 노 사다토시(藤原貞敏)가 당나라에 갔을 때 비파박사 염승무(廉承武)를 만나 세 곡의 비파곡을 전수받아 귀국했는데, 겐조(玄象), 시시마루(師子丸), 세이잔이라는 세 대의 비파를 얻어 바다를 건너는 중에 용왕이 이를 탐내서인지 풍랑이 거칠게 일자 시시마루를 바다에 던져 용왕에게 바치고 나머지 두 대는 가지고 돌아와 왕실의 보배로 간직해온 것이었다.

무라카미(村上) 임금 때인 오와(應和: 961~964) 연간의 어느 보름

날 밤, 막 떠오른 달이 교교히 빛나고 시원한 바람이 기분 좋게 불어오는 야밤에 주상이 청량전(淸凉殿)에서 겐조를 타고 있자 그림자 같은 것이 어전에 다가와 고상하고 품위 있는 목소리로 가락에 맞추어 노래를 하는 것이었다. 주상께서 비파를 내려놓으시고 "그대는 도대체 누구인가? 어디서 나타난 것이냐?" 하고 물으시니 "소신은 그 옛날 사다토시에게 비파를 전수한 대당국(大唐國)의 비파박사 염승무이옵니다. 당시 비곡(秘曲)을 하나 빠뜨리고 전수하지 않은 까닭에 마도(魔道)에 떨어져 괴로움 속에 지내왔사온데, 방금 타신 비파 소리가 너무도 고와 이리 들으러 온 것입니다. 바라옵건대 전하지 못한 비곡 하나를 전하께 전수해 성불의 계기로 삼아볼까 하나이다" 하며 주상 앞에 세워둔 세이잔을 집어 들고 주감이를 눌러가며 주상께 비곡을 전수하니 이른바 세 곡 중의「상현(上玄)」「석상(石上)」이 바로 이것이었다. 이런 일이 있은 후 주상께서도 신하들도 두려워하며 이 비파를 만지는 일이 없었는데 언제부터인가 인화사에 와 있던 것을 대군이 가장 총애하던 쓰네마사에게 맡겨 관리토록 한 것이었다. 세이잔의 배면은 자등(紫藤)으로 만들어져 있고 발목(撥木)에 여름 산봉우리의 녹음 사이로 새벽달이 나오는 모양이 그려져 있어 세이잔(靑山)이란 이름이 붙게 되었는데 비파의 명기라는 겐조(玄象)에도 뒤지지 않는 희대의 명기였다.

## 다이라 일문의 도주

  기요모리 공의 의붓동생인 대납언 요리모리(賴盛)도 거소에 불을 지르고 나섰으나 도바(鳥羽) 궁의 남문에 이르자 말을 세우더니 깜빡 잊고 온 일이 있다며 다이라 군의 표식인 붉은 깃발을 잘라버리고 300여 기의 병력을 이끌고 다시 서울로 되돌아갔다. 이를 본 다이라 측의 무사 모리쓰기(盛嗣)가 무네모리(宗盛) 공에게 달려가 "저기를 좀 보십시오. 서울에 남으려는 요리모리 대감을 따라 저 많은 병력이 따라가다니 괘씸한 일이 아닐 수 없습니다. 요리모리 어른에게야 쏠 수 없지만 병사들에게 활을 한 대 쏴보겠습니다"라고 하자 "오랫동안 입어온 은혜를 저버리고 우리의 모습을 끝까지 지켜보지 않는 배은망덕한 무리들에게는 그럴 필요도 없다" 하고 대답해 할 수 없이 참고 말았다.
  "그건 그렇고 시게모리(重盛) 대감의 아들들은 어찌 됐느냐?" 하고 물어 "아직 아무도 안 오셨습니다" 하니 바로 그때 도모모리(知盛)가 눈물을 뚝뚝 흘리며 "서울을 떠나 하루가 채 지나지도 않았는데 벌써 인심이 이리 변하다니 기가 막히는구려. 지금도 이런데 앞으로 무슨 일이 벌어질지 알 수 없어 그냥 서울에서 버티자고 주장했었건만" 하며 무네모리 공 쪽을 원망스레 바라보았다.

요리모리가 서울에 남게 된 연유인 즉은 가마쿠라에 있는 요리토모가 항상 자기에게만은 호의를 보이며 "내 결코 대감을 소홀히 대하지 않겠소. 어릴 때 내 목숨을 구해주신 자당(慈堂)이나 다름이 없다 생각하고 있소.[40] 약속을 어기면 신령께서 용납하지 않으실 것이오" 하며 몇 번이고 서약서를 써서 확약했을 뿐만 아니라 다이라 일가를 치기 위해 토벌군이 서울로 올라갈 때마다 "무슨 일이 있어도 요리모리 대감의 병사들을 향해 활을 쏴서는 안 된다"라고 명하는 등의 배려를 해 "우리 집안은 이미 운이 다해 서울을 팽개치고 도망가고 말았으니 이제 요리토모의 도움을 받는 수밖에 없겠지" 하며 되돌아갔다는 후문이었다. 요리모리는 인화사 소유의 암자 하나에 몸을 숨겼는데 자신과 오래 정을 통해온 여인이 모시는 쇼시(暲子) 공주[41]가 마침 이곳에 피신해 있었기 때문이었다. 그러나 요리모리가 공주를 찾아뵙고 "만약의 사태가 벌어질 경우엔 소신의 목숨을 살려주시옵소서" 하고 부탁하자 공주가 의외로 "때가 때인지라 지금은……" 하며 애매한 반응을 보이자 눈앞이 캄캄해졌다. 설사 요리토모가 호의를 보이고 있다 해도 여타 미나모토 사람들의 생각이 어떤지는 알 수 없는 노릇이고, 집안사람들과 멀리 떨어져 이제 이러지도 저러지도 못하는 처량한 신세가 되고 말았기 때문이었다.

한편 다이라 쪽에서는 시게모리의 장남인 고레모리를 비롯해, 형제 여섯이 천여 기를 이끌고 요도(淀)의 무쓰타(六田) 강가에서 어가 행렬

---

[40] 요리토모는 부친이 모반에 가담한 죄로 사형 선고를 받았으나, 요리모리의 생모인 이케마님의 간청에 의해 감일등하여 유형에 처해졌다.
[41] 도바(鳥羽) 임금의 셋째 공주로, 거처가 하치조에 있었기 때문에 하치조인(八條院)이라 불리었다.

에 합류했다. 이들을 애타게 기다리던 무네모리 공이 기쁨을 감추지 못하고 "어인 일로 이리 늦었느냐?" 하고 물으니 고레모리는 "어린것들이 떨어지지 않으려 해서 이리저리 달래느라 늦고 말았습니다" 하고 사실대로 말했다. 이 말을 들은 무네모리 공이 "왜 큰아이 로쿠다이를 데려오지 않았느냐? 마음이 모질구나" 하고 책하자 고레모리는 "앞길이 너무 불안한데 어떻게 데려온단 말입니까" 하며 아들 이야기에 슬픔이 다시 복받쳐 눈물을 펑펑 흘리니 보기에도 딱한 일이었다.

　서울을 뒤로하고 도주하는 다이라 일가의 면면을 볼 것 같으면, 공경에는 전임 내대신(內大臣) 무네모리 공, 대납언(大納言) 도키타다(時忠), 중납언(中納言) 노리모리(敎盛), 신중납언(新中納言) 도모모리(知盛), 수리대부 쓰네모리(經盛), 우위문(右衛門) 부장 기요무네(淸宗), 본삼위중장 시게히라(重衡), 고마쓰 삼위중장 고레모리, 신삼위중장 스케모리(資盛), 에치젠 삼위 미치모리(通盛) 등이 있었고, 대부급은 내장(內藏) 장관 노부모토(信基), 사누키(讚岐) 중장 도키자네(時實), 좌중장 기요쓰네(淸經), 고마쓰(小松) 소장 아리모리(有盛), 단고(丹後) 시종 다다후사(忠房), 왕비궁 차석 쓰네마사, 사마(左馬) 부장 유키모리(行盛), 사쓰마(薩摩) 태수 다다노리(忠度), 노토(能登) 태수 노리쓰네(敎經), 무사시(武藏) 태수 도모아키라(知章), 빗추(備中) 태수 모로모리(師盛), 아와지(淡路) 태수 기요후사(淸房), 오와리(尾張) 태수 기요사다(淸貞), 와카사(若狹) 태수 쓰네토시(經俊), 병부(兵部) 차석 마사아키라(尹明), 장인대부(藏人大夫) 나리모리(業盛), 대부 아쓰모리(敦盛)가 있었으며, 승려는 이위 승도(二位僧都) 젠신(全眞), 법등사(法勝寺)의 집행 노엔(能圓), 율사 주카이(忠快), 아사리(阿闍梨) 유엔(佑圓)이, 그리고 무관은 지방관, 의금부 관헌, 근위부 및 제 부서에 근무하는 자 160명으로 도합 총세는 7천여 기였는데, 이는 최근 2~3년 동안 동북 지방에서 치러진 수차례의 전투 속에 살아남은 숫자였다.

야마자키(山崎) 관문[42]에 도착해 관아 내에 어가를 잠시 내려놓고 쉬는데 도키타다(時忠) 경이 오야마(男山)의 하치만 신령께 "하치만 신령님 무릎 꿇고 비나이다. 주상을 비롯해 우리 모두 서울로 다시 가게 해주소서" 하고 비는 모습은 비통하기 짝이 없었다. 서로들 오던 길을 뒤돌아보니 하늘은 뿌연데 연기만 자욱이 오르고 있을 뿐이었다. 노리모리 경이,

> 무상도 하다, 주인은 구름 넘어 멀리 가는데
> 떠나온 옛집엔 연기만 오르누나

하고 감회를 읊조리니 쓰네마사가,

> 고향은 불타 연기만이 자욱한 들로 화하고
> 앞에는 안개 서린 파도 길뿐이로다

라고 이에 답하였다. 한 줄기 연기로 화해버린 고향을 뒤로한 채 구름 저편의 앞길 아마득한 피난길에 나섰을 사람들의 심사가 어땠을지는 짐작이 가고도 남아 착잡할 따름이었다.

각설하고 히고(肥後) 태수 사다요시(貞能)는 요도 강[43]의 하구에 미나모토 군이 매복하고 있다는 말을 듣고 이를 쳐부수려 500여 기를 데리

---

42 도성 남쪽에 있었던 관문.
43 비와 호에서 시작되어 교토를 경유, 오사카 평야에서 다른 강들과 합류하여 오사카 만으로 흘러들어가는 강.

고 나섰다가 사실이 아니어서 되돌아오던 중, 우도노(宇度野) 부근에서 어가 행렬과 마주쳤다. 결국 피난길에 나서게 됐다는 말을 들은 사다요시는 말에서 뛰어내려 활을 옆구리에 끼고 무네모리 공 앞에 정좌하더니 "도대체 어디로 가실 생각으로 이러시는 겁니까? 서쪽으로 피신하게 되면 패잔병이라 얕보고 사방에서 싸움을 걸어와 명예롭지 못한 이름을 남기게 될 우려가 있습니다. 그냥 서울에서 최후의 결전을 치르도록 하시지요" 하고 건의했다. 그러자 무네모리 공은 "사다요시는 아직 듣지 못했느냐? 요시나카가 이미 북녘에서 오만여 기를 이끌고 올라와 히에이 산의 히가시사카모토(東坂本) 일대를 메우고 있는데 어젯밤부터 태상왕의 모습조차 눈에 띄지 않고 있다. 우리들뿐이라면 몰라도 중전과 어머님에게 참혹한 꼴을 보일 수는 없는 노릇이어서 떠나자고 말씀드렸고 다른 사람들에게도 권해 일단 서울을 떠나기로 한 것이다" 하고 설명하니 사다요시는 "그러하시면 소장은 여기서 하직을 하고 서울에서 싸우다 죽겠습니다" 하며 데리고 온 500여 기의 군세를 무네모리 공의 아들들에게 나눠주고 자신은 수하 30여 기만을 데리고 서울로 되돌아갔다.

　서울에 그냥 남아 있는 다이라 일문 사람들을 소탕하러 사다요시가 되돌아왔다는 소문이 돌자 요리모리는 자기를 죽이러 왔을 것으로 보고 겁에 질려 법석을 피웠다. 그러나 사다요시는 니시하치조(西八條)의 불탄 자리에 군막을 치고 하룻밤을 지새웠으나 서울로 되돌아오는 다이라 집안 무사들이 하나도 없자 아무래도 불안한 느낌이 들었는지 미나모토 군의 말발굽에 짓밟히게 해서는 안 된다는 생각에 시게모리(重盛) 공의 묘를 파헤쳐 그 뼈를 향해 고하기를 "한심한 일입니다. 다이라 일가의 말로를 좀 보십시오. '산 자는 반드시 죽고 기쁨이 다하면 슬픔이 온다'고 예로부터 책에 전해오지만 지금 보시는 것만큼 처참한 광경도 없을 것입니다. 대감께선 뉘보다도 먼저 이리될 줄 아시고 미리부터 신불(神佛)과 삼보(三寶)에 기원하신 까닭에 일찍 세상을 뜨시게 된 것이겠지요. 현명하신 판단이었다고 봅니다. 그때 소장도 뒤를 따랐어야 하는 것을 쓸모없이 오래 살아 지금 이런 끔찍한 꼴을 보게 됐습니다. 소장이 죽거든 꼭 지금 계시는 정토로 이끌어주십시오" 하고 울면서 지금은 세상을 뜨고 없는 주군의 혼령에게 푸념을 늘어놓았다. 그러고는 뼈는 고야(高野) 산으로 보내고 주변 흙은 파서 가모(賀茂) 강에 흘려보냈는데, 장차 다이라 일가의 운명이 미덥지 않다고 생각했는지 어가 행렬과는 정반대 방향인 동쪽 지방을 향해 피신했다. 사다요시는 예전에 죄를 지은 우쓰노미야 노도모쓰나(宇都宮朝綱)의 신병을 맡아 데리고 있던 적이 있었는데 그때 호의를 베풀어준 것이 연이 됐는지 우쓰노미야를 찾아갔더니 잘 대해주었다고 한다.

## 후쿠하라(福原)

　다이라 일문은 고레모리 외에는 무네모리 공을 위시해 모두 처자를 대동하고 있었으나 신분이 낮은 사람들의 경우는 그렇게 많은 수를 데리고 갈 수 없어 다시 언제 만나게 될지도 모른 채로 다들 처자식을 버리고 길을 떠날 수밖에 없었다. 모일 모시에 꼭 돌아오마고 시일을 정해놔도 기약키 어려운 법이거늘 하물며 오늘이 마지막에 이번이 최후의 이별이었으니 떠나가는 이도 남는 사람도 서로서로 소매만 적실 뿐이었다. 대대로 이어온 주종 관계에, 오랫동안 입어온 온정을 차마 모른 체할 수 없어 따라는 가지만 노소 불문하고 그저 뒤만 돌아보며 좀처럼 앞으로 나아가지 못하였다.
　어느 날은 해변에서 파도 소리 베개 삼아 잠을 청하거나 물결치는 창해에서 하루해를 보내기도 하고, 어느 때는 광야를 헤치고 험준한 산을 넘어 나아가는데 슬픔을 잊으려는 듯 말에 채찍질만 해대는 사람이 있는가 하면 노만 열심히 저어대는 이도 있는 등, 제각각 생각은 갈래 갈래인 채로 피난길에 올랐다.
　행렬이 구도(舊都) 후쿠하라에 도착하자 무네모리 공은 병사들 중에 주된 자 노소 수백 명을 불러 다음과 같이 일렀다. "우리 집안에 적선(積善)의 여경(餘慶)이 다하고 적악(積惡)의 여앙(餘殃)이 닥쳐[44] 신령의 가호를 잃고 태상왕의 버림을 받아 왕도를 떠나 유랑의 길로 나서게 된 마당에 뭘 기대할 수 있겠냐만 한 나무 그늘 아래서 밤을 지새우고 한 우물의 물을 떠 마시는 것도 다 전세의 연이 깊어 그런 것 아니겠느냐. 하물며 그대들은 일시 고용된 문객들도 아니고 조상 대대로 내려온 가복들 아니냐. 이 중엔 근친의 정이 남다른 사람들도 있고 대대로 보살핌을 받아온 사람들도 있어 우리 집안이 번성했던 예전엔 모두 우리 덕으로 살아온 사람들이다. 그러니 이제 그에 보답해야 할 때가 온 것 같다. 더구나 우리에겐 주상께서 왕실의 세 보물을 모시고 함께 계시니 그 어떤 땅 끝 산골인들 행차를 수행해야 하지 않겠느냐?"

이 말을 들은 모인 사람들은 노소를 불문하고 눈물을 흘리며 "미물인 새나 짐승들도 은혜를 갚고 덕에 보답하는 마음이 있는 법인데 하물며 사람으로 태어나 어찌 그 도리를 다하지 않을 수 있겠습니까? 지난 이십여 년 동안 처자를 먹여 살리고 부하들을 보살필 수 있었던 것은 오로지 주군의 은혜가 있었기 때문입니다. 특히나 병마를 다루는 자는 두 마음 가지는 것을 수치로 압니다. 그러하오니 일본은 말할 것도 없고 설령 신라, 백제, 고구려, 거란이거나 땅 끝이나 물밑일지라도 행차를 수행해 생사를 함께할 생각이옵니다" 하고 한목소리로 답을 하자 이 말을 들은 다이라 일문은 그제야 모두 안심하는 얼굴이었다.

이리하여 그 날은 후쿠하라에서 밤을 보내게 되었는데, 초가을 하늘에는 마침 하현달이 걸려 있었다. 밤이 깊어갈수록 주위는 교교한데 타지

---

44 『주역(周易)』.

에서 맞이하는 잠자리의 베갯머리에 밤이슬과 눈물이 다투듯 흘러넘치니 서글픈 마음을 금할 길 없었다. 언제 다시 돌아올지 알 수 없어서 기요모리 공이 세운 전각들을 둘러보니 봄 꽃놀이를 위해 만든 언덕의 정자에, 가을 달맞이하려 지은 해변의 누각, 샘터에 지은 천전(泉殿)에, 솔밭에 세운 송음전(松蔭殿), 말을 기르던 터의 마장전(馬場殿), 이층의 관람대, 눈 구경하기 위한 누대에 모옥(茅屋), 사람들의 거처, 그리고 구니쓰나(邦綱)가 명을 받아 지은 별궁에 원앙을 본뜬 기와와 고운 돌 깔아 놓은 포석(鋪石) 등 그 어느 것 할 것 없이 2~3년 사이에 황폐해질 대로 황폐해져 해묵은 이끼가 길을 뒤덮고 가을 풀은 우거져 문을 막고 있었다. 기와에는 어느새 고사리 무성하고 담벼락에는 담쟁이 뒤덮었는데, 누대는 기울고 이끼만 끼어서 지나는 건 오직 솔바람뿐이고 주렴 떨어진 방 안은 휑한데 달빛만이 외로이 스며들 뿐이었다.

    날이 밝자 후쿠하라의 대궐에 불을 지르고 주상을 비롯해 모두들 배에 오르니 도성을 버리고 떠날 때하고야 비할 수 없었으나 그래도 아쉬움을 금할 길 없었다. 노을 속에 피어오르는 소금 굽는 연기에, 새벽녘 짝을 찾아 울어대는 사슴 소리, 그리고 이리저리 해변으로 밀려드는 파도 소리, 또 눈물 젖은 소매에 어린 달빛하며, 풀숲에서 들려오는 귀뚜라미 우는 소리 등, 보이고 들리는 것 그 어느 하나 슬픔을 자아내고 마음을 아프게 하지 않는 것이 없었다. 바로 얼마 전 요시나카를 토벌하러 동으로 향했을 때 오사카(逢坂) 산기슭을 10만 기가 말머리 나란히 나아갔건만 이제 서해 바다 위로 나가기 위해 밧줄을 푸는 자 고작 7천여, 운해(雲海)는 고요한데 해 기우니, 쓸쓸한 외딴섬에 밤안개 서리고, 달그림자 바다 위에 드리울 제, 인적 없는 포구의 파도 헤치고 물살에 휩쓸려 배 떠나니, 흡사 중천의 구름 속으로 빨려드는 것 같았다. 이렇게 며칠이 흐르다보니 서울은 이미 산천 저편의 구름 밖 세상이 되고 말아 멀리도 왔다고 생각하니 눈물은 끊임없이 눈앞을 가리는데, 파도 위로 무리 지어 날고 있는 흰 새떼 보니 그 옛날 아리와라 노 나리히라(在原業平)[45]가 스미다(隅田) 강에서 서울 소식을 물었다는, 그 이름도 반가운 물떼새[46] 생각이 나, 더욱 애달픈 마음을 금할 길 없었다. 주에이 2년 7월 25일, 다이라 일문은 서울을 버리고 지방으로 피난길에 올랐다.

---

45 고대 후기의 유명한 가인(歌人) 겸 풍류인.
46 물떼새는 일본어로 '미야코도리'라 읽는데 이는 '서울 새'라는 뜻이다.

도사 사스케(土佐助), '처음으로 우차를 탔다가 곤욕을 치른 요시나카,'
「네코마」, 『平家物語繪卷』(林原美術館 소장), 근세 전기.

제 8 권

## 태상왕의 잠적

　주에이 2년(1183년) 7월 24일, 태상왕은 한밤중에 대납언 스케카타의 아들 스케토키만을 데리고 몰래 상왕궁을 빠져나와 안마사(鞍馬寺)[1]에 몸을 숨겼다. 그러나 서울에서 너무 가까워 역시 위험하다는 승려들의 말에 히에이 산으로 가는 사사노미네(笹の峰)와 야쿠오자카(藥王坂)와 같은 험준한 산과 고개를 넘어 연력사의 외곽에 위치한 요카와(橫河)의 게다쓰타니(解脫谷)로 들어가 그곳의 적장방(寂場坊)을 행재소 삼아 머물렀다. 이 사실을 안 인근의 연력사 승도들이 들고일어나 "우리 절의 중심인 동탑(東塔)[2]으로 오셔야 한다"고 떠들어대어 동탑의 미나미다니에 있는 원융방(円融坊)으로 모셔오니 승도들과 병사들이 주위를 경호했다. 태상왕은 궁을 빠져나와 히에이 산에 머물고, 주상은 대궐을 떠나 서해 바다를 떠돌며, 섭정은 요시노(吉野) 산 깊숙이 숨어 있었다고 하고, 그 외 비빈과 왕자와 공주들은 도성 안의 야와타, 가모, 사가, 우즈마사, 니시야마, 히가시야마와 같은 변두리에 몸을 피해 숨어 있었다. 다이라 일

---

1　770년에 창건된 도성의 북방을 진호하는 사찰로, 교토 시 사쿄(左京) 구에 위치.
2　연력사는 동탑(東塔), 서탑(西塔), 요카와(橫川)의 3개 구역으로 이루어져 있었다.

문은 서울을 버리고 떠나갔지만 미나모토 군이 아직 입경을 안 하고 있어서 서울은 텅 빈 상태였다. 천지개벽 이래 이제까지 이런 일이 다 있었을까 싶어 예언서로 유명한 쇼토쿠 태자(聖德太子)의 『미래기(未來記)』[3]에는 도대체 오늘 일이 어떻게 기록되어 있을지 궁금했다.

태상왕이 연력사에 가 있다는 소리가 들리자 공경대부들이 뒤질세라 뒤쫓아 갔는데 이들의 면모를 볼 것 같으면 전임 관백 모토후사 공, 요시노에 숨어 있던 섭정 모토미치 공, 태정대신, 좌우대신, 내대신, 대납언, 중납언, 소납언, 삼위, 사위, 오위의 정신들로서, 모두 세상에 내로라하는 인물들이었으니 승진을 바라고 한 자리 하는 사람 치고 빠진 이는 아무도 없었다. 그러다보니 원융방에는 사람들이 너무도 몰려들어 당상당하는 말할 것도 없고 문 안팎 할 것 없이 비집고 들어갈 틈도 없을 만큼 사람들로 넘쳐나 연력사의 위세와 주지의 면목은 하늘을 찌를 듯했다.

그달 28일, 태상왕은 서울로 환궁했다. 기소 노 요시나카가 5만 기를 이끌고 경호했는데, 오미의 미나모토 씨인 야마모토 노 요시타카가 미나모토 집안을 상징하는 백기[4]를 들고 선봉에 서서 나아갔다. 지난 20여 년간 볼 수 없었던 백기가 이날 처음으로 입경하니 색다른 광경이 아닐 수 없었다.

한편 미나모토 노 유키이에(源行家)는 우지 대교를 건너 도성으로 들어오고, 야타 노 요시키요(矢田義淸)도 오에 산을 넘어 상경한데 이어, 서울에서 가까운 셋쓰와 가와치 지방의 미나모토 군이 구름처럼 서울로 몰려들어오니 온 장안은 미나모토 군으로 넘쳐났다.

중납언 쓰네후사 경과 의금부 수장 사네이에가 상왕궁의 편전 툇마루

---

3 쇼토쿠 태자가 일본의 미래에 대해 썼다고 전해지는 예언서로 실재 여부는 미상.
4 다이라 씨는 홍기(紅旗), 미나모토 씨는 백기(白旗)를 각각 군기로 사용하였다.

에 서서 요시나카와 요시이에 두 사람을 대면했다. 이날 요시나카는 붉은 비단 내갑의 위에 중국 비단으로 장식한 갑옷을 입고, 금으로 장식한 대도, 좌우 흑백 깃을 단 화살에, 등나무 줄기를 감은 활을 옆에 끼고, 투구는 벗어 갑옷 끈에 걸고 있었다.

한편 요시이에는 감색 비단 내갑의 위에 붉은 실로 장식한 갑옷을 입고, 금장식 대도를 차고 깃 중앙이 검은 화살에, 옻칠한 활을 옆에 끼고, 투구는 역시 벗어 갑옷 끈에 건 채로 무릎을 꿇고 앉아 있었다. 무네모리 이하 다이라 일문을 토벌하라는 태상왕의 어명을 전하자 두 사람은 뜰아래에서 공손히 명을 받들었다. 이어 두 사람 모두 머물 숙사가 없다고 해서 요시나카에게는 로쿠조니시노토인에 있는 대선대부 나리타다의 집을 주었고, 유키이에에게는 법주사궁의 남전(南殿)이라 불리는 가야궁을 하사했다. 태상왕은 주상이 외척인 다이라 일문에게 붙들려 서해의 파도 위를 떠돌고 있는 것을 안타깝게 여겨 주상과 왕실의 세 보물을 서울로 돌려보내라는 교지를 보냈으나 다이라 일문은 받아들이지 않았다.

선군 다카쿠라 임금에게는 주상 외에 세 분의 왕자가 있었는데 이중 둘째 왕자는 다이라 일문이 장차 왕세자로 세울 심산으로 서울을 떠나갈 때 함께 데리고 내려갔고 셋째와 넷째는 서울에 남아 있었는데, 8월 5일 태상왕은 이 두 왕자를 궁으로 불렀다. 먼저 다섯 살 난 셋째 왕자를 보고 "이리 오너라" 하고 부르자 왕자가 태상왕의 얼굴을 보자마자 몹시 울어대는지라 어서 데리고 가라고 내보내고 말았다. 그 다음에 네 살 난 넷째 왕자에게 가까이 오라 하자 조금도 꺼리는 기색 없이 바로 태상왕의 무릎 위에 올라앉아 따르는 것이었다. 이를 본 태상왕은 눈물을 글썽이며 "진짜 한 핏줄이 아니라면 나 같은 늙은이를 보고 이렇게 반가워할 리가 없겠지. 이 아이야말로 진짜 내 손자로다. 선왕의 소싯적 모습과 조금도 다르지 않구나. 내 이제까지 이렇게 똑같이 생긴 아이는 본적이 없느니라" 하며 눈물이 그치지 않았다. 태상왕이 총애하던 단고(丹後殿)가 옆에 앉아 있다가 "그럼 보위는 이 왕자에게 물려주시겠네요" 하고 묻자 태상왕은 "두말할 나위가 있겠느냐" 하며 몰래 점을 쳐보게 했는데 "넷째 왕자께서 보위에 오르시면 백대에 이르기까지 왕통이 이어질 것이옵니다"라는 괘가 나왔다.

이 왕자의 어머니는 수리대부 노부타카(信隆) 경의 딸이었다. 대비(기요모리 공의 딸)가 여태 중궁 신분이었을 때 그 밑에서 일하던 궁녀였는데 다카쿠라 임금이 자주 불러 총애하던 중에 줄이어 왕자를 출산했다. 노부타카 경은 슬하에 딸을 많이 두었기 때문에 어떻게든 후궁으로 들여보내 비빈으로 만들려고 하였다. 누가 흰 닭을 천 마리 키우면 집안에 왕비가 난다고 하는 소리를 듣고서 천 마리나 되는 흰 닭을 모아 키우기까지 하였는데 그 덕인지는 몰라도 이 딸이 왕자를 여럿 낳게 되었다. 속으로야 기뻐 어쩔 줄 몰랐지만 다이라 일문에 대한 배려와 중궁이 노여워하지 않을까 경계해 태어난 아기씨들을 제대로 보살피지도 못하고 있었는데 이러한 소식을 전해 들은 기요모리 공의 정실 이위(二位) 마님이 "걱정할 것 없다. 내가 키워서 세자로 만들겠다"며 유모들을 많이 붙여 양육시켰다.

특히 넷째 왕자는 이위 마님의 오빠인 법승사 주지 노엔(能圓)이 맡아 키웠는데 다이라 일문을 따라 서울을 버리고 서쪽으로 도주할 때 너무 허둥대는 바람에 부인과 이 왕자를 서울에 남겨둔 채 떠나갔다가 급히 사람을 올려 보내 부인에게 "왕자와 생모를 데리고 어서 내려오시오" 하고 전했다. 부인은 뛸 듯이 기뻐하며 왕자를 설득해 집을 나서 니시시치조 부근을 가고 있는데 오빠인 기이(紀伊) 태수 노리미쓰가 쫓아와 "아니, 넋이 나갔느냐. 바야흐로 이 왕자의 운이 열리려 하고 있는 마당에" 하고 못 가게 잡았는데 바로 다음 날 태상왕궁에서 수레를 보내 모시러 온 것이었다. 다 그리될 운명이었겠지만 노리미쓰는 넷째 왕자에게는 공신이 아닐 수 없었다. 그러나 왕자는 보위에 오른 후 그 공을 기억 못해 보답도 못한 채 오랜 세월이 흐르고 말았다. 섭섭한 마음을 금할 길 없었던지 노리미쓰는 노래를 두 수 지어 대궐 안에 낙서를 했다.

   늙은 이 몸이 옛날에 했던 일이 기억나도록
   한소리 뽑아보렴, 숲 속의 소쩍새야

   다 허물어진 초가에서 산새로 지내다보니
   새장 안의 신세가 오히려 부럽구나

 임금께서는 이 글을 보시더니 "내 몹쓸 짓을 하였구나. 아직 살아 있었단 말이냐. 지금까지 그 사람 생각을 못했다니 과인이 심했구나" 하며 성은을 베풀어 정삼위(正三位)를 제수했다고 한다.

## 나토라(名虎)

8월 10일, 상왕궁에서 인사가 단행됐다. 요시나카를 좌마료(左馬寮) 부장에 보하고 에치고 고을을 식읍으로 주었으며, 조일장군(朝日將軍)이라는 칭호를 하사했다. 유키이에는 빈고(備後) 태수에 임명했다. 그러나 요시나카가 에치고를 싫어해 대신 이요(伊予)를 주었고, 유키이에도 빈고를 꺼려 대신 비젠 땅을 주었다. 그 밖에 미나모토 집안의 무인 10여 명을 지방관과 의금부 관헌, 위문부와 병위부 차장에 앉혔다.

8월 16일, 다이라 일문 160여 명의 관직을 삭탈하고 명부에서 그 이름을 삭제했다. 그중 대납언 도키타다와 내장료(內藏寮) 부장 노부모토, 중장 도키자네 등 세 사람의 이름은 삭제하지 않았는데, 주상과 왕실의 세 보물을 반환하라는 교지를 매번 도키타다 앞으로 내려 보냈기 때문이었다.

*

8월 17일, 다이라 군은 지쿠젠(筑前)의 다자이후에 상륙했다. 이 지역 출신으로 서울에서부터 함께 수행해 내려온 무장들이 몇 있었는데 그

중 기쿠치 노 다카나오는 "오쓰 산의 관문을 열어 지나갈 수 있게 해놓겠다"며 히고(肥後) 지방을 넘어 자기 성으로 들어가더니 그대로 들어앉아 아무리 불러도 꿈쩍을 하지 않았고, 현재 남아 있는 것은 다자이후의 부사 오쿠라 노 다네나오뿐이었다. 규슈(九州)와 인근의 이키(壹岐), 쓰시마(對馬) 지역 병력들도 입으로는 곧 달려오겠다고 하면서도 아직까지 오는 사람은 아무도 없었다. 다자이후에 있는 안락사(安樂寺)를 찾은 다이라 일문은 이곳의 주신인 미치자네(道眞) 공의 넋을 달래기 위해 노래를 지어 바쳤다. 시게히라 중장이,

정든 고향 땅 서울이 그 얼마나 그리운지는
신령도 그 옛날에 겪어서 아시련만

하고 읊자 이를 들은 사람들은 감동해 모두 눈물을 흘렸다.

\*

20일, 태상왕 주재하에 넷째 왕자가 한원전(閑院殿)에서 즉위했다. 섭정은 예전의 섭정을 그대로 유임시키고, 도승지와 승지를 임명한 후 산회했다. 셋째 왕자의 유모는 울고 슬퍼하며 후회했지만 이미 엎질러진 물이었다. "하늘에 두 태양이 없고, 나라에 두 임금이 없다"라고 하지만 다이라 일문이 몹쓸 짓을 저질러 서울과 지방에 두 임금이 있게 된 것이었다.

옛날에 몬토쿠(文德) 임금이 덴안(天安) 2년(858) 8월 23일 세상을 뜨자 왕자들은 서로 왕위에 기대를 걸고 몰래 소원성취를 비는 가지기도(加持祈禱)를 올렸다. 첫째인 고레타카(惟喬) 대군은 일명 고하라(小

原) 왕자라고도 했는데 군왕으로서의 재능과 기량을 갖추고자 힘쓰고, 천하의 안위를 손바닥 들여다보듯이 꿰뚫고 있었으며, 역대 임금들의 치정에 대해서도 통달하고 있었기 때문에 이 왕자가 즉위하면 현군이나 성군의 이름을 얻을 것으로 기대됐다. 둘째인 고레히토(惟仁) 대군은 당시의 섭정 후지와라 노 요시후사(良房) 공의 딸인 왕비 소생이었다. 후지와라 가문 출신의 공경들이 하나같이 귀하게 모셨기 때문에 이 왕자도 무시할 수 없는 존재였다. 첫째는 왕위를 계승할 기량을 갖추고 있었고, 둘째는 국정을 보좌할 공경들의 지지를 받고 있어서 다들 그 어느 쪽도 버리기 아까워 결정을 내리지 못하고 난감해 하였다. 첫째 왕자를 위해 가지기도를 올린 이는 신제이(眞濟) 승정이었는데, 동사(東寺)[5] 제일의 고승에 홍법대사 구카이(空海)의 제자였고, 둘째 왕자 쪽은 외조부 요시후사 공의 기도승인 연력사의 에료(惠亮) 화상이었다. 그래서 사람들은 둘 다 흠잡을 곳 없는 고승들이라 쉽게 해결이 나기는 힘들 것이라고들 수군거렸다.

임금의 사후 공경들이 모여 회의를 열었는데, "신하가 임금을 골라 보위에 앉혔다가는 선고가 사사로운 정에 의해 이루어진 것처럼 비쳐서 사람들의 비난을 면키 어려울 것이다. 그러니 하늘의 뜻을 알아보기 위해 경마나 씨름 대회를 열어 그 결과로써 왕위에 오르게 하는 것이 좋을 것이다"라는 결정을 보았다.[6]

그해 9월 2일, 두 왕자는 궐내 우근위부(右近衛府)의 마장에 행차했다. 이곳에는 화려하게 차려입은 공경들이 치장한 말에 올라 구름처럼 모

---

5 수도의 진호를 위해 세운 밀교 사원.
6 고대 일본의 조정에서는 하늘의 뜻을 알아보기 위한 수단으로 사람들이 두 편으로 나뉘어 승패를 가리는 경마나 씨름(스모)과 같은 경기를 궁중 의식으로 실시하였다.

여 별처럼 늘어서 있었으니 희대의 사건이요 천하 장관이었다. 평소 두 왕자를 지지하던 공경들은 두 패로 갈라져 이제부터 전개될 의식의 결과에 대해 손에 땀을 쥐고 마음을 졸였다. 가지기도를 올리는 고승들도 정성을 다했다. 신제이는 동사에다 단을 차렸고, 에료는 궐내 진언원(眞言院)에다 단을 차리고 기도를 올렸는데, 에료는 자신이 죽었다는 소문을 퍼뜨렸다. 신제이가 소문을 듣고 방심하길 기대한 것이었는데 그런 후 자신은 온 정성을 다해 기도를 올렸다.

마장에서는 양측에서 출전한 기수들이 열 차례 싸워 승부를 가리는 경마 대회가 시작돼, 첫 4회는 첫째 왕자 측이 이겼으나 그 다음부터는 둘째 왕자 측이 내리 승리를 거두었다. 이어 바로 씨름 대회가 열렸다. 첫째 왕자 측에서 나토라(名虎)라는, 60명과 맞먹는 괴력을 지닌 장사를 내보낸 데 비해 둘째 왕자 측에서는 체구도 작고 곱상하게 생긴 요시오(能雄)라는 씨름꾼을 내보냈다. 나토라가 한 손만으로 상대해도 당해내지 못할 것 같았는데 요시오가 현몽이 있었다며 자원해 내보낸 것이었다. 나토라와 요시오는 마주 보고 힘껏 손깍지를 끼었다가 물러나 시합에 들어갔다. 나토라가 요시오를 들어 올려 2장 너머로 내던지자 요시오는 넘어지지 않고 우뚝 서더니 재빨리 다가가 기합과 함께 나토라를 잡아 넘어뜨리려 했다. 그러자 나토라 역시 기합을 지르며 요시오를 넘어뜨리려고 하였는데 처음에는 막상막하였으나 이윽고 거한인 나토라가 우위에 서면서 요시오는 위태로워 보였다. 둘째 왕자의 생모인 왕비가 보고 있다가 가지기도를 올리고 있는 에료에게 쉴 새 없이 사람을 보내 "우리 편이 패색이 짙은데 무슨 수가 없겠소?" 하고 채근하자 대위덕(大威德)⁷이라는

---

7 대위덕명왕(大威德明王)을 본존 삼아 수행하는 항마의 기도법.

비법을 행하고 있던 에료는 "이대로는 안 되겠군" 하며 독고(獨鈷)[8]로 자신의 머리를 내려쳐 뇌를 으깨더니 이를 나무에 발라 불속에 넣자 검은 연기가 치솟았다. 염주를 손바닥으로 비비며 주문을 외자 요시오가 승리를 거두었다. 이리하여 둘째 왕자가 보위에 오르니 이분이 다름 아닌 세이와(淸和) 임금으로, 사후 미즈노오(水尾)라는 시호로 불린 임금이다. 이 일로 인해 연력사에서는 툭하면 "우리 절의 에료가 뇌를 으깨어 동생이 보위에 올랐고, 손이(尊意)의 법력이 미치자네(眞實)의 원혼을 진정시켜 주상에게 피해가 없었다"라고 내세웠지만, 세이와 임금의 경우야 법력의 효험을 봤는지 모르겠으나 그 외의 것은 왕실의 조상신인 아마테라스 여신이 보살펴 그리된 것이라 했다.

규슈에서 이 소리를 전해 들은 다이라 일문은 "아뿔싸, 셋째와 넷째 왕자도 데리고 내려왔어야 하는 건데" 하며 후회를 했다. 그러자 도키타다 경이 "그랬더라면 아마 요시나카가 모시고 있는 모치히토 왕자의 아들을 즉위시켰을 겁니다. 이 왕손은 보호역을 맡고 있던 사누키 태수 시게히데가 출가시켜 요시나카가 살던 곳으로 데리고 갔습니다" 하고 진정시키자 또 다른 사람이 나서더니 "출가한 왕손을 어떻게 보위에 오르게 할 수 있단 말이오?" 하고 물었다. 그러자 도키타다 경은 "그렇지 않습니다. 환속해 국왕이 된 전례는 외국에도 있을 것이고 우리나라에서는 우선 덴무(天武) 임금이 그러한데, 이 임금은 왕자 시절에 당시의 왕세자였던 오토모(大友) 대군을 의식해 머리를 깎고 요시노 산으로 들어갔으나 결국 왕세자를 죽이고 보위에 올랐지요. 또 여왕인 고켄(孝謙) 임금도 재위 중 불심을 일으켜 삭발하고 출가해 법명을 법기니(法基尼)라 했다가

---

8 고대 인도의 무기로, 밀교에서 번뇌를 물리치는 보리심의 표상으로 사용.

재차 보위에 올라 쇼토쿠(稱德) 임금이라 칭했으니, 요시나카가 모시고 있던 왕손을 환속시켜 즉위시켰다 해서 문제될 것은 없었을 겁니다" 하고 설명했다.

9월 2일, 태상왕은 이세 신궁에 차사를 파견했다. 참의 나가노리(脩範)가 차사로 임명됐는데, 주상이 아닌 상왕이나 태상왕이 이세 신궁에 차사를 파견한 것은 스자쿠(朱雀), 시라카와(白河), 도바(鳥羽) 상왕 등 이미 전례가 없지 않았으나 모두 출가하기 전에 있었던 일이고 출가 후로는 이번이 처음이라 했다.

## 실꾸리

한편 다이라 일문이 내려가 있는 다자이후에서는 대궐을 지어야 한다는 결정을 내리기는 했으나 아직 도읍지도 정하지 못한 채 주상은 이와도(岩戸)에서 오쿠라 노 다네나오(大藏種直)의 숙소를 행재소 삼아 머물고 있었다. 다른 사람들의 거처는 들이나 논 한가운데 있어서 다듬이질 소리만 들린다면 옛 노래[9]에 나오는 산골 마을과 다름없다 해도 무방할 정도였다. 행궁이 산속에 있었기 때문에 고대에 덴치(天智) 임금이 왕자 시절 이곳에 내려왔을 때 지냈다는 통나무집이 바로 이러하지 않았나 싶어 오히려 예스런 멋이 없는 것도 아니었다.

이어 이 지역을 대표하는 신사인 우사하치만 신사에 행차했다. 사제장 긴미치(公通)의 집이 행재소가 되고 사당은 공경대부들의 거처가 되었다. 회랑에 오, 육위의 관리들이 도열하고 뜰에 시코쿠(四國)와 규슈 지역 병사들이 갑옷과 무기를 휴대하고 구름처럼 늘어서 있으니 이곳의 빛바랜 붉은 담벼락이 새로워 보였다. 7일 동안 치성을 드리고 난 다음

---

9 쇼쿠시(式子) 공주가 읊은 '밤은 깊은데 산등성이 가까이 달빛 교교하고, 산마을 두드리는 다듬이질 소리'에서 인용(『신고금화가집(新古今和歌集)』).

날 새벽 무네모리 공에게 현몽이 있었는데 사당의 문이 열리더니 의젓하고 우렁찬 목소리로 부르는 다음과 같은 노래가 들려왔다.

궂은일에는 신이라 할지라도 방도 없거늘
무얼 그리 비는가 온 정성 다하여

잠에서 깨어난 무네모리 공이 놀란 가슴에,

가을과 함께 행여나 하던 꿈도 벌레 소리도
모두 다 사그라져 떠나고 말았다오

하고 옛 노래[10]를 불안한 마음으로 읊조렸다. 그러고는 다시 다자이후로 돌아갔다.

그러다보니 9월도 어느덧 중순으로 접어들었다. 해질 무렵에 물억새 쓸고 가는 거센 바람 불어대어 입은 채로 그냥 침상에 누우니 외로움에 소매만 흠뻑 젖어서, 깊어가는 가을밤에는 외롭기는 어디건 마찬가지라지만 그래도 타지에서 느끼는 외로움만큼 견디기 힘든 것도 없었다. 고래로 음력 9월 13일 밤의 달은 특히 맑고 밝기로 유명했으나 서울을 그리며 흘리는 눈물에 가려 전혀 밝게 보이지 않았다. 구중궁궐 안에서 달을 바라보며 노래를 읊었던 게 바로 어제 일 같은 생각이 들어 다이라 일문은 각기 그 감회를 노래로 읊었다. 사쓰마 태수 다다노리가,

---

10 후지와라 슌제이(藤原俊成)가 지은 노래(『천재집(千載集)』).

작년 오늘 밤 저 달을 함께 봤던 친구들만이
서울에서 이 몸을 생각하고 있겠지

하고 노래하자 수리대부 쓰네모리(經盛)도,

밤이 새도록 지난해 오늘 밤에 정을 나누던
그 사람의 얼굴이 너무도 그리워라

하고 이었고, 왕비궁 차석 쓰네마사(經政)가 이어,

서울을 떠나 들판에서 이슬로 사라질 몸이
뜻밖에 외지에서 달을 보게 되누나

하고 각각 감회를 읊었다.
　인근에 있는 분고(豊後)라는 고을은 형부경(刑部卿) 요리스케(賴輔)의 영지로서 아들인 요리쓰네(賴經)가 대신 내려와 다스리고 있었다. 이 요리쓰네 앞으로 서울에서 서찰이 도착해 펴 보니 '다이라 일문은 천지신명의 버림을 받고 임금에게서도 내침을 받아 도성을 떠나 파도 위를 떠도는 패잔병이 되었다. 그런데도 규슈 사람들이 받아들여 떠받든다 하니 기막힌 일이 아닐 수 없다. 다른 곳은 몰라도 분고는 절대 그래서는 아니 되니 전원 합심하여 다이라 군을 몰아내도록 하라'고 적혀 있어 이 고장 출신인 오가타 노 고레요시(緒方維義)를 불러 그대로 지시했다.
　이 고레요시란 자는 무시무시한 내력을 지닌 사람의 후예였다. 옛날에 이곳의 외진 산마을에 한 여자가 살고 있었다. 아무개라는 사람의 딸로 결혼 전이었는데 웬 사내가 부모에게 알리지 않고 밤마다 찾아다녔다. 그러던 중 세월이 흘러 여자는 임신을 하게 되었는데 이상하게 여긴 어머니가 "네 방을 찾는 남자는 도대체 어떤 사람이냐?" 하고 물었더니 딸은 "오는 것은 볼 수 있어도 돌아가는 것은 알지 못합니다"라고 하는 것이었다. 어머니가 "그럼 남자가 돌아갈 때 표시를 해두었다가 간 곳을 따라가보도록 해라" 하고 가르쳐주었더니 딸은 어머니가 가르쳐준 대로 남자가 입고 있던 옥색 옷의 목깃에 바늘을 꽂아놓고 실꾸리를 뒤따라가보았다. 그랬더니 분고에서도 휴가(日向) 고을과 경계에 있는 우바다케라는 산기슭에 있는 커다란 굴 안으로 이어져 있었다. 여자가 굴 입구에 서서 귀를 기울이니 신음 소리가 크게 들려왔다. 여기까지 찾아왔으니 얼굴을 보여달라고 했더니 안에서 "나는 인간의 모습이 아니오. 내 모습을 봤다가는 혼비백산하고 말 거요. 그러니 어서 돌아가시오. 당신 뱃속에 있는 아이는 사내아이인데 활이나 창칼을 들면 규슈 일대에서 맞설 자가 없을 것이오" 하고 일러주었다. 그러나 여자가 재차 "어떤 모습을 하고 있건 간에 이제까지의 정을 어찌 잊을 수가 있겠어요? 그러니 서로의 모습을 보여주기로 해요" 하고 조르자 그리하자 하더니 굴 안에서 나오는데 오므리면 5~6척에 펴면 14~5장은 되어 보이는 구렁이가 땅을 뒤흔들며 기어나왔다. 목깃에 꽂은 줄 알았던 바늘은 다름 아닌 숨통에 꽂혀 있었다. 이를 본 여자는 혼비백산하고 말았고 함께 데리고 간 하인 10여 명은 겁에 질려 허둥대다가 비명을 지르며 달아나고 말았다. 여자는 돌아와 바로 아이를 낳았는데 사내아이였다. 외할아버지인 다이(太) 대부가 키워보겠다고 해서 키웠더니 열 살이 채 안 됐는데도 키가 크고 얼굴이 길며 체구 또한 우람했다. 일곱 살 때 관례를 올리고 외할아버지 이름을 따 다이타(大太)라는 이름을 지어주었는데 여름 겨울 할 것 없이 손발이 터서 '손발 튼 다이타'라고도 하였다. 이 구렁이는 휴가 고을에서 신령으로 모시는 다카치오(高知尾) 신령의 본체였는데, 오가타 노 고레요시는 이 다이타의 5대손이었다. 이렇게 무시무시한 사람의 후예인지라 태수 아들의 말을 태상왕의 교지라며 규슈와 이키, 쓰시마에 회문을 돌리니 내로라하는 무인치고 고레요시를 따르지 않는 자가 없었다.

## 다자이후(大宰府)

이제 막 수도를 정하고 대궐도 지어야 한다는 결정을 보았는데 인근 고을의 고레요시가 등을 돌렸다는 소문에 다이라 일문은 이게 웬일이냐며 술렁댔다. 그러자 도키타다 경이 "그 고레요시란 자는 시게모리 어른의 부하였으니 자제분 중의 누군가가 가서 잘 달래보는 것이 좋을 것 같다"라는 의견을 내놓자 다들 그게 좋겠다고 동의해 시게모리 공의 둘째 아들 스케모리 중장이 500기를 이끌고 분고로 건너가 여러모로 잘 타일러보았지만 고레요시는 말을 듣지 않았다. 뿐만 아니라 "도련님을 여기서 당장 포박해야 할 것이나 눈앞에 큰일을 놔둔 사람이 작은 일에 신경 쓰기가 뭐해 내 그냥 보내드리겠소. 도련님 한 사람 돌려보낸다고 무슨 일이 있겠습니까. 그러니 어서 다자이후로 돌아가 일문과 함께 마지막 각오를 하시기 바랍니다" 하며 내쫓아 돌려보냈다. 그런 후 차남 고레무라를 다자이후에 사자로 보내 "나에게 있어 귀 집안은 큰 은혜를 입어온 주군 집안인 만큼 투구를 벗고 활을 부린 다음 찾아오는 것이 도리이겠으나 태상왕께서 하루빨리 규슈에서 몰아내라 하시오. 그러니 어서 나가셔야 할 것 같습니다"라고 전했다. 그러자 주홍색 끈으로 내갑의 소매를 묶고 너른바지에 탕건 차림을 한 도키타다 경이 나서더니 "우리가 모시고 계신 주상께서는 천손(天孫) 제 사십구대의 법통을 물려받으시고 팔십일대째 왕통을 이어오신 임금으로서 아마테라스 여신이나 하치만 신령께서도 우리 주상을 수호하고 계실 것이다. 고인이 되신 태정대신 기요모리 공께서는 호겐과 헤이지 때 두 번의 반역을 진압하시고 이곳 규슈 사람들을 조정에 불러 쓰셨다. 그런데도 관동이나 북부 지역의 역도들이 요리토모나 요시나카의 사주에 빠져 잘만 하면 태수를 시켜주고 장원을 주겠다고 하는 말을 진심인 줄로 알고 분고 코주부의 명령을 따르다니 당치 않은 일이다" 하고 나무랐다. 이는 분고 태수 요리스케의 코가 몹시 컸기 때문에 한 말이었다. 고레무라가 돌아가 이 말을 전하자 "옛날은 옛날이고 지금은 지금인데 무슨 말도 안 되는 소리를 하고 있단 말이냐. 그렇다면 당장 몰아내버려라" 하며 병력을 모으고 있다는 소문이 들렸다. 다이라 군의 스에사다와 모리즈미가 앞으로 아군의 결속을 위해서도 가만 둬둘 수 없으니 가서 잡아오겠다며 3천여 기를 이끌고 지쿠고(筑後)의 다카노(高野)로 가서 하루 밤낮에 걸쳐 공격을 가했으나 고레요시의 군세가 구름처럼 모여 있어 중과부적으로 물러나고 말았다.

　　다이라 일문은 오가타 노 고레요시가 3만여 기의 병력을 거느리고 이미 가까이 왔다는 소리를 듣자 챙길 것도 제대로 챙기지 못한 채 다자이후를 버리고 달아났다. 이곳에 유배 왔던 미치자네 공이 신령으로 모셔져 있어 그토록 의지가 되던 안락사를 불안한 마음으로 뒤로 하고 떠나가는데 가마꾼이 없어 주상은 평소에 타던 총화연(葱花輦)이나 봉연(鳳輦) 같은 것은 꿈도 못 꾸고 겨우 남여를 타고 있었다. 대비를 비롯해 신분이 높은 궁녀들은 너른바지의 좌우 자락을 아귀에 끼고, 대신 이하 공경대부들도 바지 자락을 끈으로 묶은 채로 미즈키(水城)의 관문을 나서 뒤처질세라 도보로 하코자키(箱崎) 포구로 향했다. 마침 비는 억수같이 쏟아지고 세찬 바람이 바다 모래를 날리니 흐르는 게 눈물인지 빗물인지 구분이 가지 않았다. 스미요시(住吉), 하코자키, 가시이(香椎), 무나카타(宗像) 등 연도에 있는 신사를 지나면서 그저 주상이 서울로 환궁할 수 있게 되기만을 빌 따름이었다. 가파르고 험준하기 짝이 없는 다루미 산을 간신히 넘어 끝없이 모래사장이 펼쳐진 우즈라 해변을 지나노라니 전혀 익숙하지 않은 일이라 발에서 흘러내린 피가 모래를 적시고 붉은 바지는 더욱 선명하게, 흰 바지는 가장자리가 붉게 물들고 말았다. 현장법사가 유사(流砂)와 총령(葱嶺)[11]을 건널 때 겪었다는 고통인들 이보다 더했을 것 같지 않았다. 허나 그야 구법을 위한 것이었으니 자타의 이익이라도 됐겠지만 이는 적과의 싸움 때문에 이리된 것이라 살아서뿐만 아니라 내세에서조차 고통받을 것을 생각하니 안쓰러운 생각이 들었다.

하라다 노 다네나오(原田種直)는 2천여 기를 이끌고 다이라 일문과 함께 가고 있었고, 한편으로 야마가 노 히데토오(山鹿秀遠)는 천 기를 거느리고 이들을 맞으러 오고 있었는데 이 둘은 특히 사이가 나빴다. 만나봐야 좋은 일이 없을 것이라 판단한 다네나오는 도중에 돌아가버렸다. 아시야(芦屋)라는 항구를 지나던 일행은 고을 이름이 예전에 서울에서 후쿠하라로 왕래할 때 지나던 고을 이름과 같다며 반가워하다가 자신들의 처지를 새삼 실감하며 비통해했다. 이대로 신라, 백제, 고려, 거란 땅이나 구름 너머 바다 끝까지라도 가고 싶었지만 파도와 바람이 가로막아 그럴 수도 없어 야마가를 따라 그의 거성으로 들어갔다. 그러나 그곳도 적군이 들이닥칠 것이라는 말에 거룻배에 올라 밤새도록 배를 저어 부젠[12]의

---

11 파미르 고원.
12 후쿠오카(福岡) 현 동부에서 오이타(大分) 현 북부에 이르는 지역.

야나기가우라(柳が浦)로 건너가 그곳에 궁을 짓기로 했으나 터가 좁아 실행에 옮기지 못했다. 미나모토 군이 또 나가토(長門)에서 쳐들어온다는 소문이 있자 이번에는 뱃사람들이 타는 거룻배를 타고 바다로 나갔다.

시게모리 공의 셋째 아들 기요쓰네(淸經)는 원래가 매사를 외곬으로 생각하는 사람이었는데 "서울은 미나모토 군에게 빼앗기고 규슈에서는 고레요시에게 쫓겨났으니 그물에 걸린 고기 신세와 다름없어 어디 간들 피할 수 있을 것 같지 않구나. 어차피 오래오래 살 수 없을 바에야" 하며 달 밝은 밤에 마음을 가다듬고 선창에 서서 피리로 음조를 맞춘 다음 한시를 읊조리다가 조용히 경을 읽고 염불한 후 바다에 몸을 던지고 말았다. 남녀 모두 울며 슬퍼했으나 이미 끝난 일이었다.

나가토[13]는 도모모리 경의 영지로 기이 노 미치스케(紀伊道資)라는 자가 태수 대리를 하고 있었다. 주군 집안인 다이라 일문이 거룻배를 타고 있다는 소리를 듣고 대형선 100여 척을 조달해 바치니 이 배에 옮겨 타고 시코쿠(四國)로 건너갔다. 그곳의 실력자인 아와 노 시게요시(阿波重能)의 지시로 백성들을 동원해 사누키(讚岐)의 야시마(八島)에다 판자로 겉모습만 갖춘 궁궐과 침전을 만들기로 했다. 완공 때까지 초라한 민가를 행재소로 할 수도 없어 배를 행재소로 삼았는데, 무네모리 공 이하 공경대부들은 며칠째 낮에는 어부들이 바닷가에 뜸으로 엮어놓은 움막에 있다가 밤에는 천민들의 집에서 지냈다.

바다 위에 떠 있는 임시 행재소는 잠시도 편안할 때가 없었다. 사람들은 물에 잠긴 달처럼 깊은 시름에 잠겨 있었고 서리 맞은 갈댓잎처럼 무른 목숨에 몸을 떨었다. 얕은 여울에서 무리 지어 울어대는 물떼새 소

---

13 야마구치(山口) 현의 북서부 지역.

리는 잠 못 이룬 새벽녘에 시름을 더했고, 물살을 가르며 노 젓는 소리는 한밤에 가슴을 저미게 만들었다. 멀리 소나무 위에 무리 지어 있는 백로를 보고 미나모토 군이 몰려온 것이 아닌가 하고 덜컥 놀라고,[14] 야밤에 먼 바다에서 들려오는 기러기 우는 소리에 병사들이 밤새도록 노를 젓나 싶어 소스라치게 놀랐다. 바닷바람에 살결은 거칠어지고 푸른 눈썹과 홍안은 점차 생기를 잃어갔으며 창파에 눈은 움푹 패고 말았는데, 서울 멀리서 고향 그리는 눈물을 억제하기 힘들었다. 비단 장막 하늘대던 화려한 침실 대신 겨우 갈대발 쳐진 흙방에서 지내면서, 향로에서 피어오르던 향기 대신 갈대 태우는 연기 냄새를 맡는 신세가 되자 궁녀들은 한없는 슬픔에 피눈물이 마르지 않았고, 푸른 눈썹이 다 흐트러져 누가 누구인지도 알아볼 수 없게 되고 말았다.

---

14 백로의 흰색을 미나모토 군의 백기로 착각해 놀란 것을 말한다.

# 정이대장군(征夷大將軍)

　한편 요리토모는 가마쿠라(鎌倉)에 가만히 앉아서 정이대장군[15]의 교지를 받게 되었다. 태정관의 관리 나카하라 노 야스사다(中原康定)가 차사로 내려갔는데, 10월 14일 관동에 도착하자 요리토모는 "오랫동안 죄인의 몸이었던 소신이 이제 무용의 명예에 의해 가만히 앉아 정이대장군의 교지를 받게 되었으니 어찌 사저(私邸)에서 받을 수 있겠소. 우리 집안의 수호신을 모신 하치만(八幡) 신전에서 받기로 하겠소" 하고 하치만 신사로 향했다. 신사는 가마쿠라의 쓰루가오카(鶴ヶ岡)의 언덕 위에 세워져 있었는데 지형이 서울에 있는 이와시미즈하치만(石淸水八幡) 신사와 똑같았다. 회랑도 있고 누문도 있었는데, 문 앞에 새로 낸 길이 10여 정의 길이로 쭉 뻗어 있는 것이 내려다보였다.
　교지를 누가 수령하는 것이 좋을 것인가에 대해 논의한 결과, 미우라 노 요시즈미(三浦義澄)가 수령하는 것이 바람직하다는 의견이 모아졌다.

---

15　고대에는 북부 지역에 거주하던 야인을 정벌하러 떠난 원정군의 지휘관을 지칭하는 말이었으나, 중세 이후 임금으로부터 정권을 위임받아 막부(幕府)를 주재하던 무문의 수장을 뜻하게 되었다.

이유인즉 관동팔주에 이름을 날렸던 미우라 노 다메쓰구의 후손에다, 그 아비 요시아키라가 주군을 위해 목숨을 바친 무인인 만큼, 황천에 있는 요시아키라의 넋을 달래는 의미에서도 요시즈미가 적임자라는 생각에서였다.

차사 야스사다는 가신 둘에 부하 열 명을 대동하고 있었는데, 교지는 주머니에 넣어 하인으로 하여금 목에 걸게 하고 있었다. 미우라 역시 가신 둘에 부하 열 명을 대동했는데, 가신 둘은 와다 노 무네자네와 히키 노 요시카즈였고, 열 명의 하인은 인근 지역 태수 열 사람이 한 명씩 차출해준 사람들이었다. 미우라의 이날 차림을 볼 것 같으면 진한 감색 내갑의 위에 검은 실로 장식한 갑옷을 걸치고, 칼집 모양을 위세 당당하게 꾸민 대도를 차고, 깃 가운데를 검게 물들인 화살 스물네 대를 꽂은 동개를 메고, 등나무 줄기를 감은 활은 허리에, 투구는 벗어 어깨 끈에 매달고 있었는데, 허리를 숙여 교지를 수령했다. 야스사다가 "교지를 수령하는 자는 누구인지 이름을 밝히라"라고 하자 "미우라 노 아라지로 요시즈미(三浦荒次郎義澄)라 하옵니다" 하고 이름을 댔다. 교지를 문서함에 넣어 요리토모에게 바치자 잠시 후 문서함을 되돌려주는데 묵직해서 열어보니 사금 100냥이 들어 있었다. 이윽고 차사를 위한 주연이 베풀어졌다. 가모 신사의 사제 지카요시가 식사 시중을 들었고, 오위(五位)의 무인이 음식을 날랐다. 말 세 필을 선물로 내놓았는데 안장이 얹힌 한 필은 대왕대비를 모시던 구도 노 스케쓰네가 끌고 있었다. 오래된 모옥을 잘 손질해 차사를 머무르게 했다. 방 안에는 두꺼운 솜옷 두 벌과 평상복 열 벌을 넣은 옷궤가 있었는데, 이 밖에도 남색과 흰색 포목 천 필이 들어 있었고, 준비된 술과 음식은 푸짐하고 맛이 있었다.

이튿날 차사 야스사다는 요리토모의 저택으로 향했다. 본채의 안팎에 무사들의 대기실이 있었는데 각기 16칸 규모였다. 바깥쪽 대기실에는 심복 부하들이 책상다리를 한 채 어깨를 나란히 하고 늘어서 있었고, 안쪽 대기실에는 상석에 미나모토 일문이, 말석에는 대소 태수들이 앉아 있었는데, 야스사다를 미나모토 일문이 앉아 있는 곳에 앉혔다. 잠시 후 침전으로 안내해 따라가니 넓은 행랑방의 한편에 보라색 천으로 가선을 두른 돗자리가 깔려 있어 그 위에 야스사다를 앉게 했다. 상좌에는 흰 바탕에 검은색 문양을 수놓은 천으로 가선을 두른 돗자리가 깔려 있고 그 앞에 주렴이 높게 올려져 있었는데 요리토모가 들어와 앉았다. 포의에 탕건 차림으로 얼굴이 큰 데 비해 체구는 조그마했으나 용모가 수려하고 이 지역 사투리가 아닌 서울 말씨를 쓰고 있었다.[16]

    요리토모는 우선 현 정세에 대해 언급했다. "다이라 일문이 이 몸의 위세를 두려워해 서울을 버리고 도망친 후 요시나카와 유키이에가 입성해 자신들이 공을 세우기나 한 듯이 원하는 대로 관위를 올리고 제멋대로 토지를 가져가고 있으니 괘씸한 일이 아닐 수 없소. 뿐만 아니라 북쪽 미치노쿠에 있는 히데히라(秀衡)는 무쓰(陸奧) 태수가 되고, 사타케 노 다카요시(佐竹隆義)는 히타치 태수가 되는 등, 내 명령을 듣지 않고 있어 이들을 토벌하라는 윤허를 한시바삐 받았으면 하오." 그러자 야스사다가 "실은 소신도 이번 기회에 장군께 몸을 의탁하고 싶었지만 차사 임무를 띠고 내려온지라 여의치 않은데 우선 상경해 바로 의탁을 약속하는 문서를 작성해서 올리겠습니다. 동생인 시케요시도 같은 생각입니다" 하고 말하니 요리토모는 웃으면서 "형제분이 신종(臣從)하겠다니 나로서는 뜻밖인데 그렇게 말씀하시니 그리 알고 있겠소" 하고 끄덕이며 야스사다가

---

16  요리토모는 귀양 오기 전 소년 시절을 서울(헤이안쿄)에서 보냈다.

오늘 당장 상경하겠다고 하자 하루는 더 머물다 가라며 붙들었다.

이튿날 다시 요리토모의 사저로 찾아갔더니 연둣빛 단갑 한 벌과 흰색으로 장식한 대도 한 자루에, 활에다 수렵용 화살을 얹어 하사했다. 또한 말 열세 필을 주었는데 세 필에는 안장이 얹혀 있었다. 데리고 온 가신과 부하 열두 명에게도 내갑의, 평상복, 너른바지, 안장 등을 하사했고, 짐을 실은 말이 서른 필이나 됐다. 뿐만 아니라 가마쿠라의 다음 역참에서 서울 인근의 역참에 이르기까지 각 역참마다 쌀 열 섬씩을 쌓아놓았는데 너무 많아 가난한 사람들에게 나눠주었다고 한다.

## 네코마(猫間)

　상경해 태상왕궁에 입궐한 야스사다가 안뜰에서 엎드려 관동에서 있었던 일을 빠짐없이 아뢰자 태상왕은 크게 칭찬을 하고 옆에 있던 공경대부들도 모두 흡족해 하며 웃음을 띠었다. 요리토모는 이렇듯 듬직한데 서울의 치안을 맡겨놓은 요시나카는 하는 짓이 거칠고 말하는 것도 촌스럽기 이를 데 없었다. 그도 그럴 것이 두 살부터 서른이 될 때까지 시나노(信濃)의 기소(木曾)라는 산골에서 살았으니 예의범절을 알 리가 없었다.
　언젠가 네코마 중납언 미쓰타카(光隆) 경이 요시나카하고 의논할 일이 있어 찾아갔다. 부하들이 "네코마 대감께서 만나 뵙고 드릴 말씀이 있다며 찾아오셨습니다"라고 보고하자 요시나카는 "고양이(네코)가 사람을 만난단 말이냐?" 하고 껄껄 웃어댔다. 부하가 다시 "찾아오신 분은 네코마 중납언이라는 공경이십니다. 네코마는 사시는 동네 이름으로 알고 있습니다"라고 하자 "알았다" 하며 대면했다. 그러나 여전히 네코마 대감이라 하지 않고 "네코 대감이 모처럼 오셨으니 식사를 준비해라"라고 시키는 것이었다. 미쓰타카 경이 깜짝 놀라 "지금은 전혀 생각이 없소이다" 하고 사양하자 "아니 식사 시간에 때맞춰 찾아와서 무슨 말씀이시오"라고 하는 것이었다. 산골이라 생선을 소금에 절여 먹어야 했던 시나노에서는 신선한 생선을 '소금기 없는' 생선이라 했는데 신선한 것은 모두 다 '소금기 없다'고 하는 줄 알고 "여기 '소금기 없는' 느타리버섯이 있으니 자, 자, 어서 드시오" 하고 권했다. 네노이 노 고야타가 식사 시중을 들었는데 시골에서나 쓸 법한 큼지막한 사발에 밥을 수북이 담고, 반찬 세 가지에 느타리버섯국을 끓여 내왔다. 보니 요시나카의 앞에도 똑같이 차려져 있었는데 젓가락을 들더니 먹기 시작했다. 사발이 왠지 꺼림칙해 미쓰타카 경이 들지 못하고 있자, "그건 내가 제사 때 쓰는 그릇이오"라고 하는 것이었다. 안 먹는 것도 그래서 젓가락을 들고 먹는 흉내만 내고 있자 요시나카가 보더니 "네코 대감은 소식하시는가 보구려. 고양이는 음식을 남긴다더니 정말 그대로네. 그러지 말고 푹푹 떠서 좀 드시오" 하고 권했다. 기분이 상한 미쓰타카 경은 의논할 일을 한마디도 꺼내지 않고 그대로 돌아가고 말았다.

관직을 하사받은 요시나카는 평복 차림으로 입궐할 수는 없다며 처음으로 포의를 마련해 정장을 차려입었다. 그러나 위로는 탕건 쓴 것부터 밑으로는 바지 자락에 이르기까지 정말 꼴불견이었다. 그 차림을 하고 우차에 기어오르는데 평소의 갑옷을 차려입고 전통에 활을 들고 말에 올라타던 모습과는 딴판이라 볼품이 없었다. 우차는 지금 야시마에 있는 무네모리 공이 타던 것으로 몰이꾼도 그대로였다. 세상이 바뀌었으니 어쩔 수 없다 해도 너무도 분통이 터져 몰이꾼은 힘이 좋은 소 가운데 오랫동안 부리지 않은 놈을 골라 수레에 맸다. 문을 나서는 순간 채찍을 한 차례 힘껏 내려치자 아니나 다를까 맹렬히 뛰쳐나갔는데 그 바람에 수레 안에 있던 요시나카는 뒤로 넘어지고 말았다. 넘어진 요시나카는 나비가 날개를 퍼덕거리듯 좌우 소매를 펄럭거리며 일어나려고 했으나 좀처럼 일어날 수가 없었다. 수레를 세우라고 몰이꾼을 부르는데 몰이꾼이라 하지 않고 "여봐라 소몰이, 여봐라 소몰이" 하고 부르자 수레를 계속 몰라고 하는 줄 알고 5~6정을 내달렸다. 심복인 이마이 노 가네히라가 채찍과 등자를 휘두르며 뒤쫓아와 "아니, 수레를 왜 이렇게 모느냐?" 하고 꾸짖자 "소가 사나워 말을 듣지 않습니다" 하고 둘러댔다. 너무했다 싶었는지 몰이꾼이 "거기 있는 손틀을 붙잡으십시오"라고 권하자 요시나카는 손틀을 꽉 붙잡더니 "아주 쓸 만한 장치로구나. 이건 소몰이 네가 고안한 것이냐, 무네모리 공이 한 것이냐?" 하고 묻는 것이었다.

그런 후 태상왕궁에 도착해 수레에서 소를 풀어내자 요시나카는 뒤쪽으로 내리려 했다. 서울 출신의 하인이 "수레는 탈 때는 뒤쪽에서 타고 내릴 때는 앞으로 내리는 법입니다" 하고 일렀더니 "아무리 수레라고 하지만 그냥 빠져나가서야 되겠느냐" 하며 뒤로 내리는 것이었다. 그 밖에도 우스꽝스런 일이 많았지만 사람들은 겁이 나 입 밖에 내지 못했다.

## 미즈시마(水島) 전투

　　다이라 일문은 사누키의 야시마에 버티고 앉아서 산요도 지방의 여덟 고을과 난카이도 지방의 여섯 고을 등, 모두 열네 고을을 지배하에 두고 있었다. 이 소식을 들은 요시나카는 내버려둬서는 안 될 일이라 보고 바로 토벌군을 파견했다. 대장군에는 야타 노 요시키요를, 군 지휘관에는 시나노 사람 운노 노 유키히로를 각각 임명했는데, 도합 7천여 기를 거느리고 산요도 지방으로 내려가 빗추의 미즈시마 해협에 배를 띄우고 야시마로 쳐들어갈 채비를 했다.

　　윤10월 1일, 미즈시마 해협에 거룻배 한 척이 나타났다. 고깃배나 낚싯배이려니 하고 보고 있자 그게 아니라 다이라 군의 공문서를 나르는 배였다. 지켜보고 있던 미나모토 군이 함성을 지르면서 물에 올려놓은 배 500여 척을 바다에 띄우자 다이라 군은 천여 척으로 이에 맞서 몰려왔다. 다이라 군은 도모모리 경이 본대의 대장군을 맡고, 노토 태수 노리쓰네가 배후 공격대의 대장군을 맡고 있었다. 노리쓰네는 병사들을 향해 "어찌 그리 맥없이 싸우려 하느냐? 북에서 내려온 놈들에게 포로가 되어도 괜찮단 말이냐? 우리 편의 배를 묶어라" 하고 질타하고 천여 척의 선미와 선수를 붙여 사이를 밧줄로 묶고 널판을 죽 얹으니 배 위가 평평해졌다. 양군은 함성을 지르고 활을 주고받은 다음 서로 배를 맞대고 치열히 싸우기 시작했다. 멀리 있는 자는 활로 쏴 죽이고 가까이 있는 자는 칼로 베어 쓰러뜨리는 한편, 갈퀴로 걸어 끌어당기는 자, 갈퀴에 걸려 끌려가는 자, 맞붙잡고 바다로 뛰어드는 자, 서로 상대를 찌르고 죽는 자 등 장관이었다. 이 와중에 미나모토 군의 지휘관인 운노가 전사하자, 보고 있던 대장군 야타와 주종 일곱은 거룻배를 타고 선두에 나서 싸우다가 형세가 불리해지자 배를 발로 굴려 침몰시켜 죽고 말았다. 안장 얹은 말을 배 안에 싣고 있던 다이라 군이 배를 접안시키고 앞 다투어 말에 올라타 함성을 지르며 내달리니 대장군이 이미 사망한 미나모토 군은 나 몰라라 하고 도망가고 말았다. 다이라 군은 이 전투에서 승리함으로써 그간 쌓이고 쌓였던 회계(會稽)의 수치를 씻게 되었다.

패전 소식을 전해 들은 요시나카는 그대로 두었다가는 안 되겠다 싶어 만 기를 이끌고 산요도로 달려 내려갔다.

# 세노오(瀨尾)의 최후

 한편 다이라 측 사람으로 빗추 출신의 세노오 노 가네야스라는 무인이 있었다. 지난번에 있었던 북부 지방 전투 때 가가(加賀) 사람인 구라미쓰 노 나리즈미에게 생포되어 지금은 그의 동생 나리우지(成氏)에게 맡겨진 상태였다. 용맹하기로 소문이 난 데다가 힘이 장사인 세노오였기에, "아까운 인물을 죽여서야 되겠느냐?"하며 요시나카는 목을 베지 않았다. 심성과 인간관계가 좋고 마음이 너그러운 사람이라 구라미쓰도 예를 갖춰 대우하고 있었다. 그러나 세노오의 입장에서 보면 소무(蘇武)가 오랑캐에게 붙들리고, 이릉(李陵)이 한나라로 돌아가지 못하고 있는 것과 같은 신세라, '몸이 멀고 먼 이국땅에 맡겨져 있는 것은 옛사람들이 슬퍼하던 바로, 유피와 양털 천막으로 풍우를 피하고, 비린내 나는 고기와 양젖으로 겨우 기갈을 면'[17]하고 사는 것이나 다름없었다. 다른 포로들처럼 하루 종일 나무를 자르고 풀을 베는 막일을 하지는 않았지만, 낮에는 고분고분한 척했어도 밤에는 한잠도 못 이루며 어떻게든 적의 틈을 노

---

17 『문선(文選)』.

려 죽이고 옛 주군 품으로 돌아가려 했던 것이 세노오의 본심이었으니 소름 끼치는 일이 아닐 수 없었다.

언젠가 세노오는 나리우지에게, "지난 오월 이래 하잘것없는 목숨을 죽이지 않고 살려주셨으니 이제 소인에겐 특별히 주군이라 할 만한 사람이 없습니다. 앞으로 전투가 있으면 앞장서서 요시나카 어른을 위해 목숨을 바치겠습니다. 소인의 영지였던 빗추의 세노오 땅은 말 사료가 풍부한 곳이니 어른께 말씀드려 달라고 하십시오" 하고 진언했다. 나리우지가 그대로 요시나카에게 전하자, 요시나카는 "기특한 일이로구나. 그러면 네가 세노오를 길잡이 삼아 먼저 내려가 마초를 준비해놓도록 해라" 하고 지시했다. 명령을 받든 나리우지는 기뻐하며 수하 30여 기를 데리고 세노오를 앞세워 빗추로 내려갔다.

세노오에게는 무네야스라는 장남이 있었는데 다이라 씨를 섬기고 있었다. 부친이 요시나카의 허락을 받아 고향으로 내려오고 있다는 말에 오랜 부하들을 불러 모아 50기 가량의 병력을 거느리고 마중하러 올라가던 중 하리마(播磨)의 관아에서 만나 함께 내려오게 되었다. 일행이 비젠의 미쓰이시(三石)에 있는 주막에 머물고 있는데, 세노오의 친구들이 하인에게 술을 들려 찾아와 밤새도록 주연을 베풀더니 세노오를 감시하는 병사와 나리우지를 포함한 30여 명에게 억지로 술을 먹여 취하게 만든 후 하나도 남김없이 찔러 죽였다. 그런 다음 비젠이 유키이에(行家)의 영지였기 때문에 관아를 습격해 태수 대리도 죽이고 말았다.

세노오는 그 후 "나는 요시나카의 수중에서 벗어나 이곳에 다시 오게 되었다. 머지않아 요시나카가 서울에서 내려올 텐데 다이라 씨에게 충성을 바칠 생각이 있는 사람은 나와 함께 한번 싸워보지 않겠느냐?" 하고 사람들을 설득하고 다녔다. 그러자 빗추와 인근의 비젠, 빈고에서는 말이나 무기, 쓸 만한 부하들은 이미 다이라 진영으로 다 보내고, 현지에는 일선에서 물러난 노인들밖에 없었는데, 이들이 혹은 감물 들인 내갑의를 그냥 끈으로만 묶기도 하고, 무명 평복 자락을 허리춤에 끼우거나 다 해진 단갑을 손질해 걸치고서, 사냥할 때 쓰는 전통이나 대나무 활집에 화살 몇 대를 꽂아 등에 걸머지고 세노오가 있는 곳으로 꾸역꾸역 밀려오는데, 그 수가 도합 2천여 명이었다.

    이들은 세노오를 앞장세워 비젠 복륭사(福隆寺)의 논두렁 가운데 있는 사사노세마리(篠の迫)에다 보루를 쌓았는데, 밖에는 폭 2장에 깊이 2장 규모의 해자를 파 목책을 둘렀고, 안에는 활 쏘는 성루를 만들어 방패를 세운 후 활촉을 나란히 한 채 요시나카가 공격해오기를 이제나저제나 하며 기다리고 있었다.

    비젠의 태수 대리가 세노오에게 살해되자 부하들이 도망쳐 서울로 올라가다가 하리마와 비젠의 경계에 있는 후나사카(船坂)라는 곳에서 요시나카를 만나게 되었다. 사실대로 고하자 요시나카는 "괘씸한 놈 같으니라고. 진작 목을 뺐어야 하는 건데" 하고 후회했다. 이마이가 "그러게 말입니다. 그자의 생김새와 기상이 심상치 않아 몇 번이고 목을 베어야 한다고 말씀드렸건만 살려주시더니" 하고 이를 갈자 요시나카는 "그렇다고 별일이야 있겠느냐. 쫓아가서 없애고 오너라" 하고 명했다. "그럼 먼저 내려가서 살펴보겠습니다" 하고 이마이는 3천 기를 이끌고 달려 내려갔다.

    복륭사로 가는 논두렁길은 폭이 활 하나 정도에 길이가 1리쯤 되었는데, 좌우의 논에는 물이 가득 차 말이 나아가지를 못해 이마이 수하의 3천 기는 마음은 급했으나 말이 가는 대로 놔둘 수밖에 없었다. 성 앞으로 몰려가자 세노오는 성루에 서서 떠나갈 듯한 큰 소리로 "지난 오월부터 이 날까지 이 하잘것없는 목숨을 살려주신 여러분의 후의에 보답하기 위해 선물을 준비했소이다" 하며 강궁을 쏘는 용사 수백 명을 뽑아 배치해놓고 활을 한 방향으로 조준해 비 오듯 쏴대니 얼굴을 들 수조차 없었다. 이마이를 비롯해 다테, 네노이, 미야자키, 스와, 후지사와 등과 같은 용사들이 화살을 피하기 위해 투구를 수그린 채 화살에 맞아 죽은 인마를 해자 속에 집어던져 메운 다음 함성을 지르며 공격해 들어갔다. 좌우의 논으로 들어가 말의 가슴걸이나 배까지 흙탕물이 차도 개의치 않고 떼 지어 몰려가는 병사들도 있었고, 깊은 도랑도 마다않고 말을 몰고 들어가는 병사들도 있었는데, 하루 내내 전투가 계속됐다. 저녁 무렵이 되자, 세노오가 긁어모은 노병들은 적의 공격에 대부분 전사하고 살아남은 사람이 별로 없었다. 사사노세마리에 만든 보루를 점령당한 세노오 군은 빗추의 이타쿠라(板倉) 강가로 퇴각해 방패 진을 쳐놓고 적군을 기다렸다. 이마이의 군세가 곧바로 몰려와 공격해오자 살아남은 병사들은 사냥용 전통이나 대나무 활집에 화살이 있는 동안은 버텼으나 이마저 바닥나자 모두 도망가고 말았다.

  세노오 군은 결국 모두 전사하고 주종 세 사람만이 살아남아 이타쿠라 강을 따라 미도로 산 쪽으로 도망을 가고 있는데 지난번 전투 때 세노오를 생포한 구라미쓰 노 나리즈미가 "내 동생을 죽이다니 이런 괘씸한 일이 있나. 다른 사람은 몰라도 세노오만은 다시 사로잡고 말겠다" 하며 다른 사람들보다 앞서 쫓아갔다. 1정 정도의 거리까지 따라잡은 나리즈미가 "아니, 세노오, 적에게 등을 보이다니 부끄럽지도 않느냐. 어서 돌아서라" 하고 외치자 말을 탄 채로 서쪽을 향해 강을 건너가던 세노오는 말을 멈추고 나리즈미를 기다렸다. 뒤쫓아 온 나리즈미는 말을 나란히 갖다 대더니 세노오를 힘껏 붙잡고 말 아래로 넘어뜨렸다. 둘 다 막상막하의 장사들이라 엎치락뒤치락하며 굴러가다가 강기슭에 있는 깊은 웅덩이로 빠지고 말았다. 구라미쓰는 헤엄을 못 쳤으나 세노오는 수영에 능했기 때문에 물속에서 구라미쓰를 잡아 누르고 갑상(甲裳)[18]을 들쳐 온 힘을 다해 세 번 찔러서 죽인 다음 목을 벴다. 그런 후 부상을 입은 자기 말 대신 구라미쓰의 말에 올라 계속 도주했다. 함께 가던 아들과 부하는 말이 없어 걷고 있었는데, 아들은 아직 스물 두셋밖에 되지 않았는데도 살이 너무 쪄 1정도 채 달리지 못했다. 갑옷을 벗어던지고 가는데도 따라오지 못해 세노오는 아들을 내버려두고 10여 정쯤 달리다가 뒤따라오던 부하에게 말했다.

"천만 대군을 맞아 싸울 때는 사방이 툭 트이고 환한 느낌이 들었는데 지금은 아들을 버리고 가서 그런지 앞이 깜깜해 아무것도 보이지 않는구나. 설령 내가 살아서 다시 주군 진영으로 간다 해도 동료들이 '세노오는 예순이 넘어놓고도 살면 얼마나 산다고 단 하나 있는 아들을 버리고 도망을 쳤을까?' 하고 흉을 볼 것 같아 부끄럽구나."

"그러기에 최후의 결전 시는 함께 죽자고 하는 것 아니겠습니까? 돌아가시지요."

이 말을 들은 세노오는 그러자며 말을 돌렸다. 가보니 아들은 발이 퉁퉁 부어 누워 있었다. "네가 못 따라와 한곳에서 죽으려고 돌아왔다"고 하자 아들은 눈물을 뚝뚝 흘리며 "소자야말로 쓸모없는 몸이라 자살이라도 해야 하는 건데 저 때문에 아버님이 목숨을 잃게 되시면 오역죄(五逆罪)를 범하는 결과가 되지 않겠습니까. 그러니 어서 몸을 피하십시오" 하고 애원했다. 세노오는 "이미 마음을 정했느니라" 하며 쉬고 있는데, 이마이를 선두로 50여 기가 함성을 지르며 뒤쫓아 왔다. 세노오가 일고여덟

---

18 허리 아래를 보호해주는 갑옷.

대 가량 남아 있는 화살을 뽑아 잇달아 시위를 당기자 생사는 알 수 없어도 그 자리에서 대여섯 기가 꺼꾸러졌다. 칼을 뽑아 우선 아들의 목을 베더니 적진으로 쳐들어가 혼신의 힘을 다해 싸워 적병을 수도 없이 죽이고 마침내 전사하고 말았다. 부하 또한 주군에 뒤질세라 분전하다가 치명상을 많이 입고 지쳐서 자결을 꾀했는데 사로잡혔다가 이틀 후에 죽고 말았다. 이들 주종 세 사람의 목을 빗추의 사기가모리(鷺が森)에 효수했더니 요시나카가 와서 보고 "아, 정말로 진짜 무사로구나. 이야말로 일기당천의 용사가 아니겠느냐. 아까운 사람들을 구하지 못했구나" 하고 아쉬워했다고 한다.

## 무로야마(室山) 전투

각설하고, 요시나카가 빗추의 만주(万壽)에서 전군을 동원해 막 야시마로 쳐들어가려고 하고 있는데 부재중 서울을 지키라고 두고 온 히구치 노 가네미쓰가 파발을 보내 "주군께서 내려가 계신 사이 유키이에 장군이 태상왕의 총신을 통해 별의별 모함을 다 하고 있는 모양입니다. 그쪽 싸움은 잠시 중지하시고 서둘러 상경하시기 바랍니다" 하고 전해와 사태가 사태인지라 밤낮을 가리고 않고 말을 달려 상경했다. 이 소식을 전해 들은 유키이에는 안 되겠다 싶었는지 요시나카와의 충돌을 피하려고 단바(丹波) 가도를 이용해 하리마로 도주하고 말았다. 이 바람에 셋쓰를 경유해 올라오던 요시나카는 엇갈려 입경하게 되었다.

한편 다이라 진영에서는 요시나카를 치기 위해 도모모리 경과 시게히라 경을 대장군에, 엣추 노 모리쓰기, 가즈사 노 다다미쓰, 가게키요 등을 각 군의 지휘관으로 임명했다. 총병력 2만여 기가 천여 척의 선박을 타고 하리마로 건너가 무로야마에 진을 치고 있었는데, 도주하던 유키이에는 다이라 군을 격파해 요시나카와 화해해볼 생각이었던지 500여 기를 이끌고 무로야마로 달려왔다. 다이라 군은 진을 다섯으로 나눠 치고 있었는데, 엣추 노 모리쓰기가 2천여 기로 제1진을 맡고, 제2진은 이가 노 이에나가가 2천여 기, 제3진은 가즈사 노 다다미쓰와 가게키요가 3천여 기, 제4진은 시게히라 중장이 3천여 기, 그리고 제5진은 도모모리 경이 만여 기를 거느리고 지키고 있었다.

유키이에가 500여 기로 함성을 지르며 공격해오자 제1진의 모리쓰기는 잠시 응전하는가 싶더니 진을 열어 그냥 통과시켰다. 제2진의 이에나가도 마찬가지였고, 제3진, 제4진도 똑같았다. 제1진부터 5진까지 미리 약속한 터라 적을 한가운데로 몰아넣자 동시에 함성을 크게 질렀다. 도망칠 길이 없어진 유키이에는 속은 것을 알자 이를 악물고 죽을 생각으로 오늘이 마지막이라는 각오하에 분전했다. 다이라 군의 무사들도 "미나모토 군의 대장군을 잡아라" 하고 외치며 앞 다투어 달려들었으나 무예가 출중한 유키이에 옆으로 말을 몰아 맞붙는 무사는 아무도 없었다. 도모모리 경이 가장 신임하던 기시치자에몬, 기하치에몬, 기쿠로와 같은 용사들도 그 자리에서 모두 유키이에의 손에 죽고 말았다. 이리하여 500여 기의 유키이에 군은 겨우 30여 기만 남게 되었는데 사방이 모두 적에 아군은 병력이 없어 어떻게 뚫고 나가야 할지 막막했으나 눈 딱 감고 구름처럼 몰려 있는 적 사이를 헤치고 나아갔다. 유키이에는 전혀 부상을 입지 않았으나 가신과 부하 20여 기 대부분은 부상을 당한 채 하리마의 다카사고(高砂)에서 배를 타고 해상으로 나와 이즈미(和泉)로 가 거기에서 가와치의 경계를 넘어 나가노(長野) 성으로 들어갔다. 무로야마, 미즈시마 양 전투에서 승리를 거둔 다이라 군은 더욱 기세가 올랐다.

## 장구 판관(判官)

서울에는 미나모토 군이 넘쳐흘렀는데 어디든 들어가 노략질을 자행하고 가모나 이와시미즈하치만 신사 소유 토지도 개의치 않고 들어가 벼를 베어 마초를 만들었다. 남의 창고를 열어 물건을 가져가고, 들고 가는 물건을 빼앗는가 하면, 입고 있는 옷을 벗겨가기도 했다. 그래서 사람들은 "그래도 다이라 일문이 서울에 있었을 때는 로쿠하라 하면 왠지 그저 무서운 생각이 들었을 뿐이지 옷을 벗겨가는 일은 없었는데 미나모토 군이 들어오고 나서부터 오히려 나빠졌다" 하고 개탄했다.

태상왕은 요시나카에게 사람을 보내 횡포를 막으라는 어명을 내렸다. 차사로 간 사람은 이키 태수 도모치카의 아들인 판관 도모야스였다. 천하에 이름 높은 장구의 명인이었기에 당시 사람들은 '장구 판관'이라 불렀다. 요시나카를 만나 어명을 전했더니 대답은 하지 않고 "당신을 장구 판관이라 부른다던데 모든 사람한테 두들겨 맞고 다녀서 그런 거요, 차여서 그런 거요?"라고 하는 것이었다. 할 말을 잃은 도모야스가 태상왕궁으로 돌아와 "요시나카는 한심하기 짝이 없는 위인이옵니다. 머잖아 역도로 변할 게 틀림없을 것인즉 어서 토벌하소서" 하고 진언하니 태상왕은 쓸 만한 무인 대신 연력사와 원성사의 주지에게 이야기해 두 절의 거칠기 짝이 없는 승병들을 불러 모았고, 공경대부들은 돌팔매꾼이나 하잘것없는 시정의 부랑아, 가짜 중과 같은 부류를 끌어 모았다.

요시나카에 대한 태상왕의 심기가 편치 않다는 소문이 퍼지자 처음에는 그를 따르던 서울 근교의 군사들도 모두 등을 돌리고 태상왕 쪽으로 돌아섰고, 요시나카와 같이 시나노가 본관인 미나모토 일족 무라카미 노모토쿠니(村上基國) 역시 그랬다. 심복인 이마이가 "이야말로 엄청난 중대사가 아닐 수 없습니다. 그렇다고 임금께 대항하여 어떻게 싸움을 벌일 수 있겠습니까? 투구를 벗고 활줄을 부려 항복하시는 게 좋겠습니다" 하고 간하자 요시나카는 화를 버럭 내며 "내가 시나노를 나서면서 치른 오미, 아이다 전투 이후 북쪽에서는 도나미 산, 구로사카, 시노하라에서 싸웠고 서쪽 지방에서는 복룡사, 사사노세마리, 이타쿠라 성에서 전투를 치렀지만 아직까지 적에게 등을 보인 적이 없다. 설사 상대가 임금이라 해도 투구를 벗고 활줄을 부려 항복하고 들어가다니 말도 안 되는 소리다. 말이 나왔으니 말이지 도성의 경비를 책임지고 있는 무인이 말 한 마리씩 키워 타고 다니는 게 잘못이란 말이냐? 하고많은 전답 중에서 벼 좀 베어 마초로 썼다고 태상왕이 나무라다니 말이 되느냐? 군량미도 없고 해서 병사들이 가끔 교외로 나가 물건을 징발해 오는 게 뭐 그리 나쁜 일이란 말이냐? 대신 댁이나 종친 댁에라도 들어가 그랬다면 잘못한 일이겠지만. 이는 장구 판관의 흉계인 것 같으니 그 장구를 잡아다가 찢어 내버려라. 이번 전투는 내 마지막 전투가 될 것이다. 요리토모 귀에 들어갈지도 모르니 모두들 멋지게 싸우도록 하라" 하고 이른 후 출진했다. 북쪽에서 내려왔던 병력은 대부분이 서울을 버리고 돌아가버려 남은 병력은 겨우 6~7천 기에 불과했다. 지금까지 병력을 일곱으로 나눠 싸우면 운이 좋았다며 전 군을 일곱으로 나눴는데, 우선 히구치 노 가네미쓰에게 2천 기를 주어 이마구마노(新熊野) 쪽으로 보내 후면을 공격토록 했다. 남은 여섯 부대는 각기 머물고 있던 동네에서 가모 강의 둔치 쪽으로 나와 시치조 둔치에서 합류하자고 약속하고 출발했다.

전투는 11월 19일 아침에 개시되었다. 태상왕궁으로 쓰이고 있는 법주사(法住寺)에는 2만여 명의 병력이 들어와 있었는데 이들은 피아를 식별하기 위해 투구에 솔잎을 꽂고 있었다. 요시나카가 법주사 서문에 당도해 보니 장구 판관 도모야스가 전투의 지휘를 맡아 붉은 비단 내갑의에 갑옷도 없이 투구만 쓰고 있었는데 투구에는 사천왕상 그림이 붙어 있었다. 서쪽 담 위에 올라서서 한 손에는 창을 들고 다른 손에는 금강령(金剛鈴)[19]을 쥐고 연신 흔들며 간혹 춤을 출 때도 있었는데, 보고 있던 젊은 공경대부들은 "못 봐주겠군. 도모야스가 뭔가에 씌인 모양이야" 하고 연신 웃어댔다.

도모야스는 목청을 높여 "예전엔 교지를 읽으면 마른 초목에 꽃이 피고 열매가 맺혔으며 악귀나 악신도 순종했다. 아무리 말세라고는 하나 어찌 임금에게 창칼을 들이댈 수가 있단 말이냐. 너희들이 쏘는 화살은 되돌아가 쏜 사람의 몸에 맞을 것이요, 뽑아든 칼은 그 자의 몸을 갈라놓을 것이다" 하고 악담을 퍼부어대자 요시나카는 "나불대지 못하게 하라" 하며 개전의 함성을 크게 올렸다. 후면 공격을 맡은 히구치 부대도 이마구마노 쪽에서 이 소리에 맞춰 함성을 올렸다. 효시의 살촉 안에 불을 넣어 법주사를 향해 쏘자 때마침 불어온 강풍을 타고 불기운이 하늘로 치솟더니 불길이 허공을 뒤덮었다. 전투를 지휘하던 도모야스는 이 광경을 보더

---

19 한쪽 끝에 방울이 달려 있는 금강저(金剛杵)를 말한다. 금강저는 고대 인도의 무기로, 마귀를 물리치는 불구(佛具)이다.

니 제일 먼저 도망치고 말았다. 지휘관이 도망을 가자 2만여 관군은 뒤질 세라 도망을 치기 시작하는데 너무 허둥대고 소란을 떠는 바람에 활을 든 자는 화살이 어디 있는지도 모르고 화살을 가진 자는 활이 어디 있는지를 몰랐다. 또 장도를 거꾸로 집었다가 자기 발을 찔러 다친 사람이 있는가 하면 활고자가 무언가에 걸려 잘 빠지지 않자 그냥 버리고 가는 자도 있었다.

태상왕의 명을 받고 셋쓰에서 올라온 미나모토 군은 시치조 대로의 모퉁이를 지키고 있다가 아군이 도망쳐 오자 서쪽을 향해 도망을 치기 시작했다. 이 지역 사람들은 싸움이 시작되기 전에 상왕궁으로부터 '도망가는 병사들이 있을 테니 준비하고 있다가 모두 죽여라'는 지시를 받고 있었기 때문에 지붕에 방패를 세우고 돌을 모아다가 기다리고 있었는데 셋쓰의 미나모토 군이 도망치는 것을 보고 "저기 도망병이 간다"하며 돌을 주워 사정없이 던졌다. 미나모토 군이 "우리는 태상왕 편이니 혼동하지 마시오"하고 제지했으나 "헛소리 말아라. 태상왕의 명령이니 모두 죽여라"하며 돌을 던져대자 말을 버리고 엉금엉금 기어 도망가는 자가 있는가 하면 돌에 맞아 죽는 자도 있었다. 한편 하치조(八條) 대로 모퉁이는 연력사의 승병들이 지키고 있었는데, 도망치던 미나모토 군의 병사 중 수치를 모르는 자들은 그대로 도망을 갔으나 명예를 소중히 하는 자들은 싸우다가 모두 이들의 손에 죽고 말았다.

기요하라 노 지카나리(清原親業)는 푸르스름한 평상복 속에 연둣빛 갑옷을 입고 회색 말에 올라 가모 강 둔치에서 상류 쪽으로 도망을 치다가 뒤쫓아 온 이마이 노 가네히라가 쏜 화살이 목뼈를 관통해 즉사했다. 문장박사 요리나리(賴業)의 아들이어서 사람들은 "명경도(明經道)의 박사 집안[20]사람이 갑옷을 입다니 언어도단"이라고 비난했다. 요시나카를 배반하고 태상왕 쪽에 가담했던 무라카미도 전사했는데 그를 비롯해 오미 중장(近江中將) 다메키요, 에치젠 태수 노부유키도 화살에 맞아 목이 잘리고 말았다. 호키(伯耆) 태수 미쓰나가와 아들 미쓰쓰네 부자도 전사했고, 대납언 스케카타 경의 손자인 마사카타도 갑옷을 입고 탕건을 쓰고 전투에 참가했으나 히구치에게 생포되고 말았다. 연력사 주지인 대승정 메이운(明雲)과 원정사 주지 엔케이(圓惠)도 법주사 안에 있다가 검은 연기가 덮쳐오자 말에 올라 황급히 둔치 쪽으로 피신했는데 요시나카 군이 비 오듯 쏴대는 화살에 맞아 두 사람 모두 말에서 떨어져 목이 잘리고 말았다.

분고 태수인 형부경(刑部卿) 요리스케 경 역시 법주사 안에 있다가 불길이 덮쳐오자 급히 강변으로 몸을 피했으나 요시나카 군의 잡역부들이 옷을 몽땅 벗겨 가버리는 바람에 알몸으로 서 있었다. 11월 19일 아침이라 강바람이 매섭기 그지없었다. 요리스케 경에게는 쇼이(性意) 법사라는 처남이 있었다. 그가 부리는 승려가 싸움 구경을 하려고 둔치에 나왔다가 요리스케 경이 알몸으로 서 있는 것을 보고 "이런 기막힌 일이 있나" 하며 달려왔다. 이 승려는 흰 무명옷을 두 벌 껴입고 그 위에 승복을 입고 있었는데 무명옷을 한 벌 벗어서 입혀주었더라면 되었을 것을 승복을 벗어 던져주었다. 짧은 승복을 머리에 뒤집어쓰고 허리띠도 매지 않았으니 뒷모습이 가관이었다. 흰 옷을 입은 승려와 함께 가는데 가려면 서둘러 갈 것이지 여기저기 멈추어 서서 "저건 뉘 집이지? 여긴 어떤 사람이 사나? 여기는 어디고?" 하며 길 가는 내내 물으니 보는 사람마다 박장대소했다.

---

20 대학료(大學寮)에서 경서를 가르치는 교수를 업으로 하는 집안.

태상왕이 가마를 타고 다른 곳으로 이동하려는데 요시나카 군의 병사들이 비 오듯 활을 쏴댔다. 소장 무네나가가 황적색 평복에 탕건을 쓰고 호종하고 있다가 "태상왕께서 납시는데 무엄하구나" 하고 외치자 병사들은 모두 말에서 내려 부복했다. 태상왕이 지휘관을 향해 "이름이 무엇이냐?" 하고 묻자 "시나노 출신의 야시마 노 유키쓰나라 하옵니다"라고 밝히고 바로 가마를 메고 고조(五條) 별궁으로 모시고 가 철저히 감시했다.

주상은 못에 배를 띄우고 올랐는데 병사들이 줄곧 활을 쏘아대자 수행하던 시종 노부키요와 기이 태수 노리미쓰가 "주상께서 타고 계신데 무엄하구나" 하고 나무라자 모두 말에서 내려 부복하였다. 한원전(閑院殿)으로 납셨는데 의전도 제대로 갖추지 못했음은 말할 필요도 없었다.

## 법주사 전투

태상왕 쪽에 가세한 오미 태수 나카카네가 50기 정도의 휘하 병력만으로 법주사의 서문을 방어하고 있는데 오미의 미나모토 일족인 야마모토 노 요시타카가 달려와 "아니, 여러분들은 누구를 지키려고 싸우고 있는 게요? 태상왕과 주상께서는 이미 다른 곳으로 옮겨가셨다 하오" 하고 일러주자 "그렇다면 이곳을 빠져나가야지" 하며 적의 대군 속으로 함성과 함께 돌진했다. 혼신의 힘을 다해 싸워 적진을 돌파했으나 대부분 전사하고 주종 여덟 기만이 살아남았다. 그 여덟 기 중 가와치의 구사카(日下) 일족인 가가보(加賀坊)라는 승려 무사가 있었다. 무척 부리기 힘든 회색 말을 타고 있었는데 "이 말이 너무 성질이 사나워 제대로 부릴 수 없습니다" 하고 투덜대자 나카카네는 "그럼 내 말로 갈아 타거라" 하며 꼬리 끝이 흰 밤색 말과 바꿔주었다. 이번에는 네노이(根井)가 200여 기로 지키고 있는 가와라자카 수비군을 향해 함성을 지르며 돌진해 여덟 기 중 다섯 기를 잃고 겨우 주종 세 기로 줄어들었다. 가가보는 자기 말이 부리기 힘들다며 주군의 말로 갈아탔으나 끝내 그곳에서 전사하고 말았다.

나카카네의 부하 중에 시나노 노 나카요리라는 자가 있었다. 적군에

가로막혀 주군의 행방을 알 수 없어 답답해 하고 있던 참에 꼬리 끝이 흰 밤색 말이 달려오는 것을 보고 하인을 불러 "여기 있는 말은 어르신의 말 같은데 이미 전사하신 모양이다. 죽을 땐 한곳에서 죽자고 약속했건만 따로따로 죽게 되다니 슬프구나. 어르신께서는 어느 병력과 싸우신 것 같으냐?" 하고 묻더니 "가와라자카 수비대 속으로 돌진하신 것 같습니다. 저 말도 바로 그 속에서 나왔습니다"라고 하자 "그럼 너는 어서 여기서 돌아가거라" 하며 최후의 모습을 고향에 전하게 하고 자신은 단기로 적진을 향해 뛰어들어 "나는 아쓰미(敦實) 대군의 구대손에 시나노 태수 나카시게의 차남 나카요리로 나이는 스물일곱이다. 자신 있는 자는 앞으로 나오너라. 상대해주겠다"라고 큰소리로 외치며, 동에 번쩍 서에 번쩍 종횡무진으로 누비면서 싸워 적군을 수없이 죽인 후 마침내 전사하고 말았다. 이러한 사실을 꿈에도 모르는 나카카네는 형인 가와치 태수 나카노부와 부하 하나만을 데리고 남쪽을 향해 도망하던 중 서울에서 벌어진 전란에 놀라 우지(宇治)로 피신하던 섭정 모토미치 공을 고와타(木幡) 산에서 따라잡았다. 처음에 섭정은 나카카네 일행을 요시나카의 패거리인줄 알고 "웬 놈들이냐?" 하고 두려워하다가 "나카키네이옵니다" "나카노부이옵니다" 하고 이름을 밝히자 "이게 웬일이냐? 북쪽에서 내려온 역도들인 줄 알았더니 참 잘 왔다. 가까이서 경호를 해다오" 하고 부탁해, 분부대로 우지에 있는 섭정가의 별장인 부가전(富家殿)까지 모셔다드린 다음 바로 가와치로 내려갔다.

    날이 밝아 20일, 요시나카는 로쿠조의 둔치에 서서 전날 벤 머리들을 효시하고 이를 기록했더니 630여 명이었다. 그중에는 메이운과 엔케이의 목도 걸려 있어 보는 사람마다 눈물을 흘리지 않는 이가 없었다. 요시나카 군은 전 군 7천여 기가 말머리를 동으로 향하고 천지가 떠나갈 정도로 큰

소리로 승리의 함성을 세 차례 질렀다. 이에 온 장안 사람들은 또 싸움이 시작된 줄 알고 벌벌 떨었으나 이번에는 승리의 기쁨을 나타낸 것이었다.

고인이 된 소납언 신세이(信西)의 아들 나가노리(脩範)는 태상왕이 있는 고조 별궁로 가서 "태상왕께 아뢸 말씀이 있으니 문을 열어 들여보내주시오" 하고 사정을 했으나 지키는 병사들이 허락하지 않았다. 할 수 없이 어느 헛간에 들어가 느닷없이 머리를 밀고 중이 되어 검은 승복을 입고 "이리된 마당에 뭐가 문제가 되겠소? 들여보내주시오" 하고 사정하자 그제야 허락하였다. 어전에 나아가 이번에 전사한 주요 인사들에 대해 상세히 아뢰니 태상왕은 눈물을 뚝뚝 흘리면서 "메이운은 비명횡사할 사람이라고는 생각하지 않았는데 이번엔 응당 죽었어야 할 과인을 대신한 것이로구나" 하며 울음을 그치지 않았다.

요시나카는 일족과 부하들을 불러모아놓고 회의를 열었다. "나는 천하의 제왕을 상대로 싸워 이겼으니 어때, 임금을 한번 해볼까? 아니면 태상왕을 한번 해볼까? 그런데 말이지 임금 노릇을 하려면 아이처럼 꾸미고 있어야 하는 게 그렇고 태상왕을 하려면 머리를 깎아야 하는데 그것도 좀 그렇지? 그래 그래, 관백을 하는 게 좋겠다" 하고 으스댔다. 서기로 데리고 다니는 가쿠메이가 이 말을 듣고 "관백이란 가마타리(鎌足) 공의 후손인 후지와라 일문만이 할 수 있는 것입니다. 주군께선 미나모토 씨라 그건 안 될 겁니다"라고 하자 "그럼 어쩔 수 없군" 하더니 상왕궁의 마필을 총괄하는 자리를 차지하고 단고 고을을 자신의 영지에 추가했다. 태상왕이 마침 출가한 것을 보고 태상왕이 되면 출가해야 하는 줄로 알고, 주상이 아직 관례를 올리지 못해 아이 차림을 하고 있는 것을 보고 임금은 아이 차림을 해야 하는 것으로 잘못 안 것이니 한심한 일이 아닐 수 없었다. 뿐만 아니라 전임 관백의 딸을 아내로 맞아들여 억지 사위가 되고 말았다.

11월 23일, 요시나카는 중납언 도모카타(朝方)를 비롯해 공경대부 49명의 관직을 몰수하고 칩거시켰는데, 전에 기요모리가 43명에게 같은 조치를 취한 데 비해 이번에는 49명이나 됐으니 더 몹쓸 짓을 한 셈이었다.

　한편 가마쿠라에 있는 요리토모는 요시나카의 횡포를 진압하기 위해 이복동생 노리요리(範賴)와 요시쓰네(義經)에게 군대를 주어 올려 보냈다. 그러나 요시나카가 이미 법주사를 불태우고 태상왕을 감금해 세상이 암흑천지로 화하고 말았다는 소식이 들리자 무턱대고 상경해 싸울 수도 없는 일이라 두 사람은 상황을 보아가며 가마쿠라에 자세한 소식을 전하기 위해 오와리의 아쓰타 신사에 머물고 있었다. 이 말을 들은 궁내판관 긴토모(公朝)와 좌위문 도키나리(時成)는 서울의 상황을 알리기 위해 오와리로 달려가 있었던 일을 하나하나 차근차근 설명하자 요시쓰네는 "이 일은 궁내판관께서 직접 관동으로 내려가셔야 할 것 같소. 자세한 사정을 모르는 파발을 내려 보낼 경우 가마쿠라 어른께서 뭘 물어도 대답 못할 일들이 많을 테니 말이오" 하고 긴토모를 가마쿠라로 내려 보냈다. 소란에 놀라 하인들이 모두 도망가고 없었기 때문에 열다섯 살 난 장남 긴모치만을 데리고 관동에 내려간 긴토모는 요리토모에게 자초지종을 설명했다. 이야기를 듣고 난 요리토모는 깜짝 놀라 "무엇보다도 장구 판관 도모야스가 얼토당토않은 소리를 해 상왕궁이 불타고 고승들이 죽게 된 것이니 좌시 못 할 일이오. 다른 사람은 몰라도 도모야스는 이미 어명을 그르친 자이니 더 이상 밑에 두고 쓰셨다가는 더욱 큰일이 일어날 것이오" 하고 서울에 파발을 보냈다. 이 말을 들은 도모야스는 변명을 하려고 밤낮을 가리지 않고 말을 달려 가마쿠라로 내려왔다. 요리토모가 "그 자는 만나지도 말고 상대하지도 말라"라고 지시하자 날마다 요리토모의 저택을 찾아왔으나 끝내 대면을 않으니 체면만 구긴 채 서울로 돌아갔다.

그 후 후시미이나리 신사 부근에서 겨우 목숨만 부지한 채 근근이 살았다고 한다.

한편 요시나카는 다이라 진영에 사자를 보내 "서울로 올라오시오. 우리 힘을 합쳐 관동을 칩시다" 하고 제안했다. 무네모리 공은 좋아했으나 도키타다와 도모모리 경 등이 "아무리 말세라고는 하나 요시나카 따위의 말을 듣고 상경해서는 아니 됩니다. 우리는 주상과 왕실의 세 보물을 모시고 있으니 '투구를 벗고 활을 부려 항복한 후 이쪽으로 내려오라'고 해야 합니다"라고 주장해 그대로 답을 해서 보냈더니 요시나카는 받아들이지 않았다.

요시나카의 억지 장인이 된 전임 관백 모토후사 공은 요시나카를 집으로 불러 "기요모리 공은 극악무도하기 짝이 없는 사람이었으나 보기 드문 선행을 여러 차례 베푼 덕에 세상을 탈 없이 이십여 년 동안이나 이끌어갈 수 있었던 거라네. 악행만으로는 세상을 다스릴 수 없는 법이야. 특별한 이유도 없이 정직시킨 사람들의 관직을 모두 되돌려주어야 할 것이네" 하고 설득하자 거칠기만 한 무지막지한 야인인 줄 알았더니 순순히 말을 들어 정직시킨 사람들을 모두 복직시켰다. 모토후사 공의 아들 모로이에(師家)는 당시 중납언에다 중장에 불과했었으나 요시나카가 손을 써 대신 반열에 올리고 섭정에 임명하였다. 마침 대신 자리에 결원이 없었기 때문에 내대신이었던 도쿠다이지 노 사네사다(德大寺實定) 공의 자리를 빌려서 내대신으로 앉혔는데, 남의 말 하기 좋아하는 세상이라 신임 섭정을 '빌려온 대신'이라고들 입방아를 찧었다.

12월 10일, 태상왕은 고조 별궁을 나와 대선대부 나리타다(業忠)의 저택인 로쿠조니시노토인(西洞院)으로 행차했다. 이틀 후인 13일, 항례의 연말 대궐 법회가 열렸다. 그 다음에 인사가 단행되어 요시나카의 지시로 많은 사람들의 관직이 그의 뜻대로 이루어졌다. 다이라 일문은 서쪽에서, 요리토모는 관동에서, 그리고 요시나카는 서울에서 세력을 펴니 중국에서 전한과 후한 사이에 왕망(王莽)이 세상을 빼앗아 18년이나 다스리던 것과 비슷한 꼴이었다. 서울 주변 사방의 관문을 모두 닫아버려 서울에 사는 사람들은 상하 모두 어항 속의 물고기나 다름없었다. 이렇듯 위험한 상태로 한 해가 저물어 주에이도 3년째를 맞이하게 되었다.

도사 사스케(土佐佐助), '미나모토 군의 기습을 받고 바다를 향해 도주하는 다이라 군,'
「패주」, 『平家物語繪卷』(林原美術館 소장), 근세 전기.

제 9 권

## 명마 이케즈키

주에이 3년(1184), 정월 초하루를 맞았으나 태상왕의 임시 거처인 나리타다의 집은 궁궐의 틀을 갖추지 못해 의식을 치르기 힘들다는 이유로 신년 하례가 취소됐다. 태상왕이 하례를 받지 않으니 대궐에서도 역시 하례를 받지 않았다.

한편 사누키의 야시마 해변에서 묵은 해를 보내고 새해를 맞이한 다이라 일문 역시 초하루부터 초사흘까지의 의례 치르기가 여의치 않아 주상이 계시는데도 불구하고 잔치는 물론, 사방의 천지신명에게 절을 올리는 의식조차 치르지 못했다. 뿐만 아니라 신년이 되면 다자이후에서는 송어를 잡아 바치고, 요시노 산의 구즈(國栖) 마을 백성들이 입궐해 음악을 봉헌하는 것이 관례였는데, 이번에는 이마저 없었다. 그래서 "아무리 난세라고 하지만 그래도 서울에 있을 때는 이렇지는 않았는데" 하며 서로 한숨만 쉴 따름이었다. 이윽고 맑고 따뜻한 봄이 찾아와 바닷바람도 순해지고 햇살도 따스해졌으나 다이라 일문은 언제나 얼음 속에 갇혀 있는 느낌이어서 설산에 산다는 한고조(寒苦鳥)¹ 신세와 다름없었다. 그래서 사람들은 "옛 시인이 '강변의 버드나무는 동서에서 서로 싹트기를 다투고,

매화나무는 남북에서 서로 개화를 겨룬다'²고 노래하던 도성에서, 봄이면 새벽녘엔 벚꽃을, 가을에는 한밤에 달을 감상하고, 남자들은 모여 시가와 음악, 축국과 활 시합을 하고, 여자들은 편을 짜서 부채와 그림, 화초, 벌레들을 견주며 놀았었는데……" 하며 갖가지 즐거웠던 추억담을 주고받으며 길어진 봄날을 주체 못하고 있었는데 참으로 보기에도 안쓰러운 광경이 아닐 수 없었다.

정월 11일, 요시나카는 태상왕을 알현하고 다이라 일문을 토벌하기 위해 서방(西方)으로 출정할 계획이라고 상주했다. 13일, 막 출발하려는데 관동에서 요리토모가 요시나카의 횡포를 진압하기 위해 수만 기의 병력을 올려 보내 이미 미노와 이세에 도착했다는 소문이 들려왔다. 크게 놀란 요시나카는 서울로 들어오는 길목에 있는 우지와 세타(勢田) 두 다리의 상판을 떼어내고 병력을 나눠 파견했는데 하필이면 이때 병력이 부족했다. 그래서 세타 대교는 적의 본대를 맞게 될 것이라며 이마이에게 800기를 주어 보내고, 우지 대교에는 니시나, 다카하시, 야마다 등 세 사람에게 500기를, 그리고 이모아라이에는 백부 요시노리에게 300기를 주어 내려 보냈다. 관동에서 올라오는 군세는 노리요리가 본대의 대장군을 맡고, 배후 공격대는 요시쓰네가 대장군을 맡았으며, 이 밖에 주요 장수가 30여 명에 도합 6만여 기에 이른다는 소문이었다.

*

---

1 밤에 추위에 떨면서 날이 새면 집을 지어야 했다가도 낮에 따뜻해지면 언제 죽을지도 모르는데 집은 지어 뭐 하냐며 다시 밤을 맞는다는 설산(雪山: 히말라야산)의 새.
2 요시시게 노 야스타네(慶滋保胤)의 한시(『화한낭영집(和漢朗詠集)』).

가마쿠라의 요리토모는 이케즈키와 스루스미라는 명마를 두 필 소유하고 있었다. 이중 이케즈키가 탐이 난 가지와라 노 가게스에(梶原景季)[3]가 끈질기게 달라고 간청하자 요리토모는 "이 말은 전투 시 내가 무장을 하고 타야 할 말이다. 스루스미도 이에 못지않은 명마다"라고 하며 대신 스루스미를 내주었다. 그런데 사사키 다카쓰나(佐々木高綱)[4]가 출진인사차 찾아갔더니 요리토모는 무슨 생각을 했는지 "탐내는 사람이 수도 없이 많았으나 주지 않았으니 그런 줄 알고 타거라" 하며 이케즈키를 사사키에게 내주었다. 감격한 사사키는 무릎을 꿇더니 "소인, 이 말을 타고 우지 강을 맨 먼저 건너겠습니다. 만약에 소인이 우지 강에서 전사했다는 말이 들리거든 선봉을 남에게 내준 것으로 아십시오. 그러나 살아 있다는 말이 들리면 틀림없이 선봉을 차지한 줄 아십시오" 하고 말한 후 물러 나가자 그 자리에 있던 대소 장수들은 "방약무인한 소리를 하는군" 하고 수군거렸다.

가마쿠라를 출발한 미나모토 군은 아시가라 고개와 하코네 산을 넘어 제각기 상경을 서두르고 있었다. 스루가(駿河)의 우키시마(浮島) 벌에 도착한 가지와라 노 가게스에는 높다란 곳에 올라 잠시 말을 멈추고 지나가는 수많은 군마들을 바라다보았다. 형형색색의 안장과 밀치를 얹고, 한쪽 또는 양쪽 고삐에 이끌려 천 필인지 만 필인지 셀 수도 없을 만큼 많은 말들이 끊임없이 눈앞을 지나가고 있었으나 아무리 보아도 자신이 하사받은 스루스미를 능가하는 말은 보이지 않아 흐뭇해하며 보고 있는데 이케즈키를 닮은 말이 지나가는 것이 보였다. 금장 안장에 밀치에는 상모를 달았는데 흰 거품을 뿜으며 수많은 하인들이 붙어서 끌고 있었으나 그래도 진정을 시키지 못해 펄쩍펄쩍 뛰며 오고 있었다.

---
[3] 관동의 명족인 가지와라 노 가게토키(梶原景時)의 장남으로 당시 23세.
[4] 사사키 히데요시(佐々木秀義)의 아들로, 당시 25세.

"그 말은 누구의 말이냐?"

"사사키 어른의 말이옵니다."

"아니, 이럴 수가 있단 말이냐. 똑같이 섬기고 있는 나보다 사사키를 더 중히 여기시다니 이런 원통한 일이 있나. 이번에 상경하면 요시나카의 사천왕이라는 이마이, 히구치, 다테, 네노이를 상대로 싸우다 죽든지, 아니면 서해로 내려가 일기당천의 용사라고 소문이 자자한 다이라 일문의 무사들과 겨루다 죽을 각오였는데 주군께서 이렇게밖에 보고 있지 않으시다면야 다 쓸데없는 짓이지. 여기서 사사키와 맞붙어 서로 찔러 죽게 되면 쓸 만한 무사가 둘 없어지는 셈인데 그렇게 해서라도 주군께 타격을 주어야겠다" 하고 투덜거리며 사사키를 기다리고 있는데, 아무것도 모르는 사사키는 무심코 말을 몰며 다가왔다. 가게스에는 속으로 말을 옆에 갖다 대고 붙잡아 쓰러뜨릴까, 아니면 정면에서 말을 받아 낙마시킬까 하고 궁리하다가 우선 말을 걸어보았다.

"이보시오, 주군께서 당신한테 이케즈키를 주셨다며?"

사사키는 이 말을 듣는 순간 가게스에가 내심 이케즈키를 갖고 싶어 했다는 사실을 기억해내고 "사실은 말이오, 이 중대한 상황을 맞아 상경을 하는데 보나마나 우지나 세타 대교의 상판을 뜯어냈을 게 아니오? 기마한 채로 도강할 수 있는 말이 없어서 주군께 이케즈키를 달라고 부탁해보고는 싶었으나 귀장이 달라고 했는데도 허락하지 않으셨다는데 내가 부탁한들 주실 리가 없을 것 같아 훗날 어떠한 벌이건 감내할 결심을 하고 출진 전날 밤에 마구간지기를 구워삶아 주군께서 그토록 아끼시던 이케즈키를 감쪽같이 훔쳐 상경 중인데 어떻소이까?" 하고 둘러대자 이 말을 들은 가게스에는 화가 풀려 "저런, 그럴 줄 알았으면 나도 훔쳐올 것을" 하고 껄껄 웃더니 돌아갔다.

# 선봉

 사사키가 하사받은 말은 검은 빛이 감도는 구렁말로 살집이 아주 좋고 우람찼는데, 가까이 다가가면 말이건 사람이건 가리지 않고 물어뜯는 바람에 이케즈키[5]라는 이름이 붙게 되었다. 키는 네 척 여덟 치라 했다. 가게스에가 하사받은 스루스미도 살집이 좋고 우람하며 완전히 까맸기 때문에 스루스미[6]라 하였는데, 그 어느 쪽도 우열을 가리기 힘든 명마들이었다.

\*

 요리토모 군은 오와리(尾張)에서부터 전후면 공격대로 나누어 진격해 올라갔다. 본대는 대장군 노리요리가 다케다, 가가미, 이치조, 이타가키, 이나게, 한가이, 구마가이, 이노마타 등을 거느리고 총병력 3만 5천 기로 오미의 시노하라에 도착했고, 배후 공격대는 대장군 요시쓰네가 야스다, 오우치, 하타케야마, 가지와라, 사사키, 가스야, 시부야, 히라야마

---

[5] '이케'는 '산채로,' '즈키'는 '먹다'라는 뜻.
[6] '스루'는 '같다,' '스미'는 '먹'이라는 뜻.

등을 거느리고 총병력 2만 5천 기로 이가(伊賀)를 지나 우지 대교 앞에 도착했다. 수비군은 우지와 세타 대교의 상판을 뜯어낸 후, 물속 곳곳에 난항[7]을 설치하고 뾰쪽한 통나무를 물 흐르는 방향으로 매달아 놓고 기다리고 있었다.

때는 정월 20일 경이라 주변에 있는 히라, 시가, 나가라 산의 눈이 녹고 계곡의 얼음이 녹아 수위가 높아져서 강물은 흰 파도가 넘실댔고, 솟구쳐 오른 물머리는 폭포처럼 떨어져 소용돌이쳤는데, 흘러가는 물살도 세차기 그지없었다. 날이 어느덧 희끗희끗 밝아오자 강에는 안개가 진하게 끼어 말 색깔이나 갑옷 무늬도 알아보기 힘들었다.

이때 대장군 요시쓰네는 강가로 나아가 수면을 들여다보며 사람들의 마음을 떠볼 생각에서 "어떻게 할까? 요도나 이모아라이로 우회할까? 아니면 그냥 물살이 약해지기를 기다릴까?" 하고 묻자 당시 겨우 스물하나밖에 되지 않은 하타케야마 노 시게타다(畠山重忠)가 앞으로 나오더니 "이 강에 대한 소문은 가마쿠라에서도 곧잘 화제에 올랐습니다. 이제까지 전혀 모르던 바다나 강이 갑자기 솟아난 것이라면 모를까 이 강은 비와 호수에서 흘러나온 것이라 아무리 기다려도 물이 마르는 일은 없을 것입니다. 또 기다리고 있다고 떼어낸 다리를 누가 놔주겠습니까? 지난 지쇼 전투 때 아시카가 노 다다쓰나(足利忠綱)가 이곳을 건넜다고 들었는데 귀신이어서 건넜는지 어쨌는지 어디 내가 시험을 해봐야겠습니다" 하더니 무사시(武藏) 출신의 단지(丹治) 일족을 주력으로 한 500여 기를 이끌고 일제히 강으로 들어가 고삐를 나란히 하고 앞으로 나아갔다. 그러자 바로 그때 가까이에 있는 평등원(平等院) 동북쪽의 다치바나노고지마(橘

---

[7] 물속에 굵은 말뚝을 불규칙하게 박고 동아줄로 이어놓은 방어 장치.

の小島) 쪽에서 기마 무사 둘이 튀어나왔다. 이들은 다름 아닌 가지와라와 사사키였는데, 사람들 눈에는 잘 보이지 않았으나 치열하게 선두를 다투고 있었다. 처음에는 가지와라가 사사키보다 한 칸 정도 앞을 달리고 있었는데 사사키가 뒤에서 "이 강은 관서에서 가장 큰 강이라오. 뱃대가 느슨해 보이니 조이시는 게 좋겠소" 하고 말을 걸었다. 가지와라는 아차 싶었던지 등자를 밟고 일어서더니 고삐를 갈기에 걸고 뱃대를 풀어 단단히 고쳐 맸다. 그 사이에 사사키는 휙 앞질러 재빨리 강으로 말을 몰고 들어갔다. 속은 것을 안 가지와라는 바로 뒤따라 뛰어 들어가 "이보시오, 수훈 세우려다 낭패 보지 마시오. 바닥에 밧줄이 있을 테니" 하고 외치자 사사키는 칼을 뽑아 말발에 걸리는 동아줄을 삭둑삭둑 잘라가며 이케즈키라는 천하제일의 명마를 탔겠다. 우지 강의 급한 물살 따위는 아랑곳 않고 순식간에 곧장 강을 건너 대안에 올라섰다. 그러나 가지와라가 탄 스루스미는 강 한복판부터 비스듬하게 물살에 쏠려 훨씬 하류로 내려가 올라섰다. 사사키는 등자를 밟고 일어서더니 우렁찬 소리로 "우다(宇多) 임금의 구대손 사사키 히데요시의 넷째 아들 다카쓰나가 우지 강을 맨 먼저 건너왔으니 자신 있는 자는 나서보아라" 하고 외치며 적진을 향해 돌진했다.

　하타케야마의 500기도 이내 강을 건넜다. 맞은편에서 야마다 노 지로가 쏜 화살이 말의 이마를 관통해 힘을 쓰지 못하자 활을 지팡이 삼아 강 복판에 내려선 하타케야마는 물속으로 들어가 바위에 부서지는 물줄기가 투구 장식을 밀어 올렸으나 개의치 않고 강을 헤엄쳐 반대편 기슭에 닿았다. 올라서려 하는데 등 뒤에 누군가가 달라붙어 있었다.

　"누구냐?"

　"시게치카이옵니다."

"아니, 오쿠시란 말이냐?"

"그렇사옵니다."

오쿠시 노 시게치카는 관례를 치를 때 하타케야마가 관을 얹어 준 사람으로 이를테면 아들이나 다름없는 사이였다.

"물살이 너무 급해 말이 떠내려가고 말았습니다. 하는 수 없이 붙잡고 따라온 것입니다."

"너희는 언제나 내 도움으로 살아나는구나" 하며 오쿠시를 들어 기슭 위로 집어던졌다. 그러자 오쿠시는 벌떡 일어나더니 "무사시 출신 오쿠시 노 시게치카, 우지 강을 맨 먼저 건넜노라" 하고 외치는 것이었다. 이 소리에 아군은 말할 것도 없고 적군까지도 일제히 웃고 말았다.

하타케야마가 예비 말을 타고 기슭에 올라서자 물고기 문양의 내갑의 위에 붉은 실로 장식한 갑옷을 입고, 황금 장식 안장을 얹은 회색 점박이 말에 올라탄 적장이 맨 먼저 달려왔다.

"지금 달려온 사람은 뉘시오? 이름을 밝히시오."

"요시나카 어른의 가신 나가세 노 시게쓰나라 하오."

그러자 하타케야마는 "군신에게 올릴 오늘의 제물로 써야겠군" 하더니 말머리를 옆에 갖다 대고 꽉 붙잡아 땅바닥에 밀어붙인 다음 목을 비틀어 잘라 혼다 노 지로의 안장 뒤에 붙들어 맸다. 이를 시작으로 요시나카가 보낸 우지 대교 수비군은 잠시 저항하기는 했으나 관동의 대군이 모두 건너와 공세를 취하자 뿔뿔이 흩어져 고와다 산이나 후시미를 향해 도망치고 말았다.

한편 세타 대교 쪽에서는 이나게 노 시게나리가 계략을 써서 세타 강 하류에 있는 다나카미(田上) 여울을 건너 서울로 진군했다.

## 강변의 전투

승리를 거둔 요시쓰네는 전투 상황을 상세히 기록해 요리토모에게 파발을 보냈다. 요리토모가 먼저 "사사키는 어찌 되었느냐?" 하고 파발꾼에게 묻자 "우지 강 전투에서 일착을 하였습니다"라고 답했다. 전투 일지를 펼쳐 읽어보니 '우지 강 전투의 일착은 사사키 다카쓰나. 이착은 가지와라 노 가게스에'라고 적혀 있었다.

우지와 세타가 무너졌다는 말에 요시나카는 태상왕께 작별 인사를 드리려고 임시 거처로 말을 몰았다. 거처에는 태상왕을 비롯해 공경대부들이 모여 앉아 "이제 세상의 종말이 오는 모양이니 어찌한단 말인가?" 하며 두 손을 꼭 쥐고 온갖 신사와 사원에 빌지 않은 소원이 없을 정도로 열심히들 빌고 있었다. 요시나카는 문 앞에까지 왔다가 관동의 병력이 벌써 가모 강변에까지 쳐들어왔다는 보고를 듣고 특별히 할 말이 있어서 온 것도 아닌지라 그냥 말머리를 돌리고 말았다.

로쿠조다카쿠라에 얼마 전부터 관계를 갖기 시작한 여인이 살고 있어 가는 길이라 잠깐 들렀는데, 마지막 정을 나누느라고 그랬는지 바로 나오지 않았다. 신참 부하 중에 엣추 노 이에미쓰라는 자가 있었다. "아니,

어쩌면 이렇게 태평하실 수가 있습니까. 적군이 이미 강변에 이르렀는데 이러다간 개죽음을 당하고 말겠습니다" 하고 알렸으나 그래도 나오지 않자 "그러면 한발 앞서 가 황천에서 기다리고 있겠습니다"라고 하더니 배를 갈라 죽고 말았다. 요시나카는 "날 재촉하기 위한 자살이로구나"라고 하며 바로 출발했는데 고즈케(上野) 출신의 나하 노 히로즈미를 필두로 병력이라고는 고작 100여 기에 지나지 않았다. 가모 강의 로쿠조 둔치로 갔더니 관동의 병력으로 보이는 30여 기가 모습을 드러냈다. 그중 두 기가 앞으로 나서는데 시오노야 고레히로(塩谷維廣)와 데시가와라 노 아리나오(勅使河原有直)였다. 시오노야가 병력의 열세를 우려해 "뒤따라오는 병력을 기다립시다"라고 했으나 데시가와라는 "수비군이 무너졌으니 남아 있는 병력 또한 온전치 못할 것이오. 그냥 공격합시다" 하며 함성을 지르면서 달려들었다. 요시나카가 사력을 다해 싸우자 관동의 병사들은 서로 먼저 목을 차지하려고 덤벼들었다.

\*

대장군 요시쓰네는 태상왕의 신변이 염려되어 전투는 병사들에게 맡겨둔 채 완전 무장한 대여섯 기만을 거느리고 경호를 위해 임시 거처로 달려갔다. 그때 거처에서는 대선대부 나리타다가 동쪽 담 위로 올라가 부들부들 떨면서 주위를 살펴보고 있었는데, 등에 백기를 꽂은 무사 대여섯 기가 격렬한 전투를 치러서 그런지 투구 끈이 느슨히 풀어진 채로 왼쪽 견갑을 펄럭이며 검은 흙먼지를 일으키면서 달려오는 것이 보였다. 요시나카 일행으로 착각한 나리타다가 "큰일 났습니다. 요시나카가 다시 오고 있습니다" 하고 보고하자 "이번에야말로 마지막이로구나" 하며 군신 모두 어쩔 줄 몰라 했으나 이내 "지금 달려오고 있는 무사들은 투구에 단 비표가 다릅니다. 오늘 입경한 관동의 병력인 것 같습니다" 하고 정정했다. 이 말이 끝나기도 전에 요시쓰네가 문 앞으로 달려와 말에서 뛰어내리더니 문을 두드리며 큰소리로 "관동에서 요리토모 어른의 동생 요시쓰네가 왔으니 문을 열어주십시오" 하고 외치자 너무나도 기뻐한 나리타다는 담 위에서 급히 내려오다가 허리를 쩔었으나 아픈 줄도 모르고 기어서 어전으로 가 이 사실을 알렸다. 뛸 듯이 기뻐한 태상왕은 바로 문을 열어 들어오게 했다. 요시쓰네는 이날 붉은 비단 내갑의 위에 보라색 실로 장식한 갑옷을 입고, 두 개의 뿔이 우뚝 솟은 투구를 착용하고 있었다. 허리에는 금장 대도, 등에는 검은 줄무늬 깃 화살을 꽂은 동개를 메고, 오금에 종이를 감은 활을 들고 있었는데 대장군의 표지인 듯했다. 태상왕이 중문의 연자 창을 통해 밖을 내다보며 "믿음직스러운 용사들이로구나. 모두 이름을 밝혀라" 하고 이르자, 각각 대장군 요시쓰네, 야스다 노 요시사다, 하타케야마 노 시게타다, 가지와라 노 가게스에, 사사키 노 다카쓰나, 시부야 노 시게스케라고 이름을 대는데, 갑옷 장식은 서로 달랐으나 기개나 풍격 면에서는 누구 하나 빠지는 사람이 없었다. 나리타다가 어명을 받들어 요시쓰네를 마루 끝으로 불러 전투 상황을 자세히 묻자 요시쓰네는 무릎을 꿇더니 "요시나카가 반역을 일으켰다는 말을 듣고 형님 요리토모는 크게 놀라 무네요리 및 저를 비롯한 주요 무장 삼십여 명에 육만 기를 올려 보냈습니다. 노리요리는 세타 쪽으로 돌아오기로 하였는데 아직 도착하지 않았습니다. 소장은 우지 수비군을 격파하고 우선 이곳 경호를 위해 달려온 것입니다. 요시나카는 강변을 따라 북으로 도망 중이온데 부하들에게 추격하도록 했으니 지금쯤은 틀림없이 붙잡았을 것이옵니다" 하고 시원시원하게 답변했다. 태상왕이 크게 기뻐하며 "잘했다. 요시나카의 잔당들이 다시 와 행패를 부릴 우려가 있으니 그대들은 이곳을 잘 지키도록 하라"고 하명하자 요시쓰네는 공손히 명령을 받들어 사방의 문을 경호했다. 그러고 있자 병사들이 몰려와 금세 만 기 정도로 불어났다.

*

　요시나카는 상황이 악화되면 태상왕을 모시고 서쪽으로 몸을 피해 다이라 일문과 힘을 합칠 작정을 하고 가마꾼으로 쓸 역사 스무 명을 데리고 다녔는데 요시쓰네가 이미 태상왕의 거처로 달려와 경호하고 있다는 말에 계획을 포기했다. 대신 적진을 빠져나가려고 수만 대군 속으로 돌진해 전사할 뻔한 적이 한두 차례가 아니었으나 그때마다 뚫고 나아갔다. 요시나카는 눈물을 흘리면서 "이럴 줄 알았으면 이마이를 세타로 보내지 않는 건데. 어려서 죽마를 타고 함께 놀 때부터 죽을 땐 한곳에서 죽자고 약속을 했건만 뿔뿔이 흩어져 죽게 되다니 슬프구나. 이마이가 어디 있는지 알았으면 좋겠다" 하며 가모 강변을 북상해 달려가는데 로쿠조와 산조 사이에서 적병이 달려들자 그때마다 말을 돌려 격퇴시키기를 수차례, 얼마 안 되는 병력으로 구름처럼 몰려오는 적의 대군을 대여섯 차례나 물리친 후, 가모 강을 훌쩍 건너 아와타구치와 마쓰자카에 도착했다. 작년에 시나노를 출발했을 때는 5만여 기라 하였던 병력이 오늘 시노미야 둔치를 지날 때는 주종을 합쳐 고작 일곱 기에 지나지 않았다. 게다가 그 길은 다름 아닌 황천으로 향하는 길이었으니 가엾기 짝이 없는 일이었다.

## 요시나카의 최후

　요시나카는 시나노를 떠나올 때 도모에(巴)와 야마부키(山吹)라는 시녀 둘을 데리고 상경했다. 야마부키는 몸이 아파 서울에 남았으나 도모에는 내내 행동을 함께했는데, 특히 이 도모에는 긴 머리에 얼굴이 백옥 같아 용모가 빼어났을 뿐만 아니라 보기 드문 강궁에, 마상이건 도보건 간에 한 번 칼을 뽑았다 하면 그 어느 누구와 대적해도 지지 않는 일기당천의 무예를 지니고 있었다. 사나운 말을 잘 다룰 뿐 아니라 아무리 험난한 길이라도 잘 다녀서 요시나카는 전투가 벌어지면 도모에에게 견고한 갑옷을 입히고 대도와 강궁을 들려 일군의 지휘관으로 명해 내보냈다. 수차례에 걸쳐 혁혁한 공을 세웠는데 이번에도 수많은 병사들이 낙오하고 전사했으나 마지막 일곱 기가 남을 때까지 도모에는 전사하지 않고 살아남아 있었다.

　요시나카는 나가사카를 지나 단바 가도로 향했다는 말도 있었고, 한편으로는 류게(龍花)를 넘어 북쪽으로 갔다는 소문도 돌았으나 실은 이마이의 행방을 알아보려고 세타 쪽을 향해 가고 있었는데, 이마이도 800여 기를 이끌고 세타 대교를 지키고 있었으나 다 전사하고 겨우 50여 기만 남아 있었다. 주군 소식이 궁금해 깃발을 말아 접어 넣게 하고 서울 쪽으로 되돌아가고 있는데 오쓰의 우치데에서 요시나카를 만나게 되었다. 둘 다 1정 거리 너머서부터 서로를 알아보고 말을 달려 다가갔다. 요시나카는 이마이의 손을 부여잡고,

"로쿠조 둔치에서 싸우다 죽을까 했었는데 네가 어찌 되었는지 걱정돼 대군 속을 뚫고 여기까지 오게 되었다."

"말씀, 황공할 따름입니다. 소인도 세타에서 싸우다 죽었어야 마땅하나 어르신의 안위가 걱정돼 여기까지 온 것입니다."

"죽을 땐 함께 죽자던 약속은 아직 살아 있었구나. 내 병력은 적군에게 가로막혀 산이나 들로 흩어져 이 근처에도 있을 테니 말아놓게 한 깃발을 세우도록 하라"고 하자 이마이가 기를 세웠다. 그러자 서울에서 도망쳐 온 병력인지 세타에서 밀려난 병력인지는 몰라도 이마이의 깃발을 보고 300여 기가 모였다. 요시나카는 크게 기뻐하며,

"이 병력이면 충분히 최후의 일전을 치를 수 있겠구나. 저기 밀집해 있는 건 누구의 병력 같으냐?" 하고 물었다.

"가이(甲斐)의 이치조 노 다다요리의 군세라 하옵니다."

"병력은 어느 정도 된다더냐?"

"육천여 기라 하옵니다."

"마침 좋은 상대로구나. 어차피 죽을 바에야 쓸 만한 적과 싸우다 대군 속에서 전사하는 게 좋지" 하며 요시나카는 선두에 서서 내달렸다.

요시나카의 이날 차림을 볼 것 같으면, 붉은 비단 내갑의 위에 비단 장식 갑옷과 두 개의 뿔이 우뚝 솟은 투구를 착용하고, 칼집 모양이 위세 당당한 대도를 차고 그날 쏘고 남은 독수리 깃 화살을 꽂은 동개를 등에 메고, 손에는 등나무를 감은 활을 들고 있었는데, 소문이 자자한 맷집 좋

고 우람한 말에 금장 안장을 얹어 타고 있었다. 요시나카는 등자를 밟고 몸을 일으키더니 우렁우렁한 소리로 "기소 도령이라고 들어본 적이 있느냐? 지금 눈앞에 보고 있는 좌마위 부장에 이요(伊予) 태수요, 조일(朝日)장군 미나모토 노 요시나카가 다름 아닌 기소 도령이니라. 거기 있는 사람은 가이의 이치조라 들었는데 호적수로구나. 나를 죽이고 목을 베어 요리토모에게 보이도록 하라" 하며 함성과 함께 내달았다. 이치조는 "지금 이름을 밝힌 자는 대장군이다. 절대로 놓치지 말고 잡아 죽여라" 하며 대군으로 포위한 다음 자신이 직접 상대하려고 달려왔다. 요시나카의 300여 기는 6천여 기를 종횡으로 치고받고 뚫고 나오니 50여 기로 줄어 있었다. 이치조 군을 돌파하고 나오자 이번에는 도이 노 사네히라가 이끄는 2천여 기가 가로막고 있었다. 그곳도 돌파하고 빠져나오자 여기에 4~500기, 저기에 2~300기, 140~50기, 100기 하는 식으로 가로막고 나서 전부 뚫고 나오니 남은 것은 주종 합쳐 다섯 기뿐이었는데, 도모에는 아직 죽지 않고 이 다섯 기 안에 살아남아 있었다.

　　요시나카는 도모에를 향해 "너는 여자이니 어서 어디로건 떠나거라. 나는 싸우다 죽겠다. 누군가에게 붙잡히게 될 것 같으면 자결할 생각인데 내가 마지막 전투에 여자를 대동했다는 소리를 듣는 것도 그렇구나" 하고 타일렀다. 그래도 떠나지 않아 몇 번이나 설득했더니 도모에는 "어디 쓸 만한 적이 없나. 마지막으로 싸우는 모습을 보여드리고 싶은데" 하고 기다리는데 무사시 지방의 소문난 장사 온다 노 모로시게가 30여 기를 이끌고 나타났다. 도모에는 그 속으로 뛰어 들어가 온다 옆에 말을 대고 힘껏 잡아채더니 자기가 타고 있던 안장 앞가리개에 밀어붙여 옴짝달싹 못하게 한 후 목을 비틀어 벤 다음 집어던졌다. 그런 다음 갑옷을 벗어던지고 관동 방면을 향해 떠나갔다. 남은 네 사람 중, 데즈카 다로는 전사하고 그의 삼촌은 도망가고 말았다.

　이제 남은 것은 요시나카와 이마이 둘뿐이었다. 요시나카가 이마이를 향해 "평소엔 아무렇지 않던 갑옷이 오늘따라 무겁게 느껴지는구나"라고 하니 이마이는 "아직 몸은 지치지 않으셨고 말도 힘이 빠지지 않았습니다. 어찌 갑옷 한두 벌을 무겁게 여기신단 말입니까? 아군의 병력이 없으니 마음이 약해져서 그런 생각이 드신 것 일겁니다. 소인 한 사람을 천 기쯤으로 여기십시오. 화살이 일고여덟 대 남아 있으니 잠시 활로 적을 막고 있겠습니다. 저기 보이는 숲은 아와즈 송림이라 하는데 저 송림에서 자결하십시오"라고 하고는 말을 채찍질하여 가는데 또 새로운 군사 50여 기가 나타났다. 이마이가 "주군께서는 저 송림으로 가십시오. 저는 이 적병들을 막고 있겠습니다"라고 하니 요시나카는 "서울에서 죽었어야 하는 내가 여기까지 도망쳐 온 것은 너와 한데서 죽고자 했기 때문이다. 따로따로 죽기보다는 한곳에서 싸우다 죽도록 하자"며 말머리를 나란히 하고 내달리려 하기에 이마이는 말에서 뛰어내려 말머리를 붙잡고 "무인이란 평소 아무리 군공을 세우더라도 죽을 때 자칫 잘못하면 두고두고 불명예가 되는 법입니다. 주군께서는 지금 지치셨고 후속의 아군도 없습니다. 적군에게 에워싸여 이름도 없는 잡병에게 밀려 말에서 떨어져 전사라도 하게 되시면 '그렇게도 일본국에 이름을 떨친 요시나카 장군을 내 부하가 해치웠다'고 떠들어댈 테니 이야말로 통탄할 일이 아니겠습니까? 아무 말 마시고 어서 저 송림으로 가십시오" 하고 설득하자 요시나카는 알았다며 아와즈 송림으로 향했다.

　이마이는 혼자서 50기 속으로 뛰어 들어가 등자를 밟고 일어서서 "평소 소문을 들어 잘 알고 있겠지만 이제 두 눈으로 똑똑히 보도록 하여라. 나는 요시나카 장군의 유모 아들 이마이 노 가네히라로, 금년에 서른셋이다. 이런 사람이 있다는 것은 요리토모 어른께서도 들어 알고 계실 테니 내 목을 가지고 가서 보여드리도록 하여라" 하며 쏘고 남은 화살 여덟 대를 시위에 얹어 연거푸 쏘니 죽었는지 살았는지 알 수 없으나 그 자리에서 적군 여덟 명이 말에서 꼬꾸라졌다. 다음에는 칼을 뽑아 들고 이리 치고 저리 베며 휘두르고 다니니 정면으로 맞서는 자가 없어 적을 수도 없이 베어 쓰러뜨렸다. 적군은 그저 "쏘아 죽여라" 하며 안에다 에워싸고 비 오듯 화살을 퍼부었으나 갑옷이 튼튼해 안으로 뚫고 들어가지 못했고 틈새를 맞추지 못해 치명상을 입히지 못했다.

요시나카는 단기로 아와즈 송림으로 가는데 정월 21일의 해 질 무렵이라 살얼음이 얼어 있어서 논에 물이 차 있는 줄도 모르고 말을 몰다가 말머리가 잠길 정도로 깊이 빠지고 말았다. 아무리 등자로 배를 차고 채찍질을 해도 말은 꼼짝을 하지 않았다. 이마이가 어찌 됐나 걱정되어 고개를 돌려 올려다본 순간,[8] 뒤따라 온 이시다 노 다메히사가 투구 안쪽을 겨눠 휙 하고 화살을 날려 보냈다. 얼굴을 맞아 중상을 입은 요시나카가 투구를 말머리에 대고 엎드려 있는데 이시다의 부하 둘이 쫓아와 요시나카의 목을 베고 말았다. 이시다가 칼끝에 목을 꽂아 높이 쳐들고 "근래 일본 땅에 명성이 자자한 요시나카 장군을 이시다가 죽였노라" 하고 큰소리로 외치자 싸우고 있던 이마이가 듣고서 "이제 누구를 막기 위해 싸울 필요가 있다는 말인가? 여길 보아라, 관동 사람들아. 일본 제일의 용사가 자결이 어떤 것인지 보여주마" 하며 칼끝을 입에 물고 말에서 거꾸로 뛰어내리니 칼이 전신을 관통해 죽고 말았다. 이리하여 아와즈 전투는 막을 내리게 되었다.

---

[8] 무사들은 전투 시 화살에 맞지 않기 위해 얼굴을 높이 들지 않는 것이 철칙이었으나, 심복에 대한 애정 때문에 요시나카는 이를 잊고 고개를 들고 만 것이다.

## 히구치의 최후

　　이마이의 형 히구치 노 가네미쓰는 요시나카를 중상하고 도망간 유키이에를 치기 위해 서울을 떠나 가와치의 나가노(長野) 성으로 갔으나 놓치고 말았다. 기이(紀伊)의 나구사(名草)에 있다는 소문을 듣고 바로 경계를 넘어 뒤쫓아 갔으나 서울에서 전란이 벌어졌다는 말을 듣고 급히 달려 올라오던 중에 요도 강의 다리에서 이마이의 하인과 마주쳤다. "아니, 이렇게 안타까운 일이 있습니까. 이제 와서 어디를 가고 계십니까? 주군께서는 이미 전사하셨고, 이마이 나리께서는 자결하셨습니다"하고 전하자 히구치는 눈물을 뚝뚝 흘리면서 부하들에게 "여봐라, 방금 한 말을 들었느냐? 어르신께 충성을 다하고자 하는 사람은 이제부터 어디로든 가 출가해서 동냥 수행을 해서라도 명복을 빌어드리도록 하여라. 나는 서울로 올라가 싸우다 죽어 저승에서라도 어르신을 뵙고 동생도 만나볼 생각이다"라고 말했다. 그러자 원래 500여 기나 됐던 병력은 이동 중에 하나둘씩 빠져나가 도바의 남문을 지날 무렵에는 겨우 20여 기만이 남게 되었다.

　　히구치가 오늘 입경한다는 소문을 들은 서울의 미나모토 군은 상하를 가리지 않고 시치조, 슈샤카, 요쓰즈카 쪽으로 몰려들었다. 히구치의 부하 중에 지노(茅野)라는 자가 있었다. 요쓰즈카에 무수히 집결해 있는 적군 앞으로 달려가더니 큰소리로 "이 안에 혹시 가이(甲斐)의 이치조(一條) 어른 휘하의 사람은 안 계시오?"하고 물었다. 그러자 "아니 꼭 이치조 휘하만을 상대해야 하는 법이 있나? 누구하고나 싸우면 되는 거지"하고 모두들 껄껄 웃었다. 적군이 비웃자 지노는 "나는 시나노의 스와 가미노미야(諏訪上の宮)에 사는 지노 노 미쓰이에의 장남 미쓰히로라는 사람이오. 뭐 꼭 이치조 휘하 사람만을 찾고 있는 것은 아니고 동생 시치로가 그 사람 밑에 있기 때문이오. 내 아들 둘이 시나노에 있는데 이 아이들이 '우리 아버지는 명예롭게 싸우다 돌아가셨을까, 부끄럽게 돌아가셨을까' 하고 궁금해 할 것 같아 동생이 보는 데서 싸우다 죽으면 아이들에게 분명히 전해줄 것이라 생각했기 때문이오. 나는 적을 가리는 사람은 아니오"하고 말을 마치더니 이리 뛰고 저리 뛰며 적군 셋을 베어 쓰러뜨리고 네번째로 마주친 적 옆에 말을 나란히 갖다 붙이더니 맞붙잡고 떨어져 서로 상대를 찔러 죽고 말았다.

히구치는 요시쓰네 군의 고다마(兒玉) 일족과 오래전부터 친교가 있었다. 그 때문에 고다마 쪽 사람들이 접근해 "창칼을 다루는 자가 너 나 가리지 않고 교제를 널리 하는 것은 만약의 사태가 발생했을 때 한때의 안전을 꾀하고 잠시라도 목숨을 연명하기 위해서가 아니겠소. 당신이 우리와 친교를 맺어온 것도 그 때문이라 알고 있소. 우리는 이번에 세운 공로의 대가로 당신의 구명을 요청할 생각이오"하고 설득한 후 정식으로 사자를 보내 "이제까지 요시나카 장군 휘하에서는 이마이, 히구치 두 분의 명성이 자자했으나 이제 장군께서 전사하셨으니 뭘 망설일 필요가 있겠소? 우리에게 투항하시오. 군공의 대가로 구명을 부탁해보겠으니 출가라도 해서 세상을 뜨신 분들의 명복이라도 빌어드리도록 하시오"라고 권하는 바람에 히구치는 천하가 알아주는 용사였으나 운이 다했는지 고다마 일족에게 투항해 포로 신세가 되고 말았다. 고다마 일족이 요시쓰네에게 경위를 설명하자 태상왕께 상주해 윤허를 받았으나 옆에 있던 공경대부나 상궁들이 "요시나카가 법주사에 몰려와 함성을 지르면서 마마를 괴롭히고 불을 질러 많은 사람들을 죽게 했을 때 여기저기서 들려오는 소리는 이마이, 히구치라는 이름밖에 없었습니다. 이들을 살려주시다니 천부당만부당한 일이옵니다" 하고 입을 모아 반대하는 바람에 사형으로 결정이 나고 말았다.

정월 22일, 신임 섭정이 해직되고 전임 섭정이 복직했다. 겨우 60일 만에 교체되고 마니 신임 섭정으로서는 마치 미진한 꿈을 꾼 것 같았다. 옛날에 후지와라 노 미치카네 공은 관백 취임 후 겨우 7일만에 타계한 적이 있었는데, 이번에는 60일밖에 되지 않았으나 그 사이에 신년 연회도 치르고 인사도 단행했으니 추억거리가 전혀 없는 것은 아니었다.

24일, 요시나카와 부하 다섯의 목이 대로상에서 조리돌려졌다. 히구치는 생포된 몸이었으나 자꾸만 그 목들을 따르겠다고 하여 남색 바지저고리에 탕건 차림으로 조리돌렸다. 이튿날 히구치는 끝내 참수형에 처해지고 말았다. 대장군 노리요리와 요시쓰네가 백방으로 진언해보았으나 "이마이, 히구치, 다테, 네노이 이 넷은 요시나카의 사천왕이라 불린 자들이다. 이들을 살려주었다가는 호랑이를 키우는 우를 범하게 될 것이다" 라며 태상왕의 특명에 의해 참수당하게 된 것이라 했다.

어디서 들은 이야기인데 진나라가 쇠약해져 여러 제후들이 벌 떼처럼 들고일어났을 때 유방은 한발 먼저 함양궁에 들어갔으나 항우가 뒤에 올 것을 두려워해 남의 부인은 미인이어도 손을 대지 않고, 금은주옥도 훔치지 않은 채 묵묵히 함곡관을 지켰다. 그러면서 서서히 항우군을 괴멸시킴으로써 천하를 다스릴 수 있게 되었다고 하는데, 요시나카도 먼저 서울에 입성하긴 했지만 요리토모의 명령을 따랐더라면 유방의 계책에 뒤지지 않는 결과를 낳았을지도 모르겠다.

\*

한편 다이라 일문은 작년 겨울부터 사누키의 야시마를 나와 셋쓰의 나니와를 건너 옛 서울이었던 후쿠하라로 거처를 옮겼다. 서쪽은 이치노타니(一ノ谷)를 성곽으로 삼고 동쪽은 이쿠타(生田) 숲을 정면 출입구로 정했다. 후쿠하라, 효고, 이타야도, 스마 일대에 머물고 있는 병력은 산요도의 8개 고을과 난카이도의 6개 고을 등, 총 14개 고을을 손에 넣어 소집한 병사들이었는데 10만여 기라는 말이 있었다. 이치노타니는 북은 산이요 남은 바다에, 입구는 좁으나 안은 넓은 지형이었고 높은 벼랑이 병풍을 둘러놓은 것 같았다. 북쪽 산기슭부터 남쪽의 얕은 바다까지는 바위를 쌓고 통나무를 잘라 목책을 둘렀고, 수심이 깊은 곳은 대형 선박을 연결시켜 방패로 삼았는데, 성의 정면 성루에는 일기당천이라 불리는 관서와 규슈 지역의 병사들이 갑주와 무기를 휴대하고 구름처럼 모여 있었고, 성루 아래에는 안장 얹은 군마들이 10중, 20중으로 늘어서 있었다. 항상 북을 치며 함성을 질렀는데, 활을 들어 힘껏 시위를 당기니 마치 가슴에 반달이 걸린 것 같았고, 삼척검에서는 차가운 빛이 번득이니 가을 서리를 허리에 차고 있는 것 같았다.[9] 높은 곳에는 다이라 군의 표지인 홍기가 수도 없이 펄럭거리고 있었는데 봄바람에 날려 창공에 펄럭이니 화염이 솟구쳐 오르는 것 같았다.

---

9 『화한낭영집(和漢朗詠集)』 하권의 「장군(將軍)」에서 인용.

## 여섯 번의 전투

 다이라 일문이 후쿠하라로 이동하자 시코쿠 지역의 병사들은 더 이상 말을 듣지 않았다. 특히 아와(阿波)와 사누키의 관아 사람들은 다이라 일문을 배반하고 미나모토 쪽으로 돌아설 생각이었는데 "바로 어제까지 다이라 일문을 따르다가 오늘 갑자기 미나모토 쪽에 붙겠다고 하면 받아 줄 리 없으니, 어때, 다이라 군과 한판 벌이고 나서 그걸 내세워 투항하도록 하지" 하며 중납언 노리모리와 두 아들인 미치모리, 노토 태수 노리쓰네가 비젠의 시모쓰이(下津井)에 있다는 소리를 듣자, 병선 10여 척을 이끌고 쳐들어갔다. 이를 안 노리쓰네는 "가증스런 놈들 같으니라고. 바로 어제까지 우리 말을 먹일 풀 베던 것들이 주종의 신약을 저버리겠다는 말이지. 정 그렇다면 한 놈도 남기지 말고 쓸어버리도록 해라" 하며 거룻배에 나눠 타고 "모두 죽여라" 하고 외치며 달려들었다. 남들 보는 앞에서 활이나 몇 대 쏘다가 물러나려고 했던 시코쿠의 병사들은 맹렬한 공세에 직면하자 안 되겠다 싶었던지 제대로 싸워보지도 않고 후퇴해 서울을 향해 도망을 치다가 아와지(淡路)의 후쿠라(福良) 항구에 이르렀다. 그곳에는 미나모토 씨의 피를 이어받은 고 다메요시(爲義)의 아들 요시쓰기(義嗣)

와 요시히사(義久)가 살고 있었는데 시코쿠의 병사들은 이들을 대장으로 추대하여 성채를 쌓고 기다렸다. 노리쓰네가 이끄는 군세가 바로 뒤를 이어 도착하자 하루 종일 전투가 벌어졌는데, 요시쓰기는 전사하고 요시히사는 크게 부상을 입고 자결하고 말았다. 노리쓰네는 활을 쏘며 저항하던 병사 130여 명의 목을 베고 추격군의 명부를 작성해 후쿠하라에 제출했다.

중납언 노리모리는 그 후 후쿠하라로 올라가고 아들들은 이요(伊予)의 가와노 노 미치노부가 아무리 불러도 말을 듣지 않자 치기 위해 시코쿠로 향했다. 장남 미치모리가 아와의 하나조노 성에 도착하고 차남 노리쓰네가 사누키의 야시마로 건너왔다는 말을 들은 가와노는 아키(安芸)에 있는 외숙부 누마다 노 지로와 힘을 합치려고 아키로 건너갔다. 이 사실을 안 노리쓰네는 바로 야시마를 뒤로하고 추격에 나서 빈고의 미노시마(蓑島)를 거쳐 이튿날 가와노 일행이 있는 누마다 성에 도착했다. 가와노와 누마다가 힘을 합쳐 저항에 나서자 노리쓰네는 곧바로 공격에 들어가 하루 밤낮을 싸웠는데 누마다는 버티기 힘들었는지 투구를 벗고 투항했으나 가와노는 여전히 굴복하지 않았다. 500기에서 50여 기로 줄어든 가와노의 군세는 성을 빠져나가려다가 노리쓰네의 부하 다메카즈가 이끄는 200기에 포위돼 대부분 전사하고 주종 일곱 기만이 남았는데, 배를 타고 도망치려고 해안으로 통하는 오솔길을 달리다가 뒤쫓아 온 다메카즈의 아들 요시노리가 쏜 활에 순식간에 다섯 기가 꼬꾸라지고 주종 두 기만 남게 되었다. 요시노리는 가와노가 자기 몸보다도 아끼는 부하 옆으로 말을 갖다 대고 땅바닥에다 메친 다음 올라탔다. 막 목을 자르려 하는데 가와노가 말머리를 돌려 달려와 부하 위에 올라탄 요시노리의 목을 단칼에 베어 논바닥에다 던지더니 떠나갈 듯한 큰소리로 "나는 가와노 노 미치노부로 이제 스물한 살이다. 싸움이란 이렇게 하는 것이다. 상대할 사람이 있으면 내 앞을 막아보아라" 하며 부하를 어깨에 둘러메고 그 자리를 빠져나와 거룻배를 타고 이요로 건너갔다. 가와노를 놓친 노리쓰네는 투항한 누마다를 끌고 후쿠하라로 귀환했다.

아와지 사람 아마 노 다다카게(安摩忠景)도 다이라 일문에 등을 돌리고 미나모토 쪽과 내통하고 있었는데 대형선 두 척에 군량미와 무구를 싣고 서울로 올라가고 있는 것을 후쿠하라에서 이 소식을 접한 노리쓰네가 거룻배 10여 척을 띄워 추격에 나섰다. 다다카게는 니시노미야 앞바다에서 배를 돌려 뒤쫓아 오는 적군을 향해 공격을 퍼부었으나 노리쓰네 군이 매섭게 공세를 취하자 버티기 힘들겠다는 생각이 들었던지 후퇴해 이즈미(和泉)의 후케이(吹飯) 항구로 물러나고 말았다.

기이(紀伊) 사람 소노베 노 다다야스 또한 다이라 일문에 등을 돌리고 미나모토 쪽에 가세하려고 하던 참이었는데 아마 노 다다카게가 노리쓰네에게 밀려 후케이에 와 있다는 말을 듣고 100여 기를 이끌고 달려가 합세했다. 뒤쫓아 온 노리쓰네가 공격을 개시해 하루 밤낮을 싸웠는데 두 사람은 견디기 힘들었는지 부하들로 하여금 일제 사격을 시켜 적의 시선을 교란시켜놓고 그 사이에 자신들은 도망쳐 서울로 올라가버렸다. 노리쓰네는 남아 있던 200여 명의 목을 베어 후쿠하라로 귀환했다.

이요로 도망간 가와노는 분고의 우스키 노 고레타카, 오가타 노 고레요시와 합심하여 2천여 기를 이끌고 비젠으로 건너와 이마기 성으로 들어갔다. 이 사실을 전해 들은 노리쓰네는 후쿠하라에서 3천여 기를 데리고 달려 내려가 이마기 성을 공격했다. 노리쓰네가 "이자들은 상대하기 힘든 무리들이니 병력을 더 주었으면 좋겠다"라고 요청해 후쿠하라에서 수만 기의 대군을 내려 보낸다는 소문이 있자 성안에서는 있는 힘을 다해 싸워 적군의 목을 많이 베어 공을 세운 후, "다이라 군은 대군이고 우리는 병력이 없어 대적하기 힘들 것이니 이곳을 버리고 잠시 숨을 돌리도록 합시다" 하고 약속하고 우스키와 오가타는 배를 타고 규슈로 건너가고, 가와노는 이요로 돌아갔다. 이에 노리쓰네가 "이제 싸울 적이 없다"라며 후쿠하라로 돌아가니 무네모리 공을 비롯한 다이라 일문의 중신들은 노리쓰네의 공을 치하했다.

## 양군의 집결

정월 29일, 노리요리와 요시쓰네는 태상왕을 알현하고 다이라 일문을 토벌하기 위해 출진하겠다고 상주했더니 "우리나라에는 신들의 시대 때부터 내려오는 보물이 있으니 거울과 구슬, 보검이 바로 그것이다. 특별히 신경을 써서 아무 탈 없이 환수토록 하라"하고 지시했다.

2월 4일, 후쿠하라에서는 기요모리 공의 1주기를 맞아 조촐하게 재가 올려졌다. 밤낮 되풀이되는 전투로 인해 세월 가는 것도 모르고 지내는 동안 어느덧 한 해가 흘러 생각만 해도 서러운 봄을 다시 맞게 된 것이었다. 예전 같았으면 아낌없이 절과 탑을 세우고 불공과 시주를 베풀었겠지만 지금은 그저 남녀 자손들이 모여 앉아 우는 것 외에 할 수 있는 일이라곤 없었다. 불공을 올린 후 관직과 위계에 대한 인사가 단행되어 승속 모두에게 승진의 특전이 베풀어졌다.

무네모리 공이 중납언 노리모리 경을 불러 이번 인사에서 정이위 대납언으로 승진했음을 알리자 노리모리 경은,

승진이라니 살아 있는 것조차 꿈만 같은데

꿈속의 꿈과 같아 허망할 뿐입니다

하고 노래로써 답하고 끝내 대납언 직을 받지 않았다. 대외기(大外記) 나카하라 모로나오의 아들 모로즈미가 대외기로 승진하고, 병부성(兵部省) 차관 마사아키라는 오위에 올랐다. 옛날에 반란을 일으킨 다이라 노 마사카도가 관동의 여덟 고을을 손아귀에 넣고 시모쓰케(下野)의 소마(相馬) 군에 도읍하여 자신을 신왕(新王)이라 칭하고 백관을 임명했을 때는 음양박사와 같은 전문직은 없었으나 이번 인사는 그와는 달랐다. 서울을 버리고 떠나오기는 했지만 주상이 왕실의 세 보물을 소지하고 만승의 자리에 앉아 있었으니 인사 조치가 도리에 벗어난 것은 아니었다.

다이라 군이 이미 후쿠하라까지 올라와 곧 서울로 들어올 것이라는 소문이 퍼지자 서울에 남아 있던 사람들은 기뻐서 어쩔 줄을 몰랐다. 승도 젠신(全眞)은 연력사 주지로 있는 태상왕의 일곱째 왕자와 같은 절에서 오래 수행해온 사이여서 가끔 소식을 올리고 왕자 또한 늘 편지를 보내곤 했었는데, '고향을 떠난 그곳의 상황은 생각만 해도 마음이 아프오. 서울도 여태 시끄럽다오' 하고 소식을 전한 후 밑에다 노래 한 수를 적어 보냈다.

아무도 몰래 서쪽으로 기우는 달님을 보며
거기 있을 그대를 그리며 지낸다오

읽고 난 젠신은 쏟아지는 눈물을 주체할 수 없어 편지로 얼굴을 가리고 한없이 울었다.

*

한편 시게모리 공의 장남 고레모리 중장은 해가 가고 날이 갈수록 서울에 두고 온 부인과 어린 아이들 생각만 하며 슬픔에 잠겨 있었다. 오가는 상인을 통해 간혹 편지는 주고받고 있었지만 서울에서 고생하고 있는 부인 소식을 접할 때마다 가슴이 찢어질 것 같고 걱정이 되어 이곳으로 데려와 살아도 함께 살고 죽어도 함께 죽고 싶은 마음도 없지는 않았으나 자기야 그렇다 해도 부인까지 죽게 하는 것은 딱한 생각이 들어 홀로 괴로움을 삭이며 지내고 있었는데 그걸 보면 부인에 대한 애정이 얼마나 깊었는지 알 수 있었다.

*

미나모토 군은 4일에 쳐들어가려 했으나 기요모리 공의 1주기란 말에 재를 지내도록 놔두었다. 5일은 서쪽에 손이 있는 날이고, 6일은 살이 있어 나들이에 좋지 않아, 7일 새벽에 이치노타니의 동서 입구에서 개전키로 양군은 합의했다. 그러나 4일이 길일이었기 때문에 본대 및 배후공격대의 대장군들은 병력을 둘로 나눠 서울을 출발했다. 주 전력인 본대는 미나모토 노 노리요리(源範賴)가 대장군을 맡고, 다케다 노 노부요시(武田信義), 가가미 노 도오미쓰(加賀美遠光)와 나가키요(長淸) 형제, 야마나 노 노리요시(山名敎義)와 요시유키(義行) 형제가 뒤따랐으며, 가지와라 노 가게토키(梶原景時)와 장남 가게스에(景季), 차남 가게타카(景高) 부자, 가지와라 노 가게이에(景家), 이나게 노 시게나리(稻毛重成), 한가이 노 시게토모(榛谷重朝)와 유키시게(行重) 형제, 오야마 노 도모마사(小山朝政)와 무네마사(宗政) 형제, 유키 노 도모미쓰(結城朝光), 사누키 노 히로쓰나(佐貫廣綱), 오노데라 노 미치쓰나(小野寺道綱), 소가 노 스케노부(曾我資信), 나카무라 노 도키쓰네(中村時經), 에도 노 시게하루(江戶重春), 다마이 노 스케카게(玉井資景), 오카와즈 노 히로유키(大河津廣行), 쇼 노 다다이에(庄忠家)와 다카이에(高家) 형제, 쇼다이 노 유키히라(小代行平), 구게 노 시게미쓰(久下重光), 가와라 노 다카나오(河原高直)와 모리나오(盛直) 형제, 후지타 노 유키야스(藤田行泰) 등이 각 군의 지휘관을 맡아 5만여 기를 거느리고 2월 4일 아침 7시에 서울을 떠나 저녁 무렵 셋쓰의 고야노(昆陽野)에 진을 쳤다.

한편 배후 공격대는 요시쓰네(義經)가 대장군을 맡고, 야스다 노 요시사다(安田義貞), 오우치 노 고레요시(大內維義), 무라카미 노 야스쿠니(村上康國), 다시로 노 노부쓰나(田代信綱)가 뒤따랐으며, 도이 노 사네히라(土肥實平)와 도오히라(遠平) 부자, 미우라 노 요시즈미(三浦義澄)와 요시무라(義村) 부자, 하타케야마 노 시게타다(畠山重忠)와 시게키요(重清) 부자, 미우라 노 요시쓰라(三浦義連), 와다 노 요시모리(和田義盛), 요시시게(義茂), 무네자네(宗實) 형제, 사사키 다카쓰나(佐々木高綱)와 요시키요(義清) 형제, 구마가에 노 나오자네(熊谷直實)와 나오이에(直家) 부자, 히라야마 노 스에시게(平山季重), 아마노 노 나오쓰네(天野直經), 오가와 노 스케요시(小河資能), 하라 노 기요마스(原清盆), 가네코 노 이에타다(金子家忠)와 지카노리(親範) 형제, 와타리야나기 노 기요타다(渡柳清忠), 벳푸 노 기요시게(別府清重), 다타라 노 요시하루(多々羅義春)와 미쓰요시(光義) 부자, 가타오카 노 쓰네하루(片岡經春), 겐파치 히로쓰나(源八廣綱), 이세 노 요시모리(伊勢義盛), 사토 쓰기노부(佐藤嗣信)와 다다노부(忠信) 형제, 에다 노 겐조(江田源

三), 구마이 다로(熊井太郎), 무사시보 벤케이(武藏房弁慶) 등이 각 군의 지휘관을 맡아, 만여 기를 이끌고 같은 날 같은 시각 서울을 출발했다. 단바(丹波) 가도로 들어가 이틀 거리를 하루 만에 주파한 요시쓰네 군은 하리마와 단바의 경계에 있는 미쿠사(三草) 산의 동쪽 기슭의 오노바라(小野原)에 도착했다.

## 미쿠사(三草) 전투

　다이라 군은 중장 스케모리(資盛), 소장 아리모리(有盛), 시종 다다후사(忠房), 빗추 태수 모로모리(師盛)가 대장군을 맡고, 기요이에(淸家), 에미 노 모리카타(海老盛方)가 각 군의 지휘관으로 임명되어 3천여 기를 이끌고 오노바라(小野原)와 미쿠사 산을 사이에 둔 서쪽 기슭에 진을 쳤다.
　그날 밤 8시 경 요시쓰네는 도이(土肥)를 불러 "다이라 군은 여기서 삼 리 떨어진 미쿠사 산 서쪽 입구에 대군을 대기시켜 놓고 있는 모양인데 오늘 밤 야습을 하는 게 좋을까 아니면 내일 싸우는 게 좋을까?"하고 물었다. 그러자 다시로(田代)가 앞으로 나오더니 "오늘 싸우지 않고 내일로 미루었다가는 다이라 군의 추가 병력이 도착할 것입니다. 저쪽은 삼천에 우리는 일만이라 훨씬 우세하니 야습이 좋을 것 같습니다"하고 제의했다. 도이는 "좋은 말씀이시오. 그럼 바로 공격합시다"하며 말에 올라 출발했다. 병사들이 한결같이 "너무 어두운데 어떻게 싸우지?"하고 걱정들을 하자 요시쓰네는 도이에게 "항상 쓰던 방법은 어떨까?"하고 의견을 물었다. 그러자 도이는 "그렇지요. 깜빡했습니다"하더니 오노바라의 민가에 불을 질렀다. 뿐만 아니라 들과 산의 초목에도 불을 지르니 미쿠사 산을 타고 번져갔다.

이 다시로라는 사람은 이즈(伊豆) 태수를 지낸 다메쓰나의 아들이었다. 어머니는 가노(狩野) 부태수 모치미쓰의 딸로서, 다메쓰나의 사랑을 받아 아이를 낳았으나 외조부에게 맡겨 무인으로 만들었다. 혈통을 따져 보면 고산조(後三條) 임금의 셋째 왕자인 스케히토(輔仁) 대군의 5대손으로, 혈통도 좋은 데다가 무인으로서도 손색이 없었다.

다이라 군은 그날 밤 적군이 야습해올 줄은 꿈에도 모르고 "전투는 틀림없이 내일 벌어질 것이다. 싸우려면 잠을 잘 자둬야 하니 오늘은 잘 자고 내일 싸우기로 하자"며 선두 병력 중에는 간혹 경계하는 사람도 있었으나, 뒤쪽에 있는 병사들은 투구를 베거나 갑옷 견갑이나 동개를 베개 삼아 정신없이 자고 있었다. 한밤에 미나모토 군 만 기가 함성을 크게 지르며 몰려오자 다이라 군은 너무 당황한 나머지 활을 든 자는 화살을 내던지고 화살을 든 자는 활을 내팽개친 채 적군의 말에 밟히지 않으려고 진의 중심부를 열어주고 말았다. 미나모토 군이 도망치는 다이라 군을 쫓아다니며 죽이니 다이라 군은 순식간에 500여 기를 잃고 말았고, 부상당한 사람들도 부지기수였다. 싸움에 진 대장군 중장 스케모리(資盛)와 소장 아리모리(有盛), 시종 다다후사(忠房) 등이 면목이 없었던지 하리마의 다카사고(高砂)에서 야시마로 건너가버리자, 모로모리는 기요이에와 에미를 데리고 이치노타니로 향했다.

## 노마(老馬)

다이라 군의 총수인 무네모리 공은 요시유키를 일문의 무장들에게 사자로 보내 "요시쓰네가 미쿠사를 지키던 아군을 격파하고 벌써 이치노타니로 몰려오고 있다고 한다. 위쪽이 중요하니 누가 좀 맡아줘야겠다"라고 전하게 했다. 그러나 다들 손을 내저으며 마다해 하는 수 없이 노토 태수 노리쓰네에게 보내 "매번 미안하지만 자네가 가주지 않으려나?"라고 부탁하자 노리쓰네는 "전투는 자기 자신에게 중대사라는 인식이 있어야만 좋은 결과를 낳는 법입니다. 사냥이나 고기잡이할 때처럼 목 좋은 곳만 골라 가고 나쁜 데는 가지 않는다면 싸움엔 이길 수 없는 것이지요. 몇 번이고 상관없습니다. 힘든 상대가 있는 곳은 이 노리쓰네가 가서 적어도 한 군데 정도는 격파해보이겠습니다. 그러니 마음 놓으시기 바랍니다" 하고 믿음직스럽게 대답했다. 무네모리 공은 크게 기뻐하며 전임 엣추 태수 모리토시를 선봉에 임명하고 노리쓰네에게 만 기를 내주었다. 노리쓰네의 형인 미치모리 경도 함께 위쪽의 수비를 맡기로 했는데, 위쪽이란 히요도리 고개의 기슭을 가리키는 말이었다. 출진에 앞서 미치모리 경은 동생의 임시 막사에 부인을 불러 이번이 마지막이 될지도 몰라 이별을 아쉬

위하고 있었다. 이를 안 노리쓰네가 펄펄 뛰며 "이쪽은 강적이 온다 해서 나를 내보낸 것 아닙니까? 진짜 강적이라는데 지금 당장 산 위에서 그들이 몰려 내려오면 무기 잡을 새도 없을 것 아닙니까? 활이 있어도 화살이 있어야 쏠 수 있을 것이오, 화살을 쏘고 싶어도 활이 없으면 어쩔 수 없는 것 아닙니까? 그런데 그렇게 여유작작하시면 어떻게 합니까?" 하고 화를 내자, 맞는 말이다 싶었는지 서둘러 갑주를 챙겨 입고 부인을 돌려보냈다.

5일 저녁 무렵 고야노(昆陽野)를 출발한 미나모토 군은 서서히 이쿠타(生田) 숲을 향해 다가오기 시작했다. 스즈메(雀) 송림과 미카게(御影) 숲, 고야노 쪽 일대를 둘러보니 미나모토 군은 여기저기에 진을 치고 불을 피워놓고 있었다. 밤이 깊어감에 따라 멀리 보이는 불빛은 산등성이 위로 올라오는 달처럼 환해 보였다. 다이라 군도 "불을 지펴라" 하며 이쿠타 숲에다 모양새를 갖추어 불을 지폈으나 수가 적어 동틀 무렵 구름 없는 하늘 위에 반짝이는 별처럼 희미해 보였다. 이를 보고 있노라니 옛 가인(歌人)이 한밤에 어부들의 어화(漁火)를 보고 '밤하늘의 별인지 연못가의 반딧불인지······'[10]라고 노래한 의미를 알 수 있을 것 같았다. 미나모토 군은 곳곳에 진을 치고 앉아 말을 쉬게 하고 풀을 먹이며 느긋한 데 비해 다이라 군은 이제나저제나 하며 안절부절못했다.

6일 새벽, 요시쓰네는 만 기를 둘로 나눠, 우선 도이에게 7천 기를 주어 이치노타니의 서쪽으로 보내고, 자신은 이치노타니의 뒤쪽인 히요도리 고개를 함락시킬 생각으로 3천 기를 데리고 단바 가도를 지나 배후로 우회했다. 병사들은 "이곳은 가파르기로 소문난 곳 아닌가? 죽더라도

---

10 아리와라 노 나리히라(在原業平)의 노래로, 『이세 이야기(伊勢物語)』의 87화 등에 수록됨.

적과 싸우다 죽으면 죽었지 벼랑에서 떨어져 죽고 싶지는 않은데, 누구이 산을 잘 아는 사람 없나?"하며 하나같이 투덜대자 무사시(武藏) 사람 히라야마 노 스에시게(平山季重)가 "제가 길을 잘 알고 있습니다" 하고 나섰다. 요시쓰네가 "너는 관동에서 자란 사람인데 오늘 처음 본 관서의 산을 잘 안다니 믿기지 않는구나"라고 하자 "장군님답지 않은 말씀이십니다. 뛰어난 가인(歌人)은 요시노(吉野)나 하쓰세(泊瀨)[11]와 같은 명소를 보지 않고서도 노래를 짓고, 진정한 용사는 적이 농성 중인 성의 후면에 대해 밝은 법입니다" 하고 답하는 것을 보고 건방진 자라고 생각했다.

그러자 이번에는 무사시 출신의 벳푸 노 기요시게(別府淸重)라는 열여덟 살 난 청년이 나서더니 "저희 부친인 요시시게(義重) 법사께서 가르쳐주셨는데 '적의 공격을 받거나 산에서 사냥을 하다가 심산에서 길을 잃었을 때는 나이 든 말에 고삐를 맡기고 앞서 가게 하면 틀림없이 길이 나올 것이다'라고 하셨습니다"라고 하자 요시쓰네는 "그거 일리 있는 말이로구나. 눈이 들판을 뒤덮어도 나이 든 말은 길을 안다고 하지 않느냐"하며 나이 든 회색 말에 금속 장식 안장을 얹어 흰 재갈을 물리고 고삐를 매어 앞세우고는 초행의 심산으로 들어갔다. 때는 2월 초라 산봉우리에는 군데군데 눈이 녹아 흰 꽃이 피어 있는 것 같은 곳도 있었고, 계곡 아래에서 꾀꼬리가 날아오는가 하면, 바람꽃에 가려 길을 헤매기도 하였다. 높이 올라가니 구름이 하얗게 솟아 있고, 아래로 내려가니 청산이 우뚝 솟아 절벽을 이루고 있었다. 소나무 가지에는 눈이 아직 남아 있고 이끼 낀 오솔길은 아득히 뻗었는데 거센 바람에 눈이 흩날리자 마치 매화꽃이 핀 것 같아 다들 눈을 의심했다. 동으로 서로 채찍을 휘두르며 발걸음도

---

11 두 곳 다 벚꽃의 명소로, 가인들이 즐겨 찾았다.

빠르게 길을 가다 보니 어느덧 산길은 날이 저물어, 모두 말에서 내려 진을 쳤다.

그러고 있는데 벤케이(弁慶)[12]가 노인 한 사람을 데려왔다.

"그 사람은 누군가?"

"이 산의 사냥꾼입니다."

"그럼 길을 잘 알고 있겠구나. 사실대로 말해보거라."

"물론 잘 알고 있습니다."

"지금부터 다이라 군의 성채가 있는 이치노타니로 말을 타고 내려가려 하는데 어찌 생각하느냐?"

"절대로 불가능할 것입니다. 삼십 장 계곡이니 십오 장 벼랑이라 불리는 곳은 사람이 다닐 수 있는 곳이 아닙니다. 하물며 기마로는 감히 생각도 할 수 없는 일입니다. 게다가 성채 안에는 함정을 파고 마름쇠를 뿌려놓고 기다리고 있습니다."

"그러면 그런 곳에 사슴은 다니느냐?"

"예, 사슴은 다닙니다. 날씨가 따뜻해지면 풀이 많이 난 곳에 몸을 뉘려고 하리마의 사슴은 단바로 넘어오고, 날씨가 추워지면 눈이 얕은 곳에서 먹이를 먹으려고 단바의 사슴은 하리마의 이나미노(印南野)로 다니고 있습니다."

"그렇다면 그곳은 마장이로구나. 사슴이 다니는데 말이 못 다닐 리 있겠느냐. 어서 네가 안내하여라."

"소인은 나이를 먹어 도저히 하기 힘듭니다."

"그러면 아들은 있느냐?"

---

12 요시쓰네의 심복 중 하나.

"있습니다" 하고 대답한 노인은 구마오라는 열여덟 살 난 아들을 요시쓰네에게 바쳤다. 그 자리에서 관례를 올리고, 와시오 노 다케히사라는 노인 이름을 따서 와시오 노 요시히사라고 이름 짓고 선두에 세워 길잡이로 데리고 갔다. 다이라 군을 궤멸시킨 후, 요시쓰네가 요리토모와 사이가 나빠져 북쪽에서 싸우다 죽었을 때, 요시히사는 같은 곳에서 죽은 사람 중의 하나였다.

## 선두 다툼

　　미나모토 군의 구마가에 노 나오자네(熊谷直實)와 히라야마 노 스에시게(平山季重) 두 사람은 6일 한밤중까지는 요시쓰네가 이끄는 배후공격대에 속해 있었다. 그러던 구마가에가 아들 나오이에를 부르더니 "이쪽은 험난한 길을 말을 타고 내려가야 하므로 누가 선두를 차지했는지 구분하기 힘들 테니 이제부터 도이 장군이 이끌고 있는 본대로 가서 이치노타니 전투의 선봉을 차지하자꾸나" 하고 본심을 털어놓았다. 그러자 아들도 "그게 좋겠습니다. 소자 역시 그렇게 말씀을 드리고 싶었는데 그럼 당장에 쳐들어가지요" 하고 맞장구를 쳤다. 구마가에는 "참, 히라야마도 여기 있었지. 그 사람도 뒤섞여 난전하는 것을 싫어하는 사람인데 어찌하고 있나? 가서 동태를 살피고 오너라" 하며 하인을 보냈다. 가서 보니 아니나 다를까 히라야마는 구마가에보다 먼저 나와 채비를 마치고 "다른 사람은 어떨지 몰라도 한 번 마음먹었으니 한 발자국도 물러설 수 없지" 하고 혼잣말을 하고 있었다. 부하가 말에게 먹이를 주면서 "못된 말이 오래도 먹고 있네" 하고 채찍질을 하자, 히라야마는 "그러지 말아라. 이 말과도 오늘밤이 마지막이다"라고 하더니 말에 올라 출발했다. 하인이 황급히 돌아와 이 사실을 알리자 "그러면 그렇지" 하며 구마가에도 바로 출발했다.

구마가에는 진한 감색 내갑의에 붉은색 가죽으로 장식한 갑옷을 입고 붉은색 화살막이 포대[13]를 두르고 있었는데, 곤다라는 밤색의 명마를 타고 있었다. 아들은 벗풀을 엷게 물들인 내갑의에 삼색의 띠 무늬로 장식한 갑옷을 입고 세이로(西樓)라는 검붉은 빛이 도는 백마를 타고 있었다. 옆에서 기를 들고 수행하는 병사는 푸른빛이 감도는 황색 내갑의에 벚꽃 문양의 갑옷을 입었고, 노란 털이 섞인 백마를 타고 있었다. 요시쓰네가 넘으려고 하는 계곡을 왼편으로 보면서 오른쪽으로 말을 몰아 근래 수년 동안 사람이 다니지 않은 다이라는 옛길을 지나 이치노타니의 파도치는 해변으로 나왔다. 본대를 지휘하는 도이는 아직 밤이 깊어 부근의 시오야(鹽屋)라는 곳에서 7천여 기를 데리고 대기 중이었다.

구마가에 일행은 야음을 틈타 도이 부대 옆을 슬그머니 지나 이치노타니의 서쪽 입구로 접근했다. 아직 밤이 깊어 적군의 진영은 쥐 죽은 듯 고요해 아무 소리도 들리지 않았고, 아군 쪽에서도 단 1기도 뒤따라오는 사람이 없었다. 구마가에는 아들을 불러 "아마도 선착을 노리는 사람들이 너 나 할 것 없이 꽤나 많이 와 있을 것이다. 우리뿐일 것이라고 속단해선 안 된다. 가까이에 와 있지만 밤이 깊어 다들 날이 새기만 기다리며 근처에서 대기하고 있을 게다. 그러니 우리가 먼저 이름을 밝히도록 하자" 하며 방패 진 가까이 다가가 큰소리로 "무사시 사람 구마가에 노 나오자네와 아들 나오이에가 이치노타니에 선착하였노라" 하고 이름을 밝혔다. 그러자 다이라 진영에서는 "대꾸할 필요 없다. 가만 놔두면 말이 지치고 화살도 다 떨어지겠지 뭐" 하고 대응하는 사람이 없었다.

---

13 등에 메는 둥근 포대로, 뒤에서 날아오는 화살을 피하기 위해 착용하였다.

그러고 있는데 뒤에서 무사 한 사람이 말을 타고 다가왔다.

"뉘시오?"

"스에시게(히라야마) 올시다. 묻는 사람은 뉘시오?"

"나오자네(구마가에) 요."

"아니, 구마가에 어른께선 언제부터?"

"나는 저녁때부터요."

"나도 바로 쳐들어갈 생각이었는데 나리다 노 고로(成田五郞)에게 속아 이렇게 늦어지고 말았소이다. 나리다가 '죽을 땐 한데서 죽자'고 약속하기에 그러자고 함께 데리고 오는데 '히라야마 어른, 선착을 너무 서두르지 마시오. 선착이란 아군 병력을 뒤로 하고 앞서 달리기에 수훈을 세우건 실패하건 간에 남들에게 알려지는 것 아니겠소. 단기로 대군 속에 뛰어들어 전사하면 무슨 소용이 있겠소?' 하고 말리기에 맞는 말이다 싶어 나지막한 언덕에 먼저 올라가 말머리를 오던 방향으로 돌리고 기다리고 있었더니 나리다가 따라오기에 말머리를 나란히 하고 어떻게 싸울 것인지 의논이라도 하며 갈까 했더니 웬걸, 나를 차갑게 힐끔 보더니 그대로 쓱 지나쳐가는 게 않겠소. 아뿔싸, 나를 속이고 자기가 선착하려는 것이로구나 싶어 오륙 단(段)[14] 정도 앞서가는 것을 그자의 말이 내 말보다 느리다는 것이 생각나 단숨에 따라잡고 나서 '어딜 감히 나를 속인단 말이냐' 하고 한마디 해주고 내팽개치고 달려왔는데 멀리 뒤처진 모양이오. 아마 내 뒷모습도 보지 못했을 것이오"라고 하는 것이었다.

그리하여 구마가에, 히라야마 등 다섯 사람이 함께 날이 새기를 기다리고 있었는데 동이 터오자 구마가에는 아까 이름을 댔음에도 불구하고

---

[14] 1단은 약 11m.

히라야마 앞에서 이름을 대야 한다고 생각했는지 다시 목책 가까이 다가가 큰 소리로 "아까 신분을 밝힌 무사시 사람 구마가에 나오자네와 아들 나오이에가 이치노타니에 선착하였으니 내로라하는 다이라 군의 무인이 있거든 어디 덤벼보아라" 하고 외쳤다. 이 소리를 들은 다이라 진영에서는 "자, 그럼 가서 밤새도록 이름을 외쳐대고 있는 구마가에 부자를 잡아오자꾸나" 하며 나서는데 그 면모를 볼 것 같으면 엣추 노 모리쓰기, 가즈사 노 다다미쓰, 아쿠시쓰뵤에 가게키요, 고토나이 사다쓰네를 비롯해 내로라하는 무사 20여 기가 책문을 열고 달려 나왔다.

히라야마는 흰 물방울 무늬의 내갑의에 붉은색 갑옷을 입고 원 안에 두 줄을 그은 문양을 새긴 화살막이 포대를 두르고 있었는데 메카스케라는 소문난 명마를 타고 있었다. 기수는 검정 가죽 갑옷에 투구를 눌러쓰고 적갈색 말을 타고 있었다. "호겐, 헤이지 양 전투 때 선두에 섰던 무사시 사람 히라야마 노 스에시게라 하오" 하고 자기소개를 한 히라야마는 기수와 둘이서 말머리를 나란히 하고 함성을 지르며 내달렸다. 구마가에가 달리면 히라야마가 바싹 쫓고 히라야마가 달리면 구마가에가 바싹 쫓으며 서로 앞서거니 뒤서거니 불꽃을 튀기면서 달려오자 다이라 군의 무사들은 저렇게 무섭게 덤벼들면 당하기 힘들겠다 싶었던지 안으로 얼른 물러나 적을 목책 밖에 둔 채 활을 쏘아 저지했다. 구마가에는 말이 배에 화살을 맞아 쓰러지자 버둥대는 말 다리를 넘어 일어섰다. 뒤따라오던 아들 나오이에는 "금년 나이 열여섯의 나오이에라 하오" 하고 이름을 밝히고 목책 끝에 말의 코가 닿을 정도로 가까이 다가가 싸우다가 왼팔에 화살을 맞자 말에서 뛰어내려 아버지와 나란히 버티고 섰다.

"어떻게 된 거냐 얘야, 부상을 입었느냐?"

"그렇습니다."

"갑옷을 계속 움직이고 있거라. 이음새에 화살이 맞으면 몸을 관통하니 조심해야 한다. 투구도 숙이고 있거라. 머리를 들었다가는 이마를 관통당한다."

구마가에는 이렇게 자상히 아들에게 이른 후 자기 갑옷에 꽂힌 화살을 뽑아 내던지더니 성채 안을 노려보며 쩌렁쩌렁한 목소리로 "나는 작년 겨울에 가마쿠라를 떠나온 다음부터 목숨은 요리토모 어른에게 바치고 주검을 이치노타니에 묻기로 결심하였다. 무로야마와 미즈시마 양 전투에서 수훈을 세웠다고 뽐내는 모리쓰기 어른은 어디 계시오? 가즈사와 기요쓰네 어른은 어디 숨어 계시오? 노토 태수께서는 안 계시오? 수훈도 상대 나름 아니겠소? 아무하고나 싸운다 하여 수훈을 세울 수 있는 게 아닐진대 어디 나와 한판 겨루어봅시다" 하고 외쳤다. 이 소리를 들은 모리쓰기는 즐겨 입는 감색 내갑의에 붉은색 갑주를 입고 흰 털이 섞인 갈색 말에 올라 구마가에를 향해 천천히 말을 몰아 다가갔다. 그러자 구마가에 부자는 모리쓰기가 자기들 사이를 뚫고 들어오지 못하게 붙어 서서 칼을 이마에 대고 서서히 앞으로 걸어 나왔다. 이를 본 모리쓰기는 감당키 어렵겠다는 생각이 들었는지 말을 돌리고 말았다. 구마가에가 "아니, 귀장은 모리쓰기 어른이신 것 같은데 상대로서 뭐가 부족하단 말이오? 나와 함께 한판 겨루어 봅시다" 하고 외치자 "그럴 수가 없다네" 하며 역시 응하지 않았다. 보고 있던 가게키요가 "이거야 비겁한 사람들이나 하는 짓이 아니오?" 하며 바로 맞붙으려 달려가는 것을 갑옷 소매를 붙잡고 "이 싸움만이 대사가 아닐 테니 그만두시오" 하고 말리자 그만두었다.

그러자 구마가에는 다른 말로 갈아타고 다시 함성을 지르며 적진을 향해 돌진했다. 구마가에 부자가 싸우는 동안 말을 쉬게 하고 있던 히라야마도 뒤를 이었다. 다이라 군은 말을 탄 무사들은 별로 없고 보병이 많았기 때문에 성루에 있는 병사들이 일제히 비 오듯 활을 퍼부었지만 다수의 아군 속에 소수의 적이 섞여 있어 좀처럼 명중하지 않았다. "말을 갖다 붙이고 적을 넘어뜨려라" 하고 명령을 내렸으나 다이라 군의 군마들은 타기만 하고 먹이도 제대로 주지 않은 데다가 배 안에 오래 세워두어 지칠 대로 지친 말들인 데 비해 구마가에나 히라야마의 말들은 마초를 잘 먹인 우람한 말들이어서, 갖다 붙였다간 모두 튕겨나갈 것 같아 말을 갖다 붙이려는 병사들이 아무도 없었다. 히라야마는 자신보다 소중히 여기던 기수가 활을 맞고 쓰러지자 적진을 뚫고 들어가 활을 쏜 병사를 잡아 가지고 나왔다. 구마가에도 적의 목을 많이 베었다. 구마가에는 선착은 하였으나 다이라 군이 책문을 열어주지 않아 들어가지 못했지만, 늦게 도착한 히라야마는 적이 책문을 열어주어 먼저 적진 안으로 들어갈 수 있었다. 이 때문에 구마가에와 히라야마는 서로 자기네가 선두를 차지하였다고 다투었다.

## 두 차례의 적진 돌파

그러고 있는데 나리다 노 고로도 도착했고, 도이 노 사네히라를 선두로 휘하 병력 7천여 기가 색색의 깃발을 들고 함성을 지르며 공격을 개시했다. 정면의 이쿠타 숲에는 미나모토 군 5만여 기가 진을 치고 있었는데 그중에 무사시에서 온 가와라 노 다카나오와 모리나오라는 형제가 있었다. 다카나오는 동생을 불러 "대장들이야 자기가 나서지 않아도 부하들이 세운 공으로 자기 이름을 빛내지만 우리 같은 사람들은 직접 나서지 않고서야 이름을 낼 방법이 없지 않느냐. 적을 눈앞에 두고 가만히 앉아 있는 게 너무 답답해 나는 성채 안으로 숨어들어가 한판 벌여볼 생각이다. 그러면 아마 살아서는 돌아올 수 없을 테니 너는 남아 있다가 뒤에 증인이 되어다오" 하고 부탁했다. 그러자 동생은 눈물을 뚝뚝 흘리면서 "참 섭섭한 말씀도 다 하십니다. 형제라곤 둘밖에 없으면서 형님이 전사하였는데 무슨 영화를 누리겠다고 저만 살아남겠습니까? 따로따로 전사할 바에야 한곳에서 싸우다 죽도록 합시다" 하며 하인들을 불러 최후의 모습을 처자들에게 전하라고 보냈다. 두 사람은 말도 타지 않고 짚신을 신은 채 활을 짚고 이쿠다 숲에 쳐놓은 목책을 넘어 성안으로 들어갔다. 별빛밖에 없어 갑옷 색깔도 구분이 가지 않을 만큼 어두웠다. 가와노 다로는 목청을 높혀 "무사시 사람 가와라 노 다카나오와 모리나오가 미나모토 군 본대에서 일착을 하였노라" 하고 이름을 밝혔다. 이 소리를 들은 다이라 군 진영에서는 "관동의 병사들만큼 겁도 없는 사람들도 없다니까. 하지만 이런 대군 속에 단 둘이 들어와 뭘 할 수가 있겠나. 그래 그래, 좀 귀여워해줘야지" 하며 싸우려는 사람이 없었다. 그러나 뛰어난 궁수들인 이들 형제들이 살을 시위에 얹어 잇달아 쏴대자 "괘씸한 놈들 같으니라고, 없애버려라"라는 명령과 함께 관서에서 소문난 명궁 형제 중의 형인 빗추의 마나베 노 고로가 활을 힘껏 당겨 쏘자 다카나오의 흉갑을 뚫고 등까지 관통하고 말았다. 동생 시로는 이때 이치노타니에 있었다. 화살을 맞은 다카나오가 활에 의지해 서 있는 것을 본 동생이 달려와 형을 어깨에 둘러메고 목책을 넘어가려다가 마나베가 쏜 두번째 살이 갑상(甲裳)의 틈을 뚫고 명중해 형과 함께 고꾸라지자 마나베의 부하들이 쫓아가 형제의 목을 베고 말았다. 목을 대장군 도모모리에게 가지고 가서 보이자 "오오, 정말 용사들이구나. 이들이야말로 일기당천의 용사라 해야 할 것이다. 아까운 인재들을 놓치고 말았구나" 하며 탄식했다.

가와라 형제의 하인들이 달려와 "형제분들이 방금 성안에 일착으로 들어갔다가 전사하셨습니다" 하고 큰소리로 외치자 이 소리를 들은 가지와라(梶原)[15]가 "가와라의 본가인 기사이치(私市) 일족의 잘못으로 형제들을 죽게 만들었구나. 이제 때가 되었으니 공격을 개시하자" 하며 크게 함성을 지르자 바로 이어 5만여 기가 한꺼번에 함성을 올렸다. 가지와라는 병사들을 시켜 목책을 제거하게 한 후, 500여 기를 이끌고 함성과 함

---

15 가지와라 노 가게토키(景時)로, 「선봉」에 나오는 가게스에(景季)의 아버지.

께 내달았다. 가지와라는 차남 가게타카(景高)가 너무 앞서 달려가는 것을 보고 전령을 보내 "대장군께서 뒤에 오는 병력이 따라오지 않는데도 홀로 앞서 가는 자는 포상이 없다고 하셨다"라고 전하게 했더니 가게타카는 잠시 말을 멈추고,

무사 집안에 대대로 전해오는 좋은 활처럼
한 번 잡아당기니 멈출 수가 없구려

"가서 이렇게 말씀드려라" 하더니 함성과 함께 내달았다. 가지와라는 "가게타카를 죽게 해서는 안 된다. 모두들 뒤를 따라라" 하고 외치면서 다른 두 아들과 함께 뒤를 쫓았다. 가지와라가 이끄는 500여 기는 대군 속으로 들어가 치열한 전투를 벌이다가 50여 기로 줄어들자 퇴각해 적진을 빠져나왔다. 그런데 어떻게 된 일인지 그 안에 가게타카의 모습이 없었다.

"여봐라, 가게타카는 어찌 되었느냐?"

"아마 적진 깊숙이 들어갔다가 전사하셨나 봅니다."

그러자 가지와라는 "이 세상 사는 게 다 애들 때문인데 그 아이가 죽으면 살아 무엇 하겠느냐? 돌아가자" 하며 말을 돌렸다. 가지와라는 쩌렁쩌렁한 소리로 "옛날에 요시이에(義家) 장군[16]께서 후삼년 전쟁을 치르실 적에 데와(出羽)의 가나자와(金澤) 성을 공격하셨는데 그때 열여섯의 나이로 선봉에 섰다가 왼쪽 눈에 화살을 맞고서도 그 적을 쏘아 죽여

---

16 미나모토 노 요시이에(1039~1106). 젊어서 부친과 함께 아베 일족을 정벌했고(전구년〔前九年〕전쟁), 후에 기요하라(淸原) 일족을 토벌해(후삼년〔後三年〕전쟁) 관동 지방에서 미나모토 씨 세력의 기반을 만든 무장.

후대까지 이름을 남긴 가마쿠라 노 가게마사의 후손 가지와라 노 가게토키이다. 일기당천의 용사인즉, 내로라하는 사람이 있거든 나를 죽여 너희 대장군께 목을 바치도록 하여라" 하고 외치며 내달았다. 다이라 군의 대장군 도모모리 경이 "가지와라는 관동에서 소문난 무인이니 절대로 놓치지 말고 잡아 죽여라" 하고 지시하자 대군이 에워싸고 공격했으나 가지와라는 자기 몸을 돌보지 않고 아들이 있는 곳을 찾아 수만 기의 대군 속을 종횡무진으로 헤집고 다녔다. 아들 가게타카는 이때 적 다섯 명에게 포위되어 있었다. 격심한 전투 끝에 투구가 뒤로 젖혀져 허점이 노출됐는데도 고쳐 쓸 여유조차 없었고, 말마저 활에 맞아 땅에 내려서서 2장쯤 되는 벼랑을 등지고 있었는데, 좌우에는 겨우 부하 둘만이 살아남아 있었다. 온 힘을 다해 목숨을 돌보지 않고 이곳이 최후의 장소라고 각오하고 분전하고 있는 모습을 본 가지와라는 '아직 죽지 않았구나' 하고 안도하며 말에서 뛰어내려 "애비가 여기 왔다. 애야, 죽어도 적에게 등을 보여선 안 된다" 하고 이르고는 부자 둘이서 적군 다섯 중 셋을 죽이고 둘에게 부상을 입힌 다음, "무인이란 공격할 때건 후퇴할 때건 상황 판단을 잘 해야 한다. 자, 어서 올라타거라" 하며 자기 말에 태워 적진을 빠져나왔다. 가지와라가 두 번이나 적진을 돌파했다는 것은 이를 두고 한 말이었다.

절벽 강하

　가지와라 군에 이어 지치부(秩父), 아시카가(足利), 미우라(三浦), 가마쿠라(鎌倉)의 군세와 이노마타(猪俣), 고다마(兒玉), 노이요(野井与), 요코야마(橫山), 니시(西), 쓰즈키(都筑), 기사이치(私市) 일족의 병사들이 공격에 나서자 다이라 군과 미나모토 군은 난전으로 들어가 서로의 진을 오가면서 이름 대는 소리, 악쓰고 고함치는 소리에 산이 울렸고, 말이 서로 오가는 소리는 마치 천둥이 치는 것 같았으며, 양군이 쏘아대는 화살은 폭우를 방불케 했다. 부상자를 어깨에 둘러메고 뒤로 물러나는 사람, 가벼운 부상을 입고서도 계속 싸우는 사람, 중상을 당해 전사하는 사람도 있었고, 말머리를 갖다 대고 상대를 안고 구르며 서로 찔러 죽이는 사람에, 상대를 누르고 목을 베는 사람이 있는가 하면, 목을 베이는 사람 등 혼전이 계속되어, 그 어느 쪽도 적을 제압할 수 있는 승기를 잡지 못하고 있었다. 이리하여 주 전력만 가지고는 승리를 거두기 힘들 것처럼 보였는데, 적의 배후 공략에 나선 요시쓰네 군이 7일 새벽에 이치노타니의 배후에 있는 히요도리 고개로 올라서면서부터 상황은 일변했다. 일행이 고개에서 말을 타고 막 내려오려 하는데 그 기세에 놀랐는지 수사슴 두 마리와 암사슴 한 마리가 다이라 군이 있는 이치노타니 쪽으로 달려 내려왔다. 이를 본 성채 안의 병사들은 "사슴이란 마을 가까이 내려왔다가도 사람만 보면 겁을 먹고 산속으로 숨는 법인데 이런 대군 속으로 뛰어들다니 이상한 일이군. 아무래도 산 위에서 미나모토 군이 몰려 내려오는 모양이다" 하고 소란을 떨고 있는데 이요(伊予) 출신의 다케치노 기요노리가 나서더니 "뭐가 됐던 간에 적군 쪽에서 튀어나온 것을 그대로 보낼 수야 없지" 하며 수사슴 두 마리를 쏴죽이고 암사슴은 보내주었다. 이를 본 전임 엣추 태수 모리토시는 "사슴을 쏘다니 할 일도 없는 사람이군. 지금 쏜 화살 한 대로 적군 열 명은 막을 수 있을 텐데. 부질없이 살생을 하여 죄 짓는데 화살을 쓰다니" 하고 말렸다.

*

요시쓰네는 고개 위에서 멀리 내려다보이는 성채를 보고 있다가 "말을 몇 필쯤 내려 보내보자" 하며 안장 얹은 말을 채찍질해서 내려 보냈다. 그랬더니 다리가 부러져 굴러 떨어진 말도 있었으나 제대로 내려간 말도 있었는데 그중 세 마리는 모리토시의 막사 위로 내려와 몸을 부르르 떨면서 멈춰 섰다. 이를 지켜보고 있던 요시쓰네는 "말은 타고 있는 사람이 주의해서 내려가면 다치지 않을 게다. 자, 내려가자, 내가 하는 것을 잘 보도록 해라" 하며 자신이 선두에 서서 우선 30기를 데리고 내려갔다. 이어 남은 병사들이 일제히 내려가는데 뒷사람의 등자가 앞사람의 갑주에 닿을 만큼 경사가 심했다. 자갈이 섞인 모래땅이라 거의 미끄러지듯 내려오다 보니 2정 정도의 거리를 순식간에 내려와 평퍼짐한 곳에서 말을 세웠다. 거기서 아래를 내려다보자 바닥까지는 높이가 14~5장은 되어 보였는데 밑에는 이끼가 무성한 커다란 암반이 있었다. 다시 뒤로 돌아갈 수도 없으려니와 앞으로 나아갈 수도 없는 상황이라 병사들이 "이제 끝장이다"라며 어쩔 줄 몰라 하자 사와라 노 요시쓰라(佐原義連)가 앞으로 나오더니 "우리는 고향 미우라에서 새 한 마리를 잡으러 다닐 때도 늘 이런 곳을 달립니다. 이런 곳은 미우라에서는 마장이나 다름없지요" 하며 앞장서 내려가자 병사들이 모두 따라 내려갔다. 이랴, 하고 강제로 말을 부리는 대신 잘 달래가며 내려가는데 너무 아찔해 눈을 감고들 뛰어내렸다. 도대체가 사람의 소행이 아니라 귀신이나 요괴들이 하는 짓 같았다. 다 내려서기도 전에 와 하고 함성을 지르자 불과 3천여 기가 내는 소리였으나 메아리가 치자 마치 10만여 기는 되는 것 같았다. 무라카미 노 모토쿠니 수하들이 불을 질러 다이라 군의 막사나 천막을 다 태워버렸다. 때마침 바람이 세차게 불어 검은 연기가 치솟자 놀란 다이라 군은 대부분 나 살려라 하고 바다 속으로 뛰어들었다. 바닷가에는 배가 수도 없이 정박해 있었으나 자기만 살려고 배 한 척에 무장한 병사들이 4~500명, 천 명씩 올라타니 온전할 리가 없었다. 해변에서 겨우 3정도 못 가서 바로 앞에서 대형선 3척이 가라앉았다. 그러자 "신분이 높은 사람만 태우고 아랫것들은 태우지 말라" 하며 칼이나 장도로 베어 밀쳤다. 그런 줄 알면서도 안 태우려는 배에 달라붙었다가 어깨가 잘리고 팔꿈치가 달아난 병사들이 이치노타니 해변을 시뻘겋게 물들이며 쓰러졌다. 노토 태수 노리쓰네는 수차례에 걸친 전투에서 단 한 번도 패한 적이 없었는데 이번에는 어찌된 일인지 우스즈미(薄墨)라는 말에 올라 서쪽을 향해 도망을 치고 말았다. 이리하여 다이라 군은 하리마의 아카시(明石) 항구에서 배에 올라 사누키의 야시마로 다시 건너가게 되었다.

## 모리토시(盛俊)의 최후

 무사시(武藏)와 사가미(相模)에서 올라온 미나모토 군은 배후의 이치노타니뿐만 아니라 이쿠타 숲에서 벌어진 주 전력 간의 전투에서도 목숨을 돌보지 않고 분전했다. 다이라 군의 대장군 도모모리가 동쪽을 향해 나아가며 싸우고 있는데 산 옆구리를 돌아 공격해 온 무사시의 고다마 일족이 사자를 보내 "장군께서는 예전에 무사시 태수를 지내셨기에 저희들이 알려드리는데 뒤가 보이지 않으십니까?"하고 알려왔다. 도모모리를 비롯한 부하들이 뒤를 돌아보자 검은 연기가 치솟고 있었다. "아뿔싸, 서쪽이 무너지고 말았구나"라고 하기가 무섭게 허겁지겁 다투어 도주하고 말았다.
 노토 태수 노리쓰네 밑에서 군 지휘를 맡아 히요도리 고개를 수비하고 있던 전임 엣추 태수 모리토시는 이제 도망을 쳐본들 소용이 없다고 생각했는지 말을 세우고 적이 오는 것을 기다리고 있었다. 그러자 미나모토 군의 이노마타 노 노리쓰나(猪俣則綱)가 좋은 상대를 만났다며 말을 채찍질해 달려와 옆에 붙더니 힘껏 안아 땅으로 굴렸다. 이노마타는 관동 팔주에서 이름난 장사여서 두 손으로 힘들이지 않고 사슴 뿔을 찢을 수 있다고 소문이 난 사람이었다. 한편 모리토시는 사람들 사이에 2~30명 분의 힘을 쓰는 사람으로 알려져 있었으나 실은 6~70명이 끌어야 움직이는 배를 혼자 힘으로 뭍에 올리고 바다에 내릴 수 있는 힘을 지닌 괴력의 소유자로, 이노마타를 내리누르더니 움쩍도 못하게 만들고 말았다. 밑에 깔린 이노마타는 칼을 뽑아보려 했으나 너무 세게 눌려서 그런지 손가락이 구부러지지 않아 칼자루를 쥘 수가 없었고 말조차 하기 힘들었다. 모리토시가 막 목을 따려고 하자 이노마타는 힘은 달려도 담력이 있는 사람이라 조금도 바둥대지 않고 잠시 숨을 고르더니 아무렇지도 않다는 듯이 "내 이름을 아시오? 적을 죽일 땐 자기도 이름을 대고 적의 이름도 듣고 나서 목을 베야 공을 세우는 것 아니겠소? 이름도 모르는 사람의 목을 따서 어디다 쓰시려 하시오?"하고 말을 걸었다. 맞는 말이다 싶어 모리토시가 "나는 본디 다이라 일문의 사람이나 사람이 못나 지금은 부대장을 하고 있는 전임 엣추 태수 모리토시라는 사람이다. 너는 누구냐? 어디 이름을 대보아라"라고 하자 "무사시 사람 이노마타 노 노리쓰나요"하고 이름을 밝혔다. 그러고는 "대세를 보건대 미나모토 군은 강하고 다이라 군은 패색이 짙어 보입니다. 주군이 살아 있어야 적의 목을 베어 상도 받고 그럴 텐데 이제 그런 상황이 아니니 생각을 바꿔 내 목숨을 살려주시오. 당신 일족이 몇 십 명이 되건 간에 지금까지 내가 세운 공을 포기하는 대가로 구명을 부탁해보겠소"하고 회유하려 했다. 그러자 모리토시는 대로하여 "내가 못난 사람이기는 해도 다이라 일문의 일원이다. 미나모토 씨에게 살려달라고 할 생각도 없으려니와 그 사람들 역시 내가 그러리라고 생각지 않을 것이다. 괘씸한 소리를 다 하는구나"하며 목을 베려 하자 이노마타는 태도를 바꿔 "항복한 사람의 목을 베려 하시다니 비겁하십니다"하고 사정을 했다. 이에 모리토시는 "그렇다면 살려주마"하며 이노마타를 일으켜 세웠다. 앞을 보니 땅이 밭처럼 물이 말라붙어 몹시 단단해 보였으나 뒤는 논으로 흙탕물이 가득했는데 두 사람은 그 두렁 위에 걸터앉아 잠시 숨을 고르고 있었다.

그러고 있는데 검은 가죽 갑옷에 불그스름한 말을 탄 무사 하나가 두 사람 있는 곳을 향해 달려왔다. 모리토시가 수상쩍다는 듯이 보고 있자 이노마타는 "저 사람은 저와 친한 히토미 노 시로라는 자입니다. 제가 있는 것을 보고 오는 모양이니 신경 쓰실 것 없습니다"라고 해놓고는 속으로 '저 친구가 가까이 왔을 때 싸우면 설마 안 도와주지는 않겠지' 하며 기다리고 있자 1단 정도 앞까지 가까이 다가왔다. 처음에는 두 사람을 번갈아 지켜보던 모리토시는 기마 무사가 가까이 다가오자 그쪽을 보느라고 잠시 이노마타에게서 눈을 뗐는데 이노마타는 그 틈을 타 발에 힘을 주고 일어나 고함을 지르며 양손으로 모리토시의 가슴팍을 쳐서 뒤쪽의 논으로 넘어뜨렸다. 일어나려고 하자 위에 올라탄 이노마타는 모리토시의 소도를 빼어 갑상을 들추고 칼자루가 박힐 정도로 세게 세 차례 찌른 후 목을 벴다. 그 사이 히토미가 가까이 다가오자 이런 경우는 공을 다투게 될지도 모른다고 생각한 이노마타는 대도 끝에 목을 꽂아 높이 쳐들더니 큰 소리로 "오랫동안 귀신이란 소리를 들어온 다이라 군의 무사 전임 엣추 태수 모리토시를 이노마타 노 노리쓰나가 처치했노라" 하고 외쳐 그날 전투에서 으뜸가는 수훈으로 기록됐다.

## 다다노리(忠度)의 최후

　　이치노타니의 서쪽 수비군 대장군이었던 사쓰마 태수 다다노리는 이 날 감색 비단 내갑의에 검은 실로 장식한 갑옷을 입고 살찌고 늠름한 검정말에 금은을 아로새긴 옻칠 안장을 얹어 올라타고 있었다. 무너진 다이라 군은 너 나 할 것 없이 내빼기 바빴으나 수하 100여 기를 거느린 다다노리는 조금도 허둥대지 않고 몇 번이나 말을 돌려 밀려오는 적을 막아가며 후퇴하고 있었다. 그러자 다이라 군의 대장군을 본 이노마타 일족의 오카베 노 다다즈미가 등자를 걷어차고 채찍질하며 달려와 "도대체 뉘시오? 이름을 밝히시오" 하고 외치자 다다노리는 돌아보며 "나는 같은 편이다" 하고 둘러댔다. 그러나 뒤돌아보는 투구 안쪽의 얼굴을 자세히 보니 이가 까맸다.[17] '아군에 이를 검게 물들인 사람은 없는데 그렇다면 다이라 일문의 자제 중의 하나로구나' 하고 판단한 오카베는 말을 나란히 갖다 붙이더니 다다노리를 붙잡고 말에서 쓰러뜨렸다. 바로 옆에 100여 기가 있었으나 각지에서 긁어모은 군사들이라 단 한 기도 맞서 싸우려는 사

---

17 당시 궁중 귀족들은 이를 검게 물들였는데, 귀족화한 다이라 일문은 무인이면서도 이를 물들였다.

람이 없이 서로 앞을 다투어 도망치고 말았다. 다다노리는 구마노에서 자라 힘이 세고 무술에 능한 사람이라 "괘씸한 놈 같으니라고. 같은 편이라면 그리 알 것이지" 하면서 바로 칼을 뽑아 마상에서 두 차례, 땅에 떨어지면서 한 차례 등 모두 세 차례 오카베를 찔렀다. 처음 두 차례는 갑옷에 맞아 뚫지 못했고 남은 한 차례는 갑옷 안쪽을 찔렀으나 상처가 깊지 않아 죽지 않자 올라타고 목을 베려 하는데 오카베의 부하가 뒤질세라 달려오더니 대도를 뽑아 다다노리의 오른쪽 팔꿈치 부분을 잘라 두 동강 냈다. 다다노리는 이제 끝장이라 생각했는지 "잠시 물러나 있거라. 염불을 열 번 외어야겠다" 하며 오카베를 붙잡고 활 하나 거리만큼 물러나 서방을 향해 소리 높여 열 번 염불을 왼 후 "아미타여래의 광명은 십방세계를 두루 비추어 염불을 외는 중생을 버리지 않고 모두 거두어들이시니(光明遍照十方世界念佛衆生攝取不捨)"[18]라고 다 마치기도 전에 오카베가 뒤에서 다가와 다다노리의 목을 내리쳤다. 훌륭한 대장군을 죽이기는 했어도 누군지는 몰랐는데 동개에 매단 글을 풀어서 보니 '여숙(旅宿)의 꽃'이라는 제목으로,

날이 저물어 벚꽃 그늘 아래서 잠을 청하면
벚꽃이 주인 되어 나를 맞아주려나

다다노리

하고 적혀 있어 사쓰마 태수임을 알 수 있었다. 오카베가 다다노리의 목

---

18 『관무량수경(觀無量壽經)』의 진신관(眞身觀).

을 칼끝에 꽂아 높이 치켜들고 큰 소리로 "오랫동안 다이라 문중에서 이름을 날린 사쓰마 태수 다다노리를 오카베 노 다다즈미가 처치했노라" 하고 선언하자 이를 들은 사람들은 적 아군 가릴 것 없이 "아, 애석하구나. 무예에도 시가에도 뛰어난 사람이었는데. 아까운 대장군을 잃고 말았구나" 하며 눈물을 흘리며 소매를 적시지 않은 사람이 없었다.

## 생포당한 시게히라(重衡)

　　한편 이쿠타 숲 수비군의 부장군을 맡았던 삼위중장 시게히라 경은 수하 병사들이 모두 도망가는 바람에 주종 두 기만이 남게 되었다. 시게히라 경은 이날 감색 천에다 샛노란 실로 바위에 앉아 있는 물떼새 무리를 수놓은 내갑의에, 보라색 실로 장식한 갑옷을 입고 도지카게(童子鹿毛)라는 유명한 명마를 타고 있었다. 뒤따르는 사람은 유모의 아들인 고토 모리나가로, 흰 물방울 무늬의 내갑의에 붉은색 갑옷을 입고 시게히라가 아끼고 아끼는 요메나시(夜目無)라는 붉은 털의 말을 타고 있었다.
　　미나모토 군의 가지와라 노 가게스에와 쇼 노 다카이에는 시게히라 경이 대장군임을 알아보고 등자를 걷어차고 채찍질하며 쫓아왔다. 해변에는 타고 갈 배가 얼마든지 있었으나 뒤쫓아 오는 적 때문에 배에 올라탈 여유가 없자 미나토(湊)와 가루모(刈藻) 강을 건너 오른편으로는 하스(蓮) 연못, 왼편으로는 코마(駒) 숲을 보면서 이타야도(板宿)와 스마(須磨)를 지나 서쪽을 향해 도주했다. 앞서 가는 말들이 워낙 명마들인 데다가 뒤쫓는 말들은 이미 지칠 대로 지쳐 따라잡지 못하고 거리만 벌어지자 가지와라는 등자를 밟고 일어서서 행여나 하고 활을 힘껏 당겨 날려 보냈다. 그랬더니 시게히라 경이 타고 있던 말의 엉덩이에 명중해 깊숙이 박혀 힘을 쓰지 못하게 되고 말았다. 이를 본 고토는 시게히라 경이 행여 자기가 타고 있는 말을 달랄까 봐 채찍질해 달아나고 말았다. 시게히라 경이 "아니, 모리나가, 그러라고 두고두고 약속한 것은 아닐 텐데 날 버리고 어디를 가느냐?" 하고 외쳤으나 못 들은 척하고 갑옷에 단 붉은색 비표를 뜯어내고는 줄행랑을 치고 말았다. 적은 다가오는데 말이 힘을 못 쓰자 시게히라 경은 바다 속으로 뛰어들었으나 하필이면 해수면이 얕아 가라앉을 것 같지 않자 말에서 내려 갑옷의 허리끈을 자르고 어깨의 연결 끈을 풀어 갑옷을 벗어던지고 배를 가르려고 하는데 가지와라에 앞서 쇼노 다카이에가 온 힘을 다해 달려와 말에서 뛰어내리더니 "자결이 웬 말입니까? 내가 어디까지든 모시겠소" 하며 자기 말에 태워 앞 안장 가리개에 묶고 자신은 예비용 말에 올라 진으로 돌아갔다.

    한편 고토는 지칠 줄 모르는 좋은 말을 타고 있었기 때문에 그곳을 어렵지 않게 탈출해 그 후 구마노의 승려인 오나카를 의지해 살고 있었는데 오나카의 사후 그의 부인인 여승이 재판 때문에 상경하자 함께 상경했다. 그러자 시게히라 경의 유모의 아들이었던 만큼 얼굴을 알아보는 사람들이 상하 할 것 없이 많았다. "아니, 부끄러운 줄 모르는 사람 같으니라고. 시게히라 경이 그리도 아꼈건만 함께 죽지 않고 엉뚱하게 여승이나 따라다니다니 얄밉기는" 하며 손가락질하자 자기도 부끄러운 듯 부채로 얼굴을 가렸다고 한다.

# 아쓰모리(敦盛)의 최후

다이라 군이 패배해 도주하기 시작하자 구마가에 노 나오자네는 속으로 '다이라 일문의 자제들은 틀림없이 배를 타려고 해변 쪽으로 도망을 칠 것이다. 쓸 만한 대장군이 있으면 한번 맞붙어보고 싶구나' 하고 생각하고 바닷가 쪽으로 말을 몰아 가보니, 학을 수놓은 비단 내갑의에 연두실로 짠 갑옷과 좌우에 뿔을 우뚝 세운 투구를 착용하고, 허리에는 황금대도에 등에는 매 깃 화살, 옆구리에는 등나무를 감은 활을 낀 채, 회색 점박이 말에 금을 아로새긴 안장을 얹어 올라탄 무사가 하나 바다 속으로 뛰어 들어가더니 앞바다에 정박해 있는 배를 향해 5~6단쯤 헤엄쳐 가고 있었다. 구마가에가 "거기 가시는 분께서는 대장군이신 것 같은데 어찌하여 적에게 등을 보이십니까? 어서 말을 돌리십시오" 하고 부채를 들어 부르자 그 무사는 이 소리를 듣더니 말을 돌려 되돌아왔다. 뭍에 막 오르려 하는 것을 구마가에는 말을 옆에 갖다 대고 붙잡고 땅으로 굴렀다. 내리누른 채 목을 베려고 투구를 들추어 보니 겨우 16~7세의 소년이었는데 엷게 화장을 하고 이를 검게 물들이고 있었다. 아들 나이 또래에다 더할 나위 없이 고운 용모를 하고 있어 어디에다 칼을 들이대어야 할지 알 수 없었다. "도대체 뉘시오? 이름을 알려주시오. 내 살려드리리다" 하자, 소년은 "너는 누구냐?" 하고 물었다. "내놓을 만한 사람은 못 되오만은 무사시 사람 구마가에 노 나오자네라 하오" 하고 이름을 밝혔다. 그러자 소년은 "그렇다면 너에게 내 이름을 밝힐 필요는 없을 것 같다. 너에게는 좋은 상대일 테니 내가 이름을 밝히지 않더라도 목을 가지고 가서 다른 사람에게 물어보아라. 아는 사람이 있을 것이다"라고 하는 것이었다. 이 말을 들은 구마가에는 '아, 과연 대장군감이다. 이 소년을 죽인다고 질 싸움을 이길 것도 아니고, 죽이지 않는다 하여 이길 싸움을 지는 일도 없을 것이다. 내 아들이 작은 부상만 당해도 마음이 아픈데 이 소년이 죽었다는 소리를 들으면 그 아비는 얼마나 상심할까? 그냥 살려주어야겠다'라고 생각하고 뒤를 돌아다보니 도이와 가지와라가 50여 기를 데리고 달려오고 있었다. 구마가에는 눈물을 삼키며 "살려드리고 싶지만 아군이 구름처럼 몰려오고 있어 어차피 도망갈 수는 없을 것이오. 다른 사람 손에 의해 결국 그리될 바에야 내 손으로 목을 베고 다음에 공양을 올려드리겠소"라고 하자 아쓰모리는 "여러 말 말고 어서 목을 베도록 하라"하고 재촉했다. 구마가에는 너무도 안쓰러워 어디다 칼을 대야 할지 몰라 눈앞이 캄캄해지고 아득해져 제정신이 아니었으나 어쩔 수 없어 울면서 목을 벴다. "아, 무인만큼 죄 많은 직업이 또 있을까. 무사 집안에 태어나지 않았더라면 이런 기막힌 일을 겪지 않아도 됐을 것을. 너무도 끔찍한 짓을 하고 말았구나" 하고 한탄하며 소매로 얼굴을 가리고 엉엉 울었다. 한참 있다가 그러고만 있을 수도 없어 내갑의를 벗겨 목을 싸려 했더니 허리에 비단 주머니에 넣은 피리를 차고 있는 것이 보였다. "이런 무참한 일이 있나. 오늘 새벽 성안에서 피리를 분 게 바로 이 소년이었구나. 지금 아군에게는 수만 기가 있으나 싸움터에서 피리를 부는 사람은 아무도 없을 텐데 역시 고귀한 신분의 사람은 어디가 달라도 다르구나" 하며 요시쓰네에게 보였더니 보고 눈물을 흘리지 않은 사람이 없었다. 후에 알아보니 그 소년은 수리대부 다이라 노 쓰네모리(平經盛)[19]의 아들로서 대부 아쓰모리라 했고 나이는 열일곱이었다.

    이 일이 있고 나서부터 구마가에는 출가하여 구도의 세계로 들어가고자 하는 마음이 깊어졌다. 비단 주머니에 들어 있던 피리는 피리의 명수였던 조부 다다모리(忠盛)가 도바 임금한테서 하사받은 것이라 했다. 여러 아들 중에 쓰네모리가 물려받아 가지고 있던 것을 아쓰모리가 재능이 뛰어나 가지고 있게 된 것이라 했는데 이름을 고에다(小枝)라 했다. 음악이란 불도에서 보자면 광언기어(狂言綺語)인 셈이어서 미망에서 오는 유희에 지나지 않는 것이지만 그로 인해 한 무인을 불도의 세계로 이끌었으니 대견한 일이 아닐 수 없었다.[20]

---

19 기요모리 공의 둘째 동생.
20 구마가에와 아쓰모리의 이야기는 서민들의 사랑을 받아, 에도(江戶) 시대에는 「구마가에의 막사(熊谷陣屋)」와 같은 가부키(歌舞伎)의 명작을 낳았다.

# 도모아키라(知章)의 최후

　다이라 일문의 중납언 노리모리 경[21]의 막내아들 나리모리는 히타치 출신의 쓰치야 노 시게유키와 맞붙어 싸우다 전사했다. 수리대부 쓰네모리의 장남 쓰네마사는 구조선을 타려고 해변 쪽으로 달려가다가 가와고에 노 시게후사 수하에게 포위되어 전사했다. 와카사 태수 쓰네토시, 아와지 태수 기요후사, 오와리 태수 기요사다 등 세 사람은 함께 적진으로 들어가 혼신의 힘을 다해 싸워 적의 목을 많이 벤 후 한곳에서 전사했다.
　이쿠타 숲 수비군의 대장군이었던 신임 중납언 도모모리 경[22]은 휘하 병력이 모두 도주하는 바람에 장남인 무사시 태수 도모아키라와 심복 겐모쓰 요리카타(監物賴方) 등 세 기만 남아 구조선을 타려고 해변으로 달려가고 있었다. 바로 이때 부채 문양의 깃발을 등에 꽂은, 고다마 일족인 듯싶은 10여 기가 나타나 함성을 지르며 뒤쫓아 왔다. 강궁으로 소문난 겐모쓰가 맨 앞에 달려오는 기수를 향해 한 대 날리자 목뼈를 꿰뚫어 그대로 말에서 고꾸라졌다. 그중 우두머리로 보이는 자가 도모모리 경을 덮

---

21　기요모리 공의 셋째 동생.
22　기요모리 공의 넷째 아들로 무네모리의 동생.

치려고 말을 옆에 갖다 대자 아들 도모아키라가 둘 사이로 끼어들더니 적병을 끌어안고 땅바닥으로 굴렀다. 내리누르고 목을 벤 다음 일어서려 하는데 적병의 부하가 도모아키라의 목을 내리치자[23] 겐모쓰가 마상에서 그 위로 뛰어내려 이 부하를 두 동강 냈다. 그러고는 화살이 떨어질 때까지 쏜 다음 칼을 뽑아 많은 적군을 쓰러뜨렸으나 왼발 무릎에 활을 맞아 일어서지도 못하고 앉은 채로 전사하고 말았다. 천하의 명마를 타고 있던 도모모리 경은 이 틈을 타서 바다 쪽으로 20여 정을 헤엄쳐 무네모리 경의 배에 도착했다. 배 안에는 사람이 넘쳐 말을 태울 공간이 없었기 때문에 뭍으로 돌려보냈다. 아와 노 시게요시가 "말이 적군 손에 넘어갈 테니 쏴 죽이는 게 어떻겠습니까?" 하며 화살을 시위에 얹었으나 "누구든 가질 테면 가지라고 그냥 놔두게. 내 목숨을 살린 말인데 아니 되네" 하고 말리자 그만두었다. 말은 주인과 헤어지기 싫었는지 바다를 향해 헤엄쳐 왔으나 점점 거리가 벌어지자 해변으로 되돌아가더니 발이 닿는 곳에 이르자 배 있는 곳을 되돌아보고 두세 차례나 크게 울부짖었다. 그 후 뭍에 올라 쉬고 있는 것을 가와고에 노 시게후사가 붙잡아 태상왕에게 바치니 태상왕은 두말 않고 자신의 마구간에 집어넣으라고 명했다. 이 말은 원래 태상왕이 몹시 아끼던 말로서 제일 좋은 마구간에서 키우던 것이었는데, 무네모리 공이 내대신으로 승진해 인사차 찾아갔을 때 하사했던 것을 도모모리 경이 맡아 키워왔던 것이었다. 이 말을 너무도 애지중지한 도모모리 경은 말의 안전을 빌기 위해 매달 초하루마다 태산부군에게 치성을 드렸다. 그 때문인지는 몰라도 말도 살고 주인 또한 목숨을 구했으니 영검한 일이 아닐 수 없었다. 이 말은 시나노의 이노우에에서 자랐기 때문에

---

23  기마 무사 1기에는 보통 4~5명의 부하가 예비 말이나 무기를 휴대하고 걸어서 뒤따랐고, 주인이 적을 끌어안고 땅바닥으로 떨어지면 합세하여 함께 싸웠다.

이노우에쿠로(井上黒)라고 불리었으나 가와고에가 끌고 왔다 하여 그 후로 가와고에쿠로(河越黒)라 불리게 되었다.

도모모리 경은 무네모리 공한테 가서 "도모아키라가 죽었습니다. 겐모쓰도 전사하고 말았고요. 너무도 비통해 견딜 수가 없습니다. 도대체 아들은 왜 낳아가지고……, 아들이 아비를 살리려고 적과 뒹구는 것을 보고도 죽어가는 아들은 구하지도 않고 이렇게 도망쳐오다니 세상에 이런 아비가 어디 있겠습니까? 다른 사람이 그랬다면 사정없이 비난했을 텐데 막상 자기 입장이 되고 보니 목숨이 아까운 것이라는 것을 이제야 알 것 같습니다. 이 일을 두고 사람들이 속으로 뭐랄지 생각만 해도 부끄럽기 짝이 없습니다" 하며 소매로 얼굴을 가리고 엉엉 울었다. 무네모리 공은 "도모아키라가 아버지를 위해 목숨을 버리다니 갸륵한 일이오. 재주도 있고 용감해 훌륭한 대장군감이었는데. 기요무네[24]와 동갑이니 올해로 열여섯이지 아마" 하며 옆에 있는 자기 아들을 보며 눈물을 글썽이자 주변에 앉아 있던 다이라 일문의 무사들은 모두가 갑옷 소매를 적시고 말았다.

---

24 무네모리의 장남.

## 패주(敗走)

　시게모리 공의 막내아들인 빗추 태수 모로모리(師盛)는 주종 일곱 기만이 남아 거룻배를 타고 도망치고 있는데 도모모리 경의 부하인 긴나가(公長)라는 자가 달려오더니 "거기 그 배는 빗추 태수께서 타고 계신 것 같은데 소인도 태워주시기 바랍니다" 하고 사정해 배를 다시 물가에 갖다 댔다. 갑옷을 입은 거한이 급한 마음에 마상에서 그대로 배 안으로 뛰어드니 조그마한 배라 그대로 있을 리 없어 훌러덩 뒤집어지고 말았다. 물에 빠진 모로모리가 떴다 가라앉았다 하고 있는데 미나모토 군 하타케야마(畠山)의 부하 혼다 노 지로가 열네댓 기를 이끌고 달려와 갈퀴에 걸어 끄집어 올리더니 목을 베고 말았다. 이제 겨우 나이 열넷이라 했다.
　히요도리 고개 방면 수비군의 대장군을 맡았던 미치모리(通盛) 경[25]은 이날 붉은 비단 내갑의에 비단 장식 갑옷을 입고 갈기가 검은 백마에 은장식 안장을 얹어 타고 있었다. 전투 중 얼굴에 화살을 맞은 데다 아군과 헤어지고 동생인 노토 태수와도 뿔뿔이 흩어지고 말았다. 어딘가 조용

---

25　노토 태수 노리쓰네의 형.

한 곳을 찾아 자결할 생각으로 동쪽을 향해 달려가고 있는데 오미의 사사키 나리쓰나, 무사시의 다마노이 노 스케카게 등을 비롯한 7~8기에 포위돼 끝내 살해되고 말았다. 부하 하나가 따라오고 있었으나 살해될 때는 도망가고 없었다.

동쪽의 이쿠타 숲과 서쪽의 이치노타니의 책문에서는 거의 두 시간이 넘게 전투가 계속되어 다이라, 미나모토 양군 모두 헤아릴 수도 없을 만큼 전사자가 났다. 특히 성루 앞이나 목책 아래에는 인마의 살덩이가 산을 이루었고, 이치노타니의 깃대 밭은 초록색이 온통 핏빛으로 변하고 말았다. 이치노타니와 이쿠타 숲, 산벼랑이나 바닷가에서 화살을 맞고 칼에 찔려 죽은 사람을 제외하고 미나모토 군에게 살해되어 효시된 목만 해도 2천여 개였다. 그중 중요 인사들의 이름을 들자면 미치모리 경과 동생 나리모리(業盛), 사쓰마 태수 다다노리, 무사시 태수 도모아키라, 빗추 태수 모로모리, 오와리 태수 기요사다, 아와지 태수 기요후사, 그리고 쓰네마사와 그 동생들인 쓰네토시, 아쓰모리 등, 10여 명에 달했다고 한다.

전투에 패한지라 주상을 비롯한 다이라 일문의 사람들은 모두 배에 올라 바다로 나가니 그 마음은 비통하기 이루 말할 수 없었다. 조류에 쓸리고 바람에 밀려 남쪽을 향해 기노지(紀伊路)[26]로 향하는 배도 있었고, 동쪽을 향해 아시야(葦屋) 앞바다로 나갔다가 파도치는 대로 흘러가는 배도 있었다. 어떤 사람들은 스마(須磨)에서 아카시(明石)로 이 항구 저 항구를 전전하며 정박할 곳도 없이 다니다가 노를 베개 삼아 잠을 청하다 흘러내리는 눈물에 소매를 적시고 봄밤의 어슴푸레한 달을 올려다보며 비통해 했고, 어떤 이들은 아와지의 세토(瀨戶)를 지나 에시마(繪島) 해변[27]

---

26 기이(紀伊) 반도 서부에서 구마노(熊野)로 가는 길.
27 아와지 섬의 동쪽 해안.

에 닻을 내리자 길 잃은 밤 물떼새가 파도 위를 나지막하게 울면서 지나가는 것을 보고 처지가 비슷함에 눈시울을 적셨으며, 어디로 가야 할지를 정하지 못한 듯 아직도 이치노타니 앞바다를 서성대는 배도 있었다. 이렇듯 뿔뿔이 흩어진 채 바람 부는 대로 파도치는 대로 이곳저곳의 섬이나 항구를 헤매고 있었으니 서로 생사조차 알 수 없는 상태였다. 다이라 일문은 장악하고 있던 고을이 열넷이나 됐고, 따르던 병력도 10만여 기나 있었으며, 서울에서 겨우 하루 거리까지 근접해 있었던 터라 이번에는 혹시나 하고 기대가 컸었는데 이치노타니가 함락되는 바람에 또다시 서러운 처지로 전락하고 말았다.

## 미치모리 부인의 투신

　미치모리 경의 부하 중에 군다 도키카즈(君太時員)라는 자가 있었다. 경의 부인이 타고 있는 배를 찾아가 "대감께서는 미나토 강 하류에서 적군 일곱 기에 포위돼 전사하셨습니다. 그중에서도 직접 손을 쓴 것은 오미의 사사키 나리쓰나와 무사시의 다마노이 노 스케카게 두 사람입니다. 소인도 함께 죽어 저세상까지 모시고 갔어야 하오나 대감께서 예전부터 말씀하시기를 '내가 전사하더라도 너는 죽어서는 안 된다. 어떻게든 살아남아 우리 집사람을 찾아가 나의 최후를 전하도록 해라' 하고 당부하셔서 부질없는 목숨이오나 살아남아 부끄러움을 무릅쓰고 이곳까지 온 것입니다" 하고 보고하자, 부인은 아무 말도 않더니 옷을 뒤집어쓰고 눕고 말았다. 전사했다는 말을 분명히 들어놓고도 어쩌면 틀렸을 수도 있으니 살아 돌아올지도 모른다는 생각에 이삼일은 잠깐 외출한 사람을 기다리는 마음으로 지냈으나, 사오일이 지나자 혹시나 하는 마음도 수그러들면서 점점 불안해 했다. 혼자 남아 부인을 돌보던 유모도 함께 누워 슬픔에 빠져 있었다.

　부인은 남편이 죽었다는 소식을 접한 7일 저녁부터 13일 밤까지 꼼짝 않고 누워 있었다. 14일에도 날이 저물어 이제 곧 야시마에 도착할 것이라는 말이 들리는데도 누워 있다가 밤이 깊어 배 안이 조용해지자 유모에게 "요 얼마간은 대감께서 세상을 뜨셨다는 말을 듣고도 사실로 받아들이지 못했는데 오늘 저녁부터 그럴지도 모른다는 생각이 들기 시작했다네. 누구나가 대감께서 미나토 강인지 뭔지 하는 곳의 하류에서 전사하셨다고 하는데 그 후 얼굴을 봤다는 사람이 하나도 없지 않은가. 출진 전날 밤 막사에서 잠깐 뵈었는데 여느 때보다 불안한 듯 한숨을 내쉬면서 '내일 전투가 벌어지면 틀림없이 전사할 것 같은 생각이 드는구려. 내가 세상을 뜨게 되면 당신은 어떻게 할 생각이오?' 하고 물으시지 않겠나. 전투야 늘 있는 일이었기에 그리될지도 모른다는 생각을 하지 못했던 게 이렇게 원망스러울 수가 없네. 그게 마지막이 될 줄 알았더라면 내세에서도 꼭 함께 지내자고 맹세라도 했을 텐데 그리 못한 게 너무나도 아쉽고 마음이 아프다네. 임신한 사실을 오랫동안 숨기고 말하지 않고 있다가 고집이 세다는 소리를 들을까 봐 말씀드렸더니 너무나도 기뻐하시면서 '내 서른이 될 때까지 아이가 없었는데 사내아이였으면 좋겠소. 그럼 내가 죽더라도 그 아이를 보고 날 떠올릴 것 아니오? 그건 그렇고 몇 달째나 되었소? 몸은 좀 어떠시오? 출산 때는 모자 모두에게 안정이 필요할 텐데 언제 끝날지 모르는 파도 위의 생활이라 그때는 어찌해야 한단 말이오?'라고 하신 말씀은 이제 다 빈말이 되고 말았네. 여자는 출산할 때 열에 아홉은 반드시 죽는다던데 부끄러운 모습을 보이며 죽는 것은 왠지 싫네그려. 아무 탈 없이 아이를 낳아 그 아이를 보면서 떠나가신 서방님을 회상하며 살아볼까 하는 생각도 없지 않으나 아이를 볼 때마다 고인이 그리워지면 추억만 쌓일 뿐 마음을 달랠 방도가 있겠나. 어차피 피할 수 없는 길이니 설령 뜻밖에 이 세상을 피해 조용히 살 수 있게 된다 하더라도 자기 마음대로 되지 않는 것이 이 세상인지라 생각지도 않은 사람과 연이 생길지도 모르지만 그도 생각해보면 다 괴로운 일이 아니겠나. 지금은 잠이 들면 꿈에 보이고 깨면 머릿속에 모습이 떠오르니 살아서 자나 깨나 고인이 그리워 괴로워하느니 차라리 바다 속에 몸을 던지기로 마음을 먹었다네. 자네 혼자 남아 슬퍼할 걸 생각하면 마음이 아프나 내 옷가지를 어떤 스님이건 상관없으니 가지고 가서 주고 고인의 보리를 빌고 내 명복도 빌게 해주게나. 그리고 편지를 써놓은 게 있으니 서울에 전해주게" 하고 차근차근 일렀다. 그러자 유모는 눈물을 뚝뚝 흘리며 "갓난아이를 떼어놓고 연로한 부모마저 내팽개치고 여기까지 따라와 이제껏 시중들어온 내 정성을 도대체 어떻게 생각하고 계셨단 말입니까. 어디 그뿐입니까? 이번에 이치노타니에서 전사하신 분들의 마님들 중 슬프지 않은 사람이 단 한 분이라도 계실 것 같습니까? 그러니 마님 혼자만의 일로 여기시면 안 됩니다. 탈 없이 출산하시어 아이를 키우면서 어디든 두메산골에라도 들어가 머리를 깎고 염불을 올려 고인의 보리를 빌어드리십시오. 대감마님과 한곳에 태어나길 바라신다지만 내세에 다시 태어났을 때 육도사생(六道四生)²⁸ 중 어디서 무엇으로 태어날지 뉘 알겠습니까. 대감마님을 저승에서 꼭 만나게 되리라는 보장이 없으니만큼 투신해봐야 별 의미도 없을 것입니다. 게다가 서울에 남아 있는 사람들을 누구보고 돌보라고 그런 말씀을 하시는 겁니까. 너무도 서운한 말씀이십니다" 하고 서럽게 울며 푸념을 늘어놓았다. 부인은 괜한 소리를 했나 싶었던지 "다 내 입장이 되지 않고서는 모를 것이네. 사는 게 여의치 않을 때 물에 몸을 던지는 거야 흔히 있는 일 아니겠나. 그러하나 그러기로 마음먹더라도 자네한테

---

28 윤회하여 다음 세상에 태어났을 때 갈 수 있는 여섯 개의 장소(지옥, 아귀, 축생, 수라, 인간, 천상)와 얻을 수 있는 네 개의 모습(태생[胎生], 난생[卵生], 습생[濕生], 화생[化生]).

알리지 않고 하는 일은 없을 것일세" 하고 물러섰다. 유모는 지난 사오일 동안 물조차 제대로 넘기려 하지 않던 사람이 이런 소리를 하는 것을 보면 정말 그럴 결심을 한 게 틀림없다는 생각이 들자 갑자기 슬픔이 복받쳐 "잘 생각해서 결심이 서시거든 천길 바다 밑까지 함께 데려가주세요. 혼자 떠나시면 한시도 못 견딜 것 같습니다" 하며 옆에서 떨어지지 않았다. 그러나 유모가 잠시 잠이 든 사이 부인은 슬며시 일어나 뱃전으로 나갔다. 망망대해라 어디가 서쪽인지 알 수 없었으나 달이 저무는 산등성이를 서방정토 쪽이라 여기고 나직이 염불을 외고 있노라니 난바다의 알섬에서 물떼새 우는 소리하며 해협을 헤쳐 가는 노 젓는 소리가 또렷이 들려왔다. 나지막한 소리로 염불을 백 번 왼 후 "서방 극락세계의 주인이신 아미타여래시여, 중생 구제의 본원을 저버리지 말고 이 몸을 정토로 이끌어주옵시고 아직 다하지 못하고 갈라진 저희 부부를 부디 한 연잎 위에 맞아주옵소서" 하고 한참 동안 울며 애원한 후, "나무(南無)" 하는 염불 소리와 함께 바다 속으로 몸을 던졌다.

    이치노타니에서 야시마로 가는 한밤중에 일어난 일이라 배 안은 조용해 아무도 알지 못했다. 그러나 격군 하나가 자지 않고 있다가 이를 보고서 "저게 웬일이야, 저 배에서 그림같이 아름다운 여인네가 방금 바다로 뛰어들었다" 하고 큰소리로 외쳐댔다. 그러자 놀라 잠에서 깬 유모가 옆을 더듬어보았으나 보이지 않자 "어머, 어머" 하며 어쩔 줄 몰라 했다. 많은 사람들이 배에서 내려 건져보려 했으나 그렇지 않아도 봄 바다란 밤이면 해미가 끼어 잘 보이지 않는데 사방에 구름이 내리깔려 몇 차례고 물속으로 들어가 보았으나 달빛이 어두워 보이지 않았다. 한참 지나 건져내긴 하였으나 이미 거의 이 세상 사람이 아니었다. 명주 속옷을 두 벌 겹쳐 입고 흰 너른바지를 입고 있었는데 머리도 바지도 물에 흠뻑 젖어 건져내긴 했어도 가망이 없어 보였다. 유모는 손을 부여잡고 부인의 얼굴에 자기 얼굴을 비비며 "이럴 작정이었으면서 왜 천길 바다 속까지 함께 데려가지 않았단 말이오. 아무리 그렇다 해도 한마디만이라도 해보시구려" 하고 울부짖었지만 한마디 대답도 없었고 실낱 같던 숨도 이미 완전히 끊어진 후였다.

그러던 중 봄밤의 달도 구름 너머로 기울고 뿌옇던 하늘도 동이 트오자 이별이 아쉽기는 했지만 마냥 그러고 있을 수만도 없어 혹시 다시 물에 떠오를까 봐 한 벌 남아 있던 미치모리 경의 갑옷에 싸서 바다 속에 가라앉혔다. 유모는 이번에는 혼자 남지 않으려고 따라 들어가려 했으나 주위 사람들이 백방으로 말리는 바람에 어쩔 수 없었다. 그래도 도저히 그대로는 있을 수 없어 스스로 머리를 가위로 자른 다음, 미치모리 경의 동생인 주카이(忠快) 율사에게 삭발을 부탁하고 계를 받아 주인의 명복을 빌었다.

자고로 남편을 먼저 떠나보낸 여인은 부지기수였으나 고작 해봤자 머리 깎고 출가하는 정도였는데, 바다에 몸을 던지기까지 한 것은 극히 드문 일이었다. 충신 불사이군이요 열녀 불경이부란 이를 두고 한 말인 모양이었다. 이 부인은 형부경(刑部卿) 후지와라 노 노리카타(藤原憲方)의 딸로, 태상왕의 의모인 조사이몬인(上西門院)의 궁녀 출신이었다. 궁내 제일의 미인으로 이름은 고자이쇼(小宰相)라 했다. 이 부인이 열여섯 나던 안겐(安元) 연간의 어느 해 봄, 조사이몬인은 벚꽃놀이차 법승사에 행차한 적이 있었는데, 당시 중궁전의 차석으로 있던 미치모리 경이 이때 고자이쇼를 보고 그만 첫눈에 반하고 말았다. 그 자태가 언제나 머릿속을 어른거리며 잊히지 않아 처음에는 계속해서 시를 짓고 편지를 써서 보냈으나 쌓아놓기만 할 뿐 받아 읽어보는 일이 없었다. 그렇게 3년이 지나자 이제 마지막이라는 편지를 써서 고자이쇼에게 보냈다. 그런데 편지를 가지고 간 하인은 그날따라 늘 편지를 중개해주던 하녀의 얼굴조차 볼 수 없어서 허탕을 치고 돌아오는데, 고자이쇼는 마침 자기 집에서 우차를 타고 입궐하는 참이었다. 하인은 그냥 돌아가기 뭣해 우차 옆을 쓱 지나가는 척하면서 미치모리의 편지를 주렴 안으로 집어던졌다. 고자이쇼가 밖의 수행원들에게 누구더냐고 물으니 모르는 사람이라는 답이었다. 하는 수 없이 펼쳐 들고 읽어보니 미치모리가 보낸 편지였다. 차 안에 그냥 둘 수도 없고 그렇다고 길에다 버릴 수도 없어 허리춤에 꽂고서 입궐했다. 그런데 궁에서 일을 하던 중에 하필이면 조사이몬인 앞에서 편지를 떨어뜨리고 말았다. 이를 본 조사이몬인은 얼른 집어 올려 소매 안에 감추더니 "귀한 물건을 손에 넣었구나. 이 편지는 누구 것이지?" 하고 물었다. 바로 앞에 있던 궁녀들은 하늘에 맹세코 모른다고들 하였으나 유독 고자이쇼만 얼굴이 빨개진 채 말을 못하고 있었다. 조사이몬인도 예전부터 미치모리가 열을 올리고 있다는 것은 알고 있었는데, 편지를 펼쳐 드니 뭐라 말할 수 없는 그윽한 향기가 배어나오는 가운데 흔히 보기 힘든 뛰어난 필치로 '당신이 도도했던 게 오히려 이젠 기쁘구려'라고 또박또박 쓰여 있고, 끝에 노래 한 수가 곁들여 있었다.

　　나의 사랑은 계류에 걸쳐놓은 통나무다리
　　밟히고 또 밟혀서 마를 날이 없으니

읽고 난 조사이몬인은 "이건 안 만나준 것을 원망하는 편지로구나. 너무 도도해도 신상에 좋지 않은 법이니라"라고 하더니, "옛날에 오노 노 고마치(小野小町)²⁹라는 여인이 있었는데 용모가 아주 뛰어날 뿐 아니라 시정(詩情)도 풍부해 한 번 본 사람은 말할 것도 없고 소문만 듣고서도 마음이 어지럽고 넋이 나가지 않은 사람이 없었다고 한다. 그러나 도도하다고 소문이 났기 때문인지 결혼도 못하고 결국은 사람들의 마음을 괴롭힌 벌을 받아 비바람이 들이치는 것도 막지 못하는 처지로 전락하고 말았는데, 해진 지붕 틈으로 새어 들어오는 달빛과 별빛을 보고 눈물 짓고, 벌판에 자란 풀이나 못가의 미나리를 뜯어 요기하며 목숨을 이어갔다고 하더라" 하면서 "이는 아무래도 답을 해줘야 할 것이다"며 황공하게도 벼루를 가져오게 하더니 몸소 답장을 쓰는 것이었다.

　　　기다리시게 계류에 걸쳐놓은 통나무 다리
　　　밟고 건너갔으면 돌아올 날 올 테니

　　미치모리의 가슴속의 불길은 화산에서 솟구치는 연기처럼 피어올랐으나 뜻을 이루지 못해 흘린 눈물이 기요미(淸見) 관문의 파도처럼 물결쳐 흘러내렸었는데, 어쨌든 간에 미모는 행복의 근원인 듯 결국 맺어진 후, 두 사람은 서로 깊이깊이 사랑하게 되었다. 그 때문에 서해 바다를 떠돌면서 배 안이나 파도 위에서도 함께 지내다가 마침내 같은 곳으로 가게 된 것이었다.
　　큰아들 미치모리와 막내 나리모리를 떠나보낸 중납언 노리모리 경은 이제 의지할 사람이라고는 노토 태수 노리쓰네와 출가한 주카이 율사뿐이었다. 큰아들을 생각하며 며느리를 보아왔는데 그마저 이리되고 마니 한층 허망하기 짝이 없었다.

---

29  고대의 여류 가인. 6대 가인 중의 하나로 뽑힐 만큼 노래에 뛰어났으며, 당대 제일의 미모로도 이름이 높아 수많은 설화와 전설을 남겼다.

도사 사스케(土佐佐助), '구마노 앞바다에 몸을 던진 고레모리,'
「고레모리의 투신」, 『平家物語繪卷』(林原美術館 소장), 근세 전기.

# 제10권

효시(梟示)

주에이 3년(1184) 2월 7일, 셋쓰의 이치노타니에서 전사한 다이라 일문의 수급이 닷새 후 서울에 도착했다. 다이라 일문과 연고가 있는 사람들은 이제부터 다가올 비극에 몸서리치며 서로서로 모여 통곡하며 슬퍼했다. 그중에서도 대각사(大覺寺)에서 숨어 지내던 삼위중장 고레모리의 부인은 특히 누구보다도 애간장이 탔다. 이치노타니 전투에서는 살아남은 사람이 별로 없다는데 주변 사람들이 삼위중장이라는 고관이 생포되어 서울로 압송 중이라고 수군대는 소리가 들려오자 틀림없이 그 어른이구나 싶은 생각에 그만 이불을 뒤집어쓰고 누워버렸다. 시녀 하나가 와서, "압송 중인 분은 저희 대감마님이 아니라 전임 삼위중장이신 시게히라(重衡) 대감이시랍니다" 하고 귀띔을 해주었지만, "그러면 그 수급들 속에 대감의 목이 섞여 있겠구나" 하며 안절부절 못하긴 마찬가지였다.

13일, 판관 나카요리(仲賴)가 로쿠조(六條) 둔치로 나가 날라 온 수급들을 인수했다. 미나모토 군의 노리요리와 요시쓰네는 수급을 옥사가 있는 히가시노토인(東洞院)으로 이송해 옥문에 내걸어야 한다고 주장했다. 난감해진 태상왕은 태정대신과 좌우내대신 및 대납언 다다치카 경을

불러 상의했으나 다섯 대신들은 한결같이,

"공경의 지위에 오른 이의 목을 장안 대로에 조리돌리다니 이는 자고로 선례가 없는 일이옵니다. 특히 이들은 선대왕의 외척으로서 오래도록 조정을 섬긴 자들이 아닙니까. 두 사람의 말을 그대로 윤허하여서는 아니 되옵니다" 하고 반대했다. 그래서 이를 불허하려 하였으나 두 사람은 끝까지 주장을 굽히지 않았다. 요시쓰네는,

"다이라 일문은 호겐 정변 때는 조부 다메요시의 원수였고, 헤이지 정변 때는 아비 요시토모(義朝)의 원수였사옵니다. 태상왕 전하의 노여움을 가라앉혀드리고 우리 조상의 수치를 씻기 위해 목숨을 바쳐 역도들을 토벌하였는데 이제 다이라 일문의 목을 조리돌리지도 못하게 하시면 앞으로 무얼 바라고 역도들과 싸우란 말씀이십니까?" 하고 끈질기게 주장하여, 결국 어쩔 수 없이 두 사람의 말을 윤허하고 말았다.

수급을 실은 수레가 장안 대로를 지나가자 사람들이 구름처럼 몰려들어 이를 구경했다. 예전에는 다이라 일문이 조복을 갖춰 입고 줄지어 입궐하는 모습에 겁먹고 떨던 사람들이 적지 않았으나 그들의 수급이 막상 구경거리가 되어 끌려 다니자 이를 보고 슬퍼하지 않은 이가 없었다.

고레모리 경의 장남인 로쿠다이를 보살피고 있던 사이토 고와 로쿠 두 형제는 주군의 생사를 확인하려고 일부러 남루한 차림으로 변장을 하고 현장을 찾았다. 그곳에 있는 목은 다 아는 사람들의 것이었으나 아무리 찾아봐도 고레모리 경의 목은 눈에 띄지 않았다. 주군의 목이 없어 안도하긴 했으나 너무도 끔찍한 광경에 아무리 참으려 해도 흘러내리는 눈물을 주체할 수 없었다. 남이 볼까 두려워 황급히 대각사로 돌아오니 부인이 다급한 목소리로, "그래, 어찌 되었느냐?" 하고 물었다. 형인 고가, "시게모리 대감의 아드님 중에서는 빗추 태수 모로모리 어른의 목이 있었

을 따름으로 그 외엔 아무개 아무개의 목이 있었습니다" 하고 본 대로 전하자 부인은 "모두 남의 일 같지가 않구나" 하며 울고 말았다.

한참 후 고는 눈물을 훔치며,

"지난 한두 해는 숨어 살았기 때문에 남들에게 얼굴이 알려지지 않았고, 앞으로 세상이 어떻게 변할지는 좀더 두고 봐야겠지만 소식에 밝은 사람 말에 의하면 이번 싸움 때 시게모리 어른의 아드님들은 하리마와 단바 경계에 있는 미쿠사 산을 지키셨는데 요시쓰네 군에 패해 스케모리, 아리모리, 다다후사 세 분은 하리마의 다카사고(高砂)에서 배를 타고 사누키의 야시마로 가셨다고 합니다. 무슨 일로 홀로 떨어지게 됐는지는 몰라도 형제분들 중에서는 빗추 태수 어른만이 이치노타니에서 전사하셨다고 합니다. 그래서 그럼 고레모리 중장께선 어찌 되었냐고 물었더니 어른께선 중병이 생겨 전투가 벌어지기 전에 야시마에 가 계셨기 때문에 이번 전투에는 참가하지 않으셨다고 상세히 알려주더이다" 하고 들은 대로 전했다. 그랬더니 부인은,

"그건 다 이 몸을 너무 걱정하신 나머지 병이 나신 것일 게야. 나도 날이면 날마다 혹 바람이 불면 오늘도 배를 타고 계시지나 않을까 가슴 졸이고, 싸움이 있었다는 말만 들려도 이미 전사하신 게 아닐까 불안에 떨었다네. 중병이시라는데 보살펴드릴 사람이라도 있는지 걱정이구나. 좀더 자세히 알아볼 수는 없을까?" 하며 한숨을 쉬었다. 이 말을 들은 어린 자녀들이,

"무슨 병환인지 왜 더 자세히 알아오지 않았느냐" 하며 투정을 하는데 그 모습이 애처롭기 그지없었다.

한편 야시마에 있는 고레모리 중장 또한 헤어져 있긴 해도 마음은 늘 서울에 가 있었다.

"서울에선 얼마나 걱정을 하고 있을까? 전사자 수급 속에 내 목이 없었어도 혹시 물에 빠져 죽은 건 아닐까 활에 맞아 죽은 게 아닐까 하고 걱정들을 하며 살아 있는 줄은 전혀 모르고 있겠지. 언제 죽을지 모를 목숨이지만 아직은 살아 있다는 것을 알려줘야겠다" 하며 세 통의 편지를 써서 부하 하나에게 들려 올려 보냈다. 우선 부인에게 보내는 글은 다음과 같았다.

서울엔 적병이 가득해 당신 몸 하나 숨길 데도 없을 텐데 어린것들까지 데리고 얼마나 고생이 많소? 이곳으로 불러와 한곳에서 함께 죽고 싶은 마음이 간절하지만 나야 어찌 되건 상관없어도 당신을 생각하면 딱해서 부를 수가 없구려.

이렇게 자상하게 적은 다음에 말미에 노래 한 수를 적어 넣었다.

언제 또 다시 만날 볼 수 있을지 기약 없으니
여기 적힌 이 글을 나처럼 대해주오

그리고 어린 두 자녀에게는,

적적할 텐데 뭘 하며 지내고 있는지 궁금하구나. 곧 이곳으로 불러 오도록 할 테니 그리 알고 있어라.

하고 똑같이 적어 보냈다.
편지를 받아 든 부하가 상경해 전하니 부인은 또 다시 슬픔에 잠기고 말았다. 4~5일 지나 심부름 온 부하가 떠나려 하자 부인은 울면서 답장을 쓰기 시작했다. 어린 자녀들이 붓을 들고,

"아버님께 올릴 답장에 뭐라 쓰면 좋을까요?" 하고 묻기에 그냥 생각나는 대로 쓰라고 하자,

왜 여태껏 데리러 오지 않으세요? 너무너무 뵙고 싶으니 어서 데리러 와주세요.

하고 둘 다 똑같이 적는 것이었다.

편지를 가지고 야시마로 돌아오니 중장은 우선 자녀들의 편지부터 펼쳐 읽더니 더욱더 견디기 힘든 듯,

"이 편지를 읽고 나니 세상을 버리고 출가하려 했던 생각이 사그라지는구나. 현세의 가족에 대한 애착이 너무 강해 극락정토를 바라는 것도 귀찮아졌다. 여기서 산을 타고 상경해 그리운 내 가족을 다시 한 번 본 다음 자결하는 게 상책일 것 같다" 하며 울먹였다.

## 시게히라의 연인(戀人)

2월 14일, 생포된 전임 삼위중장 시게히라 경이 로쿠조 대로상에서 조리돌려졌다. 하급 관원이나 타는 우차에 실렸는데 앞뒤 가리개와 양쪽 창이 모두 활짝 열려 있었다. 적색 내갑의 위에 단갑만 걸친 도이 사네히라(土肥實平)가 30여 기를 거느리고 우차의 앞뒤를 지키고 있었다. 이를 본 서울 사람들은 고하를 막론하고 "거참 안됐군그래. 그 많은 아들들 가운데 유독 저 사람만 저리되다니 무슨 죄를 지어 저런 벌을 받는 걸까. 기요모리 대감 내외가 총애해 집안사람들도 소중히 하였고 상왕궁이나 대궐에 입궐할 때도 노소 할 것 없이 물러서며 받들어 모셨는데 말이지. 아마도 이는 나라의 절들을 파괴한 벌일 게야" 하고 수군거렸다. 강변의 둔치 부근까지 조리돌린 후 되돌려 예전에 중납언 이에나리가 하치조호리카와(八條堀河)에 세운 불당에다 가두고 도이 사네히라에게 지키게 했다.

얼마 후 태상왕궁에서 승지 사다나가(定長)가 차사로 파견되어 왔다. 사다나가가 붉은색 조복에 검과 홀을 갖춘 정장 차림인 데 비해 시게히라는 감색 장삼에다 탕건만을 쓴 초라한 모습이었는데, 평소에는 안중에도 없던 사다나가였으나 이날만큼은 마치 지옥에서 죄인이 염라청의 나졸을 대하는 기분이었다. 사다나가는 다음과 같이 태상왕의 말을 전하였다.

야시마로 가고 싶거든 집안사람들에게 왕실의 세 보물을 서울로 돌려보내라고 전하도록 하라. 그리하면 야시마로 돌려보내주겠다.

이 말을 들은 시게히라는 "내대신 이하 집안사람들은 내 목숨 따위는 천만 개를 준다 해도 절대로 그 세 보물과 바꾸려 하지 않을 것이오. 어머니야 여자라 그렇게 하자고 할지도 모르겠소만. 그러나 해보지도 않고 어명을 물리는 건 황송한 일이니 일단은 야시마 쪽에 말을 전해보도록 합시다" 하고 답했다.

이에 시게히라의 부하 다이라 노 시게쿠니(平重國)와 태상왕의 시종 하나카타(花方)가 차사로 내려가게 됐는데 사적인 편지는 휴대를 금했기 때문에 가족들에게는 구두로 소식을 전하게 했다. 부인에게도 마찬가지여서,

예전엔 여행만 가도 서로 안부를 묻고 위로하곤 했는데 이번에 헤어진 뒤 얼마나 외롭게 지내시오? 부부의 연이란 변치 않는 것이라니 내세에서 다시 만나도록 합시다.

하고 울며 소식을 전하도록 하니 시게쿠니도 눈물을 훔치면서 길을 떠났다.

시게히라 경이 오랫동안 데리고 부리던 하인 중에 도모토키(知時)라는 자가 있었다. 지금은 하치조(八條)의 공주전에서 일하고 있었는데 경비를 맡고 있는 도이를 찾아가,

"소인은 예전에 중장 어른을 모시던 아무개라 하는 자이온데 다이라

씨가 도성을 버리고 도주할 때 함께 모시고 서쪽 땅으로 떠나려 하였으나 공주전에 매인 몸이라 할 수 없이 서울에 남게 됐습니다. 그러하오나 오늘 거리에서 중장 어른의 모습을 뵙게 되니 안쓰러워 차마 눈을 뜨고 보고 있을 수가 없었습니다. 할 수만 있다면 허락을 받아 중장 어른 곁으로 가서 다시 한 번 뵙고 옛이야기라도 하면서 위로해드렸으면 합니다. 저야 이름 있는 무인도 아니고 어른을 모시고 싸움터에 나선 일도 없었으며 그저 아침저녁으로 옆에서 모셨을 따름입니다. 그래도 마음이 안 놓으시거든 이 허리에 찬 칼을 맡으시고 제발 허락해주시기 바랍니다" 하고 사정을 했다.

그러자 도이도 마음이 너그러운 사람이라,

"혼잔데 무슨 일이 있겠나. 그러나 혹시 모르니까" 하며 칼은 맡기게 하고 들여보내주었다. 도모토키가 뛸 듯이 기뻐하며 서둘러 안으로 들어가 보니 시게히라는 깊은 시름에 잠겨 있었는데 너무 수척해진 모습이어서 자기도 모르게 눈물이 앞을 가렸다. 시게히라 역시 도모토키를 보더니 마치 꿈속에서 꿈을 꾸고 있는 것 같은 기분이 들어 아무 말도 못하고 그냥 눈물만 흘릴 뿐이었다. 한참 지난 후에 이 이야기 저 이야기 하다가,

"그건 그렇고 네가 주선해서 알게 된 그 여인은 지금도 대궐에서 일하고 있다더냐?" 하고 물었다.

"그렇다고 들었습니다" 하고 답하니 시게히라는

"서울을 탈출할 때 그 여인에게 편지 한 장 못 쓰고 말 한마디 남기지 못했었는데 그 때문에 내가 평소 현세는 물론 내세에서도 함께하자고 했던 약속을 거짓이라 여기지 않았을지 생각하면 부끄럽기 짝이 없구나. 편지를 보내고 싶은데 찾아가봐주지 않겠느냐?" 하고 물었다. 그러겠다고 하니 시게히라는 몹시 기뻐하며 바로 편지를 써주었다. 그러자 이를 본

경비 무사들이 무슨 편지인지 보여주지 않으면 내보내줄 수 없다고 해 보여주니 문제될 것 없겠다며 되돌려주었다.

편지를 가지고 대궐 안에 들어간 도모토키는 낮에는 사람 눈이 많아 근처에 있는 헛간에 들어가 해 지기를 기다렸다. 어둑어둑해져 건물 뒷문 쪽에 서서 귀를 기울이니 바로 그 여인인 듯싶은 사람이,

"하고많은 사람들 중에 하필이면 그 어른께서 포로가 돼 대로상에서 조리돌림을 당한단 말인가. 사람들은 하나같이 나라의 사원을 불태운 벌이라고들 하는데 일전에 그 어른께서 말씀하시기를 '불은 지르려고 해서 지른 게 아니라 못된 무리들이 너무 많아 이들을 없애려다보니 자연히 그리된 것인데 그 와중에 많은 탑과 건물이 타고 말았다네. 그러나 물방울이 모여 물줄기가 되듯 모든 것은 이 한 몸의 죄로 귀결되고 말겠지'라고 하셨는데 정말 그대로구나" 하고 몇 번이고 되뇌더니 흑흑 울기 시작했다. 이 사람도 중장 어른을 잊지 못하고 있었구나 싶어 측은히 여기며 "계십니까?" 하고 말을 걸자 "어디서 오신 분이시오?" 하고 물었다. 시게히라 중장의 편지를 가져왔다고 하자 이전에는 부끄러워하며 얼굴을 보이려 하지 않던 사람이 애타는 마음을 금할 길 없었던지 "어디요? 어디?" 하면서 직접 달려나와 편지를 받아 들고 읽기 시작했다. 편지에는 지방에서 생포된 경위와 내일을 알 수 없는 자신의 신세 등이 자세히 씌어 있었고 말미에는 노래가 한 수 적혀 있었다.

세상 사람이 뭐라고 수군대든 상관없으니
다시 한 번 당신을 보면 한이 없겠소

다 읽고 난 여인은 아무 말 없이 편지를 품에 안더니 그냥 흐느껴 울

고만 있었다. 한참을 그러고 있더니 마냥 울고만 있을 수도 없어 답장을 쓰는데 애달프고 답답하게 두 해를 보낸 심중을,

당신과 함께 죽을 수만 있다면 한이 없겠소
이 세상 사람들이 뭐래도 괜찮으니

하고 적어 보냈다.
 도모토키가 편지를 가지고 돌아오자 경비 무사들이 또 보자 하여 보여주었더니 문제될 것 없다며 시게히라에게 넘겨주었다. 편지를 읽고 난 시게히라는 더더욱 보고 싶은 마음을 주체하기 힘든 듯 도이에게,
 "오랫동안 가까이해온 여인이 있었는데 한 번만 더 만나 이야기를 나눴으면 하네. 어찌하면 좋겠는가?" 하고 물었다. 그러자 도이도 풍류를 모르는 사람이 아니라,
 "정말로 여인을 만나는 일이시라면 무슨 일이 있겠습니까" 하고 허락해주었다. 떨 듯이 기뻐한 시게히라가 아는 이의 우차를 빌려 데리러 보내니 여인은 그 길로 우차를 타고 달려왔다. 툇마루에 우차를 가져다 대고 도착을 알리자 시게히라는 툇마루까지 나와 "경비 무사들이 보고 있으니 내리지 말고 그대로 계시오" 하며 주렴을 들추고 자신이 직접 우차 안으로 들어갔다. 그리고는 여인의 손을 마주잡고 얼굴을 비비며 한동안 말도 하지 못하고 눈물만 흘리고 있었다. 얼마 후,
 "지난번 서울을 떠날 때 마지막으로 한 번 보고 가고 싶었으나 온 세상이 난리여서 소식도 전하지 못하고 떠나고 말았소. 그 뒤로도 어떻게든 편지를 보내고 답장도 받아보고 싶었지만 떠도는 신세라 모든 게 여의치 않은 데다 밤낮 전투 속에 살다보니 여유가 없어 그만 세월만 흐르고 말

았구려. 그렇지만 이렇게 붙잡혀 부끄러운 신세가 된 것은 아무래도 우리가 다시 만날 운명이었기 때문인 모양이오" 하고 그간의 소회를 여인에게 털어놓더니 소매로 얼굴을 가리고 바닥에 엎드려 엉엉 울었다. 그러니 두 사람의 심중이 어떠했을지 생각만 해도 마음이 아픈 일이 아닐 수 없었다.

그러다가 밤이 깊어지자 "요새는 큰길도 안전치 못하니 어서 돌아가도록 하시오" 하며 여인을 돌려보냈다. 우차가 움직이기 시작하자 시게히라는 쏟아지려는 눈물을 억누르며 여인의 소매를 잡더니,

안타깝구려 당신과의 만남도 이 내 목숨도
오늘밤이 아마도 마지막이 될 테니

하고 노래를 읊었다. 여인도 눈물을 참으며,

마지막인 줄 알면서 떠나려니 너무도 슬퍼
서리 녹듯 이 몸은 녹아버릴 것 같소

하고 답하고는 대궐로 돌아갔다. 그 후로는 경비 무사들이 허락을 하지 않아 어쩔 수 없이 편지만을 주고받았다. 이 여인은 다름 아닌 민부경 다이라 노 지카노리(親範)의 딸이었는데, 절세의 미모에 감수성 풍부한 여인이었다. 시게히라가 나라의 승려들 손에 인도되어 참수당했다는 말을 듣자 바로 머리를 자르고 출가해 고인의 명복을 빌었다니 이 또한 가슴 아픈 일이 아닐 수 없었다.

## 야시마에 보낸 교지

한편 차사로 임명된 다이라 노 시게쿠니와 하나카타는 야시마로 내려가 교지를 전했다. 무네모리 공을 비롯한 다이라 일문의 공경대부들이 모여 펴 보니 다음과 같이 적혀 있었다.

주상 전하께서 대궐을 떠나 변방을 전전하시고, 왕실의 세 보물이 남해 고도에 방치된 지 수 년째라, 이로 인해 조정에는 탄식이 가득하고 국가는 멸망의 위기에 있소이다. 시게히라 경은 동대사를 불태운 역신인 만큼 요리토모 장군의 주장대로 마땅히 죽음으로 다스려야 할 것이오. 그러나 홀로 생포돼 새장의 새가 구름을 그리듯 멀리 천리 밖의 남해 쪽만 바라다보고, 외톨이가 된 기러기가 무리를 찾듯 그곳만을 그리워하고 있을 것은 그쪽에서도 잘 알고 있으리라 믿소이다. 그런즉 왕실의 세 보물을 돌려보내주면 시게히라 경을 사면할 생각이오. 이에 서한을 보내는 바이오.

주에이 3년 2월 14일

대선대부(大膳大夫) 나리타다가 명 받들어 무네모리 공께 올리나이다.

## 회답

시게히라가 무네모리 공과 도키타다 대납언에게 보낸 편지에는 서한의 취지가 적혀 있을 뿐이었으나 모친인 이위(二位) 마님에게 보낸 편지에는 다음과 같이 한결 더 절절한 내용이 쓰여 있었다.

소자를 다시 보고 싶으시면 형님께 왕실 보물 건에 대해 잘 말씀드려주시기 바랍니다. 그렇지 않으면 아마도 이승에서 다시 뵙기 어려울 것 같습니다.

다 읽고 난 마님은 아무 말 없이 편지를 품에 넣더니 고개를 숙였다. 얼마나 마음이 아팠으면 저럴까 싶어 애처로운 마음을 금할 수 없었는데, 마님은 그길로 도키타다 경을 비롯한 다이라 일문의 공경대부들이 모여 답서의 내용에 대해 상의하고 있는 회의실로 달려갔다. 아들의 편지에 얼굴을 묻은 채 방문을 열고 들어온 모친은 무네모리 공 앞에 쓰러지더니,

"시게히라가 서울에서 보낸 편지를 읽으니 가슴이 찢어질 것 같구나. 얼마나 속이 탔으면 그런 소리를 했겠느냐. 그러니 날 봐서라도 보물을

돌려보내자꾸나" 하고 울면서 애원했다.

그러자 무네모리 공은,

"실은 소자도 그러고 싶지만 그랬다가는 세상 사람들이 뭐라고 하겠습니까? 또 요리토모가 이를 두고 뭐라 비난할지 뻔한 마당에 이대로 보물을 돌려보낼 수는 없는 일 아니겠습니까? 게다가 임금이 세상을 다스릴 수 있는 것은 다 그 보물들이 있기 때문입니다. 자식 사랑도 형편을 봐가며 하셔야지 시게히라 하나 때문에 다른 아들이나 친척들은 내팽개치실 생각이십니까?" 하고 어머니를 달랬다.

이 말을 들은 모친은,

"네 아버지가 세상을 뜬 후론 한시도 살고 싶은 생각이 없었으나 주상이 이처럼 정처 없이 떠돌아다니고 계시는 게 마음에 걸리고 또 천하가 네 세상이 되는 것을 보고 싶은 일념 때문에 살아온 것이다. 그런데 시게히라가 이치노타니에서 생포됐다는 말을 들은 후부터는 제정신이 아니어서 그저 단 한 번만이라도 좋으니 얼굴을 보고 싶은 생각뿐이었다. 웬일인지 꿈에도 보이지 않아 속이 꼭 막혀 음식이 목을 넘어가지 않았는데 이 편지를 보고 나니 더더욱 마음을 가눌 수가 없구나. 시게히라가 죽었다는 소리가 들리면 나도 따라 죽을 생각이다. 그러지 말고 두 번 다시 마음고생하기 전에 차라리 나를 죽여다오" 하고 울부짖으니 정말로 그러리라 싶어 그 자리에 있던 사람들은 모두 고개를 숙이고 울고 말았다. 그러자 중납언 도모모리가 나서더니,

"설사 우리가 세 가지 보물을 보내더라도 시게히라를 돌려보내기는 어려울 것입니다. 그러니 당당히 불가함을 답서에 적어 보내야 할 것입니다" 하고 주장했다.

무네모리 공은 지당한 말이라며 답서를 쓰기 시작했다. 체념한 모친

은 울면서 시게히라에게 보낼 편지를 쓰는데 눈물이 앞을 가려 붓끝도 제대로 보이지 않았으나 아들에 대한 일념으로 편지를 써서 차사로 온 시게쿠니에게 건넸다. 시게히라의 처는 그저 울기만 할 뿐 제대로 편지도 쓰지 못했는데 속이 얼마나 복잡하면 저럴까 싶은 측은한 생각에 시게쿠니는 옷소매를 눈물을 훔치며 물러나왔다.

대납언 도키타다 경은 함께 온 하나카타를 불러,

"태상왕의 차사로서 멀리 바닷길을 건너 이곳까지 왔으니 평생 기념 될 만한 게 하나 정도는 있어도 나쁠 것은 없겠지" 하며 하나카타의 볼에다 나미카타(浪方)라고 낙인을 찍었다. 하나카타가 상경하자 이를 본 태상왕은 "거참 이제부터는 나미카타라 불러야겠군" 하며 껄껄 웃었다.

무네모리 공이 쓴 답장은 다음과 같았다.

이달 14일자 서한이 28일 이곳에 도착해 봉독 후 다음과 같이 답하오. 왕실의 보물을 보내면 시게히라의 목숨을 살려주겠다고 하였는데 미치모리(通盛) 이하 집안사람 여럿이 이미 이치노타니에서 목숨을 잃은 판에 시게히라 한 사람이 살아온들 무슨 소용이겠소.

여기 계시는 주상 전하께서는 보위에 오르신 후 이미 네 해째 이 나라를 다스리고 계시오. 요순의 태평성대를 이루고자 한창 선정을 베풀고 계시던 중에 관동과 북방의 잔악한 무인들이 떼를 짓고 무리를 이루어 서울로 쳐들어와 어린 주상 전하와 대비께서 걱정하시고 외척과 신료들이 이에 분노해 잠시 규슈(九州) 지방으로 몸을 피하게 된 것이오. 다시 귀경을 한다면 모를까 어찌 주상 전하의 몸에서 세 보물을 떼어놓을 수가 있겠소?

무릇 신하란 임금을 그 마음으로 삼고 임금은 신하를 그 몸으로 삼는다 했소. 또 임금이 평안해야 신하도 평안하고 신하가 평안해야 나라도 평안하다는 말이 있지 않소. 위에 계신 임금에게 시름이 많으면 아래에 있는 신하는 그로 인해 즐거울 수 없으니 마음에 걱정이 있으면 몸이 편하지 못하기 때문이오.

우리 집안은 조상이신 사다모리(貞盛) 장군이 역적 마사카도를 토벌한 이래 자손들이 대대로 관동팔주를 다스려왔고, 조정을 넘본 역적들을 물리쳐 대대손손 왕실의 안전을 지켜왔소. 그렇기에 망부이신 태정대신 기요모리 공께서는 호겐과 헤이지 때 벌어진 양대 전투 당시, 어명을 받들어 자신의 목숨조차 돌보지 않으셨소. 이는 그 전투가 오로지 임금을 위한 것이지 자신을 위한 것이 아니었기 때문이었소.

요리토모란 위인은 지난 헤이지 원년 12월 아비 요시토모가 모반을 일으켜 주상 전하께서 사형에 처하라고 하셨지만 마음이 너그러우신 아버님께서 특별히 사정을 해서 유형으로 감형됐던 자 아니오? 그런데도 과거의 큰 은혜와 아버님의 호의를 저버리고 느닷없이 유배 중인 자가 무엄하게 반기를 들었으니 그 배은망덕함은 이루 말로 다 할 수 없을 정도이오. 아마도 이내 천벌을 받아 패망하기를 바라기에 저러는 것 아니겠소?

해와 달은 물건 하나를 위해 밝기를 바꾸지 않으며, 명군은 한 사람을 위해 법을 굽히지 않는다 하오. 흠이 좀 있다 하여 선행 전체를 비하해서는 안 될 것이며, 약간의 잘못이 있다 하여 온 공로를 무시해서는 안 될 것이오. 그러니 대대로 이어온 우리 집안의 공로와 수차에 걸친 망부의 충절을 잊지 않고 계시다면 황공하오나 태상왕께서는 이곳으로 내려오셔야 할 것이오. 그때 우리는 태상왕의 교지를 받들고 다시 상경해 이제까지의 패전의 치욕을 씻어낼 수 있을 것이오. 그렇지 않을 경우 우리는 기카이가시마건 고려건 인도건 중국이건 간에 떠나고 말 작정이오. 제81대 임금 대에 와서 신(神)들의 시대부터 내려온 우리나라의 보물이 마침내 타국의 보물이 되고 말지도 모르게 됐으니 서글픈 일이 아닐 수 없소. 부디 이 취지를 잘 말씀드려주기 바라오. 무네모리가 충심으로 돈수근언하는 바이오.

주에이 3년 2월 28일
종일위 다이라 노 무네모리가 답하오.

# 계문(戒文)

　이 소식을 전해 들은 시게히라는 "그러면 그렇지. 집안사람들이 날 얼마나 한심하게 여겼을까?" 하고 후회했으나 이미 엎질러진 물이었다. 자기 한 사람의 목숨을 구하려고 막중한 국가의 보물을 돌려보낼 리가 없다고 생각했기에 답서의 내용이 어떨지는 이미 예상하고 있었다. 그래도 답서가 오기 전에는 혹시나 하는 기대가 마음 한구석에 없지 않았으나, 반환 요청을 거부하는 답서가 도착해 그 결과 자신의 관동 압송이 결정되고 보니 실낱 같은 희망마저 사라져 이제 다시는 서울을 볼 수 없으리라는 생각에 새삼 모든 것이 허망하기 짝이 없었다.
　시게히라가 도이를 불러 "머리를 깎고 출가했으면 하는데 어찌했으면 좋겠소?" 하고 속내를 털어놓자 도이는 요시쓰네에게 고하고 요시쓰네는 태상왕께 아뢰어 의견을 구했다. 그러자 태상왕은 "요리토모에게 시게히라의 모습을 보인 후라면 몰라도 지금은 허락할 수 없다" 하며 윤허하지 않았다. 그대로 전하자 시게히라는 "그럼 오랫동안 스승으로 모셔온 대사님을 다시 한 번 뵙고 사후 문제에 대해 상의했으면 하는데 이건 괜찮겠소?" 하고 재청했다. 도이가 "대사라니 어느 분 말씀입니까?" 하고 묻자

"연력사의 구로다니에 계시는 호넨(法然)¹ 대사이시오"라고 하기에 도이도 잘 아는 고승이라 "그분이라면 상관없겠지요" 하며 허락하였다.

호넨이 부름을 받고 찾아오자 시게히라는 몹시 반가워하며 맞아들인 후 두 눈에 눈물을 글썽이며,

"이렇게 생포의 몸이 된 건 다 대사를 다시 뵐 운명이었기 때문인 모양입니다. 그건 그렇고 제가 내세에 구원을 받으려면 어떻게 해야 하겠습니까? 처지가 이리되기 전에는 대궐을 출입하고 나랏일 본답시고 거들먹거리면서 내세의 행불행 따윈 염두에도 없었습니다. 더구나 저희 집 운이 다해 세상이 어지러워진 후로는 가는 곳마다 싸우느라 남을 죽이고 나만 살려는 악심에 가려 선심을 발휘해본 적이 없었습니다. 특히 말씀드리고 싶은 것은 나라의 사원들이 불탄 사건입니다. 이 일은 승병들의 만행을 진압하라는 어명과 군령이 내렸기 때문에 어명을 받들고 군령에 따르지 않을 수 없어 출병했다가 본의 아니게 절들이 불타고 파괴되고 만 것으로 불가항력적인 사건이었는데 당시 대장군 직을 맡고 있었던지라 모든 책임은 윗사람이었던 내가 져야 하는 모양입니다. 그러니 절을 불태운 죄업은 모두 나 한 사람에게 돌아오게 되겠지요. 지금 이렇게 상상하기 힘든 온갖 수모를 겪고 있는 것은 다 그 인과응보라는 생각이 듭니다. 이제 머리를 깎고 계율을 지키면서 그저 불도 수행만 했으면 하는데 포로 신세라 그도 여의치 않습니다. 내일 일을 알 수 없는 신세라 무슨 수행을 하더라도 지은 죄의 단 하나도 구제받지 못할 것을 생각하면 눈앞이 캄캄해집니다. 제가 평생 동안 해온 짓을 돌이켜보니 죄업은 수미산보다도 높은데 선행은 단 한 줌도 쌓아놓은 게 없는 것 같습니다. 이렇게 아무것도 해놓

---

1 1133~1212. 정토종(淨土宗)의 개조(開祖)로 염불 신앙에 힘썼다.

은 것 없이 생을 마치면 죽어 삼악도(三惡道)에 떨어져 고통을 받게 될 게 분명합니다. 그러니 대사, 부디 자비심을 일으켜 나 같은 악인이라도 구원받을 방법이 있거든 깨우쳐주시구려" 하고 애원했다.

이 말을 들은 호넨은 눈물이 앞을 가려 한동안 말도 하지 못하다가 한참 후,

"사실 사람의 몸으로 태어나기가 쉬운 일이 아닌데 그냥 다시 삼악도로 되돌아가는 것만큼 안타까운 일이 더 있겠습니까? 그러니 이 속세에서 벗어나 정토에 태어나기 위해 악심을 버리고 선심을 구한다면 삼세의 부처들도 틀림없이 기뻐하실 겁니다. 그러기 위해 속세를 벗어나는 길에는 여러 가지 방법이 있지만 지금과 같이 말법과 혼돈의 시기에는 염불을 으뜸으로 칩니다. 중생의 마음 상태에 따라 서방정토를 아홉 단계로 나누고 모든 수행을 나무아미타불 여섯 자 안에 함축시켜 아무리 우매하고 어리석은 사람이라도 외울 수 있도록 하고 있습니다. 죄가 크다고 부끄러워하실 필요는 없습니다. 십악오역(十惡五逆)을 범한 사람도 뉘우치기만 하면 왕생을 이룰 수 있습니다. 설사 쌓은 공덕이 적다 해도 실망하실 필요는 없습니다. 염불을 나무아미타불 하고 모두 열 번 외우면 부처께서 맞으러 오십니다. 그래서 잡념을 버리고 염불을 외우면 서방정토에 갈 수 있다고 하고, 항상 염불하며 부처의 이름을 외우면 그것만으로도 참회가 된다고 하였습니다. 또 염불은 번뇌를 자르는 검과 같아서 믿고 의지하면 마귀가 가까이 오지 못하고, 한 번만 외워도 모든 죄가 없어진다고 합니다. 지금까지 저희 정토종의 교의 중 주요 조항을 간략하게 말씀드렸는데 이 점을 아는 게 중요합니다. 그러나 극락왕생을 할 수 있느냐 없느냐의 여부는 결국 믿는 마음이 있느냐 없느냐에 달려 있기 때문에 굳게 믿고 절대로 의심해서는 안 됩니다. 만약 이 가르침을 깊게 믿고, 항상 모든

일에 있어서 때와 장소를 막론하고 마음속으로 염불하고 입으로 부처의 이름 외우는 것을 잊지 않는다면 임종 후 틀림없이 이 고해를 벗어나 극락정토에 왕생하게 될 것입니다" 하고 가르쳤다. 그러자 시게히라는 몹시 기뻐하며 "이참에 수계를 받았으면 하는데 출가를 하지 않으면 받을 수 없는 겁니까?" 하고 물었다. 호넨이 "출가하지 않은 사람도 수계를 받는 것은 흔히 있는 일입니다" 하며 이마에 삭도를 대고 머리를 자르는 흉내를 하며 수계를 하자 시게히라는 감격해 눈물을 흘리며 이를 받았다. 대사도 처량한 생각이 들자 슬픔이 복받쳐 울먹이며 계를 일러주었다.

시게히라는 전에 자기를 따르던 하인에게 벼루 하나를 맡겨둔 적이 있었다. 대사에게 보시를 하고 싶어진 시게히라는 도모토키를 시켜 이 벼루를 찾아오게 하여 대사에게 내주면서,

"다른 사람에게 주지 말고 항상 눈에 띄는 곳에 두었다가 제가 드린 물건이라는 생각이 날 때마다 저라고 여기시고 염불을 드려주십시오. 그리고 일이 없으실 때에는 경이라도 한 권 읽어주시면 감사하겠습니다" 하고 눈물을 글썽이며 말했다. 대사는 아무 말 없이 받아 들어 품에 넣더니 검은 승복 소매가 다 젖도록 눈물을 훔치면서 돌아갔다. 이 벼루는 부친 기요모리 공이 송나라 황제에게 사금을 많이 바쳤더니 보답의 표시로 '일본국 와다(和田)[2]의 다이라 대상국에게'라고 글을 새겨 보낸 물건이었는데, '마쓰카게(松陰)'라는 이름이 붙어 있었다.

---

[2] 기요모리가 천도했던 후쿠하라는 무코(武庫) 군 와다(和田)에 있었다.

## 관동 가는 길

 가마쿠라에 있는 요리토모가 시게히라를 빨리 관동으로 내려 보내라고 독촉하자 태상왕의 재가를 받아 시게히라의 신병은 도이의 손에서 요시쓰네에게 인계됐고. 3월 10일 가지와라 노 가게토키 인솔하에 가마쿠라로 압송되게 되었다. 이치노타니에서 생포돼 서울로 끌려온 것만 해도 감당키 힘든 일이었을 텐데 이제 또 오사카 산의 관문을 넘어 멀리 관동으로 끌려가게 됐으니 그 심정이 어땠을지는 상상이 가고도 남았다.
 행렬이 우지의 시노미야(四宮)에 이르니 옛 고사가 떠오르지 않을 수 없었다. 이곳은 먼 옛날 다이고(醍醐) 임금의 넷째 왕자 세미마루(蟬丸)[3]가 숨어 지냈다는 곳으로, 왕자였으나 눈이 멀어 거지로 영락한 세미마루는 이곳에 암자를 짓고 날마다 봉우리를 지나는 바람 소리에 마음을 달래며 비파를 탔는데. 당대의 가객 히로마사(博雅)[4]가 3년 동안 비가 오나 눈이 오나 매일 밤 찾아와 세미마루의 연주를 숨어서 들은 끝에, 비전(秘傳)의 명곡 세 곡을 전수받았다는 전설이 전해오는 곳이었다.[5]

---

3 맹목의 승려로 비파의 명인.
4 미나모토 노 히로마사(源博雅). 다이고 임금의 왕손으로. 비파와 피리의 명인.

힘들게 오사카 산을 넘어 세타(勢田)의 나무 다리를 말굽 소리 요란히 건너니 노지(野路) 마을에는 종달새 높이 날고, 비와 호의 포구마다 봄기운이 넘실댔다. 가가미야마(鏡山) 기슭에도 봄기운 서렸는데, 히라(比良) 산 고봉 넘어 북으로 향하니 이부키(伊吹) 산이 눈앞을 가로막았다. 폐허로 변한 후하(不破)의 관문[6]은 오히려 운치 있어 길손의 눈을 끌고, 나루미(鳴海)의 갯벌[7]을 보니 자신의 처지가 걱정돼 눈물이 핑 돌았다. 옛 시인이 노래한 야쓰하시(八橋)[8]에 당도해 물길이 여러 갈래로 갈라지는 것을 보니 마음 또한 갈래갈래 찢기는 것 같았다. 하마나(浜名) 다리 건너 걸음을 재촉하니 소나무 가지마다 바람 소리 서늘하고 바다에 물결 일어 파도 소리 들리는데, 집 떠나 외로운 몸 해 기울고 노을 지니 온갖 상념에 마음이 갈갈이 찢어질 무렵, 이케다(池田)의 주막에 도착하였다.

그날 밤은 주모 유야(熊野)의 딸인 지주(侍從)의 거처에서 묵게 되었다. 시게히라를 맞은 지주는 예전 같으면 그 어느 누구에게 부탁한들 뵐 수도 없었을 텐데 이런 누추한 곳을 직접 찾아오실 줄 몰랐다며,

모처럼인데 너무도 누추해서 힘드실 게야
그러니 서울 댁이 얼마나 그리우실까

---

5 알랭 코르노Alain Corneau 감독의「세상의 모든 아침Tous les matins du monde」은 이 이야기에서 힌트를 얻어 쓴 파스칼 키냐르Pascal Quignard의 동명 소설을 영화화한 것이다.
6 지금의 기후(岐阜) 현 후와(不破) 군에 있었던 고대 관문의 하나로, 그 유적은 고래로 시가의 소재로 애용돼왔다.
7 나고야(名古屋) 시 동쪽에 소재.
8 아이치(愛知) 현 기리야(제谷) 시를 흐르는 아이즈마(逢妻) 강의 수맥에는 수많은 다리가 걸려 있었는데, 이 역시 시가의 소재로 애용되었다.

하고 노래를 지어 올렸다. 이 노래를 읽고 난 시게히라는,

    서울 옛집은 생각해 뭐 하겠소 무상한 세상
    서울도 고향 집도 안주할 수 없으니

하고 답가를 지으며 "노래를 참 잘 지었구나. 누가 지었느냐?" 하고 물으니 가게토키가 바로 앉으며,
  "대감께서는 여태 모르고 계셨습니까? 무네모리 대감께서 이곳 태수로 계실 적에 알게 돼 서울로 데려가서 총애하셨던 아이이온데 노모가 이곳에 남아 있었기 때문에 고향에 돌아가고 싶어 했지요. 대감께 몇 번이고 청했으나 보내주시지 않자 마침 벚꽃이 피어 있는 것을 보고,

    어찌하리오 서울의 화사한 봄 아름답지만
    이러다가 고향 꽃 다 지고 말 터이니

라는 노래를 지어 바쳐 집으로 돌아갔다는, 이 일대에선 으뜸가는 시가의 명수입니다" 하고 아뢰었다.
  서울을 떠나 날이 흐르니 3월도 반이 지나 봄이 가려 하고 있었다. 먼 산에 핀 벚꽃은 잔설처럼 보이고 포구에는 연무가 서려 섬들이 뿌옇게 흐려 보였다. 시게히라는 지금까지 있었던 일과 앞으로 다가올 일을 곰곰이 생각해보다가 "도대체 어쩌면 이리도 전세의 운이 없단 말인가?" 하며 그저 눈물만 흘릴 따름이었다. 슬하에 자식이 없었기 때문에 어머니와 처가 신령과 부처가 있는 곳이라면 안 가본 데 없이 다니며 치성을 드렸

제10권 **239**

어도 효험이 없었는데 처지가 이렇게 되고 보니 "애가 없어 정말 다행이다. 애가 있었더라면 얼마나 견디기 힘들었을까?" 하는 말이 입에서 절로 나와 그나마라도 위안거리로 삼을 수밖에 없었다.

절경으로 소문난 사야의 나카야마를 지나가면서도 옛 시인이 노래했듯이 다시는 이곳을 지날 수 없으리라는 생각이 들자 더욱 서글퍼져 눈물로 소매가 다 젖고 말았다. 칡나무 무성한 우쓰(宇都) 산길을 조심조심 넘어 데고에(手越)를 지나니 저 멀리 북쪽에 흰 눈 덮인 산이 보였다. 물으니 가이(甲斐)의 시라네(白根) 산이라 했다. 시게히라는 흘러내리는 눈물을 참으며,

언제 죽어도 아쉬움 전혀 없는 목숨이지만
살아 있는 덕분에 이 산을 보는구나

하고 심회를 읊었다.

기요미 관문을 지나 후지(富士) 산 기슭에 이르니, 북으로는 푸른 산 높이 솟아 소나무 스쳐가는 바람 소리 스산하고, 남으로는 파란 바다 멀리 펼쳐져 물가에 밀려오는 파도 소리 아득히 들려왔다. 아시가라(足柄) 산을 넘노라니 고사가 떠올랐다. 오래 집을 비웠다가 돌아온 남편이 혈색 좋은 아내를 보고 "내가 애타게 그리웠다면 말랐을 텐데 그렇지 않았던 모양"이라고 타박했다는 이야기는 바로 이곳에서 비롯된 것이었다.[9] 고유루기 숲과 마리코(鞠子) 강을 건너서 고이소(小磯)와 오이소(大磯)

---

9 이 지역에 남아 있는 전설을 인용한 것으로, 이 산의 신령이 중국에 갔다가 3년 만에 돌아와 혈색 좋은 부인을 보고 '기다리는 마음이 있었으면 말랐을 텐데 살찌고 고운 것을 보니 그리워하지 않은 모양'이라고 하자 부인이 떠나갔다는 내용.

해변을 거처 야쓰마토, 도가미가하라, 미코시가사키를 지나니 서둘지 않았어도 날은 흘러 마침내 가마쿠라(鎌倉)에 도착하였다.

## 센주(千手)

시게히라가 도착하자 요리토모는 바로 불러다 앉혀놓고,

"태상왕의 분노를 달래드리고 아버님의 수치를 씻어드릴 생각이었던 만큼 다이라 씨야 원래 요절낼 작정이었지만 이렇게 얼굴까지 대면하게 될 줄이야 뉘 알았겠소. 이러다간 야시마에 있는 무네모리 대감 얼굴도 보게 될지 모르겠구려. 그건 그렇고 나라의 절을 불태운 건 기요모리 대감이 시켜서 그런 거요, 아니면 상황이 그럴 수밖에 없어서 그리된 거요? 하여간에 엄청난 죄를 지었더구려" 하고 따져 물었다.

그러자 시게히라는 의연한 태도로 다음과 같이 맞받았다.

"우선 나라의 절이 소실된 것은 아버님의 지시에 의한 것도 내 개인의 의사에 의한 것도 아니오. 그곳 승병들의 횡포를 진압하러 갔다가 뜻하지 않게 절들이 불타고 말았는데 이는 어쩔 수 없는 일이었소. 과거에 미나모토 씨와 우리 다이라 씨는 서로 경쟁 관계에 서서 조정의 반석 역할을 해왔었으나 근래 들어 미나모토 씨의 운이 기운 것은 새삼 언급할 필요가 없을 것이오. 반면에 우리 집안은 호겐과 헤이지 때부터 지금까지 수차례에 걸쳐 역적들을 물리침으로써 분에 넘친 은공을 받았고 황공하옵게도 주상 전하의 외척이 되어 일문 중 출세한 자가 육십여 명에 이르고 이십여 년간 영화를 누려왔지만 이제 운이 다해 이 몸은 생포돼 여기까지 끌려오게 되었소이다. 제왕을 위해 원수를 갚으면 칠대손에 이르기까지 나라의 은혜가 지속된다는 말은 이제 다 헛소리가 되고 만 모양이오. 망부께선 실제로 주상 전하를 위해 목숨을 잃을 뻔한 게 한두 번이 아니었소. 그런데도 영화가 겨우 당대에 그치고 자손이 이런 대접을 받아야 한다는 말이오? 그래서 운이 다해 서울을 뒤로한 후에는 산야에 주검을 드러내고 이름을 서해의 파도에 흘려보낼 작정이었는데 이런 곳까지 끌려오게 될 줄은 꿈에도 생각지 못했소. 그저 전생에 무슨 업을 지어서 이리되었는지 참담할 따름이오. 옛말에 은나라 탕임금은 하대(夏台)에 투옥되고 주나라 문왕은 유리(羑里)에 유폐되었다는 말이 있지 않소? 태곳적에도 이랬는데 말대인 지금에야 말해 무엇 하겠소? 창칼을 다루는 자가 적의 손에 잡혀 목숨을 잃는 일은 결코 수치스러운 일이 아니오. 그러니 어서 목을 치도록 하시오" 하고 맞받고는 입을 꾹 다물고 아무 말도 하지 않았다. 이를 지켜보던 가게토키는 "아, 과연 대장군답구나" 하며 감동해 눈물을 흘렸다. 그 자리에 있던 함께 있던 사람들도 모두 마찬가지였고, 요리토모 역시 "태상왕의 말씀이 지엄해서 그렇지 내 결코 다이라 일문을 개인적인 원수라고는 생각하지 않소" 하고 한발 물러났다. 그러나 나라의 사원을 파괴한 수괴라 승병들이 틀림없이 무슨 소리를 해올 것이라 보고 이즈 사람 가노 노 무네모치(狩野宗茂)에게 맡겨 감시토록 했는데 시게히라가 끌려가는 모습은 사바세계에서 죄 지은 사람이 저승에 가 심판대로 끌려가는 것보다도 애처로워 보였다.

그러나 무네모치는 어진 사람이라 심하게 다루기는커녕 욕실 준비를 시켜 목욕을 하게 하는 등의 배려를 했다. 시게히라는 속으로 호송되어

오는 동안 온몸이 땀투성이가 되었으니 씻긴 다음 죽일 모양이라고 생각했는데 웬걸, 나이 스물 가량의 백옥 같은 살결에 귀티 나고 자태 고운 여인이 홑겹의 욕의를 입고 욕실 문을 열고 들어왔다. 그리고 잠시 후 열네댓 살가량의, 머리를 허리까지 늘어뜨린 여자아이가 감색 홑옷을 입고 대야에 빗을 담아 따라 들어오는 것이었다. 시게히라는 여인의 시중을 받으며 오래오래 몸을 씻고 머리를 감은 후 탕에서 나왔다.

여인은 물러가면서 "남자에게 목욕 시중을 들게 했다가는 멋을 모르는 사람들이라고 여기실 테니 여자가 하는 게 좋을 것이라며 요리토모 어른께서 보내서 온 것입니다. 뭐든 원하는 게 있으면 여쭙고 오라고 하셨습니다"라고 말했다. 시게히라는 이 말을 듣고 "이제 이런 신세가 된 마당에 뭘 바라겠소? 그저 출가나 했으면 하는 생각뿐이오" 하니 돌아가 그대로 전했다. 그러나 요리토모는 "그건 당치도 않은 소리. 내 개인의 사적인 원수라면 모를까 역적 신분인 자를 잠시 맡아 있을 뿐인데 절대 있을 수 없는 일이다" 하며 단호히 거절했다.

여인이 돌아간 후 시게히라가 경호무인에게 "방금 다녀간 여인은 참 품위 있어 보이던데 이름이 무언지 아는가?" 하고 물으니 "그 여인은 데고시(手越)의 주모 딸로서 생김새나 마음씨 곱기가 비할 바 없어 요리토모 어른께서 요 이삼 년 동안 옆에 두고 계시는데 이름을 센주(千手)라 합니다" 하고 가르쳐주었다.

그날 밤 비는 부슬부슬 내리고 세상만사 허망한 느낌 들어 외롭게 앉아 있는데 낮에 왔던 그 여인이 비파와 칠현금을 하녀에게 들려 다시 찾아왔다. 무네모치는 술상을 차려 부하 10여 명을 대동하고 동석했다. 센주가 술을 따라 올리자 시게히라는 받아 조금 마시기는 했으나 전혀 흥이 나지 않는 얼굴이었다. 이를 본 무네모치는 "이미 들으셨는지 모르겠으나 요리토모 어른께서 신경 써 잘 위로해드리라고 하셨습니다. 소홀히 했다가 야단맞고 원망하지 말라는 말씀까지 있었습니다. 소인은 본디 이즈 사람이라 이곳에서는 타지 사람이지만 마음 닿는 한 잘 모실 생각입니다. 자, 센주 아씨께서는 뭐든 좋으니 한 곡 불러보시지요" 하고 분위기를 띄웠다. 그러자 센주는 술 따르는 것을 그만두고,

　　날개 같은 비단옷도 무겁게 느껴져
　　베 짜는 아낙의 무심함을 원망했네

하고 스가와라 노 미치자네(菅原道眞) 공의 한시를 두어 차례 낭영했다. 그러자 시게히라는 "스가와라 대감께서는 이 시 낭영하는 사람을 천상에서 하루 세 번 지켜주겠다고 약속하셨다는데 나야 이미 이승에서 버려진 몸이나 다름없으니 따라서 낭영한들 무슨 소용이 있겠소, 죄가 가벼워지기나 한다면 모를까" 하며 내키지 않아 했다. 그러자 센주가 바로 "십악(十惡)을 범했어도 염불만 외면 맞으러 오실지니" 하고 읊더니 '극락을 바라는 자, 빠짐없이 염불을 외울지어다'라는 속요를 네다섯 차례 구성지게 부르자 시게히라는 겨우 잔을 비웠다. 센주는 잔을 받아 무네모치에게 권하고는 그가 마시는 동안 칠현금을 탔다. 그제야 시게히라는 마음이 풀어진 모양인지 "그 곡은 「오상악(五常樂)」[10]이지만 나를 위해 「후생악(後生樂)」[11]이라고 이름을 바꿔야 할 것 같군. 끝나면 내가 「오조(往生)」의 끝부분[12]

---

10　궁중음악(아악)의 곡명.
11　내세가 편안하다는 '후생안락(後生安樂)'의 줄임말. 일본어로는 '오상락(五常樂)'과 동음.
12　시게히라가 연주한 「황장(皇麞)」은 '왕생(往生)'과 일본어로 동음. 「황장」은 중국 전래의 당악의 곡명.

을 연주하리다" 하고 농을 하며 비파를 집어 들더니 주감이를 감아 「오조(皇麞)」의 끝부분을 연주했다.

밤은 점점 깊어가고 마음이 맑아져 잡념이 사라지자 시게히라는 "이 벽지에 이렇게 풍류를 아는 사람이 있을 줄은 내 꿈에도 생각지 못했소. 부디 한 곡만 더 부탁하오" 하고 청했다. 이에 센주가 '한 나무 아래서 비를 피하고, 같은 물을 떠서 마시는 것은 모두 다 전생의 인연일지니'라는 속요를 정말 구성지게 부르자 시게히라는 '호롱불 줄이니 우희(虞姬)의 눈에선 눈물이 주르르' 하고 시[13]를 읊어 화답했다.

이 시는 고사를 배경으로 한 것으로 옛날 중국에 한나라의 유방과 초의 항우가 제위를 놓고 싸우기 일흔두 차례에 이르렀는데 싸울 때마다 항우가 승리를 거두었으나 결국은 패하고 말았다. 항우는 하루에 천 리를 달리는 추(騅)라는 명마에 올라 우희를 태우고 도망가려 했으나 어찌 된 일인지 추는 발을 모은 채 꿈쩍도 하지 않았다. 항우는 눈물을 흘리며,

"내 위세가 이미 다해 이제 빠져나갈 방도가 없구나. 적이 쳐들어오는 것이야 문제가 아니나 이 사람과 헤어질 생각을 하니 마음이 아프구나" 하며 밤새도록 탄식하고 슬퍼했다. 호롱불이 어두워지자 불안해진 우희가 울기 시작했는데 밤이 깊어갈수록 한나라 병사들이 사방에서 함성을 질러댔다고 한다. 다치바나 노 히로미(橘廣相)가 이때의 정경을 부(賦)로 지었는데 시게히라는 이 시가 생각났던 모양이었다. 참으로 흥취 있는 일이었는데 그러다 보니 날이 밝아 무사들은 물러가고 센주도 돌아갔다.

그날 아침 요리토모는 마침 집 안의 불당에서 법화경을 읽고 있었는데 센주가 돌아왔다. 요리토모가 "다리 놓는 역할을 잘 하더구나" 하며

---

13 다치바나 노 히로미의 시(『화한낭영집(和漢朗詠集)』).

웃자 옆에서 무언가를 쓰고 있던 지카요시(親能)[14]가 무슨 일이냐고 물었다. 요리토모는 "난 평소 다이라 씨가 싸움질하는 것 외에는 아무 재주도 없는 사람들이라고 생각했는데 간밤에 시게히라가 비파를 타고 노래하는 것을 들어보니 진정으로 풍류를 아는 사람이더구나" 하고 어젯밤에 있었던 일을 자초지종 이야기했다. 그러자 지카요시는 "어젯밤 다들 가서 들었어야 하는데 하필이면 그때 몸이 불편해 가보지 못했습니다. 앞으로는 꼭 가서 들어봐야겠습니다. 다이라 일문에는 원래 대대로 시인과 재사가 많습니다. 몇 해 전에 사람들이 이들을 하나하나 꽃에 비유한 적이 있었는데 시게히라 중장을 놓고는 모란 같다 하였습니다" 하고 지나간 일화를 들려주었다. 요리토모는 정말로 풍류를 아는 사람이었다고 칭찬을 아끼지 않았는데, 훗날에도 시게히라의 비파 솜씨와 낭영 소리는 흔히 듣기 힘든 것이었다고 술회하곤 했다. 센주는 이날 밤 일을 계기로 시게히라에 대해 연모의 정이 싹텄는지 그가 나라의 승병들에게 넘겨져 참수됐다는 말을 듣자 바로 출가해 검은 승복을 입고 시나노에 있는 선광사(善光寺)에서 수행하며 시게히라의 명복을 빌다가 왕생하였다 한다.

---

14 후지와라 노 지카요시(藤原親能). 식부대부(式部大夫) 등을 역임 후, 관동으로 내려가 요리토모에게 중용되었다.

## 요코부에(横笛)

한편 고레모리는 몸은 야시마에 있었으나 마음은 내내 서울에 가 있었다. 고향에 두고 온 아내와 어린 아이들의 얼굴이 한시도 뇌리에서 떠나지 않고 잊히지 않아 "살아 있어도 아무 쓸모없는 몸"이란 말만 되뇌고 있었다. 그러다가 겐랴쿠(元曆) 원년(1184) 3월 15일 새벽, 시게카게(重景)와 이시도마루(石童丸)라는 젊은 무사 둘과 배를 잘 다루는 하인 하나만을 데리고 아무도 모르게 성채를 빠져나와 아와(阿波)의 유키(結城)에서 나룻배에 올랐다.[15] 나루토(鳴戶) 항을 지나 기노지(紀伊路)로 향했는데 와카(和歌), 후키아게(吹上), 소토리비메(素通姫)를 신령으로 모시는 다마쓰시마(玉津島), 니치젠(日前), 고쿠켄(國懸) 등의 항구를 지나 기노미나토(紀伊秦)에 도착했다. 이곳에서 배를 내린 고레모리는,

"여기서 산을 타고 서울로 올라가 그리운 사람들을 다시 한 번 만났

---

[15] 고레모리의 전선(戰線) 이탈은 다이라 일문의 장손으로서는 부적절한 행동이었으나 이와 같은 행동을 하게 된 데에는 다음과 같은 배경이 있었다. 장인(나리치카)이 자기 집안을 타도하기 위해 역모를 꾀한 주역이었던 데다가, 자신의 부친인 시게모리와 무네모리는 배다른 형제였는데, 부친의 사후 집안의 권력을 이위 마님의 아들인 무네모리가 장악하는 등, 제반 상황이 자기에게 불리하게 전개되었기 때문이었다.

으면 좋겠지만 시게히라 숙부님께서 붙잡혀 대로상에서 조리돌림 당하고 서울과 가마쿠라 양쪽에서 수모를 겪으신 것만 해도 한스러운 일인데 나마저 잡혀서 망부의 이름에 먹칠을 했다간 큰일이 나겠지" 하며 생각은 간절했지만 마음을 다잡고서 고야(高野) 산으로 행했다.

고야 산에는 고레모리가 오랫동안 알고 지내던 승려가 하나 있었다. 좌위문대부 사이토 모치요리(齋藤以賴)의 아들로 속명을 도키요리(時賴)라 하였는데 원래는 망부의 부하였던 사람이었다. 열세 살 때 대궐의 경호 무사로 차출돼 옮겨간 까닭에 사람들은 그를 '다키구치'[16]라고 불렀는데 이 다키구치가 출가해 고야 산에 들어오게 된 데는 그럴 만한 기막힌 사연이 있었다.

다키구치는 중전의 나인인 요코부에라는 여인을 사랑하고 있었는데, 어디선가 이 소문을 전해 들은 부친이 그를 불러 "세도가의 사위로 만들어 편히 일하게 해주려고 했더니 하찮은 나인 따위에 마음을 두다니 웬 말이란 말이냐" 하며 사정없이 꾸짖었다. 야단을 맞고 난 다키구치는 속으로 생각했다.

'영생한다던 서왕모는 지금 어디 있으며 삼천 년 살았다는 동방삭도 이름밖에는 남아 있는 게 없지 않은가? 인생이란 전광석화 같아서 젊다고 오래 살고 나이 들었다고 바로 죽는 것도 아닌 것 같다. 오래 산다 해도 칠팔십을 넘기지 못하고 그중에서도 건강하게 나다닐 수 있는 건 고작 이십여 년에 지나지 않는다. 산다는 게 이렇듯 허망하기 짝이 없는 것인데 마음에 들지 않는 여자를 데리고 어떻게 한시인들 살 수 있단 말인가? 그렇다고 좋아하는 여자와 결혼했다가는 아버님의 명을 어기는 것이니 진

---

16 대궐 경호 무사들을 '다키구치(瀧口: 강물이 폭포처럼 떨어져 흐르는 곳)'라 불렀는데, 이들의 근무처가 대궐 안을 흐르는 정원수가 폭포처럼 떨어지는 곳에 있었기 때문이었다.

퇴양난이로구나. 이는 아마도 불도에 귀의하라는 계시임에 틀림없으니 덧없는 이 세상을 버리고 참된 길로 들어가는 게 좋겠다.'

그러고는 열아홉 때 상투를 자르고 사가(嵯峨)에 있는 왕생원(往生院)이라는 절에 들어가 마음을 다잡고 수행을 시작했다. 이 소식을 전해 들은 요코부에는,

"날 버린 건 그렇다 치더라도 일언반구도 없이 출가해버리다니 이런 원망스런 일이 있나. 세상을 버릴 것 같으면 왜 그렇다고 알려주지 않았단 말인가. 무정한 사람이지만 찾아가서 어디 한번 따져봐야겠다" 하며 어느 해질 무렵 서울을 빠져나와 넋 나간 사람 마냥 사가로 향했다.

때는 마침 2월 10일 전후라 매화로 유명한 우메즈(梅津) 고을을 지나가니 봄바람 타고 여기저기서 매화 향이 풍겨와 괜히 가슴 설레어오고, 오이(大井) 강의 달그림자 안개에 가려 아슴푸레하니 감회 또한 새로운데 이런 풍경을 보고도 슬퍼지기만 하는 게 누구 탓인가 싶어 오히려 원망스러울 따름이었다. 왕생원에 있다는 말은 들었으나 정확히 어느 승방에 있는지 몰라 이곳저곳 기웃거리기만 할 뿐 묻지도 못하고 있는 모습은 보기에도 애처롭기 짝이 없었다. 그러던 중에 한 허름한 승방에서 염불 소리가 들려왔다. 다키구치의 소리이구나 싶어 함께 데리고 온 몸종을 시켜 머리를 깎고 출가하신 모습을 딱 한 번만이라도 뵙고 싶어 이곳까지 찾아왔노라고 전하게 했다. 이 말에 소스라치게 놀란 다키구치가 장지문 틈으로 내다보니 정말로 요코부에가 문 앞에서 서성대고 있었다. 그 모습이 하도 애처로워 그 어떤 행자라도 안 만나고는 견디지 못할 것 같았으나 다키구치는 바로 사람을 내보내 "이곳엔 그런 사람이 없소. 아마도 집을 잘못 찾아오신 모양이오" 하고 전하게 하고는 끝내 만나지 않고 돌려보냈다. 요코부에는 너무나도 야속하고 원망스러웠으나 어쩔 수 없어 눈

물을 참으며 발길을 돌리고 말았다.

다키구치는 같은 승방의 스님에게 "이곳은 정말 조용해 수도에 방해가 되는 것이 없습니다만, 사랑했으나 헤어질 수밖에 없었던 여인이 이곳을 알아내고 말았으니 저는 그만 이곳을 떠날까 합니다. 한 번이야 마음 굳게 먹고 돌려보냈지만, 다시 찾아오면 흔들리고 말 것 같아 그럽니다" 하고 사정을 털어놓았다. 그러고는 그곳을 나와 고야 산에 올라 청정심원(清淨心院)에서 수도를 계속했다. 그 후 바람결에 요코부에도 머리를 깎고 여승이 됐다는 이야기를 전해 듣고 다음과 같이 노래를 지어 보냈다.

출가 전에는 이 몸을 무척이나 탓했겠지만
참된 길 들었다니 기쁘기 그지없소

그러자 요코부에는 다음과 같이 답가를 지어 보냈다.

출가해놓고 뉘를 원망하리오 무정한 사람
말려도 들을 사람 아닌 줄 알았으니

나라의 법화사(法華寺)에 들어가 있던 요코부에는 그러나 상사병이 너무나 깊었는지 얼마 되지 않아 세상을 뜨고 말았다. 이 말을 전해 들은 다키구치가 점점 더 수도에만 전념하자 그의 부친도 의절했던 것을 풀었고, 가까이 지내던 사람들은 모두 그를 존경하고 따르면서 '고야 스님'이라 부르게 되었다.

고레모리가 고야 산에 오른 것은 다름이 아니라 이 다키구치를 만나보기 위해서였다. 서울에 있을 때의 다키구치는 두루마기에 탕건을 멋들어지게 차려입고 수염을 쓰다듬던 귀공자였는데 출가 후 처음으로 만나보니 아직 서른도 채 안 된 사람이 노승이나 다름없이 늙고 말라 비틀어진 데다가 까만 승복에 같은 색 가사를 걸친 도심 깊은 승려가 되어 있었다. 그래도 고레모리는 이런 다키구치가 한없이 부러웠는데 그의 거처는 옛날 진(晉)의 일곱 현자나 한(漢)의 네 은자가 살았다는 죽림이나 상산(商山)도 이만은 못했을 만큼 맑고 한적해 보였다.

# 고야 산(高野山)

다키구치는 고레모리 중장을 보더니 "이게 꿈입니까 생시입니까? 야시마에서 예까지 도대체 어떻게 빠져나오셨습니까?" 하고 물었다. "그게 말일세, 나도 다른 사람들과 마찬가지로 서울을 빠져나와 서쪽으로 몸을 피했으나 아무리 시간이 지나도 집에 두고 온 어린것들이 잊히지 않더라고. 잠자코 있어도 그런 내 모습을 보고 다들 짐작을 했는지 숙부님이나 할머니[17]께서는 "저 아이는 요리모리(賴盛)처럼 딴 생각을 품고 있는 모양"[18]이라며 거리를 두시기에 살아 있어봐야 쓸모없는 신세라는 생각만 들어 점점 그곳에 정이 떨어지더니 뭔가에 홀린 듯 그곳을 빠져나와 여기까지 오게 됐다네. 마음 같아선 산을 타고 서울로 올라가 그리운 내 가족을 한 번만이라도 봤으면 원이 없겠는데 시게히라 숙부님 일을 생각하면 그럴 수도 없고 해서 에라, 여기서 출가한 다음 불 속이건 물밑이건 간에 뛰어들어 죽어야겠다고 작정했다네. 그 전에 구마노 신사를 찾아 치성을

---

17 숙부와 할머니란 무네모리와 기요모리 공의 부인 이위 마님을 말한다.
18 무네모리의 이복형제인 요리모리는 다이라 일문이 서울을 뒤로 하고 서쪽으로 향할 때 홀로 서울에 남았기 때문에 배신자 취급을 받았다.

드리고 싶기도 하고"하고 속내를 털어놓았다. 이 말을 들은 다키구치는 "꿈처럼 허망한 이승의 일이야 어찌되건 상관없으나 앞으로도 수많은 생을 암흑 속에서 살아야 하는 것이야말로 슬픈 일이지요"하고 달랬다. 고레모리는 다키구치의 안내를 받으며 절들을 둘러본 뒤, 이곳의 조사인 고보 대사(弘法大師) 구카이(空海)의 묘소로 향했다.

고야 산은 도성에서 200여 리 떨어지고 마을에서도 멀리 떨어진 인적 드문 심산이었다. 녹음을 스치는 맑은 바람에 나뭇가지 조용히 흔들리고, 노을이 아름답고 고즈넉한 곳이어서 산속 여덟 봉우리와 계곡을 보고 있노라니 마음이 깨끗이 씻겨 내리는 것 같았다. 숲에 서린 안개 속에 꽃 그림자 비추고 스님들이 흔드는 방울 소리는 산정의 구름에 메아리치고 있었다. 가람의 기와에는 속새가 자라고 담에는 이끼가 끼어 오랜 성상이 지났음을 알 수 있었다.

옛날 다이고 임금 때의 일인데 주상의 꿈에 고보 대사가 나타난 적이 있었다. 이로 인해 이 절에 붉은색 옷 한 벌을 하사하였는데, 차사로 임명된 중납언 스케즈미(資澄) 경이 반야사(般若寺)의 간겐(觀賢) 승정을 대동하고 산에 올라와 대사가 입적한 석굴 문을 열고 가져온 옷을 입히려 하자 갑자기 진한 안개가 끼어 형체를 알아볼 수 없었다. 이에 승정이 몹시 슬퍼하면서 "소승은 태어나 출가한 이래 지금까지 아직 계를 어긴 일이 없습니다. 그런데 어찌하여 얼굴을 보여주지 않으시는 겁니까?"하며 오체를 땅에 내던지고 눈물을 흘리며 마음으로 참회하자 안개가 점차 걷히면서 마치 달이 떠오르듯이 주위가 환해지더니 대사의 얼굴을 바라다볼 수가 있었다. 승정은 너무도 기뻐 눈물을 주체 못하며 유해 위에 옷을 입혔다. 머리가 길게 자라 있어 손질을 해드리니 승정으로서는 더할 나위 없이 명예로운 일이 아닐 수 없었다. 차사와 승정은 대사를 배알할 수 있었으나 당시 동자승이었던 승정의 제자 준유(淳祐)는 대사를 뵐 수 없어 탄식하고 있었는데 승정이 준유의 손을 잡아 대사의 무릎에 대게 했더니 그 손에서는 평생 향기로운 냄새가 가시지 않았다 하고, 준유가 수도한 석산사(石山寺)의 경전에까지 그 향기가 배어 지금까지도 남아 있다고 한다. 고보 대사는 다시 주상의 꿈에 나타나 "소승은 옛날 보현보살을 뵙고 친히 모든 인명(印明)[19]을 전수받았사온데 서원을 세워 지상의 땅 끝인 일본으로 왔던 것입니다. 밤낮으로 만민을 불쌍히 여겨 보현보살의 비원을 이루고자 노력하였고 지금도 육신 그대로 입적한 후 삼매경에 들어가 미륵보살께서 출현하실 날을 기다리고 있습니다" 하고 술회했다 한다.

석가모니의 제자 가섭(迦葉)이 계족산(鷄足山)[20]의 동굴로 들어가 미륵불이 나타나 시두말성(翅頭末城)[21]에서 설교할 날을 기다린다는 이야기가 바로 이런 것인가 하는 생각이 들었다. 대사가 입적한 것이 쇼와(承和) 2년(835) 3월 21일 오전 3시였으니 그로부터 300여 년이 흐른 셈인데 앞으로 56억 7천만 년 후에 미륵보살이 나타나 중생을 위해 세 차례 설법하실 날을 기다리겠다니 참으로 아득한 일이 아닐 수 없었다.

---

19 진언종 수행자의 수행법.
20 고대 인도의 마가다 왕국에 있었던 산으로, 가섭의 입적 장소로 알려지고 있다.
21 먼 미래에 미륵이 도솔천에서 내려와 설법을 한다고 알려진 도성.

## 고레모리의 출가

고레모리는 "설산(雪山)에 사는 한고조(寒苦鳥)라는 새는 밤에 추위를 못 이겨 슬피 울다가도 낮이 되면 고통을 잊고 있다가 다시 밤만 되면 울기를 되풀이한다는데 내 신세가 바로 그 새와 같아 오늘내일하며 살아가고 있다네" 하고 다키구치에게 신세를 한탄하며 울먹였다. 바닷바람 탓인지 얼굴은 검게 그을리고 가족 걱정에 여위고 초췌해져 예전의 풍모는 온데간데없었으나 그래도 여느 사람과는 달라 보였다.

그날 밤은 다키구치의 암자로 돌아와 밤새도록 이런저런 이야기를 나누며 보냈다. 다키구치의 수도 생활을 살펴보니 믿음이 깊고 불교의 진리를 이미 깨쳐 한밤이나 새벽에 독경하는 소리를 듣고 있노라니 생사의 번뇌가 사라지는 것 같았다. 출가할 수 있다면 자기도 이렇게 살고 싶다는 생각이 들었는지 날이 밝자 고레모리는 동선원(東禪院)의 지카쿠(智覺) 상인이라는 스님을 불러 출가하려다가 데리고 온 시게카게와 이시도마루를 불러 다음과 같이 일렀다.

"나는 남의 눈에 띄지 않게 해보고 싶은 일이 있긴 하나 좁은 세상이라 그렇게 하기는 어려울 것 같고 아마도 이대로 죽게 될 것 같다. 내가 없더라도 다이라 일문 중에는 부귀영화를 누리고 있는 사람들이 많으니 너희들이 살아갈 길은 있을 것이다. 내가 죽거든 서울로 올라가 처자식을 보살피면서 내 명복이나 빌어다오."

그러자 이 말을 들은 두 사람은 엉엉 울면서 한동안 대답도 못하고 있다가 한참 후에 시게카게가 먼저 눈물을 닦으며 말했다.

"소인의 아비 요소자에몬 가게야스는 헤이지 정변 때 나리의 부친이신 시게모리(重盛) 대감을 호위하던 중 니조가와라 근처에서 적장 가마다와 싸우다가 요시히라[22] 손에 목숨을 잃었습니다. 그 아들인 소인이 어찌 아비에 뒤질 수가 있겠습니까. 당시 소인은 두 살이어서 아무것도 기억하지 못하고 어미하고도 일곱 살 때 사별하고 말았습니다. 가엾게 여겨 줄 일가붙이 하나 없었으나 시게모리 대감께서 '마쓰오(松王)[23]는 내 목숨을 구해준 충복의 아들'이라며 곁에 두고 키워주시고 아홉 살 나던 해 나리께서 관례를 올리실 적에 소인의 관례도 치러주시면서 '내 이름 중 모리(盛)는 집안 돌림자라 아들에게 물려주고 시게(重)는 마쓰오에게 물려주도록 하겠다'고 하시며 시게카게(重景)라는 이름을 지어주셨습니다. 소인의 아명이 마쓰오였던 것도 태어나 오십 일째 되던 날 제 아비가 안고 갔더니 대감께서 '내가 사는 이곳 지명이 고마쓰(小松)이니 축하하는 의미에서 붙여주겠다'며 소인의 이름을 마쓰오라 지어주셨다 합니다. 제 아비의 명예로운 전사는 소인에게 복이 되어 주위 동료들도 정말 잘 대해주었습니다. 시게모리 대감께서는 임종 시 만사를 체념하신 듯 아무 말씀이 없으셨으나 소인을 머리맡에 불러 '불쌍한 것 같으니라고. 너는 나를 아비로 여기고 나 또한 너를 네 아비인 가게야스라 여기며 살아왔었는데

---

22 요리토모의 형.
23 시게카게의 아명.

이제 헤어질 때가 왔구나. 다음 인사 이동 때 승진시켜 네 아비 벼슬에 앉히려 했었는데 그렇게 못한 것이 마음에 걸린다. 앞으로 내 아들 고레모리를 잘 섬겨 거역하는 일이 없도록 해라' 하고 유언하셨습니다. 아니, 나리께서는 평소 나리의 일신상에 큰일이 나면 소인이 도망갈 거라고 생각하고 계셨단 말입니까? 만약 그랬다면 부끄러운 일입니다. 다이라 일문 중에 부귀영화를 누리고 있는 사람들이 많다고 하셨는데 요새 상황을 보면 미나모토 쪽 사람들이 그렇지요. 나리께서 세상을 뜨신 후에 소인 혼자 부귀영화를 누린들 천년이 가겠습니까, 만년이 가겠습니까? 설사 만년을 산다 해도 결국은 죽게 될 테니 지금처럼 불교에 귀의할 수 있는 기회는 다시 오지 않을 것 같습니다." 그러고는 자기 손으로 상투를 자르더니 울며 다키구치에게 삭발을 부탁했다. 그러자 이를 본 이시도마루 역시 상투를 자르고 말았다. 여덟 살 때부터 자신을 섬겨 시게카게 못지않게 아껴온 터라 고레모리는 다키구치에게 이시도마루의 삭발도 부탁했다.

두 사람이 이렇게 자기보다 먼저 삭발하는 것을 본 고레모리는 한층 마음을 가누기 힘들어 "미망의 세계를 벗어나지 못하니 정을 끊기 어렵구나. 정을 끊고 무위의 세계로 들어가야 진정 보은하는 것일지니" 하고 세 차례 외치더니 마침내 삭발하고 말았다. 삭발 후,

"아아, 원래의 모습으로 그리운 처자를 만나본 다음에 삭발했더라면 여한이 없었을 텐데" 하고 후회스러운 듯 중얼댔다는데 이는 벌 받을 일이었다. 고레모리와 시게카게는 동갑으로 올해 스물일곱이었고 이시도마루는 열여덟이었다.

고레모리는 몸종 다케사토를 불러 다음과 같이 일렀다.

"너는 서둘러 야시마로 돌아가거라. 서울로 가서는 아니 된다. 언젠가는 알려지고 말 일이지만 내가 출가했다는 사실을 우리 집 사람이 들으

면 바로 출가하고 말 것이기 때문이다. 야시마로 가서 그곳 사람들에게 '이미 다 알고 있었겠지만 사는 게 싫어진 데다가 안 좋은 일만 계속 일어나는 것 같아 여러분에게는 알리지도 않고 이리되고 말았습니다. 동생 기요쓰네(清經)와 모로모리(師盛)가 죽은 데다가 나마저 이리되어 얼마나 낙망하실까 생각하니 마음이 편치 않습니다. 저희 집 가보인 가라카와(唐皮)라는 갑옷과 고가라스(小烏)라는 검은 사다모리(貞盛) 장군 때부터 저에게까지 구대에 걸쳐 장손에게 전해져온 물건인데 만약 우리 집안이 다시 일어서게 되면 내 아들 로쿠다이에게 물려주시기 바랍니다' 하고 전해다오."

그러자 다케사토는 "야시마에는 나리의 최후를 지켜본 다음에 내려가도록 하겠습니다" 하고 간청하여 그리하라고 하고는 함께 데리고 떠나기로 했다. 또 다키구치를 불도의 세계로 이끌어줄 길잡이 삼아 함께 떠나기로 했는데 수행승 차림을 하고서 고야를 출발해 산토(山東)로 향했다.

구마노 신사 가는 길목에 위치한 99개의 사당[24] 가운데 후지시로(藤代) 사당을 비롯한 각 사당을 찾아 빌면서 지나고 있는데 센리(千里) 해변의 북쪽에 있는 이와시로 사당[25] 앞에서 평복 차림의 무사 7~8기와 마주쳤다. 영락없이 붙잡히게 됐다고 생각하고 모두 허리에 찬 칼을 뽑아 배를 가르려 하는데 무사 일행은 가까이 다가와서도 이쪽을 해치려는 기색이 없었다. 뿐만 아니라 말에서 급히 내리더니 몹시 공손한 자세를 취하며 지나가기에 "우리를 아는 사람인 모양이로구나. 누굴까?" 하고 의아해 하면서도 한층 잰걸음으로 앞만 보고 나아갔다. 이들은 이곳에 사는 유아사 무네시게(湯淺宗重)의 아들인 무네미쓰(宗光)의 일행이었는데

---

24  서울에서 구마노로 가는 길목에 세워진 사당으로 모두 99개가 있다.
25  기이(紀伊)의 이와시로에 있는 61번째의 사당.

부하 하나가 "지금 지나간 사람은 누굽니까?" 하고 묻자 무네미쓰는 눈물을 뚝뚝 흘리면서 "황송하게도 저분은 바로 시게모리 내대신의 장남인 고레모리 중장이시다. 야시마에서 예까지는 어찌 오셨는지 모르겠다. 이미 출가를 하셨고 시게카게와 이시도마루도 함께 출가해 동행하고 있구나. 가까이 가서 인사라도 드리고 싶었으나 불편해 하실까봐 그냥 지나쳐 왔는데 무참한 일이구나" 하며 소매로 얼굴을 가리고 엉엉 우니 부하들도 모두 눈물을 흘렸다.

# 구마노(熊野) 신사

그렇게 길을 가다보니 어느새 구마노 신사 옆을 흐르는 이와다(岩田) 강[26]에 이르게 되었다. 고레모리는 이 강을 단 한 번만 건너도 악업이나 번뇌, 전생의 죄과가 다 사라진다는 말이 떠올라 마음이 든든해졌다. 우선 본당[27]을 찾아 사당 앞에서 무릎을 꿇고 한동안 독경을 했다. 그런 다음 사당을 에워싸고 있는 주변 산세를 둘러보니 너무도 신령스러워 필설로는 형용키 어려웠다. 본당 뒤편에 자리 잡고 있는 유야(熊野) 산에는 이곳의 본존불인 아미타여래의 자비로움이 안개처럼 서려 있고, 그 옆을 흐르는 오토나시(音無) 강가에는 이곳의 토지신으로 화생한 여래가 모셔져 있었다.[28] 또 법화경을 수행하는 강변의 도량 일대에는 신명이 감화한 듯 구름 한 점 없는 달이 환히 빛나고 있었고, 죄를 참회하는 그 앞뜰에는 미망이 사라짐을 보여주듯 이슬 한 점 맺혀 있지 않았는데 그 어

---

26 현재의 도미타(富田) 강.
27 구마노는 본당 외에 신당과 나치(那智)의 3개 구역으로 이루어져 있다.
28 일본에서는 중세 이후 부처가 모습을 바꿔 지상에 나타난 것이 신령이라는 이른바 '본지수적설(本地垂迹說)'이 유행하면서 불교와 신도와의 융합이 이루어졌다. 구마노 본당에서 모시는 신령의 본체(=本地)는 아미타여래.

느 것 하나 믿음이 가지 않는 것이 없었다.

밤이 깊어 사람들이 다들 잠든 뒤 고레모리는 소원을 빌기 위해 신전을 찾았다. 바로 이곳에서 부친이 자신의 목숨을 거두어가고 내세를 보살펴달라고 빌던 일이 떠올라 가슴이 뭉클해졌다. 마음속으로 '구마노 신령님의 본신은 아미타여래라고 들었습니다. 중생을 버리는 일 없이 정토로 데리고 가신다 하니 이 몸도 정토로 이끌어주소서' 하고 빌면서 고향에 있는 가족들이 평안하기를 기원하는 모습은 애처롭기 짝이 없었는데, 속세를 떠나 불도의 세계로 들어오긴 했어도 아직도 망집에 사로잡혀 있는 것 같아 보기에 딱했다.

날이 밝자 본당 앞에서 배를 타고 신당으로 향했다. 간노쿠라(神倉) 산에 있는 사당을 찾으니 하늘을 찌를 듯 솟아 있는 암벽의 소나무를 스쳐 불어오는 바람에 미망의 꿈이 깨고, 흐르는 맑은 물에 번뇌의 때가 씻겨 내려가는 것 같았다. 이어 아스카 사당을 참배하고 사노(佐野)의 송림을 지나 나치(那智) 산으로 들어갔다. 세 줄기로 흘러넘치는 폭포수는 길이가 수천 장은 되어 보였는데 암벽 위에 관음상이 있어 마치 보타락산(補陀落山)을 보는 느낌이었고, 안개 낀 계곡 아래에서는 법화경 읽는 소리가 들려와 마치 영취산에 와 있는 것 같았다. 신령께서 이곳에 내려오신 후 이 나라에서는 상하와 귀천을 막론하고 모두 찾아와 머리를 조아리고 합장하여 은혜를 받지 않은 이가 없었다. 그래서 승려들은 용마루를 이어 승방을 짓고 수행자나 속인들은 줄 지어 찾아왔다. 간나(寬和) 2년 (986) 여름 가잔(花山) 임금은 보위에서 물러난 후 이곳에 들어와 정토에 가기 위해 수행을 했다고 하는데 그 암자가 있었던 옛터에는 옛날을 기리는 듯 노목의 벚나무에 꽃이 피어 있었다.

나치에서 수도하고 있던 승려 중에 고레모리를 잘 알고 있던 이가 있

없는데 동료에게 말하기를,

"저기 저분이 누군가 했더니 시게모리 대감의 장남인 삼위중장이시네그려. 저 어른이 아직 사위소장으로 있던 안겐(安元) 원년(1178) 봄에 태상왕의 오십 세 수연이 있었지. 당시 시게모리 대감께선 좌대장이셨고 숙부 무네모리 경은 우대장이었는데 두 분은 어전 계단 아래 앉아 계셨고 그 밖에 도모모리 중장과 시게히라 경을 비롯한 일문들이 대례 날처럼 차려 입고 원을 그려 에워싸고 있는 가운데 저 어른이 머리에 벚꽃 가지를 꽂고서 청해파(青海波)[29]를 추셨는데 마치 이슬에 젖어 함초롬해진 꽃과 같은 자태로 소매를 바람에 펄럭이며 춤을 추시니 일대가 환히 빛나 보였다네. 중전께서 관백 대감을 통해 옷 한 벌을 상으로 내리셨는데 시게모리 대감께서 자리에서 일어나 받더니 오른쪽 어깨에 걸치고서 태상왕께 절을 올리셨어. 그러니 이보다 영예로운 일이 어디 있겠나. 그 옆에 있던 정신들이 얼마나 부러워했을지 상상이 가고도 남을 일이지. 한때 대궐 궁녀들 사이에서 옛 소설의 주인공을 방불케 한다는 말을 들었고 이내 대신 자리에 오를 줄 알았는데 저리 초췌한 모습으로 변하시다니 예전엔 상상도 할 수 없던 일이네그려. 변화무쌍한 게 세상일이라지만 참 가슴 아픈 일이 아닐 수 없군."

그러더니 소매로 얼굴을 가리고 엉엉 우니 옆에 있던 수도승들도 따라 울어 소매가 흠뻑 젖고 말았다.

---

29 두 사람이 추는 궁중 무용. 명칭은 청해의 파도 문양의 옷을 안에 껴입는 데서 유래.

## 고레모리의 투신

구마노의 세 영산 참배를 무사히 마친 고레모리 일행은 하마노미야라는 사당 앞에서 일엽편주에 올라 만리창해를 향해 노 저어 갔다. 먼바다 쪽에 야마나리라는 섬이 있었는데 고레모리는 그곳을 향해 노를 젓게 한 뒤 뭍에 올랐다. 그러고는 큼지막한 소나무를 골라 껍질을 벗기더니 '조부 태정대신 다이라 노 기요모리 공, 계명 조카이(淨海). 부친 내대신 좌대장 시게모리 공, 계명 조렌(淨蓮). 삼위중장 고레모리, 계명 조엔(淨圓). 나이 27세. 주에이 3년 3월 28일, 나치 앞바다에서 투신하다' 하고 명문을 적어놓고는 다시 먼바다로 향했다. 이미 각오하고 나선 길이기는 했어도 막상 닥치고 보니 왠지 불안하기도 하고 서글픈 생각이 밀려오는 것이었다.

때는 춘삼월 28일이라 바다에는 안개가 뽀얗게 끼어 한층 애수를 자아냈다. 아무런 근심거리가 없어도 늦봄의 노을 낀 하늘은 사람의 마음을 울적하게 하는 법인데 하물며 오늘로 이 세상을 하직할 생각이었으니 더 말할 필요가 없었다. 바다 위에 떠 있는 낚싯배가 파도에 휩쓸릴 것 같으면서도 용케 가라앉지 않는 것을 보고 자신의 처지와 비교하기도 하고,

무리 지어 북으로 날아가는 기러기 떼에 편지를 부쳐 고향집에 소식을 전할 수 있었으면 하다가 흉노의 포로가 됐던 한나라 소무(蘇武) 장군이 오랑캐 땅에서 맛보았을 고통을 떠올려보기도 하는 등 만감이 교차하는 모양이었다. 그러다가 문득 '이 무슨 망발인가. 역시 미망과 집념이 완전히 사라진 것은 아니었구나' 하며 마음을 고쳐먹고 서방을 향해 합장하고 염불을 외다가 '서울 집에서는 내가 이제 곧 죽으리라고는 꿈에도 모르고 행여 내 소문이 바람결에라도 실려 전해오지 않을까 하고 애타게 기다리겠지. 언젠가는 알려지고 말텐데 내가 죽었다는 사실을 알면 얼마나 슬퍼할까' 하는 생각이 들자 염불이 끊기고 합장한 손에 힘이 빠지고 말았다. 고레모리는 하는 수 없이 다키구치에게 "아무래도 사람에게 처자란 있어서는 안 될 존재인 모양이오. 살아 있을 땐 근심만 끼치다가 죽은 후 극락왕생하는데 방해가 되니 말이오. 지금 이 순간에도 생각이 나는구려. 이러한 생각을 마음에 품고 죽으면 죄가 된다기에 참회하는 것이오" 하고 털어놨다.

다키구치도 동정이 가지 않은 것은 아니었으나 자기까지 마음이 약해져서는 안 되겠다 싶어 눈물을 훔치고 태연한 척하며 다음과 같이 일렀다.

"그런 생각이 날 만도 하겠지요. 신분의 고하를 막론하고 애정이란 마음대로 되지 않는 법입니다. 특히 부부는 단 하룻밤 베개를 함께하는 것도 수많은 전생의 연이 쌓여 그리된다 하니 전생의 연이 가볍지 않은 것이지요. 그러나 살아 있는 사람은 반드시 죽고 만나면 헤어지는 게 이 세상의 순리입니다. 잎새 위의 이슬도 모이면 물방울이 되어 줄기를 흘러내리듯 앞서고 뒤따르는 차이는 있을지언정 언젠가는 모두 죽고 없어진다는 말이 있듯이 이르고 늦고 하는 차이만 있을 뿐 이별은 피할 수 없는 것입니다. 중국의 현종 황제와 양귀비가 칠석날 밤 여산궁에서 영원히 함께 있자고 맹세했다지만 결국은 이것이 두 사람의 마음을 찢어놓은 단서가 되었고, 한무제가 이부인(李夫人)이 죽은 후 초상화를 그려놓고 그리워했어도 영원히 계속될 수는 없었습니다. 선인이라는 적송자(赤松子)나 매복(梅福)조차도 죽는 것을 한탄했고, 등각(等覺)의 깨달음을 깨친 석가나 십지(十地)의 깨달음을 얻은 보살들도 생사의 법칙에는 따랐으니 설사 나리께서 백 세까지 장수하신다 해도 이것만은 피할 수 없을 것입니다. 욕계(欲界)를 지배하는 제육천(第六天)의 마왕은 욕계의 중생들이 불문에 들어와 생과 사의 질곡에서 벗어나는 것을 싫어해 일부러 아내나 남편으로 변신해서 불교에 귀의하는 것을 방해한다고 합니다. 그래서 부처께서는 모든 중생을 내 자식처럼 여겨 극락정토에 이끌어오려고 하시나 먼 옛날부터 처자라는 존재가 중생을 어지럽히고 생사의 질곡에서 벗어나지 못하게 하기 때문에 그들에 대한 애정을 엄하게 금하고 계신 것입니다. 처자 생각을 해서 극락에 못 가게 되는 건 아닌가 하고 걱정하실 필요는 없습니다. 미나모토 집안의 선조인 이요(伊豫) 태수 요리요시(賴義)는 왕명을 받고 북녘의 오랑캐인 아베 노 사다토와 무네토 형제를 토벌하기 위해 십이 년 동안 일만 육천 명의 목을 베고 수천만이 넘는 산야의 짐승이나 하천의 물고기 목숨을 앗았으나 임종 때 한마음으로 보리지심(菩提之心)을 일으켜 왕생할 수 있었다고 합니다. 무엇보다도 출가한 공덕은 이루 말할 수 없을 정도로 큰 것이어서 전세의 모든 죄업이 없어진다고 합니다. 아무리 칠보탑을 하늘 높이 쌓더라도 하루 출가한 공덕에는 미치지 못하고 백년 천년 동안 수백의 나한에게 공양을 드려도 역시 단 하루 출가한 공덕에는 미치지 못하는 법입니다. 요리요시는 죄를 많이 지었어도 의지가 굳었기 때문에 왕생을 한 것입니다. 나리께서는 지은 죄도 별로 없으신데 왜 정토에 못 가시겠습니까? 게다가 구마노 신령은 본디 아미타여래가 아니십니까? 여래의 마흔여덟 서원 중 삼악도(三惡道)를 없애겠다는 첫번째 서원부터 삼법인(三法忍)[30]을 얻게 하겠다는 마지막 서원에 이르기까지 그 어느 것 하나 중생 제도를 위하지 않는 것이 없습니다. 특히 열여덟번째 서원에서 '설령 내가 부처가 될 수 있어도 여래의 서원을 들은 중생들이 진심으로 감복하여 극락정토에 가고자 나무아미타불을 열 번 외었는데도 가지 못하면 내 부처가 되지 않겠다'고 하셨으니 염불이란 소중한 것입니다. 믿음을 굳게 가지시고 절대로 의심해서는 안 됩니다. 마음을 모아 한 차례 혹은 열 차례 염불을 외우시면 아미타여래께서 무변광대한 몸을 일 장 육 척의 신체로 모습을 바꿔 관음이나 세지 이하 무수한 보살들을 거느리고 풍악을 울리며 극락의 동문을 나와 이 사바세계로 맞으러 오실 테니 육신은 바다 밑에 가라앉더라도 영혼은 보랏빛 구름 위에 오르시게 될 것입니다. 그 후 성불 해탈하여 깨달음을 얻게 되시면 이 세상에 다시 돌아와 처자분들을 제도할 수 있을 테니 조금도 의심하지 말기 바랍니다" 하며 종을 치며 염불을 권했다. 불도로 이끌어줄 좋은 말이라 생각한 고레모리는 사념과 미망을 내치고 큰소리로 염불을 백 번 외우더니 '나무아무타불' 하는 소리와 함께 바다에 몸을 던졌다. 그러자 시게카게와 이시도마루도 아미타불을 외치며 함께 바다로 뛰어들었다.[31]

---

30 진리를 깨닫는 세 종류의 지혜.
31 고레모리의 투신은 자살이 아니라 구원을 바라는 행위였다. 당시 민간에는 구마노의 나치 앞바다에서 남쪽으로 가면 보타락산에 이를 수 있다는 믿음이 있어 많은 사람들이 이곳에서 몸을 던졌다.

## 삼일천하

이를 본 하인 다케사토도 바다에 몸을 던지려 했으나 다키구치가 말리자 하는 수 없어 그만두었다. 다키구치는 "나리의 유언을 어기려 하다니 자네도 못 믿을 사람이네그려. 이러니까 아랫사람은 믿기 힘들다고들 하는 것 아니겠나. 지금은 그냥 나리의 명복이나 빌어드리게나" 하고 울며 타일렀다. 그러나 다케사토는 뒤따르지 못하고 혼자 남은 것이 슬펐는지 명복을 빌 생각도 않고 배 바닥에 엎어져 울부짖는데 그 옛날 싯다르타가 궁을 나와 단독산에 들어갈 때 말을 받잡고 궁으로 돌아온 하인의 슬퍼하는 모습도 이렇지는 않았을 것 같았다.

다키구치는 한동안 배를 회전시키며 혹시 시신이 떠오르지는 않을까 싶어 해면을 살펴보았으나 세 사람 다 깊게 가라앉은 모양으로 눈에 띄지 않았다. 그래서 경을 읽고 염불을 하며 '망자의 혼이 극락정토에 이르길 비나이다' 하고 공양을 올렸다. 아쉬운 마음은 금할 길 없었으나 이윽고 해가 서편으로 기울고 바다도 어둑어둑해져 빈 배를 저어 되돌아가는데 배 젓는 노에서 튀는 물방울과 다키구치의 소매에서 흘러내리는 눈물 방울이 뒤섞여 어느 게 어느 건지 알 수 없었다.

다키구치는 다시 고야 산으로 올라가고 다케사토는 계속 울면서 야시마로 향했다. 고레모리의 동생인 신삼위중장 스케모리에게 편지를 꺼내 바치자 "세상에 이런 일이 있단 말이냐. 내가 믿고 의지했던 것만큼 형님이 우리들을 이해하지 못하고 계셨다니 슬픈 일이다. 숙부님이나 할머니는 형님이 요리모리 대감처럼 요리토모와 내통해 서울로 도망간 모양이라며 우리들까지 멀리하셨는데 그게 아니라 나치 앞바다에서 몸을 던지셨단 말이지. 그럴 바에야 우리들도 데리고 가서 함께 투신케 할 것이지 여기저기서 따로따로 죽게 하다니 원망스럽구나. 편지 말고 말로 전한 말씀은 없었느냐?" 하고 물었다. 그러자 다케사토는 "'규슈에서 기요쓰네가 죽었고 이치노타니에서 모로모리가 죽었는데 두 동생들에 이어 나마저 이리 되면 얼마나 상심들 하실지 그것만이 염려된다'라고 전하라 하셨습니다" 라고 전한 다음, 집안 전래의 갑옷과 보검인 가라카와(唐皮)와 고가라스(小烏) 처리 문제까지 들은 대로 소상히 전하니 스케모리는 자기도 이제 살고 싶은 생각이 없어졌다며 소매로 얼굴을 가리고 엉엉 울었다. 그도 그럴 만해서 보기에도 안쓰러웠는데 특히 스케모리는 고레모리를 빼닮아 보는 사람마다 울지 않는 이가 없었고 무사들도 여기저기 모여앉아 그저 울 따름이었다. 숙부 무네모리 대감과 이위 마님도 "애가 요리모리처럼 요리토모와 내통해 서울로 간 줄 알았는데 그런 것은 아니었구나" 하며 뒤늦게 애통해 했다.

그해 4월 1일, 가마쿠라에 있는 요리토모는 조정으로부터 정사위(正四位) 상에 보해졌다. 종오위 하에서 5계급을 특진한 셈이니 놀라운 일이었는데, 기소 노 요시나카를 토벌한 포상이라 했다. 같은 달 3일, 스토쿠(崇德) 상왕을 신으로 추존해야 한다며 예전에 전투가 있었던 오이미카도(大炊御門) 거리의 끝부분에 사당을 세우고 혼을 모셔왔다.[32] 모두 태상왕이 단독으로 처리한 것으로서 대궐에서는 전혀 모르는 일이었다 한다.

5월 4일, 대납언 요리모리가 관동으로 내려갔다. 요리모리는 전부터 요리토모가 "대감만은 특별히 여겨왔습니다. 내 목숨을 살려주신 자당께서 내려오시는 것으로 알고 기다리고 있겠습니다. 자당께서 내게 베푼 은혜[33]를 대감께 갚고자 합니다" 하며 몇 차례나 신변의 안전을 약속하는 문서를 보내왔기 때문에 일문과 헤어져 서울에 머물러 있었다. 그러나 내심 "요리토모 본인 생각이야 그럴지 몰라도 다른 사람들이 무슨 생각을 하고 있는지 알 수 있어야지" 하며 불안해했는데 가마쿠라에서 재차 "자당께 인사 올린다는 마음으로 기다리고 있으니 어서 뵈었으면 합니다" 하며 재촉해와 내려가기로 마음먹었다.

이 요리모리에게는 야헤이뵤에 무네키요(彌平兵衛宗淸)라는 부하가 있었다. 대대로 요리모리 집안을 섬겨온 자였는데 웬일인지 이번 길에는 따라나서려 하지 않았다. 이유를 물은즉 "이번 길엔 모시지 않을 생각입니다. 대감께선 이렇게 지내고 계시지만 집안의 다른 어르신들께서 서해의 파도 위에서 고생하고 계실 것을 생각하면 걱정이 돼 속이 편치 않습니다. 마음이 다소라도 진정이 되면 이내 뒤따라가도록 하겠습니다" 하고 답하는 것이었다. 이 말에 요리모리는 불쾌하기도 하고 부끄러운 생각도 들어 "집안사람들과 헤어져 혼자 남은 것에 대해서는 내 스스로도 잘했다고는 생각지 않는다. 허나 세상을 버리기도 어려운 일이거니와 목숨 또한 버리기 아까운지라 어쩔 수 없이 주저앉게 된 것이다. 일이 이렇게 된 마당에 내려가지 않고 배기겠느냐? 먼 길을 떠나는데 어찌하여 내다보지도 않을 수 있다는 말이냐? 내 처신에 불만이 있었다면 이곳에 남았을 때는

---

32 스토쿠 상왕은 호겐 원년(1156) 난을 일으켰으나 패배해 사누키로 유배돼 사망했다.
33 요리모리의 생모 이케(池) 마님의 간청으로 요리토모는 사형에서 유배로 감형되었다.

왜 아무 말이 없었느냐? 집안일은 대소사 가리지 않고 너와 상의해왔을 텐데" 하고 나무랐다. 그러자 무네키요는 자세를 바로 하고 고쳐 앉더니 "귀천을 따질 것 없이 사람에게 있어 목숨만큼 소중한 것이 어디 있겠사옵니까? 또한 세상은 버려도 몸은 버리기 힘들다고 합니다. 서울에 남으신 게 잘못된 일이라고는 생각지 않습니다. 요리토모 어른도 다 죽게 된 목숨을 옆에서 도와주었기에 오늘날 저리 영광을 누릴 수 있는 것 아니겠습니까? 실은 그 어른이 귀양을 떠날 때 작고하신 대부인의 명을 받고 시노하라까지 모시고 내려간 일이 있었습니다. 지금도 그 일만은 안 잊힌다고 하신다니 아마 이번에 대감을 모시고 내려가면 틀림없이 상도 두둑이 내리시고 잔치도 베푸실 게 틀림없습니다. 하오나 소인에게는 괴로운 일입니다. 혹시나 이 일이 서해에 계시는 집안 어르신들이나 무사들 귀에 들어갈 것을 생각하면 부끄러워서 이번만은 그냥 이곳에 남아 있고자 합니다. 대감께서야 서울에 남아 이렇게 지내고 계신 이상 안 내려가실 수는 없을 것입니다. 먼 길을 떠나시는 만큼 소인도 걱정이 들지 않는 것은 아닙니다. 만약 지금 적을 치러 가시는 길이라면 소인 당연히 선두에 설 것입니다. 하오나 이번 여행은 소인이 따라가지 않아도 아무 일이 없을 것입니다. 만약 요리토모 어른께서 소인에 대해 물으시거든 병중이라고 말씀드려주시기 바랍니다" 하고 사정을 밝히니 뜻 있는 무사들은 이 말에 모두 눈물을 흘렸다. 요리모리는 창피한 생각이 들기도 했으나 그렇다고 이제 와서 안 내려갈 수도 없어 그대로 출발했다.

그달 16일 가마쿠라에 도착하자 요리토모는 바로 불러들이더니 "무네키요는 데리고 오셨습니까?" 하고 우선 무네키요의 안부부터 물었다. 마침 병중이라 오지 못했다고 하니 "아니, 어디가 아프단 말이오? 아마도 고집을 부린 게 틀림없구려. 어릴 적 무네키요가 날 맡고 있을 때 무슨 일이건 따뜻하게 잘 대해준 일을 지금도 잊을 수 없어 대감을 따라 내려오면 만나봐야겠다고 벼르고 있었는데 내려오지 않았다니 실망이구려" 하며 아쉬워했다. 요리토모는 무네키요에게 하사할 토지 문서를 다수 챙겨놓고 이 외에도 말, 안장, 갑주하며 많은 선물을 준비시켰는데 이를 본 수령들 또한 다투어 선물을 준비하고 기다리고 있었던 참에 내려오지 않자 상하 모두 이만저만 낙망한 게 아니었다.

6월 9일, 요리모리는 가마쿠라를 떠나 서울로 향했다. 요리토모가 "잠시 더 머물다 가시지요" 하고 말렸으나 요리모리는 서울에서 걱정들 하고 있을 거라며 서둘러 올라갈 채비를 했다. 요리토모는 요리모리가 갖고 있던 장원과 토지의 소유권을 그대로 다 인정할 것과 다이라 일문의 관직을 박탈할 때 회수했던 대납언 직을 다시 제수토록 태상왕에게 요청했다. 이 외에도 안장 얹은 말 30필에 안장 없는 말 30필, 농 30채에 화살용 깃, 황금, 피륙과 비단 등을 가득 담아 보냈다. 그러자 크고 작은 수령들 또한 다투어 선물을 보내니 말만 해도 300필에 달해 목숨을 구했을 뿐만 아니라 재산까지 불려 돌아오게 되었다.

*

그달 18일, 이가(伊賀)와 이세(伊勢) 두 고을의 다이라 쪽 무사들이 히고(肥後) 태수 사다요시(貞能)의 백부인 사다쓰구(定次)를 대장으로 세워 오미 지방으로 쳐들어와 잠시 위세를 떨쳤으나 미나모토 일문의 후예들이 출진하여 한 사람도 남김없이 내쫓고 말았다. 이들은 대대로 다이라 집안에 충성을 바친 심복들로서 지난날의 의리를 잊지 않은 것은 가상한 일이었으나 요리토모에게 대항하려 하다니 분수를 모르는 행동이었다.

세상에서 말하는 삼일천하란 이를 두고 하는 말이었다.

*

 한편 고레모리의 부인은 바람결에 전해오던 남편 소식이 오랫동안 뚝 끊기자 어찌 됐나 싶어 애만 태우며 지내고 있었다. 매월 한 번은 꼭 연락이 있었는데 하며 기다리던 중에 봄이 가고 한여름이 되고 말았다. 누군가 "대감께선 지금 야시마에 안 계신다고 하는 사람이 있더이다" 하는 말을 듣고 너무도 궁금한 나머지 어렵사리 사람을 구해 야시마로 보냈으나 내내 소식이 없더니 여름이 가고 가을로 접어든 7월말이 다 되어서야 돌아왔다. 부인이 "그래 어떻더냐?" 하고 물으니 "나리께서는 지난 삼월 십오일 새벽에 야시마를 떠나 고야 산으로 가셨는데 거기서 출가하시고 구마노를 참배하신 후 후사에 대해 이런저런 유언을 남기시고, 나치 앞바다에서 몸을 던지셨다고 동행했던 다케사토가 그러더이다"라고 들은 대로 전했다. 이 말을 들은 부인은 "역시 그랬었구나. 내 어쩐지 이상하다 싶더라니" 하더니 옷을 뒤집어쓰고 눕고 말았고 어린 자녀들도 목 놓아 울면서 슬퍼했다. 그러자 장남의 유모가 울면서 달래기를 "이는 새삼스레 놀랄 일도 아닙니다. 전부터 예상은 하고 계시던 일 아닙니까? 시게히라 대감처럼 생포돼 서울로 압송이라도 되셨다면 정말로 슬프기 그지없겠지만 대감께선 고야 산에서 출가하시고 구마노에 가서 내세를 부탁드린 다음 잡념을 버리고 세상을 뜨셨으니 슬프면서도 한편으로 기쁜 일이 아닐수 없습니다. 그러니 마음을 편히 가지도록 하십시오. 이젠 어느 산골이건 간에 들어가 어린 아기씨들을 키워갈 각오를 하십시오" 하고 여러모로 달래봤지만 남편을 애모하는 마음이 너무 깊어 슬픔을 딛고 일어설 것 같지 않더니 바로 여승이 되어 법식대로 불사를 치르며 남편의 명복을 비는 생활로 들어갔다.

# 후지토(藤戶)[34]

 이 이야기를 전해 들은 가마쿠라의 요리토모는 "허허, 주저 말고 날 찾아왔더라면 목숨만은 살려주었을 텐데. 지금도 시게모리 내대신에게만은 은혜를 잊을 수 없는 것이, 양모의 부탁을 받고 부친을 찾아가 이미 사형이 결정되었던 이 요리토모를 귀양 보내도록 설득해주었던 것이 다름 아닌 시게모리 대감이었으니 그런 은인의 자손을 함부로 대할 수는 없는 일인 데다 출가까지 했다니 말할 나위도 없는 것을" 하며 그의 죽음을 안타까워했다.
 한편 다이라 군이 야시마로 퇴각한 후에도 관동에서 새 병력 수만 기가 서울에 도착해 곧 쳐들어올 것이라는 소문이 파다했다. 뿐만 아니라 규슈 지방의 우스키, 헤쓰기, 마쓰라 일족이 힘을 합쳐 이내 몰려올 것이라는 말도 있었다. 그런 소리를 들을 때마다 다이라 일문은 그저 놀랍고 속이 탈 따름이었다. 지난번의 이치노타니 전투에서 집안사람들이 다수 전사해 얼마 남지 않은 데다가 주된 병사들도 반 넘게 죽고 말아 이제는

---

34 지금의 오카야마(岡山) 현 구라시키(倉敷) 시.

힘이 한계에 달한 상태였다. 남자들은 시코쿠의 병력을 아군으로 끌어들인 민부대부(民部大夫) 시게요시 형제가 이번에야 질 리가 있겠냐고 위로하는 말을 철벽처럼 믿고 있었고, 여인네들은 서로 모여 앉아 그저 울기만 할 따름이었다. 그러던 중 7월 25일이 되었다. 사람들은 모여 "작년 이날 서울을 떠났는데 벌써 일 년이 지났구려" 하며 기가 막히고 정신없었던 지난 1년에 대해 이야기하면서 울다 웃다 하였다.

28일, 서울에서는 새 임금이 즉위했다. 거울과 구슬, 검 등 세 가지 보물도 없이 즉위한 것은 국조 진무(神武) 임금 이래 82대가 되는 이 임금이 처음이라 했다. 8월 6일, 인사가 단행되어 미나모토 노 노리요리는 미카와(參河) 태수에 임명됐다. 요시쓰네는 좌위문 삼등관에 임명되었는데, 곧바로 교지가 내려 세상 사람들은 그를 구로판관(九郎判官)[35]이라 부르게 되었다.

각설하고 억새풀 스치는 바람이 점차 으스스해지면서 싸리나무 끝에 이슬이 방울지고, 애간장 녹이는 풀벌레 소리 아스라이 들리며, 벼 잎 물결치고 낙엽이 구르는 바람이 불기 시작하면, 아무런 근심걱정 없는 사람일지라도 객지에서 바라다보는 깊어가는 가을 하늘에 울적해지기 마련인데, 하물며 다이라 일문의 마음속이 어떠했을지는 상상이 가 안쓰럽기 한이 없었다. 작년까지만 해도 구중궁궐 안에서 벚꽃을 즐겼건만 이제 야시마의 해변에서 가을 달을 쳐다보며 슬퍼할 줄은 아무도 짐작조차 못했는데, 밝은 달을 올려다보며 노래를 지어보려 해도 서울의 밤은 어떨까 하고 그리로만 마음이 가, 밤새 눈물만 흘릴 뿐이었다. 좌마대장 유키모리

---

35 각 부처의 장차관 다음의 삼등관직을 통상 판관이라 불렀는데, 요시쓰네는 의금부에 해당하는 검비위사청(檢非違使廳)의 삼등관에 임명되었고, 또한 요시토모(義朝)의 아홉째 아들이었기 때문에 이렇게 불리게 되었다.

(行盛)는 그와 같은 심경을 다음과 같이 노래했다.

저기 저 달도 임금이 예 계시니 대궐 달이나
그래도 그리운 건 서울의 달이로다

9월 12일, 미카와 태수로 승진한 노리요리(範賴)는 다이라 일문의 잔당을 소탕하기 위해 출진했다. 아시카가 노 요시카네(足利義兼), 가가미 노 나가키요(鏡美長淸), 호조 노 요시토키(北條義時), 사제원(司祭院) 차관 지카요시(親義) 등이 뒤따르고, 도이 노 사네히라(土肥實平)와 아들 도오히라(遠平), 미우라 노 요시즈미(三浦義澄)와 아들 요시무라(義村), 하타케야마 노 시게타다(畠山重忠), 나가노 노 시게키요(長野重淸), 이나게 노 시게나리(稻毛重成), 한가이 노 시게토모(榛谷重朝)와 유키시게(行重), 오야마 노 도모마사(小山朝政), 나가누마 노 무네마사(長沼宗政), 쓰치야 노 무네토오(土屋宗遠), 사사키 모리쓰나(佐々木盛綱), 핫타 노 도모이에(八田朝家), 안자이 노 아키마스(安西秋益), 오고 노 사네히데(大胡實秀), 아마노 노 도오카게(天野遠景), 히키 노 도모무네(比企朝宗)와 요시카즈(能員), 주조 노 이에나가(中條家長), 쇼겐(章玄)과 쇼슌(昌俊) 화상 등이 각 군의 지휘관을 맡았는데 총세 3만여 기로 서울을 출발해 하리마의 무로(室) 포구에 도착했다.

한편 이를 맞는 다이라 군은 삼위중장 스케모리와 소장 아리모리(有盛), 시종 다다후사(忠房)가 대장군을 맡고, 히다 노 가게쓰네(景經), 엣추 노 모리쓰기(越中盛嗣), 가즈사 노 다다미쓰(上總忠光), 다이라 노 가게키요(平景淸) 등이 각 군의 지휘관으로 임명되어 500여 척의 병선에 나눠 타고 비젠의 고지마에 이르니, 이 소식을 접한 미나모토 군은 무로를 출발해 비젠의 후지토에 진을 쳤다.

　양군의 진지는 바닷길로 5정 정도 떨어져 있었는데 배가 없이는 건너갈 도리가 없었기 때문에 미나모토의 대군은 맞은편 산에 숙영하며 그냥 날만 보내고 있었다. 다이라 진영에서 혈기왕성한 젊은 무사들이 쪽배를 타고 다가와서 부채를 흔들어대며 이리 건너오라고 도발했으나 미나모토 군은 '답답한 노릇이군. 무슨 좋은 수가 없을까?' 하고 발만 구를 뿐이었다.

　25일 밤, 미나모토 군의 지휘관 사사키 모리쓰나는 인근에 사는 어부를 하나 불러 흰색 바지저고리와 은으로 장식한 단검을 쥐어주며 "이 바다 안에 말을 타고 건너갈 수 있는 곳이 있느냐?" 하고 물어보았다. 그랬더니 "이 부근에 어부는 많아도 해안의 지리에 밝은 자는 거의 없으나 소인은 소상히 알고 있습니다. 여울이 얕은 곳과 깊은 곳이 있는데 월초가 되면 동쪽에 있다가 월말이 되면 서쪽으로 이동합니다. 양 여울 사이는 해면으로 십 정가량 되는데 이곳 같으면 말을 타고 쉽게 건너갈 수가 있을 것입니다" 하고 가르쳐주었다. 사사키는 뛸 듯이 기뻐하며 심복에게도 알리지 않고 그 어부와 둘이서 진을 빠져나와 맨몸으로 어부가 말한 여울과 같은 곳을 살펴보니 실제로 그다지 깊어 보이지 않았다. 무릎이나 허리, 어깨에 차는 곳도 있고 수염이 젖는 곳도 있었지만 깊은 곳은 헤엄을 쳐서 얕은 곳으로 건너갔다. 어부가 "여기서부터 남쪽은 북쪽보다는 훨씬 얕습니다. 적군이 싸울 채비를 하고 기다리고 있는 곳에 맨몸으로 갔다가는 감당하기 힘들 테니 그만 돌아가시지요" 하고 권했다. 사사키는 맞는 말이다 싶어 되돌아오면서 속으로 '천한 것들은 의리가 없어 또 누군가가 물으면 길을 가르쳐줄지도 모르지. 이 길은 나만 알고 있어야겠다'고 생각하고 어부를 찔러 죽인 다음 머리를 베어버렸다.

　26일 아침 8시경, 다이라 군은 또 쪽배를 타고 다가와서 어서 건너오라고 손짓을 했다. 사사키는 길은 이미 알고 있었던 터라 촘촘하게 짠 내 갑의에 검정 실로 장식한 갑옷을 입고 흰 말에 올라 수하 일곱 기를 거느리고 바다를 건너기 시작했다. 이를 본 대장군 노리요리가 놀라 "저자들을 잡아라. 가지 못하게 하라" 하고 지시하자 도이 노 사네히라가 말에 채찍질을 하고 등자를 걷어차면서 뒤쫓아가 "이보시오, 무엇에 씌어 정신이 나가신 것 아니오? 대장군의 허락도 없이 무엄하오. 어서 멈추시오" 하고 말렸으나 사사키는 들은 척도 않고 건너기 시작해 도이도 어쩔 수 없어 그대로 뒤를 따랐다. 말 가슴이나 가슴걸이, 옆구리에 닿는 곳도 있고 안장을 넘는 곳도 있었으나 깊은 곳은 헤엄을 치게 하여 얕은 곳으로 건너 올라갔다. 이를 본 노리요리는 "사사키에게 속았구나. 깊은 게 아니었다. 모두들 어서 건너가자"고 명하니 3만여 기의 대군이 모두 바다에 뛰어들어 건너기 시작했다. 깜짝 놀란 다이라 군은 바다에 배를 띄워 전투준비를 하고 화살을 비 오듯 쏴대기 시작했다. 그러나 미나모토 군의 용사들은 대수롭지 않다는 듯 투구를 숙여 화살을 피하며 접근해 다이라 군의 배에 올라타고는 함성을 지르며 덤벼들었다. 양군은 뒤엉켜 혼전을 벌였는데 스스로 배를 가라앉혀 죽은 자도 있었고, 배가 뒤집히는 바람에 물에 빠져 허우적대는 자도 있었다. 하루 종일 싸우다가 밤이 되니 다이라 군은 그대로 바다 위에 배를 세웠고 미나모토 군은 고지마에 올라 인마를 쉬게 했는데 얼마 후 다이라 군은 야시마로 회군하고 말았다. 미나모토 군은 기세가 등등했으나 배가 없으니 쫓아가 싸울 수가 없었다. 이 사실을 전해 들은 요리토모는 자고로 말을 타고 강을 건넌 용사는 있었어도 말을 타고 바다를 건넌 것은 인도나 중국은 어떤지 몰라도 일본 땅에서는 들어보지 못한 일이라며 사사키에게 비젠의 고지마를 식읍으로 하사했다. 이 일은 요리토모가 발행한 문서에도 기록되어 있다.

## 새 임금의 즉위

그달 27일, 서울에서는 요시쓰네가 오위(五位)로 승진해 사람들은 이후 그를 판관대부(判官大夫)[36]라 부르게 되었다. 10월 들어 야시마 해변에 바람 거세지고 파도 높이 일자 공격해오는 군사도 없었다. 드나들던 장사치들의 발걸음마저 뚝 그쳐 서울 소식 궁금할 따름인데 어느새 하늘이 컴컴해지면서 싸라기눈 휘날리니 한층 견디기 힘들었다.

*

서울에서는 새 임금이 첫 제사를 올리기 위해 목욕재계하는 행차가 있었는데 좌대신 사네사다(實定) 공이 행사를 주관하였다. 재작년 안토쿠(安德) 임금의 목욕 행차 때는 무네모리 내대신이 행사를 주관했었는데 용대기(龍大旗)를 앞에 세우고 장막 안에 정좌한 모습은 머리부터 발끝까지 어디 하나 흠잡을 곳이 없었고, 상감의 보련을 호종한 삼위중장

---

36 대부는 오위의 통칭.

도모모리, 도승지 시게히라 경을 비롯한 다이라 일문 및 근위부 무사들의 차림은 비할 바 없이 완벽했다. 그러나 이날은 판관대부 요시쓰네가 행차의 선두에 섰는데, 시골 출신인 기소 노 요시나카와는 달리 촌스러운 구석은 없었으나 그래도 다이라 사람들 중에서 제일 빠지는 사람을 골라 세운 것보다도 못해 보였다.

11월 18일, 첫 제사를 치르는 대례가 행해졌다. 지쇼(治承), 요와(養和) 연간 이래 전국의 백성들 중에는 미나모토와 다이라 두 집안의 싸움 때문에 고통을 받고 죽임을 당하는 경우가 많아 집을 버리고 산야로 숨는 사람들이 많았다. 그래서 봄이 와도 쟁기질도 못하고 가을이 되도 추수할 엄두도 못 내고 있었다. 이러한 판국이라 이런 대례를 치를 형편은 도저히 안 되었으나 그렇다고 치르지 않을 수도 없어 형식만 대충 갖추어 행하였다.

\*

만약 대장군 노리요리가 그대로 공격을 계속했더라면 다이라 군은 무너지고 말았을 텐데도 대장군은 무로와 다카사고에 머문 채 기생들을 불러 놀면서 허송세월만 할 뿐이었다. 수하에 관동 출신의 대소 태수들이 많이 있었으나 대장군의 명에 따르지 않을 수 없어 어찌해볼 수가 없었다. 그저 국고를 낭비하고 백성들만 못살게 한 가운데 그해도 저물어갔다.

도사 사스케(土佐助), '단노우라 해전,' 「단노우라 해전」, 『平家物語繪卷』(林原美術館 소장), 근세 전기.

## 제11권

# 노(櫓) 다툼

겐랴쿠(元曆) 2년(1185) 정월 10일, 판관대부 미나모토 노 요시쓰네는 태상왕궁에 입궐하여 대장경(大藏卿) 다카시나 노 야스쓰네(高階泰經)를 통해,

"다이라 일문은 천지신명과 임금의 버림을 받아 왕도에서 쫓겨난 후, 이제 파도 위를 떠도는 패잔병이 되고 말았습니다. 그런데도 지난 삼 년 동안 섬멸시키지 않고 그냥 두어 지방의 교통을 가로막고 있으니 답답한 일이 아닐 수 없습니다. 그래서 신은 이번에 설사 기카이가시마나 고려, 인도, 중국까지 가게 되는 한이 있더라도 다이라 군을 섬멸하고 돌아올 작정인바, 만약에 실패하면 다시는 도성의 땅을 밟지 않겠습니다" 하고 자신만만하게 상주했다. 그러자 태상왕은 크게 감격하여,

"밤낮을 가리지 말고 싸워 기필코 승리를 거두도록 하라" 하고 하명했다. 요시쓰네는 군영으로 돌아와 관동의 병사들을 모아놓고,

"나는 형님(요리토모)의 대리로서 교지를 받들어 다이라 군을 토벌코자 한다. 육지는 말발굽이 닿는 데까지, 바다는 노가 닿는 곳까지 쳐들어갈 것이다. 이에 대해 조금이라도 이의가 있는 사람은 이 자리에서 관동

으로 돌아가도록 하라" 하고 선언했다.

*

한편 야시마에서는 눈 깜빡할 사이에 세월이 흘러 정월도 지나고 2월을 맞게 되었다. 봄이 가고 어느새 가을바람 부나 싶어 놀랐었는데 그 바람도 어느덧 잦아들더니 또다시 봄이 찾아와 새 풀이 돋아나 있었다. 봄 가을이 바뀌기를 세 차례, 이렇게 지낸 지 이미 3년째였다. 서울에는 관동에서 새로운 병력 수만 명이 도착해 곧 쳐들어올 것이라는 소문이 파다했다. 남쪽 규슈에서도 우스키, 헤쓰기, 마쓰라 일당이 작당하여 쳐들어올 것이라고들 수군댔다. 그 어느 소리를 들어도 그저 놀랍고 두려울 뿐이었다. 내전에서는 대비나 이위 마님(기요모리의 미망인) 할 것 없이 모두가 모여앉아 "또 무슨 끔찍한 일을 겪고 서러운 소리를 듣게 될지……" 하며 서로 탄식하며 슬퍼하고 있었다. 이러한 상황을 둘러본 신임 중납언 도모모리는 탄식하며,

"관동이나 북쪽 지방 사람들에게도 많은 은혜를 베풀었건만 결국은 그 은혜를 다 잊고 우리 집안에 대한 충성을 저버린 채 요리토모나 요시나카를 따르는 것을 보고 우리의 기반인 관서 지역도 일이 터지면 다를 게 없으리라 생각했기 때문에 좌우지간 서울에서 끝장을 내고 싶었지만 나 혼자만이 아니었기에 에라, 모르겠다 하고 서울을 떠났던 것인데 이제 이런 비참한 꼴을 겪게 되다니 참으로 원통하기 짝이 없구나" 하고 비통함을 토로했다. 이 말을 들은 사람들은 너무도 당연한 말이라 다들 고개를 끄덕였다.

*

　2월 3일, 서울을 떠난 요시쓰네는 셋쓰의 와타나베(渡邊)에서 배를 징발해 야시마로 진격하려 했고, 미카와(參河) 태수 노리요리(範賴) 역시 같은 날 서울을 떠나 셋쓰의 간자키(神崎)에서 병선을 모아 산요도(山陽道) 지방으로 출항 준비를 했다.
　13일, 조정에서는 이세, 이와시미즈, 가모, 가스가 등의 신사에 사신을 파견했다. 조정에서 나가 있는 신기관이나 각 신사의 신관들에게 다이라 일문이 주상과 왕실의 세 보물을 탈 없이 되돌려주도록 빌라는 어명을 하달하기 위해서였다.
　16일, 와타나베와 간자키 두 항구에서는 그동안 조달한 배의 밧줄을 풀고 막 출항하려 하는데 갑자기 북풍이 나무를 부러뜨릴 기세로 세차게 휘몰아쳤다. 이 때문에 파도가 일어 배들이 심하게 파손되는 바람에 출항을 중지하고 그날은 수리를 위해 그대로 머물렀다.
　와타나베 항에서는 대소 태수들이 모여 "배를 타고 하는 전투는 아직 훈련을 못했는데 어떻게 하나" 하며 작전 회의를 열었다. 가지와라(梶原)가 나서더니 "이번 전투 때는 배에다가 후진용 노를 달았으면 합니다" 하고 제의했다. 요시쓰네가 "후진용 노라니 무슨 말이오?" 하고 묻자 가지와라는 "말은 앞으로 몰면 앞으로 가고 왼쪽이건 오른쪽이건 간에 쉽게 돌릴 수 있으나 배란 급히 방향을 바꾸기가 곤란하기 때문에 노를 선미뿐만 아니라 선수의 좌우 양쪽에도 달아서 쉽게 방향을 바꿀 수 있게 했으면 합니다" 하고 설명했다. 그랬더니 요시쓰네는,
　"전투란 한 발자국도 물러서지 않으려 해도 상황이 안 좋으면 물러날 수밖에 없기 마련인데, 시작하기도 전에 물러날 생각부터 해서야 어떻게

좋은 결과를 기대할 수 있겠소. 어찌됐던 간에 출정에 앞서 불길한 말이오. 후진용이건 옆으로 가는 것이건 간에 귀장의 배에나 백 개든 천 개든 다시구려. 나는 원래 있는 노면 됐소"하고 면박을 주었다. 이 말을 들은 가지와라는,

"자고로 나아갈 때 나아가고 물러서야 할 때는 물러섬으로써 몸을 온전히 하여 적을 물리치는 사람을 명장이라 하는 것입니다. 하나밖에 모르는 외골수는 멧돼지 같다 하여 좋게 보지 않습니다"하고 충고했으나 요시쓰네는 "멧돼진지 사슴인지 알 바 없으나 싸움이란 맹공을 퍼부어 이겨야 기분이 좋은 법이오"하고 굽히지 않았다. 이 말에 무장들은 가지와라가 무서워서 크게 웃지는 못했으나 서로 눈짓콧짓하며 킬킬거렸다. 사람들은 요시쓰네와 가지와라가 자칫하면 내분을 일으킬지도 모르겠다며 술렁댔다.

날이 저물어 밤이 되자 요시쓰네는 "수리가 끝나 배가 고쳐졌으니 각자 술과 안주를 준비하여 잔치를 하자꾸나"하고 술판을 벌이는 척하며 배에다 무기와 군량미를 싣고 말을 태우더니 "어서 배를 출항시켜라"하고 다그쳤다. 사공들이 "이 바람은 순풍이긴 해도 보통보다는 훨씬 센 바람입니다. 먼 바다에 나가면 굉장할 텐데 어떻게 배를 내란 말입니까?"하고 투덜대자 요시쓰네는 벌컥 화를 내며 "들판 한구석에서 죽건 물밑에 빠져 죽건 다 전세의 업에 의한 것이다. 바다에 나가 항해하려 하면서 바람이 무섭다니 말이 되는 소리냐? 역풍이 부는데 나가라면 모를까 순풍이 불고 있는데 조금 바람이 세다고 이런 중대사를 앞두고 어찌 못 가겠다고 한단 말이냐. 출항을 않겠다면 이놈들을 한 놈도 남기지 말고 활로 쏘아 죽여버려라"하고 지시했다. 그러자 북방의 무쓰(陸奧) 출신인 사토 노 쓰기노부(佐藤嗣信)와 이세 노 요시모리(伊勢義盛)가 시위에 화

살을 한 대씩 걸고 나서면서 "무슨 잔소리들이 그리 많으냐? 대장군께서 결정하신 일이니 어서 배를 내도록 해라. 불응하면 한 놈도 남김없이 쏴 죽이고 말겠다"고 위협했다. 사공들은 이에 "화살을 맞아 죽으나 물에 빠져 죽으나 죽는 건 마찬가지이니 이보게들, 강풍이 불거든 미친 듯 배를 몰다 죽세그려" 하며 200여 척 되는 배 가운데서 다섯 척을 골라 출항했다. 남은 선박들은 바람에 겁을 먹거나 가지와라가 두려워 그대로 남아 있었다. 요시쓰네는 부하들을 향해 "다른 사람이 움직이지 않는다 해서 가만히 있어서는 안 된다. 파도가 잔잔할 때는 적들도 경계를 늦추지 않을 것이다. 이렇게 바람이 세고 파도가 높아 설마 하고 있을 때 공격을 해야 우리의 적을 토벌할 수 있을 것이다" 하고 독려했다. 다섯 척의 배에는 요시쓰네를 비롯해 다시로 노 노부쓰나(田代信綱), 고토 노 사네모토(後藤實基) 부자, 가네코 노 이에타다(金子家忠) 형제, 그리고 요도(淀) 출신으로 선박을 관리하는 고나이 노 다다토시(江內忠俊) 등이 각각 지휘를 맡았는데, 요시쓰네는 이들에게 "각자의 배에 불을 밝히지 말고 내가 탄 배를 모선 삼아 선미의 불빛을 보고 따라와야 한다. 불빛이 많이 보이면 적군이 겁을 먹고 경계를 강화할 것이다" 하고 일렀다. 밤새도록 항해했더니 사흘 걸릴 거리를 겨우 6시간 정도에 돌파하였다. 2월 16일 새벽 2시경에 와타나베와 후쿠시마를 출발하였는데 8시경에는 바람을 타고 아와에 도착한 것이었다.

## 가쓰우라(勝浦)[1]

이미 날이 밝아 둘러보니 해안에는 다이라 군의 붉은 깃발이 드문드문 펄럭이고 있었다. 이를 본 요시쓰네는 "흠, 우리가 쳐들어 올 것에 대해 대비는 하고 있었군. 배를 물가에 바로 대고 뱃전을 기울여 말을 육지에 내렸다가는 적의 표적이 돼 벌집이 되고 말 테니 물가에 닿기 전에 일단 말을 바다에 풀어놓은 후, 배 가까이로 끌어당겨 헤엄치게 하라. 그러다가 안장의 하단이 물에 잠길 듯 말 듯한 곳에 이르거든 서둘러 올라타 질주하도록 하라"고 지시했다. 나섯 적의 배에 무구와 군량미를 실었더니 말은 겨우 50여 필밖에 태울 수 없었다. 물가 가까이에 이르러 서둘러 올라타고 함성을 지르며 질주해 가자 해변에 있던 100여 기의 다이라 군은 저항다운 저항도 못해보고 뒤로 멀찌감치 물러서고 말았다.

요시쓰네는 물가에 우뚝 서서 말의 숨을 돌린 후, 이세 노 요시모리를 불러 "알아볼 일이 있으니 저자들 중에 쓸 만한 인물이 있거든 가서 하나 데려오너라" 하고 시켰다. 명을 받은 요시모리는 단기로 적군 속으로

---

1 지금의 도쿠시마(德島) 현 도쿠시마 시의 가쓰우라 해변.

들어가더니 어떻게 설득시켰는지 대장으로 보이는 흑색 가죽 갑옷을 입은 마흔가량의 무사 하나를 데리고 오는데 투구를 벗고 활을 부린 것을 보니 투항하였음을 알 수 있었다. 출신을 물으니 이 지방에 사는 곤도 지카이에(近藤親家)라 했다. 요시쓰네는 "어디 출신이건 상관없다. 야시마로 가는 길잡이로 데려갈 테니 무장은 해제시키지 말고 잘 감시토록 하되 도망가거든 바로 쏴 죽여라" 하고 지시했다.

곤도에게 이곳이 어디냐고 물으니 가쓰우라(勝浦)라고 하기에 요시쓰네는 피식 웃으며 "아니, 아부하는 것이냐?" 하고 물었다.[2] 그러자 곤도는 "정말 가쓰우라입니다. 이곳 백성들은 말하기 편하게 가쓰라라고 합니다만 한자로는 가쓰우라라고 씁니다"라고 답했다. 이 말을 들은 요시쓰네는 부하들을 향해 "모두들 지금 하는 소리를 들었느냐. 싸우러 온 내가 승리의 포구에 상륙했으니 이 어찌 상서로운 일이 아니겠느냐" 하고는 곤도를 보고 "헌데 이 부근에 다이라 일문의 편을 들어 우리에게 적대하는 세력이 있느냐" 하고 물었다. 아와 노 시게요시(阿波重能)의 동생 요시토오(能遠)가 이곳을 지키고 있다고 하자 그러면 격파하고 통과하자며 곤도의 부하 100여 기 중에서 30기 가량을 골라 자기 휘하에 추가시켰다.

요시토오가 지키고 있는 성채로 쳐들어가보니 삼면은 늪으로 둘러싸여 있고 남은 한 곳은 해자로 가로막혀 있었다. 해자 쪽으로 몰려가 함성을 지르니 성채 안에 있는 병사들이 비 오듯 활을 퍼부어댔다. 요시쓰네 군이 이를 보고도 눈 한 번 꿈쩍 않고 투구를 숙여 얼굴을 가리면서 고함과 함께 공격해 들어가자 요시토오는 버티기 힘들다고 판단한 듯 심복 부하들로 하여금 활로 엄호케 하고 자신은 준마에 올라 나 몰라라 하고 도

---

2 가쓰우라는 '승리의 포구'라는 의미이기 때문.

망치고 말았다. 요시쓰네는 활을 쏘던 20여 명의 목을 베어 군신에게 제물로 바치고 승리의 함성을 올린 후 시작이 좋다며 기뻐했다.

그런 다음 곤도를 불러 물었다.

"야시마에는 다이라 군이 얼마나 있느냐?"

"아마도 천 기는 넘지 못할 것입니다."

"왜 그것밖에 안 된단 말이냐?"

"보시다시피 시코쿠의 모든 포구와 섬마다 오십 기, 백 기씩 분산시켜 놓았기 때문입니다. 게다가 시게요시의 아들 노리요시는 지금 가와노 노미치노부가 불러도 응하지 않자 삼천 기를 데리고 이요에 가 있습니다."

"그렇다면 절호의 기회로구나. 여기서 야시마까지는 며칠이나 걸리느냐?"

"이틀 거리입니다."

"그럼 적이 알기 전에 공격토록 하자" 하며 질주와 휴식을 반복하며 아와와 사누키 경계에 있는 오사카 산을 철야로 넘었다.

행군 도중 한밤중에 봉서를 휴대한 사내와 한길을 가게 되었다. 이자는 밤이라 적군인 줄은 꿈에도 모르고 아군이 야시마로 가고 있는 줄 알고 마음을 놓고 요시쓰네와 이런저런 이야기를 시작했다.

"그 봉서는 누구에게 전하는 것이냐?"

"야시마의 무네모리 대감께 전하는 글입니다."

"누가 보냈는데?"

"서울에 계시는 마님이 보내신 것입니다."

"무슨 내용인지 궁금하구나."

"별다른 내용이야 있겠습니까. 미나모토 군이 이미 요도를 나와 출항했으니 그걸 알리는 것이겠지요."

"아하 그렇겠군. 우리도 야시마로 가는데 길을 잘 모르니 길 안내를 부탁해도 되겠느냐."

"소인은 자주 다니기 때문에 길은 잘 알고 있습니다. 안내해 드리지요."

그러자 요시쓰네는 부하를 시켜 봉서를 빼앗은 다음 "이자를 어디에다 포박해두어라. 죄짓는 일이니 목은 베지 말고" 하니 산속 나무에다 묶어놓고 지나갔다. 봉서를 열어보니 정말로 여자 필체로,

요시쓰네는 행동이 민첩한 사람이라 이런 강풍이나 파고에도 상관 않고 공격할 것입니다. 병력을 분산시키지 말고 주의하시기 바랍니다.

하고 적혀 있었다. 요시쓰네는 "이는 하늘이 내게 주시는 글이로구나. 형님에게 보여드려야겠다" 하며 품안 깊숙이 간직했다.

이튿날인 18일 새벽 무렵 사누키의 히케타(引田)라는 곳에서 하마하여 휴식을 취했다. 그리고는 뉴노야(丹生屋)와 시로토리(白鳥)를 지나 야시마로 돌진했다. 요시쓰네는 다시 곤도를 불러 물었다.

"이곳에서 야시마 성채로 가는 길 사정은 어떠한가?"

"모르시기 때문에 물으시는 것이겠지만 물이 무척 얕은 곳입니다. 썰물 때가 되면 육지와 섬 사이는 물이 말의 배에도 차지 않습니다."

이 말을 들은 요시쓰네는 "그렇다면 바로 쳐들어가자" 하며 다카마쓰의 민가에 불을 지르고 야시마 성채로 공격해 들어갔다.

한편 야시마에서는 가와노 노 미치노부의 불충을 책하기 위해 3천 기를 이끌고 이요로 갔던 노리요시가 가와노는 놓치고 대신 그의 부하 150여

명의 목을 베어가지고 돌아와 야시마의 행궁에 바쳤다. 행궁에서 적군 목의 확인 작업을 하는 것은 적절치 못하다 하여 무네모리의 숙소에서 확인 작업을 실시키로 하고 세어보니 모두 156개의 목이 있었다. 한참 그러고 있는데 병사들이 다카마쓰 쪽에서 불길이 오르고 있다며 소란을 떨었다. 부하들이 달려와 "낮이니 실화일 리는 없고 적군이 쳐들어와 불을 지른 모양입니다. 대병력 같으니 포위당했다가는 살아남기 힘들 것입니다. 어서 배에 오르시지요" 하며 문 앞 해변에 배를 가져다대자 너 나 할 것 없이 모두 배에 올라탔다. 주상의 배에는 대비와 이위 마님, 그리고 그 딸과 궁녀들이 탔고, 무네모리 부자는 한 배에 올랐다. 그 밖의 사람들은 마구 뒤섞인 채로 올라타 1정이나 물러난 배가 있는가 하면 7~8단, 5~6단씩 노를 저어 도망가고 있는데 완전 무장한 미나모토 군의 병사 7~80기가 대문 앞 해변에 모습을 드러냈다. 마침 갯벌이 모습을 드러낼 때로 바닷물이 쑥쑥 빠져 물이 말 무릎이나 배에 차는 곳도 있고 그보다 얕은 곳도 있었다. 질주하는 말들이 만들어내는 물보라가 안개처럼 피어오르는 가운데 미나모토 군이 흰 깃발을 잇달아 세우자 다이라 군은 정말로 운이 다했는지 이들을 대군으로 착각하고 만 것이었다. 요시쓰네는 자신의 병력이 소수임을 알아차리지 못하도록 5~6기, 7~8기, 10기씩 무리를 지어 모습을 드러내게 했던 것이다.

# 쓰기노부(嗣信)의 최후

　요시쓰네는 그날 붉은 비단 내갑 위에 보라색 실로 엮은 갑주를 걸치고 금장 대도를 차고 독수리 깃 화살을 메고 있었는데 등나무를 감은 강궁의 줌통을 다잡아 쥐고 배 있는 곳을 노려보며 "나는 태상왕의 차사로 판관대부 미나모토 노 요시쓰네라 하오" 하고 우렁찬 소리로 외쳤다. 이어 이세의 다시로 노 노부쓰나, 무사시의 가네코 노 이에타다와 지카노리, 이세 노 요시모리 등이 차례로 이름을 밝혔다. 그리고 고토 노 사네모토, 그 아들 모토키요(基淸), 무쓰 사람 사토 노 쓰기노부와 다다노부(忠信), 에다 노 겐자(江田源三), 구마이 다로, 무사시보 벤케이가 이름을 밝히며 말을 몰아 달려왔다.
　보고 있던 다이라 진영에서는 적군을 향해 활을 쏘라는 지시가 떨어지자 멀리 쏘기도 해보고 직접 노려 쏴보기도 했으나 미나모토 군의 병사들은 좌우로 몸을 돌려 피하기도 하고 정박해 있는 배 뒤에 숨기도 하면서 함성을 지르며 공격을 계속했다.
　이들 중 고토 노 사네모토는 산전수전 다 겪은 노련한 무장이라 전투에는 참가하지 않고 행궁으로 난입해 곳곳에 불을 놓아 순식간에 태워버리고 말았다. 무네모리는 부하를 불러 "적군의 병력이 얼마나 되더냐?" 하고 물었다. "현재 고작 칠팔십 기 정도인 것 같습니다" 하고 답하자 "이런 어이없는 일이 다 있나. 그렇다면 적군의 머리카락 수를 다 합쳐도 우리만 못하다는 말이 아니냐. 이들을 포위해 섬멸하지 않고 서둘러 배에 오르는 바람에 행궁이 불타고 말았으니 이런 통탄할 일이 있나. 노리쓰네는 게 있느냐, 뭍으로 올라가 한판 싸우고 오너라" 하고 명했다. 노토 태수 노리쓰네는 예 하고 답하더니 엣추 노 모리쓰기를 데리고 거룻배에 올라 불타버린 대문 앞 해변에 닻을 내렸다. 보니 요시쓰네 휘하의 80여 기는 마침 활 쏘기 좋은 거리에 위치해 있었다. 모리쓰기가 배 앞에 나서 "아까 이름을 밝히는 것 같던데 바다 멀리 떨어져 있어서 뭐랬는지 알아듣지 못했소이다. 오늘 미나모토 군을 지휘하는 이는 뉘시오?" 하고 쩌렁쩌렁한 목소리로 물었다. 이세 노 요시모리가 앞으로 나오더니 "새삼 입에 올릴 필요도 없는 일이나 이분으로 말할 것 같으면 세이와(淸和) 임금의 십대손으로 요리토모 어른의 동생이신 판관대부이시다" 하고 외쳤다. 그러자 모리쓰기는 "들어본 적이 있는 이름인 것 같기도 하구나. 오래전 헤이지 정변 때 부친이 전사해 고아가 됐다가 구라마(鞍馬)에 있는 절에서 동자승 노릇도 하고 사금 장사의 하인 노릇을 하기도 하다가 식량을 걸머지고 북녘 땅으로 내뺐다는 아이 아닌가" 하고 야유했다. 그러자 요시모리는 "혓바닥이 돌아간다고 입에서 나오는 대로 우리 주군에 대해 말하지 말라. 그렇다면 너희들은 도나미 산 전투 때 계곡에서 떨어져 겨우 목숨만 건져 호쿠리쿠도를 헤매다가 동냥질해가며 울며 서울로 돌아갔다는 바로 그자들이냐?" 하고 꼬집었다. 그러자 모리쓰기는 다시 "주군의 은혜가 넘치는데 뭐가 부족해 거지 노릇을 한다는 말이냐. 그런 너희들이야말로 도둑 떼의 본거지인 스즈카(鈴鹿) 산에서 산적질하여 처자를 부양하며 살아가고 있는 무리들 아니더냐" 하고 비아냥거리자 이번에는 가네코 노 이에타다가 나서더니 "사내대장부들이 아무짝에도 쓸모없는 헛소리들이나 하고 있군. 서로 있지도 않은 일을 가지고 거짓말할 것 같으면 질 사람이 어디 있나. 작년 봄 이치노타니에서 무사시(武藏)와 사가미(相模)의 젊은이들 솜씨는 이미 다 보았는데" 하고 꾸짖고 있는데, 옆에 있던 동생 요이치가 형의 말이 아직 끝나기도 전에 살대가 긴 화살을 시위에 얹어 휙 하고 쏘니 모리쓰기가 입고 있던 갑주의 가슴 덮개를 뚫고 가슴을 관통했다. 그 후로는 서로 말싸움을 중지하였다.

노토 태수 노리쓰네는 해전 시에는 복장이 간편해야 한다며 보통 때 입는 내갑의 대신 홀치기 염색한 평복 위에 비단으로 장식한 갑주를 입고 화려하게 장식한 대도를 차고 독수리 꼬리 깃을 단 화살 스물네 대를 메고, 등나무 감은 활을 틀어 쥐고 있었다. 장안 제일의 명궁으로 살을 겨누어 못 맞추는 일이 없는 사람이었다. 요시쓰네를 쏘려고 노리고 있었는데 그쪽에서도 알아차리고 쓰기노부와 다다노부, 이세 노 요시모리, 겐파치 히로쓰나, 에다 노 겐자, 구마이 다로, 벤케이와 같은 일기당천의 용사들이 다투어 말머리를 나란히 하고 요시쓰네의 앞을 가로막으니 도리가 없었다. "앞을 가로막고 있는 졸자들은 비켜라" 하며 잇달아 활을 쏘니 순식간에 무장 병사 10여 기가 맞아 나뒹굴었다. 특히 맨 앞에서 달려오던 사토 노 쓰기노부는 화살이 왼쪽 어깨에서 오른쪽 옆구리를 관통해 그 자리에서 쿵 하고 곤두박질치고 말았다.

노리쓰네의 시동 중에 기쿠오(菊王)라는 힘센 용사가 있었다. 연둣빛 단갑 위에 투구 끈을 질끈 동여매더니 협도를 빼어 들고 사토의 목을 치러 달려갔다. 그러자 사토의 동생이 형의 목을 빼앗기지 않으려고 시위를 당겨 힘껏 쏘니 화살은 갑옷 이음새 부분을 뚫고 몸을 관통해 기쿠오는 그 자리에서 퍽 주저앉고 말았다. 이를 보고 있던 노리쓰네가 배에서 황급히 뛰어내려 왼손에는 활을 쥐고 오른손으로는 기쿠오를 들어 배 안으로 훌쩍 집어던지니 적에게 목을 빼앗기지는 않았지만 중상이라 죽고 말았다. 기쿠오는 원래 노리쓰네의 형 미치모리(通盛)의 시동이었으나 주군이 전사한 후로는 노리쓰네를 섬기고 있었는데 이제 겨우 18세였다. 노리쓰네는 기쿠오가 죽자 너무 슬펐는지 싸움을 그만두고 돌아오고 말았다.

한편 요시쓰네는 사토를 진지 뒤편으로 실어오게 한 후 말에서 내려 손을 부여잡고 물었다.

"쓰기노부, 기분이 어떠한가?" 그러자 사토는 숨을 헐떡이며

"이제 갈 때가 된 모양입니다."

"남기고 싶은 말은 없느냐?"

"무슨 남길 말이 있겠습니까. 다만 장군께서 뜻을 이루신 것을 못 보고 죽는 게 안타까울 따름입니다. 그 외엔 아무것도 없습니다. 무인이 적의 화살을 맞고 죽는 거야 원래부터 각오했던 것 아니겠습니까. 특히 아군과 다이라 군의 교전 중에 사누키의 야시마에서 무쓰의 사토 노 쓰기노부가 주군의 목숨을 구하려다 죽었노라고 후대까지 이야깃거리가 되어 전해진다면 무인 된 자로서 이승에서의 영광이요 저승에서의 추억거리가 될 것입니다" 하고 겨우 말하더니 숨이 끊어질 듯했다. 요시쓰네는 눈물을 뚝뚝 흘리며 근처에 고승이 없는지 알아보라면서 "부상을 입어 지금 막 숨을 거두려고 하는 사람을 위해 하루 동안 법화경을 서사해 공양해달라고 부탁해보아라" 하며 살찌고 우람해 보이는 흑마에 금세공 안장을 얹어 시주로 딸려 보냈다. 이 말은 요시쓰네가 판관대부로 승진했을 때 이를 기념해 '흑대부(黑大夫)'라 이름 지어준 말로서 이치노타니 전투 때 히요도리 고개를 타고 내려갔던 말이 바로 이 말이었다. 쓰기노부의 동생을

비롯해 이를 지켜본 병사들은 한결같이 눈물을 흘리면서 "이런 주군을 위해서라면 목숨을 잃더라도 아까울 게 없다" 하고 감격해 했다.

## 나스 노 요이치(那須與一)

그러고 있는 사이 미나모토 군의 도착을 기다리며 산속이나 동굴에서 숨어 지내고 있던 아와나 사누키 지방의 반 다이라 세력들이 곳곳에서 14~5기, 20기씩 무리 지어 몰려들어 요시쓰네 군은 금세 300여 기로 불어났다. 요시쓰네는 "오늘은 날이 저물었으니 승부를 못 가리겠구나" 하며 물러나려 하는데 바다 쪽에서 아주 화려하게 꾸민 작은 배 한 척이 뭍을 향해 다가오더니 해변에서 7~8단가량 되어 보이는 거리에 이르자 배를 옆으로 돌리는 것이었다. 저건 또 뭔가 하고 보니 배 안에 다섯 폭 저고리에 붉은 치마를 받쳐 입은 18~9세가량의 미소녀가 타고 있었는데 붉은 바탕에 금색으로 해를 그린 부채를 멍에 위에 세운 장대에 꽂아놓고 뭍을 향해 손짓을 하고 있었다. 의아하게 생각한 요시쓰네는 고토 사네모토를 불러 의견을 물었다.

"한번 맞혀보라는 것이겠지만 대장군께서 앞에 나가 미녀를 보고 있으면 활 잘 쏘는 사람을 시켜 저격하려는 계략인 듯싶습니다. 어쨌든 간에 누군가를 시켜 저 부채를 날려 보내는 게 좋을 것 같습니다."

"아군 중에 저걸 맞힐 만한 사람이 있겠느냐?"

"활 잘 쏘는 사람이야 얼마든지 있지만 개중에도 시모쓰케(下野)의 나스 노 스케타카(那須資高)의 아들 요이치가 체구는 작아도 명수이옵니다."

"실제로 본 적이 있느냐?"

"하늘을 나는 새를 쏘아 세 마리 중 두 마리는 반드시 맞히는 자이옵니다."

"그럼 불러오너라."

불려온 요이치는 스무 살쯤 되어 보이는 청년으로 감색 바탕에 붉은 명주로 섶과 소매 가장자리를 댄 내갑의 위에 연둣빛 갑옷을 입고 있었는데 칼은 율형을 은으로 장식한 대도를 찼고 전통에는 그날 쓰다 남은 독수리 깃 화살과 함께 독수리 깃과 매 깃을 섞어 만든 효시가 꽂혀 있었다. 등나무를 감은 강궁을 허리에 끼고 투구를 벗어 어깨에 건 채로 요시쓰네 앞에 대령했다. 요시쓰네가 "요이치, 저 부채 한가운데를 맞혀 적에게 네 솜씨를 보여주어라" 하니 요이치는 "쏴서 맞힐 수 있을지 어떨지 자신이 없습니다. 혹 못 맞힐 경우 오래오래 아군의 수치로 남을 테니 틀림없이 맞힐 수 있는 사람을 시키시는 게 좋을 것 같습니다" 하고 답했다. 이 말에 요시쓰네는 크게 노해 "가마쿠라를 떠나 서부로 출정한 사람이 내 명령을 어겨서는 안 된다. 조금이라도 불만이 있거든 당장 이곳을 떠나도록 하라" 하고 꾸짖었다. 요이치는 더 이상 사퇴해서는 안 되겠다 싶었던지 "못 맞힐지도 모르겠사오나 명령을 받들어 한번 해보도록 하겠습니다" 하더니 물러나와 살찌고 튼튼한 흑마에다 술이 적은 밀치끈을 묶고 멍게 문양에 자개로 장식한 안장을 얹어 올라타더니 활을 고쳐 쥐고 고삐를 당겨 물가를 향해 말을 몰았다. 아군 병사들이 멀어져가는 요이치의 뒷모습을 바라보며 저 젊은이는 틀림없이 해낼 거라고들 하자 요시쓰네도 믿음직하게 생각하고 지켜보고 있었다.

　요이치는 목표가 좀 멀어 보여 바다 속으로 1단가량 말을 몰아 들어가 봤으나 그래도 부채와의 거리는 여전히 7단 정도는 되어 보였다. 때는 2월 18일 저녁 6시 무렵이었는데 마침 북풍이 세차게 불어오더니 해변에 밀려드는 파도가 높게 일기 시작했다. 배가 물결 따라 흔들리기 시작하자 부채도 가만 있지 않고 장대 위에서 팔락거렸다. 먼 바다에서는 다이라 군이 바다 가득 배를 나란히 하고 바라다보고 있고 뭍에서는 미나모토 군이 재갈을 나란히 하고 숨을 죽이며 지켜보고 있었으니 긴장되고 영광스런 일이 아닐 수 없었다. 요이치는 눈을 감고 '하치만 대보살이시여, 이 나라의 천지신명이시여, 닛코(日光)의 신령이시여, 그리고 고향 우쓰노미야(宇都宮), 나스(那須)의 유젠 신령이시여. 바라옵건대 저 부채 한가운데를 맞출 수 있게 해주옵소서. 만약 맞히지 못하면 활을 부러뜨리고 배를 갈라 두 번 다시 사람 얼굴을 대하지 않겠습니다. 고향 땅을 다시 밟게 해주실 생각이시면 이 화살이 빗나가지 않게 해주소서' 하고 마음속으로 기도한 다음 눈을 뜨고 보니 바람이 얼마간 잦아들어 부채가 쏠 만한 상태로 돌아와 있었다. 요이치는 효시를 시위에 얹고 힘껏 당겨 쏘았다. 체구가 작아 조그마한 활을 사용했으나 힘이 좋은 활이어서 온 바닷가에 울려 퍼질 정도로 요란한 소리를 내며 길게 날더니 정확히 사북에서 한 치 되는 곳에 맞아 부채를 두 동강 냈다. 화살은 바다 속으로 떨어지고 부채는 하늘로 날아올라 한참 팔락거리더니 봄바람에 이리저리 날리다가 바다 위로 휙 떨어지고 말았다. 석양이 빛나고 있는 가운데 금색으로 태양을 그려 넣은 빨간 부채가 흰 파도 위에서 떴다 가라앉았다 하니 먼 바다에서는 다이라 군이 뱃전을 두드리며 감탄하고 뭍에서는 미나모토 군이 동개를 두드리며 환호했다.

## 요시쓰네의 활

비록 전투 중이었으나 요이치의 활 솜씨에 감탄해 흥에 겨웠던지 다이라 군의 배 안에서 검은 가죽 갑옷에 나무 자루 협도를 든 나이 쉰쯤 돼 보이는 남자가 부채를 세워두었던 곳에 서서 덩실덩실 춤을 추기 시작했다. 그러자 이세 노 요시모리가 말을 몰아 요이치 뒤로 오더니 "대장군의 명령이시다. 쏴라" 하고 전했다. 이번에는 두번째 살을 뽑아 시위에 얹고 힘껏 당겨 그 남자의 목을 쏴 맞추니 그대로 배 바닥에 고꾸라지고 말았다. 다이라 군 쪽은 쥐 죽은 듯 조용했으나 미나모토 군 쪽에서는 동개를 두드리며 환호성을 울렸다. 잘 맞혔다고 칭찬하는 사람도 있었으나 한편으로는 무참한 짓을 했다고 혀를 차는 사람도 있었다.

다이라 진영에서는 이를 괘씸하게 생각했는지 방패를 든 사람 하나, 활을 든 사람 하나, 협도를 든 사람 하나 등 도합 세 명의 무사가 물가로 올라오더니 방패를 세워놓고 "어이, 덤벼라" 하고 손짓을 했다. 요시쓰네가 "여봐라, 마술에 능한 젊은 사람들이 말을 몰고 가서 쫓아버리고 오너라" 하고 지시하자 무사시 사람 미오노야 노 시로와 도시치, 주로, 그리고 고즈케(上野) 사람 뉴 노 시로, 시나노 사람 기소 노 주지 등 다섯 명이 줄이어 함성을 지르며 달려갔다. 그러자 활을 가진 다이라 군의 무사가 방패 뒤에서 옻칠한 살대에 검은 매의 날개로 깃을 댄 화살을 시위에 얹어 휙 쏘니 선두를 달려오던 미오노야의 말 왼쪽 가슴걸이에 명중해 오늬가 박힐 정도로 깊숙이 꽂히고 말았다. 병풍이 뒤로 넘어가듯 말이 쿵 하고 넘어지자 미오노야는 말의 오른쪽 다리를 넘어 왼쪽으로 내려서자마자 대도를 뽑아 들었다. 그러자 이번에는 방패 뒤에서 협도를 든 무사가 나오더니 이를 휘두르며 달려들었다. 칼로는 협도를 상대하기 힘들겠다고 생각한 미오노야가 엉금엉금 기어 도망을 치자 그대로 뒤쫓아왔다. 협도로 베어 쓰러뜨리려나 보다 했더니 웬걸, 협도를 왼쪽 옆구리에 끼고 오른손을 뻗어 미오노야의 투구 드림을 잡아채려 했다. 미오노야가 잡히지 않으려고 필사적으로 도망을 치자 세 번은 허탕을 쳤으나 네번째에는 덥석 움켜쥐고 말았다. 그러나 그도 잠시, 미오노야는 드림의 이음새 부분을 잡아 뜯고 내빼고 말았다. 남은 네 기는 말이 다칠까 두려워 나아가지 못하고 구경만 하고 있었다. 미오노야는 아군의 말 뒤로 도망와 가쁘게 숨을 몰아쉬었다. 상대는 쫓아오지는 않고 협도를 짚고 투구 드림을 들어 보이며 큰소리로 "평소 소문은 들었을 게고 오늘 눈으로 보았을 텐데 내가 바로 장안의 한량들이 가즈사(上摠)의 아쿠시쓰뵤에(惡七兵衛)라고 부르는 가게키요(景淸)다"라고 이름을 밝힌 후 몸을 돌렸다.

 이를 보고 속이 풀린 다이라 진영에서는 "가게키요를 죽게 내버려두어서는 안 된다. 내 뒤를 따르라" 하며 또 다시 200여 명이 물가로 올라와 방패를 일렬로 겹쳐 세우더니 덤비라고 적을 유인했다. 보고 있던 요시쓰네는 "에이, 못 참겠다" 하며 고토 부자, 가네코 형제를 선두에, 사토와 이세는 좌우에, 다시로를 후미에 세워 80여 기를 이끌고 함성을 지르며 돌진하자 다이라 군은 대부분이 말이 없는 보병들이었기 때문에 말에 차이지 않으려고 후퇴해 배에 오르고 말았다. 이들이 세워놓은 방패는 말발굽에 짓밟혀 흡사 산통이 깨진 듯 여기저기 흩어지고 말았다. 승세를 탄 미나모토 군은 바닷물이 말의 허벅지까지 차는 곳에까지 들어오며 공격을 가했다.

요시쓰네 역시 적진 깊숙이 들어가 싸우고 있었는데 다이라 군 병사들이 배 안에서 쇠갈퀴를 가지고 요시쓰네의 투구 드림을 휙 휙 하고 두세 차례 걸어 잡아당겼다. 부하들이 대도와 협도를 휘두르며 막아내어 위기는 모면했으나 그 와중에 활이 쇠갈퀴에 걸려 물에 빠지고 말았다. 요시쓰네가 몸을 숙여 채찍으로 끌어당겨 건지려 하자 부하들이 그냥 버리라고 말렸으나 듣지 않고 몇 차례나 시도한 끝에 간신히 주워들더니 웃으며 물러섰다. 나이 많은 무사들이 혀를 차며 "왜 그리 무모한 짓을 하십니까? 설사 천 냥 만 냥 하는 활이라 할지라도 어찌 목숨과 바꿀 수 있다는 말입니까?"라고 하자 요시쓰네가 "내가 활이 아까워서 그런 줄 아느냐. 내 활이 두 사람이나 세 사람이 힘을 써야 시위를 걸 수 있는 활이거나 숙부님 활처럼 강궁이었다면 일부러라도 떨어뜨려서 적이 줍게 했을 것이다. 이렇게 힘없는 활을 적이 주워 가지고 '이게 미나모토 군의 대장군 요시쓰네의 활이란다' 하며 비웃을까 봐 목숨을 걸고 건져온 것이다" 하고 이유를 설명하니 맞는 말이라며 모두 감탄을 했다.

그러다가 날이 저물자 요시쓰네는 병력을 퇴각시켜 무레(牟禮)와 다카마쓰(高松) 사이에 있는 야산에 진을 쳤다. 병사들은 사흘 동안이나 잠을 자지 못했는데, 그제는 와타나베와 후쿠시마를 떠나 파도에 시달려 잠을 자지 못했고, 어제는 아와의 가쓰우라에서 싸우고 밤새 나카야마를 넘느라고 한숨도 못 잔 데다가, 오늘 또 하루 종일 싸움으로 지새는 바람에 모두가 녹초가 돼 투구나 갑옷 소매, 동개 등을 베개 삼아 곯아떨어지고 말았다. 요시쓰네와 이세 노 요시모리 둘만이 잠을 자지 않았는데 요시쓰네는 높은 곳에 올라 적이 쳐들어오는 것을 망보았고, 요시모리는 움푹 팬 곳에 몸을 숨기고 적이 몰려오면 말의 배를 쏘려고 대기하고 있었다. 다이라 진영에서는 노토 태수 노리쓰네와 500여 기가 야습을 하기 위해 준비를 하고 있었으나 엣추 노 모리쓰기와 에미 노 모리카타가 서로 선봉을 맡겠다고 다투는 바람에 날이 새고 말았다. 야습을 했더라면 미나모토 군은 무너지고 말았을 텐데 기회를 놓치고 말았으니 운이 다해도 정말 다했다고 할 수밖에 없는 일이었다.

# 시도(志度) 전투

날이 밝자 다이라 군은 인근에 있는 시도로 배를 저어 후퇴했다. 요시쓰네는 300여 기 중에서 80여 기의 인마를 엄선하여 뒤를 쫓았다. 이를 본 다이라 군은 "적은 소수다. 포위해서 공격하자"하며 천여 명이 뭍으로 올라와 함성을 지르며 공격해왔다. 바로 그때 야시마에 남아 있던 200여 기가 뒤질세라 뒤쫓아 오자 다이라 군은 이들을 보고 "아뿔싸, 미나모토의 대군이 뒤따라오고 있었구나. 수십만 기는 될 텐데 포위당했다가는 큰일이다"하며 다시 배에 올라타 조류에 떠밀리고 바람에 실려 정처 없이 도망치고 말았다. 시코쿠는 이미 요시쓰네에 의해 제압을 당했고 규슈에는 반대 세력이 많아 갈 수가 없게 되고 보니 다이라 군은 마치 중유(中有)를 헤매는 망자의 넋과 다름없는 신세가 되고 말았다.

요시쓰네는 시도에 도착해 적병의 목 확인 작업을 하다가 이세 노 요시모리를 불러 "아와 노 시게요시의 아들 노리요시가 가와노 노 미치노부의 불충을 책하기 위해 삼천 기를 데리고 이요로 갔다가 가와노를 놓친 대신 부하 백오십여 명의 목을 베어 가지고 돌아와 어제 야시마의 행궁에 바치고 오늘 이곳에 도착 예정이라 한다. 네가 가 무슨 수를 써서 회유해 데려오도록 하여라"하고 명했다. 요시모리는 절하고 나와 미나모토의 군기인 백기를 등에 꽂고 겨우 16기만을 데리고 떠났는데 모두 비무장의 백의 차림이었다. 길을 떠난 지 얼마 되지 않아 노리요시 군과 맞닥뜨리게 되었다. 양군의 군기인 백기와 홍기가 2정가량 거리를 두고 대치했다. 요시모리는 사자를 보내 "나는 미나모토 군의 대장군 판관대부 어른의 가신으로 이세 노 요시모리라 하는데, 귀장께 드릴 말씀이 있어 예까지 왔소이다. 무장도 하지 않고 무기도 지니지 않았으니 길을 열어 들여보내 주시오" 하고 청했다. 그러자 3천여 기의 병력이 가운데에 길을 터 들어가게 해주었다. 요시모리는 노리요시와 말머리를 나란히 하며 "이미 들어서 알고 계시겠지만 가마쿠라 어른의 동생이신 판관대부께서 태상왕의 교지를 받들어 시코쿠로 내려오셨소. 그제는 아와의 가쓰우라에서 귀장의 숙부를 치셨고, 어제는 야시마의 행궁을 불사르고 무네모리 대감 부자를 생포하였는데, 노토 태수께서는 자결하셨소. 그 밖의 일문 사람들은 전사한 사람도 있고 바다에 빠진 사람도 있었는데 얼마 남지 않은 사람들은 시도에서 모두 전사하였소. 귀장의 부친께선 항복해 소장이 맡고 있었는데 밤새 내내 '내 아들이 사실이 이런 줄은 꿈에도 모르고 내일 싸우다가 죽을 것을 생각을 하니 가슴이 미어진다'며 탄식하시기에 이 사실을 알려드리려고 여기까지 온 것이오. 이제 싸우다 죽건 투항해 부친을 다시 한 번 뵈옵건 간에 모든 것은 귀장의 손에 달렸소이다" 하고 말했다. 그러자 용장으로 소문난 노리요시였으나 운이 다했던지 "이미 들은 바와 조금도 다름이 없었구려" 하며 투구를 벗고 활줄을 부려 부하에게 들렸다. 대장이 이러니 3천여 기 병사들 또한 똑같이 따라했다. 겨우 16기에 이끌려 순순히 포로가 되어 따라온 것을 보고 요시쓰네는 "요시모리의 계략이 실로 신묘하기 짝이 없구나" 하고 감탄해 마지않았다. 바로 노리요시의 갑옷을 벗기고 요시모리에게 신병을 맡기고는 "한데 저 병력은 어찌하지?" 하고 묻기에 "타지에서 긁어모은 자들이 주군을 정해놓고 있을 리 만무합니다. 천하 대란을 진정시키고 나라를 다스릴 사람을 주군으로 여기겠지요" 하니 지당한 말이라며 3천 기 모두를 자기 병력에 포함시켰다.

22일 아침 8시경에 와타나베에 머물러 있던 200여 척의 선박이 가지와라를 앞세우고 야시마에 도착하자 사람들은 "서부 지역이 이미 판관대부 손에 함락됐는데 이제 도착해 무슨 소용이란 말인가. 법회 끝나고 가져온 꽃이요, 단오 지나 꺾어온 창포에, 싸움 다 끝났는데 들고 온 몽둥이 꼴이지" 하고 놀려댔다.

요시쓰네가 서울을 떠난 후 스미요시(住吉) 신사의 신관 나가나리가 태상왕궁을 찾아와 대장경(大藏卿) 야스쓰네를 통해 "지난 십육일 새벽 두 시경 저희 신사의 제 삼 신전에서 효시가 우는 소리가 나더니 서쪽을 향해 날아갔사옵니다" 하고 아뢰었다. 태상왕은 크게 기뻐하며 나가나리를 통해 검과 각종 보물을 스미요시 신령에게 봉헌했다. 태곳적 진구(神功) 왕비가 신라를 공격할 때 이세의 대신령은 스미요시와 스와(諏訪) 두 신을 선봉으로 세워 참가시켰는데 두 신은 배의 고물과 이물에 서서 신라 공격을 도왔다고 한다. 귀국 후 두 신 중 한 신은 셋쓰의 스미요시(住吉)에 진좌했는데 스미요시 대신령이 바로 이 분이고, 또 다른 한 신은 시나노의 스와(諏訪)로 내려왔는데 다름 아닌 스와 대신령이 바로 이 분이었다. 태곳적 전쟁의 기억을 잊지 않고서 지금도 조정의 원수를 물리치시려나 보다 하고 군신 모두 마음 든든하게 생각했다.

## 단노우라(壇浦)³ 해전

판관대부 요시쓰네는 스오(周防)로 건너가 이복 형인 미카와 태수 노리요리와 합류했다. 다이라 군은 나가토(長門)⁴의 히쿠시마(引島)에 입항해 있었다. 요시쓰네 군은 얼마 전에 아와의 가쓰우라에 상륙해 야시마 전투에서 승리를 거두었는데, 이번에는 다이라 군이 히쿠시마⁵로 들어간 데 반해 오이쓰(追津)⁶에 상륙했으니 우연치고는 이상한 일이 아닐 수 없었다.

구마노 신사의 제사장 단조(湛増)는 다이라 쪽에 붙어야 할 것인지 미나모토 쪽에 붙어야 할 것인지에 대한 신의를 묻기 위해 다나베의 이마구마노 신사에서 굿을 하며 빌었더니 '백기에 붙어라'라는 탁선이 내렸다. 그래도 안심이 안 되어 흰 닭 일곱 마리와 붉은 닭 일곱 마리를 골라 신령 앞에서 싸움을 시켰더니 붉은 닭이 한 마리도 이기지 못하고 도망하는 것

---

3 야마구치(山口) 현 시모노세키(下關) 시의 앞바다.
4 야마구치 현의 북서부 지역.
5 '후퇴하는 섬'이라는 의미.
6 '쫓는 항구'라는 의미.

을 보고 미나모토 쪽에 붙기로 결심을 했다. 일문 전원을 소집해 총세 2천여 명의 병력을 200여 척의 배에 나눠 태우고 이마구마노 신령의 본체를 배에 싣고서 깃대 위에 '금강동자(金剛童子)'라 써서 걸고 단노우라를 지나가자 미나모토와 다이라 양군 모두 이를 보고 절을 했다. 그러나 단조 일행이 미나모토 군에 가세하자 다이라 군은 낙담하고 말았다.

또 이요 사람 가와노 노 미치노부가 150척의 병선을 이끌고 달려와 미나모토 군에 합류하니 요시쓰네는 미더운 마음에 힘이 솟구치는 것 같았다. 미나모토 군의 선박은 3천여 척이었고 다이라 쪽은 천여 척이었는데 대형선이 간혹 섞여 있었다. 미나모토 군의 세력은 불어나는 한편 다이라 군은 계속 줄고 있었다.

양군은 겐랴쿠 2년(1185) 3월 24일 오전 6시에 모지(門司)와 아카마노세키(赤間關) 사이에서 효시를 쏴 개전키로 합의했다. 그런데 그날 요시쓰네와 가지와라 사이에 자칫하면 내분이 일어날 뻔한 일이 있었다. 가지와라가 그날의 선봉을 자기가 맡겠다고 나선 게 일의 발단이었는데, 요시쓰네가 "내가 없으면 모를까 어림없는 소리" 하고 일축하자 "무슨 말씀을 하십니까. 대장군께서 어찌 선봉에 서신단 말입니까?" 하고 다그쳤다. 이 말에 요시쓰네가 발끈해 "별소리를 다 듣겠군. 가마쿠라의 형님이 대장군이지 내가 무슨 대장군이란 말이오. 나는 명령을 받드는 몸이니 귀장들과 다를 바 없는 사람이오"라고 하자 더 이상 선봉을 고집하기 어렵게 된 가지와라는 "이 사람은 천성이 무사들의 맹주가 되기는 어렵겠군" 하고 중얼거렸다. 이 소리를 놓치지 않고 들은 요시쓰네가 "이런 천하의 멍청이 같은 놈이" 하며 칼자루를 쥐자 가지와라 역시 "난 요리토모 어른 말고는 달리 모시는 주군이 없는 사람이오" 하며 칼자루에 손을 얹었다. 그러자 가지와라의 장남 가게스에, 차남 가게타카, 삼남 가게이에가 아버지 곁으로 다가갔다. 한편 요시쓰네의 태도를 본 사토, 이세, 겐파치, 에다, 구마이, 벤케이 등과 같은 일기당천의 용사들이 가지와라를 에워싸면서 서로 먼저 가지와라를 요절내겠다는 기세로 접근해왔다. 그러나 요시쓰네한테는 미우라 노 요시즈미(三浦義澄)가 달라붙고 가지와라한테는 도이 노 지로(土肥次郞)가 달라붙어 두 사람 다 손을 싹싹 빌면서 "이런 대사를 눈앞에 두고 두 분이 다투시면 다이라 군의 기가 살아나게 될 것은 물론이고 가마쿠라 어른에게 이 사실이 전해지면 일이 가볍게 끝나지 않을 것입니다" 하고 말리자 요시쓰네도 화를 가라앉히고 가지와라 또한 물러섰다. 이 일이 있은 후부터 가지와라는 요시쓰네를 미워하기 시작해 끝내 모함에 빠뜨려 그를 파멸시키고 말았다고 한다.

양군은 바다 위로 겨우 30여 정의 거리를 두고 포진하고 있었다. 모지, 아카마, 단노우라는 조류가 소용돌이치며 떨어지는 곳이라 미나모토 군의 배는 본의 아니게 조류에 떠밀려 뒤로 물러나고 다이라 군의 배는 조류를 타고 앞으로 나아갔다. 먼바다 쪽은 조류의 흐름이 너무 빨랐기 때문에 가지와라 군은 해안 쪽에 붙어 배를 몰며 오가는 배에 쇠갈퀴를 걸어 잡아당긴 후 주종 열네댓 명이 올라타 창칼을 뽑아 들고 배의 앞뒤를 가리지 않고 다니며 닥치는 대로 사람을 죽였는데 전리품을 제일 많이 거두어 그날 으뜸가는 전공을 올렸다.

마침내 대진하고 있던 양군이 함성을 올리자 하늘로는 범천에까지 울려 퍼지고 바다 밑으로는 용왕도 깜짝 놀랄 지경이었다. 다이라 군의 신중납언 도모모리는 갑판에 서서 "싸움은 오늘이 마지막이다. 그러니 모두 한 발자국도 물러설 생각을 하지 마라. 인도 중국 일본 할 것 없이 아무리 훌륭한 명장이나 용사라 해도 운이 다하면 어찌해볼 도리가 없는 법이다. 그러나 아까운 것은 이름이다. 관동 사람들에게 약하게 보이면 안 된다. 이제 와 목숨을 아껴 뭐 하겠느냐. 이 말을 명심토록 하라" 하고 큰 소리로 외쳤다. 그러자 앞에 있던 히다 노 가게쓰네(飛驒景經)가 "모두들 지금 말씀을 잘 명심토록 하라" 하고 하달했다. 가게키요가 앞으로 나서며 "관동 무사들이야 말을 타야 제값을 하지 언제 해전을 해봤겠습니까? 나무 위로 올라온 물고기 격이니 하나하나 잡아다 물에 던져버립시다" 하고 호기 있게 말했다. 엣추 노 모리쓰기가 나서 "이왕 싸울 것 같으면 대장군 요시쓰네와 맞붙도록 하시오. 요시쓰네는 얼굴이 희고 키가 작은데 앞니가 유난히 나와서 알아보기 쉽다고 합디다. 내갑의와 갑옷을 매번 바꿔 입어 구분하기 힘들다는 소리도 있기는 하지만" 하고 권하자 가게키요는 "아무리 용맹스럽다 해도 어린놈이 뭘 하겠소. 눈에 띄기만 하면 옆구리에 끼고 바다로 뛰어들겠소" 하고 호언했다.

도모모리는 지시를 마치고 무네모리한테 가서 "오늘은 장병들의 사기가 넘쳐 보입니다. 헌데 아무래도 아와 노 시게요시가 변심한 것 같으니 목을 베는 게 좋을 것 같습니다" 하고 진언했다. 그러자 무네모리는 "확실한 증거도 없는데 어떻게 목을 벤단 말인가. 그렇게 충성을 바쳐온 사람인데. 시게요시를 오라 하여라"라고 명했다. 시게요시는 황적색 내갑의 위에 가죽 갑옷 차림으로 앞에 부복했다.

"여봐라 시게요시, 정말로 변심을 했느냐? 오늘은 안색이 좋아 보이지 않는구나. 시코쿠 출신 장병들에게 분전하라고 지시를 내리도록 해라. 겁이 나는 모양이로구나." 그러자 시게요시는 "겁날 게 뭐가 있겠습니까" 하고 물러나갔다. 도모모리는 목을 두 동강 낼 요량으로 칼자루가 으스러지게 꼭 쥐고 무네모리만 바라보고 있었으나 허락하지 않으니 어쩔 수가 없었다.

다이라 군은 천여 척의 배를 3진으로 나누었다. 제1진은 야마가 노 히데토오(山鹿秀遠)가 500여 척을 이끌고 선봉에 섰다. 이어 마쓰라 일족이 300여 척을 이끌고 제2진에 서고, 다이라 일문은 200여 척을 이끌고 그 뒤를 따랐다. 히데토오는 규슈에서 가장 강궁을 쏘는 사람이었는데 자기만은 못해도 어느 정도 강궁을 쏠 수 있는 병사 500명을 골라 각 선박의 앞뒤에 일렬로 배치해 500대의 화살을 한꺼번에 날려 보냈다. 미나모토 군은 3천 척이나 됐으니 군사 수야 많았지만 여러 군데에서 분산되어 화살을 쏘니 강궁을 쏘는 병사가 어디 있는지도 알 수 없었다. 맨 앞장 서 싸우던 요시쓰네는 방패나 갑옷으로도 화살을 막아내지 못해 여기저기 맞고 말았다. 다이라 군은 자기 편이 이겼다며 쉴 새 없이 공격하고 북을 두드리며 승리의 함성을 올렸다.

# 활 겨루기

　미나모토 진영에서는 와다 노 요시모리(和田義盛)가 배를 타지 않고 말에 올라 해안가에서 대기하고 있었다. 적의 배가 접근해오자 투구를 벗어 부하에게 맡기고 등자의 가장자리가 휠 정도로 힘껏 딛고서 활을 당겨 쏘니 3정 내외에 있던 목표 중 명중하지 않은 것이 없었다. 그중에서도 가장 멀리 날아간 화살을 이쪽으로 다시 돌려달라고 손짓을 하자 도모모리가 가져오게 해 보니 대나무에 학과 기러기 깃털로 깃을 댄 화살이었다. 열세 줌 하고 손가락 셋이 들어가는 길이였는데 촉 밑에는 옻으로 '와다 노 고타로 다이라 노 요시모리(和田小太郞 平義盛)'라 씌어 있었다. 다이라 군에도 강궁을 쏘는 사람은 많았으나 이렇게 멀리 쏠 수 있는 사람은 많지 않았는지 한참 있다 이요(伊予) 사람 니이 노 지카키요(新居親淸)가 부름을 받고 달려왔다. 화살을 받아 든 니이가 되쏘자 바다에서 해변 쪽으로 3정 넘게 날아가 와다보다 1단쯤 뒤에 서 있던 미우라 사람 이시자콘(石左近)의 왼손 팔꿈치에 꽂혔다. 이를 본 동향 사람들이 "저것 좀 봐. 와다가 자기보다 멀리 쏘는 사람은 없을 거라고 뽐내더니 웃음거리가 되고 말았군" 하며 박장대소했다. 이 소리를 들은 와다는 "내

못 참겠군" 하며 거룻배에 올라 다이라 군 사이를 다니며 쉴 새 없이 쏴대자 수많은 병사들이 죽거나 부상을 입었다.

한편 다이라 진영에서도 요시쓰네가 타고 있는 배를 향해 대나무로 만든 큰 화살을 하나 날려 보낸 다음, 와다가 그랬던 것처럼 다시 되돌려 보내라고 손짓을 했다. 요시쓰네가 화살을 뽑아오게 한 후 살펴보자 살대에 꿩 꼬리깃으로 깃을 달았는데 열네 줌 하고도 손가락이 셋 들어가는 길이의 긴 화살로서 '이요 사람 니이 노 지카키요'라고 이름이 씌어 있었다. 요시쓰네는 고토를 불러 물었다.

"아군 중에 이 화살을 쏠 만한 자가 누가 있겠느냐?"

"가이(甲斐)의 미나모토 씨 중에 아사리 노 요시나리(淺利義成)가 강궁을 잘 다룹니다."

"그럼 불러오너라" 하고 명하자 요시나리가 달려왔다.

"적군이 이 화살을 되돌려 보내라고 손짓을 하는데 네가 할 수 있겠느냐?"

"이리 한번 줘보십시오. 어떤 화살인지 어디 한번 보겠습니다."

화살을 건네주자 요시나리는 손가락 위에 놓고 눌러보더니 "이건 살대가 약간 무른 것 같고 길이도 짧습니다. 상관없다면 소인의 활로 한번 쏘아보겠습니다"라고 하더니 등나무를 감고 옻칠을 한, 9척은 되어 보이는 활에다 역시 옻칠을 하고 매의 검은 깃털로 깃을 댄 긴 화살을 얹어 힘껏 당겨 쏘자 4정이 넘는 거리를 날아 대형선의 선수에 서 있던 니이의 배 한가운데를 꿰뚫고 말았다. 니이는 그대로 배 바닥으로 곤두박질쳤는데 생사 여부는 알 수 없었다. 아사리는 원래가 강궁을 쏘는 명수로서 2정 앞을 달리는 사슴을 쏘아 빗나가는 일이 없었다 한다.

이 일이 있은 후부터 양군은 목숨을 아끼지 않고 고함을 치며 싸웠는데 어느 쪽도 밀리는 기색이 없었다. 요시쓰네는 주상이 왕실의 세 보물을 소지하고 적 진영 내에 계시는데 과연 아군이 이길 수 있을까 하고 걱정을 하고 있었는데 허공에 흰 구름 같은 것이 한참 동안 떠 있어 뭔가 하고 보고 있자 임자 없는 백기 한 장이 펄럭이며 내려오더니 아군 배 선수 위에 깃발 끈이 닿을락말락할 정도로 가까이 내려오는 것이 보였다. 요시쓰네가 "이는 군신 하치만 대보살이 모습을 드러내신 것이다" 하고 기뻐하며 절을 올리자 장병들도 모두 따라했다.

또 미나모토 군 쪽에서 돌고래 1~2천 마리가 나타나 해면을 스치며 다이라 군 쪽으로 돌진해왔다. 무네모리가 이를 보고 음양사 아베 노 하레노부(晴信)를 불러 "돌고래는 언제나 무리 지어 다니는 법이지만 여태껏 이렇게 많은 수가 무리를 지어 다니는 것을 본 적이 없다. 무슨 일인지 점을 쳐보아라" 하고 명했다. 쾌를 두어본 하레노부가 "이 돌고래들이 숨을 쉬기 위해 해면 위로 떠올랐다가 오던 길로 되돌아가면 미나모토 쪽이 멸망할 것이오, 그대로 지나가면 아군이 위태로워질 것입니다" 하고 아뢰는데 말을 다 마치기도 전에 돌고래 떼는 다이라 군의 배 밑을 그대로 헤엄쳐 지나가고 말았다. 이를 본 하레노부는 "다이라 씨의 운은 이제 다했습니다" 하고 중얼거렸다.

아와 노 시게요시는 지난 3년간 다이라 쪽에 충성을 다 바쳤고, 수차례의 전투에서도 목숨을 아끼지 않고 싸워 막았는데 아들이 포로가 되고 나니 어쩔 수 없다고 생각했는지 갑자기 마음을 바꿔 미나모토와 한패가 되고 말았다. 다이라 군은 오늘 작전 회의에서 신분이 높은 사람은 병선에 태우고 신분이 낮은 사람을 대형선에 태워 적군이 대장군이 탄 줄 알고 대형선을 공격하면 포위해 섬멸한다는 계책을 세워놓고 있었다. 그러나 시게요시의 밀고로 사태를 파악한 미나모토 군은 대형선 따위는 돌아보지도 않고 대장군이 변장해 타고 있던 병선만을 노리고 공격하였다. 도모모리는 "이런 원통한 일이 있나. 아까 시게요시란 놈을 죽여 없앴어야 하는 건데" 하고 천번만번 후회했지만 이미 소용이 없었다.

시게요시가 돌아서자 시코쿠와 규슈 지역 병력 모두 다이라 씨를 저버리고 미나모토 씨를 따르고 말았다. 이제까지 따르던 자들이 주군을 향해 활을 겨누고 칼을 뽑아드니 다이라 군은 해안에 배를 대고 도망하려 하여도 파도가 높아 댈 수 없었고 해변으로 다가가니 적군이 활을 나란히 겨누고 기다리고 있었다. 다이라와 미나모토 두 집안의 천하 다툼은 드디어 오늘로 결판이 날 듯 보였다.

## 주상의 투신

　미나모토 군 병사들이 다이라 군의 선박에 올라타 격군들을 활로 쏘고 칼로 베어 모두 죽이는 바람에 더 이상 배를 저어 나아갈 수가 없었다. 신중납언 도모모리는 거룻배를 타고 주상이 타고 있는 배로 건너가 "우리 집안의 운은 이걸로 끝난 것 같으니 보기 흉한 것들은 모두 바다 속에 버리십시오"라고 하며 배 앞뒤를 뛰어다니면서 쓸고 닦고 먼지를 줍는 등 몸소 청소를 했다. 궁녀들이 달려와 "대감, 싸움은 어떻게 되었습니까?" 하고 너도나도 묻기에 "이제 조금 있으면 좀 묘하게 생긴 관동 남자들을 볼 수 있을 게야" 하고 껄껄 웃으니 이런 절박한 상황에 농담이 심하다며 아우성이었다.
　기요모리 공의 미망인인 이위 마님은 이 광경을 보고 진작부터 각오하고 있던 터라 평소 입던 쥐색 겹옷을 뒤집어쓰고 명주 너른바지의 좌우 자락을 걷어 묶었다. 그러고는 왕실의 보물인 구슬 함을 옆에 끼고 보검을 허리에 차더니 주상을 품에 안고서 "내 비록 여자이지만 적군의 손에 죽지는 않겠다. 마마와 함께 갈 것이니 마마께 충성을 바치고자 하는 사람들은 서둘러 내 뒤를 따르라" 하며 뱃전으로 걸어갔다. 주상은 올해 여덟 살이었는데 나이에 비해 훨씬 어른스러워 보였다. 수려한 용모는 빛을 발해 주위가 환히 빛나 보였고 검은 머리는 치렁치렁 어깨 너머까지 자라 있었다. 놀란 얼굴로 "나를 어디로 데려가려는 게냐?" 하고 묻자 이위 마님은 어린 주상을 쳐다보며 눈물을 참고서 "마마께서는 아직 모르고 계셨나이까? 전생에 십선의 계행을 하신 공덕으로 현세에 만승천자로 태어나셨으나 악연으로 인해 이제 운이 다하신 거랍니다. 우선 동쪽을 향해 이세의 대신령께 작별 인사를 드린 다음, 서방정토에서 맞아주시도록 서쪽을 향해 염불을 올리도록 하십시오. 이 나라는 변방 소국이어서 귀찮고 어지러운 일이 많았기에 극락정토라는 좋은 곳으로 모시고 가려 하옵니다" 하고 울며 아뢰었다. 그러자 푸른빛이 도는 황의[7]를 입고 각발을 한 얼굴이 눈물로 범벅이 된 어린 주상은 작고 여린 두 손을 모아 합장하더니 먼저 동쪽을 향해 이세 대신령께 작별 인사를 올리고, 그 다음 서쪽을 향해 염불을 올렸다. 그러자 이위 마님은 바로 주상을 품에 안더니 "바다 밑에도 왕궁이 있답니다" 하고 달래면서 천길 바다 속으로 몸을 던졌다.

 무상한 봄바람이 꽃다운 자태를 지게 만드니 비통한 일이 아닐 수 없고, 업보의 거친 파도가 옥체를 물속에 가라앉히고 마니 비정한 일이 아닐 수 없었다. 전각을 장생(長生)이라 이름 지어 영생의 거처로 삼고, 대문 이름을 불로(不老)라 붙여 늙지 않기를 바랐건만, 주상은 열 살이 채 안 되어 바닷말 부스러기가 되고 말았으니 십선제왕의 팔자 치고는 기가 막혀 말이 나오지 않았다. 구름 위의 용이 바다 밑 물고기가 되고 만 셈으로, 예전에는 범천왕(梵天王)의 궁전에, 제석천(帝釋天)의 거성과도 같던 대궐에서 대부분이 공경의 반열에 오른 일문 사람들을 거느리고 지

---

7 임금의 평상복.

냈으나, 내내 배 위에서 지내다가 파도 밑에서 순식간에 목숨을 잃고 마니 비통한 일이 아닐 수 없었다.

## 노리쓰네(敎經)의 최후

대비는 이 광경을 보고 돌멩이와 벼루를 양쪽 품에 넣고 바다로 뛰어들었으나 와타나베 일족의 무쓰루(昵)라는 자가 누구인지도 모르고 머리채를 쇠갈퀴로 당겨 끌어올렸다. 궁녀들이 "이런 기막힌 일이 있나. 그분은 대비마마이시다" 하고 모두가 외쳐대자 요시쓰네에게 보고하고 서둘러 주상이 탔던 배로 옮겼다. 시게히라의 부인은 왕실의 세 보물 중 거울이 들어 있는 궤를 들고 바다에 뛰어들려고 하는데 적이 쏜 화살이 너른바지 자락에 꽂히는 바람에 발이 걸려 넘어져 있는 것을 병사들이 붙잡았다. 병사들이 거울이 든 궤의 자물쇠를 뜯고 뚜껑을 열려고 하자 갑자기 눈이 어지럽고 코피가 쏟아졌다. 포로가 된 대납언 도키타다가 "그건 왕실의 보물인 신경이 들어 있는 궤다. 범부가 봐서는 안 될 물건이다" 하고 말리자 병사들은 모두 도망가고 말았다. 그 후 요시쓰네는 도키타다의 자문을 받아 원래대로 끈으로 묶어 안치했다.

한편 중납언 노리모리와 수리대부 쓰네모리 형제는 갑옷 위에 닻을 걸머지고 손을 잡고 바다로 뛰어들었다. 신삼위중장 스케모리와 소장 아리모리 형제, 사촌인 유키모리도 서로 손을 잡고 한곳에 몸을 던졌다. 많은 사람들이 이렇게 자결하는데도 대장군인 무네모리 부자는 바다에 뛰어들 생각이 없는 것 같았다. 그냥 뱃전에 서서 사방만 쳐다보며 멍하니 서 있을 뿐이었다. 한심하게 생각한 가신들이 옆을 지나는 척하다가 무네모리를 바다로 떠밀자 아들이 이를 보더니 바로 따라 뛰어들었다. 다른 사람들은 무거운 갑옷 위에 무게 나가는 물건을 지거나 안고 있었기 때문에 가라앉았으나 이 두 부자는 그러지도 않았을뿐더러 수영을 아주 잘하는 사람들이어서 가라앉지도 않았다. 무네모리는 '아들이 가라앉으면 나도 따라 가라앉고, 누가 와서 구하면 나도 그리해야겠다'고 생각을 하고 있었는데, 아들 역시 '아버님이 가라앉으면 나도 따라 가라앉고, 구조되면 나도 그리해야겠다'고 생각하며 서로 바라보며 헤엄을 치고 있자 이세 노 요시모리가 미끄러지듯 거룻배를 저어 오더니 먼저 아들을 쇠갈퀴로 걸어 끌어올렸다. 이를 본 무네모리가 가라앉을 생각을 포기하고 있자 마찬가지로 쇠갈퀴로 끌어올렸다. 자초지종을 지켜보던 무네모리의 유모 아들 가게쓰네가 작은 배를 저어 요시모리의 배 위로 뛰어들더니 "우리 주군을 잡아가는 게 누구냐?" 하고 외치며 칼을 뽑아 덤벼들었다. 요시모리가 위기에 처하자 심복 하나가 주인을 구하려고 둘 사이로 끼어들었으나 가게쓰네가 내려친 칼에 투구 앞면이 두 쪽 나고 두번째 칼에 목이 달아나고 말았다. 요시모리가 여전히 위기에 처해 있자 옆 배에 타고 있던 호리노 지카쓰네가 활을 당겨 힘껏 쏘았다. 화살이 가게쓰네의 투구 안쪽에 맞아 비틀거리는 사이에 이쪽 배로 옮겨 탄 지카쓰네가 가게쓰네에게 덤벼들어 넘어뜨리자 뒤따라 온 부하가 가게쓰네의 갑옷을 들추고 두 차례 찔렀다. 가게쓰네는 소문난 장사였으나 운이 다했는지 중상에 중과부적이라 죽고 말았다. 무네모리는 산 채로 사로잡힌 데다 바로 눈앞에서 유모의 아들이 무참히 죽는 것을 보게 됐으니 그 심정이 어땠을지 가히 짐작이 가고도 남는 일이었다.

　노토 태수 노리쓰네의 활에 맞설 사람은 아무도 없었다. 가지고 있던 화살을 다 쏘고 나자 오늘이 최후의 날이라 각오한 듯 붉은 명주 내갑의에 갑옷을 걸치고 대도와 나무 자루 협도를 양손에 각각 쥐고 휘두르며 나아가자 아무도 맞서지 못하고 추풍낙엽처럼 쓰러지고 말았다. 도모모리가 사자를 보내 "노리쓰네, 불필요한 살생은 그만두게. 쓸 만한 대적 상대들도 아닌데" 하고 전하자 적의 대장군과 싸우라는 뜻으로 짐작한 노리쓰네는 칼자루를 짧게 잡고 이 배 저 배 넘나들며 고함을 지르며 싸웠다. 요시쓰네의 얼굴을 몰랐기 때문에 좋은 갑옷을 입은 자들만 노리고 덤벼들었다. 노리쓰네가 자기를 노리고 있다는 것을 알아차린 요시쓰네는 안으로 숨거나 하지는 않았지만 이리저리 피하며 맞서려 하지 않았다. 그러나 어떻게 알았는지 요시쓰네가 타고 있던 배로 올라타더니 저기 있다 소리치며 달려들었다. 대적하기 힘들겠다고 생각한 요시쓰네가 협도를 옆에 끼고 2장 가량 옆에 떨어져 있던 아군 배로 훌쩍 뛰어넘어가자 몸놀림이 요시쓰네처럼 날렵하지 못한 노리쓰네는 바로 뒤따라갈 수 없었다. 이렇게 되자 만사 끝났다고 생각한 듯 칼과 협도를 바다에 던지고 투구도 벗어던졌다. 갑옷도 갑상은 잡아뜯어 몸통 부분만 걸치고 상투를 풀어헤쳐 산발하더니 두 팔을 벌리고 우뚝 섰다. 그 모습은 너무도 위풍당당하여 아무도 가까이 갈 엄두도 내지 못했고 그냥 무섭다는 말만 가지고는 부족할 지경이었다. 노리쓰네가 큰 소리로 "자신 있는 사람은 이리 와서 나와 싸워 어디 한번 사로잡아보아라. 가마쿠라로 가서 요리토모를 만나 한마디 해주어야겠다. 자, 어서들 덤벼보아라" 하고 외쳐도 아무도 가까이 가는 자가 없었다.

　도사(土佐)의 아키(安芸) 고을을 다스리는 아키 노 사네야스(安芸

實康)에게 사네미쓰(實光)라는 아들이 있었는데 30명과 맞설 수 있는 힘을 지닌 괴력의 용사였다. 동생 또한 보통을 넘는 장사였고, 부하 중에는 그에 지지 않는 힘을 가지고 있는 자가 있었다. 이 사네미쓰가 노리쓰네를 보더니 "아무리 용맹하다 해도 우리 세 사람이 나서면 설사 키가 열 장이나 되는 도깨비인들 못 물리칠까" 하며 배를 저어 노리쓰네가 타고 있는 배 옆에 대더니 고함과 함께 옮겨 탔다. 그러고는 투구를 숙이고 칼을 뽑아 일제히 덤벼들었다. 노리쓰네는 조금도 당황하지 않고 맨 앞에 달려오는 사네미쓰의 부하가 다가오기가 무섭게 발로 차서 바다에 처넣었다. 이어 덤벼드는 사네미쓰를 오른쪽 옆구리에 끼고 그 동생은 왼쪽 옆구리에 끼어 힘을 주어 조이더니 "자아, 그럼 너희들은 나와 함께 저승길로 가자꾸나" 하며 스물여섯의 나이에 바다로 뛰어들고 말았다.

## 신경(神鏡)의 입경

　신중납언 도모모리는 "봐야 할 것은 마지막까지 다 지켜봤으니 이제 자결해야겠다"며 유모 아들 이가 노 이에나가(伊賀家長)를 불렀다. "어때, 약속을 잊지는 않았겠지?" 하고 묻자 "두말할 여지가 있겠습니까" 하며 도모모리에게 갑옷을 두 벌 입히고 자기도 두 벌을 겹쳐 입더니 손을 잡고 바다로 뛰어들었다. 이를 본 20여 명의 무장들도 뒤질세라 서로 손에 손을 잡고 같은 장소로 몸을 던졌다. 그 가운데 엣추 노 모리쓰기, 가즈사 노 다다미쓰, 가게키요, 히다 노 가게타카 등은 어떻게 그곳을 빠져나갔는지 모습이 보이지 않았다. 해상에는 다이라 군의 홍기나 표지가 어지럽게 흩어져 있어 흡사 단풍의 명소인 다쓰타(龍田) 강을 태풍이 휩쓸고 간 것 같았고 해변에 밀려드는 흰 파도는 붉게 물들어 있었다. 주인 잃은 배들은 파도에 휩쓸리고 바람에 떠밀려 정처 없이 떠다니고 있었으니 눈 뜨고는 보기 힘든 광경이었다.

　다이라 일문 중 생포된 사람은 전임 내대신 무네모리 공, 대납언 도키타다, 기요무네, 노부모토, 도키자네, 마사아키라 그리고 무네모리 공의 여덟 살 난 아들 등이었다. 승려로는 승도 젠신, 법승사 주지 노엔, 율사 주카이, 아사리 유엔 등이 있었고, 무장으로는 스에사다, 모리즈미, 스에야스, 노부야스, 아와 노 시게요시 부자 등이었는데, 모두 38명이었다. 이 밖에 기쿠치 노 다카나오(菊地高直)와 하라다 노 다네나오(原田種直)는 싸움이 시작되기도 전에 이미 부하들을 이끌고 투항한 터였다. 여자들의 경우는 기요모리 공의 세 딸인 대비와 섭정 부인, 로(廊) 마님을 비롯해 시게히라, 도키타다, 도모모리의 처 이하 43명이라 했다.

겐랴쿠 2년이라는 해는 도대체 어떤 해이기에 임금이 바다 밑에 가라앉고 백관이 파도 위에 떠다니는 기구한 일을 겪어야 했는지 알 수 없는 일이었다. 국모와 궁녀들이 동이(東夷)나 서융(西戎) 같은 관동 무사들 손아귀에 떨어지고, 대신과 공경이 수만의 병사들에게 생포되고 말았으니 고향인 서울로 돌아가게는 됐으나 오랑캐 나라로 떠나간 왕소군의 한이 이랬을까 싶을 정도로 비통했고 금의환향은커녕 겪어야 할 수모에 나오느니 한숨뿐이었다.

4월 3일, 요시쓰네는 겐파치 히로쓰나(源八廣綱)를 상왕궁에 급파해 '지난 3월 24일 부젠(豊前)의 타노우라(田浦)와 모지노세키(門司の關), 나가토(長門)의 단노우라(壇の浦)와 아카마가세키(赤間が關)에서 다이라 군을 무찌르고 왕실의 세 보물을 무사히 되찾았나이다' 하고 보고했다. 이 소식에 상왕궁은 상하 할 것 없이 일대 소동이 벌어졌다. 태상왕은 히로쓰나를 안뜰에 불러 전황을 상세히 묻더니 감격한 나머지 그를 좌병위 차장에 임명했다. 그러고는 5일 경호실에 대기하고 있던 후지와라 노 모리카게(藤原盛景)에게 "틀림없이 보물들이 되돌아오고 있는지 가서 확인하고 오너라" 하고 내려 보냈다. 모리카게는 집에도 들르지 못하고 그대로 태상왕의 말을 타고 채찍을 휘두르며 서쪽을 향해 달려갔다.

14일 다이라 일문의 남녀 포로를 데리고 상경하던 요시쓰네는 하리마의 아카시 항구에 도착했다. 달구경하기 좋은 명소로 소문난 곳인지라 밤이 깊어지자 달이 환히 떠오르는데 가을 달 못지않았다. 여인들은 둘러 앉아 작년에 이곳을 지날 때는 이리될 줄은 꿈에도 몰랐다며 소리 죽여 흐느껴 울었다. 도키타다의 부인은 물끄러미 달을 보고 있노라니 이 생각 저 생각이 끊임없이 떠올라 자기도 모르게 흘러넘치는 눈물에 이부자리가 둥둥 뜰 지경이었다. 그래서,

눈물에 젖은 소매 위에 드리운 달그림자여
구름 위 구중궁궐 소식 좀 전해다오

저기 저 달은 예전에 보던 달과 다름없건만
여기 있는 이 몸은 예전 같지 않구려

하고 감회를 읊었다.
　　그러자 시게히라의 처도,

아카시에서 객지 잠 청하면서 바라다보니
달 또한 파도 위에서 객지 잠 자는구나

하고 회포를 노래했다. 요시쓰네는 '아마 슬프기도 하려니와 옛날이 그리운 거겠지' 하며 무인이긴 해도 정리를 아는 사람이라 딱하게 여기고 동정했다.
　　25일, 거울과 구슬을 담은 궤가 도바(鳥羽)에 도착한다는 연락이 있어 대궐에서는 중납언 가데노코지 노 쓰네후사(勘解由小路經房) 경, 중

장 다카쿠라 노 야스미치(高倉泰通), 우중변 가네타다(兼忠), 좌위문 부장 지카마사(親雅), 중장 에나미 노 긴토키(檜並公時), 소장 다지마 노 노리요시(但馬範能) 등의 정신과, 이즈 노 요리카네(伊豆賴兼), 이시카와 노 요시카네(石川義兼), 좌위문 이등관 미나모토 노 아리쓰나(源有綱) 등의 무인들을 파견했다. 그날 밤 자정 거울과 구슬 함이 태정관의 청사로 들어왔는데 검은 분실되고 없었다. 구슬 함은 해상에 떠 있는 것을 가타오카 노 쓰네하루가 건져냈다고 한다.

보검

일본에는 신들의 시대부터 전해오는 보검이 세 자루 있었다. 도쓰카(十束) 검, 아마노하에키리(天蠅斫) 검, 구사나기(草薙) 검이 바로 그것으로, 도쓰카 검은 야마토(大和)의 이소노카미(石上) 신사에 보관돼 있고, 아마노하에키리 검은 오와리(尾張)의 아쓰타(熱田) 신사에 전해오고 있다고 한다. 구사나기 검은 대궐에서 간직해왔는데, 왕실의 세 보물 중 하나였다.

이 구사나기 검의 유래에 관해서는 다음과 같은 이야기가 전해오고 있다. 옛적에 스사노오(素戔烏)[8]가 이즈모(出雲)의 소가(曾我)에 궁전을 짓는데 그곳에 늘 여덟 가지 색깔의 구름이 피어오르는 것을 보고 다음과 같이 노래했다.

구름이 점점 겹겹이 피어올라 담을 만드네

---

8 일본 고대의 신으로, 왕실의 조상신인 아마테라스 여신의 남동생. 바다와 황천을 다스리라는 부친의 명을 거역하고 누이가 다스리는 천상계로 올라 난동을 부리다 지상(일본)으로 추방당했다 한다.

> 우리 부부 맞으러 구름 담을 만드네

이 노래는 31자로 이루어진 단가(短歌)의 시초인데, 고을 이름을 이즈모라 한 것은 피어오르는 구름 때문이었다고 한다.

태곳적에 스사노오는 하늘나라에서 추방당해 이즈모의 히노카와(肥河) 상류 지역으로 내려오게 됐는데 그 일대는 아나즈치와 데나즈치라는 부부신이 다스리는 지역이었다. 이 부부신에게는 용모가 아름다운 딸이 있어 이름을 이나다히메(稻田姬)라 했다. 스사노오가 길을 가는데 이 세 사람이 울고 있어 이유를 물으니 "우리에겐 딸이 여덟 있었는데 모두 구렁이에게 잡아먹히고 이제 하나 남은 딸마저 먹히게 됐소. 그 구렁이는 머리와 꼬리가 여덟 개씩 있어 각각의 머리와 꼬리는 여덟 개의 봉우리와 여덟 개의 계곡에 들어가 뻗어 있고, 그 위엔 기이한 나무들이 자라고 있는데 몇 천 년 됐는지 알 수 없다오. 눈은 해와 달처럼 빛을 뿜고, 해마다 사람을 잡아먹는데, 부모가 잡아먹히면 자식이 슬퍼하고 자식이 잡아먹히면 부모가 슬퍼하니 온 마을에 곡소리가 끊이지 않는다오" 하고 하소연했다. 딱하게 여긴 스사노오는 딸을 빗으로 만들어 머리에 꽂아 숨긴 후, 여덟 척의 배에 술과 미녀의 인형을 만들어 싣고는 높은 언덕 위에 세웠다. 술에 비친 그림자를 사람으로 착각한 구렁이는 실컷 마시고 취해 쓰러지고 말았다. 스사노오는 허리에 차고 있던 장검을 뽑아 구렁이를 토막 냈는데 유독 꼬리 하나가 베어지지 않았다. 이상하게 여겨 가로로 갈라보니 그 안에 보검이 한 자루 들어 있었다. 이 검을 꺼내 누님인 천상계의 지배자 아마테라스(天照) 여신에게 바쳤더니 여신은 "이 검은 예전에 내가 하늘나라에서 떨어뜨린 것이다" 하며 반가워했다. 검이 구렁이의 꼬리 안에 있을 때는 주변에 항상 구름이 몰려 있었기 때문에 아마노무라쿠모

(天叢雲) 검이라 했는데 여신은 이 검을 얻고 난 후 자신의 보검으로 삼았다. 그랬던 것을 손자⁹를 일본 땅의 지배자로 내려 보낼 때 그 검을 거울과 함께 하사했다. 제9대 가이카(開化) 임금 때까지는 임금과 한 궁전 안에 보관했었는데 제10대 스진(崇神) 임금 대에 와서부터 검이 지닌 영력을 두려워해 야마토 가사누이(笠縫) 고을의 시키(磯城)에 새로 신전을 세워 옮길 때 아마테라스 여신의 혼령과 함께 이곳에 보관했다. 그때 검을 새로 만들어 임금의 수호검으로 삼았는데 원래의 검에 비해 영력이 조금도 떨어지지 않았다.

아마노무라쿠모 검은 스진 임금 대부터 게이코(景行) 임금 대까지 삼대 간은 아마테라스 여신의 신전에 모셔져 있었다. 그러다가 게이코 임금 40년 6월, 동북 지역에서 반란이 일어나자 왕자인 야마토타케루(日本武)가 용감하고 힘도 세서 그곳으로 내려 보내게 되었는데, 왕자가 아마테라스 여신의 신전을 찾아 출정을 고하자 여신은 여사제의 입을 빌어 신중하고 소홀함이 없으라고 이르며 이 검을 왕자에게 주었다. 왕자가 스루가로 내려가자 그곳의 역도들이 나와 "이곳엔 사슴이 많으니 사냥을 하자"라고 속여 들판에 데리고 가서 불을 질러 죽이려 했다. 왕자가 허리에 차고 있던 보검을 뽑아 풀을 후려치자 칼날이 향하고 있던 1리 이내의 풀이 모두 베어져 넘어졌다. 왕자도 불을 놓으니 바람이 갑자기 역도들 있는 곳으로 불어가 모두 타 죽고 말았다. 그 후부터 이 검을 구사나기¹⁰ 검이라고도 부르게 되었다. 왕자는 계속 북진해 3년 동안 각지의 역도들을 평정하고 오지에 사는 사나운 만족들을 정벌한 후 상경하는 도중에 병에 걸려 30세 되는 해 7월, 오와리의 아쓰타(熱田) 근처에서 세상을 뜨고

---
9 니니기(邇邇芸)라는 이름으로, 규슈에 있는 다카치호(高千穗) 산 위에 내려왔다고 한다.
10 '구사나기(草薙)'란 '풀을 후려치는'이라는 의미.

말았다. 왕자의 혼은 백조로 화해 하늘 멀리 날아갔다고 하는데 포로로 잡은 만족들은 아들 다케히코로 하여금 조정에 바치게 했다. 구사나기 검은 이후 아쓰타 신전에 보관되어 있었는데 덴치(天智) 임금 7년, 신라의 도행(道行)이란 승려가 이 검을 자기 나라의 보물로 만들려고 몰래 훔쳐 숨기고 배에 탔다. 그러자 파랑이 크게 일어 배가 금방이라도 바다 밑으로 가라앉을 것 같자 보검의 영력 때문이라 생각한 도행은 목적을 포기하고 잘못을 빈 후 원래대로 되돌려놓았다.[11] 그랬던 것을 덴무(天武) 임금 슈초(朱鳥) 원년, 대궐로 가져오게 해 보관시켰는데 지금까지의 보검이 바로 이 검이었다. 이 보검의 영력은 정말로 대단해 정신 이상을 일으킨 요제이(陽成) 임금[12]이 보검을 칼집에서 뽑았더니 침전 안이 번개가 치듯 번쩍번쩍 빛났다고 한다. 너무나 무서워 검을 내던지자 탁 하는 소리와 함께 저절로 칼집에 꽂혔다고 하는데 먼 옛날에는 이렇듯 신통했던 모양이다. 태상왕은 "허리에 차고 바다에 빠졌다 하나 그렇게 쉽게 사라질 리 없다" 하며 숙련된 해녀들을 동원해 바다 속에 들어가 수색시킴과 동시에 영험 있는 사찰이나 신전에 고명한 승려들을 동원해 온갖 보화를 보시하며 기도하게 했지만 끝내 나오지 않았다.

　이 일을 놓고 당시 식자들 간에 말이 많았다. 어떤 사람은 말하기를 "옛날에 아마테라스 여신께서 역대 임금을 수호할 것이라고 약속하셨는데 그 약속이 아직 유효하고, 이와시미즈하치만 신사의 제신이신 오진(應神) 임금 이래 지금까지 왕통이 끊이지 않고 이어져오고 있으며, 여신의 다른 모습인 태양이 여태 지상을 비추고 있으니 아무리 말법의 시대로 접어들었다고는 하나 왕운이 다하지는 않았을 것이오"라고 주장했다. 그러

---

11　도행의 이야기는 『일본서기(日本書紀)』의 '덴치 임금' 항목에 실려 있다.
12　제57대 임금으로 876년부터 884년까지 재위. 기행이 많아 폐위당했다.

자 어떤 음양박사가 점을 쳐보더니 "옛날에 이즈모의 히노카와에서 스사노오 신에게 퇴치당한 구렁이는 보검 뺏긴 것을 못내 아쉬워했었는데, 여덟 개의 머리와 여덟 개의 꼬리를 의미하는 표시로서 제 팔십대의 여덟 살 난 임금이 되어 보검을 빼앗아 바다 밑으로 가라앉은 게 틀림없소"라고 풀이했다. 천 길 속 바다 밑 신룡의 보물이 되었으니 인간 세상으로 되돌아오지 않는 것이 당연한 것인지도 모를 일이었다.

## 포로들의 입경

한편 선왕의 둘째 왕자가 일행과 함께 귀경하자 태상왕은 우차를 보내 맞이했다. 본의 아니게 다이라 일문에 이끌려 서해의 파도 위에서 3년이나 지냈으니 모친과 유모가 무척 걱정했었는데 아무 탈 없이 되돌아오자 서로 모여 앉아 재회를 기뻐하며 눈물을 흘렸다.

26일, 포로들이 입경했다. 모두 하급 관원이나 타는 우차에 실려 있었는데 앞뒤 가리개와 양쪽 창이 모두 활짝 열린 채였다. 무네모리 공은 백의를 입고 있었고, 아들은 흰색 평복을 입고 우차의 뒷자리에 앉아 있었다. 그 뒤를 대납언 도키타다 경이 탄 우차가 따랐는데 동승했어야 할 아들 도키자네는 병중이라 열외가 됐고, 도승지 노부모토는 부상을 당한 탓에 대로가 아닌 샛길로 입경했다. 무네모리 공은 그리도 귀티 나고 준수했었는데 딴사람처럼 말라 있었다. 그래도 사방을 둘러보며 별로 기가 죽은 모습이 아니었으나 아들은 고개를 푹 수그린 채 눈도 들지 않아 정말 풀이 죽어 보였다. 도이 노 사네히라가 불그스레한 내갑의에 단갑만 걸친 채로 30여 기만을 거느리고 우차의 앞뒤를 에워싸 지키고 있었다. 구경꾼은 서울 사람들뿐만 아니라 지역의 원근이나 노소를 가리지 않고 몰려와 도성 밖의 도바 남문부터 도바 가도와 요쓰즈카(四塚)까지 인파가 이어져 그 수가 얼마나 되는지 헤아릴 수도 없을 정도였다. 사람은 뒤도 돌아볼 수 없을 지경이었고 우차는 바퀴도 돌릴 수 없는 형편이었는데, 지쇼, 요와 연간의 기근과 동서에서 계속된 전쟁 때문에 많은 사람이 죽었으나 이를 보면 그래도 살아남은 사람의 수가 더 많다는 것을 알 수 있었다. 다이라 일문이 서울을 버리고 떠난 것이 1년 남짓 전으로 바로 얼마 전의 일이어서 이들이 영화를 누리던 시절의 일이 잊히지 않았다. 그렇게 사람들이 무서워하며 벌벌 떨던 다이라 일문의 비참한 꼴을 보고 있노라니 꿈인지 생시인지 갈피를 잡을 수 없었다. 무심하기 짝이 없는 미천한 남녀들까지도 눈물을 흘리며 소매를 적시는데 하물며 가까이 지내던 사람들의 속이 어땠을지는 생각만 해도 마음이 아픈 일이었다. 오랫동안 많은 은혜를 입고 조상대부터 모셔온 사람들 중에는 목숨이 아까워 미나모토 쪽에 붙은 사람들도 적지 않았으나 옛정을 쉬 잊을 수 없어 슬펐던지 소매로 얼굴을 가리고 바라보지 않은 사람들도 많았다.

무네모리 공의 우차를 몬 사람은 얼마 전 기소 노 요시나카가 입궐할 때 우차를 몰았다가 잘못 몰았다 하여 살해당한 지로마루의 동생 사부로마루였다. 지방에 내려가 있었을 때는 상투를 틀어 어른 행세를 했었으나 무네모리 공의 우차를 다시 한 번 몰아보고 싶은 생각이 간절해 도바에서 요시쓰네를 붙잡고 "저희같이 말이나 우차를 모는 인간들이야 미천하기 짝이 없는 부류라서 무슨 인정을 알고 그러겠습니까만 그래도 오랫동안 모셔온 대감마님의 은혜가 적지 않아 할 수만 있다면 허락을 받아 무네모리 대감이 타실 마지막 우차를 몰았으면 합니다" 하고 간청하자 요시쓰네는 "무슨 대수로운 일이라고. 그리하도록 하라" 하며 허락했다. 사부로마루는 몹시 기뻐 다시 우차 몰이꾼의 옷으로 갈아입고 품에서 고삐를 꺼내

새로 갈아 맸다. 눈물이 앞을 가려 잘 보이지 않자 소매로 얼굴을 가리고 소가 가는 대로 내버려둔 채 내내 울며 우차를 몰았다.

태상왕은 로쿠조(六條) 히가시노토인(東洞院)에 차를 세우고 죄인들의 행렬을 지켜보았는데 공경대부들도 같은 곳에 차를 즐비하게 대놓고 있었다. 무네모리 공은 바로 얼마 전까지 가까이서 부리던 사람이라 다이라 일문에 대한 원한이 사무쳐 있던 태상왕이었지만 마음이 약해져 불쌍한 생각이 들었고 태상왕을 수행하고 있던 사람들은 눈앞의 일이 믿기지 않았다. "어떻게든 저 어른의 눈에 들고 한 말씀만이라도 들어봤으면 했던 게 엊그제인데 이리될 줄이야 뉘 알았으리" 하며 신분의 고하를 막론하고 모두 흐느껴 울었다. 저지난해 내대신에 임명된 무네모리 공이 태상왕께 감사의 말씀을 상주하러 입궐했을 때는 대납언 후지와라 노 가네마사(藤原兼雅)를 비롯한 12명의 공경들이 뒤를 수행하고, 도승지 다이라 노 지카무네(平親宗) 이하 16명의 대부들이 선도했었는데, 모두 제 세상 만난 양 화려하게 의관을 차려입고 있었고, 중납언이 네 명에 삼위 중장이 셋이나 포함돼 있었다. 지금 무네모리 공의 뒤를 따르고 있는 대납언 도키타다 경은 당시 좌위문 부장으로 어전에 불려나와 선물을 하사받고 환대를 받았는데 참으로 영광스런 광경이었다. 그러나 오늘은 수행하는 공경대부 하나 없이 단노우라에서 생포된 무장 20여 명이 흰 평복 차림으로 마상에 포박된 채 뒤따르고 있을 따름이었다.

가모(賀茂) 강의 둔치까지 조리돌림 당한 후 무네모리 공 부자는 로쿠조호리카와(六條堀河)에 있는 요시쓰네의 저택에 감금되었다. 식사를 내왔으나 속이 꽉 막혀 젓가락 들 생각도 나지 않았고 서로 말은 하지 않았지만 눈을 마주하며 끊임없이 울 뿐이었다. 밤이 되어도 옷 벗을 생각도 않고 한 쪽 소매를 펴고 그 위에 구부린 채 자고 있었는데 자는 아들에게

소매를 덮어주자 경비를 서고 있던 겐파치, 에다, 구마이가 이를 보더니,
"신분이 높건 낮건 간에 부모 자식 간의 정만큼 애틋한 것도 없구나. 소매 좀 덮어준다고 해서 얼마나 따뜻해질까마는 자식 사랑이 얼마나 깊은지 그대로 드러나는구나" 하며 드센 무인들조차 모두 울고 말았다.

신경(神鏡)

 그달 28일, 가마쿠라의 요리토모는 종이위(從二位)에 보해졌다. 2계급을 뛰어넘어도 성은이 망극한 것을 3계급이나 뛰어넘는 파격적인 인사였다. 삼위에 보하는 것이 옳았으나 2계급을 월위했던 기요모리의 말로가 좋지 않다고 이를 꺼렸기 때문이었다.
 그날 밤 자정, 거울을 태정관 청사에서 온명전(溫明殿)으로 옮겼다. 주상이 납시고, 3일 밤에 걸쳐 신에게 봉헌하는 음악을 연주했는데 악공 오오 노 요시카타가 특명을 받아 집안 전래의 「유다치(弓立)」와 「미야비토(宮人)」라는 비곡을 연주하고 상을 받았으니 황공한 일이었다. 이 곡은 원래 조부 스케카타(資方) 외에는 알고 있는 사람이 없었다. 너무도 공개하는 것을 꺼려 아들인 지카카타(近方)에게도 전수하지 않고 호리카와(堀河) 임금 한 사람에게만 전한 후 세상을 떴는데, 임금께서 지카카타에게 가르쳐 전승된 것이었다. 음악의 맥이 끊이지 않도록 배려한 주상의 하해 같은 뜻을 생각하니 눈물이 절로 나와 감당키 힘들었다.
 세 보물 중의 하나인 거울은 태곳적에 아마테라스 여신이 천상의 암굴 속으로 숨으려고 작정하고 자신의 모습을 자손들에게 남겨주려는 의도

에서 주조케 한 것이었다.[13] 만들어온 거울이 마음에 들지 않아 다시 주조
토록 했는데 첫번째 거울은 기이(紀伊)의 니치젠(日前)과 고쿠켄(國懸)
신사에 모셨다. 두번째 거울은 아들 아마노오시호미미(天忍穗耳)를 지
상으로 내려 보낼 때 건네주면서 "이 거울과 한 건물에서 살도록 하라"
하고 당부했다. 그 후 여신이 암굴 속에 숨어버리자 세상이 칠흑같이 변
해 천상의 신들은 모여 회의를 열고 암굴 입구에서 풍악을 울리기로 결정
했다. 음악 소리를 들은 여신이 흥을 못 이겨 암굴 문을 살짝 열고 내다
보자 새어 나온 빛에 서로의 얼굴이 하얗게 보여 이상했었는데, 이상하다
는 의미의 '오모시로이(面白い)'라는 말은 이로 인해 비롯됐다고 한다.
그 틈을 타 고야네타지카라오(兒屋根手力雄)라는 힘이 센 신이 다가가
영차 하며 암굴 문을 힘껏 열어젖힌 다음부터는 굴 문이 안 닫히게 됐다
고 한다.

각설하고 거울은 제9대 가이카(開化) 임금 대까지는 한 전각 안에 모
셨으나, 제10대 스진(崇神) 임금 때 거울이 지닌 영력을 두려워해 다른
전각에 옮겨 보관했다가, 근래에는 온명전(溫明殿)에 모셨다. 헤이안쿄
로 천도한 지 160년이 지나 무라카미(村上) 임금 때인 덴토쿠(天德) 4년
9월 23일 자정, 대궐 안에서 처음으로 불이 났다. 불길은 좌위문 건물에
서 솟기 시작했는데 거울이 보관된 온명전과는 아주 가까운 곳이었다. 완
전히 한밤중에 일어난 일이라 대기하고 있던 상궁이나 궁녀도 없었기 때
문에 거울을 꺼낼 수가 없었다. 섭정 후지와라 노 사네요리(藤原實賴)
대감이 황급히 입궐하여 "신경이 이미 불타고 말았으니 세상은 이제 끝장
이로구나" 하며 울고 있는데 거울이 혼자서 화염 속을 뚫고 나와 편전 앞

---

[13] 동생인 스사노오가 천상계로 올라와 난동을 부리자 화가 난 아마테라스 여신은 암굴 안에
숨고 말았는데, 이로 인해 천하는 어둠에 싸이고 질병이 들끓었다고 한다.

에 있는 벗나무 가지에 매달려 있었다. 눈부시게 빛을 발해 아침 해가 산등성이 위로 오를 때와 다름없었다. 이를 본 섭정은 '세상이 아직 끝난 게 아니었구나' 하는 생각에 눈물이 그칠 줄 모르고 흘러내렸다. 오른쪽 무릎을 꿇고 왼쪽 소매를 펼친 채 울면서 "아마테라스 여신께서 역대 임금을 수호하겠다고 약속하셨다는 그 약속이 아직 변하지 않았다면 신경이시여, 제 소매 속으로 들어오시기 바랍니다" 하고 외치니 그 말이 끝나기도 전에 소매 안으로 날아 들어왔다. 바로 소매로 싸서 태정관의 한 방에 모셨다가 근래에 와 온명전에 옮겨 보관했다. 요즘 세상에는 그런 일이 있더라도 안아 모시려는 사람도 없을 것이고 거울 또한 날아 들어가려고도 하지 않았을 터인데 역시 고대는 성대(聖代)였던 모양이다.

## 편지 사건

 포로가 된 다이라 노 도키타다(平時忠) 부자도 요시쓰네의 숙소 가까운 곳에 맡겨져 있었다. 이미 세상이 뒤바뀐 만큼 이제 체념을 하고 마음을 비워야 할 텐데 도키타다는 아직도 죽는 게 싫었던지 아들 도키자네를 불러 상담을 했다.
 "요시쓰네가 내 물건 중에서 누가 봐서는 안 될 편지가 든 상자를 가져간 모양이다. 이 편지를 가마쿠라의 요리토모가 읽었다간 많은 사람들이 죽을 것이고 나 또한 목숨이 성하지 못할 텐데 어찌했으면 좋겠느냐?"
 "요시쓰네는 대체로 정이 많은 데다가 특히 여자들이 울며 매달리면 어떤 중요한 일이라도 거절 못하고 들어준다고 들었습니다. 어려울 게 뭐 있습니까. 여동생들이 많이 있으니 그중 하나를 요시쓰네와 결혼시키고 정이 들면 편지 건을 부탁하면 되지 않겠습니까?"
 그러자 도키타다는 "내가 세도를 부릴 때는 네 여동생들을 비빈이나 중전으로 만들 생각이었지 하잘것없는 사람에게 주는 건 생각도 못했다" 하며 눈물을 뚝뚝 흘리며 울었다. 도키자네는 "이제 절대로 그런 생각을 하셔서는 안 됩니다" 하며 "새어머니의 딸 가운데 열여덟 난 아이가 어떻겠습니까?" 하고 물었더니 도키타다는 아직 어린데 불쌍하다며 전처 소생으로 스물셋 난 딸을 요시쓰네에게 시집보냈다. 나이는 좀 들었어도 용모가 아름답고 마음씨가 착해 요시쓰네는 무척 마음에 들어 했다. 이미 가와고에 노 시게요리(河越重賴)의 딸을 아내로 맞이하여 살고 있었으나 다른 곳에 집을 잘 꾸며놓고 그곳에 새 아내를 맞이하여 총애했다. 얼마 지난 후 새 아내가 예의 편지 이야기를 꺼내자 요시쓰네는 아예 봉함도 뜯지 않고 바로 돌려보냈다. 도키타다는 뛸 듯이 기뻐하며 그대로 불사른 후 내다버렸다. 사람들은 도대체 어떤 편지들인지 내용이 궁금하다고들 수군거렸다.

　다이라 씨가 멸망하자 이내 각 지방의 치안이 회복돼 사람들이 불편 없이 왕래할 수 있게 되었다. 서울도 평온해져 사람들은 "도대체가 판관대부만 한 사람이 없다니까. 가마쿠라의 요리토모는 한 게 뭐야? 나랏일이 판관대부 뜻대로 됐으면 좋겠어" 하고 요시쓰네를 칭찬했다. 이 소식을 전해 들은 요리토모는 "그게 무슨 소리냐. 내가 잘 주선해서 병력을 올려 보냈기 때문에 다이라 군이 조기에 망한 것이지 요시쓰네 한 사람의 힘으로 어찌 천하를 제압할 수 있었단 말이냐. 사람들이 하는 소리를 듣고 교만해져 벌써 세상을 제 맘대로 주무르고 있는 모양이구나. 많은 사람 가운데 하필이면 도키타다의 사위가 되어 그를 떠받들고 있는지 알 수 없는 일이다. 도키타다도 그렇지 자기 처지는 생각 않고 사위를 보다니 괘씸한 일이다. 가마쿠라로 내려오더라도 요시쓰네는 틀림없이 주제넘은 짓을 할 게 틀림없다" 하며 펄펄 뛰었다.

## 후쿠쇼(副將)

5월 7일, 무네모리는 요시쓰네가 포로들을 데리고 관동으로 내려간 다는 말을 듣고 심부름꾼을 보내 "내일 관동으로 내려간다는 말을 들었는데 떼려야 뗄 수 없는 것이 부모 자식 간의 정이 아니겠소. 포로 명부 중 '8세아'라고 적힌 아이가 아직 살아 있거든 마지막으로 한 번 만나보고 싶구려" 하고 부탁을 했다. 그러자 요시쓰네는 뉘라도 부모 자식 간의 정이란 끊기 힘든 것인 만큼 그런 생각이 날 만도 하겠다며 아이를 맡아 데리고 있던 가와고에 노 시게후사에게 명해 대면을 주선토록 하니 가와고에는 우차를 빌려와 이 아이와 시녀 둘을 함께 태워 무네모리가 있는 곳으로 데리고 갔다.

어린 아들은 오랫동안 아버지를 만나지 못했기 때문에 몹시 반가운 모양이었다. 무네모리 공이 "자아, 이리 오렴" 하고 말하기가 무섭게 무릎 위로 올라왔다. 머리를 쓰다듬던 무네모리 공은 눈물을 뚝뚝 흘리면서 경비를 서고 있는 무사들에게 말했다.

"여보게들 내 말 좀 들어보게. 이 아이는 어미도 없는 아이라네. 이 아이의 어미는 출산 때 안산은 했지만 바로 병이 생겨 눕더니만 날 보고 자기가 죽은 후 다른 여자를 얻어 애가 생기더라도 이 아이만큼은 잊지 말고 자기를 보듯 키워주고 멀리하거나 유모한테 맡겨 내보내는 일이 없도록 해달라고 애원을 하기에 내가 달래느라고 장래 역도들을 물리치러 출정할 때가 오면 장남인 기요무네를 대장군으로 삼고 이 아이를 부장군으로 할 테니 아명을 후쿠쇼(副將)라 하겠다고 하자 몹시 기뻐하며 임종할 때까지 그 이름을 부르며 귀여워했었는데 칠 일 째 되는 날 그만 세상을 뜨고 말았다네. 그래서 이 아이를 볼 때마다 그 생각이 잊히지 않는다네."

말을 마치고 엉엉 울자 경비 무사들도 모두 따라 울었고 옆에 있던 장남 기요무네(淸宗)가 우니 유모도 울어 소매가 흠뻑 젖고 말았다. 한참 있다 무네모리 공이 "후쿠쇼야, 그럼 이제 돌아가거라. 만나서 반가웠다"고 해도 아들은 돌아가려 하지 않았다. 기요무네가 보다 못해 울음을 참으며 "얘, 후쿠쇼야, 오늘 밤은 얼른 돌아가거라. 이제 곧 손님이 오실 테니 내일 일찍 오도록 하여라" 하고 달래도 아버지의 소매를 꼭 부여잡고는 절대로 돌아가지 않겠다고 떼를 썼다.

이러는 사이에 시간이 많이 흘러 점차 날이 저물었다. 이러고만 있을 수만도 없어 유모가 안아 우차에 태우니 두 시녀도 소매로 얼굴을 가리고 울면서 하직 인사를 올린 후 함께 타고 떠났다. 무네모리 공은 우차가 멀어질 때까지 배웅을 하며 "이 비통함에 비하면 평소의 그리움은 아무것도 아니었구나" 하고 슬퍼했다.

무네모리 공은 생모의 유언이 가여운 생각이 들어 후쿠쇼를 유모 집에도 보내지 않고 항상 옆에 두고 키웠다. 세 살 때 관례를 올리고 정식으로 요시무네(義宗)라는 이름을 지어주었는데 성장함에 따라 용모도 뛰어날뿐더러 성격도 좋아 귀엽기도 하고 가여운 마음을 금할 길 없었다. 그래서 서쪽으로 도피해 파도에 흔들리며 배 안에서 지내면서도 한시도 떼어놓지 않고 지내왔었는데 싸움에 패한 후로는 오늘에야 서로 만나게 된 것이었다.

가와고에가 요시쓰네를 찾아가 "어린 아들을 어떻게 처리하오리까?" 하고 묻자 요시쓰네는 "가마쿠라까지 데리고 갈 필요가 있겠느냐. 네가 여기서 알아서 처리하도록 해라" 하고 지시했다. 가와고에는 두 시녀에게 "무네모리 대감은 가마쿠라에 내려가시나 도련님은 서울에 그냥 남아 있게 되었다. 나도 따라 내려가야 하기 때문에 오가타 노 고레요시한테 맡기기로 했으니 어서 차에 올라라" 하며 차를 갖다 대니 어린 아들은 아무 생각 없이 차에 올랐다. "또 어제처럼 아버님한테 가는 것이냐?" 하며 기뻐하는 모습을 보니 안쓰러울 따름이었다.

우차가 로쿠조에서 동쪽으로 향하자 시녀들은 "아니, 아무래도 낌새가 이상하네" 하며 겁이 나 벌벌 떨고 있는데 우차 뒤를 5~60기 정도 되는 병사들이 따라오더니 둔치로 들어서는 것이었다. 바로 차를 세워 땅바닥에 깔개를 깔더니 내리라고 해 아이부터 차에서 내렸다. 차에서 내린 아이는 이상한 생각이 들었는지 시녀들에게 "나를 어디로 데리고 가려는 것이냐?" 하고 물었으나 뭐라 대답을 할 수가 없었다. 가와고에의 부하가 대도를 허리에 대고 왼쪽으로 뒤돌아 막 내리치려 하는데 아이가 알아채고 조금이라도 피해보려고 황급히 유모의 품속으로 뛰어들었다. 난폭하게 떼놓기도 뭐해 그대로 있자 유모는 꼭 끌어안고 남의 눈도 개의치 않고 땅을 치고 하늘을 우러르며 대성통곡을 하니 그 심정이 어땠을지는 짐작이 가고 남는 일이었다. 이래서 시간이 꽤 지나자 가와고에가 눈물을 훔치며 "이제 와서 무슨 생각을 하신들 될 수 있는 일이 아니니 어서 이리 내놓으시오" 하며 유모의 품에서 끌어내어 내리누르고는 마침내 소도로 목을 베고 마니 지켜보던 병사들도 목석이 아닌지라 모두 눈물을 흘렸다. 가와고에가 요시쓰네에게 보이려고 목을 가지고 가자 유모와 시녀들이 맨발로 뒤쫓아와 "이제 무슨 일이 있겠습니까. 목만이라도 저희들이 가져다가 명복을 빌어드렸으면 합니다" 하고 애원했다. 요시쓰네 역시 진심으로 불쌍한 생각이 들어 눈물을 뚝뚝 흘리며 "아닌 게 아니라 그런 생각이 들겠지. 그렇게 하는 게 마땅할 테니 자, 어서 가져가거라" 하며 내주었다. 유모 일행은 목을 받아 들어 가슴에 품고는 울면서 서울 쪽으로 돌아가는 것 같았다.

그로부터 5~6일 지나 가쓰라(桂) 강[14]에 여자 둘이 몸을 던져 죽은 사건이 있었다. 한 사람은 어린아이의 목을 품에 품고 있었는데 유모였고, 다른 한 사람은 시체를 끌어안고 있었는데 시중을 들던 시녀였다. 유모가 죽음을 택한 것이야 절망 끝에 선택한 것이니 당연한 일이나 시중을 들던 시녀마저 몸을 던진 것은 보기 드문 일이었다.

---

14 교토 시 서부를 흐르는 강.

## 고시고에(腰越)[15]

한편 무네모리는 요시쓰네에게 이끌려 7일 새벽에 아와타구치(粟田口)[16]를 지났다. 이미 대궐이 있는 오우치야마(大內山)는 하늘 저편으로 멀어지고 오사카 관문에 이르러 근처에 있는 약수터를 보자 눈물이 쏟아져 다음과 같이 읊조렸다.

    서울을 떠나 오사카 관문에서 목 축이려니
    마지막이다 싶어 흐르는 건 눈물뿐

요시쓰네는 무네모리가 내려가는 내내 너무도 수심에 찬 얼굴을 하고 있는지라 여러모로 위로하고 달랬다. "목숨만은 꼭 구해주셨으면 하오" 하고 사정하는 무네모리에 대해 요시쓰네는 "아마 변방이나 먼곳에 있는 섬으로 유형에 처해지면 처해졌지 절대로 죽는 일은 없을 겁니다. 그리될 것 같으면 그간 소장이 세운 무공에 대한 포상을 포기하는 대신 대감의

---

15  가나가와(神奈川) 현 가마쿠라(鎌倉) 시 남서부의 지명.
16  교토에서 도카이도(東海道) 지방으로 나가고 들어오는 입구.

구명을 요청할 테니 안심하십시오" 하고 믿음직스럽게 말했다. 이 말을 듣자 무네모리는 "북쪽 오랑캐가 산다는 지시마(千島)로 유배 가는 한이 있더라도 하잘것없는 이 목숨을 건질 수만 있으면 원이 없겠소만" 하고 본심을 털어놓았는데 다이라 군 대장군이 한 소리 치고는 한심하기 짝이 없는 말이었다. 날이 흘러 그달 24일, 일행은 가마쿠라에 도착하였다.

한편 가지와라 노 가게토키(梶原景時)는 요시쓰네 일행보다 먼저 가마쿠라에 도착해 요리토모에게 다음과 같이 일러바쳤다.

"일본 전국은 이제 빠짐없이 어르신께 복종하고 있으나 동생 요시쓰네 장군이 아마도 대감의 마지막 적이 될 것 같습니다. 이유인 즉은 하나를 보면 열을 알 수 있다고 이런 일이 있었습니다. 이치노타니 전투 후 장군은 '내가 만약 산 위에서 공격해 내려가지 않았다면 좌우의 책문을 깨기 힘들었을 것이다. 그러니만큼 이번 전투에서 생포하거나 죽은 자에 대한 실사는 내가 해야 마땅한데 아무 공도 없는 노리요리에게 실사케 하다니 말이 되느냐. 만약에 포로로 잡은 삼위중장 시게히라를 내게 넘기지 않으면 직접 가서 끌고 오겠다'며 자칫하면 싸움이 벌어질 뻔한 것을 제가 도이(土肥)와 상의해 시게히라 대감을 도이에게 맡기고 나서야 겨우 사태가 진정된 일이 있었습니다." 그러자 요리토모는 고개를 끄덕이더니 "오늘 요시쓰네가 이곳에 도착한다는데 모두들 대비하라"고 지시했다. 이에 대소 태수들이 몰려오니 금세 수천 기를 이루었다. 요리토모는 가마쿠라의 입구인 가네아라이자와(金洗澤)에 진을 치고 무네모리 공 부자를 인도받은 후 요시쓰네를 근처에 있는 고시고에로 내쫓았다. 요리토모는 경호 무사를 수십 겹 포진시킨 후 자신은 그 안에 앉아 "요시쓰네는 이렇게 첩첩이 에워싼 경비망도 뚫고 들어올 수 있는 사람이나 내게는 통하지 않을 것이다" 하고 큰소리쳤다.

요시쓰네는 "작년 정월 기소 노 요시나카를 토벌한 이래 이치노타니 전투부터 단노우라 해전에 이르기까지 목숨을 걸고 다이라 군을 격파해 왕실의 보물인 거울과 구슬을 무사히 반환했을 뿐만 아니라 적의 대장군 인 무네모리 부자를 생포하여 이곳까지 데려왔으면 설사 무슨 잘못이 있었다 해도 한 번은 만나줘야 할 게 아닌가. 보통 같으면 규슈의 추포사 (追捕使)[17]에 임명하거나, 산인(山陰), 산요(山陽), 난카이도(南海道) 중 하나를 내게 맡겨 방어 거점의 하나로 삼을 줄 알았더니 겨우 눈곱만 한 이요(伊予) 하나를 다스리라고 하고는 가마쿠라에도 못 들어오게 하다니 어이가 없구나. 도대체가 말이 안 되는 소리다. 일본국을 평정한 건 요시나카와 이 요시쓰네가 아닌가. 말이 나왔으니 말이지 모두 한 아버지의 아들로 먼저 태어났으니까 형이고 늦게 태어났으니 동생일 뿐이지 누군들 천하를 못 다스릴까. 나를 만나주지도 않고 내쫓아 다시 서울로 올라가라 하니 소명을 하고 싶어도 소명할 방도가 없지 않은가" 하고 혼자 투덜대봤지만 어쩔 수 없는 일이었다. 불충한 마음이 전혀 없음을 몇 차례나 서약문으로 작성해 올렸으나 가지와라가 옆에서 중상하는 바람에 받아주지 않자 요시쓰네는 울면서 편지 한 통을 써 이나바(因幡) 태수 오에 노 히로모토(大江廣元)에게 보냈는데 다음과 같이 적혀 있었다.

미나모토 노 요시쓰네가 실례를 무릅쓰고 글월을 올린 까닭은 다음과 같소이다. 형님의 대리인의 한 사람으로 선정돼 교지를 받든 몸으로서 역도들을 물리치고 조상의 원한을 설욕하였으나 논공행상이 행해지려 하는 차에 뜻밖에 악랄한 중상모략으로 인해 막대한 공로가

---

17 군사와 경찰권을 장악하기 위해 전국 각지에 배치한 관리.

묵살되고 지은 죄도 없는데 문책을 받게 되었소. 공은 있어도 잘못은 없는데도 내침을 받아 하릴없이 비탄의 눈물에 잠겨 있소이다. 중상모략을 한 사람이 말한 내용이 사실인지 아닌지는 가리지도 않고 가마쿠라 안에 들어오지 못하게 하시니 본심을 전하지도 못하고 부질없이 날짜만 보내고 있소이다. 이번에 형님의 얼굴을 뵙지 못하면 골육의 정이 끊기고 형제간의 의리도 다하고 말 것 같아 모든 것이 전세에서 범한 악업의 응보가 아닌가 하는 생각에 서글퍼질 따름이오. 이번 일은 돌아가신 아버님의 혼령이 다시 살아오신다면 모를까 그렇지 않고서는 그 누구도 나의 이 원통함을 해명해줄 수 없을 것이고 나를 가엾게 여겨줄 사람도 없을 것이오.

이제 와서 넋두리를 늘어놓는 것 같지만 이 요시쓰네는 부모님한테서 신체발부(身體髮膚)를 받아 태어난 지 얼마 안 돼 아버님께서 세상을 뜨신 바람에 고아가 돼 어머니 품에 안겨 야마토의 우다(宇多)로 옮겨간 후 지금까지 단 하루도 마음 편할 날이 없었소. 하잘것없는 목숨을 부지하고는 있었으나 서울에 나다닐 수도 없어 여기저기 시골에 몸을 숨기고 벽지나 변경에서 지내면서 토민이나 농군들의 신세를 지며 살아왔소. 그러나 형제간의 우의를 다질 기회가 찾아와 다이라 일문 토벌을 위해 상경하게 되었는바, 그 첫번째 싸움에서 우선 요시나카를 물리쳤고, 그 후 다이라 군을 섬멸하기 위해 때론 목숨을 돌보지 않고 준마에 올라 험준한 암석 위를 내달리기도 하고, 때론 망망한 대해에서 풍파를 헤치며 물에 빠져 죽는 것도 개의치 않고 물고기 밥이 될 각오로 싸웠소. 뿐만 아니라 갑옷을 베개 삼아 전투를 업으로 해온 것은 오로지 망부의 원한을 풀어드리고 다이라 일문을 멸망시키려는 오랜 숙원을 풀고자 했음이지 다른 생각은 전혀 없었소. 내가 오위대부를 제수받은 것은 우리 미나모토 집안에 있어서는 중책으로서 더 할 나위 없는 명예이나 나는 지금 심히 걱정하고 뼈저리게 후회하고 있소이다. 신령이나 부처의 가호 없이 어찌 나의 이 비통한 탄원이 전달될 수 있겠소. 그래서 여러 신사에서 발행하는 부적 뒷면에 야심이 없음을 적어 일본 전국의 신령과 부처에게 진심을 알리고자 몇 통인가 서약문을 써서 올렸지만 아직도 들어오라는 허락이 없구려. 일본은 본디 신령이 가호하는 나라이나 신령은 빌어서는 안 될 사람의 소원은 들어주시지 않는 모양이오. 그러니 이제 내가 의지할 수 있는 것은 귀공의 넓고 넓은 자비뿐인 것 같소. 기회를 보아 형님 귀에 나의 탄원이 들어가게 해주고 수단과 방법을 다해 내게 잘못이 없음을 말씀드려주었으면 하오. 그 결과 만약 형님의 화가 풀리게 되면 좋은 일을 한 보답은 귀공의 가문에 미쳐 일문의 번영은 자손만대에 이르게 될 것이고 나는 해묵은 걱정과 불안을 털어내고 일생동안 평안을 얻게 될 것이오. 하고 싶은 말은 많으나 생각을 다 옮길 수 없어 다 줄였소이다.

 요시쓰네가 삼가 글월 올리는 바이오.

겐랴쿠 2년 6월 5일<br>
미나모토 노 요시쓰네

이나바 태수께 올립니다.

# 무네모리의 최후

한편 요리토모과 무네모리의 대면이 이루어졌는데 무네모리는 요리토모가 앉아 있는 곳에서 정원을 건너 맞은편 방에 끌려와 있었다. 요리토모는 주렴 안쪽에 앉아 히키 노 요시카즈(比企能員)를 시켜 다음과 같이 전했다.

"다이라 사람들을 특별히 내 개인의 적이라고 생각한 적은 절대 없소이다. 요리모리 대감의 생모께서 나의 구명을 위해 아무리 애를 썼다 하나 귀공의 부친이신 기요모리 대감이 허락하지 않았다면 내가 어떻게 목숨을 부지할 수 있었겠소. 사형에서 유형으로 감형된 것은 전적으로 부친의 은혜라 생각하오. 그렇기 때문에 이십여 년간 이 관동에서 조용히 지내고 있었으나 귀공의 집안이 역적으로 몰려 토벌하라는 교지를 받고 보니 임금의 땅에 태어난 몸으로 어명을 거스를 수 없어 어쩔 수 없이 귀공의 집안과 싸우게 된 것이었는데 이렇게 뵙게 되니 다행이오."

요시카즈가 이 말을 전하러 무네모리한테 갔더니 갑자기 자세를 바로 하고 무릎을 꿇는지라 한심한 생각이 들었다. 옆에는 여러 지역의 대소 태수들이 앉아 있었는데 그중에는 서울 사람도 몇 명 있었고, 다이라 집안을 모셨던 사람들도 있었다. 모두들 무네모리의 이런 태도를 보더니 "자세를 바로 하고 무릎을 꿇으면 살려줄까 봐 그러나. 서해에서 죽지 않고 산 채로 사로잡혀 여기까지 끌려온 데는 다 이유가 있었군" 하고 비난했다. 일부 눈물을 흘리는 사람들도 있었는데 그 중 어떤 사람은 "옛말에 '맹호가 심산에 있을 때는 백수를 벌벌 떨게 해도 우리에 갇히거나 함정에 빠졌을 때는 꼬리를 흔들며 먹이를 구한다'고 했듯이 아무리 용맹스런 대장군이라고 할지라도 저리되고 보면 마음이 약해지는 법이니 무네모리 공도 그런 거겠지" 하고 감싸는 사람도 있었다 한다.

한편 요시쓰네는 해명을 위해 백방으로 노력했으나 가지와라의 중상모략에 마음이 흔들린 요리토모는 명확한 회답 없이 "서둘러 상경하라"는 명령을 보내왔다. 하는 수 없이 6월 9일, 무네모리 부자를 이끌고 다시 서울로 돌아가게 됐는데 무네모리는 처형 날짜가 잠시나마 늦추어진 것이 기쁜 모양이었다. 가는 길마다 여기서 죽이려나, 혹은 저긴가 하고 전전긍긍했으나 여러 고을을 지나고 역참를 거치며 계속 상경하는 것이었다. 오와리의 우쓰미(內海)라는 곳을 지나는데 이곳은 요리토모의 부친인 요시토모(義朝)가 처형된 곳이라 틀림없이 여기서 죽일 것이라 생각했으나 그곳도 그냥 지나가는 것을 본 무네모리는 조금 안심이 되는지 "그럼 목숨은 부지하게 되나보다" 하고 가슴을 쓸어내렸는데 보기에도 딱한 일이었다. 아들은 "어떻게 목숨을 부지할 수 있단 말인가. 날이 이리 더우니 목이 상할 것을 우려해 서울 가까이 가서 죽이려는 것이겠지" 하고 생각했으나 부친이 걱정할 것을 염려해 말은 않고 염불만 외우고 있었다.

날짜가 지나다보니 서울이 가까워져 오미의 시노하라(篠原) 역참에 도착하였다. 요시쓰네는 배려심 있는 사람이라 서울 도착 3일 전에 미리 사람을 보내 오하라(大原)에서 단고(湛豪)라는 스님을 청해 내려오게 하였다. 바로 어제까지 부자를 한곳에 있게 하더니 이날 아침부터 따로 떼서 다른 곳에 두는 것을 본 두 사람은 "그럼 오늘이 마지막인 모양이구나" 하는 생각이 들어 한결 불안한 마음을 감출 수 없었다. 무네모리는 눈물을 뚝뚝 흘리면서 "내 아들은 어디로 갔단 말이냐. 손이라도 잡고 죽어 설령 목은 떨어지더라도 시체만은 한자리에 눕고자 했건만 산 채로 헤어지다니 이런 슬픈 일이 있나. 십칠 년 동안 한날 한시도 떼어놓은 적이 없었거니와 바다 속에 빠져 죽지 않고 오명을 남기게 된 것도 다 그 아이 때문인데" 하고 우니 스님도 불쌍한 생각이 아니 든 것은 아니었으나 자기마저 마음이 약해져서는 안 되겠다 싶어 눈물을 훔치고 태연스런 표정을 지으면서 설법을 시작했다.

"지금은 쓸데없이 자식 생각 하실 때가 아닙니다. 죽는 모습을 보신다 한들 서로 마음만 아프지 무슨 소용이 있겠습니까. 대감께선 이 세상에 태어나 이제까지 과거에 예를 찾아보기 힘들 만큼 복을 많이 받고 영화를 누려오시지 않았습니까. 주상의 외척으로 대신의 지위에 오르셨으니 이 세상의 영화는 남김없이 누리신 셈입니다. 지금 이런 형편에 처하게 되신 것은 모두 전생의 업보 때문이니 세상이나 사람을 원망하셔서는 안 됩니다. 천상에 계신 대범천(大梵天)께서 왕궁에서 선정(禪定)에 들어가 계신 시간도 생각해보면 눈 깜짝할 사이인데 하물며 전광석화 같은 하계의 생명이야 말해 무엇 하겠습니까. 도리천(忉利天)에서는 억천년(億千年)의 장수를 누릴 수 있다지만 다 꿈과 같은 것이지요. 삼십구 년을 살아오신 것도 겨우 한때에 지나지 않는 것이랍니다. 불로불사하는 약이 있다지만 먹은 이 뉘 있으며, 동왕부(東王父)나 서왕모(西王母)처럼 장수를 누린 이 뉘 있겠습니까. 진시황이 온갖 사치를 다 누렸다지만 마침내는 여산(驪山)의 무덤에 묻히는 신세가 됐고, 한무제도 죽는 게 싫어 장생을 바랐다지만 덧없이 두릉(杜陵)의 이끼로 화하지 않았습니까. 그래서 '생명을 지닌 자 반드시 죽음을 맞이하니 석존께서도 전단(栴檀) 나무의 연기로 화하셨고, 즐거움이 다하면 슬픔이 오는 법이어서 선인도 역시 죽으면 오쇠(五衰)의 상을 드러낸다'[18]고 합니다. 그래서 석가께서는 '마음이란 원래 실체가 없고 죄와 복은 주체가 없으니 마음을 보려 해도 마음은 없고 법은 법 안에 있지 않다(我心自空 罪福無主 觀心無心 法不住法)'[19]고 하셨는데 선도 악도 모두 실체가 없다고 보는 것이 석가의 생각에 부합된 것입니다. 아미타여래께서는 오겁(五劫) 동안의 사유 끝에 중생을 구제하겠다는 하기 힘든 발원을 하셨는데 왜 우리 인간들은 억억만겁(億億万劫)이나 되는 긴긴 세월 동안 생사의 윤회만을 거듭하고 있는 것인지 마치 보물산에 들어가 빈손으로 나오는 것이나 다름없어 너무도 한스럽고 어리석어 안타까울 따름입니다. 그러니 절대로 딴 생각을 갖지 마시기 바랍니다."

그러고는 수계를 한 후 염불을 권했다. 무네모리는 이 단고가 자신을 극락으로 이끌어줄 고승이라 생각하고 이제껏 품고 있던 망념을 바로 다 버리고 서방을 향해 합장한 후 큰소리로 염불을 외웠다. 그러자 다치바나노 긴나가(橘公長)가 칼을 옆구리에 바짝 대고 왼쪽에서 뒤로 돌아가 막 목을 내려치려 하는데 무네모리가 염불을 멈추더니 "내 아들은 이미 죽었느냐?" 하고 물었다. 실로 눈물겨운 일이 아닐 수 없었다. 긴나가가 뒤로 다가가기가 무섭게 목이 앞으로 떨어지니 설법을 하던 단고는 눈물에 목이 메고 말았다. 아무리 사나운 무부라도 감정이 없을 수 없는 법인데 이

---

18 『본조문수(本朝文粹)』에 수록된 오에 노 아사쓰나(大江朝綱: 886~957)의 「원문(願文)」 중에서 인용.
19 『관보현경(觀普賢經)』.

긴나가는 대대로 다이라 집안을 섬겨온 하복으로서 조석으로 도모모리의 시중을 들던 사람이었다. 사람들은 아무리 권력을 따라 움직이는 게 이 세상이라고는 하나 참으로 인정머리도 없는 사람이라며 다들 부끄러워해야 할 행위라고 수군댔다.

그 후 단고는 아들에게도 아까처럼 수계를 하고 염불을 권했다. "아버님의 임종은 어떠셨습니까?" 하고 묻는데 너무 안쓰러워 "의연히 세상을 뜨셨으니 염려하지 마시기 바랍니다" 하고 답하자 눈물을 흘리며 기뻐하면서 "이제 여한이 없으니 어서 집행하도록 하시오" 하는 것이었다. 이번에는 호리 노 야타로라는 자가 목을 내려쳤다. 목은 요시쓰네가 부하에게 들려 서울로 가지고 가고, 몸은 긴나가의 지시로 부자를 한곳에 묻었는데 세상을 뜰 때까지 아들과 떨어지기 싫다고 하여 그리한 것이었다.

23일, 무네모리 부자의 목이 서울에 도착했다. 의금부 사람들이 산조가와라(三條河原)에까지 나와 인수해 산조 대로에서 조리돌린 후 옥문 왼편에 있는 멀구슬나무 위에 효시했다. 삼위(三位)가 넘는 고관의 목을 대로상에서 조리돌리고 옥문에 효시한 것은 다른 나라에서야 그런 일이 있었는지 모르겠으나 일본에서는 전례가 없었던 일이었다. 그렇기 때문에 헤이지 정변 때 악행을 저지른 후지와라 노 노부요리(藤原信賴)의 경우, 비록 참수는 당했어도 목을 옥문에 효시하지는 않았는데 다이라 씨가 처음으로 그런 일을 당하게 된 것이었다. 남쪽에서 끌려와 상경했을 때는 산 채로 로쿠조 대로에서 조리돌림 당하더니 관동에서 올라와서는 주검이 되어 산조 대로상에서 조리돌림 당했으니, 살았을 때 겪은 치욕과 똑같은 수치를 죽은 후에도 맛본 셈이었다.

## 시게히라의 최후

한편 삼위중장 다이라 노 시게히라 경은 작년부터 신병이 가노 노 무네모치(狩野宗茂)에게 맡겨져 이즈(伊豆)에서 지내고 있었으나 나라의 승도들이 끈질기게 신병을 넘기라고 요구하자 요리토모는 "그럼 넘겨주도록 하라"며 미나모토 노 요리마사(源賴政)의 손자 요리카네(賴兼)에게 명해 나라로 압송토록 하였다. 서울에는 못 들어오게 해 오쓰(大津)에서 야마시나(山科)를 지나 다이고(醍醐) 가도를 경유해 가다 보니 히노(日野) 근처를 지나가게 되었다. 시게히라 경의 처는 중납언 후지와라 노 고레자네(藤原伊實)의 딸로서, 대납언 후지와라 노 구니쓰나(藤原邦綱)의 양녀가 된 후 선왕의 유모 직을 맡았던 여인이었다. 시게히라 경이 이치노타니에서 생포된 후에도 서해 바다에서 계속 선왕을 모시고 있었는데 단노우라에서 선왕이 바다에 몸을 던진 후 포악한 무사들에게 사로잡혔다가 고향인 히노로 돌아와 언니와 함께 지내고 있었다. 남편 시게히라 경의 목숨이 경각에 달려 있다는 말을 듣고 꿈속이 아닌 이승에서 다시 한 번 만나보고 싶은 생각이 간절했지만 이루어지지 않자 우는 것 말고는 달리 달랠 길 없어 그날그날을 지내고 있었다.

시게히라 경은 경비 무사들에게 "이제까지 매사에 인정 많고 친절히 대해주어 고맙게 생각하고 있소. 이왕 신세진 김에 마지막으로 부탁을 하나 하고 싶구려. 내겐 자식이 없어 이 세상에 미련은 없지만 오랫동안 고락을 같이 해온 아내가 히노라는 곳에 있다는 소리를 들었소. 마지막으로 한 번 만나 사후의 명복이라도 빌어달라고 부탁했으면 하오만" 하고 잠시 시간을 달라고 부탁했다. 경비 무사들도 정리를 모르는 자들이 아닌지라 모두 눈물을 흘리면서 "어려울 게 뭐 있겠습니까" 하며 허락했다. 시게히라 경은 뛸 듯이 기뻐하며 집안에 사람을 보내 "혹시 마님은 이곳에 계십니까? 시게히라 대감께서 나라로 가시는 길에 선 채로나마 잠시 뵙고 싶답니다" 하고 전하게 하니 부인은 이 말이 채 끝나기도 전에 "어디, 어디에요?" 하며 달려 나왔다. 보니 죄인이 입는 남색 옷에 망건을 쓴 마르고 가무잡잡한 사내가 툇마루 가까이 서 있었는데 다름 아닌 남편 시게히라 경이었다. 남편은 부인이 주렴 바로 앞에까지 달려와 "이게 꿈입니까! 생시입니까! 어서 안으로 올라오세요" 하고 권하는 소리를 들으니 자기도 모르게 눈물이 왈칵 쏟아졌고 부인은 부인대로 눈앞이 캄캄해지고 정신이 완전히 나가 잠시 말이 나오지 않았다. 시게히라 경은 주렴 안으로 얼굴을 들이밀고서 울면서 "작년 봄 이치노타니에서 죽었어야 하는데 전생의 죄를 많이 지은 탓인지 산 채로 포로가 돼 대로상에서 조리돌림 당한 데다가 서울과 가마쿠라에서 치욕스런 일을 겪은 것만 해도 한스러운데 끝내 나라의 승병들 손에 넘겨 목을 베어야 한다기에 나라로 가고 있는 길이라오. 어떻게든 당신 얼굴을 한 번 보고 싶었는데 이렇게 만나게 됐으니 이제 여한이 없소. 출가한 후에 유품으로 머리카락이라도 남겨놓고 가고 싶지만 허락이 안 되니 어쩔 수가 없구려" 하며 이마의 머리를 조금 가른 후 입에 닿는 부분을 이빨로 끊어 "이것을 나로 여겨주시구려" 하며 건넸다. 부인은 평소에 남편 걱정을 할 때보다도 훨씬 더 슬픈 얼굴을 하고 있었다. "당신과 헤어진 후 미치모리 경의 부인처럼 물에 빠져 죽었어야 하는데 당신이 확실히 세상을 떠났다는 소리가 없어 혹시나 뜻밖에 옛 모습을 그대로 다시 한 번 뵐 수 있을지도 모른다는 생각에 힘들었지만 이제까지 살아왔는데 오늘이 마지막이라 하시니 이 무슨 청천벽력 같은 말씀이십니까. 이제껏 형이 집행되지 않고 있기에 혹시 풀려나시려나 하고 속으로 기대하고 있었는데" 하며 지난 이야기를 주고받으면서도 눈물이 끊이지 않았다. "지금 입고 계시는 옷이 너무 초라해 보이니 갈아입으세요" 하며 속옷과 백의 한 벌을 꺼내놓자 시게히라 공은 갈아입고 나서 헌 옷가지들을 "내 유품이라 여겨주오" 하며 내려놓았다. 그러자 부인은 "그도 지당하신 말씀이오나 아무거나 뭐든 써서 주시면 그것이야말로 먼 먼 훗날까지 당신을 잊지 못할 정표가 될 거예요" 하며 벼루를 꺼내 놓으니 시게히라 공은 울면서 노래 한 수를 읊었다.

　　　　참기 힘들어 눈물에 흠뻑 젖은 이 해진 옷을
　　　　생각날 때 보라고 남기고 떠나가오

　　이 노래를 듣자마자 부인은,

　　　　모처럼만에 갈아입으셨지만 허망하구려
　　　　오늘이 가고 나면 당신은 없을 테니

하고 이별을 슬퍼했다. 시게히라 경은 "인연이 있다면 내세에는 반드시 다시 만나게 될 것이오. 한 연잎 위에 태어나게 해달라고 기도해주시오.

날도 저물었소이다. 나라까지는 아직 갈 길이 먼데 경비 무사들을 너무 기다리게 하는 것도 그렇구려" 하며 나서니 부인은 소매를 부여잡고 "여보, 조금만 더" 하며 붙들었다. 시게히라 경은 "내 마음을 헤아려주구려. 결국 사형을 피할 수 없는 신세이니만큼 내세에서 만나도록 합시다" 하고 나섰으나 이승에서 보는 건 이게 마지막이라 생각하니 다시 뒤돌아서고 싶은 생각이 굴뚝 같았다. 그러나 마음이 약해져서는 안 되겠다 싶어 마음을 모질게 먹고 집을 나섰다. 부인이 주렴 바로 옆에 쓰러져 몸부림치며 울부짖는 소리가 멀리 문밖에까지 들려오자 시게히라는 말을 몰 수 없었다. 눈물이 앞을 가려 앞길이 보이지 않자 안 만나는 게 좋을 뻔했다며 오히려 후회를 했다. 부인은 그대로 뒤따라가고 싶은 생각이 간절했지만 그럴 수도 없는지라 옷을 뒤집어쓰고 목 놓아 울었다.

나라의 승병들은 시게히라 경의 신병을 인수한 후 회의를 열었다. "도대체가 이 시게히라란 자는 대죄를 범한 악인으로서 그 죄목은 오형(五刑)에 처해지는 삼천 여의 범죄에도 들어 있지 않은 막중한 범죄인 바 이렇게 우리 손에 들어온 것을 보면 악인(惡因)을 만든 자 악과(惡果)를 거둔다는 도리는 틀림없는 말인 것 같소. 이자는 불법의 적인 역도이니 동대사와 홍복사의 담 바깥쪽으로 한 차례 끌고 다닌 후 톱으로 썰어 죽이든가 땅에다 묻고 머리를 잘라 죽여야 할 것이오"라는 과격한 의견도 나왔으나 노승들이 나서 그것은 승려가 행할 처벌로는 온당치 않으니 그냥 경비 무사들에게 내주어 고쓰(木津) 부근에서 참수시키라며 무사들에게 다시 돌려주었다. 무사들이 인수하여 고쓰 강가에서 목을 베려 하는데 수천은 족히 되어 보이는 승도들이 몰려들어 구경꾼이 얼마나 되는지 셀 수조차 없었다.

시게히라 경이 오랫동안 부리던 하인 중에 도모토키라는 자가 있었다. 지금은 하치조에 있는 공주궁에서 일하고 있었는데 옛 주군의 최후를 지켜보려고 말을 채찍질해 형장으로 달려갔다. 이제 막 목을 내리치려는 차에 도착해 수도 없이 에워싸고 있는 사람 틈을 헤치고 들어가 시게히라 경 바로 옆까지 다가갔다. "도모토키가 대감의 마지막 모습을 지켜보려고 이제 막 도착하였나이다" 하고 울며 아뢰자 시게히라 경은 "그 마음이 정말 갸륵하구나. 한데 부처에게 공양이나 드리고 죽었으면 하는데 무슨 수가 없겠느냐? 이대로 죽기에는 내 죄가 너무 무거운 것 같구나" 하는 것이었다. 도모토키가 어려운 일이 아니라며 경비 무사들과 의논한 끝에 그 근처에 있는 불상을 하나 모셔왔다. 보니 다행히도 아미타여래상이었다. 도모토키는 강가 모래 위에 불상을 안치한 후 자기 옷의 소매 끈을 풀어 한쪽은 부처의 손에 걸고 다른 한쪽은 시게히라 경에게 들려주었다. 시게히라 경은 이 끈을 잡고 부처를 향해 다음과 같이 빌었다.

"듣자옵건대 제바달다(堤婆達多)[20]가 삼역죄를 범하고 팔만대장경을 소각하는 죄를 범했으나 석가께서는 그가 결국은 천왕여래가 될 것이라 말씀하셨다 합니다. 그가 지은 죄업은 실로 중하기 짝이 없었으나 불도를 접한 덕에 죄업이 도리어 득도의 인이 되었다고 들었습니다. 제가 대죄를 범했지만 제 생각에서 비롯된 것은 결코 아니었고 그저 이 세상 법도를 따르다보니 그렇게 됐을 따름입니다. 이 나라에 태어난 자로 그 누가 왕명을 무시할 수 있겠으며 살아 있는 사람으로 부모의 명을 거역할 수 있는 자가 어디 있겠습니까. 왕명과 부모의 명은 둘 다 거스를 수 없는 것이니 제가 한 일이 옳고 그른지는 부처님께서 다 들여다보고 계시리라 믿습니다. 원래 지은 죄의 대가는 바로 치러야 하는 모양으로 저의 운명은 이제 최후를 맞이하였습니다. 한없이 후회될 따름으로 아무리 슬퍼해도

---

20 석가의 사촌동생으로 석가를 따라 출가했으나 질투심이 강해 새로운 교단을 만들어 불교 교단에 해를 끼친 죄로 산 채로 지옥에 떨어졌다고 전해지는 인물.

다하지 않을 것 같습니다. 하오나 불법의 세계는 자비를 근간으로 하고 중생을 구제하는 방법은 수없이 많다고 알고 있습니다. '원만원융(円滿円融)한 교의에 서서 보면 역연(逆緣)도 순연(順緣)도 매한가지'라는 경문[21]은 늘 마음에 새겨놓고 있습니다. 아미타불을 한 번만 염불하면 무량의 죄가 바로 사라진다니 바라옵건대 역연을 순연으로 바꿔주시고 이제 외울 마지막 염불을 받아주셔서 정토에 태어나게 해주소서" 그러고는 큰 소리로 염불을 열 번 외우면서 목을 앞으로 내밀고 내려치게 했다. 과거의 악행은 용서하기 힘들었으나 자초지종을 지켜본 수천 명의 승도들이나 무사들은 모두 울고 말았다. 목은 반야사의 도리이 앞에다 못질해 걸었는데 지쇼 연간의 전투 때 그 근처에 서서 절들을 불태웠기 때문이었다.

시게히라의 부인은 목은 잘려 없더라도 몸이라도 거두어 제를 올릴 생각으로 가마를 보내 몸을 실어오게 했다. 가마꾼들이 가서 보니 정말로 몸체가 내버려져 있기에 안아서 가마에 싣고 히노로 메고 돌아왔다. 그러니 기다리다 이를 보게 된 부인의 속이 어떠했을지는 새삼 말할 필요도 없었다. 살아 있었던 어제까지는 멀쩡했던 사람이 더운 철이라 그런지 어느새 형체도 알아볼 수 없을 정도로 변해 있었다. 그대로 둘 수 없어 근처에 있는 법계사(法界寺)라는 곳에서 훌륭한 스님들을 여럿 불러 제를 올렸다. 목은 동대사의 재건을 위해 힘쓰고 있던 조겐(重源) 대사에게 사정했더니 승도들에게 부탁해 히노로 보내주었다. 목도 몸도 다 화장하여 뼈는 고야 산으로 보내고 무덤은 히노에 만들었다. 그 뒤 부인도 머리를 자르고 출가하여 시게히라 경의 내세의 명복을 빌며 살았다 하는데 애처로운 일이 아닐 수 없었다.

---

21 『법화문구기(法華文句記)』.

작가 미상, '미나모토 노 요시쓰네(源義經)의 초상화,'
「도주하는 요시쓰네」, 「源義經畵像」(中尊寺 소장), 연대 미상.

제12권

# 대지진

다이라 일문이 몰락하자 규슈 지역도 진정되었다. 고을은 태수를 따르고 장원도 소유 귀족의 말을 듣게 되었다. 상하 모두 안도의 한숨을 내쉬고 있는데 그해 7월 9일 정오 무렵 대지가 심하게 흔들리기 시작하더니 지진이 꽤 오래 계속됐다. 경기 지역에서는 시라카와(白河) 부근에 있는 육승사(六勝寺)가 전부 도괴됐고, 법승사(法勝寺)의 9층 탑도 상부의 여섯 층이 무너져 내렸다. 득장수원(得長壽院)에서도 서른세 칸짜리 대웅전이 열일곱 칸이나 무너졌다. 대궐을 비롯해 귀족들의 저택이나 각지의 신사와 불당, 민가도 무너져 내렸다. 무너지는 소리가 흡사 천둥 치듯 했고, 흙먼지가 마치 연기처럼 솟아 올라 껌껌해진 하늘 때문에 해가 보이지 않았다. 남녀노소 모두 놀라 넋을 잃었고, 관민 할 것 없이 혼비백산했는데, 먼 지방이건 가까운 곳이건 할 것 없이 상황이 똑같았다. 땅이 갈라지고 물이 솟구치는가 하면 바위가 무너져 계곡으로 굴러 떨어졌고, 산이 무너져 강을 메우는가 하면 해일이 일어 해안을 덮쳤다. 바닷가를 항해하던 배들은 모두 다 파도에 휩쓸렸고, 땅 위를 달리던 말들은 설 곳을 잃고 넘어졌다. 이것이 만약 홍수였더라면 언덕 위로 대피해 목숨을 구할 수 있었을 것이고, 불길이 무섭게 덮쳐왔다 해도 강을 건너가면 잠시는 피할 수 있었을 텐데 지진이란 참으로 끔찍하기 짝이 없었다. 새가 아니니 하늘을 날 수도 없고, 용이 아니니 구름 위로 오를 수도 없는 노릇이었다. 시라카와나 로쿠하라, 그리고 도성 안에서 얼마나 많은 사람들이 매몰돼 죽었는지 헤아릴 수도 없었다. 지수화풍(地水火風) 중에서 물과 불과 바람은 늘 재해를 몰고 다녀도 땅은 별다른 변괴를 만들지 않는데 도대체 이게 웬일이냐며 사람들은 미닫이나 장지문을 굳게 닫고 하늘이 울리고 땅이 흔들릴 때마다 이제 죽나보다 하며 목청 높여 염불을 외고 외쳐대니 그 소란스러움은 이루 말할 수 없을 정도였다. 칠팔십이나 구십이 다 된 노인들조차도 세상의 종말이 바로 오늘내일로 다가올 줄은 꿈에도 몰랐다며 크게 놀라 외쳐대니 어린아이들도 이 소리를 듣고 엉엉 울며 슬퍼했다.

　태상왕은 이때 마침 이마구마노 신사에 가 있었는데 사람들이 많이 죽어 신사에서 금기시하는 죽음의 부정을 목도하게 되자 서둘러 로쿠하라 궁으로 환궁하고 말았다. 돌아오는 길에 군신 모두 얼마나 마음이 아팠을지는 상상이 가고도 남는 일이었다. 주상은 봉연을 타고 연못가로 몸을 피했고, 태상왕은 남쪽 뜰에 천막을 치고 임시 거처로 삼았다. 대비나 대군들은 궁궐이 모두 무너져 가마나 우차를 타고 궁 밖으로 피신했다. 천문박사들이 달려와 "오늘 밤 해시(10시)부터 자시(12시) 사이에 반드시 지진이 있을 것입니다" 하고 고하니 다들 부들부들 떨며 입을 열지 못했다.

　몬토쿠(文德) 임금 때인 사이코(齊衡) 3년(856) 3월 8일에 발생한 대지진 때는 진동 때문에 동대사의 대불 목이 떨어졌고, 덴교(天慶) 2년(939) 4월 5일에 있었던 대지진 때는 주상이 침전을 피해 상녕전(常寧殿) 앞에다 다섯 장 크기의 천막을 치고 머물렀다고 한다. 이는 옛날 옛적 일이니만큼 그렇다 치고 이번보다 더 심한 지진은 앞으로도 일어날 것 같지 않았다. 십선제왕(十善帝王)이 대궐에서 쫓겨나 바다 밑에 몸을 던지고, 대신과 공경들이 대로상에서 조리돌림 당하는가 하면 그 수급이 옥문에 효수되고 말았으니, 자고로 원혼처럼 무서운 것이 없는 법이거늘 앞으로 이 세상이 어찌 될꼬 하며 한탄하고 슬퍼하지 않은 사람이 없었다.

# 염색공

 그해 8월 22일, 신호사(神護寺)의 몬가쿠(文覺) 대사는 요리토모의 부친 요시토모의 진짜 목이라면서 해골을 담은 상자를 직접 자기 목에 걸고, 요시토모와 함께 처형된 가마다 노 마사키요(鎌田正淸)의 목은 제자에게 들려 가마쿠라로 내려갔다. 지난 지쇼 4년에 몬가쿠가 파서 바친 목은 진짜가 아니라 요리토모의 거병을 촉구하기 위해 아무 관계없는 오래된 해골을 그냥 흰 천에 싸서 주었던 것이었다. 그 해골을 부친 것이라 믿어 의심치 않았던 요리토모는 결국 반란을 일으켜 천하를 손아귀에 넣게 된 것인데, 이번에는 진짜 목을 찾아내 내려가게 된 것이었다.
 진짜 목을 찾게 된 경위는 다음과 같았다. 고인이 된 요시토모에게는 오래오래 아끼며 부리던 염색공이 하나 있었는데, 요시토모가 참수당한 후 그 목이 옥문에 효수된 채 오랫동안 방치돼 공양드리는 사람 하나 없는 것을 안타깝게 여긴 염색공은 당시의 의금부 관헌을 찾아가 애원을 했더니 목을 내줘, 속으로 '아들 요리토모가 지금은 귀양을 살고는 있지만 장래를 기대해볼 수 있는 사람인만큼 훗날 출세하게 되면 틀림없이 부친의 목을 찾게 될 것이다'고 생각하고 히가시야마(東山)의 원각사(円覺

寺)에 깊숙이 묻어 놓았었는데 몬가쿠가 이 사실을 알아내 그 염색공을 동행하고 가마쿠라로 내려가게 된 것이었다.

　몬가쿠 일행이 도착하는 날 요리토모는 몸소 가타세(片瀨) 강까지 나와 마중한 다음, 상복으로 갈아입더니 울며 가마쿠라로 들어갔다. 몬가쿠를 대청에 세우고 자신은 뜰에 선 채로 부친의 목을 받아드는 모습은 보는 사람의 코끝을 시리게 만들어 지켜보고 있던 대소 태수들 치고 눈물을 흘리지 않는 사람이 없었다. 요리토모는 부친의 공양을 위해 암벽을 파 새 도량을 만들고 최장수원(最長壽院)이라 이름 지었다. 조정에서도 이 사실을 전해 듣고 감동해 요시토모의 무덤에 사신을 보내 내대신 정이위를 추증했는데, 차사에는 좌대변 가네타다가 임명되었다고 한다. 요리토모는 뛰어난 무용으로 출세하여 집안을 다시 일으켰을 뿐만 아니라 망부의 넋까지도 관직과 위계가 오르게 했으니 참으로 가상한 일이 아닐 수 없었다.

## 귀양 가는 도키타다(時忠)

9월 23일, 요리토모는 서울에 남아 있는 다이라 일문의 잔당들을 지방에 유배 보내도록 조정에 진언했다. 이에 따라 대납언 다이라 노 도키타다(時忠) 경은 노토(能登), 아들 도키자네(時實)는 가즈사(上摠), 노부모토(信基)는 아키(安芸), 마사아키라(尹明)는 오키(隱岐), 승려인 젠신(全眞) 아사리는 아와(阿波), 법승사(法勝寺)의 주지 노엔(能円)은 빈고(備後), 율사 주카이(忠快)는 무사시(武藏)로 각각 유배되었다. 서해의 파도 위로 떠나가는 이가 있는가 하면 관동의 구름 저 너머로 끌려가는 사람도 있었는데, 귀양 가는 곳이 어느 곳인지 앞으로 다시 만날 수 있을 것인지도 알지 못한 채 이별의 눈물을 억누르고 제각기 서울을 떠나가는 그 심정이 어떠했을지는 상상이 가고도 남아 애처로운 마음을 금할 길 없었다.

그중 대납언 도키타다 경은 요시다에 머물고 있던 대비[1]를 찾아가 "소신은 형이 무거워 오늘 귀양 길을 떠나게 됐습니다. 서울 하늘 아래

---

1 기요모리 공의 딸로, 다카쿠라 임금의 중궁.

함께 있으면서 마마의 신변이나 시중들어드리며 지내고 싶었는데 소신이 떠나고 나면 이제부터 어찌 사셔야 하나 싶어 홀로 남아 계실 마마를 생각하니 발이 떨어지지 않습니다" 하고 흐느끼자 대비는 "그러고 보니 예전부터 알고 지내던 사람 중엔 대감밖에 남아 있는 이가 없는데 대감마저 떠나고 나면 이제 내 처지를 동정해 찾아주는 사람도 없겠구려" 하며 흘러내리는 눈물을 억제하지 못했다.

 이 도키타다 경은 데와(出羽) 태수였던 다이라 노 도모노부(平具信)의 손자요 좌대신을 지낸 도키노부(時信)의 아들이었다. 또 이미 고인이 된 대왕대비의 오빠에, 다카쿠라 상왕의 외척에 해당했는데, 세상의 평판도 좋았고 어느 누구 부럽지 않게 영화를 누리던 사람이었다. 게다가 기요모리 공의 부인인 이위 마님이 친누이였기 때문에 관직을 겸하는 것 따위는 마음먹기 나름이었다. 그래서 바로 출세해 정이위 대납언에 올랐다. 의금부의 수장도 세 차례나 역임했는데, 이 사람이 도사로 있을 때는 절도나 강도범을 체포하면 무턱대고 오른팔의 팔꿈치를 잘라, 악독도사라는 말을 들었다. 얼마 전에 주상과 왕실의 세 보물을 반환하라는 태상왕의 교지를 가지고 내려간 하나카타(花形)의 얼굴에 '나미카타'라는 낙인을 찍게 한 것이 다름 아닌 이 도키타다 경이었다.

 태상왕도 도키타다 경이 대왕대비의 오라비인지라 고인에 대한 추억 때문에 옆에 두고 싶은 마음이 없지도 않았으나 지난날 저질러온 악행에 대해 단단히 화가 나 있었다. 요시쓰네도 도키타다 경의 딸을 부인으로 맞이해 금실이 좋아진 터라 어떻게든 형인 요리토모를 설득해서 죄를 면해주려고 노력했으나 허사였다. 열여섯 살 난 아들 도키이에(時家)는 유형에서 제외되어 백부 도키미쓰 경에게 맡겨져 있었는데 떠나가는 도키타다 경의 소매를 어머니와 함께 부여잡고 누르며 이승에서의 마지막을 아쉬워했다. 도키타다 경은 "언젠가는 헤어져야 하는 것이 세상의 이치"라며 말이야 다지기게 했지만 마음속으로는 이별을 슬퍼했을 것이 틀림없었다.

나이 들고 노인이 다 되어서 그리도 사이좋던 처자와 헤어지고 정든 서울을 구름 너머로 되돌아보면서 말로만 듣던 땅 끝으로 가는 여행길에 나선 후, 한참 가다가 여기는 시가(志賀)이고, 저기는 가라사키(唐崎)에, 마노 만(眞野灣)을 지나고 가타다(堅田) 항에 이르자 도키타다 경은 눈물을 글썽이며 다음과 같이 노래했다.

되돌아갈 수 없음을 잘 알기에 눈물 흐르네
끌어올린 그물에서 물이 줄줄 흐르듯

바로 얼마 전까지 서해의 파도 위를 떠다니며 비좁은 편주 안에서 쉴 새 없이 적과 싸워왔었는데, 이제 북녘 땅의 눈밭에 파묻혀 고향 쪽에 떠 있는 구름을 볼 때마다 이별의 슬픔을 되새겨야 하는 신세가 되고 만 것이었다.

# 도사보(土佐房)

　한편 판관대부 요시쓰네의 휘하에는 요리토모가 배속시켜준 열 명의 무장들이 있었는데 요리토모가 내심 요시쓰네를 멀리하고 있다는 말을 전해 들은 이들은 주군의 의중을 눈치 채고 하나 둘씩 가마쿠라로 돌아가더니 이윽고 모두 떠나고 말았다. 요시쓰네는 요리토모의 이복형제인 데다 특히 둘은 지난날 부자의 서약까지 한 바 있고, 작년 정월 기소 노 요시나카를 토벌한 이래 수차례에 걸쳐 다이라 군을 격파하고, 금년 봄에는 완전히 괴멸시켜 천하를 진정시키고 나라 안을 평온케 한 만큼 논공행상을 해야 마땅한데도 왜 그런 소문이 나도는지 모르겠다며 위로는 태상왕으로부터 아래로는 일반 백성에 아르기까지 의아해 했다. 그러나 이는 실은 지난봄에 셋쓰의 와타나베에서 배를 모아 야시마로 건너갈 때 가지와라와 요시쓰네가 후진용 노를 다네 마네 하며 다투다가 결국 수모를 당했던 가지와라가 한을 품고서 줄곧 요리토모에게 모함을 했기 때문에 비롯된 일이었다. 요리토모는 "틀림없이 반란을 일으키려는 생각이 있을 것이나 그렇다고 지금 무장들을 올려 보냈다가는 도성으로 들어가는 길목에 있는 우지나 세타 대교를 해체하려 들 텐데 그랬다가는 온 도성에 소란이 일어 오히려 좋지 않을 것이다"라고 판단하고 도사보 쇼슌(土佐房昌俊)을 불러 "네가 상경해 절에 참배하는 척하면서 요시쓰네를 모살토록 해라"하고 명하자 공손히 명령을 받은 쇼슌은 집에도 들리지 않고 바로 서울로 향했다.

9월 29일, 쇼슌은 서울에 도착하였으나 하루가 지나도록 요시쓰네를 찾지 않았다. 쇼슌이 상경하였다는 말을 들은 요시쓰네가 심복인 벤케이를 보내 데려오게 하자 바로 가서 데리고 왔다. 요시쓰네가 쇼슌을 향해 "그래, 형님께서 보내신 서찰은 없느냐?"하고 묻자 "특별히 무슨 일이 있는 것이 아니어서 서찰은 없었습니다. 대신 구두로 '지금까지 서울에 아무 일이 없는 것은 판관대부 덕이라 생각하고 있으니 각별히 신경을 써서 잘 지키도록 하라'고 말씀하셨습니다"라고 답했다. 그러자 요시쓰네는 "그런 게 아니라 날 죽이러 올라온 것이겠지. 형님께서 '지금 무장들을 올려 보냈다가는 서울로 들어가는 길목에 있는 우지나 세타 대교를 해체하려 들 텐데 그랬다가는 세상이 시끄러워져 오히려 좋지 않을 것이다. 대신 널 보낼 테니 절에 참배하러 올라온 척하다가 요시쓰네를 모살토록 하라'는 명령을 받고 온 거겠지"하고 추궁하자 쇼슌은 크게 놀라 "무엇 때문에 지금 그런 일을 하겠습니까? 오래전부터 품어온 소원이 있어 구마노 신사에 참배할 생각으로 상경한 것입니다"라고 둘러댔다. 그러자 요시쓰네는 "가게토키의 모함을 믿고서 나를 가마쿠라에도 들어오지 못하게 했을 뿐 아니라 만나주지도 않고 서울로 내쫓아 보낸 건 어찌된 일이란 말이냐?"하고 화를 벌컥 냈다. 쇼슌은 "그 일에 대해서는 잘 모르겠고 소승은 전혀 흑심이 없습니다. 뭐하면 신령과 부처께 소승의 결백을 서약하는 서약서를 써서 바치겠습니다"하고 계속 버티자 요시쓰네는 "어차피 나야 형님의 미움을 사고 있는 몸이니 다 소용없는 짓이다"하며 몹시 화가 난 모습이었다. 쇼슌은 눈앞의 위험에서 벗어나기 위해 그 자리에서 일곱 장의 서약문을 써서 일부는 태워 마시고 일부는 사당에 헌납한 후 겨우 풀려나 돌아갔는데, 돌아가자마자 전국 각지에서 차출돼 대궐 경비를 맡고 있는 무사들에게 서한을 보내 소집한 다음 그날 밤 바로 쳐들어 가려고 했다.

요시쓰네는 유녀 이소노센지(磯禪師)의 딸인 시즈카(靜)라는 여인을 총애했는데 이 시즈카 또한 한시도 그의 곁을 떠나지 않았다. 이 시즈카가 오더니 "지금 큰길에는 무사들이 가득하답니다. 장군께서 소집 명령을 내리지도 않았는데 대궐의 경비 무사들이 이리도 법석을 떠는 일도 있습니까? 이는 낮에 왔던 법사의 짓인 듯싶으니 사람을 보내 상황을 살펴보도록 하지요" 하고 단발동자 둘을 골라 내보냈다. 이들은 전에 기요모리 공이 로쿠하라에서 부리던 동자들로서, 시즈카는 그중 서너 명을 수하로 부리고 있었다. 그러나 시간이 한참 지나도 돌아오지 않기에 차라리 여자가 나을지 모르겠다며 하녀를 하나 염탐 보냈다. 얼마 안 있어 돌아온 하녀가 "단발동자로 보이는 아이들은 둘 다 쇼슌의 거처 문 앞에 칼을 맞아 쓰러져 있었습니다. 집 앞에는 안장 얹은 말이 빽빽이 늘어서 있고, 장막 안에는 활집을 메고 활을 든 사람들이 모두 무장을 하고 금방이라도 쳐들어 올 것 같은 태세였습니다. 절에 참배 가는 모습들은 절대로 아니었습니다" 하고 전하자 요시쓰네는 바로 출진 준비를 했다. 시즈카가 갑옷을 집어 서둘러 입히자 겨우 허리끈만 묶은 채로 대도를 들고 밖으로 나오니 하인 하나가 중문 앞에 말에다 안장을 얹어 기다리고 있었다. 말 위에 훌쩍 올라탄 요시쓰네가 "문을 열어라!" 하고 문을 열게 한 다음 언제 오나 하고 기다리고 있자 잠시 후 단갑으로 무장한 4~50기가 문 앞에 몰려와 와 하고 함성을 질렀다. 요시쓰네는 등자를 힘껏 밟고 일어서서 떠나갈 듯한 목소리로 "야습을 하건 뭘 하건 간에 이 요시쓰네를 쉽게 죽일 수 있는 자는 일본 안에 없을 게다"하며 고함을 지르며 단기로 내달리니 50여 기나 되는 적들은 놀라 사이를 열어 통과시키고 말았다.

그러고 있는 사이에 에다, 구마이, 벤케이 등 일기당천의 용사들이 곧바로 뒤쫓아와 싸우기 시작했고, 휘하 병사들도 "판관대부 저택이 야습 당했다"며 관아나 숙소 등지에서 달려와 금세 6~70기가 집결하니 쇼슌은 과감히 공격해보았으나 싸울 것도 없이 처참하게 당해 대부분 전사하고 살아남은 사람은 거의 없었다. 쇼슌은 간신히 그곳을 벗어나 안마(鞍馬) 산 깊숙이 도망가 숨어 있었으나 이곳은 원래 요시쓰네가 어렸을 때 살았던 곳이라 승려들이 소조가타니(僧正谷)라는 계곡에 숨어 있던 쇼슌을 붙잡아 이튿날 요시쓰네에게 보내고 말았다.

잡아온 쇼슌을 행랑 앞 마당에 꿇어앉혀놓고 보니 진한 감색 장삼에 고깔을 쓰고 있었다. 요시쓰네가 웃으면서 "이보게, 스님. 서약을 어겨 벌을 받은 게로군"하고 농을 하자 쇼슌은 조금도 동요하지 않고 자세를 바로 하고 껄껄 웃더니 "있지도 않은 일을 썼기 때문에 신벌이 내린 것이라오"하고 받아넘겼다.

"주군의 목숨을 중시하고 자신의 목숨을 가볍게 여기니 그 뜻이 참 가상하구나. 목숨이 아까우면 가마쿠라로 돌려보내줄 생각인데 어떠냐?"

"참 가당치도 않은 말씀을 하십니다그려. 아깝다고 하면 대부 나리께서는 소승의 목숨을 살려주실 생각이시오? 가마쿠라 어른께서 '법사이지만 너라면 요시쓰네를 노려볼 만할 것이다'란 말씀을 하신 때부터 목숨을 어른께 바쳤는데 이제 어찌 되돌려 받을 수가 있겠소? 인정을 베푸시려면 어서 목을 치시오."

이에 요시쓰네는 "그렇다면 베도록 하라"며 로쿠조의 둔치로 끌고 가서 참수시키니 쇼슌의 의연한 태도를 칭찬하지 않는 사람이 없었다.

## 도주하는 요시쓰네

아다치 신자부로(足立新三郎)라는 심부름꾼이 있었다. 요리토모가 "출신은 미천해도 보기보다 눈치가 비상한 자이니 데려다 쓰도록 하라"며 딸려 보낸 인물이었는데, 이자는 떠나올 때 요리토모로부터 "요시쓰네의 행동을 감시해 내게 알리도록 하라"는 밀명을 받고 있었다. 쇼슌이 참수당한 것을 본 신자부로는 밤낮을 쉬지 않고 달려 내려가 요리토모에게 이 사실을 알렸다. 요리토모는 동생인 미카와 태수 노리요리(範賴)에게 영을 내려 토벌군을 이끌고 상경하라고 명했다. 노리요리는 수차에 걸쳐 고사했으나 거듭 명령이 내려와 어쩔 수 없이 무장을 갖추고 출진 인사차 요리토모를 찾았다. 그랬더니 요리토모는 "너는 요시쓰네의 본을 받아서는 안 된다" 하고 냉랭하게 내뱉는 것이었다. 이 말에 겁을 먹은 노리요리는 갑옷을 벗어던지고 상경을 중지했다. 그리고 전혀 불충의 의사가 없음을 입증하기 위해 하루에 열 장씩 서약문을 썼는데, 낮에 써서 밤에 뜰에서 읽기를 백일 동안 계속해 천 매나 되는 서약문을 요리토모에게 바쳤음에도 불구하고 결국 살해되고 말았다.

그런 일이 있은 뒤 호조 노 도키마사(北條時政)를 대장군으로 한 토벌군이 서울을 향해 올라오고 있다는 소식을 접한 요시쓰네는 일단 규슈 쪽으로 몸을 피하는 것이 좋겠다고 생각하고. 규슈의 실력자 중에서는 오가타 노 고레요시(緒方維義)가 다이라 군을 규슈 안에 들여놓지 않고 내쫓을 정도로 세력이 막강한 인물이었기 때문에 그에게 구원을 청했다. 그러자 오가타는 "장군 휘하에 있는 기쿠치 노 다카나오(菊地高直)는 오랜 숙적이니 넘겨주면 목을 쳐 한을 푼 다음 청을 들어주도록 하겠소" 하고 조건을 달았다. 바로 넘겨주자 로쿠조의 둔치로 끌고 가서 목을 치더니 이후 고레요시는 자신의 몸을 아끼지 않고 요시쓰네를 위해 진력했다.

11월 2일, 요시쓰네는 태상왕궁에 입궐해 대장경 야스쓰네(泰經)를 통해 "소신이 마마를 위해 충성을 다한 것은 새삼스레 언급할 필요가 없을 것입니다. 그런데도 저희 형님께선 부하들의 모함만 듣고 소신을 치려고 하고 있어 잠시 규슈 쪽에 내려가 있고자 하오니 그 일대의 지배권을 윤허하는 문서를 한 통 발행주셨으면 합니다" 하고 상주했다. 이에 태상왕이 "이 사실이 만약 호조나 요리토모 귀에 들어가면 어쩌지?" 하고 염려하자 신료들은 입을 모아 "요시쓰네가 이곳에 남아 있다가 관동의 대군이 밀려오게 되면 도성 안은 소란이 끊이지 않을 것입니다. 지방에 내려가 있으면 잠시는 그런 걱정이 없을 것입니다" 하고 입을 모아 찬성하는지라 오가타를 비롯해 우스키, 헤쓰기, 마쓰라 일족 등, 모든 규슈 사람들은 요시쓰네를 대장군으로 받들고 그 명령에 따르라는 취지의 문서를 발행해 주었다. 요시쓰네가 이끄는 500여 기는 이튿날 새벽 6시경 서울에 아무런 피해나 소란을 일으키지 않고 떠나갔다.

셋쓰 지방의 미나모토 일족인 오타 노 요리모토(太田賴基)는 요시쓰네 일행이 지나간다는 소식을 듣고 "내 집 앞을 통과시키면서 활 한 번 안 쏘고 보내서야 되겠나" 하며 가와라즈(河原津)라는 곳에서 따라잡고 공격을 가했다. 그러나 요시쓰네의 병력이 500여 기인데 비해 오타 쪽은 60여 기에 불과해 요시쓰네 군은 오타 군을 포위하고 "한 놈도 놓치지 말라" 하며 맹공을 퍼붓자 오타는 부상을 입고 심복부하들 다수가 전사하거나 말이 화살에 맞아 물러나고 말았다. 요시쓰네는 적병의 목을 베어서 효시하고 군신에게 제사를 올리며 출발이 좋다고 기뻐했다. 다이모쓰(大物) 항에서 배에 올라 규슈로 향했는데 때마침 서풍이 세차게 불어와 스미요시 항구로 떠밀려가고 말았다. 하는 수 없이 요시노 깊숙이에 몸을 숨기고 있는데 인근 사찰의 승병들이 쳐들어와 나라로 피신했으나 이번에는 나라 승병들의 공격을 받고 다시 서울로 돌아갔다가 북쪽 지방을 경유해 미치노쿠(陸奧)로 들어갔다.[2]

 요시쓰네는 서울을 떠날 때 처첩 10여 명을 동행했었으나 스미요시 항에다 내려놓은 채 떠나버려 이들이 소나무 그늘이나 모래 위에서 치마를 끌고 소매를 깔고 누워 울부짖고 있자 스미요시 신사의 사제들이 불쌍히 여겨 모두 서울로 보내주었다. 요시쓰네 쪽에 가세했던 백부 시다 노 요시노리(信太義憲), 유키이에(行家), 오가타 등이 탄 배들은 제각각 인근 항구나 섬으로 떠밀려가 행방을 알 수 없었는데 이렇게 갑자기 서풍이 불어 닥친 것은 다이라 일문의 원혼의 짓이 아닌가 하는 생각이 들었다.

 11월 7일, 호조 노 도키마사가 요리토모의 대리 자격으로 6만여 기를 이끌고 상경했다. 요시쓰네와 유키이에, 시다 노 요시노리를 토벌해야 한다고 상주하자 바로 이를 윤허하는 태상왕의 교지가 내려왔다. 지난 2일

---

2  요시쓰네는 일본의 최북단 지역인 미치노쿠에서 세력을 떨치고 있던 후지와라 노 히데히라(藤原秀衡)에게 몸을 의탁했으나 그의 사후 아들 야스히라(泰衡)의 공격을 받아 자결로 생을 마감하였다. 비운에 빠져 죽은 요시쓰네는 패배자에 대한 동정심과 권력자에 대한 반발 심리가 작용해 중세, 근세 시대의 서민 문학과 예능 속에서 가장 인기 있는 인물로 부활해 서민들의 사랑을 받았다.

에는 요시쓰네의 요청에 따라 요리토모에 반기를 들라는 내용의 문서가 발행되더니 8일에는 요리토모의 요청을 받아들여 요시쓰네를 토벌하라는 교지가 내렸으니 조변석개하는 조정의 태도야말로 한심하기 짝이 없었다.

대납언 요시다

 한편 요리토모는 추포사의 총수에 임명된 후 전국의 논 한 마지기당 군량미 다섯 되씩 공출하겠다고 요구해왔다. 『무량의경(無量義經)』을 보면 조정의 역적을 물리친 공신은 나라의 절반을 받는다는 말이 보이나 일본에서는 여태 전례가 없던 일이었다. 태상왕은 "요구가 지나친 게 아니냐?" 하고 불편한 심기를 드러냈지만 대신들이 회의를 열어 요리토모의 요구에도 반은 일리가 있다고 주장해 결국 허가하고 말았다고 한다. 요리토모는 각 지방에 '수호(守護)'라는 직책을 두어 다스리게 하고, 장원에는 '지두(地頭)'를 임명해 관리토록 하니 한 치의 땅도 숨길 수 없었다.
 요리토모는 이와 같은 일을 처리하면서 수많은 적임자가 있었음에도 불구하고 오로지 대납언 요시다 노 쓰네후사(吉田經房) 경을 통해서만 태상왕에게 상주했다. 이 대납언은 소문에 의하면 반듯한 인물이라 했다. 예전에 다이라 일문과 연고가 있던 사람들 가운데는 미나모토 씨의 세력이 강대해지자 편지를 올리고 하인을 보내는 등 각종 수단을 동원해 아부를 하는 이들이 있었으나 이 사람은 전혀 그런 일이 없었다. 그렇기 때문에 다이라 씨가 집권할 때에도 태상왕을 도바(鳥羽) 궁에 유폐시킨 후 태상왕궁의 관리책임을 맡긴 것은 중납언 나가카타(長方)와 이 대납언 두 사람뿐이었다. 우중변(右中辨) 미쓰후사(光房)의 아들로 열두 살 때 부친을 여의어서 고아가 됐으나 순조롭게 승진을 계속해 요직을 겸하고 도승지, 참의, 대변, 다자이후 부사 등을 두루 거친 후 정이위 대납언에 올랐는데 다른 사람을 뛰어넘은 일은 있었어도 추월당한 일은 없었다. 사람의 선하고 악함은 주머니 속의 송곳처럼 튀어나오기 마련이라는 속담처럼 감출 수 없는 것으로 세상에 보기 드문 인물이었다.

# 로쿠다이(六代)

　도성의 경비를 맡고 있던 호조 노 도키마사(北條時政)³는 계책을 써서 "다이라 가문의 자손을 찾아내는 사람은 소원을 들어주겠다"라고 방을 붙였다. 그러자 누구보다도 사정에 훤한 서울 사람들이 포상을 노려 혈안이 되어 찾으러 다녔으니 한심하기 짝이 없는 일이었는데, 일이 이리되고 보니 수도 없이 색출되고 말았다. 천한 집 자식이라도 얼굴이 희고 용모가 고운 아이가 있으면 잡아다가 이 아이는 누구누구 중장의 아들이고 저 아이는 어느 어느 소장의 아들이라고 일러바쳤다. 부모가 아무리 울고 슬퍼해도 밀고자는 시중들던 하녀가 그리 말했네, 유모가 털어놓았네 하며 둘러댔다. 그리하여 아주 어린아이들은 물에 던지거나 땅에 묻어 죽이고 조금 큰 아이들은 창칼로 찔러 죽이니 어미가 통곡하고 유모가 울부짖는 모습은 차마 눈 뜨고 보기 힘들었다. 호조도 자손이 많은 사람이었기에 이게 잘하는 일이라고는 결코 생각지 않았으나 시류를 거스를 수 없는 것이 사람인지라 도리가 없었다.

---

3　요리토모의 장인으로 요시쓰네 토벌을 위해 상경해 도성의 경호를 맡고 있었다.

고레모리 중장의 아들로 로쿠다이란 아이가 있었다. 다이라 가문의 장손인 데다가 나이도 꽤 들어 있었다. 호조는 무슨 수를 써서라도 이 로쿠다이를 찾아내 요리토모에게 바치려고 사람들을 나눠 수색했지만 찾지 못했다. 그래서 이제 그만 가마쿠라로 돌아가려고 하고 있는데 하녀 하나가 로쿠하라로 찾아와 "여기서 서쪽으로 가면 편조사(遍照寺)가 있고 그 안쪽에 대각사라는 산사가 있는데 그 북쪽에 있는 쇼부다니(菖蒲谷)라는 곳에 고레모리 중장의 부인과 아드님, 따님이 계십니다" 하고 알려왔다. 호조가 즉시 사람을 딸려 보내 그 일대를 염탐케 했더니 어느 승방에 부인들과 어린 자녀들 여럿이 유난히도 사람 눈을 피해 숨어 지내고 있었다. 나무 울타리 틈으로 들여다보고 있자니 방 밖으로 달려 나온 흰 강아지를 잡으려고 곱게 생긴 사내아이가 나오자 유모인 듯한 여인이 "이게 무슨 일이람. 누가 보면 어쩌려고" 하며 황급히 데리고 들어가는 것이었다. 이들이 필시 그 사람들이겠구나 싶어 급히 돌아가 보고하자 호조는 이튿날 그곳으로 가 일대를 포위하고 사람을 보내 "고레모리 중장의 아드님이신 로쿠다이 도련님이 여기 계신다는 말을 듣고 가마쿠라 어른의 대리인 호조 노 도키마사가 모시러 왔으니 어서 나오시기 바랍니다" 하고 전하게 하니 이 소리를 들은 마님은 혼비백산하고 말았다. 로쿠다이의 몸시중을 들던 사이토 고와 로쿠 형제가 뛰어다니며 주변 상황을 살펴보니 이미 병사들이 사방을 에워싸고 있어서 도망칠 만한 곳이 있을 것 같지 않았다. 유모는 로쿠다이 앞에 엎드려 목 놓아 울부짖었고, 평소에는 말할 때도 큰소리를 내지 않고 사람 눈을 피해 숨어 있던 집안사람들도 모두 소리 내어 슬피 울었다. 호조도 이 소리를 듣더니 딱한 생각이 들었는지 눈물을 닦으며 그냥 기다리고 있었다. 한참 있다가 다시 "아직도 세상이 소란해 혹 불미스런 일이라도 일어나지 않을까 우려해 모시러 온 것입니다. 별일 없을 테니 어서 나오시기 바랍니다" 하고 재촉하자 로쿠다이는 어머니를 향해 "결국 도망칠 수도 없을 테니 소자를 빨리 내보내 주십시오. 만약 병사들이 안에 들어와 수색을 시작하면 여기 있는 사람들의 흐트러진 모습을 다 보게 될 것입니다. 지금 끌려가더라도 곧 허락을 받아 돌아오도록 할 테니 너무 슬퍼 마십시오" 하고 달래는데 마음 아픈 광경이 아닐 수 없었다.

더 이상 지체할 수도 없는지라 마님은 울면서 머리를 쓰다듬으며 옷을 입혔다. 막 문을 나서려는데 흑단으로 만든 조그맣고 예쁜 염주를 꺼내 "이 염주로 세상을 뜰 때까지 염불을 올려 극락에 가도록 하여라" 하고 쥐어주자 로쿠다이는 받아들면서 "어머님께는 오늘 여기서 작별 인사를 올렸으니 이제 하루라도 빨리 아버님 계신 곳으로 갔으면 합니다" 하며 나서는데 참으로 슬프고 비통한 일이 아닐 수 없었다. 이 말을 듣더니 이제 열 살 난 여동생이 "나도 아버님 계신 곳으로 가고 싶어요" 하고 달려 나가는 것을 유모가 잡아 말렸다. 로쿠다이는 올해 겨우 열두 살이었으나 세상의 열네댓 살 난 아이들보다 어른스러워 보였고 용모도 출중했는데 적군에게 약한 모습을 보이지 않으려고 얼굴을 소매로 가리고 있었으나 흘러내리는 눈물을 감출 수는 없었다. 가마에 오르자 병사들이 전후 좌우를 에워싸고 밖으로 나왔고, 사이토 형제는 가마 좌우에 붙어 뒤를 따랐다. 이를 본 호조가 갈아탈 말에 탄 병사들을 내리게 하고 형제들에게 말을 타라고 권했으나 대각사에서 로쿠하라까지 그냥 맨발로 뛰어 따라왔다.

어머니와 유모는 땅을 치고 하늘을 우러러보며 미칠 듯 통곡했다. "요새 우리 집안 아이들을 잡아다가 물에 빠뜨리거나 땅에 묻어 죽이고 혹은 창칼로 찔러 죽이는 등 별 짓을 다 한다는데 우리 애는 어떻게 죽일 셈이란 말인가. 어른스러워 보이니 참수를 하겠지. 남들은 아이가 태어나면 유모네 집에다 두고 간혹 얼굴이나 보는 게 보통이고 그렇다 하여도 자식이란 애틋한 법이거늘 이 아이는 낳은 후 한날 한시도 떼놓지 않고 남들이 못 갖는 걸 가진 양 아침저녁으로 우리 부부 둘이서 키워왔는데 믿고 의지하던 남편과 억지로 헤어진 후론 두 아이를 좌우에 두고 슬픔을 달래왔건만 이제 하나만 남고 하나는 가고 없으니 오늘부터는 어찌 살아야 하나. 지난 삼 년간 밤낮 애태우면서 이날이 올 것을 각오는 하고는 있었지만 오늘 이런 일이 벌어질 줄은 꿈에도 몰랐네. 평소 장곡사(長谷寺)의 관음보살에 귀의해 깊게 믿어왔건만 끝내 붙들리고 말다니 너무도 애통하구나. 지금쯤은 이미 살해되고 말았겠지" 하고 푸념하며 그저 울 뿐이었다. 밤이 깊었는데도 가슴이 미어질 것 같아 한숨도 이루지 못하고 있다가 유모에게 "방금 잠시 졸면서 꿈을 꾸었는데 그 애가 백마를 타고 오더니 '너무 뵙고 싶어서 잠시 허락을 받아 오는 길입니다' 하며 옆에 앉아 몹시 원망스런 얼굴을 하고 하염없이 우는데 문득 잠이 깨 혹시나 하고 옆을 더듬어보았으나 아무도 없네그려. 아무리 꿈이라지만 조금 더 있지 않고 깨다니 이리 야속할 수가 있나" 하고 꿈 이야기를 하니 유모도 따라 울었다. 그러다 보니 긴긴 가을밤에 잠 못 이루고 흘리는 눈물에 이부자리가 둥둥 뜰 지경이었다.

그래도 동은 트는 법이라 새벽을 알리는 소리와 함께 날이 밝자 사이토 로쿠가 돌아왔다. "그래 어찌 되었느냐?" 하고 물으니 "아직까지는 별일 없사옵고 편지를 가져왔습니다" 하며 꺼내 올렸다. 펼쳐 보니 '얼마나 걱정들 하고 계신지요. 아직까지는 별일 없습니다. 벌써 다들 보고 싶네요' 하고 아주 어른스런 투로 적혀 있었다. 편지를 읽고 난 마님은 아무 말이 없었다. 편지를 품안에 넣더니 그저 고개를 수그리고 있을 따름이었다. 그러니 심중이 어떠했을지는 짐작이 가고도 남아 딱한 마음을 금할 길 없었다. 그렇게 한참 시간이 흐른 후 사이토가 "한시도 마음이 놓이지 않으니 그만 돌아가보겠습니다"라고 하자 마님은 울면서 답장을 써 주었다. 사이토는 작별을 고하고 물러나갔다.

한편 유모는 마음이 너무 요동쳐 그대로 앉아 있을 수가 없었다. 밖으로 뛰쳐나와 울면서 그 근처를 정처 없이 발 닿는 대로 걷고 있는데 어떤 사람이 "이 안쪽에 다카오(高雄)라는 산사가 있는데 그곳의 몬가쿠 스님은 요리토모 어른께서도 소중히 모시는 분으로 지금 귀인의 아이를 제자로 맞이하려고 찾고 계신다더라"라고 하는 소리를 우연히 듣게 되었다. 기쁜 소식이구나 싶어 마님께는 알리지도 않고 혼자서 다카오 산을 찾았다. 그러고는 스님을 찾아가 "태어날 때부터 안아 키우기 시작해 올해 열두 살이 된 도련님을 어제 병사들이 데려가고 말았답니다. 저희 도련님의 목숨을 구해 스님의 제자로 키우시지 않으시겠습니까?" 하며 앞에 엎드려 소리 높여 엉엉 울었다. 정말로 막다른 길에 다다른 사람 같아 불쌍한 생각이 들어 자세히 물으니 일어나 앉아 사정을 털어놓았다.

"고레모리 중장 어른의 마님과 친한 분이 사내아이를 키우고 있었는데 누가 이 아이를 중장 어른의 도련님이라고 밀고했는지 어제 병사들이 체포해 데려가버렸답니다."

"그래 잡아갔다는 그 무사는 누구라더냐?"

"호조라 하여이다."

"알았다. 그럼 내 가서 물어보도록 하겠다" 하며 몬가쿠는 서둘러 절을 나섰다. 그 말을 그대로 믿을 수는 없었지만 그래도 정신이 들어 대각사로 가서 마님께 있었던 일을 이야기하니 "투신하러 나간 줄 알고 나도 어디든 간에 못이나 내에 몸을 던지려고 생각하고 있었는데" 하며 자세히 묻는 것이었다. 스님이 한 말을 들은 대로 말하니 합장을 하며 눈물을 흘렸다.

몬가쿠는 로쿠하라로 가서 사건의 경위를 물었다. 그러자 호조는 "가마쿠라 어른께서 '다이라 가문의 자손들이 도성 안에 많이 숨어 지내고 있다고 하는데 개중에는 고레모리 중장과 대납언 나리치카(成親)의 딸 사이에서 태어난 아들도 있다는 소문이다. 다이라 씨의 장손에다 나이도 제법 들었다 하니 꼭 찾아내 없애도록 하라'는 명령을 내리셨답니다. 근래 들어 인척의 아이들을 몇 명 잡기는 했어도 중장의 아들은 있는 곳을 몰라 백방으로 수색하다가 그냥 가마쿠라로 내려갈 참이었는데 뜻밖에 바로 그제 소재를 알아내 어제 가서 붙잡아 왔소이다. 한데 너무도 곱게 생겨 가련한 생각이 들어 아직 아무런 조취도 취하지 않고 방치해둔 상태입니다" 하고 털어놓았다. 스님은 "어디 한번 얼굴이라도 봅시다" 하고 아들을 가둬놓은 곳으로 가서 보니 로쿠다이는 겹으로 무늬를 수놓은 평복에 흑단의 염주를 손목에 걸치고 앉아 있었다. 어깨에 흘러내린 머리 모양하며 용모나 인품이 더 할 나위 없이 우아하고 품위가 넘쳐 속세의 인간 같지 않았다. 게다가 간밤에 잠을 제대로 이루지 못했는지 해쓱해 보여 더욱 동정을 금할 수 없었다. 로쿠다이는 몬가쿠를 보더니 무슨 생각을 했는지 눈물을 글썽였는데 이를 본 몬가쿠 또한 절로 눈물이 쏟아져 그만 소매가 흠뻑 젖고 말았다. 장래 원수가 되는 일이 있을지언정 이런 아이를 어찌 죽게 할 수 있으랴 싶어 측은지심에 호조를 향해 다음과 같이 말했다.

"이 아이를 보고 있노라니 전세의 인연인 듯 안됐다는 생각을 떨칠 수가 없구려. 형 집행을 스무날만 연장해주시지 않겠소? 요리토모 어른을 찾아뵙고 말씀을 드려 목숨을 살려보도록 하겠소. 소승은 그 어른을 위해 내 자신 또한 유형 중이었음에도 불구하고 다이라 군의 토벌을 윤허하는 태상왕의 교지를 얻으려 상경하던 중에 길도 잘 모르는 후지 강 하류에서 야밤에 떠내려갈 뻔하기도 했고 다카시(高師) 산에서는 강도를 만나 손을 싹싹 빌고 겨우 목숨을 건져 후쿠하라로 가지 않았겠소. 그곳의 태상왕궁을 찾아가 미쓰요시(光能) 경을 통해 교지를 받아 요리토모 어른께 올릴 때 말씀하시기를 '무슨 일이건 간에 말씀만 하시오. 대사의 청이라면 내가 살아 있는 한 들어드리리다'라고 하셨다오. 그 후로도 수차례에 걸쳐 어른을 위해 애써온 것을 보셨을 테니 새삼 이야기할 것도 없을 것이오. 소승은 약속을 중히 알고 목숨을 가벼이 아는 사람이오. 어른께서 벌써부터 권력에 취하고 욕심에 눈이 멀지 않으셨다면 약속을 잊지 않으셨을 게요" 하며 그날 새벽 가마쿠라로 떠났다.

　이 말을 들은 사이토 형제는 몬가쿠를 살아 있는 부처를 보듯 두 손을 합장해 절하며 눈물을 흘렸다. 급히 대각사로 달려가 이 사실을 알리니 이 말을 들은 부인이 얼마나 기뻐했을지는 가히 상상이 가고도 남는 일이었다. 모든 것은 가마쿠라의 결정에 달려 있는 일이라 어떤 조치가 취해질지 불안했으나 몬가쿠가 자신만만한 소리를 하고 떠나간 데다 어쨌든 간에 20일간은 목숨이 연장된 터라 모든 것이 관음보살의 보살핌 때문이라며 한결 믿고 의지하는 마음을 굳게 했다.

　이렇게 지내다보니 20일이 꿈같이 지나갔으나 몬가쿠로부터는 여태 아무 기별이 없었다. 어찌 되어가나 싶어 다들 걱정이 앞서 다시 애를 태우고 초조해 했다. 호조도 "대사가 약속한 기일이 지났다. 이렇게 서울에 주저앉아 해를 넘길 수는 없는 노릇이니 이제 내려가야겠다" 하며 채비를 서두르니 사이토 형제는 안절부절못하며 애간장이 탔으나 대사는 오지 않고 소식을 전하는 심부름꾼조차 올려 보내지 않으니 손을 써볼 도리가 없어 대각사로 돌아가 부인을 뵙고 "대사께서는 아직도 상경을 안 하셨고 호조는 내일 새벽에 가마쿠라로 내려간다 합니다"라고 전하면서 양 소매로 얼굴을 가리고 눈물을 뚝뚝 흘렸다. 그러니 이 말을 들은 부인의 마음이 어땠을 지는 가히 상상이 가고도 남았다.

"아아, 누군가 나이 든 어른이 있어 호조에게 대사를 만나는 곳까지 로쿠다이를 그대로 데리고 내려가달라고 부탁을 해주었으면 좋겠구나. 대사께서 목숨을 살려주라는 허락을 받고 올라오고 계시는데 그전에 목숨을 잃게 되면 어찌한단 말이냐. 당장 형을 집행하려는 움직임은 없더냐?"

"요새 경비를 위해 숙직을 서는 호조의 부하들이 몹시 섭섭하다는 듯 염불을 외는 자가 있는가 하면 눈물을 흘리는 자도 있는 것을 보면 바로 오늘 새벽 무렵이 아닌가 싶습니다."

"우리 애는 어찌하고 있느냐?"

"누가 보고 있을 때는 아무렇지도 않은 듯 염주를 헤아리고 계시나 사람이 없을 때는 소매로 얼굴을 가리고 울고 계십니다."

"나이는 어려도 어른스런 아이라 그렇겠지. 하지만 오늘이 마지막이라 생각하면 얼마나 착잡할까. 곧 허락을 받아 돌아오겠다고 했건만 이십여 일 동안 나도 가보지 못하고 저도 못 오고 있으니 이제 언제 다시 볼 수 있을지 알 수 없구나. 그래 너희들은 앞으로 어떻게 할 셈이냐?"

"저희들은 어디건 함께 따라갔다가 돌아가시게 되면 뼈를 거두어 고야 산에 묻고 출가하여 명복을 빌어드릴 생각입니다."

"안부가 너무 걱정되니 그만 어서들 돌아가거라."

이 말을 들은 두 형제는 할 수 없이 하직 인사를 올리고 물러나왔다.

한편 12월 16일, 호조는 로쿠다이를 데리고 서울을 출발했다. 사이토 형제는 눈물이 앞을 가려 가는 길이 보이지 않았으나 마지막까지 함께 할 생각으로 울며 뒤를 따랐다. 호조가 말을 타라고 해도 타지 않고서

"마지막으로 모시는 길인만큼 괜찮습니다" 하며 피눈물을 흘리면서 걸어 내려갔다. 로쿠다이는 그리도 헤어지지 않으려던 어머니와 유모와 멀리 떨어져 정든 서울을 구름 뒤로 한 채 관동을 향해 내일을 기약할 수 없는 여도에 오르게 됐으니 그 심정이 어땠을지 상상이 가고도 남았다. 병사가 말을 재촉하면 내 목을 베려는가 보다 싶어 겁이 덜컥 났고 수군대는 사람을 보면 이제 마지막인가 보다 하고 가슴을 졸였다. 시노미야(四の宮) 둔치에서 죽이려나 했더니 세키야마(關山)를 넘어 오쓰(大津)의 포구까지 가기에 그럼 아와즈노하라(粟津の原)에서 죽일 셈인가 보다 싶었으나 이윽고 날이 저물었다. 이렇듯 수많은 고을과 역참을 지나 스루가 지방으로 들어서자 로쿠다이의 애처로운 목숨은 그날이 마지막이라는 소문이 돌았다.

센본(千本)이라는 솔밭에 이르자 병사들이 모두 말에서 내리더니 가마를 내려놓고 땅 위에 가죽을 깐 다음 로쿠다이를 앉혔다. 그러자 호조가 가까이 다가와,

"이곳까지 데려온 것은 다름이 아니라 혹시 도중에 대사를 만나게 되지 않으려나 싶어 기다리고 있었던 게요. 그러니 내 호의는 이해하셨을 줄로 아오. 하지만 저기 보이는 아시가라(足柄) 산 너머까지 모시고 갔다가는 가마쿠라 어른께서 어떻게 여기실지 몰라 이곳에서 일을 끝낸 다음 오미(近江)에서 처형했다고 말씀드릴 생각이오. 다 도련님의 정해진 운명이라 누가 무슨 소리를 해도 목숨을 구하기는 힘들 것이오" 하고 울먹이며 말했다. 이 말을 들은 로쿠다이는 아무런 대답 없이 사이토 형제를 부르더니 "내가 죽거든 너희들은 서울로 돌아가되 절대로 도중에 참수당했다는 소리를 해서는 안 된다. 결국은 알려지고 말겠지만 실제로 있었던 이야기를 듣고 어머님이 너무 상심하시게 되면 지하에서도 괴로워하다

가 왕생에 지장이 되지는 않을까 싶어서이다. 그러니 '가마쿠라까지 모셔다 드렸습니다'라고만 말씀드리도록 해라" 하고 이르자 두 형제는 정신이 아뜩해져 한동안 대답도 못하고 있었다. 한참 후 사이토 고는 "도련님이 세상을 뜨시면 살아서 태평하게 서울까지 올라갈 수 있을 것 같지 않습니다" 하고 눈물을 참으며 엎드렸다. 최후의 순간이 다가오자 로쿠다이는 어깨로 흘러내린 머리를 세상에 둘도 없이 고운 손으로 앞으로 쓸어 넘기더니 서쪽을 향해 합장을 하고 조용히 염불을 외면서 목을 내밀고 기다렸다. 처형인으로 뽑힌 구도 지카토시가 대도를 높이 쳐들고 왼쪽에서 뒤로 돌아 막 내려치려 하는데 눈앞이 캄캄해지고 어지러워 어디에 대도를 내리쳐야 할지 알 수 없었다. 구도는 의식이 몽롱해져 "임무를 다할 수 없을 것 같으니 다른 사람을 시키시기 바랍니다" 하며 칼을 내던지고 물러서고 말았다. 호조가 다른 부하들에게 "그럼 네가 대신 해라" 하고 처형인을 고르고 있는데 저 멀리서 승려 하나가 승복에 너른바지를 입고 적갈색 말을 채찍질해 달려오는 것이 보였다. 이 승려는 속으로 "이런 무참한 일이 있나. 호조가 저기 솔밭 속에서 이 세상에 둘도 없이 착한 아이를 죽이려 하고 있구나" 하고 생각하고 틸리오나가 사람들이 한데 모여 있는 것이 눈에 들어오자 "이런 기막힌 일이" 하며 손을 들어 불렀으나 그것으로는 불안했던지 쓰고 있던 삿갓을 벗어 높이 쳐들고 사람들을 향해 외쳤다. 이를 본 호조가 무슨 사정이 있는 모양이라며 기다리고 있자 말을 달려온 승려는 급히 말에서 내리더니 한동안 숨을 고른 후 "이 아이는 살게 됐습니다. 가마쿠라 어른의 교서가 여기 있습니다" 하고 품에서 꺼내 건냈다. 펴 보니,

들자니 고레모리 중장의 아들을 찾아냈다는데 다카오의 대사가

데려가 수행시키겠다고 하니 의심 말고 맡기도록 하라.

호조에게<br>
요리토모

라고 씌어져 있고 수결이 되어 있었다. 호조는 두세 차례 되풀이해서 읽은 후 "잘 된 일이다. 정말 잘 된 일이다" 하며 접어 넣으니 사이토 형제는 말할 것도 없고 호조의 부하들까지도 모두 기뻐 눈물을 흘렸다.

# 로쿠다이의 구명(救命)

그러고 있는데 몬가쿠 대사가 나타나 로쿠다이의 신병을 자신이 인수하게 됐다며 득의만면해 말했다. "요리토모 어른께서 '그 아이의 아비는 내가 처음으로 출진한 전투의 적장이었으니 누가 무슨 소리를 해도 들어줄 수 없다'고 하시기에 '소승의 말을 듣지 않으시면 신불의 가호를 받지 못하실 것입니다' 하고 엄포를 놓았으나 그래도 안 된다고 하시면서 나스노(奈須野)로 사냥을 가시지 않겠소. 그래서 나도 사냥에 따라나서 온갖 감언이설로 설득해 내가 맡기로 한 것이오. 너무 오래 지체돼 얼마나 기다리셨소?"

호조는 "약속하신 스무날이 지나도 기별이 없기에 가마쿠라 어른께서 허락을 안 하시나 보다 하고 생각하고 여기까지 데리고 내려왔는데 정말 잘됐소이다. 여기서 일을 그르칠 뻔했는데" 하며 사이토 형제에게 안장을 얹은 말을 내주면서 타고 가게 했다. 그러고는 한참이나 로쿠다이를 배웅하더니 "이대로 배웅을 계속했으면 좋겠지만 가마쿠라 어른께 급히 말씀 드릴 일들이 있어 여기서 그만 작별해야겠소" 하고는 일행과 헤어져 가마쿠라로 내려가니 실로 인정 많은 사람이라 아니할 수 없었다.

\*

 몬가쿠는 로쿠다이를 넘겨받아 밤낮없이 서울 길을 재촉했으나 오와리의 아쓰타(熱田)에 이르자 그해도 저물고 말았다. 새해의 정월 5일 밤이 다 되어서야 도성에 도착했는데 니조이노쿠마에 있는 자기 집으로 로쿠다이를 데리고 가서 일단 휴식을 취한 다음, 한밤중에 대각사로 향했다. 문을 두드렸으나 아무도 없는지 응답이 없었다. 허물어진 담 틈으로 예전에 기르던 강아지가 달려 나와 꼬리를 흔들며 반겨 로쿠다이는 강아지를 향해 "어머니는 어디 계시느냐?" 하고 물어보는 것으로 안타까움을 달래는 수밖에 없었다. 사이토 로쿠가 담을 넘어가 문을 열어 안으로 들어가 보니 최근에는 사람이 산 것 같지 않았다. 로쿠다이는 "하잘것없는 목숨이나 그래도 어떻게든 살아보려고 했던 것은 그리운 가족들을 한 번만이라도 더 보고 싶어서였는데 아무도 없다니 어찌 된 일이란 말이냐" 하며 밤새도록 울며 슬퍼했는데 그 심정 모를 바 아니어서 안쓰럽기 그지없었다. 날이 새기를 기다렸다가 인근 마을 사람들에게 물었더니 "연말에는 동대사의 대불을 참배하고 정월엔 장곡사에 불공을 드리러 가겠다고 했는데 그 후 거처에 사람 나다니는 것을 보지 못했습니다"라고 하는 것이었다. 사이토 고가 서둘러 장곡사로 달려가 수소문 끝에 부인 일행을 찾아내 사실을 알리자 부인과 유모는 믿기지 않는다는 듯 "아니, 이게 꿈이란 말이냐, 생시란 말이냐?" 하고 놀라워했다. 부리나케 대각사로 달려와 아들의 얼굴을 보니 너무나도 기쁜 나머지 말보다도 눈물이 앞섰다. 몬가쿠의 은혜에 감격해 "어서 출가하여라" 하고 권했으나 대사는 젊은 사람이 머리를 깎는 게 딱했던지 출가시키지 않고 바로 다카오 산으로 데려가 그곳에 두고, 때때로 호젓이 살아가는 부인을 찾아가 위로했다고 한다. 죄가 있건 없건 간에 대자대비하신 관음보살께서 보살펴주신 사례야 옛날부터 수도 없이 많았지만 이런 예는 참으로 보기 드문 일이었다.

*

한편 호조가 로쿠다이를 호송하고 가마쿠라로 내려갈 때였는데 가가미(鏡)라는 역참에서 요리토모가 파견한 사자를 만나게 되었다. "무슨 일인가?" 하고 물으니 "유키이에 어른과 요시노리가 요시쓰네 장군의 편을 든다는 소문이 있어 토벌하라 하십니다"라고 하는 것이었다. 호조는 지금은 막중한 죄인을 호송 중이라 함부로 움직일 수 없다며 함께 내려가던 조카 도키사다(時貞)를 오이소(老蘇) 숲으로 불러 "너는 급히 서울로 돌아가 두 사람이 있는 곳을 알아내 없애고 돌아오너라" 하고 시킨 후 자신은 그곳에 머물렀다.

도키사다가 서울로 돌아와 수소문해보니 유키이에의 소재를 알고 있다는 승려가 있었다. 이자를 불러 물었더니 "나는 잘 모르고 안다는 스님이 있소이다"라고 해서 몰려가 그 승려를 포박했다.

"도대체 무슨 일로 이러는 게요?"

"네가 유키이에 어른의 소재를 알고 있다기에 체포한 것이다."

"그럼 진작 가르쳐달라고 할 것이지 이렇게 무턱대고 사람을 묶는 법이 어디 있단 말이오. 천왕사(天王寺)에 있다고 그럽디다."

"그렇다면 안내하여라."

이리하여 도키사다는 사위인 가사하라 노 구니히사와 우에하라 노 구로, 구와바라 노 지로, 핫토리 노 헤이로쿠 등을 앞세워 도합 30여 기를 이끌고 천왕사를 향해 출발했다. 유키이에는 천왕사의 승려 가네하루(兼春)와 악사 신로쿠(秦六), 신시치(秦七)네 집 두 곳에 거처를 마련해놓고 있어 군사를 둘로 나눠 급습했다. 유키이에는 이때 가네하루의 집에 있었는데 무장을 한 병사들이 들이닥치는 것을 보고 뒷문으로 도망을 치고 말았다. 가네하루에게는 딸이 둘 있었는데 둘 다 유키이에의 총애를 받고 있었다. 이들을 끌어다가 유키이에의 행방을 추궁해 보았으나 언니는 동생에게 물어보라 하고 동생은 언니에게 물어보라 할 뿐 대답을 하지 않았다. 황급히 도망친 탓에 누구한테도 행선지를 알리지 않았으리라는 것은 짐작이 갔지만 그래도 이들을 이끌고 서울로 돌아갔다.

한편 유키이에는 구마노를 향해 도망을 가던 중 홀로 따라오던 부하가 발을 다쳐 이즈미(和泉)의 야기노고(八木鄕)이란 곳에서 잠시 쉬고 있었는데 유키이에의 얼굴을 알아본 집 주인이 밤새도록 말을 몰아 상경해 이 사실을 도키사다에게 일러바쳤다. 도키사다는 "천왕사로 보낸 병력이 아직 돌아오지 않았는데 누구를 보내야 하나?" 하고 난감해 하다가 다이겐지 무네하루라는 부하를 불러 물었다.

"네가 데려온 연력사의 승병은 지금도 있느냐?"

"그렇사옵니다."

"그럼 불러오너라."

부름을 받은 승병이 나타나자 도키사다는,

"유키이에 장군을 찾아냈으니 체포해 가마쿠라 어른께 데리고 가서 포상을 받도록 하여라."

"알겠사오니 사람을 좀 빌려주십시오."

"지금은 사람이 없으니 다이겐지가 함께 가도록 해라" 하며 하인과 잡부 등 겨우 열네댓 명을 딸려서 내려 보냈다.

이 승병은 히다치보 쇼메이(常陸房正明)라는 자였는데 이즈미로 내려가 그 집을 덮쳤으나 유키이에는 없었다. 마루판을 뜯어내 수색하고 광을 뒤졌으나 보이지 않아 대로변에 서서 둘러보니 농부의 아낙인 듯싶은 참해 보이는 여인이 지나가는 것을 보고 붙잡아 물었다.

"이 부근에 수상쩍은 낯선 사람이 머물고 있는 곳은 없느냐? 불지 않으면 살려두지 않겠다."

"지금 찾고 계시는 집에 어젯밤까지 범상치 않은 나그네 두 사람이 머물고 있었는데 오늘 아침에 나왔는지 지금은 저기 보이는 큰 집에 계십니다."

이에 히다치보가 건갑을 단 검은 가죽 갑옷을 입고 큰 칼을 차고 그 집 안으로 달려 들어가 보니 쉰쯤 돼 보이는, 진한 감색 평복을 입고 탕건을 쓴 남자가 한 손에는 술병과 나무 열매 등을 들고 다른 손에는 주전자를 들고서 술을 권하고 있었는데 무장한 승려가 들어오는 것을 보더니 냅다 엎드려 도망을 치는 것이었다. 바로 뒤를 쫓아가자 그 옆에 있던 사람이 "이보게 스님, 그쪽이 아닐세. 유키이에는 여기 있네" 하기에 되돌아와 보니 흰 명주옷에 너른바지만 입은 채 왼손에는 금장식한 소도를 들고 오른손에 대도를 든 유키이에가 서 있었다. 히다치보가 칼을 버리라고 하자 유키이에는 그저 너털웃음만 칠 따름이었다. 히다치보가 몸을 날려 칼을 내려치자 유키이에는 맞받아치며 물러서는데 다가가 내려치고 맞받아 물러서기를 거듭하며 싸우기를 두 시간여, 그러다가 유키이에가 등 뒤에 있는 광 쪽으로 물러서면서 안으로 들어가려 하자 히다치보는 "비겁하지 않습니까? 들어가지 마십시오" 하고 외쳤다. 그러자 유키이에는 "동감이다" 하며 다시 앞으로 뛰어나와 싸움을 계속했다. 히다치보는 이래서는 승부가 나지 않겠다 싶어 칼을 내던지고 유키이에를 끌어안은 채 땅바닥에 굴렀다. 엎치락뒤치락하며 구르고 있는데 다이겐지가 불쑥 나서더니 급한 마음에 차고 있던 칼 대신 돌멩이를 들어 유키이에의 이마를 향해 내리치자 이마가 깨지고 말았다. 유키이에는 "이런 상것 같으니라고. 무인이 칼이나 장도로 싸워야지 돌멩이로 상대를 내리치는 법이 어디 있단 말이냐" 하며 껄껄 웃었다. 히다치보가 다이겐지에게 발을 묶으라고 하자 허둥대던 다이겐지는 적의 발을 묶으라고 했는데 두 사람의 발을 모두 묶고 말았다. 그 후 유키이에의 목에 밧줄을 걸어 끌어 일으켜 강제로 앉혔다. 체념한 유키이에가 물을 달라고 하니 말린 밥을 물에 말아 내왔다. 물만 마시고 밥은 그냥 내려놓자 히다치보가 가져가더니 눈 깜박할 사이에 해치우고 말았다.

"자네는 어느 절의 사람인가?"

"연력사의 승려이옵니다."

"이름은?"

"히다치보 쇼메이라 하옵니다."

"그럼 언젠가 나를 모시겠다고 했던 그 사람인가?"

"그렇사옵니다."

"자넬 보낸 건 요리토모인가, 도키사다인가?"

"가마쿠라 어른이 보내서 왔사옵니다. 하온데 정말로 가마쿠라 어른을 치려 하셨나이까?"

"이 신세가 돼 그렇지 않았다고 하면 어떻고 또 그렇다고 하면 어떻겠나? 그래 내 솜씨는 어떻던가?"

"연력사에서 별의별 일을 다 겪어봤지만 이제껏 이번처럼 힘든 적이 없었사옵니다. 호적수 세 사람을 한꺼번에 상대하는 느낌이었사온데 소승은 어떠하였나이까?"

"붙잡힌 몸이 말해 뭐 하겠느냐"하며 떨어져 있는 칼을 집어달라고 해서 보니 유키이에의 칼은 단 한 군데도 이가 빠지지 않았는데 히다치보의 칼은 마흔두 군데나 이가 나가 있었다. 바로 역마를 조달해 유키이에를 태우고 서울로 향했는데 그날 밤은 에구치의 유녀 집에서 머물면서 밤새 내내 도키사다에게 사자를 올려 보냈다.

이튿날 정오 무렵 도키사다와 수하 100여 기는 문장 새긴 깃발을 휘날리며 내려오다가 요도(淀) 강의 아카이 둔치 부근에서 일행을 만나게 되었다. 도키사다가 히다치보에게 "태상왕께서 유키이에 장군을 도성 안에 들여보내지 말라 하시고 가마쿠라 어른께서도 같은 생각인 모양이니 어서 목을 베어 가마쿠라 어른께 보여드리고 상을 받도록 하시오"하고 전하니 그 자리에서 유키이에의 목을 치고 말았다.

한편 함께 수배 중이던 시다 노 요시노리(信太義憲)가 다이고 산에 숨어 있다는 풍문이 있어 쫓아가 수색했으나 이미 사라지고 없었다. 이가(伊賀) 쪽으로 도주했다는 말이 있어 핫토리 노 헤이로쿠가 병사들을 이끌고 이가로 향했는데 센도(千戶)에 있는 산사에 있다기에 몰려가 체포하려 했더니 이미 편복을 입은 채 황금으로 장식한 소도로 배를 갈라 죽어 있었다. 핫토리가 목을 베어서 바로 상경해 도키사다에게 보였더니 "그대로 가지고 가서 가마쿠라 어른께 보여드리고 상을 받도록 하라"라고 해 히다치보와 핫토리는 각각 목을 가지고 가마쿠라로 내려가 요리토모에게 보였다. 두 사람의 목을 본 요리토모는 수고했다고 치하하더니 히다치보를 가사이(笠井)로 유배 보냈다. "목을 가지고 내려오면 포상받을 줄 알았는데 그렇게는 안 해주더라도 귀양을 보내다니 너무하지 않은가. 이럴 줄 알았으면 뭐 하러 목숨을 바쳐 싸웠단 말인가?"하고 후회했으나 이미 소용이 없었다. 그러나 2년 후 불러들여 "대장군을 죽인 자는 운이 다한다기에 일단 벌을 내린 것이다" 하며 다지마(但馬)의 다다(多田)와 셋쓰의 하무로(葉室) 두 군데를 식읍으로 주어 서울로 돌려보냈다. 핫토리는 다이라 씨를 섬겼던 사람이라 몰수했던 영지를 다시 돌려주었다.

## 로쿠다이의 최후

한편 로쿠다이는 열네댓 살이 되니 용모하며 모습이 한결 수려해져 주변에까지 빛을 발할 정도였다. 이를 본 어머니는 "가엾기도 하지, 세상이 세상이었더라면 지금쯤은 근위부의 관리가 되어 있을 텐데" 하고 안타까워했는데 주제넘은 생각이 아닐 수 없었다.

요리토모는 늘 뭔가 께름칙한 생각이 들어 몬가쿠에게 연락을 취할 때마다 "그건 그렇고 고레모리의 아들은 어떻소이까. 예전에 내 관상을 봤을 때 그랬던 것처럼 조정의 역적을 멸하고 조상의 수치를 설욕할 상입디까?" 하고 물어왔다. 몬가쿠가 답서에 "이 아이는 이루 말할 수 없는 겁쟁이이니 안심하시기 바랍니다" 하고 적어 보냈으나 요리토모는 여전히 마음이 놓이지 않은 듯 "그 아이가 모반을 일으키면 바로 한패가 될 사람이로구먼. 허나 내가 살아 있는 동안은 그 어느 누구도 천하를 넘보지 못할 것이다. 자손 말대라면 모를까" 하고 의구심을 버리지 못하니 무서운 일이 아닐 수 없었다.

이 말을 전해 들은 어머니가 "아무래도 안 되겠으니 어서 출가하도록 하여라"고 일러 로쿠다이는 열여섯 살 나던 분지(文治) 5년(1189) 봄께에 곱디고운 머리를 어깨 언저리에 오게 자르고 행각승 복장에 급(笈)을 메고서 몬가쿠에게 하직 인사를 올린 후 수행 길에 나섰다. 사이토 형제 또한 똑같은 차림을 하고서 따라나섰다.

우선 고야 산으로 가서 부친을 불도로 인도한 다키구치를 찾아 부친이 출가하게 된 내력과 임종 시의 모습 등을 자세히 들은 다음, 이왕 나선 김에 부친의 발자취를 좇아 구마노로 향했다. 하마노미야 앞에서 부친이 건너간 야마나리 섬을 바라다본 로쿠다이는 건너가고 싶은 마음이 간절했으나 맞바람에 파도가 높이 일어 어쩔 수 없이 바라다보고만 있었다. 먼 바다에서 밀려오는 파도를 향해 우리 아버지가 몸을 던진 곳은 어디냐고 묻고 싶고, 해변의 모래도 혹시 아버지의 뼈가 아닌가 싶자 그리운 생각에 어느덧 소매는 눈물에 흠뻑 젖어 마를 새가 없었다. 해변에서 하룻밤을 머물면서 염불 독경한 후 모래 위에 손가락으로 부처의 모습을 그려 놓고 날이 새자 승려를 불러다가 아버지를 위해 공양을 올렸다. 이 모든 공덕이 망부의 넋한테 가도록 간절히 빈 다음 하직 인사를 드리고 울면서 서울로 향했다.

*

이 로쿠다이의 조부인 시게모리(重盛)에게는 다다후사(忠房)라는 막내아들이 있었다. 야시마 전투 후 사라져 행방이 묘연했었는데 기이(紀伊)의 유아사 노 무네시게(湯淺宗重)에게 몸을 의탁해 유아사 성에 숨어 있었다. 이 소식을 듣고 다이라 일문에 충성을 바쳐온 엣추 노 지로뵤에, 가즈사 노 고로뵤에, 아쿠시쓰뵤에, 히다 노 시로뵤에와 휘하 병사들이 뒤를 따르고 있다는 풍문이 들리자 이가(伊賀)와 이세(伊勢) 두 지역 장병들이 앞 다투어 몰려왔다. 강병 수백 기가 농성 중이라는 소식을 들은 구마노의 사제장 단조(湛増)는 요리토모의 명을 받아 두세 달 사이에 여덟 번이나 공격해 싸웠으나 성안의 병사들이 목숨을 아끼지 않고 분전하는 바람에 매번 자기 편만 패주해 결국 구마노의 군세는 전멸하고 말았다. 단조는 요리토모에게 파발을 보내 "이곳 유아사 전투에서 두세 달 사이에 여덟 번이나 쳐들어가 싸웠으나 성안의 병사들이 사수하는 바람에 매번 아군만 패해 적을 정복하지 못하였습니다. 그러니 이웃 고을 두세 곳의 군세를 주시면 반드시 공략하겠습니다" 하고 도움을 청했다. 그러자 요리토모는 "그랬다가는 국력을 낭비하고 민폐를 끼치게 될 것이다. 농성하고 있는 곳의 흉도들은 틀림없이 산적이나 해적 떼 들일 테니 여타 산적, 해적 들을 엄중히 감시하고 성문을 막아 출입을 통제하라" 하고 지시했다. 그 말대로 했더니 과연 성안에는 아무도 없이 다 사라지고 말았다. 요리토모는 계책을 꾸며 "시게모리 대감의 자제 가운데 살아 있는 사람이 하나라도 있으면 살려주도록 하라. 내가 사형에서 유형으로 감형된 것은 다 그 어른의 은혜 때문이다" 하고 소문을 퍼뜨렸다. 이 말을 들은 다다후사는 로쿠하라에 자진 출두해 신분을 밝혔다. 바로 관동으로 데리고 가 요리토모와 대면시키자 요리토모는 "서울에 올라가 있으면 도성 주변에 살 곳을 마련해주도록 하겠소" 하고 속여 상경시킨 다음, 사람을 뒤따라 보내 세타 대교 부근에서 살해하고 말았다.

\*

시게모리한테는 아들이 여섯 있었는데 실은 이외에도 무네자네(宗實)라는 아들이 하나 더 있었다. 세 살 때 좌대신 후지와라 노 쓰네무네

(藤原經宗) 공의 양자로 들어간 탓에 타성바지가 된 데다 무예의 길을 버리고 문필 세계만을 즐겨왔었는데 올해 열여덟이었다. 좌대신 집에서는 요리토모 쪽에서 무슨 말이 있었던 것이 아니었는데도 후환을 두려워해 이 무네자네를 내쫓고 말았다. 앞날이 막막해진 무네자네는 동대사에서 대불 복원 사업을 하고 있던 슌조(俊乘) 대사를 찾아가 "나는 내대신 시게모리 공의 막내아들로 무네자네라 하오. 세 살 때 좌대신 댁 양자로 들어가 성도 바뀌고 무도 대신 문필만을 즐겨왔건만 좌대신 댁에서는 가마쿠라에서 아무 말이 없었는데도 후환을 두려워해 나를 내쫓고 말았다오. 그러니 대사, 나를 제자로 받아주시오" 하고 스스로 상투를 잘라냈다. 그러고는 "대사께서도 겁이 나면 가마쿠라에 신고하시고 조사해서 실제로 죄가 깊거든 어디로 보내셔도 상관없소이다" 하고 사정했다. 가엾게 여긴 슌조는 출가시킨 후 동대사의 등유 창고에 잠시 머물러 있게 하고 가마쿠라에 이 사실을 보고했다. 그랬더니 가마쿠라에서는 "일단 한번 보고 나서 어떻게 할 것인지 조처할 테니 우선 내려 보내시오"라는 지시가 내려와 슌조는 어쩔 수 없이 무네자네를 관동으로 내려 보낼 수밖에 없었다. 그러자 무네자네는 동대사를 나선 날부터 음식이라 이름 붙은 것은 다 거절하며 물조차 마시지 않았다. 그러다가 아시가라를 넘어 세키모토라는 곳에 이르러 마침내 세상을 뜨고 말았다. "어차피 살아 돌아올 수 없는 길이니" 하고 죽을 결심을 하다니 소름 끼치는 일이 아닐 수 없었다.

　　이런 와중에 겐큐(建久) 원년(1190) 11월 7일, 요리토모가 상경하였다. 이튿날 정이위에 대납언을 제수받고, 11일에는 우대장 자리까지 제수받았는데 이내 이 두 자리를 사임하고 12월 4일 관동으로 내려가버렸다.

　　겐큐 3년 3월 13일, 태상왕이 66세를 일기로 승하하였다. 평소 행하던 진언밀행의 금강령 소리가 그날 밤부터 뚝 그치더니 법화경을 외는 독송 소리도 새벽녘이 되자 멈추고 말았다.

겐큐 6년 3월 13일, 동대사에서 대불 재건을 위한 공양이 있었는데 이에 참석하기 위해 요리토모가 2월 중에 다시 서울로 올라왔다. 공양식 하루 전인 12일, 대불전에 행차한 요리토모는 가지와라(梶原)를 부르더니 "연애문(碾磑門) 남쪽에 승려 수십 명이 서 있는데 그 뒤에 수상한 차림을 한 자가 보이니 데려오너라"고 명했다. 바로 가서 끌고 와 보니 수염은 깎았으나 상투를 밀지 않은 남자였다.

"웬 놈이냐?" 하고 요리토모가 묻자

"이렇듯 운이 다하고 말았으니 숨겨 뭐 하겠소. 나는 다이라 가문 사람으로 사쓰마 노 이에스케(薩摩家資)라 하오."

"무슨 생각을 하고 그리 있었느냐?"

"혹시나 하고 목숨을 노리고 있었던 참이오."

"기개가 가상하구나" 하더니 공양이 끝나고 서울로 돌아온 후 로쿠조 둔치에서 참수시켰다.

\*

요리토모는 다이라 가문의 직계에 대해 지난 분지 원년(1185) 겨울 임부의 배를 갈라 확인하기까지 하거나 하지는 않았지만 한 살배기나 두 살배기조차 안 남기고 철저히 찾아내 죽이고 말았다. 이제 없겠지 하고 생각하고 있었는데 중납언 도모모리(知盛)의 막내아들인 도모타다(知忠)가 여태 살아 있었다. 다이라 일문이 서울을 버리고 도주할 때 겨우 세 살밖에 되지 않아 서울에 두고 떠났었는데 기이 노 다메노리(紀伊爲敎)

가 양육을 맡아 이곳저곳을 떠돌다가 빈고(備後)의 오타(太田)에서 숨어 지내고 있었다. 그러나 성장함에 따라 마을의 수령이나 관헌들이 의심을 하자 서울로 올라와 법성사의 이치노하시라는 곳에 숨어 살았다. 이곳은 조부인 기요모리 공이 위기 시에 성곽으로 쓸 생각으로 해자를 이중으로 파고 사방에 대나무를 심어놓은 곳이었다. 가시울타리를 쳐놓아 낮에는 인적이 없었으나 밤만 되면 범상치 않아 보이는 사람들이 여럿 모여 시가를 지어 읊고 관현을 타며 놀았는데 이 사실이 자연히 사람들 귀에 들어가게 되었다. 당시 이치조에 요리토모의 처남인 후지와라 노 요시야스(藤原能保)라는 자가 살고 있었다. 사람들이 모두 무서워하였는데, 이 사람의 부하인 고토 모토쓰나라는 자가 "이치노하시에 국법을 어기는 무리가 있다"라는 말을 듣고 겐큐 7년 10월 7일 새벽에 수하 140~50기를 이끌고 몰려가 함성을 지르며 공격했다. 그러자 성안에 있던 30여 명이나 되는 사내들이 웃통을 벗어젖히고 대나무 그늘에 숨어 잇달아 활을 쏴대니 인마 할 것 없이 무수히 다쳐 제대로 진격할 수가 없었다. 그러고 있는데 이치노하시에 불경스런 자들이 있다는 말을 듣고 장안의 무사들이 앞 다투어 달려와 금세 1~2천 기에 달했다. 근처에 있는 집을 부수어 해자를 메우고 함성과 함께 공격해 들어가자 성안에 있던 사람들도 칼을 빼들고 달려나와 싸우다가 혹은 전사하고 혹은 부상당해 자결하기도 하였다. 도모타다는 이때 열여섯 살이었는데 중상을 입고 스스로 목숨을 끊자 이제껏 돌봐오던 다메노리는 자기 무릎 위에 주검을 누이더니 눈물을 뚝뚝 흘리면서 큰소리로 염불을 열 차례 왼 후 배를 갈라 죽고 말았다. 그의 아들인 효에타로와 효에지로 형제들도 싸우다 죽었는데 이로서 성안에 있던 30여 명은 대부분 전사하거나 자결해 생을 마감하였고, 성은 누군가가 불을 질러 불타올랐다. 병사들이 달려 들어가 손에 손에 벤 목을 들고 나와 창칼 끝에 꽂고서 요시야스의 저택으로 달려갔다. 이치조 대로상에 수레를 끌어내 베어온 목을 확인했는데 다메노리의 목은 아는 사람이 몇 있어 바로 확인이 됐으나 도모타다의 목은 확인해줄 사람이 있을 리 없었다. 도모타다의 생모가 하치조의 공주궁에서 일하고 있어 데려와 보였더니 "세 살 되던 해에 작고한 남편을 따라 서부로 내려간 후론 살았는지 죽었는지 행방을 모르오. 그러나 얼굴이 고인을 많이 닮은 것을 보니 맞는 것 같구려" 하고 흐느끼는 것을 보고 도모타다의 목임을 알았다.

\*

다이라 가문의 무사였던 엣추 노 모리쓰기(越中盛嗣)는 다지마(但馬)로 몸을 피해 그곳에서 게히 노 도코(氣比道弘)라는 사람의 사위가 되어 살고 있었는데, 장인인 도코는 모리쓰기가 다이라 일문의 무인이었다는 것은 모르고 있었다. 그러나 주머니 속에 든 송곳은 삐져나오는 법이라더니 밤만 되면 장인의 말을 끌어내 타고 다니는데 바다 속을 14~5정, 20정씩이나 잠수해 다니는 것을 보고 마을의 수령이나 관헌들이 수상쩍게 생각하고 있다가 어떻게 알았는지 요리토모한테서 "다지마의 아사쿠라 다카키요(朝倉高淸)에게 전하노라. 다이라 가문의 무사였던 엣추 노 모리쓰기가 그곳에 살고 있다 하니 잡아 올리도록 하라"는 명령이 날아왔다. 다카키요는 도코의 장인이었던지라 사위를 불러 모리쓰기를 어떻게 체포해야 할지에 대해 의논을 했다. 그랬더니 목욕할 때 욕실에서 체포하는 게 좋을 것 같다 하여 모리쓰기를 불러다 목욕을 시키고는 힘센 자 대여섯을 함께 집어넣어 붙잡으려고 했으나 덤비면 메치고 일어나면 넘어뜨리다 보니 서로 몸이 젖어 붙잡을 수가 없었다. 그러나 중과부적이라고 2~30명이 한꺼번에 몰려들어 칼등이나 장도의 자루로 내려쳐 힘을 뺀 다음 체포해 바로 관동으로 올려 보내니 요리토모는 앞에 꿇어앉힌 후 자초지종을 따져 물었다.

"너는 다이라 군 무사 중에서도 인척이라 들었는데 왜 자결하지 않았느냐?"

"다이라 씨가 너무 어이없게 무너지고 말아 혹시나 하고 장군의 목숨을 노릴 기회를 엿보고 있었던 것이오. 그래서 잘 드는 대도와 살촉 예리한 화살을 장군을 노리기 위해 준비해두었는데 이렇게 운이 다하고 말았으니 이제 할 말이 없소이다."

"심지가 가상키 그지없구나. 나를 섬길 의향이 있다면 죽이지 않고 가신으로 써주겠다. 어떤가?"

"용사는 두 주인을 섬기지 않는다 하오. 나 같은 사람에게 방심했다가는 훗날 틀림없이 후회하실 테니 은혜를 베푸시는 셈 치고 어서 목을 치시오."

"그렇다면 어쩔 수 없지. 목을 베도록 하라" 하고 명해 유이노하마(由井濱)로 끌고 가서 목을 벴는데 지켜본 사람 치고 모리쓰기를 칭찬하지 않는 이가 없었다.

\*

이 무렵은 고토바(後鳥羽) 임금[4] 재위 시절이었는데 이 임금은 오로지 풍류만 즐겨 나랏일은 죄다 유모가 쥐락펴락하고 있었기 때문에 백성

---

4 제82대 임금. 재위 기간은 1183~98년. 축국(蹴鞠)이나 비파와 같은 예능과 시가에 능했고, 막부 타도를 위해 거병했다가 발각돼 유배 생활을 보냈다.

들의 근심과 한숨이 끊이지 않았다. 중국에서 오왕이 검객을 좋아하니 천하에 몸에 상처 입은 자가 끊이지 않았고, 초왕이 허리 가는 여인을 좋아하니 궁중에 굶어 죽는 사람들이 많았다는데 아랫사람이란 윗사람의 취향을 따르기 마련인지라 식자들은 세상이 위태로워지는 것을 슬퍼하며 한탄했다. 몬가쿠 대사는 원래가 겁이 없는 사람이라 나서지 않아야 할 일에 곧잘 나서곤 했는데 이것이 문제였다. 선왕인 다카쿠라 임금의 둘째 왕자가 학문을 게을리 하지 않고 도리를 존중하는 인물이었기 때문에 무슨 수를 써서라도 이 왕자를 보위에 오르게 하려고 했으나 요리토모가 살아 있을 때는 뜻을 이루지 못하고 있다가 겐큐 10년(1199) 정월 13일, 요리토모가 세상을 뜨자 곧바로 반정을 일으키려 하였다. 그러나 금방 소문이 퍼져 나졸들이 니조이노쿠마에 있는 몬가쿠의 집으로 몰려와 체포해 여든이 넘었는데도 오키(隱岐) 섬으로 귀양을 보냈다. 몬가쿠는 서울을 떠나면서 "이렇게 나이를 먹어 내일을 모르는 몸인데 아무리 임금의 분노를 샀더라도 장안 한구석에 두지 않고 오키까지 귀양을 보내다니 날마다 축국이나 하는 사람이 괘씸하기 짝이 없구나. 두고 봐라, 내가 귀양 가는 곳으로 꼭 오게 만들고 말 테니까" 하고 저주하니 무서운 일이 아닐 수 없었다. 이 임금은 너무도 축국을 좋아했기 때문에 몬가쿠가 이처럼 욕설을 퍼부은 것이었다. 그러나 몬가쿠 말대로 고토바 임금은 조큐(承久) 3년 (1221) 가마쿠라를 타도하기 위해 거병했다가 발각돼 하고많은 곳 중 하필이면 오키로 쫓겨 가게 됐으니 생각하면 기이한 일이 아닐 수 없었다. 그곳에서 몬가쿠는 망령이 되어 나타나 늘 고토바 임금에게 악담을 퍼부었다고 한다.

\*

로쿠다이는 삼위선사(三位禪師)라는 이름으로 다카오에서 수행을 하고 있었는데 요리토모의 후임으로 취임한 장군[5]이 계속해서 "문제 많은 집안의 아들에 말썽 많은 인물의 제자라 머리는 잘랐어도 마음은 자르지 못했을 것이다"라고 주장하는 바람에 주상이 판관 안도 노 스케카네(安藤資兼)에게 명해 잡아들인 다음 관동으로 내려 보내자 스루가 사람 오카베 노 야스쓰나에게 명해 다고에(田越) 강에서 참수시켰는데 열두 살 때부터 서른이 넘을 때까지 살 수 있었던 것은 모두 장곡사의 관음보살이 보살펴주셨기 때문이라 전한다. 이리하여 다이라 가문의 자손은 영원히 끊기고 말았다.

---

5  2대 장군 요리이에(賴家).

하세가와 규조(長谷川久藏), '대비를 방문하는 태상왕,' 「오하라 행행」, 「大原御幸圖屛風」, 근세 초기.

# 후일담

* 다섯 개의 이야기로 이루어진 후일담의 원제는 '관정권(灌頂卷)'이다. 관정이란 처음으로 계를 받거나 승려가 일정 지위에 오를 때 정수리에 향수를 끼얹는 진언종의 의식을 말하는데, 『헤이케 이야기』를 구송(口誦)하던 맹목(盲目)의 비파법사(琵琶法師)들이 이 후일담을 특별 취급해 그 전수 과정을 관정이라 불렀기 때문에 이와 같은 이름이 붙게 되었다.

## 대비의 출가

　기요모리 공의 딸로 선왕을 낳은 대비는 도성 외곽의 히가시야마(東山) 기슭에 있는 요시다 부근의 한 암자로 들어가게 되었다. 중납언을 지내다 출가한 교에(慶惠) 법인이라는 스님이 살던 암자였는데, 사람이 살지 않은 지 오래되어 뜰에는 풀만 무성하고 처마에는 고사리가 제멋대로 자라 있었다. 발도 떨어져 나가고 없어 방 안이 훤히 들여다보였고, 낡고 퇴락해 비바람을 피할 수 있을 것 같지 않았다. 꽃은 가지가지 피어 있었으나 지켜봐줄 주인이 없었고, 달도 밤마다 찾아들었으나 바라다보며 함께 지새줄 사람이 없는 상태였다. 한때는 호화로운 궁궐에서 비단 장막에 휩싸여 살았건만 이제 모든 일가 사람들을 떠나보내고 누추한 암자에 들게 된 대왕대비의 마음이 어땠을지는 말할 필요도 없어, 물고기를 뭍에다 던져놓은 것이나 다름없고 새장의 새를 밖에다 풀어놓은 것과 진배없었으니 차라리 고통스러웠던 선상 생활이 이제는 그리운 생각마저 들 정도였다. 끝없이 펼쳐진 푸른 파도 위에 떠 있던 구름을 떠올리며 히가시야마 기슭의 이끼 낀 모옥에서 달을 쳐다보며 눈물을 적시니 그 비통한 심경은 이루 다 말할 수 없었다.

그러다가 대비는 분지 원년(1185) 5월 1일, 삭발하고 불문에 귀의했다. 수계승은 장락사(長樂寺) 아증방(阿證房)의 인세이(印西) 스님이었다. 선왕의 옷 한 벌을 보시했는데 세상을 뜨기 직전까지 입고 있었던 옷이라 여태 체취가 남아 있었다. 그리울 때마다 꺼내보려고 멀리 서해에서 서울까지 가지고 와 언제까지고 몸에서 떼지 않으려 했으나 마땅히 보시할 만한 물건이 없었던 데다가 선왕의 명복을 비는 의미에서 꺼내놓은 것이었다. 옷을 받아 든 스님은 뭐라 할 말이 없어 그저 승복 소매만 흠뻑 적신 채 할 수 없이 물러나왔는데, 이 옷을 장락사 불전 안의 기(旗)에 꿰매 걸어두었다고 한다.

대비는 열다섯에 빈(嬪)의 교지를 받고, 열여섯에 비(妃)로 책봉돼 주상을 모셨는데, 낮에는 국정을 보시도록 권하고 밤에는 혼자서 총애를 독차지해왔었다. 스물둘에 원자를 낳았는데 왕세자로 책봉되고 보위에 오르니 작호를 받아 겐레이몬인(建禮門院)이라 불리게 되었다. 기요모리 공의 따님인 데다가 천하의 국모였으니 다들 둘도 없이 귀하게 모셨다. 올해 스물아홉으로 도리(桃李)와 같은 자태는 곱기 그지없었고 부용과 같은 얼굴은 아직 시들지 않았으나, 이제 비취 비녀를 꽂아 꾸며본들 소용없는 일이라 출가하기로 결심하게 된 것이었다. 덧없는 현세를 버리고 불도의 세계로 들어가긴 했지만 슬픔이 가시기는커녕 점점 더해 일문 사람들이 작별을 고하며 바다로 뛰어들던 광경이며 주상과 이위 마님의 얼굴이 자꾸만 떠올랐다. 아무리 윤회를 거듭해도 잊힐 것 같지 않아 하잘것없는 이 목숨은 어이하여 여태껏 살아남아 이같이 서러운 꼴을 겪어야 하나 하는 생각에 쏟아지는 눈물을 주체할 수 없었다. 길지 않은 5월 밤을 뜬눈으로 지새우며 잠시도 눈을 붙이지 못하니 예전의 일들을 꿈에서조차 볼 수가 없었다. 벽에 세워둔 호롱불은 다 닳아 가물거리는데 밤새도록 어두컴컴한 창을 두들겨대는 빗소리는 을씨년스럽기만 했다. 그러니 당 현종 때의 궁녀였던 상양인(上陽人)이 상양궁(上陽宮)에 갇혀 지내며 겪었다는 설움도 이보다 더하지는 않았을 것 같았다. 암자를 지은 이가 옛일을 회상하려고 그랬는지 옮겨 심어 놓은 귤나무[1]가 있어 처마 언저리에서 정겨운 귤꽃 향기가 바람을 타고 풍겨오는데 소쩍새가 두어 차례 소리 내어 울며 지나가자 옛 노래가 생각난 대비는 벼루 뚜껑에 다음과 같이 심경을 읊었다.

    산 소쩍새가 귤꽃 향기를 찾아 슬피 운 것은
    떠나간 사람들을 못 잊어서겠지

  대비를 모시던 궁녀들은 이위 마님이나 미치모리 경의 부인처럼 모질게 물속으로 몸을 던지지 못했기 때문에 사납기 그지없는 무사들에게 사로잡혀 서울로 끌려와 젊건 늙건 간에 삭발하고 승복을 입게 되니 모두 초라한 모습으로 변모하고 말았고, 예전에는 생각도 못했던 벼랑 아래, 암벽 사이의 암자에서 지내게 되었다. 전에 살던 집들은 모두 불에 타 연기로 화해 텅 빈 집터는 잡초만 무성한 들로 변하고 말았고, 아는 이 하나 찾아오지 않으니 선경(仙境)에 갔다가 돌아와 보니 7대 후손을 만나게 됐다는 옛이야기가 바로 이랬나 싶었다.
  그러던 중 7월 9일 발생한 대지진으로 인해 담이 무너지고 집은 기울고 파손돼 한층 더 정붙이고 살 만한 기분이 나지 않았다. 대비의 거처이니 명색이 그래도 대비전인데 문을 지키는 수문장조차 없었고, 멋대로 자

---

[1] 일본 고대 시가의 세계에서 귤꽃 향기는 '헤어진 사람에 대한 회상'을 뜻하는 이미지로 사용되었다.

란 울타리 담에는 풀이 무성한 들판보다도 이슬이 많이 맺혀 있었으며, 철을 알리듯 어느샌가 풀벌레가 애처롭게 울어대기 시작했다. 밤은 점점 길어졌으나 잠을 설친 대비는 그대로 지새우기 일쑤였고 끊일 줄 모르는 시름에 가을의 적막함까지 더하니 정말 슬픔을 견디기 힘들었다. 세상만사 변하지 않는 것이 없는 법이라 때때로 대비를 찾아 위로하던 연고자들도 하나둘 떠나 이제 돌봐줄 사람 하나 있을 것 같지 않았다.

## 오하라(大原)

 그러나 대비의 친자매인 대납언 다카후사(隆房) 경의 부인과 수리대부 노부타카(信隆) 경의 부인 두 사람은 남의 눈을 피해 틈만 나면 찾아 위로했다. 대비는 동생들의 보살핌을 받고 살아가게 될 줄이야 예전에는 생각도 못했다며 눈물을 글썽이자 옆에 있던 궁녀들도 소매를 적셨다.
 지금 살고 있는 암자는 아무래도 도성에 가까워 길가는 사람들의 눈에 띄는 일이 많았기 때문에 덧없는 목숨이 다할 때까지 가슴 아픈 소식이 들려오지 않을 깊은 산속으로 들어가 살았으면 하는 생각이 간절했으나 마땅한 곳이 없었다. 그러자 어떤 궁녀가 "오하라 산속에 가면 적광원(寂光院)이라는 조용한 곳이 있습니다" 하고 알려주었다. 대비는 "산골은 쓸쓸하다지만 사람 많은 곳에서 힘들고 어렵게 사느니 그쪽이 낫지 않겠느냐" 하며 옮겨가기로 마음을 굳혔다. 가마나 필요한 도구는 다카후사 경의 부인이 마련해 주었다고 하는데 분지 원년 9월말, 대비는 적광원으로 거처를 옮겼다. 가는 도중 사방의 나뭇가지들이 색색이 물들어 있는 것을 둘러보며 가고 있노라니 산그늘 진 곳이라 그런지 이내 날이 저물기 시작했다. 들 한가운데 있는 절에서 만종 치는 소리가 쓸쓸히 울려 퍼지고, 이슬에 흠뻑 젖은 풀숲을 헤치고 가노라니 절로 눈물이 솟구쳐 소매만 적실 따름이었다. 거센 바람 몰아치니 사방에 낙엽이 휘날리고, 하늘이 컴컴해지더니 어느새 가을비가 흩뿌리기 시작했다. 어디선가 사슴 우는 소리가 어렴풋이 들려오고, 벌레 우는 소리도 하소연하듯 간간이 들려왔다. 그러니 눈에 보이는 것 귀에 들리는 것 할 것 없이 처량한 기분이 들게 하는 것들뿐이었다. 대비가 "항구와 섬을 전전하며 다닐 때도 이렇게 처량한 생각이 들지는 않았는데……" 하며 침울해 하는 것을 보니 가여운 마음을 금할 길 없었다.

적광원에 도착한 대비는 바위에 온통 이끼가 끼어 고풍스런 멋이 도는 것을 보고 이곳에서 언제까지고 살고픈 마음이 들었다. 서리 맞아 시든 뜨락의 싸리 밭이 이슬에 젖어 있고, 울타리의 국화꽃이 시들고 바랜 것을 보고 있노라니 왠지 자기 신세와 비슷하다는 생각이 드는 것이었다. 불상 앞에 나아가 "주상의 성령이 깨달음을 얻어서 성불케 해주시옵소서" 하고 기도를 올리는데 선왕에 대한 기억이 뇌리에서 사라지지 않아 아무리 시간이 지나도 잊히지 않을 것 같았다. 적광원 한 구석에 조그만 암자를 지어 한 칸은 침실로 쓰고 남은 한 칸은 불당으로 만들어 주야 조석으로 예불을 올리고 평시에도 염불에 힘쓰며 세월을 보냈다.

10월 15일 저녁 무렵이었다. 뜰을 뒤덮은 졸참나무의 낙엽 밟는 소리가 들려오자 대비는 "세상이 싫어 숨어 살고 있는 곳에 누가 찾아왔을까. 누군지 내다보아라. 피해야 할 사람 같으면 어서 피하자꾸나" 하고 옆에 있던 시게히라 경의 처에게 내다보게 했더니 수사슴 한 마리가 지나가고 있었다. "무슨 일이더냐?" 하고 대비가 묻자 시게히라 경의 처는 눈물을 참으며,

> 바위를 넘어 누가 오겠나이까, 낙엽 소리는
> 사슴이 지나가며 내는 소리랍니다

하고 대답했다. 감동한 대비는 창의 미닫이문에 이 노래를 적어놓았다.

　이렇듯 사는 게 적막하고 쓸쓸했기에 대비는 주변 풍경을 극락에 빗대곤 하였는데, 처마 밑에 늘어서 있는 나무들은 극락을 일곱 겹으로 에워싸고 있다는 칠중보수(七重寶樹)에, 바위틈에 고인 물은 여덟 개의 공덕을 지녔다는 팔공덕수(八功德水)에 빗대 마음을 달랬다. 인생이란 무상한 것이어서 봄에 꽃이 피어도 바람에 이내 지기 쉽고 가을 달도 구름에 의해 쉬이 가려지고 말아, 중국 한나라 때 후궁에서 아침에 꽃을 보고 있노라면 바람이 불어 꽃향기를 실어가버리고, 밤에 달을 바라다보고 있노라면 구름이 몰려와 빛을 가리고 말았다는 고사와 다름이 없었다. 예전에는 금전옥루에 비단금침을 깐 우아한 거처에서 지냈건만 이제는 잡목으로 엮은 초암이라 옆에서 보기에도 딱해 절로 눈물이 쏟아졌다.

## 오하라 행행(大原行幸)

그러던 중, 분지 2년(1186) 봄이 되었다. 태상왕은 대비가 살고 있는 오하라의 한적한 거처를 한번 찾아가보려고 하였으나 2월과 3월은 바람도 세고 늦추위가 계속돼 산봉우리에는 흰 눈이, 계곡엔 고드름이 아직도 녹지 않고 남아 있어 무리였다. 봄이 가고 여름이 와 북제(北祭)[2]도 지나자 한밤에 오하라로 행차했다. 은밀한 행차였으나 내대신 사네사다(實定), 전임 대납언 가네마사(兼雅), 참의 미치치카(通親) 이하 공경이 여섯에 대부가 여덟, 경호 무인 약간이 호종했다. 구라마(鞍馬) 가도를 지나는 김에 기요하라 노 후카야부(淸原深養父)가 세운 보타락사(補陀落寺)와 고레이제이(後冷泉) 임금의 왕비가 출가 후 살았다는 암자를 둘러본 후 가마에 올랐다. 먼 산에 눈같이 하얗게 보이는 것은 지고 난 벚꽃이었고, 이제 파란 이파리가 무성히 돋은 벚나무 가지를 보니 봄도 다 갔음을 알 수 있었다. 때는 4월 20일경(음력)이라 벌써 여름풀이 무성했는데 풀숲을 헤치고 가노라니 초행길이라 모든 것이 새로웠고, 인적 드문

---

2 교토에 있는 가모(賀茂) 신사의 제례인 아오이(葵) 축제. 현재는 5월 15일에 행해지고 있다.

길을 걷다보니 대비가 왜 이곳을 택했는지 그 마음을 알 것 같아 측은한 마음을 금할 길 없었다.

　서산 기슭에 법당이 한 채 있어, 보니 적광원으로 고아하게 꾸민 앞뜰의 못이며 정원수가 제법 운치 있어 보였다. '깨진 기와 틈으로 안개가 스며들어 향을 피워놓은 듯하고, 부서진 문틈으로 달빛이 새어 들어와 등불을 켜놓은 것 같다'[3]라는 말은 바로 이런 곳을 두고 한 말인 듯싶었다. 뜰에는 새 풀이 일제히 돋아나고 실버들은 어지럽게 흩날리고 있었으며 연못의 부초들이 물결에 흔들리니 비단을 널어놓은 게 아닌가 하고 눈을 의심케 했다. 못 안의 섬에는 소나무를 휘감은 등나무에 보랏빛 꽃이 곱게 늘어져 있고, 가지에 새잎이 돋기 시작한 철 늦은 벚꽃을 보니 첫 개화한 벚꽃을 대했을 때보다도 반가웠으며, 물가에는 황매화가 흐드러지게 피어 있는데 첩첩이 낀 구름 틈 사이로 울고 가는 소쩍새도 태상왕의 행차를 반기는 듯했다. 이를 둘러본 태상왕은 다음과 같이 노래했다.

　　연못 가득히 물가의 벚꽃들이 떨어져 있어
　　가지보다 물 위가 더욱 장관이로다

　오래된 바위틈으로 흘러내리는 물소리조차도 뭔가 사연을 간직한 듯 보이는 운치 있는 곳으로, 푸른 담쟁이넝쿨로 뒤덮인 담벼락 위에 진녹색 먹으로 그린 듯싶은 산들이 펼쳐져 있는 모습은 그림이나 글로도 이루 다 표현키 힘들 정도였다.

　대비가 살고 있는 암자를 둘러보니 처마에는 담쟁이와 나팔꽃이 기어

---
3 출전 미상.

오르고, 망우초(忘憂草)와 고사리가 얽혀 있어, 옛 시인이 '음식 담는 표주박이 비어 있던 안회(顔回)의 집 주변에는 풀만 무성하고, 명아주로 뒤덮인 원헌(原憲)네 집 창문은 비에 젖어 있다'[4]고 노래한 그대로였다. 지붕은 삼나무 껍질로 듬성듬성 이어놓아 가을비나 서리 이슬이 달빛과 다투듯 새어 들어와 도저히 가릴 수 있을 것 같아 보이지 않았다. 뒤는 산이요 앞은 들인데 한줌도 안 될 성싶은 조릿대 밭에 바람이 불어오니 댓잎 스치는 소리가 요란했다. 세상을 피해 숨어 사는 사람들의 거처에서 흔히 볼 수 있듯 대나무를 집안 기둥으로 사용하고 있었는데, 수도 없이 많은 그 마디마디처럼 괴로운 일은 많은 대신, 서울에서 오는 소식은 듬성듬성 엮어 놓은 울타리처럼 뜸할 따름이었다. 간혹 들리는 소리라고는 산봉우리에서 원숭이들이 나무를 타고 이동하며 우는 소리에 나무꾼이 도끼로 나무를 찍는 소리뿐으로, 이런 소리를 제외하면 찾아오는 사람조차 드문 곳이었다.

    태상왕이 "게 아무도 없느냐" 하고 불러도 대답하는 사람이 없더니 한참 있다가 나이 든 여승이 하나 나왔다. "대비께선 어디 가셨느냐?" 하고 묻자 뒷산에 꽃을 따러 갔다는 것이었다. "아니, 그런 하찮은 일을 해주는 사람도 없단 말이냐? 아무리 세상을 등지고 산다지만 안됐구나"라고 하자 여승은 "대비께서는 전생에 쌓은 오계십선(五戒十善)의 공덕이 다해 지금 이런 고통을 겪고 계시는 것입니다. 육신을 버리는 불도 수행을 하는 사람이 어찌 자기 몸을 아끼겠습니까? 인과경(因果經)을 보면 '과거의 인(因)을 알고 싶거든 현재의 과(果)를 볼 것이요, 미래의 과를 알고 싶거든 현재의 인을 보도록 하라'는 말씀이 있습니다. 과거와 미래

---

4 다치바나 노 나오모토(橘直幹)의 시(『본조문수(本朝文粹)』).

의 인과를 깨닫게 되면 한탄할 필요가 없는 거지요. 싯다르타(悉達多) 태자는 열아홉에 가비라(迦毘羅) 성을 나와 단독산 기슭에서 나뭇잎을 엮어 몸을 가리고는 산에 올라 땔나무를 구하고 계곡으로 내려가 물을 길으며 고행한 공에 의해 마침내 깨달음을 얻고 부처가 되셨다 하지 않습니까" 하고 대답했다. 여승의 차림을 자세히 보니 비단인지 천인지 알 수 없는 조각들을 기워 입고 있었다. 이런 차림을 한 사람이 그런 말을 한다는 게 이상해 "그대는 누구인가?" 하고 묻자 그냥 흐느끼기만 할 뿐 한참 대답을 못하고 있었다. 얼마 후 눈물을 참으며, "아뢰옵기 황공하오나 소납언 신제이(信西)의 딸 아와(阿波)이옵니다. 어미는 기이(紀伊)이온데 전에 그리도 총애하시더니 얼굴조차 기억 못하시다니 이 몸이 얼마나 초라하게 변하고 말았는지를 알 만해 민망할 따름이옵니다" 하고 소매로 얼굴을 가리고 울음을 터뜨리니 차마 보기 힘들었다. 태상왕은 "아니, 네가 아와였다는 말이냐. 내 깜빡했다. 정말 꿈만 같구나" 하며 역시 눈물을 참지 못했다. 호종하던 공경대부들도 "이상한 여승이라 생각했었는데 아와라면 그럴 만도 하지"라며 서로 고개를 끄덕였다.

    이곳저곳을 둘러보니 정원 가득 자란 풀들은 이슬을 머금어 울타리 쪽으로 숙어 있고, 암자 밖의 논에는 물이 가득 차 도요새 내려앉는 모습이 보이지 않았다. 암자로 들어가 장지문을 열고 보니 한 칸에는 삼존(三尊)의 내영도(來迎圖)[5]가 걸려 있었는데 중앙에 위치한 아미타불의 손에는 오색실이 걸려 있었다. 그 왼쪽에는 보현보살상, 오른쪽에는 선도(善導)화상과 선왕의 영정을 걸어놓고 법화경 여덟 권과 화상의 저서 아홉 권이 놓여 있었는데 예전의 대비전엔 난사 향이 은은히 감돌았던 데 비해

---

5 아미타불이 지상에 나타나 염불하는 사람을 극락으로 인도하는 모습을 그린 불화.

이제는 향연이 조용히 타오르고 있었다. 유마(維摩) 거사가 자신의 좁은 방 안에 3만 2천 개의 자리를 늘어놓고 시방의 부처들을 청했다고 하는데 바로 이런 방을 두고 한 말이 아닐까 하는 생각이 들었다. 여러 경전의 주요 구절을 네모종이에 적어 장지문에다 붙여놓았는데 그중에는 오에 노사다모토(大江定基)[6]가 출가 후 송나라로 건너가 그곳 청량산(淸凉山)에서 읊었다는 '조각구름 위로 생황(笙篁) 소리 들리더니 지는 해 앞에 보살과 성자들이 맞으러 오셨네'라는 시가 적혀 있었다. 그리고 조금 떨어진 곳에는 대비가 읊은 듯,

뉘 알았으랴 심산 깊은 곳에 암자를 틀고
궁에서 보던 달을 여기서 보게 될 줄

이라고 적혀 있었다.

한편 그 옆을 보니 침실인 듯싶었는데 장대에 삼베옷과 종이 이불 등이 걸려 있었다. 일본은 물론 중국의 진귀한 옷가지까지 빠짐없이 갖추고 능라와 금수로 치장하던 대비의 모습은 이제는 다 꿈 이야기가 되고 만 듯싶었다. 옆에 있던 공경대부들도 그 자태를 익히 봐온 터라 대비의 모습이 눈앞에 선해 모두 소매를 적시고 말았다.

그러고 있는데 산 위에서 진한 먹물빛 승복을 입은 여승 둘이 벼랑길을 따라 위태롭게 내려오고 있는 모습이 눈에 들어왔다. 이를 본 태상왕이 "저건 누구인가?" 하고 묻자 나이 든 여승(아와)은 "꽃바구니를 팔에 걸고 산철쭉을 들고 계신 분은 대비이시고, 땔나무 위에 고사리를 얹어

---

6  ?~1034. 문장박사였으나 출가하여, 법명을 자쿠쇼(寂照)라 하였다. 1007년에 송나라로 건너가 청량산에서 입멸하였다.

메고 있는 사람은 중납언 고레자네(伊實)의 딸로 선대왕의 유모이옵니다"라고 말하며 흐느꼈다. 이 말에 태상왕도 안쓰러운 생각이 들어 그만 눈물을 쏟고 말았다. 대비는 태상왕이 찾아왔다는 말을 전해 듣더니 '아무리 세상을 버린 몸이라고는 해도 이런 꼴을 하고 태상왕마마를 뵙다니 너무도 창피하구나. 어디론가 사라져버렸으면 좋겠다' 하는 마음이 간절했으나 어쩔 수 없는 일이었다. 밤이면 밤마다 불전에 바치는 알가수(閼伽水)를 뜨느라 젖고, 새벽에 일어나 산길을 헤치느라 이슬에 젖어 마를 겨를 없던 소매는, 이제 눈물에 흠뻑 젖어 산으로 다시 돌아갈 수도 없고 그렇다고 암자로 들어가기도 뭐해 망연자실해 서 있는데 아와가 다가와 꽃바구니를 받아 들었다.

## 대비의 육도(六道) 체험[7]

아와가 "출가하면 다 이런데 부끄러울 일이 어디 있겠습니까. 어서 만나 뵙고 늦지 않게 환궁하시도록 하세요" 하고 달래자 대비는 암자 안으로 들어갔다. 대비는 태상왕 앞에 앉아 "염불 한 번에 중생을 정토로 이끄는 아미타불의 광명이 창 앞을 비추기만 바라고, 염불 열 번에 부처와 보살께서 이 누추한 초암까지 맞으러 와주시기를 고대하며 살고 있는데, 마마께서 납시다니 너무 뜻밖이옵니다" 하며 울음을 터뜨렸다. 태상왕은 대비의 모습을 보더니 "정토에서는 수명이 팔만 겁이나 된다지만 그래도 죽음의 슬픔에서 벗어날 수는 없는 일이고, 육욕천(六欲天)에서도 결국 오쇠의 비극은 피할 수는 없다고 들었소. 제석천이 사는 선견성(善見城)에서는 장수와 기쁨이 넘치고, 대범천왕(大梵天王)의 고대각(高臺閣)에도 환락이 가득하다고 하나, 이는 모두 꿈속의 행복이요 환상 속의 즐거움으로 차바퀴 돌 듯 끝없이 미망의 세계를 떠돌 따름이오. 대비를

---

7 육도란 생전의 행위에 따라 다음에 겪게 된다는 내세의 여섯 가지 모습(지옥도, 아귀도, 축생도, 아수라도, 인간도, 천상도)을 말하는데 대비의 육도 체험담은 당시 여승들에 의해 행해진 참회담 형식을 이어받은 것이다.

보니 천인(天人)이 겪는다는 오쇠의 슬픔이 인간에게도 있다는 것을 알
겠구려" 하고 탄식했다. 그러고는 "누군가 찾아오는 사람은 있으시오?
아무래도 옛날 일이 많이 생각이 나겠구려" 하고 물었다. 대비가 "어디서
도 찾아오는 사람은 없사옵고 다카후사(隆房) 경과 노부타카(信隆) 경
의 부인이 가끔 소식을 전해올 따름이옵니다. 예전에는 그 사람들의 도움
으로 살아가게 될 줄은 꿈에도 생각하지 못했습니다" 하고 흐느끼자 옆에
있던 시녀들도 모두 따라서 울었다. 대비는 눈물을 참으며 "이러한 처지
가 된 것은 통탄한 일이오나 내세의 성불을 위해서는 오히려 다행스런 일
이라 생각하고 있사옵니다. 생각지도 않게 석존의 제자가 된 까닭에 아미
타불의 서원에 따라 오장삼종(五障三從)[8]의 괴로움에서 벗어나게 되었
고, 주야 세 차례의 근행을 통해 육근(六根)[9]의 번뇌를 가라앉힐 수 있었
으며, 이제 구품정토(九品淨土)에 왕생할 수 있다는 기대를 갖게 됐으니
말입니다. 지금은 그저 다이라 일문의 명복을 빌면서 삼존불께서 맞으러
오시기만을 기다리고 있사옵니다. 언제까지나 잊히지 않는 것은 선대왕
마마의 얼굴로, 아무리 잊으려 해도 잊히지 않고 생각나는 것이 참으려
해도 참아내기가 어렵습니다. 그러고 보면 모자의 정만큼 애처로운 것도
없는 것 같사옵니다. 그래서 선대왕마마의 성불을 위해 아침저녁으로 근
행을 게을리 하지 않고 있사옵고, 이 모든 일이 이 몸을 불도로 인도하기
위한 것이려니 하고 여기고 있사옵니다" 하고 심경을 토로했다. 그러자
태상왕은 "일본은 변방에 위치한 좁쌀만 한 나라이기는 하나 과인은 전생

---

8 오장은 여인이 지닌 다섯 가지의 장애(제2권 각주 6 참조). 삼종은 여인이 지켜야 할 일로서
  결혼 전에는 부친을, 결혼 후에는 지아비를, 지아비 사후에는 자식을 따라야 함을 말한다.
9 번뇌를 일으키는 여섯 개의 기관으로 눈[眼]·귀[耳]·코[鼻]·혀[舌]·몸[身]·뜻[意]
  을 말한다.

에 십선을 쌓은 덕에 제왕으로 태어나 신분에 걸맞게 무엇 하나 마음대로 되지 않은 일이 없었소. 특히 불법이 퍼져가는 시대에 태어나 불법 수행에 뜻을 두고 있으니 틀림없이 극락왕생하리라 믿고 있소. 인간계가 변화무쌍한 거야 새삼 놀랄 일도 아니지만 지금 대비의 모습을 보고 있으니 변해도 너무 변해 슬픔을 참기가 어렵구려"하고 소감을 밝히자 대비는 거듭 그간의 소회를 길게 늘어놓았다. "저는 태정대신의 딸로서 국모가 되었으니 세상만사 제 마음대로 되지 않은 게 없었사옵니다. 신년 하례로 시작되는 정월부터 시작해 옷을 갈아입는 사월과 시월을 거쳐 불명회(佛名會)가 열리는 섣달에 이르기까지 섭정 이하 공경대신들이 받들어 모시는 모양은 불교에서 이야기하는 육욕천(六欲天)이나 사선천(四禪天)과 같은 천상에서 팔만의 천부(天部)에 둘러싸여 있는 것과 같아 문무백관 치고 우러러보지 않은 사람이 없었나이다. 청량전(淸凉殿)이나 자신전(紫宸殿) 안에서건 주렴 드리운 후궁 안에서건 간에 사람들이 깍듯이 모셔 봄에는 자신전 앞의 벚꽃에 취해 하루해를 보내고, 삼복염천에는 샘물을 떠서 더위를 식히다가 가을에는 모여 앉아 구름 위의 달을 감상하고 엄동설한의 밤에는 옷을 포개 입고 추위를 이겨왔습니다. 불로장생한다는 선술을 배우고 봉래산으로 불사약을 찾아 나서서라도 오래오래 살기만을 바랐었는데, 낮이건 밤이건 즐겁고 영화로운 생활은 기쁨으로 가득 찼다는 천상의 삶도 그보다는 못할 것이라는 생각이 들 정도였습니다. 그러던 것이 주에이(壽永)의 초가을, 기소 노 요시나카인지 뭔지 하는 자를 두려워한 일문 사람들은 정든 서울을 머나먼 구름 너머에 버려두고 떠나더니 새 서울(후쿠하라)도 그만 불태우고 옛 소설에서 이름만 들었던 스마(須磨)에서 아카시(明石)로 가는 해안을 따라 내려가니 아닌 게 아니라 서글픈 생각이 들었사옵니다. 낮에는 헤치고 나아가는 망망대해를 보며 눈물 짓고, 밤에는 모래섬에 내려앉은 물떼새와 함께 울며, 유서 있는 섬이나 항구를 보기도 했지만 한시도 고향을 잊은 적이 없었사옵니다. 이렇게 떠돌기만 할 뿐 안주할 곳이 없자 이게 바로 천인오쇠(天人五衰)와 생자필멸(生者必滅)의 슬픔이 아닌가 싶었는데 그러다보니 인간계에서 겪어야 하는 이른바 사고(四苦)와 팔고(八苦)가 무언지 알게 돼 그중 어느 하나도 제가 겪어보지 않은 게 없게 된 것입니다. 그러다가 지쿠젠의 다자이후라는 곳에서 고레요시라는 자에 의해 규슈에서 쫓겨나게 되자, 산야가 넓다 하나 들어가 쉴 수 있는 곳이 없었사옵니다. 늦가을 들어 예전에 구중궁궐에서 올려다보던 달을 멀리 떨어져 해상에서 바라다보며 지내고 있는데, 시월 경 기요쓰네(淸經) 중장이 '서울은 미나모토 군에게 함락당하고 규슈에서는 고레요시 때문에 쫓겨나 영락없이 그물에 걸린 물고기 신세가 됐으니 어디 간들 피할 길이 없을 것이다. 어차피 언제까지고 살 수 있는 신세도 아닐 테니' 하며 물에 빠져 죽으니 이는 첫번째로 겪는 비통한 일이었사옵니다. 파도 위에서 낮을 보내고 배 안에서 밤을 지새우는 동안 공물이 없어 음식을 만들 수 없고 간혹 마련해도 물이 없어 먹을 수가 없었는데, 물 위에 떠 있으면서 소금물이라 마실 수가 없는 것을 보며 이게 다름 아닌 아귀도(餓鬼道)의 고통이로구나 하고 깨닫게 되었사옵니다. 그러다가 무로야마와 미즈시마 등지의 전투에서 승리를 거두자 사람들의 얼굴에 힘이 나는 듯싶었는데 이치노타니라는 곳에서 일문 사람들이 많이 죽은 후로는 평복이나 관복 대신 갑주를 몸에 걸치고 사나 깨나 싸움하는 고함이 끊이지 않아 아수라(阿修羅)와 제석천(帝釋天)이 싸움을 되풀이한다는 수라도(修羅道)를 보고 있는 듯싶은 생각이 들었사옵니다. 이치노타니가 함락되자 아비는 자식을 잃고 아내는 남편과 헤어져 앞바다에서 고기 잡는 배만 봐도 적선인 줄 알고 간이 철렁해지고, 멀리 소나무 위에 무리 지어 있는 해오라기를 보고도 미나모토 군의 깃발이 아닌가 해서 가슴을 졸였사옵니다. 모지(門司)와 아카마노세키(赤間の關)의 전투가 마지막 전투가 될 것으로 본 어머니(이위 마님)께서 '남자가 전투에서 살아남기란 만에 하나도 있기 어려운 일이다. 설령 먼 인척이 혹 살아남았다 치더라도 우리들의 명복을 빌어주는 일은 없을 것이다. 옛날부터 여자는 죽이지 않는 법이니 무슨 수를 쓰더라도 살아남아 주상의 명복을 빌어주고 내 명복 또한 빌어주기 바란다' 하고 부탁하는 것을 멍하니 꿈꾸듯 듣고 있었는데, 갑자기 바람이 불고 주위를 구름이 두텁게 에워싸자 병사들의 마음이 흔들리고 천운이 다하니 사람의 힘으로는 어떻게 해볼 도리가 없었사옵니다. 최후를 각오한 어머니가 주상을 안고 선창으로 가자 당황한 주상께서 '날 어디로 데려가려는 게냐?' 하고 물으시니 어머니는 눈물을 참으며 어린 주상을 쳐다보고 '마마께서는 여태 모르셨나이까? 전생에 십선계행(十善戒行)을 하신 공덕으로 현세에 만승천자로 태어나셨으나 악연으로 인해 이제 운이 다하신 거랍니다. 우선 동쪽을 향해 이세의 대신령께 작별 인사를 드리시고 그 다음에는 서방정토에 맞아주시도록 서쪽을 향해 염불을 올리도록 하십시오. 이 나라는 변방의 소국이라 어지러운 일이 많아 극락정토라는 좋은 곳으로 모시고 가려 하옵니다' 하고 아뢰니 푸른빛이 도는 황의에 각발을 한 얼굴이 눈물로 범벅이 된 어린 주상은 작고 여린 두 손을 모아 합장하더니 먼저 동쪽을 향해 이세 대신령께 작별 인사를 올리고 그 다음에 서쪽을 향해 염불을 올리시는 것 아니겠습니까. 그러자 어머니가 바로 주상을 품에 안고 바다로 뛰어드니 저는 그만 눈앞이 캄캄해지고 정신이 아득해지고 말았는데, 지금까지도 그 광경을 잊어보려 해도 잊히지 않고 슬픔을 참아보려 해도 그리되지가 않사옵니다. 뒤에 남은 사람들이 울부짖고 외치는 소리는 팔열지옥(八熱地獄)의 규환(叫喚)이나 대규환(大叫喚)의 화염 속에서 죄인들이 지르는 소리도 그보다는 더하지 않을 듯싶었사옵니다. 그런 후 병사들에게 붙잡혀 서울로 올라올 때 하리마의 아카시에 도착해 잠깐 잠이 들었사온데, 이전 대궐보다도 훨씬 으리으리해 보이는 곳에 선왕을 비롯해 일문의 공경대부들이 모두 늠름하게 예의를 차리고 서 있는지라 서울을 떠난 후 그런 곳은 아직 보지 못한 터여서 '이곳은 어딥니까?' 하고 물었더니 어머니인 듯싶은 이가 용궁이라 하기에 '참 좋은 곳입니다. 이곳에는 괴로움은 없나요?' 하고 물었더니 '이곳의 괴로움은 용축경(龍畜經)이라는 경전에 나와 있으니 우리들의 내세를 잘 좀 빌어다오' 하는 소리를 듣고 잠이 깨어 그 후로 경을 읽고 염불을 외워 명복을 빌어드리고 있는데, 제가 겪은 것이 다름 아닌 육도(六道)가 아닌가 하고 생각하고 있사옵니다" 하고 아뢰었다. 그러자 태상왕은 "이국의 현장법사는 깨닫기 전에 육도를 보았고 우리나라의 니치조(日藏) 상인은 자오(藏王) 신령의 힘에 의해 육도를 둘러보았다고 들었소. 대비가 그처럼 생생히 육도를 두 눈으로 보았다니 참으로 있기 힘든 일이오" 하며 목메어 울자 함께 온 공경대부들도 모두 소매를 적시고 말았다. 대비도 울음을 터뜨리니 옆에 있던 시녀들도 모두 함께 따라 울었다.

## 대비의 입적(入寂)

그러고 있는데 적광원에서 저녁 종치는 소리가 들려와 오늘도 해가 저물었음을 알 수 있었다. 석양이 서쪽 하늘로 기울자 태상왕은 아직도 아쉬움이 많았으나 눈물을 참으며 귀도에 올랐다. 태상왕의 방문으로 새삼스레 지나간 일을 떠올린 대비는 주체할 수 없을 만큼 눈물이 쏟아져 소매로 얼굴을 가렸으나 소용이 없었다. 멀리까지 배웅을 한 후 어가 행렬이 점점 멀어져가자 본존 앞에 나아가 "선대왕의 성령과 일문의 넋이 하루빨리 깨달음을 얻게 해주옵소서" 하고 울며 빌었다. 예전에는 동녘을 향해 "이세와 하치만의 대신령이시여, 주상의 수명이 천년만년 이어지도록 해주옵소서" 하고 기원했었으나 이제는 반대편인 서녘을 향해 "세상을 떠난 이들의 넋이 아미타불의 정토에 태어나도록 해주옵소서" 하고 빌고 있으니 가슴 아픈 일이 아닐 수 없었다. 대비는 침실의 장지문에다 이번 일에 대해 다음과 같이 감회를 읊었다.

출가한 후로 화려한 궁중 생활 다 잊었는데
언제 뭘 보았다고 그리워지는 걸까

그 옛날 일이 모두 다 꿈이 되고 만 것을 보면
초암의 이 생활도 길지는 않으려니

한편 태상왕을 호종했던 좌대신 사네사다(實定) 공은 암자의 기둥에다 다음과 같이 읊어 적어놓았다.

그 옛날에는 보름달과 같았던 분이었건만
심산의 암자에는 빛이 꺼지고 없네

지난날을 회고하고 앞날을 걱정하며 눈물에 젖어 지내면서도 대비는 소쩍새가 울며 지나가자,

그러면 어디 비교해보자꾸나 산 소쩍새야
이 몸 또한 너처럼 한에 울고 있으니

라고 읊었다.

단노우라에서 생포된 다이라 일문은 대로에서 조리돌림 당한 후, 참수당하거나 유형에 처해져 가족과 멀리 헤어지게 되었다. 대납언 요리모리 외에는 그 어느 누구 하나 목숨을 부지하지 못했고 서울에 남아 있지 못했다. 그러나 40여 명에 이르는 부인들에 대해서는 처분이 없었기 때문에 친척을 따르거나 아는 이에 의지해 살아가고 있었다. 위로는 대저택의 옥 주름 안에까지 바람 잘 날이 없었고, 밑으로는 사립문의 모옥에 이

르기까지 먼지 일지 않는 조용한 집이 없었다. 베개를 함께하던 부부도 하늘 저편으로 뿔뿔이 흩어지고, 키우고 부양하던 부모 자식도 서로 행방도 모른 채 갈라지고 말았다. 서로 그리워하는 마음이야 한도 끝도 없었으나 한탄만 하면서 그렇게들 지내고 있었다. 이는 모두 기요모리 공이 천하를 자기 손아귀에 쥐고서 위로는 임금을 두려워하지 않고 밑으로는 만민을 돌아보지 않은 채 참수형과 유형을 맘대로 행하는 등, 민심을 두려워하지 않았기 때문에 비롯된 것이니 부모의 죄업이 자손에 이른다는 말은 빈말이 아니었다.

    이렇게 세월이 흐르던 중 대비는 앓아눕게 되었다. 장지문의 가운데에 그려놓은 아미타여래의 손에 걸어두었던 오색실을 들고 "서방 극락세계의 주인이신 아미타불이시여, 꼭 극락정토로 이끌어주십시오" 하고 염불을 외자 대비의 좌우에 앉아 있던 선왕의 유모와 아와는 이제 마지막인가 싶어 목을 놓아 울었다. 염불 소리가 점점 가늘어지자 서쪽에 보랏빛 구름이 끼고 기이한 향기가 방 안에 가득 차더니 하늘에서 음악 소리가 들려왔다. 사람의 목숨이란 한도가 있는 것이라 겐큐 2년(1191) 2월 중순, 대비는 마침내 숨을 거두고 말았다. 선왕의 유모와 아와는 대비가 중전이 되었을 때부터 한시도 떨어지지 않고 모셔왔기 때문에 대비가 임종하자 이별을 슬퍼해 오열했으나 슬픔을 달랠 길 없었다. 두 사람은 예전에 알고 지내던 사람들도 모두 세상을 떠 의지할 데도 없는 신세들이었지만 때가 되면 빠짐없이 불공을 올렸다. 두 사람은 용녀가 득도한 선례를 좇아 베데히(韋提希) 부인이 석가의 설법을 듣고서 극락왕생하였듯 모두 평소 그토록 염원하던 왕생의 소회를 이루었다고 한다.

■ 옮긴이 해설

# 중세 이래 일본인이 가장 사랑해온 고전 중의 고전

## 1. 『헤이케 이야기』란?

　『헤이케 이야기(平家物語)』는 일본의 고대 말기에 중앙 정계의 실력자로 부상했던 다이라 노 기요모리(平淸盛)와 그 일문의 흥망성쇠를 그린 장편소설이다. 귀족들의 전성기였던 고대 말기, 일본에서는 왕실 및 섭정가의 실력자, 그리고 무인들 간에 정국의 주도권을 둘러싼 두 차례의 무력 충돌이 있었다. 호겐(保元) 원년(1156)에 일어난 호겐 정변(保元の亂)[1]과 3년 후인 헤이지(平治) 원년(1159)에 일어난 헤이지 정변(平

---

[1] 1156년, 일본의 왕실에서는 왕위 계승 문제를 둘러싸고 상왕(스토쿠)과 주상(고시라카와), 즉 부자가 대립하는 사건이 발생했다. 한편, 대대로 섭정과 관백 직을 담당해온 후지와라 집안에서도 형인 관백 다다미치(忠通)가 주상을 지지한 데 반해, 동생인 좌대신 요리나가(賴長)는 상왕을 지지해 형제가 대립하였다. 상왕 측은 미나모토 노 다메요시(爲義), 다메토모(爲朝), 다이라 노 다다마사(平忠正) 등을 아군으로 끌어들이고, 주상 측은 다이라 노 기요모리와 미나모토 노 요시토모(源義朝) 등을 자기 세력으로 끌어들여 교전을 벌였는데 상왕 측이 패해 상왕은 사누키(讚岐)로 유배되고 요리나가는 전사하였다. 이 정변을 계기로 왕실과 귀족들의 세력이 약화된 반면, 무인들의 정계 진출이 가속화되었다.

治の亂)²이 그것인데, 이 두 정변을 통해 당시 일부 지방 세력에 불과했던 무사 계급이 중앙 정부의 상층부로 대거 진출하게 되었다. 『헤이케 이야기』는 이 두 정변을 통해 정계의 실세로 부상한 다이라 씨가 왕실을 능가하는 권력과 영화를 누리다가 결국 경쟁 상대였던 미나모토(源) 씨에 의해 권좌에서 밀려난 후 지방을 전전하다가 멸문의 길을 걷는 과정을 서사적으로 그린 작품이다.

원제 『平家物語』 중의 '平家(헤이케)'는 다이라 일문에 대한 당시의 통칭이고, '物語(모노가타리)'란 고대 후기³에 등장한 장·단편의 소설을 이르는 말인데, 고래로 '헤이케'라는 호칭이 워낙 일반화되어 있어 우리말 제목은 혼동을 피하기 위해 『헤이케 이야기』로 하였으나, '헤이케'라는 말이 원래 일본어인 데다가 본문 속에서는 다이라 일문의 수장인 기요모리 개인이나 기요모리를 포함한 그의 일가, 또는 다이라 군 전체 등 다양한 의미로 사용되고 있어, 본문에서는 다이라 씨 혹은 다이라 일문 등으로 고쳐 번역하였다.

---

2 호겐 정변이 일어난 지 3년 후인 1159년, 양위하여 상왕이 된 고시라카와의 측근 후지와라 노 노부요리(信賴)는 실세로 부상한 기요모리를 제거하기 위해 요시토모(義朝)와 손잡고 거병하였으나 패해 노부요리는 참수되고 요시토모는 피살되었는데, 이 정변을 통해 다이라 일문은 정계의 실세로 부상하게 되었다.

3 간무(桓武) 임금이 서울을 지금의 나라(奈良)에서 헤이안쿄(平安京: 현재의 교토)로 옮긴 794년부터 미나모토 노 요리토모가 가마쿠라(鎌倉)에 막부를 설치한 1192년까지의 약 400년간을 고대 후기 또는 중고(中古)라 하는데, 서울의 이름을 따서 헤이안 시대라고도 한다.

## 2. 다이라 일문

다이라 씨는 제1권 「기원정사(祇園精舍)」의 각주에서 설명했듯이 본디 왕손이었다. 일본의 왕실은 성이 없기 때문에 왕자나 왕손을 신하의 반열로 내려 보낼 때는 임금이 성을 새로 지어주었는데, 그 대표적인 성씨가 다이라(平)와 미나모토(源) 씨였다.

여러 대에 걸쳐 이런 일이 있었기 때문에 각 성(姓)마다 본이 여럿 있었는데, 다이라 씨의 경우는 성 앞에 성을 지어준 임금의 이름을 붙여 간무(桓武) 다이라 씨, 닌묘(仁明) 다이라 씨, 몬토쿠(文德) 다이라 씨 등으로 구분했다. 이들 중 가장 두각을 나타낸 것은 간무 다이라 씨로, 개중에는 중앙 귀족으로 출세한 사람들이 있는가 하면, 관동으로 내려가 세력을 구축한 사람들도 있었고, 이세(伊勢)를 근거지로 하여 기반을 쌓은 집안도 있었는데, 간무 다이라 씨 중 이세에서 세력을 형성한 일문을 특히 이세 다이라 씨(伊勢平氏)라 불렀다.[4] 『헤이케 이야기』는 바로 이 이세 다이라 씨의 흥망을 그린 것이다.

이세 다이라 씨는 오랫동안 지방관을 전전하던 하급 무인 귀족에 지나지 않았으나 『헤이케 이야기』의 중심 인물인 기요모리(1118~1181)의 부친 다다모리(忠盛) 대에 와서 비로소 승전(昇殿)할 수 있는 자격을 부여받은 후, 형부경(刑部卿)이라는 공경의 반열에 올라섰고, 아들 기요모리는 전술한 두 차례의 정변을 수습한 공으로, 1167년에 국정을 담당하는 태정관의 최고위직인 태정대신(太政大臣)에 오르게 되었다. 그리고

---

4 부록에 수록한 '다이라 일문의 계보도' 참조.

1180년, 중전에 오른 딸이 낳은 안토쿠(安德) 임금이 즉위하자 임금의 외척으로서 세도정치를 하다가 세상을 떴는데, 대대로 이들의 견제 세력이었던 미나모토 일문이 그의 사망을 전후해 전국에서 일제히 봉기해 서울로 쳐들어오자 기요모리의 아들과 손자들은 서울에서 밀려나 서해 지방을 떠돌다가 결국 재기에 실패해 1185년에 멸문에 이르게 된 것이었다.

    이러한 도합 세 차례에 걸친 전란의 기록은 13세기 초에 줄거리를 갖춘 이야기로 다듬어져 각각 『호겐 이야기(保元物語)』 『헤이지 이야기(平治物語)』 그리고 『헤이케 이야기(平家物語)』 등으로 작품화되기에 이르는데, 일본에서는 이와 같이 정변이나 전투를 다룬 작품을 군기(軍記)문학 또는 전기(戰記)문학이라 부르고 있다.[5] 무인들의 시대인 중세에 들어와 군기문학은 전성기를 맞이하는데, 『헤이케 이야기』는 서사적인 문장과 문학적 완성도에 있어 그중에서도 최고의 걸작으로 평가받고 있다.

## 3. 작자

    군기문학이 대부분 그렇듯이 『헤이케 이야기』는 작자 미상의 작품이다. 작자에 대해서는 고래로 여러 가지 설이 분분한데, 그중에서도 특히 널리 알려진 것은 중세 일본의 최고 지식인으로 평가받고 있는 우라베 겐코(卜部兼好: 1283?~1352?)의 견해이다. 겐코는 1330년경에 집필한 유명한 수필집 『도연초(徒然草)』 속에서 『헤이케 이야기』의 작자에 대해 다음과 같이 기술하고 있다.

---

5 '군(軍)'이나 '전(戰)'은 모두 전투를 뜻하며, 군기나 전기는 즉 전투 기록을 의미한다.

고토바(後鳥羽) 상왕 치세(1183~1221) 때 시나노(信濃) 태수를 지낸 유키나가(行長)라는 사람이 있었는데 박학다식하기로 유명했다. 어전에 불려가 백거이(白居易)의 신악부(新樂府)를 논하는 자리에서 칠덕무(七德舞) 중 두 가지를 잊어버리는 바람에 '오덕(五德) 도령'이라는 별명이 붙게 되었다. 이를 부끄럽게 여긴 유키나가는 학문을 버리고 출가하고 말았는데, 예능에 소질이 있으면 미천한 사람도 마다하지 않고 불러다 후원하던 연력사의 주지 지친(慈鎭)이 유키나가의 뒤를 돌봐주었다.

이 유키나가가 『헤이케 이야기』를 써서 쇼부쓰(生佛)라는 맹인에게 가르쳐 구송시켰다. 그러한 관계로 연력사를 훌륭히 묘사하고 있고, 미나모토 노 요시쓰네에 대해서도 정통해 잘 기술하였는데, 노리요리(範賴)에 대해서는 잘 몰랐던지 그에 관한 이야기는 누락된 것이 많았다. 무인들에 관한 정보나 전투에 관한 사항은 쇼부쓰가 관동 출신이라 관동의 무사들에게 물어 쓰도록 했는데, 오늘날의 비파법사(琵琶法師)들의 목소리는 관동 태생인 쇼부쓰의 억양을 배워 익힌 것이다. (226단)

이 유키나가는 당시 귀족들의 일기나 기록 등에 의하면 시나노가 아니라 시모쓰케(下野) 지방의 태수를 지낸 바 있는 후지와라 노 유키나가(藤原行長)일 것으로 추정되는데, 재상가인 구조(九條) 집안을 섬긴 중류 문인 귀족이었다는 사실 외에는 행적이나 업적이 알려진 바가 없는 인물이다. 그러나 그의 사촌으로 도키나가(時長)라는 사람이 있었는데 이 사람 역시 여러 문헌 속에서 『헤이케 이야기』의 작자' 또는 '『헤이케 이야기』작자 중 가장 뛰어난 인물'로 지목되어온 점을 보면, 유키나가를 축으로 한 이 집안사람들이『헤이케 이야기』의 텍스트 형성에 중요한 역할을 했을 것으로 추측되고 있다.

이 외에도 중세 이후『헤이케 이야기』를 민중들 앞에게 구송해온 비파법사들 간에는 수많은 사람들이 작자로 거론되어왔는데, 이는『헤이케 이야기』의 텍스트가 한 사람에 의해서가 아니라 많은 사람들의 협력하에 이루어졌고, 시기적으로도 장기간에 걸쳐 개정되고 가필되어 완성되었음을 말해주는 것이라 할 수 있다. 결국『헤이케 이야기』는 13세기 초에 한시문에 밝은 문인 귀족과, 무사들의 생활과 활약에 정통한 관동 출신 인물의 협력하에 일차적으로 본문이 성립된 후, 비파법사들이 구송해가는 과정에서 텍스트가 보완되고 다듬어져 현재와 같은 형태를 갖추게 된 것이라 할 수 있다.

## 4. 전본(傳本)

이 때문에『헤이케 이야기』에는 다종다양한 전본이 전해져와 현재 그 수는 무려 75종에 이르고 있다. 이들 전본은 특정 내용의 유무나 형태상의 특징, 본문의 분량, 표기 등에 따라 다음과 같이 분류되고 있다.

우선 특정 내용의 유무를 기준으로 할 경우, '당도계(當道系) 전본'과 '비당도계(非當道系) 전본'으로 나눌 수 있다. 당도란 일본 전국을 돌아다니며 비파를 반주 악기로 하여『헤이케 이야기』를 구송했던 맹목의 승려, 이른바 비파법사들의 조직을 말하는데, 당도계 전본이 미나모토 노 요리토모(源賴朝)가 헤이케 일문을 타도하기 위해 거병한 사실을 서울

쪽에서 바라본 자료를 사용해 기술하고 있는 데 반해, 비당도계 전본은 요리토모의 거병을 관동 쪽 입장에 서서 기술한 자료를 여과 없이 사용하고 있는 점이 다르다.

사람에 따라서는 전자를 '약본계(略本系)', 후자를 광본계(廣本系)'라고도 부르는데, 약본계의 대부분에는 후일담이 딸려 있는 한편 문장이 간략하고 명료해 비파법사의 송서(誦書) 혹은 당도의 정본(定本)으로서의 역할을 담당해온 반면, 광본계 전본의 대부분에는 후일담이 없을 뿐 아니라 각 사건마다 관련 설화나 고사를 풍부하게 섞어가며 자세히 기술하고 있어 귀로 듣고 감상하기보다는 읽을거리로서의 성격이 강한 점이 특징이다.

당도계 또는 약본계의 전본으로는 '가쿠이치(覺一)본' '이치카타(一方)본' '야사카(八坂)본' 등이 있고, 비당도계 혹은 광본계 전본으로는 '엔교(延慶)본' '나가토(長門)본' '사부전투기록본(四部合戰狀本)' '미나모토와 다이라 씨의 성쇠기(源平盛衰記)' 등이 전해져오고 있다.

한편 본문의 양을 기준으로 할 경우에는, '6권본(엔교본)' '12권본(사부전투록본, 남도〔南都〕본, 야시로〔屋代〕본, 백이십구〔百二十句〕본)' '13권본(가쿠이치본, 이치카타본)' '20권본(나가토본)' '48권본(미나모토와 다이라 씨의 성쇠기)' 등으로 나뉘는데, 원초의 형태는 미상이나 3권→6권→12권→20권→48권으로 증보됐을 것으로 추정되고 있다.

표기를 기준으로 할 경우에는 대부분의 전본들이 히라가나(平仮名) 또는 가타카나(片仮名)와 한문이 혼용된 일본어로 기록되어 있는 데 비해, '사부전투록본'과 '미나모토와 다이라 씨 투쟁록(源平鬪諍錄)'은 한문으로 기록되어 있는 점이 특징이다.

*

중세 이후 『헤이케 이야기』는 주로 시각보다는 청각을 통해 향수되어 왔는데, 이렇듯 구송문예로서의 『헤이케 이야기』를 '헤이케 비파(平家琵琶)' 또는 '평곡(平曲)'이라 한다. '헤이케 비파'는 『도연초』에 이름이 보이는 쇼부쓰를 원조로 하는데, 쇼부쓰로부터 2대를 지나 뇨이치(如一)와 조겐(城弦)이라는 연주가가 나와 각각 이치카타(一方)류와 야사카(八坂)류로 나뉘었다. 이치카타류에서 아카시 가쿠이치(明石覺一)라는 맹인 승려가 나왔는데, 이 가쿠이치는 무로마치(室町) 막부를 세운 장군 아시카가 노 다카우지(足利尊氏)의 비호를 받아 전국의 맹인 승려를 통솔하는 겐교(檢校)라는 자리에 임명되었다. 이 맹인 승려들이 헤이케 비파를 연주하기 위해 결성한 조직이 다름 아닌 전술한 당도이다.

가쿠이치는 후대에 전승상의 논쟁이 일지 않도록 하기 위해 구송의 정본(定本)을 제정하였는데(1371) 이것이 바로 가쿠이치본이다. 그는 세상을 뜨면서 '후대에 제자들 사이에 본문에 대한 시비가 일 경우, 이 책을 보여주어라'라고 유언하였다고 하는네, 성본이라는 권위와 함께 서정과 서사가 교차하는 잘 다듬어진 문체로 다이라 일문의 흥망을 과부족 없이 그려내고 있어, 현재는 이미 청각을 통한 향수가 사실상 단절된 지 오래이지만 일본인들에게 가장 친숙하고 많이 읽히고 있는 것이 바로 이 가쿠이치본으로, 『헤이케 이야기』 하면 가쿠이치본을 지칭하는 경우가 대부분일 정도로 대표적인 전본의 지위를 차지하고 있다.

가쿠이치가 구술하여 필기시킨 정본은 현재 남아 있지 않고 이를 서사한 사본만이 전해지고 있는데, 사본도 '고야(高野)본' '류코쿠(龍谷) 대학본' '잣코인(寂光院)본' '류몬(龍門)문고본' '고라(高良)신사본' 등

다양한 종류가 전해져오고 있다.

## 5. 구성

12권과 후일담(원제는 관정권〔灌頂卷〕)으로 이루어진 가쿠이치본『헤이케 이야기』는 등장인물과 이야기 전개에 따라 크게 3부로 나뉜다. 1부는 제1권부터 제5권까지로, 다이라 노 기요모리(平淸盛)와 그의 아들 시게모리(重盛)를 축으로 하여 일개 지방 수령에 불과했던 다이라 일문이 권력과 문화의 중심인 서울로 진출해 실권을 장악하고 영화를 누리게 되는 과정을 자세히 소개한 후, 이윽고 교만한 행동과 누적된 실정 때문에 임금의 신뢰와 민심을 잃고 강제적으로 다시 지방으로 밀려나는 모습을 그리고 있다.

2부는 제6권부터 제8권까지인데, 미나모토(源) 일족으로 기소(木曾)에서 성장한 요시나카(義仲)가 다이라 일문을 몰아내고 입경하여 권력을 장악하나, 오만하고 무지한 언동으로 인해 임금과 귀족 계급의 지지를 잃는 바람에 역시 세력을 잃고 비참한 최후를 맞이하는 과정을 다루고 있다.

3부는 제9권 이하로, 요시나카를 밀어내고 입경하여 왕실 및 귀족 계급의 지지하에 다이라 군을 서해 끝까지 추격하여 와해시킨 미나모토 노 요시쓰네(源義經)를 중심으로 이야기가 전개된다. 요시쓰네는 그러나 동료의 참언에 의해 형 요리토모의 미움을 사게 되고, 결국은 다이라 일문이나 요시나카와 마찬가지로 서울을 버리고 도주하다가 동북 지방에서 자결하는데, 3부는 요시쓰네의 이 같은 활약과 최후를 소개한 후, 다이라 일문의 장손 로쿠다이(六代)가 출가하여 일시 연명하나 결국은 참수당함으로써 기요모리 직계의 대가 끊기는 과정을 그리고 있다.

후일담은 기요모리의 딸이요 다카쿠라 임금의 중궁이었던 겐레이몬인(建禮門院)이 마지막 해전이 벌어진 단노우라(壇の浦)에서 바다에 몸을 던졌으나 적군의 손에 생포돼 서울로 끌려온 후 서울 교외에 있는 오하라(大原)에서 은거하다 출가하여 앞서 세상을 뜬 아들 안토쿠(安德) 임금과 다이라 일문의 명복을 빌다 생을 마치는 이야기로 끝을 맺고 있다.

이야기의 서술은 전체적으로는 시간의 흐름을 따라 연월일순으로 일어난 사건을 기술해가는 편년체적 서술법을 채택하면서, 사이사이에 그 사건과 관련이 있는 일본이나 중국의 인물 전기나 일화를 삽입해 기술해가는 기전체적 서술법을 병행해 사용하고 있다. 역사적 사실을 소재로 삼고 연대기적 서술을 하고 있어 일종의 역사문학이라고도 할 수 있겠으나 역사적 사실을 일본의 고대 후기에서 중세에 걸쳐 유행했던 설화문학적 구상과 방법으로 서술함으로써 설화화하고 있고, 곳곳에 고대 후기 산문문학의 주류였던 허구적 이야기(모노가타리)를 다수 삽입함으로써 설화문학과 모노가타리 문학을 융합시킨 독특한 서사의 세계를 이루고 있다.

## 6. 사상

제1권 「기원정사(祇園精舍)」의 모두(冒頭)에 '제행무상(諸行無常)'과 '성자필쇠(盛者必衰)'라는 불교사상의 요체를 기술해놓고 12권 전체에 걸쳐 헤이케 일문을 비롯한 무인들의 부침을 그림으로써 이를 예증하려 했던 것이 다름 아닌 『헤이케 이야기』라고 할 수 있는데, 이러한 큰

틀 안에서 시대와 계층에 따라 전개 양상이 달랐던 일본 불교의 모습을 들여다볼 수 있는 것이 본서이다.

고대의 일본 불교는 왕실과 귀족 계급의 번영과 질서를 위해 봉사하는 호국적, 친귀족적 성격이 강했으나 고대 후기로 접어들면서 체제와 사회 질서가 흔들리고 미래에 대한 불안감이 커지기 시작하면서 말법사상(末法思想)[6]이 침투하기 시작하자 점차 정토종(淨土宗)이 세력을 확대하기 시작하였다. 정토종은 『헤이케 이야기』 제10권의 「계문(戒文)」에 등장하는 호넨(法然: 1133~1212)에 의해 보급되고 확대된 종파로, 호넨은 염불만 외면 아미타불의 자비에 의해서 극락정토에 왕생할 수 있다고 가르쳤고, 이로 인해 민중들 사이에서는 정토신앙이 급속히 퍼져나갔다. 『헤이케 이야기』 안에는 고대 후기부터 중세에 걸쳐 전개된 일본 불교의 성격과 흐름이 중첩되어 있어 실로 다양한 불교의 세계가 전개되고 있다. 호국적, 친귀족적 성격은 병란이나 왕실 관계자의 병환, 출산, 경합 등을 앞두고 열린 대규모의 가지기도회에 관한 서술에서 확인할 수 있고, 정토사상은 기오(祇王) 일가와 호토케(佛), 대비의 출가나 고레모리의 투신, 그리고 전투에 패한 무인들이 서쪽을 향해 염불을 한 후 죽음을 맞이하는 장면 등에 잘 나타나 있다.

한편, 『헤이케 이야기』에는 불교뿐만 아니라 유교적 담론 또한 곳곳에 눈에 띄는데, 이를 테면 제1권 「기원정사(祇園精舍)」에서의 역적에 관한 서술이나 제2권에서의 시게모리의 언설과 행동이 그 대표적인 대목으로 조정이나 무문 집안에 있어 남성들의 사회적 관계는 충이나 효와 같은 유교적 이념으로 포장된 가치 규범에 의해 유지되고 있었음을 보여주고 있다.

---

[6] 석가모니 이후, 정법(正法)과 상법(像法)시대가 지나고 나면 불법이 쇠퇴하는 말법시대가 도래한다는 사상.

## 7. 무사들의 세계

무사가 역사의 무대에 등장한 것은 10세기 전반의 일이다. 주로 중앙 귀족의 장원을 관리하는 일을 맡아왔던 지방의 무사들은 오랫동안 주목받지 못했으나, 939년 다이라 노 마사카도(平將門)가 관동에서 반란을 일으켜 '신황(新皇)'이라 칭하면서 단기간이기는 하지만 독자적인 국가를 세운 데 이어, 관서 지방에서도 같은 시기에 후지와라 노 스미토모(藤原純友)가 중앙 정부에 거역하는 반란을 일으키자, 서울에서는 지방에 무력을 배경으로 한 무인 세력이 존재한다는 사실에 눈을 뜨게 되었다.

서울 사람들은 관동의 무사들을 '쓰와모노(兵)'라 불렀는데, 이 쓰와모노들은 8~9세기에 북부 지방에 거주하던 아베(安倍) 일족과의 오랜 투쟁을 거치면서 기마와 궁술과 같은 전술 및 독특한 전투 양식을 발달시켜왔다. 제5권의 「후지(富士) 강 전투」에서 관동 출신인 사이토 사네모리(齊藤實盛)는 관동 무사의 기량과 기질에 대해 다음과 같이 이야기하고 있다.

"대장군께서는 그럼 소인을 강궁을 쏘는 사람이라고 생각하고 계셨단 말입니까. 소인은 고작 주먹 길이 열셋 되는 화살을 쏠 뿐입니다. 소인만큼 쏠 수 있는 사람은 팔주 안에 얼마든지 있습니다. 강궁 소리 듣는 사람 치고 주먹 길이 열다섯이 안 되는 화살을 쏘는 사람은 없습니다. 활도 힘센 장사 대여섯이 겨우 부리는 강력한 활을 사용합니다. 이런 강궁들이 쏘면 두세 벌 포개놓은 갑옷도 그냥 꿰뚫습니다. 호족 한 사람의 병력이 적어도 오백 기를 밑도는 일이 없는데,

말을 타면 떨어질 줄 모르고 험한 산길을 달려도 말이 넘어지는 일이
없습니다. 전투 시에는 아비가 죽건 아들이 죽건 개의치 않고 죽으면
그 주검을 넘고 넘어 싸웁니다. 관서 무사들이 싸우는 것을 보면 아비
가 죽으면 공양을 한 후 상이 끝나야 다시 싸우고, 아들이 죽으면 슬
퍼하느라 싸울 생각도 하지 않습니다. 군량미가 떨어지면 봄엔 논을
갈고 가을엔 추수한 후 싸움을 시작하고 여름은 덥다 싫어하고 겨울은
춥다고 마다하지만 관동에서는 일체 이러한 일이 없습니다.〔……〕"
(1권, p. 350)

이 쓰와모노들은 이후 두 갈래의 길을 걷게 되는데, 중앙에 진출해
임금이나 귀족을 경호하고 호종하는 '사무라이(侍)'[7]가 되거나 그대로 지
방에 거주하면서 쓰와모노로서의 역량을 키워가는 것이 그것이었다. 『헤
이케 이야기』는 사무라이에서 중앙 귀족으로 편입해 들어간 다이라 일문
과, 관동 지방의 쓰와모노 세력을 등에 업고서 권토중래를 노리는 미나모
토 일문 간의 2대에 걸친 대결을 그린 이야기라 할 수 있는데, 이 두 세
력은 세력 기반이나 전투 양식이 서로 달랐다. 간무 임금의 후손인 다이
라 일문이 규슈(九州)와 시코쿠(四國)의 해상 세력을 지지기반으로 하
고 있었던 데 반해, 세이와(淸和) 임금의 후손인 미나모토 씨는 관동의
쓰와모노 세력인 기마 무사단을 기반 세력으로 하고 있었다.[8]
전투 양식에 있어서도 다이라 일문의 무사들이 명예와 인간관계를 중
시했던 데 비해, 관동의 무사들은 공명심과 승부욕이 강하고, 기습과 같
이 전통적인 전투 양식에서 벗어난 행동을 즐겨 행했는데, 다이라 일문이

---

7 '귀인을 모시고 호위하다'라는 의미의 동사 '사부로오(さぶらふ)'의 명사형.
8 이를 '서선동마(西船東馬)'라 하였다.

각 전투에서 번번이 패한 것은 이러한 전투 양식의 차이에서 비롯한 경우가 적지 않았다.

미나모토 군의 경우, 요시나카가 북쪽 지방에서 초반에 거둔 주요 승리는 대부분 기만전술에 의한 것이고, 요시쓰네가 이치노타니나 야시마 전투에서 대승을 거둔 것도 기습 공격이 주효했기 때문이었던 데 반해, 고전적인 전투 양식에서 벗어나지 못한 다이라 군은 정상적인 전투에서는 선전하면서도 매번 기습 공격에 허를 찔려 후퇴를 거듭할 수밖에 없었다.

개인 전투에 있어서도 사정은 마찬가지여서『헤이케 이야기』에는 힘에 부쳐 일단 항복한 미나모토 군의 무사가 틈을 노리고 있다가 상대의 목을 베는 장면이 몇 차례나 등장한다. 반면 다이라 군의 경우는 이치노타니 전투에서 패해 배를 타기 위해 바다로 향하던 아쓰모리가 "거기 가시는 분께서는 대장군이신 것 같은데 어찌하여 적에게 등을 보이십니까? 어서 말을 돌리십시오"라고 외치는 구마가에의 말에 순순히 돌아서고(제9권「아쓰모리의 최후」), 시동이 적의 화살에 맞아 죽자 천하의 용사 노토 태수 노리쓰네가 싸움을 그만두고 물러서버리는 대목(제11권「쓰기노부의 최후」)에 잘 나타나 있듯이, 전공이나 수훈보다 무사로서의 명예와 의리를 더 소중히 여겼음을 알 수 있다.

## 8. 영향

일본의 초등학교에서는 운동회 때 학생들이 홍팀과 백팀으로 나뉘어 시합을 벌인다. 또 NHK(일본방송협회)에서는 1951년부터 매년 섣달 그믐날 밤에 일본을 대표하는 가수들이 두 팀으로 나뉘어 경합을 벌이는

「홍백노래시합(紅白歌合戰)」이라는 연예 프로그램을 방영해오고 있는데, 이렇듯 두 팀으로 갈라져 시합을 벌일 때 일본인들은 자연스럽게 홍팀과 백팀으로 나뉘어 싸운다. 이는 『헤이케 이야기』에 등장하는 다이라 씨와 미나모토 씨가 각기 홍색과 백색의 깃발을 앞세워 천하의 패권을 겨루었던 데서 비롯된 것으로, 고대 말기에 전개됐던 두 세력 간의 다툼이 알게 모르게 현대인의 일생생활에까지 영향을 미치고 있음을 알 수 있다.

또한 비파법사의 구연과 서적을 통해 보급된 『헤이케 이야기』는 그 어느 작품보다도 후대의 문예에 많은 영향을 미쳤다. 일본의 문학은 고대에는 귀족 계급의 전유물이었으나 중세 이후 서민층으로 확대되기 시작해 근세기에 이르면 '조닌(町人)'이라 불리는 도시 지역 거주 중산층을 중심으로 대중문학이 전성기를 맞이하게 되는데, 중세와 근세기에 이들 대중문학 및 예능에 가장 큰 영향을 미친 것은 다름 아닌 『헤이케 이야기』였다.

『헤이케 이야기』가 유포되기 시작한 직후인 중세 후기(무로마치 시대),[9] 일본에서는 단편의 이야기가 대량으로 만들어졌다. 이를 '중세소설' 또는 '오토기조시(お伽草子)'[10]라 부르는데, 현존하는 300여 편 중, 직간접적으로 『헤이케 이야기』와 관련이 있는 이야기는 무려 30여 편[11]에 달한다. 이는 『헤이케 이야기』가 이미 당시의 작가들 사이에서 창작의 원

---

9  아시카가 다카우지(足利尊氏)가 교토의 무로마치에 두번째 막부를 개설한 1336년부터, 15대 장군 요시아키(義昭)가 오다 노부나가(織田信長)에 의해 장군 직에서 추방당한 1573년까지(약 240년)를 무로마치 시대라 부른다.

10 '伽(とぎ)'란 심심풀이 상대, '草子'란 이야기책이나 소설이라는 의미로, 근세 중기에 한 출판업자가 가장 널리 알려진 중세소설 23편을 모아 동명의 제목으로 출판한 데서 이러한 이름이 붙게 되었다.

11 대표적인 작품으로는 『헤이케 이야기』 제10권의 「요코부에(橫笛)」에서 취재한 「요코부에 이야기(橫笛草子)」 「기오(祇王: 제1권 「기오」)」 「로쿠다이 이야기(六代御前物語: 제12권 「로쿠다이」~「참수」)」 「유야 이야기(熊野物語: 제10권 「관동 가는 길」)」 등을 들 수 있다.

천 및 소재로 활용되고 있었음을 시사하는 것으로서, 일찍부터 폭넓게 수용되고 있었음을 알 수 있다.

문학뿐만 아니라 예능 방면에 있어서도 상황은 마찬가지여서 중세 후기 이후 무인들의 비호하에 성장, 발전한 '고와카마이(幸若舞)'와 '노(能)'와 같은 예능에는 『헤이케 이야기』의 영향이 뚜렷이 남아 있다.

'고와카마이'는 춤을 수반한 일종의 창(唱)으로 중세 후기부터 무인 계급의 사랑을 받아 크게 융성하였는데, 향수 계층의 취향을 반영해 대사에는 주로 군기문학 작품이 이용되었다. 이 가운데 가장 인기가 있었던 것이 『헤이케 이야기』로, 「아쓰모리(敦盛)」(제9권 「아쓰모리의 최후」), 「유황도(硫黃が島)」(제2권 「야스요리의 축문」~ 제3권 「사면장」), 「기소의 기원문(木曾願書)」(제7권 「기원문」), 「나스 노 요이치(奈須輿市)」(제11권 「나스 노 요이치」)와 같이 『헤이케 이야기』에서 차용한 곡이 10여 곡에 이른다.

또한 '고와카마이'와 함께 무인들의 지지를 받아 성장한 무대극 '노(能)'에 있어서도 『헤이케 이야기』는 대본 형성에 가장 큰 영향을 미쳤다. 기카이가시마로 유배됐다가 홀로 남게 된 슌칸의 비극을 다룬 「슌칸(俊寬)」(제3권 「사면장」「절규」), 미나모토 노 요리마사의 괴조 퇴치를 다룬 「괴조(鵺)」(제4권 「괴조」), 다카쿠라 임금과 궁녀 고고(小督)와의 비련을 그린 「고고(小督)」(제6권 「고고」), 그리고 요시쓰네가 주인공인 「야시마(屋島)」(제11권 「쓰기노부의 최후」~「요시쓰네의 활」), 그리고 미래를 비관해 바다에 투신한 기요쓰네가 주인공인 「기요쓰네(淸經)」(제8권 「다자이후」)와 비파의 명인 쓰네마사의 비파에 대한 집착을 그린 「쓰네마사(經正)」(제7권 「쓰네마사」) 등, 현재까지 전해오고 있는 250여 편의 노의 대본 중 37편이 『헤이케 이야기』를 배경으로 한 것인데, 이들 대부분은 구성이나 내용, 대사의 아름다움에 있어 노의 대본 중 가장 주요한 자리를 차지하고 있다.

\*

근세[12]에 들어와서도 『헤이케 이야기』는 인기 있는 작품이었는데 주목할 만한 사실은 전대에 비해 향수층이 서민 계급으로 확대되었다는 점이다. 도시 거주 서민들이 자신들의 볼거리로 육성시킨 가무극 '가부키(歌舞伎)'와 인형극 '분라쿠(文樂)'의 경우, 『헤이케 이야기』는 시대와 캐릭터 설정에 있어서 빼놓을 수 없는 고전 중의 하나였다.

가부키와 분라쿠의 대본 작가들은 작품의 시대 배경을 설정할 때 특정 시대를 유형적으로 사용하는 경향이 있었는데,[13] 이 가운데 『헤이케 이야기』는 작자들이 즐겨 사용한 시대 배경 중의 하나였다. 당시의 세태와 과거의 사실에서 취재한 수많은 명작을 써서 일본사람들이 자국의 셰익스피어라 칭송해 마지않는 지카마쓰 몬자에몬(近松門左衛門)[14]은 『헤이케

---

12 중세 말의 군웅할거 상황 속에서 오다 노부나가(織田信長)가 실력자로 부상한 1568년부터 도요토미 히데요시(豊臣秀吉)가 세상을 뜬 1598년까지를 아즈치모모야마(安土桃山) 시대라 하는데, 이 시기에다 도쿠가와 이에야스(德川家康)가 정이대장군에 임명된 1603년부터 16대 장군 요시노부(慶喜)가 정권을 다시 조정에 반납하고 장군 직에서 물러난 1868년까지의 에도(江戶) 시대를 합쳐 근세라 부른다.
13 가부키에서는 이를 '세카이(世界)'라 부르는데, 이를테면 왕조 문화를 대표하는 여섯 명의 가인들이 활약한 헤이안 시대 초기를 배경으로 한 롯카센(六歌仙) 시대, 본『헤이케 이야기』를 배경으로 한 헤이케 이야기(平家物語) 시대, 그리고 중세 중기의 무인들의 권력 투쟁을 다룬 다이헤이키(太平記) 시대 등 정해진 포맷을 시대 배경으로 즐겨 사용하였다.
14 1653~1724. 근세 중기의 가부키, 분라쿠 대본 작가. 본명은 스기모리 노부모리(杉森信盛). 사카타 도주로(坂田藤十郎)나 다케모토 기다유(竹本義太夫)와 같은 가부키 및 분라쿠 극단의 경영자였던 동시에 배우를 위해 당대의 세태 및 시대물을 다룬 대본을 써서 근세 무대극 확립에 결정적인 역할을 하였다. 대표작으로는 「소네자키 동반자살 사건(曾根

이야기』를 배경으로 한 대본을 16편이나 남겼는데, 이는 인기가 전제되지 않고서는 불가능한 일이라는 점에서 당시 민중들 사이에 있어서의 『헤이케 이야기』의 인지도를 짐작케 해주고 있다.

가부키의 세계에서 가장 인기가 있었던 캐릭터는 단연 미나모토 노 요시쓰네(源義經)였다. 요시쓰네는 미나모토 군을 이끌고 다이라 일문과 싸워 승리하였으나 그의 명성과 공을 질시한 형 요리토모(賴朝)와 주변의 미움을 사 쫓겨 다니다가 결국은 자결로 생을 마감하였는데, 민중들은 막부를 세워 민중을 수탈하기 시작한 요리토모에 대한 반발 심리와 함께 아깝게 젊은 나이에 세상을 뜨고 만 요시쓰네에 대한 동정심에서 그를 예능 속에서 가장 이상적인 인물로 우상화시켰다. 그의 심복 벤케이(弁慶)의 충정과 기지를 그린 가부키의 명작「권화장(勸進帳)」을 비롯해, 서울을 버리고 도주한 요시쓰네가 살해될 때까지를 다룬「요시쓰네와 천 그루의 벚꽃(義經千本櫻)」, 그리고 아들 나이 또래의 어린 아쓰모리를 죽인 구마가에(熊谷)가 속죄를 위해 출가하는 내용을 담은「구마가에의 진(熊谷陣屋)」등의 경우가 그러한데, 이와 같이 패배한 영웅에 대해 지지와 성원을 보내는 심리를 일본인들은 '판관 편들기(判官贔屓)'[15]라 부르고 있다.

무대극뿐만 아니라 소설의 세계에서도 『헤이케 이야기』는 작가들이 중시한 고전이었는데, 근세 일본을 대표하는 소설가 이하라 사이카쿠(井原西鶴)[16]는 『헤이케 이야기』의 무대와 등장인물을 당시의 서민 계층의

---

崎心中)」「아미지마 동반자살 사건(心中天網島)」「정성공(鄭成功) 전투담(國性爺合戰)」 등이 있다.
15  요시쓰네의 관위가 판관(判官)이었던 데서 비롯했다.
16  1642~1693. 근세 전기의 소설가. 본명은 히라야마 도고(平山藤五). 처음에는 운문을 전문으로 하였으나 소설가로 전업하여 대중들의 이상향인 유곽(遊廓)의 세계를 그린「우키

가정으로 바꿔 패러디한「풍류 당대의 헤이케(風流今平家)」를 남겼고, 에지마 기세키(江島其磧: 1666~1735) 또한 제11권에 실린 나스 노 요이치(那須与一) 이야기를 당시 영주 계급의 집안에서 빈발하던 후계자 갈등 구도로 개작하는 하는가 하면, 교쿠테이 바킨(曲亭馬琴)"[17] 같은 이는 『헤이케 이야기』에서 기카이가시마에 홀로 남아 비명에 간 슌칸(제3권 「슌칸의 최후」)이 실은 섬을 탈출해 미나모토 군의 요시쓰네와 협력해 다이라 일문을 멸망시킨다는 허구적 내용의 소설「슌칸의 섬 이야기(俊寛僧都島物語)」를 발표하는 등, 이 시기에 오면 텍스트를 자유자재로 패러디하고 변형시켜 재창조하는 포스트모던적 유희로까지 발전하고 있다.

근대에 들어와서는 치밀한 주석 작업과 함께 작가들에 의한 리메이크가 이루어져 보다 쉽고 정확한 본문을 접할 수 있게 되었다. 주석본은 다양한 기획 아래 수많은 종류가 출판되었는데, 이중 일반인을 대상으로 한 것으로는 이와나미쇼텐(岩波書店), 쇼가쿠칸(小學館), 신초샤(新潮社)와 같은 대형출판사들이 고전문학전집 시리즈의 일환으로 약본계인 가쿠이치본을 번각, 주석한 『헤이케 이야기』를 출판하였고, 근래에는 엔교본이나 나가토본(長門本)과 같은 광본계 전본도 속속 주석본이 출판되고 있다.

한편 『미야모토 무사시(宮本武藏)』와 같은 대중적 시대소설로 유명

---

요조시(浮世草子)」('浮世'는 유곽, '草子'는 소설)라는 새로운 스타일과 내용의 소설을 발표하여 인기를 독점했다. 그 후 무사나 도시 서민의 생활을 사실적으로 그린 소설들을 발표하여 일본 최초의 사실주의 작가라는 평가를 받고 있다. 대표작으로는 「호색 독신남(好色一代男)」「호색 독신녀(好色一代女)」「스무 명의 일본의 불효자(本朝二十不孝)」 등이 있다.

17 1767~1848. 근세 중기의 소설가. 본명은 다키자와 오키쿠니(瀧澤興邦). 권선징악을 주제로 한 장편소설이 특기로, 대표작은 「사토미의 팔견전(南總里見八犬傳)」.

한 요시카와 에이지(吉川英治)는 1950년 『헤이케 이야기』를 『신 헤이케 이야기(新·平家物語)』란 제목의 현대소설로 개작해 발표하였는데 거의 반세기 가깝게 일반 독자의 사랑을 받아 베스트셀러 대열에 올랐고, 이외에 모리무라 세이이치(森村誠一), 미야오 도미코(宮尾登美子) 등도 독자적인 시점에서 리메이크한 『헤이케 이야기』를 각각 발표한 바 있다.

오늘날에 와서는 영화, 연극, TV 드라마, 뮤지컬, 만화, 게임 등의 세계로까지 그 영역이 넓어져가고 있는데, 일본의 고전문학 중 이처럼 시대와 계층 그리고 쟝르의 벽을 넘나들며 계속 읽히고 인용되고 있는 작품은 달리 예를 찾기 힘들다. 『헤이케 이야기』는 그러한 점에서 문자 그대로 고전(古典)이며, 일본을 대표하는 국민문학이라 할 수 있을 것이다.

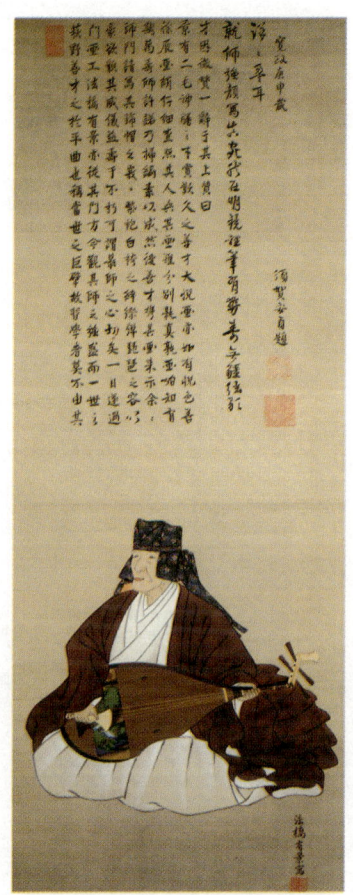

'「헤이케 이야기」를 구송했던 맹인 승려,' 근세.

# 부록

❖ 계보도

1. 다이라(平) 일문의 계보

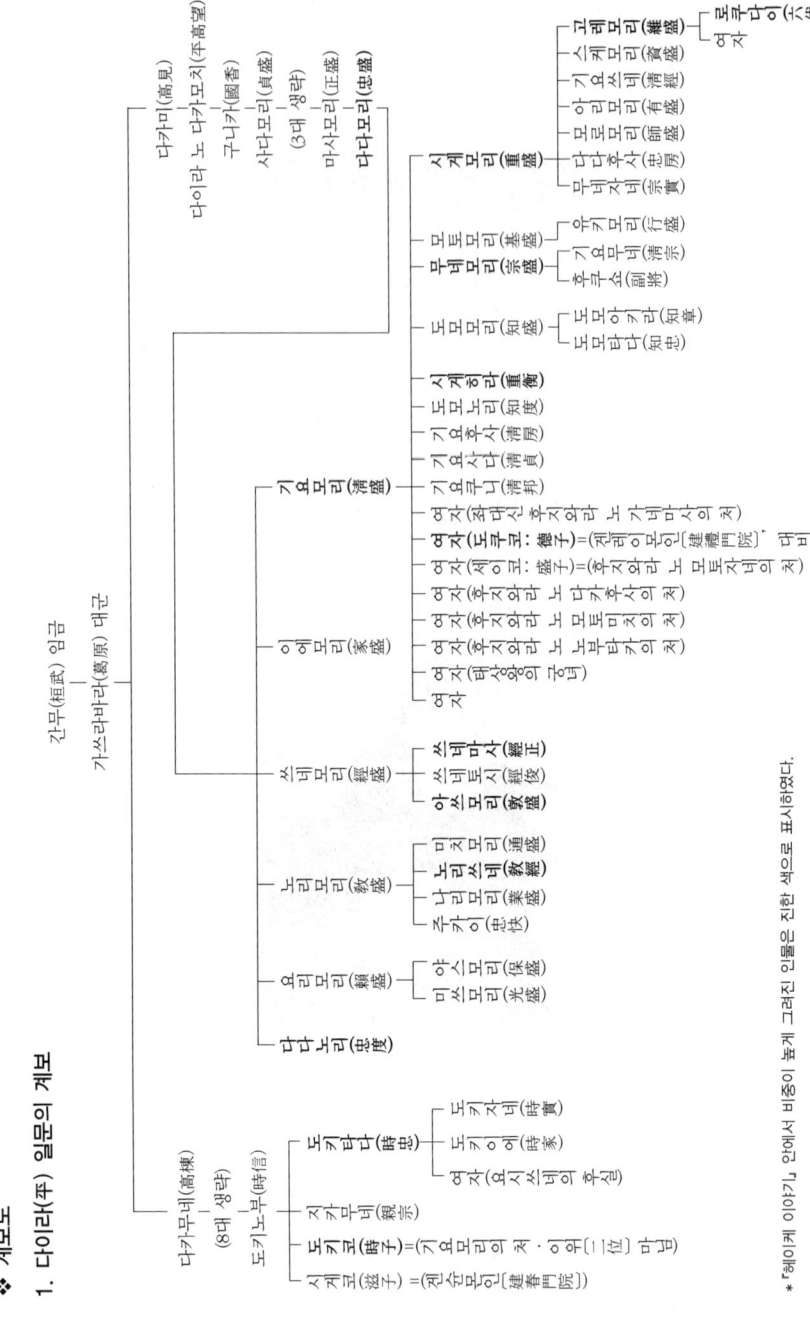

## 2. 미나모토(源) 일문의 계보

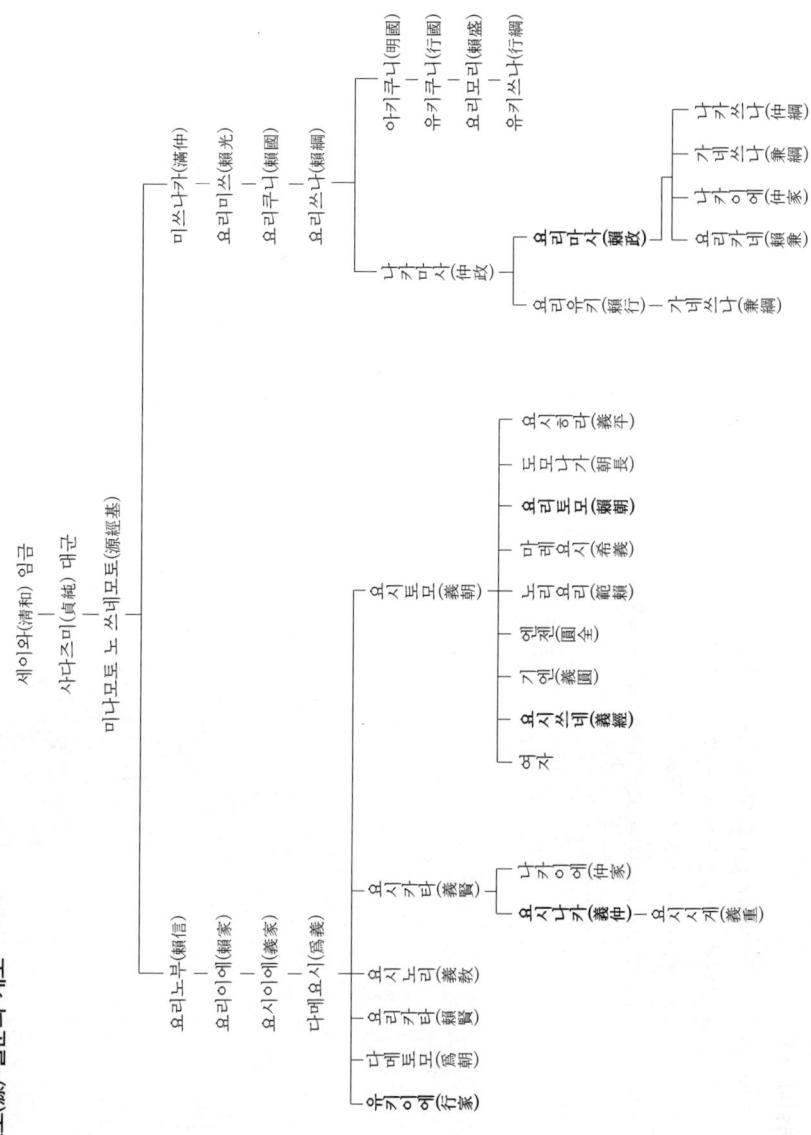

부록 461

## 3. 일본 왕실의 계보

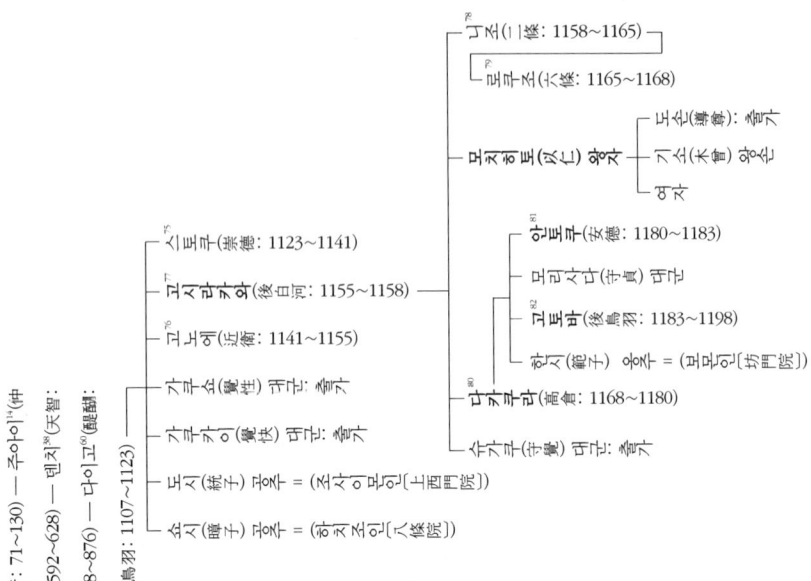

* ( ) 안은 재위 기간. 오른쪽 숫자는 대수(代數).

❖ 헤이케 이야기 연표(1권)

| 연도 | 일본의 연호 | 날짜 | 재위 임금 | 상황 | 사건 | 헤이케 이야기(권수/이야기) |
|---|---|---|---|---|---|---|
| 1118 | 겐에이(元永) 원년 | | 도바(鳥羽) | 시라카와(白河) | 다이라 노 기요모리(平清盛) 출생 | 제1권/기원정사 |
| 1131 | 덴쇼(天承) 원년 | 3월 13일 | 스토쿠(崇德) | 도바(鳥羽) | 다이라 노 다다모리(平忠盛), 승전을 윤허받음 | 제1권/암상 모의 |
| " | " | 12월 23일 | " | " | 다이라모리, 암살을 미연에 방지 | 제1권/암상 모의 |
| 1146 | 규안(久安) 2년 | 2월 2일 | 고노에(近衛) | " | 기요모리, 아키(安芸) 태수에 임명 | 제1권/뇨고 |
| 1153 | 닌페이(仁平) 3년 | 1월 15일 | " | " | 다다모리, 사망(58세) | 제1권/뇨고 |
| 1156 | 호겐(保元) 원년 | 7월 10일 | 고시라카와(後白河) | " | 호겐 정변 발발 | 제1권/뇨고 |
| 1159 | 헤이지(平治) 원년 | 12월 9일 | " | 고시라카와 | 헤이지 정변 발발 | 제1권/뇨고 |
| 1160 | 에이랴쿠(永曆) 원년 | 3월 20일 | " | " | 미나모토 노 요리토모(源頼朝), 이즈에 유배 | 제10권/삼일천하 |
| 1165 | 에이만(永万) 원년 | 7월 27일 | 로쿠조(六條) | " | 나조 음을 타게, 장해 때, 연인사와 중복사 승려들이 현판 문제로 대립 | 제1권/현판 싸움 |
| " | " | 7월 29일 | " | " | 연덕사의 승병들, 현판 사건에 대한 보복으로 청수사를 불태움 | 제1권/청수사의 소실 |
| 1167 | 닌안(仁安) 2년 | | " | " | 기요모리, 태정대신 종일위에 오름 | 제1권/기원정사 |
| 1168 | 닌안 3년 | 3월 20일 | 다카쿠라(高倉) | " | 다카쿠라 임금 즉위 | " |
| 1168 | " | 11월 11일 | " | " | 기요모리, 병환 때문에 출가 | 제1권/덴발동자 |
| 1171 | 쇼안(承安) 원년 | | " | " | 슌칸(俊寬) 입파, 시시노타니에서 다이라 일문 타도 모의 시각 | 제1권/시시노타니 |
| " | " | | " | " | 기요모리의 딸 도쿠코(德子), 입궐 | 제1권/일문의 영화 |
| 1172 | 쇼안 2년 | 2월 10일 | " | " | 도루코, 다카쿠라 임금의 중궁이 됨 | 제1권/일문의 영화 |
| 1173 | 쇼안 3년 | | " | " | 기오(祗王), 기요모리의 총애를 받음 | 제1권/기오 |

* 연표의 연월일과 실제 사건 발생일이 다른 경우도 있으나, 본 연표는 『헤이케 이야기』에 기록된 연월일을 중심으로 작성하였다.

부록 463

| 연도 | 일본의 연호 | 날 짜 | 재위 임금 | 상 황 | 사 건 | 헤이케 이야기(권수/이야기) |
|---|---|---|---|---|---|---|
| 1176 | 안겐(安元) 2년 | 4월 13일 | | | 호토케(佛)의 등장으로, 기오 모녀 사가(嵯峨)로 은거 | 제1권/기오 |
| 1177 | 안겐 3년 | 5월 5일 | | " | 엔랴쿠사의 승병, 가마를 메고 서울로 난입 | 제1권/가마 시위 |
| " | " | 5월 29일 | 다카쿠라 | 고시라카와 | 엔랴쿠사의 메이운 대승정, 적위해제 당함 | 제2권/귀양 가는 주지 |
| " | " | 6월 | " | " | 다이라 일문 타도 모의가 밀고에 의해 발각됨 | 제2권/시시오코 밤사의 회후 |
| " | " | 8월 19일 | " | " | 슌칸 등, 기카이가시마(鬼界島)로 유배됨 | 제2권/나리치카의 죽음 |
| 1178 | 지쇼(治承) 원년 | 7월 | " | " | 추시와다 노 나리지카, 유배지에서 피살 | 제2권/나리치카의 죽음 |
| " | 지쇼 2년 | 11월 12일 | " | " | 중궁의 안산 기원을 위하 대사면 실시 | 제3권/사면장 |
| 1179 | | 5월 12일 | " | " | 안토쿠(安德) 임금 탄생 | 제3권/사면후 |
| " | | 8월 1일 | " | " | 고교(小督), 다카쿠라 임금의 옹주 출산 | 제6권/고교 |
| " | 지쇼 3년 | 11월 16일 | " | " | 슌칸, 기카이가시마에서 타계 | 제3권/슌칸의 죽음 |
| " | | 11월 20일 | " | " | 도성 내에 최오리바람이 불어 수많은 건물이 도괴 | 제3권/최오리바람 |
| 1180 | | 4월 22일 | 다카쿠라 | | 시게모리 타계(43세) | 제3권/시게모리의 죽음 |
| " | | 5월 10일 | " | " | 기요모리, 대신급들을 사탈관직하고 유배 보냄 | 제3권/유배 |
| " | | 5월 15일 | " | " | 기요모리, 태상왕을 도바궁에 유폐 | 제3권/유폐 |
| " | | | " | " | 고교, 강제로 출가당함 | 제6권/고교 |
| " | 지쇼 4년 | | 안토쿠(安德) | | 미나모토 노 요리마사, 모치히토 왕자에게 다이라 일문 타도를 위한 거병 권유 | 제4권/미나모토 일문 |
| " | | | " | " | 안토쿠 임금 즉위(3세). 기요모리는 주상의 외조부가 됨 | 제4권/이쓰쿠시마 행행 |
| " | | | " | " | 유키이에, 모치히토 왕자의 영지를 요리토모에게 전달 | 제4권/미나모토 일문 |
| " | | | " | " | 모치히토 왕자의 모반 계획 발각 | 제4권/두더지 소동 |

464

| 연도 | 일본의 연호 | 날 짜 | 재위 임금 | 상 황 | 사 건 | 헤이케 이야기(권수/이야기) |
|---|---|---|---|---|---|---|
| 1180 | 지쇼 4년 | 5월 23일 | 안토쿠 | 다카쿠라 | 우지(宇治) 강 전투. 모치히토 왕자와 요리마사 일행, 전원 사망 | 제4권/원정사의 소실 제4권/우지 대교 전투 |
| 〃 | 〃 | 5월 27일 | 〃 | 〃 | 시게히라와 다나노리, 원정사를 불태움 | 제4권/원정사의 소실 |
| 〃 | 〃 | 6월 2일 | 〃 | 〃 | 기요모리, 후쿠하라 천도 단행 | 제5권/천도 |
| 〃 | 〃 | 8월 17일 | 〃 | 〃 | 미나모토 노 요리토모, 이즈에서 거병 | 제5권/파발마 |
| 〃 | 〃 | 9월 | 〃 | 〃 | 미나모토 노 요시나카, 시나노에서 거병 | 제6권/회문 |
| 〃 | 〃 | 9월 18일 | 〃 | 〃 | 고레모리를 대장군으로 하는 다이라 측의 토벌군 출병 | 제5권/후지 강 전투 |
| 〃 | 〃 | 10월 23일 | 〃 | 〃 | 다이라 군, 후지(富士) 강에서 물새 나는 소리에 놀라 도주 | 제5권/후지 강 전투 |
| 〃 | 〃 | 12월 2일 | 〃 | 〃 | 서울을 다시 헤이안쿄로 옮김 | 제5권/환도 |
| 〃 | 〃 | 12월 28일 | 〃 | 〃 | 시게히라를 대장군으로 하는 다이라 군, 나라(奈良)의 동대사와 흥복사 등을 불태움 | 제5권/불타는 나라 |
| 1181 | 지쇼 5년 | 1월 14일 | 〃 | 고시라카와 | 다카쿠라 상황 타계(21세) | 제6권/상황의 승하 |
| 〃 | 〃 | 2월 23일 | 〃 | 〃 | 무네모리, 동북부 지역 반란 진압을 위한 추토사(追討使)에 임명 | 제6권/기요모리 공의 서거 |
| 〃 | 〃 | 윤2월 4일 | 〃 | 〃 | 기요모리 타계(64세) | 제6권/기요모리 공의 서거 |
| 1182 | 주에이(壽永) 원년 | 9월 9일 | 〃 | 〃 | 요시나카, 요코타 둔지 전투에서 다이라 군을 격파 | 제6권/요코타 둔지 전투 |

(2권)

| 연도 | 일본의 연호 | 날짜 | 재위 임금 | 상황 | 사건 | 헤이케 이야기(권수/이야기) |
|---|---|---|---|---|---|---|
| 1183 | 주에이 2년 | 3월 | 안토쿠 | 고시라카와 | 요리토모와 요시나카 사이에 불화 발생 | 제7권/불묘 |
| " | " | 4월 17일 | " | " | 다이라 군, 요시나카 토벌을 위해 호쿠리쿠도(北陸道) 지방으로 출진 | 제7권/북녘 땅 |
| " | " | 5월 11일 | " | " | 요시나카 군, 다이라 군을 구리카라 계곡으로 유인해 전멸시킴 | 제7권/구리카라 전투 |
| " | " | 5월 21일 | " | " | 요시나카 군, 가가의 시노하라에서 다이라 군을 격파 | 제7권/시노하라 전투 |
| " | " | 7월 24일 | " | " | 고시라카와 태상황, 히에이 산으로 피신 | 제8권/태상황의 잠적 |
| " | " | 7월 25일 | " | " | 무네모리, 주상을 옹위하고 피난길에 나섬 | 제7권/주상의 몽진 |
| " | " | | " | " | 다이라 일문, 서울을 버리고 도주 | 제7권/고베모리~다이라 일문의 도주 |
| " | " | 7월 28일 | " | " | 요시나카, 태상황을 호위하고 입경 | 제8권/태상황의 잠적 |
| " | " | 8월 10일 | " | " | 요시나카, 조일장군(朝日將軍)이라는 교지를 받음 | 제8권/나토라 |
| " | " | 8월 16일 | " | " | 다이라 일문, 식탈관직 당함 | 제8권/나토라 |
| " | " | 8월 17일 | " | " | 다이라 일문, 규슈의 다자이후에 도착 | 제8권/나토라 |
| " | " | 8월 20일 | 안토쿠/고토바 | " | 고토바(後鳥羽) 임금 즉위 | 제8권/나토라 |
| " | " | 10월 14일 | " | " | 요리토모, 정이대장군(征夷大將軍)에 임명됨 | 제8권/정이대장군 |
| " | " | 윤10월 1일 | " | " | 다이라 군, 미즈시마 전투에서 요시나카 군 격파 | 제8권/미즈시마 전투 |
| " | " | 11월 19일 | " | " | 요시나카, 태상황궁을 급격하여 태상황과 주상을 유폐시킴 | 제8권/법주사 전투 |
| 1184 | 주에이 3년 | 1월 20일 | " | " | 요시쓰네 군, 우지 강을 건너 요시나카 군을 격파 | 제9권/선봉·강변의 전투 |
| " | " | 1월 21일 | " | " | 요시나카, 아와즈 전투에서 전사 | 제9권/요시나카의 최후 |

| 연도 | 일본의 연호 | 날 짜 | 재위 임금 | 상 황 | 사 건 | 헤이케 이야기(겐슈이야기) |
|---|---|---|---|---|---|---|
| 1184 | 주에이 3년 | 2월 4일 | 안토쿠/고토바 | 고시라카와 | 요시쓰네 군, 다이라 임문 토벌을 위해 서울을 출발 | 제9권/양군의 집결 |
| " | " | 2월 7일 | " | " | 요시쓰네 군, 히요도리 고개(鵯越)를 넘어 이치노타니의 다이라 군을 급습 | 제9권/절벽 강하 |
| " | " | 2월 13일 | " | " | 이지노타니에서 전사한 다이라 임문의 수급, 도성의 대로상에서 조리돌리고 옥문에 효시 | 제10권/효시 |
| " | " | 3월 15일 | " | " | 고레모리, 야시마를 탈출 | 제10권/요코부에 |
| " | " | 3월 28일 | " | " | 고레모리, 나치 앞바다에서 투신 | 제10권/고레모리의 투신 |
| " | 겐랴쿠(元曆) 원년 | 9월 26일 | " | " | 미나모토 군, 다이라 군을 야시마로 퇴각시킴 | 제10권/후지토 |
| 1185 | 겐랴쿠 2년 | 2월 17일 | " | " | 요시쓰네 군, 가쓰우라에 상륙 | 제11권/가쓰우라 |
| " | " | 2월 18일 | " | " | 요시쓰네 군, 다이라 군의 본거지인 야시마를 급습. 나스노 요이치, 다이라 군의 세운 부채를 명중시킴 | 제11권/가쓰우라~나스노 요이치 |
| " | " | 2월 19일 | " | " | 다이라 군, 시나카의 시도로 퇴각 | 제11권/시도 전투 |
| " | " | 3월 24일 | " | " | 다이라 군, 단노우라 해전에서 패배. 안토쿠 임금을 비롯한 다수의 다이라 임문, 전사하거나 투신 | 제11권/단노우라 해전 |
| " | " | 4월 26일 | " | " | 무네노리를 비롯한 생포된 다이라 임문, 대로상에서 조리돌림 당함 | 제11권/포로들의 입경 |
| " | " | 5월 1일 | " | " | 대비(겐레이몬인), 장락사(長樂寺)에서 출가 | 후일담/대비의 출가 |
| " | " | 6월 5일 | " | " | 요시쓰네, 요리토모의 전체를 받아 가마쿠라에 들어가지 못함 | 제11권/고시고에 |
| " | " | 6월 21일 | " | " | 무네모리 부자, 귀경 도중 참수당함 | 제11권/무네모리의 최후 |

부록 467

| 연도 | 일본의 연호 | 날 짜 | 재위 임금 | 상 황 | 사 건 | 헤이케 이야기(권수/이야기) |
|---|---|---|---|---|---|---|
| 1185 | 겐라쿠 2년 | 9월 23일 | 고토바 | 고시라가와 | 생포된 다이라 일문, 각 지방에 유배당함 | 제12권/귀양 가는 도키타다 |
| 〃 | 〃 | 9월 | 〃 | 〃 | 대비, 오하라(大原)의 적광원(寂光院)으로 이주 | 후일담/오하라 |
| 〃 | 분지(文治) 원년 | 9월 30일 | 〃 | 〃 | 요리토모의 명령을 받은 슌칸, 요시쓰네의 숙소를 야습하나 실패 | 제12권/도사보 |
| 〃 | 〃 | 11월 3일 | 〃 | 〃 | 요시쓰네, 서울을 버리고 도주 | 제12권/도주하는 요시쓰네 |
| 〃 | 〃 | 12월 16일 | 〃 | 〃 | 다이라 일문의 적자 로쿠다이(六代), 몬가쿠(文覺)에 의해 구명 | 제12권/로쿠다이 |
| 1186 | 분지 2년 | 4월 24일 | 〃 | 〃 | 태상왕, 오하라에 은거 중인 대비를 방문 | 후일담/오하라 행행 |
| 1189 | 분지 5년 | 4월 30일 | 〃 | 〃 | 요시쓰네, 히라이즈미에서 전사 | |
| 1190 | 겐큐(建久) 원년 | 11월 11일 | 〃 | 〃 | 정이위(正二位) 대납언(大納言) 겸 우대장 에 임명 | 제12권/로쿠다이의 최후 |
| 1191 | 겐큐 2년 | 2월 | 〃 | 〃 | 대비 타계 | 후일담/대비의 임적 |
| 1192 | 겐큐 3년 | 3월 13일 | 〃 | 〃 | 태상왕 타계(66세) | 제12권/로쿠다이의 최후 |
| 1199 | 겐큐 10년 | 1월 3일 | 쓰치미카도(土御門) | 고토바 | 요리토모 타계(53세) | 제12권/로쿠다이의 최후 |
| 〃 | 〃 | 2월 5일 | 〃 | 〃 | 로쿠다이가 참수당함으로써 이세(伊勢) 다이라 씨 절멸 | 제12권/로쿠다이의 최후 |

❖ 헤이안쿄(平安京) 주변 지도

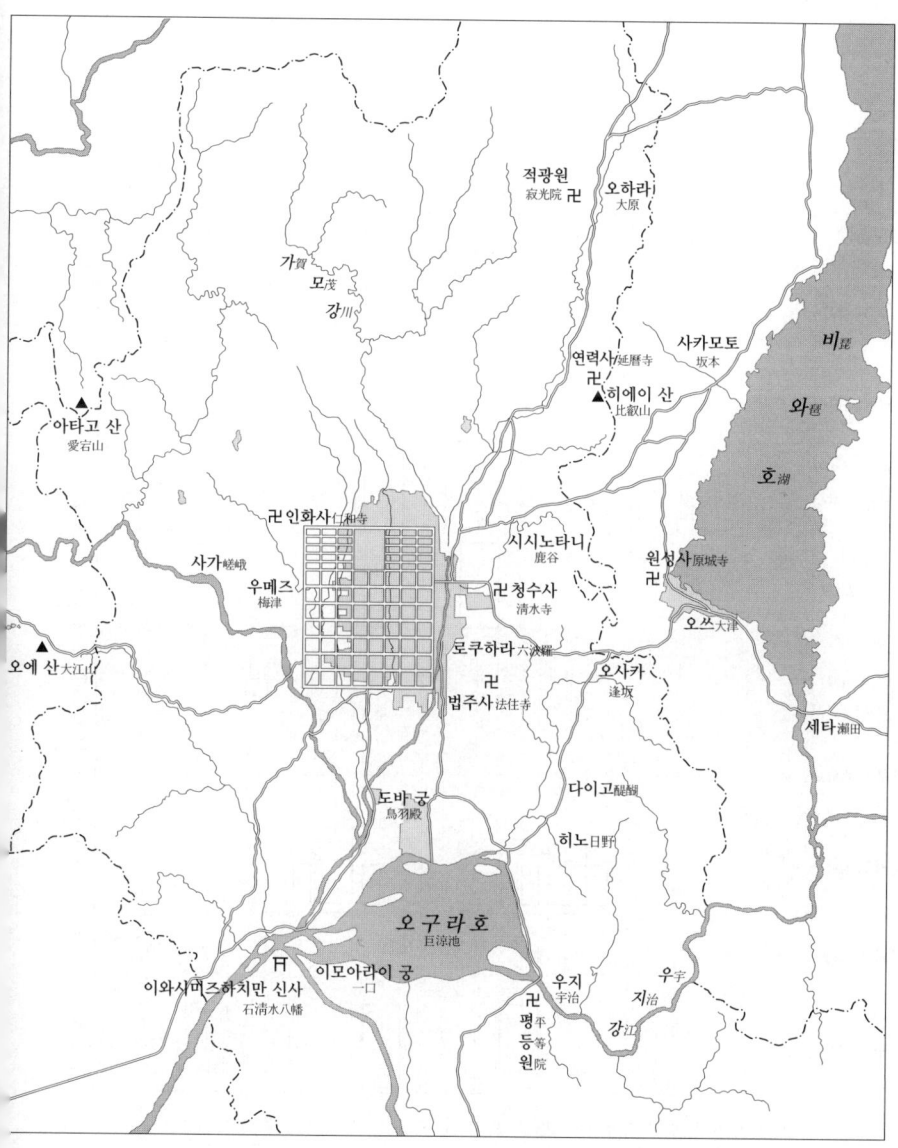

❖ 헤이안쿄 도로 구획도

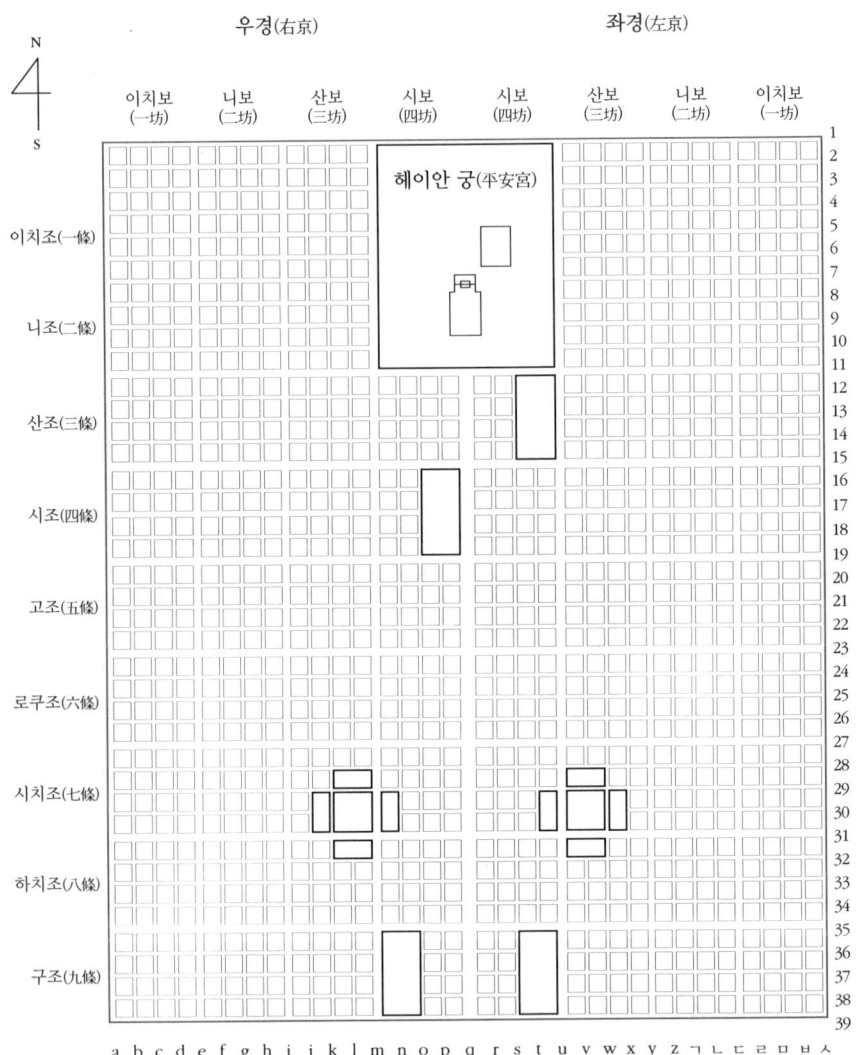

### 헤이안쿄 도로 이름

1 이치조(一條) 대로
2 오기마치(正親町)로
3 쓰치미카도(土御門) 대로
4 다카쓰카사(鷹司)로
5 고노에(近衛) 대로
6 가게유(勘解由)로
7 나카미카도(中御門) 대로
8 가스가(春日)로
9 오이노미카도(大炊御門) 대로
10 레이제이(冷泉)로
11 니조(二條) 대로
12 오시(押)로
13 산조보몬(三條坊門)로
14 아네(姉)로
15 산조(三條) 대로
16 로쿠카쿠(六角)로
17 시조보몬(四條坊門)로
18 니시키(錦)로
19 시조(四條) 대로
20 아야(綾)로
21 고조보몬(五條坊門)로
22 다카쓰지(高辻)로
23 고조(五條) 대로
24 히구치(樋口)로
25 로쿠조보몬(六條坊門)로
26 야마모(楊梅)로
27 로쿠조(六條) 대로
28 사메우시(左女牛)로
29 시치조보몬(七條坊門)로
30 기타(北)로
31 시치조(七條) 대로
32 시오(塩)로
33 하치조보몬(八條坊門)로
34 우메(梅)로
35 하치조(八條) 대로
36 하리(針)로
37 구조보몬(九條坊門)로
38 시나노(信濃)로
39 구조(九條) 대로

a 니시교고쿠(西京極) 대로
b 무샤(無差)로
c 야마(山)로
d 아야메(菖蒲)로
e 기쓰지(木辻) 대로
f 에토리(惠止利)로
g 바다이(馬代)로
h 우다(宇多)로
i 사이(道祖) 대로
j 노데라(野寺)로
k 니시호리카와(西堀川)로
l 니시유게이(西靱負)로
m 니시오미야(西大宮) 대로
n 니시쿠시게(西櫛笥)로
o 고카몬(皇嘉門) 대로
p 니시보조(西坊城)로
q 스자쿠(朱雀) 대로
r 보조(坊城)로
s 미부(壬生)로
t 구시게(櫛司)로
u 오미야(大宮) 대로
v 이노쿠마(猪隈)로
w 호리카와(堀川)로
x 아부라(油)로
y 니시노토인(西洞院) 대로
z 마치지리(町尻)로
ㄱ 무로마치(室町)로
ㄴ 가라스마루(烏丸)로
ㄷ 히가시노토인(東洞院) 대로
ㄹ 다카쿠라(高倉)로
ㅁ 마데(万里)로
ㅂ 도미(富)로
ㅅ 히가시교고쿠(東敎育) 대로

부록 471

❖ 헤이안 궁(平安宮) 부서 배치도 및 각 부서 관장 업무

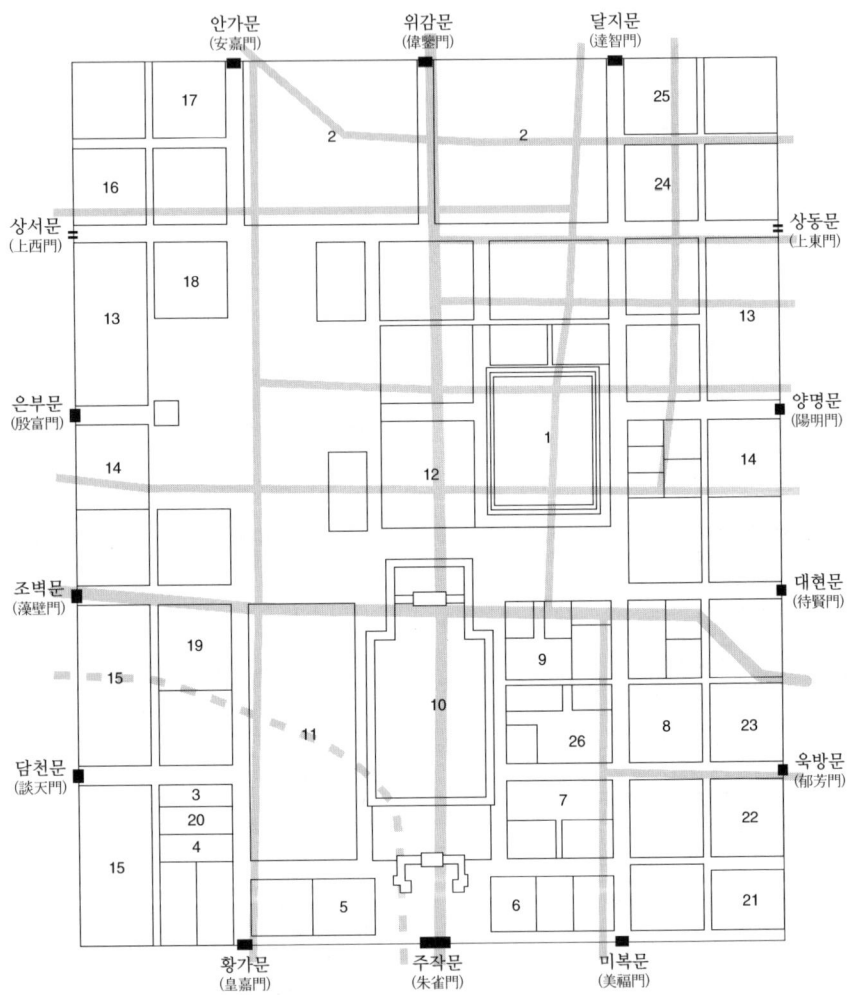

## 각 부서 관장 업무

1 내리(内裏): 대전.
2 대장성(大藏省): 조정의 창고 관리 및 재물 출납 등 관장.
3 치부성(治部省): 도성의 시가지 및 등기 업무 관장.
4 형부성(刑部省): 소송이나 죄인의 재판 업무 관장.
5 병부성(兵部省): 무관의 인사 및 군사 업무 관장.
6 식부성(式部省): 조정의 의식, 문관의 인사, 서훈 업무 등 관장.
7 민부성(民部省): 전국의 호구, 조세 업무 관장.
8 궁내성(宮內省): 왕실의 서무, 토목 공사 등 관장.
9 중무성(中務省): 임금의 신변잡사나 상소 수리 업무 등 관장.
10 조당원(朝堂院): 즉위와 같은 국가적 의식을 거행하는 전각.
11 풍락원(豊樂院): 제사·경마·활 시합 등 거행.
12 중화원(中和院): 임금이 제사를 올리는 전각.
13 좌우근위부(左右近衛府): 궁중 경비나 행행 시 경호 담당.
14 좌우병위부(左右兵衛府): 궁중문 경비 담당.
15 좌우마료(左右馬寮): 왕실 말의 사육 및 관리 담당.
16 정친사(正親司): 종친 관리 전담.
17 병고료(兵庫寮): 의식 및 실용무기의 생산과 관리 관장.
18 도서료(圖書寮): 서적 및 국사 편찬 업무 관장.
19 전약료(典藥寮): 의약 업무 관장.
20 현번성(玄蕃省): 사원이나 외국 사신 접대 업무 관장.
21 아악료(雅樂寮): 궁중 음악 및 악사 관리 업무 관장.
22 신기관(神祇官): 조정의 제사 및 전국의 신사 관리 업무 관장.
23 대취료(大炊寮): 미곡 수납, 연회 시의 음식 제공 담당.
24 대숙직(大宿直): 숙직자들의 대기 장소.
25 주전료(主殿寮): 건물의 시설 관리 업무 관장.
26 태정관(太政官): 중앙 최고 행정기관.

❖ 고대 일본 지방 행정 구분 지도(오기칠도〔五畿七道〕)

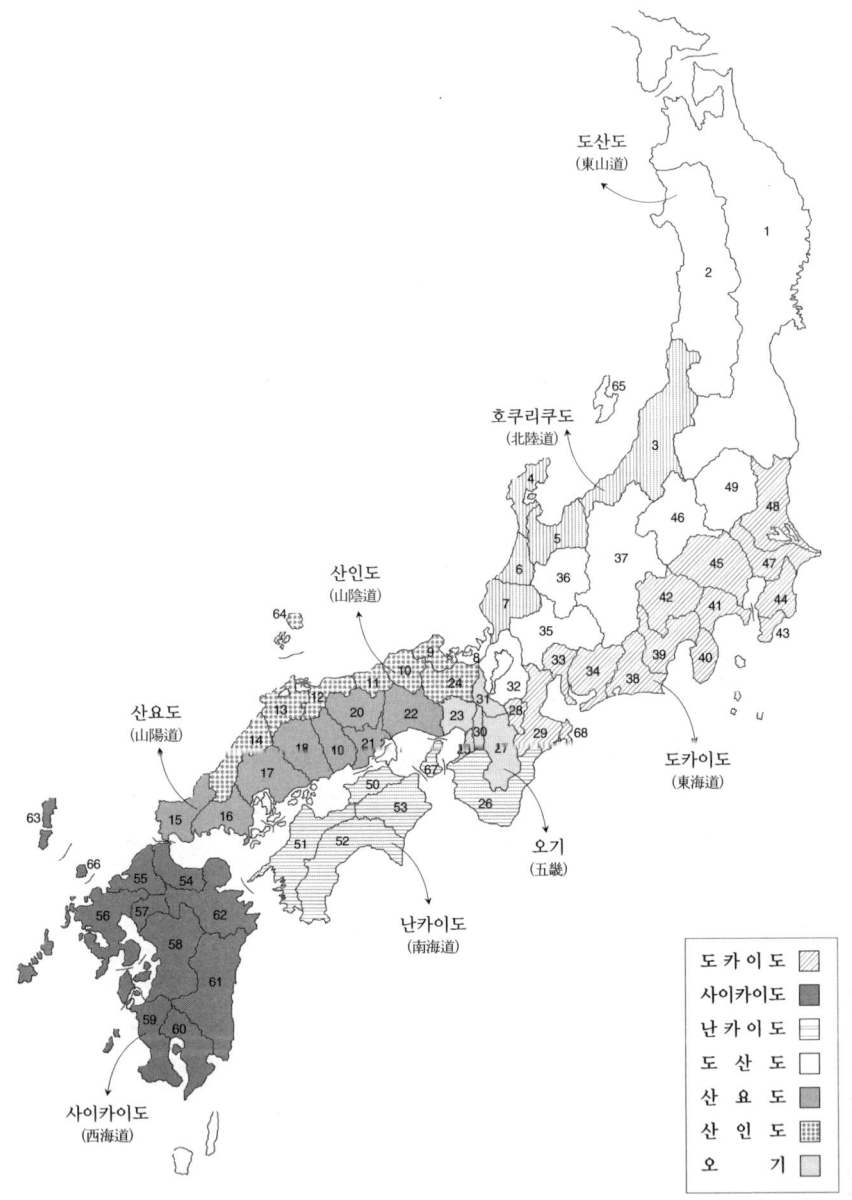

## 오기칠도(五畿七道)

- **오기(五畿)**: 야마시로(山城), 야마토(大和), 가와치(河內), 이즈미(和泉), 셋쓰(攝津) 등 5개 고을 ▶ 23, 25, 27, 30~31
- **도카이도(東海道)**: 이가(伊賀), 이세(伊勢), 시마(志摩), 오와리(尾張), 미카와(三河), 도오토미(遠江), 스루가(駿河), 이즈(伊豆), 가이(甲斐), 사가미(相模), 무사시(武藏), 아와(安房), 가즈사(上總), 시모사(下總), 히타치(常陸) 등 15개 고을 ▶ 28~29, 33~34, 38~45, 47~48, 68
- **도산도(東山道)**: 오미(近江), 미노(美濃), 히다(飛騨), 시나노(信濃), 고즈케(上野), 시모쓰케(下野), 무쓰(陸奧), 데와(出羽) 등 8개 고을 ▶ 1~2, 32, 35~37, 46, 49
- **호쿠리쿠도(北陸道)**: 와카사(若狹), 에치젠(越前), 가가(加賀), 노토(能登), 엣추(越中), 에치고(越後), 사도(佐渡) 등 7개 고을 ▶ 3~8, 65
- **산인도(山陰道)**: 단바(丹波), 단고(丹後), 다지마(但馬), 이나바(因幡), 호키(伯耆), 이즈모(出雲), 이와미(石見), 오키(隱岐) 등 8개 고을 ▶ 9~14, 24, 64
- **산요도(山陽道)**: 하리마(播磨), 미마사카(美作), 비젠(備前), 빗추(備中), 빈고(備後), 아키(安芸), 스오(周防), 나가토(長門) 등 8개 고을 ▶ 15~22
- **난카이도(南海道)**: 기이(紀伊), 아와지(淡路), 아와(阿波), 사누키(讚岐), 이요(伊子), 도사(土佐) 등 6개 고을 ▶ 26, 50~53, 67
- **사이카이도(西海道)**: 지쿠젠(筑前), 지쿠고(筑後), 부젠(豊前), 분고(豊後), 히젠(肥前), 히고(肥後), 휴가(日向), 오스미(大隅), 사쓰마(薩摩), 이키(壹岐), 쓰시마(對馬) 등 9개 고을과 2개 도서 ▶ 54~63, 66

## 각 고을 이름

1 무쓰(陸奧)
2 데와(出羽)
3 에치고(越後)
4 노토(能登)
5 엣추(越中)
6 가가(加賀)
7 에치젠(越前)
8 와카사(若狹)
9 단고(丹後)
10 다지마(但馬)
11 이나바(因幡)
12 호키(伯耆)
13 이즈모(出雲)
14 이와미(石見)
15 나가토(長門)
16 스오(周防)
17 아키(安芸)

18 빈고(備後)
19 빗추(備中)
20 미마사카(美作)
21 비젠(備前)
22 하리마(播磨)
23 셋쓰(攝津)
24 단바(丹波)
25 이즈미(和泉)
26 기이(紀伊)
27 야마토(大和)
28 이가(伊賀)
29 이세(伊勢)
30 가와치(河內)
31 야마시로(山城)
32 오미(近江)
33 오와리(尾張)
34 미카와(三河)

35 미노(美濃)
36 히다(飛騨)
37 시나노(信濃)
38 도오토미(遠江)
39 스루가(駿河)
40 이즈(伊豆)
41 사가미(相模)
42 가이(甲斐)
43 아와(安房)
44 가즈사(上總)
45 무사시(武藏)
46 고즈케(上野)
47 시모사(下總)
48 히타치(常陸)
49 시모쓰케(下野)
50 사누키(讚岐)
51 이요(伊子)

52 도사(土佐)
53 아와(阿波)
54 부젠(豊前)
55 지쿠젠(筑前)
56 히젠(肥前)
57 지쿠고(筑後)
58 히고(肥後)
59 사쓰마(薩摩)
60 오스미(大隅)
61 휴가(日向)
62 분고(豊後)
63 쓰시마(對馬)
64 오키(隱岐)
65 사도(佐渡)
66 이키(壹岐)
67 아와지(淡路)
68 시마(志摩)

❖ 주요 전투 지도

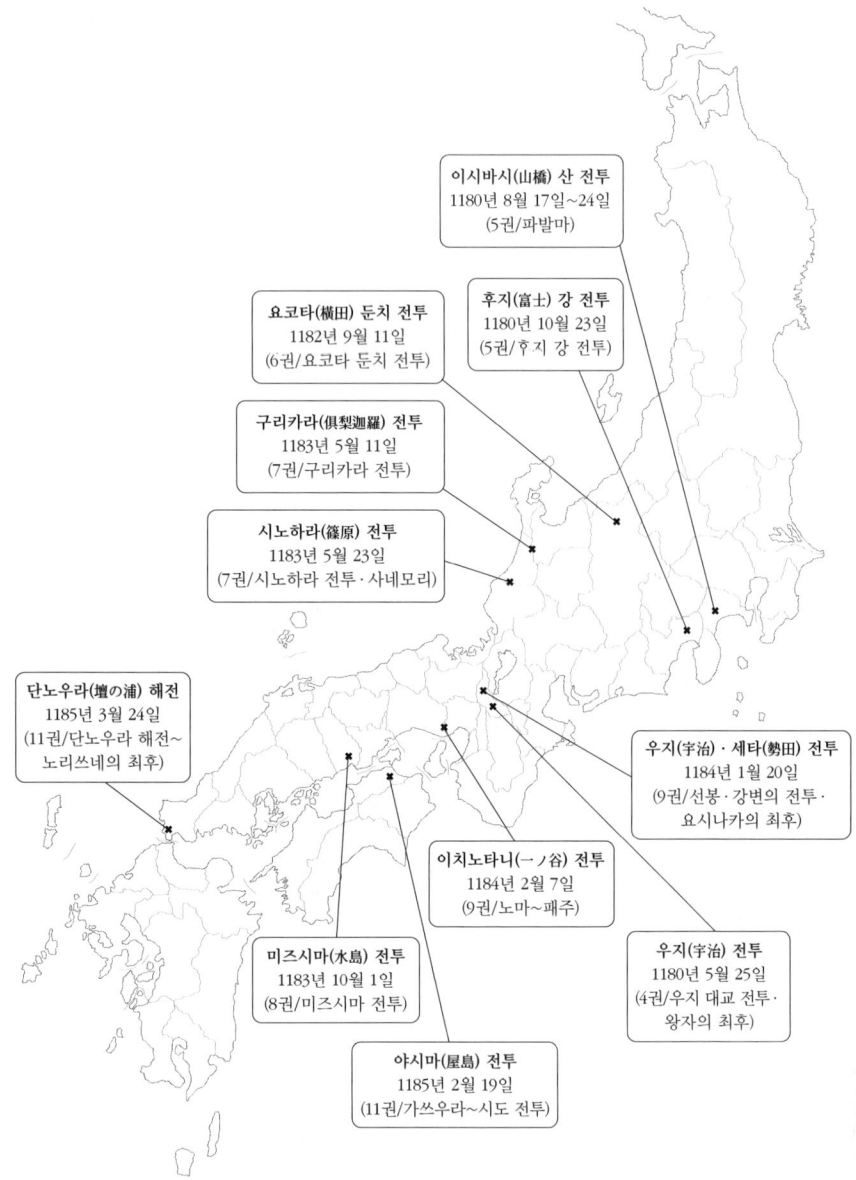

■ 기획의 말

## '대산세계문학총서'를 펴내며

　근대 문학 100년을 넘어 새로운 세기가 펼쳐지고 있지만, 이 땅의 '세계 문학'은 아직 너무도 초라하다. 몇몇 의미 있었던 시도에도 불구하고, 전체적으로는 나태하고 편협한 지적 풍토와 빈곤한 번역 소개 여건 및 출간 역량으로 인해, 늘 읽어온 '간판' 작품들이 쓸데없이 중간되거나 천박한 '상업주의적' 작품들만이 신간되는 등, 세계 문학의 수용이 답보 상태에 머물러 있었음을 부인하기 힘들다. 분명한 자각과 사명감이 절실한 단계에 이른 것이다.

　세계 문학의 수용 문제는, 그 올바른 이해와 향유 없이, 다시 말해 세계 문학과의 참다운 교류 없이 한국 문학의 세계 시민화가 불가능하다는 의미에서, 보다 근본적으로, 우리의 문화적 시야 및 터전의 확대와 그 질적 성숙에 관련되어 있다. 요컨대 이것은, 후미에 갇힌 우리의 좁은 인식론적 전망의 틀을 깨고 세계 전체를 통찰하는 눈으로 진정한 '문화적 이종 교배'의 토양을 가꾸는 작업이며, 그럼으로써 인간 그 자체를 더 깊게 탐색하기 위해 '미로의 실타래'를 풀며 존재의 심연으로 침잠하는 작업이라 할 수 있다.

우리의 현실을 둘러볼 때, 그 실천을 위한 인문학적 토대는 어느 정도 갖추어진 듯이 보인다. 다양한 언어권의 다양한 영역에서 문학 전공자들이 고루 등장하여 굳은 전통이나 헛된 유행에 기대지 않고 나름의 가치 있는 작가와 작품을 파고들고 있으며, 독자들 또한 진부한 도식을 벗어나 풍요로운 문학적 체험을 원하고 있다. 새롭게 변화한 한국어의 질감 속에서 그 체험이 이루어지기를 바라는 요청 역시 크다. 그러므로 필요한 것은 어쩌면 물적 토대뿐일지도 모른다는 판단이 우리를 안타깝게 해왔다.

이러한 시점에서, 대산문화재단의 과감한 지원 사업과 문학과지성사의 신뢰성 높은 출간을 통해 그 현실화의 첫발을 내딛게 된 것은 우리 문화계의 큰 즐거움이 아닐 수 없다. 오늘의 문학적 지성에 주어진 이 과제가 충실한 결실을 맺을 수 있도록, 우리는 모든 성실을 기울일 것이다.

'대산세계문학총서' 기획위원회

## 대산세계문학총서

| | |
|---|---|
| 001-002 소설 | **트리스트럼 섄디**(전 2권) 로랜스 스턴 지음 | 홍경숙 옮김 |
| 003 시 | **노래의 책** 하인리히 하이네 지음 | 김재혁 옮김 |
| 004-005 소설 | **페리키요 사르니엔토**(전 2권) |
| | 호세 호아킨 페르난데스 데 리사르디 지음 | 김현철 옮김 |
| 006 시 | **알코올** 기욤 아폴리네르 지음 | 이규현 옮김 |
| 007 소설 | **그들의 눈은 신을 보고 있었다** 조라 닐 허스턴 지음 | 이시영 옮김 |
| 008 소설 | **행인** 나쓰메 소세키 지음 | 유숙자 옮김 |
| 009 희곡 | **타오르는 어둠 속에서/어느 계단의 이야기** |
| | 안토니오 부에로 바예호 지음 | 김보영 옮김 |
| 010-011 소설 | **오블로모프**(전 2권) I. A. 곤차로프 지음 | 최윤락 옮김 |
| 012-013 소설 | **코린나: 이탈리아 이야기**(전 2권) 마담 드 스탈 지음 | 권유현 옮김 |
| 014 희곡 | **탬벌레인 대왕/몰타의 유대인/파우스투스 박사** |
| | 크리스토퍼 말로 지음 | 강석주 옮김 |
| 015 소설 | **러시아 인형** 아돌포 비오이 까사레스 지음 | 안영옥 옮김 |
| 016 소설 | **문장** 요코미쓰 리이치 지음 | 이양 옮김 |
| 017 소설 | **안톤 라이저** 칼 필립 모리츠 지음 | 장희권 옮김 |
| 018 시 | **악의 꽃** 샤를 보들레르 지음 | 윤영애 옮김 |
| 019 시 | **로만체로** 하인리히 하이네 지음 | 김재혁 옮김 |
| 020 소설 | **사랑과 교육** 미겔 데 우나무노 지음 | 남진희 옮김 |
| 021-030 소설 | **서유기**(전 10권) 오승은 지음 | 임홍빈 옮김 |
| 031 소설 | **변경** 미셸 뷔토르 지음 | 권은미 옮김 |
| 032-033 소설 | **약혼자들**(전 2권) 알레산드로 만초니 지음 | 김효정 옮김 |
| 034 소설 | **보헤미아의 숲/숲 속의 오솔길** 아달베르트 슈티프터 지음 | 권영경 옮김 |
| 035 소설 | **가르강튀아/팡타그뤼엘** 프랑수아 라블레 지음 | 유석호 옮김 |

036 소설　사탄의 태양 아래　조르주 베르나노스 지음 | 윤진 옮김
037 시　시집　스테판 말라르메 지음 | 황현산 옮김
038 시　도연명 전집　도연명 지음 | 이치수 역주
039 소설　드리나 강의 다리　이보 안드리치 지음 | 김지향 옮김
040 시　한밤의 가수　베이다오 지음 | 배도임 옮김
041 소설　독사를 죽였어야 했는데　야샤르 케말 지음 | 오은경 옮김
042 희곡　볼포네, 또는 여우　벤 존슨 지음 | 임이연 옮김
043 소설　백마의 기사　테오도어 슈토름 지음 | 박경희 옮김
044 소설　경성지련　장아이링 지음 | 김순진 옮김
045 소설　첫번째 향로　장아이링 지음 | 김순진 옮김
046 소설　끄르일로프 우화집　이반 끄르일로프 지음 | 정막래 옮김
047 시　이백 오칠언절구　이백 지음 | 황선재 역주
048 소설　페테르부르크　안드레이 벨르이 지음 | 이현숙 옮김
049 소설　발칸의 전설　요르단 욥코프 지음 | 신윤곤 옮김
050 소설　블라이드데일 로맨스　나사니엘 호손 지음 | 김지원·한혜경 옮김
051 희곡　보헤미아의 빛　라몬 델 바예-인클란 지음 | 김선욱 옮김
052 시　서동 시집　요한 볼프강 폰 괴테 지음 | 안문영 외 옮김
053 소설　비밀요원　조지프 콘래드 지음 | 왕은철 옮김
054-055 소설　헤이케 이야기 (전 2권)　지은이 미상 | 오찬욱 옮김
056 소설　몽골의 설화　데. 체렌소드놈 편저 | 이안나 옮김
057 소설　암초　이디스 워튼 지음 | 손영미 옮김
058 소설　수전노　알 자히드 지음 | 김정아 옮김
059 소설　거꾸로　조리스-카를 위스망스 지음 | 유진현 옮김
060 소설　페피타 히메네스　후안 발레라 지음 | 박종욱 옮김
061 시　납　제오르제 바코비아 지음 | 김정환 옮김
062 시　끝과 시작　비스와바 쉼보르스카 지음 | 최성은 옮김
063 소설　과학의 나무　피오 바로하 지음 | 조구호 옮김
064 소설　밀회의 집　알랭 로브-그리예 지음 | 임혜숙 옮김
065 소설　홍까오량 가족　모옌 지음 | 박명애 옮김
066 소설　아서의 섬　엘사 모란테 지음 | 천지은 옮김
067 시　소동파 사선　소동파 지음 | 조규백 옮김
068 소설　위험한 관계　쇼데를로 드 라클로 지음 | 윤진 옮김

| 069 소설 | 거장과 마르가리타 미하일 불가코프 지음 | 김혜란 옮김 |
| 070 소설 | 우게쓰 이야기 우에다 아키나리 지음 | 이한창 옮김 |
| 071 소설 | 별과 사랑 엘레나 포니아토프스카 지음 | 추인숙 옮김 |
| 072-073 소설 | 불의 산(전 2권) 쓰시마 유코 지음 | 이송희 옮김 |
| 074 소설 | 인생의 첫출발 오노레 드 발자크 지음 | 선영아 옮김 |
| 075 소설 | 몰로이 사뮈엘 베케트 지음 | 김경의 옮김 |
| 076 시 | 미오 시드의 노래 지은이 미상 | 정동섭 옮김 |
| 077 희곡 | 셰익스피어 로맨스 희곡 전집 윌리엄 셰익스피어 지음 | 이상섭 옮김 |
| 078 희곡 | 돈 카를로스 프리드리히 폰 실러 지음 | 장상용 옮김 |
| 079-080 소설 | 파멜라(전 2권) 새뮤얼 리처드슨 지음 | 장은명 옮김 |
| 081 시 | 이십억 광년의 고독 다니카와 슌타로 지음 | 김응교 옮김 |
| 082 소설 | 잔지바르 또는 마지막 이유 알프레트 안더쉬 지음 | 강여규 옮김 |
| 083 소설 | 에피 브리스트 테오도르 폰타네 지음 | 김영주 옮김 |
| 084 소설 | 악에 관한 세 편의 대화 블라디미르 솔로비요프 지음 | 박종소 옮김 |
| 085-086 소설 | 새로운 인생(전 2권) 잉고 슐체 지음 | 노선정 옮김 |
| 087 소설 | 그것이 어떻게 빛나는지 토마스 브루시히 지음 | 문항심 옮김 |
| 088-089 산문 | 한유문집-창려문초(전 2권) 한유 지음 | 이주해 옮김 |
| 090 시 | 서곡 윌리엄 워즈워스 지음 | 김숭희 옮김 |
| 091 소설 | 어떤 여자 아리시마 다케오 지음 | 김옥희 옮김 |
| 092 시 | 가윈 경과 녹색기사 지은이 미상 | 이동일 옮김 |
| 093 산문 | 어린 시절 나탈리 사로트 지음 | 권수경 옮김 |
| 094 소설 | 골로블료프가의 사람들 미하일 살티코프 셰드린 지음 | 김원한 옮김 |
| 095 소설 | 결투 알렉산드르 쿠프린 지음 | 이기주 옮김 |
| 096 소설 | 결혼식 전날 생긴 일 네우송 호드리게스 지음 | 오진영 옮김 |
| 097 소설 | 장벽을 뛰어넘는 사람 페터 슈나이더 지음 | 김연신 옮김 |
| 098 소설 | 에두아르트의 귀향 페터 슈나이더 지음 | 김연신 옮김 |